SHADES OF YOU

ALEXANDRA GONZALEZ

SHADES OF YOU

Luv

1

Reed

Je me gare sur le parking et ravale une boule dans ma gorge. Celle qui s'est installée lors de mon passage devant le panneau de Cornfield. La ville où j'ai grandi, où j'ai survécu.

Lunettes de soleil sur le nez, je les ôte, prudent. Le soleil vient de se coucher. Je mets un pied hors de ma Mustang Shelby de soixante-sept, puis le second, et balaie les alentours d'un regard aigre.

Me revoilà ici. En enfer.

La minute, d'après je suis dans ce bar. Ce bon vieux troquet en bord de route. Le Joey. Des flash-back, des souvenirs ne cessent d'apparaître dans mon esprit. Des cris de joie, des pleurs, des rires. Ceux de mon frère, ceux de Cara. Les coups, la douleur, l'humiliation et la peine giclent par gouttelettes noires sur le tableau de mon enfance. Le petit garçon qui s'est terré au fond de moi depuis toutes ces années est apeuré. Il hurle. Il hait cet endroit. Il veut partir, fuir.

La minute suivante, appuyé au comptoir, je remarque une blonde au corps de déesse qui me reluque de bas en haut, l'œil félin, sûre d'elle. J'aimerais pouvoir lui dire de s'enfuir, loin, très loin de moi. Je ne suis pas quelqu'un de bien. Mais elle insiste, se déhanche sur la musique diffusée par le juke-box et ne me quitte pas des yeux. C'est une invitation, un appel. Je suis faible. Elle devrait le voir. Elle n'est pas saoule. Elle sait ce qu'elle fait et ce qu'elle veut. Et là, en l'occurrence : c'est moi.

Il fait nuit, la lune est déjà haute dans le ciel. Nous sommes sortis sans un échange de paroles. Je n'ai pas résisté à ses charmes envoûtants et ses yeux de biche. Je ne suis qu'un homme après tout. Un homme de trente ans brisé par la vie. Un homme qui aime les femmes et le sexe.

Impatient, je la plaque sous les escaliers en bois d'un vieux bâtiment, juste derrière le bar, et plonge mon nez dans le creux de son cou. Je frémis en sentant son parfum vanillé. Elle gémit et enfouit ses doigts fins dans mes cheveux puis les tire en arrière.

– Attends. Attends…

Je grommelle, impatient.

– Attendre quoi ?

– Comment t'appelles-tu?

Je me contrefous de faire connaissance. C'est d'ailleurs le cadet de mes soucis. Ce que je souhaite? C'est la baiser, là et maintenant. Rien d'autre. J'ai roulé de longues heures pour venir ici, dans ce coin paumé. Un peu de divertissement sans prise de tête me ferait le plus grand bien.

Effrontée, elle pose ses mains au niveau de mon torse et me maintient à distance. Je recule, laisse tomber ma veste en cuir dans l'herbe humide et pose mes doigts sur sa joue chaude et rougie. Je plonge ensuite mon regard dans le sien. Déjà ses yeux s'illuminent. Elle ne résistera pas. Aucune femme n'y résiste.

– On s'en tape de mon prénom, soupiré-je par dépit.

– Moi, c'est Melinda.

– Tais-toi. Tu seras gentille.

Je replonge mes lèvres au creux de son cou. Elle se vexe, mais tremble sous mes baisers et caresses. D'un rapide tour de main, j'attrape sa ceinture et tire avec force sur la sangle qui se brise comme de la porcelaine. Lui enlever son short et la pénétrer, là, sous ces vieilles marches branlantes est mon unique et ultime objectif. Je n'en veux pas plus et n'en peux plus. Je sens déjà la pression s'enrouler autour de ma queue. Je m'empresse de défaire les boutons de mon jean. Elle en profite pour glisser sa main sous mon boxer. Je vacille à son contact, lève les yeux au ciel et gémis en sentant la douceur de sa paume s'activer à effectuer les premiers va-et-vient le long de mon pénis. Je sors un préservatif de mon portefeuille, arrache l'étui argenté avec mes dents et l'enfile avec habileté.

C'en est fini. Tout self-control m'abandonne. D'un geste qui n'a rien de délicat, j'ôte enfin son short, lui arrache son string et la soulève par les cuisses. Elle enroule spontanément ses jambes autour de mes hanches. D'un coup sec et sans ménagement, je la pénètre. Elle crie. Je grogne. Elle est aussi douce que du velours et très étroite. C'est tellement exquis que j'en perds pied. Sa chaleur, les sensations me rendent dingue. Mes coups de reins sont commandés par un instinct animal et primitif. Je deviens brutal, violent. Je suis comme ça. Qu'elle s'y fasse.

– Hé! Doucement.

Je ne l'écoute pas. Je suis en transe.

– Tu me fais mal!

Je ne devrais pas, je sais. Mais j'ai besoin de ça. Je cherche ma jouissance. Celle qui me libérera. Pour qu'elle cesse de se plaindre, je lui pose ma main sur la bouche. Melinda, les sens en alerte, s'agite, ce qui ne m'en excite que davantage. Elle se débat et veut hurler, mais sa voix est étouffée par ma paume.

Je peine à la maîtriser tant elle remue, mais je suis au bord de l'orgasme, alors je la baise encore et encore, sans cesse, de plus en plus vite, de plus en plus fort, à bout de souffle. Elle se contracte, me griffe les épaules. Je suis à bout et sens les premiers frissons d'extase se propager en moi. Elle s'est calmée, attendant désespérément que j'en finisse, alors je relâche un peu ma poigne et lui retire la main de sa bouche pour soutenir plus fermement ses cuisses et lui infliger le coup de grâce qui me propulse dans une vive jouissance.

Mais c'est une erreur : elle en profite pour hurler. Alors que je reprends à peine mes esprits, je lui agrippe le visage pour qu'elle me regarde bien en face.

– Tu hurles encore une fois, et c'est mon poing que tu prends sur ta jolie petite gueule, OK ?

Elle se fige et lorgne ma main menaçante avant de hocher la tête.

– Maintenant, dégage ! sifflé-je en la bousculant.

Elle se penche et ramasse ses vêtements, puis se paralyse à mon nouveau contact.

– Tu racontes ce qui vient de se passer à qui que ce soit, tu es morte, pigé ?

J'insiste.

– Tu as compris ?

Elle hoche encore une fois la tête et s'éloigne à la hâte.

Je suis tout à fait capable de mettre mes menaces à exécution. Ce ne serait pas la première fois que j'ôte une vie, non parce que j'aime cela, mais parce que la vie ne m'a jamais fait de cadeau et ne m'en a jamais laissé le choix.

Une fois rhabillé, j'observe Melinda partir et quitte enfin l'ombre d'une démarche nonchalante. Traversant le parking, mon regard est aussitôt attiré par la voiture garée à côté de mon bébé, de ma Mustang, et par une voix que je reconnaîtrais entre mille.

– Merci Joey pour la bonbonne de gaz. Je te revaudrai ça. Tu me sauves vraiment la vie et tu ne sais pas à quel point. Je ne pensais pas en trouver à cette heure-ci.

Elle est là. Je n'en reviens pas, du moins je ne pensais pas la croiser aussi rapidement. Je m'approche lentement en me délectant de la voir aussi belle. J'ai toujours aimé ses longs cheveux bruns, son teint hâlé et ses grands yeux noirs. Je revois la petite fille qui courait et sautait à mes côtés dans les champs de maïs de mon abruti de beau-père. Ce souvenir me percute.

Je me risque :

– Cara ?

Elle sursaute, ne s'attendant pas à ce que quelqu'un arrive derrière elle.

– Oh ! Mon Dieu ! Vous m'avez fait une de ces peurs, dit-elle, les mains posées sur sa poitrine.

Elle m'examine attentivement. Je vois passer une sorte de crainte dans ses yeux, quelque chose de rapide mais d'étrange. Est-ce que je lui fais peur ?

– On se connaît ?

– Reed. Reed Hamilton.

Je lui tends la main sans lui en vouloir de ne plus se souvenir de moi. J'ai tellement changé depuis mon adolescence. Je suis persuadé que même mon cadet, que je n'ai pas encore revu, ne me reconnaîtra sûrement pas.

Cara penche légèrement la tête sur le côté. Son visage s'illumine.

– Bon sang ! Oui. Reed, comment vas-tu ? Tu… Tu as tellement changé.

***

Mai 2001

Le souffle court, je m'allonge lourdement sur les herbes hautes pour reprendre ma respiration. Je me redresse ensuite sur les coudes afin d'observer Cara. Courbée, les mains en appui sur ses cuisses, elle rit. Notre course-poursuite au travers des champs l'a épuisée et lui a donné chaud. Ses joues sont empourprées. Ce qui la rend encore plus belle.

– Allez ! Viens te baigner, trouillard.

Maintenant immergée jusqu'aux genoux dans la rivière qui longe la propriété de mon enfance, elle se dandine et s'efforce de tenir l'équilibre dans l'eau fraîche dont le fond est recouvert de galets glissants.

– Moi ? Un trouillard ? Tu vas voir ce qu'il va te faire le trouillard.

Je me lève et accours vers elle. Riant à pleine gorge, elle remonte le courant pour m'échapper, mais en vain. Je suis bien plus rapide. Une fois Cara à portée de main, je l'enserre et, dans un élan, je nous plonge dans l'eau profonde d'une crevasse.

De retour à la surface, elle s'esclaffe. Je me hisse sur un rocher pendant qu'elle en fait de même. Allongés l'un à côté de l'autre, nous ôtons nos habits trempés. Vêtus de nos simples sous-vêtements, nous profitons des rayons du soleil et de notre après-midi de liberté.

– Cara? dis-je en observant le pollen danser autour de nous.

– Hum?

Je me positionne sur mon flanc gauche tout en me maintenant la tête d'une main, puis la dévisage, ébahi et ravi de passer ce moment avec elle. Je la trouve tellement belle que les mots ne sortent pas. Je veux la toucher, l'embrasser ou ne serait-ce que lui avouer mes sentiments, mais je suis bien trop timide et mal à l'aise.

J'entrouvre la bouche, puis la referme.

– Qu'y a-t-il, Reed?

– Je…

Trouvant son regard, je me dégonfle une énième fois. Je ne suis vraiment qu'un pauvre minable.

– Tu cours comme une fille.

Spontanément, Cara éclate de rire et affirme :

– Je suis une fille.

Je me sens honteux. Face à elle, je perds littéralement tous mes moyens. À quinze ans, je n'ai jamais embrassé aucune fille. Ce premier baiser, je veux le partager avec elle et personne d'autre, mais comment y arriver si je ne suis même pas capable de lui dire.

Je ferme les yeux, un court instant, et rassemble tout mon courage. Je me penche sur elle. Cara recule la tête, surprise et déroutée. Je m'humecte les lèvres et les pose chastement sur les siennes, d'un coup, sans prévenir.

– Non, Reed. Non! Qu'est-ce qui te prend?

Elle affiche de gros yeux emplis de colère.

– Je suis amoureuse de Lucas. Pas de toi.

Blessé et résigné, je baisse le regard, une nouvelle fois humilié.

– Je sais et je…

Des hurlements m'interrompent, alors je tends l'oreille et reconnais les cris de mon frère qui résonnent dans la clairière. Il nous appelle, nous cherche.

Nous nous redressons dans un même mouvement et je le vois. Le visage terrifié et baigné de larmes de Lucas m'alerte. Les poings et la mâchoire serrés, je constate avec douleur qu'on s'en est encore pris à lui. Cara, vivement inquiète, traverse sans plus attendre la rivière et se jette dans ses bras pour le réconforter.

Le monstre a encore frappé.

2

Lucas

Je m'empare de mon carnet de notes et me munis des formulaires nécessaires pour dresser le devis. Je dépose le tout sur la banquette avant de mon pick-up. J'ai monté mon entreprise de rénovation depuis peu, et ce rendez-vous est mon tout premier projet officiel.

Je connais bien la maison des Avery pour y avoir passé des journées entières en compagnie de leur fille, Cara. Mon frère aîné, elle et moi étions autrefois inséparables. Elle était devenue comme la petite sœur qu'on n'avait jamais eue, aussi casse-pieds qu'adorable. Cependant, lorsque les Avery ont déménagé, je n'ai plus eu aucune nouvelle et ai vécu en regardant cette demeure se délabrer au fil des ans.

Leur maison est située au-delà des champs de maïs que cultivait Robert à l'époque, terres que j'ai dû me résoudre à vendre, hectare par hectare, après la disparition de celui-ci et de mon aîné.

Aujourd'hui, je vis seul dans cette grande maison que je retape au gré de l'argent qui rentre et en puisant largement dans les économies réalisées grâce à la vente des parcelles autour de cette dernière.

Tandis que je m'apprête à monter dans mon pick-up, prêt pour le départ, une Mustang grise s'engage sur le chemin de gravier et se gare près de la grange. Je l'observe, intrigué, et tombe des nues lorsque je reconnais le conducteur.

– Salut frangin, me lance Reed en sortant de sa voiture.

Cela fait bien douze ans que je n'ai pas vu mon frère, Reed. Il est parti du jour au lendemain, sans un mot, sans une explication. Rien. Il m'a abandonné alors que je n'étais qu'un adolescent de seize ans, apeuré et blessé.

Je me raidis en le reluquant en train d'avancer vers moi, les mains dans les poches, d'une allure décontractée, mais un peu dans la retenue.

– Belle bagnole, fait-il d'une voix quelque peu hésitante, certainement pour engager la conversation.

– Qu'est-ce que tu fais là, Reed?

– Je rends visite à mon petit frère.

À ma hauteur, il me donne une accolade. Je reste une seconde immobile, avant de machinalement l'imiter avec beaucoup plus de raideur et de méfiance.

– Ravi de te revoir, tente-t-il en relâchant son étreinte.

Je m'assois sur le siège et enclenche le contact du pick-up sans prêter attention à ce qu'il dit.

– Qu'est-ce que tu veux?

– Absolument rien. Je voulais simplement te voir.

Je n'en crois pas un mot, je flaire le mensonge et je sais qu'il ment. Je me rappelle à quel point il avait cette fâcheuse tendance à me dissimuler les choses ou à me mentir malgré toute la confiance que je lui accordais. Cependant, l'abandon fut le coup de grâce, la goutte d'eau de trop.

– Au bout de douze ans, sans nouvelles?

– Écoute, j'ai eu besoin de…

– Épargne-moi tes salades, je suis attendu. Je bosse.

Agacé par tant de suffisance, je claque la portière et passe la marche arrière. Il pose sa main sur la carrosserie, au niveau de la vitre ouverte, de manière à m'arrêter.

– Attends. Tu n'aurais pas un coin pour crécher? J'ai passé la nuit à la vieille pension des Shepherd et…

Il se tait, voyant mon air peu enthousiaste.

Je lève les yeux au ciel, dépité. Ai-je le choix?

– J'aurais dû m'en douter.

Je le regarde longuement. Le sourire désinvolte qui se dessine sur son visage ne me dit rien qui vaille, mais puis-je décemment le chasser? C'est la maison que notre mère nous a léguée après tout, et, en conséquence, la sienne aussi, même si, jusque-là, il l'a désertée.

– Fais comme chez toi, Reed. Ne te gêne pas.

Exaspéré et ne supportant plus sa vue, je le plante en plein milieu de l'allée.

Empruntant le chemin de gravier à vive allure, je le guette dans le rétroviseur jusqu'à ce qu'il disparaisse derrière la butte. Je soupire et crispe la mâchoire avant de me concentrer sur la route.

Je ne pensais pas que le revoir me serait aussi difficile. Mais malgré tout, c'est ce qui était prévu. Je m'y ferai avec le temps et on pourra reprendre là où nous nous sommes arrêtés.

Cette pensée me détend, je souris à nouveau et sifflote gaiement.

Que la partie commence…

***

Août 2004

J'ouvre les paupières et suis ébloui par la lumière du jour. Le fait de bouger, ne serait-ce que le pouce, me tord de douleur, mais l'élancement que je ressens au niveau du dos m'est bien plus insupportable. Je me redresse péniblement. La chambre dans laquelle je me trouve m'est inconnue. Je panique. Je ne me souviens de rien. Je ne comprends pas pourquoi je suis dans cet état et surtout pourquoi je suis dans cette pièce.

Je hurle.

– Lucas, mon petit. Que t'arrive-t-il? s'alarme Rosie Shepherd en pénétrant en toute hâte dans la chambre.

Voir un visage familier me réconforte, mais toutes mes interrogations refont surface.

– Qu'est-ce que je fais ici? Où est mon frère? Dites-moi! Je ne pige rien et j'ai mal.

Rosie s'assoit sur le bord du lit et me passe une main affectueuse sur une joue. Cette dame âgée d'une cinquantaine d'années m'a vu grandir, m'a nourri et m'a changé alors que je n'étais qu'un bébé.

– Calme-toi, mon grand. Calme-toi.

– Reed? Où est Reed?

– Je ne sais pas, mon grand. Nous t'avons trouvé inconscient devant la maison ce matin. Samuel est parti voir à la ferme. Il ne devrait pas tarder à revenir.

Tandis que je suis bercé dans les bras de mon ancienne nounou, les sanglots me nouent la gorge. Je dois rentrer à la ferme retrouver mon frère. Je pressens quelque chose de mal.

3

Cara

Cher journal,

Qui aurait pu croire que moi, Cara Avery, new-yorkaise d'adoption, je reviendrais à Cornfield quatorze ans plus tard. Rien ne semble avoir changé ici. À part peut-être le reflet du miroir en face de moi et le délabrement de la maison de mon enfance. Je ne pensais jamais revenir. ~~Je n'aurais jamais dû revenir… Pas maintenant, c'est trop tôt…~~

Assise sur le vieux coffre de ma chambre de petite fille, je soupire et griffonne sur les pages du carnet retrouvé à l'instant dans un tiroir. Je mordille machinalement le crayon et pivote la tête pour regarder le paysage. Il fait un temps magnifique aujourd'hui. Le soleil s'est levé depuis quelques heures déjà. Je pourrais en profiter pour faire le tour du jardin plutôt que de rester dans cette pièce qui me rappelle trop de souvenirs. Décidée, je repose le carnet: je n'ai de toute façon jamais été douée pour tenir un journal intime. Le petit calepin que je tiens entre mes mains en est la preuve flagrante: il est vide, désespérément vide.

Je me souviens avec nostalgie du jour où ma mère me l'a offert. Je n'avais que huit ans. À cet âge-là, je voulais devenir écrivain. Je passais le plus clair de mon temps à écrire sur des feuilles volantes. Ce qui avait le don d'agacer mes parents. Ma mère m'avait donc tout naturellement offert ce petit journal à lanière de cuir pour que je laisse libre cours à mon imagination. Mais apparemment, celle-ci n'était pas plus fertile que ça.

Un pincement au cœur, je me lève et observe cette chambre, ces murs. Comme je viens de l'écrire plus tôt sur le carnet, rien n'a vraiment changé ici, à part peut-être mon reflet et l'allure fantomatique que confèrent aux lieux les draps qui recouvrent chaque meuble. Je détaille la frise du papier peint en me remémorant le jour où je l'ai choisie avec mon père, dans le magasin du bon vieux Bill. J'avais fait des pieds et des mains pour l'obtenir, avec ses décors de petites fées bleues. Mon père avait cédé, comme toujours. Plongée dans mes pensées, un sourire attendri se dessine sur mon visage pourtant marqué par la nuit atroce que je viens de passer sur le canapé poussiéreux du salon. La maison de mes défunts parents se délabre à vue d'œil. Il est temps de la restaurer. Je me souviens aussi de l'époque où mon père s'est fait muter à New York. Je n'avais que onze ans et, aujourd'hui, quatorze ans plus tard, tout ceci me paraît bien lointain. Pourtant, chaque meuble, chaque tableau, chaque recoin fait rejaillir un moment de bonheur en leur compagnie. Ce qui est douloureux en somme, puisqu'ils ne sont plus là. En me dirigeant vers la cage d'escalier pour descendre au rez-de-chaussée, je passe devant la porte de leur ancienne chambre et hésite. J'aimerais pouvoir y jeter un coup d'œil. Depuis mon arrivée, hier soir, j'ai visité toutes les pièces, les unes après les autres, en constatant l'ampleur des travaux à effectuer pour pouvoir la vendre. Cela dit, je n'ai toujours pas eu le courage d'entrer dans celle-ci. La mort de mon père et de ma mère est encore bien trop vive dans mon cœur. Je ne veux pas me laisser envahir par cette peine et ce manque qui s'emparent de moi à chaque fois que je pense à eux. Persuadée que la seule vue de cette pièce m'anéantirait, je finis par dévaler les marches en vitesse. Ce sera pour une autre fois.

Il est déjà huit heures et demie. L'entrepreneur que j'ai eu au téléphone hier ne devrait plus tarder. Pour patienter, je fais le tour du propriétaire, bravant les herbes hautes et les innombrables débris oubliés ici et là sur le vaste terrain à l'abandon. Fille unique, j'ai hérité de la maison. En revenant ici pour estimer le coût des réparations et faire le nécessaire pour la mise en vente, j'étais loin de m'imaginer que cela exigerait un effort si considérable, tant à cause des travaux qu'à cause de l'attachement que j'éprouve encore pour elle.

Le crédit étant terminé, j'encaisserai les plus-values de la vente, ce qui représentera une coquette somme. Mais cette perspective ne me réjouit pas plus que cela. Mon salaire de décoratrice d'intérieur à New York est largement suffisant pour mener une vie confortable.

– Excusez-moi, il y a quelqu'un ?

Assise sur un amas de planches, je me redresse. Pendant un court instant, je reste sans voix. Je crois voir un fantôme sorti tout droit du passé. Un fantôme qui a grandi et qui est devenu un homme. Un très bel homme.

– Lucas ?

Il se fraye un chemin à travers l'abondante végétation, et le sourire qu'il arbore à son tour ne me laisse aucun doute sur la joie qu'il ressent à me revoir.

– Cara, bon sang ! C'est bien toi ?

– En personne. Que fais-tu là ?

Il me tend les bras pour une accolade amicale. J'hésite, puis me laisse aller.

– Je suis venu pour le devis des travaux, explique-t-il. On s'est parlés hier au téléphone…

Stupéfaite, je pose une main sur ma bouche, surprise de constater combien il a changé.

– Mon Dieu ! C'était toi ? Désolée, je n'avais pas réalisé !

Dans mes souvenirs, Lucas était un petit blond mince et chétif. Je n'en reviens pas de voir cet homme d'un mètre quatre-vingts environ, à la carrure imposante et aux cheveux plus sombres, quoique parsemés de reflets cuivrés. Je me souviens combien j'aimais partager mes jeux avec lui. J'étais d'ailleurs secrètement amoureuse de lui à l'époque. Ce fut mon tout premier amour, mon tout premier baiser.

– J'ai appris la triste nouvelle, poursuit-il. Toutes mes condoléances pour tes parents.

Évidemment, je ne pouvais pas y échapper.

– Merci, dis-je machinalement.

Je hausse les épaules et rejoins l'allée pavée qui contourne la maison. Ne voulant pas m'étaler sur le sujet, je change de discussion, tout en arrachant une herbe haute au passage.

– J'ai croisé Reed hier soir, chez Joey.

Lucas m'emboîte le pas.

– Ah bon ? Vous avez parlé ?

– Euh, pas tant que ça, tu sais. J'étais épuisée par la route. Qu'est-ce qu'il devient ?

– À vrai dire, je n'en ai aucune idée.

Je m'immobilise et me tourne, incrédule et chagrinée.

– Vous ne vous parlez plus ? Vous étiez tellement proches, gamins. Qu'est-il arrivé ?

– Rien de bien grave. Cela ne te dérange pas si on commence l'état des lieux ? Je pense que nous avons pas mal à faire.

Je reste intriguée face à ce brusque changement de conversation. Tant pis ! Je reviendrai sur le sujet plus tard.

– Non, non, allons-y.

Après une bonne demi-heure à détailler les pièces et l'extérieur avec le plus grand sérieux et la plus grande attention, nous nous asseyons autour de la table de la cuisine pour les formalités.

– Veux-tu un café ? proposé-je.

Plongé dans des calculs qu'il note sur son carnet, il hoche simplement la tête.

– Alors, dis-moi, tu es entrepreneur dans la rénovation, maintenant ? C'est super ! Pourquoi ce choix ?

Je n'en reviens pas d'être à ses côtés quatorze ans plus tard. Durant la visite, je me suis extasiée en épiant sa démarche gracieuse, à l'écouter me décrire les différents travaux à faire, les modifications à apporter, très concentré et d'une voix passionnée, chaude et profonde. Il est devenu un si bel homme, sûr de lui. Il a une telle prestance. C'est un réel plaisir d'échanger avec lui.

– Oh, une simple évidence. J'aime toucher à tout. Raviver ce qui est tombé dans l'oubli. Donner une seconde jeunesse à la matière. Enfin, tu vois ? Ce genre de choses.

Subjuguée par ce qu'il dit, je lui sers le café et m'assieds à ses côtés.

– Je me suis rapidement mis à bricoler avec la rénovation de la ferme si tu veux tout savoir, poursuit-il. J'ai découvert ainsi ma vocation, même si elle est un peu terre à terre.

– Tu as l'air d'y prendre du plaisir. Ça a vraiment l'air de te passionner.

– Oui. J'aime beaucoup ce que je fais. Ça me permet de m'évader, ça me rend heureux.

Il ponctue sa phrase par un clin d'œil et un sourire chaleureux. Je ne suis pas du genre à baisser les yeux face à un homme, ni à perdre mes moyens, mais quelque chose chez lui m'intimide. Alors je reporte mon attention sur mon café en souriant timidement, les joues empourprées. Je me maudis et m'en veux de réagir comme une gamine de quinze ans.

– Bon, et toi alors ? demande-t-il tout en apposant une main délicate sur mon avant-bras. Tu m'as dit avoir choisi la décoration ?

– C'est exact !

– Nos métiers se rejoignent. On pourrait peut-être prévoir de travailler ensemble un de ces quatre ? La maison est grande. Si tu veux m'aider…

Troublée par son pouce qui me caresse machinalement le bras et la chaleur de son contact, je déglutis avec peine.

– Ce serait avec joie.

– Parfait. Je suis vraiment content de te revoir, Cara.

4

Reed

L'odeur du bois fraîchement vernis et des produits ménagers se mêle à celles des vapeurs d'alcool et des effluves de café. Au fond de la salle aux poutres apparentes, quelques jeunes buissonniers de Cornfield font une partie de billard. Ils crient, rient et boivent des bières sans se soucier de l'écriteau interdisant aux mineurs de consommer de l'alcool. Pendant ce temps, je rumine. Je pense à elle, à ce que je suis venu faire ici.

Assis sur un tabouret, les coudes posés sur le comptoir, je plonge le nez au fond de mon verre de whisky et tourne nerveusement le liquide jaunâtre et les glaçons.

J'en suis déjà à mon cinquième verre. Boire et enchaîner les conquêtes féminines, voilà à quoi se résume ma vie. Mon style vestimentaire, mes cheveux ébène, mes yeux d'un bleu clair profond et le tatouage tribal qui me parcourt la peau depuis le cou jusqu'à l'épaule droite me donnent ce look bad boy qui attire tant les filles. Je n'ai qu'à claquer des doigts et elles se couchent toutes à mes pieds, les cuisses ouvertes, prêtes. Or, je n'en veux qu'une. Une que je ne peux pas avoir. C'est l'ironie du sort.

– Alors, tu m'expliques ce que tu fais ici?

Je me tourne en haussant un sourcil, étonné de voir Lucas.

– Et toi, frangin?

– J'habite ici.

Je lâche un rire contenu.

– Non, je veux dire dans ce bar.

– J'ai vu ta bagnole garée devant et je n'ai plus quinze ans, je te signale.

Je le scrute de haut en bas en affichant un léger sourire. Mon petit frère est devenu un homme, c'est certain. J'ai beau toujours voir en lui le gamin fragile que j'ai quitté, ce n'est désormais plus le cas et, bizarrement, cela n'arrête pas de me surprendre.

Après un instant d'hésitation, je me dresse, en appui sur le cale-pied du tabouret, passe mon bras par-dessus le comptoir et attrape un verre posé dans l'évier. Puis je saisis la bouteille de whisky pour me servir. Durant toutes ces années passées à écumer et servir dans des bars, boire un verre en compagnie de mon petit frère a longtemps été un souhait.

– Dis-moi que tu comptes payer, s'enquiert-il.

Je ne lui réponds pas, lui donne son verre, puis tends le mien. Lucas hésite un court instant avant de trinquer.

– Alors, pour quelle raison es-tu revenu? répète-t-il.

Agacé par son insistance, je râle avant de prononcer la phrase toute prête que je comptais déjà lui servir cinq minutes plus tôt.

– Qu'est-ce que tu n'as pas compris dans la phrase « je suis revenu pour te voir »?

– Tu veux savoir ce que je n'ai pas capté? Facile, dit-il en posant brutalement son poing sur le comptoir. Douze ans sans nouvelles et sans la moindre explication. Voilà ce que j'ai du mal à comprendre, *frangin*.

– Tu veux que je te dise quoi?

Quelque chose m'échappe. N'a-t-il pas compris que c'était mieux ainsi?

– Tu peux m'expliquer pourquoi je me suis retrouvé seul? Toi et Robert aviez disparu. Pourquoi? Et où est passé Robert?

– Tu es sérieux?

Je détaille son visage tout à coup crispé et grave. Se moque-t-il de moi?

– À quoi tu joues, Lucas?

Les yeux vissés aux miens, il rétorque:

– Non. Toi, à quoi tu joues?

– Tu ne te souviens de rien, alors? le questionné-je, étonné d'apprendre qu'il est atteint d'amnésie.

– Me souvenir de quoi?

Je me lève, vide mon verre d'une traite et le repose brusquement sur le comptoir.

– Laisse tomber.

Comment se fait-il que Lucas n'ait aucun souvenir de ce matin-là? Pour ma part, je me souviens de tout, de chaque coup, de chaque cri, de chaque pleur, de chaque goutte de sang, et de ses yeux. J'aurais préféré être frappé par la même amnésie. Ma vie aurait été bien moins pénible.

– Bonne journée, dis-je en tournant les talons.

– C'est pour Cara? s'écrie subitement Lucas. C'est pour elle que tu es revenu?

Je me fige, pivote lentement et lui lance un regard incrédule. Pourquoi me parle-t-il de Cara? Sans avoir le temps de lui répondre que cela n'a rien à voir avec elle, une voix, derrière moi, m'interrompt dans ma lancée.

– Lucas, tu as oublié ton carnet à la maison.

Je ravale une boule dans ma gorge en voyant Cara s'avancer tout sourire vers Lucas et cela sans me prêter la moindre attention. Ils se sont donc déjà vus. Je soupire, agacé, et croise le regard de mon frère. Il me sourit, arrogant et défiant.

– Oh ! Salut, excuse-moi, je ne t'avais pas vu. Comment vas-tu ? se préoccupe-t-elle en remarquant enfin ma présence.

Je lui souris poliment et serre la mâchoire.

– Bien.

La voir est difficile. Tant d'années à passer de femme en femme et n'en avoir qu'une seule en tête ne facilite bien évidemment pas les choses. Je me trouve pathétique d'éprouver ce genre de sentiments. C'est comme ancré, gravé. J'aurai beau lutter, elle fera toujours partie de moi. Pourtant je ferais mieux de m'éloigner.

– On se boit un verre ensemble ? s'enthousiasme-t-elle.

– J'étais sur le point de partir.

– Allez, Reed, reste avec nous. On a tant de bons et vieux souvenirs à se remémorer, supplie faussement Lucas avec un sourire surfait.

Je les regarde tour à tour. Cara semble ne pas vouloir soutenir le mien. J'ai encore l'étrange sensation de lui faire peur, et ça, je ne le supporte pas. Je m'apprête à refuser l'invitation mais le fracas de la porte d'entrée, qui claque violemment contre le mur, ne m'en laisse pas le temps.

– Hamilton ! hurle l'homme visiblement fou de rage en pénétrant dans le bar.

Aussitôt, toutes les conversations cessent dans la salle. Je plisse les paupières et grimace. Je sais d'avance que cela me concerne.

– Je crois que c'est pour moi, raillé-je.

Je n'ai pas fini ma phrase qu'un poing heurte brutalement ma mâchoire. Je perds l'équilibre et bascule sur une table.

En un réflexe, Lucas bondit de son tabouret pour s'interposer entre moi et Barry Logan, l'ancien *quarterback* de l'équipe de Cornfield. Alarmée, Cara se précipite sur moi et m'aide à me redresser.

Bombant le torse et provoquant Lucas du regard, Barry fulmine :

– Cet enfoiré a violé ma sœur !

Un « quoi ? » de stupéfaction résonne en écho dans la pièce. Lucas le retient d'une main. Melinda fait une prudente apparition à la porte à ce moment-là. Je lui jette un œil sévère et, quand je me rends compte que tous les regards m'incriminent, je crache avec hargne :

– Bordel ! Cette garce m'a allumé. Elle voulait baiser. Je l'ai baisée. Point.

– Ferme-la, Reed ! intervient Lucas.

Cara, désorientée et perdue par la scène qui se déroule sous ses yeux, m'interroge du regard. Je détourne les yeux, refusant de me trahir. Elle recule, méfiante. Je perçois son doute, son incertitude. Après tout, elle ne me connaît plus. Je la supplie de me croire, mais c'est inutile, elle recule encore. Je peste, puis lance un regard foudroyant à Melinda.

Cette dernière s'avance à tâtons pour agripper le bras de son frère, puis le tire en arrière.

– Laisse, ce n'est pas grave, dit-elle d'une voix à peine perceptible.

– Pas grave ? s'étrangle son frère. Cette petite merde va le payer, je vais le crever.

– Hé ! Hé ! lance Lucas avant d'interroger Melinda. C'est vrai, mon frère t'a fait du mal ?

– Non ! finit-elle par susurrer, fuyant tous les regards. Il ne m'a rien fait. Il dit la vérité.

– Ah ! Vous voyez ? lancé-je.

Barry est interloqué.

– Qu'est-ce que tu racontes ? Tu m'as dit le contraire…

Elle insiste en lui coupant la parole.

– Allez, viens, on s'en va.

L'ancien *quarterback* me lance un dernier regard plein de hargne.

– Je te préviens espèce d'enfoiré : tu t'approches à nouveau de ma sœur, je te fous une balle entre les deux yeux. Compris ?

Je me moque éperdument de ses menaces. Barry ne m'effraie pas le moins du monde. J'en ai maté de bien plus coriaces durant mes années de dérives. Alors, je souris pour le narguer et fais un petit signe de main en agitant les doigts. Ce dernier geste moqueur et provocateur est aussi adressé à Melinda qui, en partant, se tourne une dernière fois vers moi.

– Tu m'expliques ? demande Lucas.

– Quoi ? Oui ! J'ai baisé cette fille. Et alors, ça pose un problème ? Tu veux une liste de toutes les filles que j'ai tringlées ? Parce que t'en as pour la journée, voire plus.

Sonné par le coup, je me lève en tanguant et jette un rapide coup d'œil gêné à Cara. Elle paraît atterrée par ce qu'il vient de se passer et attristée par ma vulgarité. Je suis en train de tout foirer, mais peu importe.

– Pourquoi elle t'accuse de viol? persévère Lucas.

– Tu as entendu, non? Je ne l'ai pas violée. Elle m'a chauffé. Je suis un homme. J'ai des besoins. Elle est une femme. Résultat, je l'ai culbutée et voilà! En gros, je lui ai donné ce qu'elle voulait, ce qu'elles attendent toutes de moi. Fin de l'histoire.

Je me passe une main sur la lèvre pour essuyer le sang qui persiste à couler avant d'ajouter avec davantage de mépris dans la voix:

– Mais ça, forcément, tu ne peux pas le comprendre. Ça fait combien de temps, hein?

Je lui lance une petite claque virile sur la joue avant de poursuivre :

– Depuis combien de temps n'as-tu pas trempé ta queue dans une bonne petite chatte accueillante?

Hargneux, Lucas est prêt à me bondir dessus, mais Cara s'interpose entre nous, face à moi, le regard noir.

– Reed, arrête!

Je baisse les yeux sur elle et cligne nerveusement des paupières, déstabilisé. Elle fuit à nouveau mon regard. Je vais trop loin. Me comporter comme ça, devant elle, n'arrangera rien. Mon sourire arrogant s'efface en un clin d'œil. Je fais demi-tour pour me diriger vers la sortie.

– Ça va, toi? demande Lucas, inquiet, tout en caressant le bras de Cara.

– Rien n'a réellement changé ici. Bienvenue à Cornfield!

Depuis la porte, prêt à mettre les voiles, je les observe un dernier instant, l'esprit égaré, une boule au ventre. Comme vient de le dire Cara, rien n'a réellement changé ici: elle regarde toujours mon frère avec les mêmes yeux tendres et affectueux, alors qu'elle me voit comme un monstre et, effectivement, elle n'a pas tort. Je suis comme ça. Je suis un monstre, et ça non plus ça ne changera jamais.

5

Lucas

Cara et moi avons finalement décidé de manger ensemble au Joey après le départ de mon frère. Le repas fini, elle a voulu prendre l'air. Le Joey se situant à quelques mètres du centre-ville de Cornfield, nous avons pris le chemin qui longe la route.

– Je sais que tu évites constamment le sujet, car cela doit être vraiment dur à vivre, mais qu'est-il réellement arrivé à tes parents ? m'enquiers-je.

– Un accident de la circulation.

– Oh ! D'accord. C'est si brutal.

– Assez, oui.

– C'est récent ?

– L'été dernier.

J'ai du mal à imaginer comment elle a vécu leur décès. Ma propre mère étant morte d'une tumeur cérébrale quand je n'avais que quatre ans, je n'en garde que très peu de souvenirs. Ce genre de chose m'affecte peu puisque je ne l'ai jamais vraiment connue.

– Bon. Et toi, vu qu'on aborde les sujets sensibles, qu'est-ce qu'il se passe avec ton frère ? Quand j'ai déménagé, vous étiez si proches et inséparables. Et maintenant que je vous retrouve, il y a une tension terrible entre vous.

– Ah ! lâché-je en enfonçant mes mains dans les poches de mon jean. Disons que jusqu'à ce matin, j'étais sans nouvelles de lui depuis douze ans.

Cara stoppe sa marche, stupéfaite.

– Quoi ? Douze ans ?

Ne sachant pas trop par où commencer ni comment lui expliquer, je me lance un peu au hasard.

– Un beau matin, je me suis retrouvé dans un lit à la pension des Shepherd sans me souvenir de la veille. J'étais couvert de contusions et ne pouvais pas bouger sans hurler de douleur. Lorsque je suis revenu à la ferme, il n'y avait plus personne. Je me suis tout d'abord dit que Reed était parti traîner comme à son habitude et j'ai supposé que Robert était allé comme chaque jour se saouler au Joey…

– Mais attends, Robert aussi était parti ?

– Oui, disparu lui aussi. Je pensais qu'ils allaient rentrer le soir même, mais les heures ont défilé, puis les jours, et toujours personne, alors je me suis fait une raison.

– Mon Dieu, c'est affreux ! Tu as dû te sentir si…

– … seul. Oui. Par la suite, j'ai eu peur pour mon frère. Tu te souviens qu'ils se détestaient tous les deux, Robert et lui ?

– « Détestaient », le mot est faible !

– Oui, voilà ! Donc je me suis imaginé le pire, mais cette crainte s'est apaisée quand, pour la première fois, j'ai reçu une enveloppe contenant une liasse de billets. J'ai par la suite reçu la même somme d'argent tous les mois jusqu'à il y a six mois, lorsque ça s'est subitement arrêté. Ça ne pouvait pas venir de Robert : il était incapable d'économiser de l'argent. Chaque cent qu'il possédait, il le cramait pour une bière ou autre stupidité du genre, donc j'ai supposé que ça venait de Reed.

– Il n'y avait pas d'expéditeur ou de cachet sur ces enveloppes ?

– Non, rien ! Une simple enveloppe blanche, remplie de billets, posée sur le perron. Rien d'autre.

– Et tu n'as jamais…

– … cherché à savoir qui les déposait ? complété-je. Bien sûr. Cette enveloppe m'était toujours remise en fin de mois durant la nuit, alors j'ai veillé plus de deux semaines en espérant apercevoir qui allait l'apporter. Mais j'ai vite arrêté quand j'ai percuté que mon mystérieux facteur ne me donnerait pas l'enveloppe tant que je m'obstinerais à passer des nuits blanches à le guetter.

Cara émet un léger rire.

– C'est du Reed tout craché.

– Exactement.

– Et il ne t'a pas dit pourquoi il est subitement revenu ?

– Non, aucune idée. Nous n'avons pas encore vraiment eu l'occasion de parler. Je sais qu'il est à Cornfield depuis ce matin.

– Et aucune enquête n'a été ouverte pour leur disparition ?

– Non, je n'ai jamais rien dit à personne. Seule Mme Shepherd… tu te souviens de Rosie Shepherd, la femme du pasteur, la propriétaire de la pension sur la Route 14 ?

Elle hoche la tête et énonce :

– Oui, Mme Shepherd était votre nounou avant le décès de votre mère, me semble-t-il.

– Elle m'a aidé, s'est occupée de moi et a gardé mon secret. Je ne voulais pas finir dans une famille d'accueil ou autre. Alors, nous n'avons rien dit, et personne n'a posé de question malgré certaines rumeurs qui se sont estompées avec le temps.

– D'accord. Eh bien ! C'est une drôle d'histoire, sourit-elle timidement.

Continuant notre marche en silence, nous nous échangeons de longs regards, parfois hésitants, et des sourires gênés. Cara semble aimer ma compagnie, ce qui est plutôt bien.

– Alors, raconte-moi ? Il y a une future madame Hamilton ? ose-t-elle tout à coup.

– Non. C'est un peu le vide de ce côté-là. Et toi ?

– Houla ! C'est plus que le vide en ce moment : c'est le désert, le calme plat.

– C'est bizarre ! Comment ça se fait ?

À peine ma question formulée, je la regrette déjà. Qu'est-ce qui m'a pris de dire cela ? Je n'aurais pas dû tourner ma question d'une manière aussi abrupte. Je n'ai pas été très fin sur ce coup-là. Je ne veux surtout pas la vexer.

Cara hausse un sourcil et me jette un coup d'œil incertain.

– C'est-à-dire ?

– Excuse-moi. Je voulais dire, tu es plutôt une belle femme… enfin, non ! Tu es une très belle femme, qui plus est très intelligente. Donc, je trouve curieux qu'aucun homme n'ait essayé de te passer la bague au doigt.

– Il faut croire que non, dit-elle en agitant sa main gauche. Disons que je suis jusque-là tombée sur des crétins, si tu vois ce que je veux dire.

J'acquiesce dans un soupir.

– Ce n'est pas Reed, là-bas ? dit-elle tout à coup en le désignant du menton.

Je lève le nez et observe.

– Si.

Nous freinons notre cadence et observons le bout de l'avenue avec curiosité. Devant le pub Le Giant, un établissement malfamé où se jouent des parties de poker clandestines et où se mêlent des trafics en tout genre, paris illégaux et prostitution, Reed vient de sortir aux bras de deux femmes. L'une paraît bien plus âgée que lui mais l'autre semble avoir à peine atteint la majorité. Leur tenue vulgaire, leur maquillage ignoble et leur allure désinvolte laissent à penser qu'il s'agit de prostituées.

Irrité et déconcerté par les actes de mon frère, je secoue la tête, puis reporte mon regard sur Cara qui esquisse une grimace de dégoût en voyant Reed en compagnie de ces deux femmes.

– Tu faisais allusion à ce genre de crétin ? dis-je.

– Exactement. Je n'arrive pas à croire qu'il soit devenu comme ça.

– Moi non plus.

– C'est écœurant.

– Ouais, allez ! Rentrons.

Je fais demi-tour et ose un geste d'affection. Je lui passe mon bras sur ses épaules pour l'étreindre et l'attirer doucement contre moi. Je suis ravi de voir qu'elle se laisse faire en souriant.

La nuit est tombée sur la plaine de Cornfield. Le chantier chez Cara accepté, j'ai passé l'après-midi à rechercher et à acheter les divers matériaux nécessaires à la rénovation. Demain, j'attaquerai le ponçage extérieur. Cara m'a promis de l'aide pour ce qui est de la peinture.

Enchanté de ma journée, j'arrive sur l'étendue de gravier devant ma maison et me gare en jetant un rapide coup d'œil aux alentours.

Dans la pénombre, je distingue la voiture de Reed et aperçois l'éclairage intérieur. Je ne l'aurais jamais cru, mais le retour de mon frère me rassure et me rend heureux. La solitude que j'éprouvais le soir en rentrant chez moi a toujours été très pesante.

Lorsque je sors de mon pick-up, je perçois le son de la chaîne hi-fi à son maximum et reconnais une chanson du chanteur Hozier. Un de mes CD. Il n'a pas mis long feu pour fouiner dans mes affaires.

Après avoir ouvert la moustiquaire et la porte, je pénètre dans le hall et effectue ce qui est devenu un rituel : je pose mes clefs sur le buffet, vérifie un à un les messages sur le répondeur, puis passe rapidement en revue le courrier du matin.

Tout à coup intrigué par les rires et les cris d'une ou plusieurs femmes, je rejoins le salon. Sur le pas de la porte, je marque un temps d'arrêt, stupéfait. Je devrais détourner le regard et rebrousser chemin, mais je suis comme figé, statufié par la scène qui se déroule sous mes yeux.

Sur le canapé, Reed est allongé, une bière à la main, le torse dévêtu, le jean grand ouvert descendu sur les hanches, il accompagne les mouvements de tête d'une femme en train de lui faire une fellation, à quatre pattes. Il ne cille pas en m'apercevant. Il profite.

– Rentre, Lucas, joins-toi à nous.

Arquant le bassin, il s'enfonce plus profondément dans sa bouche et ordonne :

– Avale-moi en entier.

Dans un grognement de plaisir et basculant la tête en arrière, il la bloque et jouit au fond de sa gorge. Puis, remis de sa jouissance, il lève des yeux brillants d'extase vers la deuxième fille totalement nue, qui, jusque-là, se déhanchait devant lui. Il pose ensuite sa bière au sol et lui claque bruyamment une fesse.

– Toi. Va t'occuper de mon petit frère !

Obéissante, elle vient à ma rencontre. Sa démarche féline et le regard qu'elle me lance me promettent monts et merveilles. En arrivant à ma hauteur, elle glisse lentement sa main le long de mon tee-shirt et finit son chemin en agrippant ma ceinture.

– Alors, c'est donc toi le petit frère de Reed ? Hum, pas mal ! Viens avec moi, je peux te faire tout ce que tu souhaites, il suffit de le dire, je suis là pour ça. Fellation, sodomie, je suis toute à toi.

Je ne bouge pas d'un millimètre, hypnotisé. Elle pose son autre main sur mon épaule et trace de petits cercles avec son index, s'amusant à redessiner mes biceps. Même si je ne le souhaite pas, je frissonne sous ses caresses. Je fixe sa poitrine, tiraillé entre l'envie de la toucher et de la repousser.

Après une longue inspiration, je lève les yeux pour les planter dans les siens et lui demande de s'écarter. Elle obtempère avec une moue de déception. Je me précipite sur la télécommande de la chaîne hi-fi et arrête la musique.

– La fête est finie.

– Bordel ! peste Reed. C'est quoi ton problème ? Sérieux ! Décoince-toi un peu ! Je t'offre une gonzesse prête à écarter les cuisses pour toi, et toi, tu fais ton difficile ?

– Va te faire foutre, Reed !

– Bon sang ! Tire ta crampe un peu ! Amuse-toi !

Furieux, j'attrape les vêtements posés sur la chaise et les tends à la rousse qui hésite à les prendre. Je veux qu'elles disparaissent de ma maison. Je veux être seul avec mon frère.

– Vous n'avez pas entendu ? La fête est finie, partez maintenant !

Reed pousse brutalement la blonde et se redresse pour reboutonner son jean. Il est contrarié. Il m'en veut. Ça se voit à dix bornes.

– Reed, tu nous ramènes ? demande gentiment la plus âgée des deux femmes.

– Que dalle ! Démerdez-vous. Marchez, faites du stop, ce que vous voulez, j'en ai rien à branler, mais dégagez !

Voyant qu'elles hésitent, Reed vocifère, la voix écorchée :

– Vous avez entendu ? Dégagez d'ici !

Je lui lance un regard noir, lourd de reproches. Les deux filles s'éclipsent.

– Qu'est-ce qui ne va pas chez toi ? aboyé-je.

– Non, toi ! Qu'est-ce qui ne va pas chez TOI ? renchérit-il en me pointant du doigt, tout en avançant furieusement vers moi. Je t'ai donné les moyens de vivre ta vie tranquillement, d'en profiter un max, et qu'est-ce que tu fais, ô saint Lucas ? Rien ! Tu bousilles tout !

– Ah, c'est donc ça ? Tu es revenu pour que je te remercie et que je te rembourse ?

– Je n'en ai rien à foutre du fric.

– Alors pourquoi es-tu là ?

La tension, déjà palpable entre nous, s'intensifie.

– Parce que ! hurle Reed.

Je secoue la tête. « Parce que » n'est pas une réponse. Je veux le pousser à bout.

– Tu n'aurais pas dû partir et me laisser seul.

– Je sais. Merci ! Mais c'est comme ça. Alors, arrête de ruminer le passé et de pleurnicher.

Notre altercation est subitement interrompue par la sonnette de l'entrée. Toujours énervé par son comportement, je pars ouvrir d'un pas décidé. En m'approchant de la porte à demi vitrée, je reconnais la silhouette de Cara.

Qu'est-ce qu'elle vient foutre ici, celle-là ? Ce n'est pas le moment. Merde ! Elle va tout foutre en l'air.

6

Cara

Je reste intriguée par les deux femmes que je viens de voir marcher sur le bas-côté du chemin en arrivant à la ferme, mais revenir ici me procure une sensation étrange mêlant nostalgie et souvenirs d'enfance. J'en fais abstraction et me dis que je n'aurais peut-être pas dû venir. J'ai hésité. Je vais sûrement les déranger. Tant pis, il est temps. On se l'était promis et j'y tiens.

Devant la porte, sous le porche, j'attends. Lucas finit par ouvrir.

– C'est encore moi, dis-je, tout sourire en lui montrant la pelle.

Il hausse les sourcils, interloqué par l'outil que je brandis fièrement.

– Cara?

– Reed est avec toi?

– Euh... Oui.

Il paraît encore plus perplexe. J'en ai maintenant la certitude, je les dérange. Ses traits sont tirés et ses yeux injectés de sang. Je tente quand même ma chance.

– Parfait! Ça vous dirait d'aller sur la propriété des Mc Pherson, sous le grand chêne?

– À cette heure-ci? Pour faire quoi?

– Oh! Ne me dis pas que tu as oublié?

Je relâche les épaules, déçue. Comment a-t-il pu oublier ça?

– Pour déterrer la boîte, Lucas! intervient Reed d'une voix totalement détachée et lasse.

Je me penche sur le côté et le vois apparaître derrière Lucas, torse nu. Je déglutis et ravale le fait qu'il soit d'une beauté déconcertante, musclé comme un dieu. Je me fais violence pour détourner les yeux de lui et les reporter sur Lucas. Lucas est un homme bien. Cela se voit. Il a toujours été très sensible. Reed est ou était... Bref! C'est Reed.

– C'est exactement ça, acquiescé-je d'un ton moins enjoué qui pourrait trahir mon malaise.

J'efface le sourire que je n'avais pas vu s'installer sur mon visage.

– Pourquoi pas.

Lucas s'écarte de l'entrée pour me laisser un passage tandis que Reed secoue la tête et se défile en râlant. Il part tout droit vers le salon.

– Il est hors de question que j'aille crapahuter dans les bois comme un gamin en mal de sensations fortes, refuse-t-il en enfilant son tee-shirt.

Il y a quinze ans, nous nous sommes fait la promesse de ne jamais nous quitter et d'ouvrir cette boîte enterrée à notre majorité. Mais tout ceci ne semble, à ses yeux, que futiles enfantillages.

– On se l'était promis, supplié-je en le suivant à la trace, où qu'il aille dans la pièce.

– Il y a quinze ans ! crache-t-il, exaspéré par mon entêtement.

Soudain, il s'immobilise et pivote. Je me retrouve nez à nez avec lui et recule, surprise par son arrêt brusque et troublée par cette subite proximité. Il repère mon embarras et en joue en affichant un sourire séducteur.

Malgré tout je persiste :

– Et alors ? Que cela fasse vingt, dix ou cinq ans, c'est la même chose. On a fait un pacte, tu te souviens ?

Pour le convaincre je vais jusqu'à lui faire les yeux doux. Je souhaite vraiment qu'il se joigne à nous. Il était là ce jour-là. C'était même lui, à l'époque, qui avait pris la photo se trouvant à l'intérieur de la boîte avec le vieux Polaroid de mes parents.

– Et alors ? Tu crois qu'un pacte fait par trois gosses me fera changer d'avis ? Je ne vous suivrai pas, point ! affirme-t-il en s'approchant dangereusement de moi, ses yeux plongés dans les miens.

Je peine à soutenir ce regard arrogant et hypnotique tant sa couleur est profonde et claire. Je me sens comme déshabillée, dépouillée, avalée.

– Dis plutôt que tu as honte de ce que tu y as mis, se moque ouvertement Lucas.

Ce dernier nous observe tour à tour avec attention.

– Lucas ! Tu ne m'aides pas avec ta remarque.

– Écoute, s'il ne veut pas venir, qu'il ne vienne pas !

Reed soupire longuement et, tout en posant ses yeux sur mes lèvres, il abandonne.

– Donne-moi ça, tu vas finir par te blesser, siffle-t-il en me demandant la pelle que je trimbale partout pour me donner un semblant de contenance.

En désespoir de cause je lui tends l'outil. Si sa motivation est de diriger les opérations, autant le laisser faire.

Il ajoute en me fixant :

– Allons-y ! Et pas de mélodrame, vous serez gentils.

Oui ! La remarque m'est clairement adressée. Comme si c'était mon genre de m'émouvoir pour quelques souvenirs d'enfance ! Et puis, même si c'était le cas, qu'est-ce que ça pourrait lui faire ? N'a-t-il plus de cœur ?

7

Reed

La propriété des Mc Pherson est attenante à la nôtre, à l'opposé de celle de Cara. Il suffit de traverser la rivière, le sous-bois et le champ de blé. Le grand chêne, sous lequel nous avons enterré cette stupide boîte, est sur une butte, au milieu de la plantation. Le trajet pour y parvenir prend une bonne dizaine de minutes. La lune étant assez claire, la visibilité est bonne, même si la lampe de poche que tient fermement Cara, devant mon frère et moi, nous aide.

– Alors, où le trouvais-tu cet argent? m'interroge Lucas, marchant à mes côtés.

– Quel argent?

Je sais pertinemment de quoi il parle, mais je n'ai pas anticipé la question et m'imagine déjà sa réaction si je lui avoue tout. Je n'ai pas envie de me prendre mille et un reproches. Cet argent n'étant pas honnêtement gagné, je m'attends à l'inévitable leçon de morale. Il m'a déjà pourri ma soirée. J'ai eu mon compte. Pour l'obtenir, j'ai risqué plusieurs fois ma vie et me suis attiré pas mal d'ennuis, mais cela, il ne le comprendra pas.

– Celui que tu déposais sous le porche.

– Qui te dit que c'était moi?

Je tente une nouvelle fois de me défiler, mais Lucas n'est pas dupe.

Ce dernier rit à ma mauvaise foi et insiste:

– Alors? Il provenait d'où?

– Si tu veux tout savoir. Je me suis prostitué pour toi.

Joueur et un brin taquin, je lui tapote virilement l'épaule et poursuis:

– J'ai donné mon sublime corps à de pauvres femmes esseulées et, parfois, ce n'était vraiment pas beau à voir. Des grosses, des vieilles, des vraiment fripées avec la peau qui pend et tout et tout. C'était dégueulasse, ajouté-je en mimant le dégoût. Étant forcément le plus beau spécimen sur cette terre et étant muni d'un accessoire que beaucoup d'hommes m'envient et que tu n'auras jamais, j'ai eu un succès fou et je me suis fait un tas de fric. Voilà! Tu sais tout.

Cara, qui se fait discrète à l'avant, tend l'oreille et ne peut s'empêcher de sourire à mon manque de modestie.

Lucas soupire.

– Arrête ! Sois sérieux, merde.

Je pensais vraiment échapper à cet interrogatoire, alors je grimace avant d'être un tant soit peu sincère.

– Crois-moi ! Tu n'aimerais pas savoir d'où sortait cet argent, alors laisse tomber, tu veux !

Lucas abandonne tout en soupirant et en secouant la tête.

Sur cette ultime parole, j'accélère le pas pour rejoindre Cara qui marche tranquillement, concentrée, afin d'éviter de se prendre les pieds dans les racines. Arrivant à sa hauteur, je lui enserre fermement le bras et la bouscule.

– Fais attention où tu mets les pieds, voyons ! Tu pourrais tomber, ricané-je, fier de ma boutade.

Elle plisse le front et les yeux. Le regard qu'elle me lance n'est pas aussi marrant que ma blague. Elle agite son bras pour que je lâche prise.

– Crétin !

Le sourire idiot que j'esquissais se fane.

– Alors, dis-moi, pourquoi tu cherches tant à déterrer ces vieux souvenirs ?

– Parce qu'on se l'était promis et que nous sommes de nouveau réunis. C'est l'occasion, non ?

– Tu comptes rester longtemps dans le coin ?

– Et toi ?

– Ce n'est pas bien de répondre à une question par une autre, dis-je en me penchant sur elle, amusé.

– Je ne sais pas, Reed, lâche-t-elle, agacée. Ça dépendra du temps que prendront les travaux et la vente de la maison.

– Pourquoi veux-tu la vendre cette maison, madame « J'ai un appartement avec vue sur Central Park » ?

Surprise, Cara s'immobilise.

Je sais qu'elle n'est pas financièrement dans le besoin, mais je me maudis. Je ne suis pas censé savoir qu'elle possède un appartement avec vue sur le parc le plus célèbre au monde. J'accélère le pas en me défilant.

– Comment sais-tu ça ?

– Oh, regardez ! Un grand chêne ! raillé-je sur un ton faussement enjoué, pour éviter de lui répondre. Vite, allons déterrer nos souvenirs. J'ai trop hâte !

Dépitée, elle secoue la tête et me laisse prendre de l'avance.

– Qu'est-ce qui se passe ? demande Lucas en arrivant à la hauteur de Cara.

– Ton frère est…

Elle cherche ses mots.

– … agaçant? finit-il sa phrase.

Elle prend une profonde inspiration et acquiesce:

– C'est exactement ça! Sauf que je n'allais pas être aussi polie que toi.

– OK, je te l'accorde, c'est un abruti.

– Je vous entends, m'écrié-je avant d'arrêter ma route et de me tourner vers eux.

Je serre la mâchoire et les poings, ressentant au fond de moi la morsure de la jalousie en les voyant si proches. J'aperçois les yeux pétillants de Cara posés sur ceux de mon petit frère. Jamais aucune femme ne m'a regardé de la sorte et je donnerais tout pour connaître cette sensation. Le grand sourire de Cara me rappelle combien je l'aimais autrefois, combien je l'ai toujours aimée. Le geste tendre qu'elle esquisse ensuite vers l'épaule de Lucas finit de m'achever.

Je détourne les yeux en ravalant ma désillusion. Il est évident qu'elle flirte avec lui et que c'est une question de temps avant qu'il cède.

– Oh! Vous vous bougez un peu, crié-je d'un ton bourru. On n'a pas toute la nuit.

Après la traversée du champ des Mc Pherson, nous arrivons enfin à destination. Je tends la pelle à Lucas. Il s'en empare sans enthousiasme. Il est hors de question pour moi de creuser. Je suis venu, mais n'ai pas changé d'avis sur le fait que tout ceci est débile. Cette boîte ferait mieux de rester ensevelie sous terre. Elle risque de soulever bien trop de questions.

– Amusez-vous bien!

Lorsque, d'un regard noir, Cara me passe devant, je tente d'attraper la lampe de ses mains, mais cette entêtée résiste.

Je grogne:

– Lâche ça!

– Non!

– Si!

Elle la tient de toutes ses forces. Je m'en régale. J'aime le caractère et la fougue de Cara, mais, hélas pour elle, je sais comment avoir le dessus sans user de ma force physique. Je plante mes yeux dans les siens, affiche le petit sourire provocateur ayant le don de mettre en rogne pas mal de monde, puis avance le menton pour lui effleurer le visage. Elle déglutit longuement, décontenancée. Elle est sur le point de lâcher prise. Je la mets tellement mal à l'aise qu'elle cesse même de respirer. Au moment où je pose mon regard sur ses lèvres, elle abandonne, cède la lampe et recule.

– Bon ! dit-elle, déroutée. Il ne reste plus qu'à deviner où elle se trouve parce que, personnellement, je ne m'en souviens pas.

D'un geste machinal, elle replace ses longs cheveux bruns derrière ses oreilles et jette un coup d'œil distrait et rapide dans ma direction. Je perçois son trouble. Alors, d'un sourire victorieux, je m'adosse au tronc en croisant les bras contre ma poitrine tandis que Lucas plante la pelle au hasard dans la terre et commence à creuser. Il entame ainsi plusieurs trous sans grand succès. Cara entreprend de l'aider en fouillant de ses mains.

Se baissant tous les deux en même temps, ils se bousculent maladroitement.

– Pardon ! s'excuse poliment Lucas.

Elle lui sourit timidement. Je lève les yeux au ciel. Ils sont vraiment agaçants. Lucas décide de détendre l'atmosphère en la bousculant à nouveau de l'épaule.

– Hé ! glousse-t-elle en lui rendant sa bourrade.

Lucas rit en perdant l'équilibre. Assis, il attrape une motte de terre sablonneuse et la lui lance sur sa veste. Elle riposte immédiatement et lui envoie une poignée d'herbe qu'il reçoit en plein visage. Lucas lève les mains en signe de reddition. Il s'avoue vaincu alors que je commence à réellement perdre patience.

– Attends ! Ne bouge pas ! Tu as quelque chose dans les cheveux, s'exclame Lucas en regardant la brindille d'herbe accrochée à sa chevelure avant de lui retirer.

Je ne supporte plus de les voir se livrer à ce petit jeu de séduction. À cran, je quitte la position confortable que j'avais adoptée, en appui sur l'écorce du chêne, et m'empare de l'outil posé par terre. Une fois la pelle en main, je fais quelques pas en direction du nord et la plante violemment dans le sol.

– Elle est là votre foutue boîte !

Sur ces quelques mots, je redescends la butte d'un pas décidé, abandonnant là mon frère et Cara. J'en ai marre de cette chasse au trésor nocturne inutile et ridicule. Et puis, les voir flirter me sort par les yeux.

– Reed, où vas-tu ? Reste ! crie Cara.

– Non, je me casse ! Amusez-vous bien !

– La lampe, Reed ?

– Dans tes rêves, Lucas ! J'ai que deux yeux, vous en avez quatre, démerdez-vous !

8

Lucas

Cara se redresse, prête à piquer un sprint pour retenir mon frère, mais je l'en dissuade en l'agrippant par le bras.

– Laisse-le. Il ne voulait de toute façon pas venir. Il s'en fout de cette boîte. Elle n'a plus aucune signification pour lui.

Elle se retourne vers moi et, déçue, elle m'interroge:

– Pourquoi est-il devenu si agressif? Lui qui était si doux autrefois.

Je hausse les épaules, navré de ne pas pouvoir lui répondre.

– Tu crois qu'il a raison? dit-elle ensuite, tout en fixant la pelle plantée au sol.

– Allons vérifier.

Je n'ai pas donné trois coups dans la terre que nous entendons un choc métallique. Nous nous penchons tous les deux et creusons à mains nues pour éviter d'abîmer la boîte, quand, soudain, la lueur de la lune se reflète sur l'objet. Je m'empresse de la sortir avec délicatesse et passe ma paume sur le socle pour en dégager la boue séchée.

– C'était une des boîtes à biscuits qu'affectionnait tant ma mère, se remémore Cara, attristée et nostalgique. Elle en achetait chaque semaine et avait fini par avoir une véritable collection.

– Je m'en souviens, oui. Elle nous en donnait pour le goûter.

Nous nous asseyons côte à côte, au creux des racines du chêne centenaire. L'érosion du sol ayant oxydé le fer, je peine à l'ouvrir. Toutefois, en m'obstinant, le couvercle finit par céder.

Aussitôt, nous plongeons nos regards au fond de cette boîte où nous avions déposé les objets auxquels nous tenions le plus. Cara est la première à mettre la main dedans pour y saisir ce qu'elle y avait placé quinze ans plus tôt, et c'est avec un léger sourire plein de mélancolie qu'elle en sort une peluche: un husky bleu et blanc qu'elle prénommait autrefois d'un nom ridicule qui m'a échappé et qu'elle trimballait partout.

– Mister Bubble, lâche-t-elle en le serrant contre sa poitrine.

À mon tour, j'attrape le petit collier de perles d'ambre que ma mère m'avait confectionné alors que je n'étais qu'un bébé. Je l'avais mis dans la boîte, car, à l'époque, la seule chose à laquelle je tenais était le peu de souvenirs que je gardais d'elle.

– Qu'est-ce qu'il y a ? Ça ne va pas ?

Je m'inquiète en voyant l'air stupéfait de Cara. Le nez dans la boîte, elle fronce les sourcils.

– La boîte est vide.

– Sérieux ?

Je jette un coup d'œil dedans.

– Tu te souviens de ce que Reed avait mis à l'intérieur ?

– Un bout de papier, je crois, ou plutôt une enveloppe. Oui, c'était une enveloppe, mais je n'ai jamais su ce qu'elle contenait.

– La photo a aussi disparu, dit-elle, déçue de ne pas la revoir.

– Étrange.

– Tu crois qu'il est déjà venu avant ce soir ? me demande-t-elle.

– Je suppose, mais ça doit faire un bout de temps. La terre n'était pas retournée.

Consternés, nous nous regardons.

9

Reed

Fixant l'horizon, assis sur la plus haute marche du porche de cette maison qui fut autrefois la ferme de mon grand-père, puis de ma mère et de mon enfoiré de beau-père, j'encaisse les souvenirs. Cette demeure m'a vu grandir, rire et me chamailler avec mon petit frère, mais elle m'a aussi vu pleurer, hurler et maudire la terre entière. Elle a été témoin de ma descente aux enfers, de ma chute.

Je suis rentré depuis une bonne heure. Je réfléchis, une bouteille de vieux whisky infect à la main. Une de celles que mon beau-père, Robert, essayait de distiller illégalement dans le maudit cabanon de chasse planqué dans les bois. Je repense à mon existence et me surprends à regretter certains épisodes que j'aurais pu éviter. Je suis en colère contre la vie. Contre cette chienne de vie. La solitude me pèse de plus en plus. Je suis seul. Seul et lamentable.

En avalant une autre lampée de cet infâme liquide, mon regard est attiré par une silhouette sortant des rangs de maïs.

– Ça y est? Vous avez fini de faire mumuse dans les bois? ris-je sans joie en reconnaissant Lucas.

Il s'avance paisiblement, les mains dans les poches.

– Ouais, ça y est.

– Et Cara, tu l'as mise où?

– Raccompagnée chez elle.

Lucas s'assied à mes côtés et observe à son tour le clair de lune sur l'étendue de maïs déjà bien haut pour la saison. Je lui tends la bouteille, mais il refuse en remuant à peine la tête.

– Ça va, toi? s'enquiert-il.

Portant la bouteille à mes lèvres, je stoppe net mon mouvement, intrigué par sa soudaine compassion. Je laisse retomber mollement le bras, ivre et déboussolé par le fait que nous avons passé la journée à nous faire des reproches. Enfants, nous étions soudés, même si cet entêté m'en faisait voir de toutes les couleurs.

– Il est mort.

Ma voix résonne comme un coup de tonnerre dans ma tête.

– Qui ? se soucie Lucas.

Je me lève, tanguant, puis me soutiens à la rambarde en bois.

– Robert. Robert est mort, Lucas. Alors ne t'attends plus à le voir un jour débouler ici. Tu es libre. Nous sommes libres, frangin ! Le cauchemar est fini.

Il reste assis, perplexe, et me suit du regard. Je dévale les marches pour rejoindre ma voiture. Je ne veux pas de son jugement ni de sa pitié ou autre. Je veux oublier cette période de ma vie. Ne plus en parler. Tirer un trait définitif sur notre passé.

– Reed, où vas-tu ?

– Loin.

– Tu fuis encore ?

– Non, p'tit frère. Je vais me vider l'esprit.

– Dis-moi pourquoi tu es revenu ? insiste-t-il encore. Pour Cara ?

Marchant à reculons, je lui lance, le cœur déchiré :

– Elle est à toi. Elle a toujours été à toi, Lucas.

***

Après avoir roulé un petit moment, je m'arrête à l'adresse écrite sur le petit bout de carton.

Meredith Dayle 4931 Maine Street B.

Je frappe plusieurs coups contre la porte de l'appartement et attends qu'elle vienne m'ouvrir.

Sur le pas de la porte, Meredith s'étonne de me voir.

– Reed ? Que fais-tu ici ?

Je n'ai pas envie de discuter, alors je m'élance sur elle, place mes mains sur sa chute de reins et l'attire contre moi pour presser ma bouche sur son cou. Elle comprend le message et vacille déjà sous mes baisers et mes morsures.

– Embrasse-moi, Reed.

Je grogne en la faisant reculer vers le salon. Elle réitère sa sollicitation en me repoussant de ses mains contre mon torse.

– Putain ! Déshabille-toi, écarte les cuisses et ferme-la, tu seras gentille.

Malgré mes paroles sèches et abruptes, elle me tient tête en m'écartant une nouvelle fois.

– OK, je me tais si tu m'embrasses.

Le peu de patience que j'ai généralement est mis à rude épreuve. Je tente malgré tout de garder mon calme. Je lui enserre le cou, le lui comprime légèrement et la plaque contre la paroi.

– Je t'ai déjà dit cent fois que je ne t'embrasserai jamais, alors si tu ne veux pas que je t'étrangle, tu la fermes et tu te laisses baiser ! Pigé ?

Contre toute attente, elle sourit. Mes menaces, elle s'en tamponne. Cette garce est excitée par ma violence. C'est ce que j'aime chez Meredith Dayle. Elle sait comment me mettre à bout, et cela rend nos parties de jambes en l'air plus intenses.

Déjà pantelante et animée d'un appétit féroce à l'idée de subir mes coups de boutoir, elle défait le nœud de son bas de pyjama et le laisse glisser le long de ses jambes.

Je murmure, ravi qu'elle obtempère sans rechigner :

– Parfait, ma belle.

Sans aucune délicatesse, je la soulève, les mains cramponnées à ses fesses, et la dépose sur la table. Bouillante, elle se hâte d'ôter ma ceinture, mon jean, et ne prend même pas la peine d'enlever mon tee-shirt. J'enfonce mes doigts dans ses cuisses, l'attire sur le rebord et les lui écarte. Je me munis d'un préservatif et m'empresse de l'enfiler.

Je ferme les yeux et, levant le menton vers le plafond, je la pénètre d'un coup sec. Elle n'était pas apprêtée pour me recevoir, mais peu importe, je ressens une vive douleur. Celle que j'attendais. Elle me libère de la rage qui a pris possession de mon corps. J'en veux davantage. Je veux avoir mal. Je veux souffrir.

La chevauchant rudement, des flashs subliminaux se succèdent. Cara allongée nue sur un lit. Elle me sourit. Son regard m'invite, m'appelle. Elle remue, se redresse et prend des postures aguichantes. Je bande plus fort. Ses seins, ses délicieux petits seins pointent, je les veux en bouche. Je perds pied. Je fantasme, affamé. Mais le retour à la réalité me percute de plein fouet. Meredith se courbe et crie de plaisir. Je suis à bout de souffle et en sueur. Les signes précurseurs de l'orgasme se répandent le long de mon échine. Je grogne, je râle. C'est exquis. Elle hurle et, dans un dernier coup de reins profond, je jouis et laisse retomber ma tête sur son épaule.

Mais je ne vais pas mieux.

10

Cara

Coiffée d'une queue-de-cheval, les yeux légèrement maquillés et habillée d'un jogging mauve, je jette un coup d'œil furtif à mon reflet dans le miroir, près de la porte d'entrée, avant d'ouvrir à Lucas.

– Coucou, dis-je, enthousiaste.

Il me gratifie d'un large sourire avant de poser ses outils, puis dépose un baiser sur ma joue en accompagnant son geste d'une accolade chaleureuse. Gênée par cette étreinte troublante, tant être contre lui est agréable, je bredouille :

– Bon, on s'y met ?

– Bien sûr.

– Tu as besoin d'aide pour ton matériel ?

– Non. Ça ira, tout est là.

Il me montre la ponceuse et la rallonge.

– Parfait, et que puis-je faire pour t'aider ?

Lucas me sourit tendrement.

– Un café, peut-être ?

– Oh ! Oui, j'y vais. Installe-toi. Fais comme chez toi… Commence. Je… je reviens.

Dans la cuisine, je me maudis. Pourquoi suis-je aussi cruche face à lui ? Ce n'est pas possible, une vraie tarte. Je perds tous mes moyens.

Je prends une minute pour souffler et reprendre mes esprits. Une fois le café servi, je le lui amène.

Dehors, sous le porche, Lucas a démarré le ponçage du bardage effrité. Je m'avance et m'écrie, pour couvrir le vrombissement de la machine :

– Alors, tu as parlé avec Reed pour la boîte ?

Aussitôt, il éteint la ponceuse et la pose au sol, puis se redresse pour saisir la tasse fumante que je lui tends. Pensant que je la maintiens fermement, Lucas n'y fait pas attention et, dès lors que nos doigts se frôlent, je la lâche. La tasse glisse d'entre nos mains pour se briser sur le plancher.

Hébétée, je me baisse pour ramasser les morceaux. Navré, Lucas en fait de même.

Nos fronts se heurtent.

– Oh! Désolé, dit-on à l'unisson.

– C'est rien…

– C'est…

J'allais dire la même chose. Un court instant, nos regards se croisent, quelque chose se passe. Cela crée un nouveau malaise. Je détourne les yeux pour me concentrer sur ma tâche.

Les plus gros morceaux ramassés, je me redresse.

– Je vais t'en faire un autre.

– Non, Cara, vraiment. Ce n'est pas grave.

– D'accord. Comme tu veux.

– Oui. Je vais me mettre au travail et on fera une pause-café plus tard, OK?

J'acquiesce et quitte les lieux, le laissant poursuivre, une grimace sur le visage. Quelle maladroite! Je dois me ressaisir. Tu retapes cette maison, tu la vends et tu retournes à ta vie new-yorkaise, point! Pas de Lucas, pas de flirt, rien. Je regarde par la vitre et l'observe qui s'affaire, puis me mords la lèvre en ravalant l'effet que sa vue me procure. Non, Cara. Non! Je t'interdis de le trouver craquant.

Les heures défilent. Je range et trie les babioles, les décorations, cadres et autres objets de mes parents pour les mettre dans des cartons que je descends au sous-sol.

Me passant une main sur le front et après avoir déposé un carton, je me redresse et balaye la cave du regard. Éclairée d'une petite ampoule qui se balance de droite à gauche, parsemée d'énormes toiles d'araignées, cette pièce est toujours aussi morbide et aussi effrayante. Je détestais déjà y descendre petite. Cela n'a pas changé.

Entendant une marche craquer, je sursaute et me retourne vivement. Je pose ma main sur ma poitrine, soulagée de le voir.

– Lucas!

En haut du vieil escalier en bois, il me sourit.

– Désolé, je ne voulais pas te faire peur.

– Ce n'est rien. Cette pièce me fiche une trouille bleue.

Amusé, il s'explique:

– Je te cherchais. On se la fait cette pause-café?

– Oui. Bien sûr.

Je tire sur la chaînette pour éteindre la lumière et, avant de monter les marches, je jette un dernier coup d'œil angoissé derrière moi.

Installés autour de la table de la cuisine, tasses fumantes en main, nous nous scrutons chacun notre tour dans un silence embarrassant.

– Pour répondre à ta question de tout à l'heure, se lance enfin Lucas, non, je n'ai pas pu parler avec Reed au sujet de la boîte. Il est parti hier soir je ne sais où, après une courte discussion.

– Ce n'est pas grave. On lui demandera une autre fois.

– Par contre, il m'a dit quelque chose d'étrange.

– Oh?...

– Apparemment, Robert serait mort.

J'affiche de grands yeux hagards.

– C'est ce qu'il t'a dit?

– Oui.

Soufflant machinalement sur mon café brûlant, j'en conclus:

– Tu penses qu'il est au courant ? Enfin, je veux dire, qu'il sait vraiment ce qu'il lui est arrivé? Et qu'il pourrait être...

Je n'ose pas terminer ma phrase tant ma conclusion est hypothétique et absurde.

– ... impliqué?

Je hoche la tête, confuse.

– Sincèrement, je n'en ai aucune idée, commence-t-il en cherchant ses mots. Mon frère a toujours détesté Robert...

Je l'interromps.

– Ce qui est compréhensible, non? Il n'était pas tendre avec vous.

– Effectivement, mais de là à le tuer? Je ne sais pas. En tout cas, je m'en méfie.

– Tu te méfies de Reed?

Le plus sérieusement du monde, il affirme:

– Oui. Il semble différent. Je pense que le Reed que nous avons connu a disparu. J'ai comme un mauvais pressentiment.

– C'est-à-dire?

– Je ne sais pas comment te l'expliquer, mais une chose est certaine, ce n'est plus mon frère. Je l'ai vu agir, hier soir, avec ces deux femmes, il les a traitées comme de vulgaires objets. J'ai vu de la rage, de la hargne dans son regard, du sadisme, comme une personne dépourvue de bon sens et de sentiments. Un psychopathe m'aurait fait moins peur.

Subjuguée par ses dires, je lui pose la seule et unique question qui me vient spontanément :

– Tu penses qu'il est revenu ici pour quoi ?

– Sincèrement, lâche-t-il. Toi.

Surprise, je m'étouffe avec ma gorgée de café.

– Moi ? Mais non. C'est insensé.

Perplexe, je le jauge du regard. Il paraît indubitablement convaincu de ce qu'il avance. J'en reste sans voix, puis je me mets à rire, nerveusement.

– C'est absurde. Il avait un petit béguin pour moi à l'époque, mais quatorze ans après… Non, c'est impossible. Puis, comment aurait-il pu savoir que j'étais de retour ?

Je me tais, frappée par une de ses paroles. Hier soir, il a parlé de mon appartement sur Central Park. Comment peut-il savoir ça ?

– Ne t'inquiète pas, Cara, me rassure-t-il en apposant sa main sur la mienne. Je ne le laisserai pas te créer d'ennuis, d'accord ? À l'époque, il était bien plus fort que moi, mais aujourd'hui les choses ont changé.

Son regard me tranquillise. Je suis attendrie par sa façon de se comporter avec moi. Il est avenant, doux et posé. Être à ses côtés est un vrai plaisir. Ses yeux émeraude reflètent l'intelligence, la connaissance et la sérénité.

Comment ne pas être sous le charme ?

Portée par une envie subite de le toucher, je lève ma main pour effleurer sa joue. Au départ, je voulais simplement lui enlever le surplus de poussière provenant du ponçage, mais mon geste se mue en une délicate caresse qu'il accueille en fermant les yeux. Lorsqu'il les ouvre à nouveau, ils sont plus brillants, plus doux.

Il bafouille :

– Je… Je vais m'y remettre.

Finissant sa boisson d'une traite et hésitant, il met fin au contact. Je repose ma main sur la table, troublée. Je n'aurais peut-être pas dû. Je me fais sûrement des films à son sujet.

La rénovation se poursuit. Lucas passe les jours suivants à poncer, restaurer puis peindre le bardage. Cette semaine est riche en tension entre nous. Finalement, je ne me faisais pas de film. Alors qu'on est occupés à nos tâches respectives, nous nous épions, par moments de façon discrète, à d'autres non. Nos journées sont rythmées d'effleurements anodins, recherchés par lui comme par moi.

Au fil des heures et des jours, nos gestes fortuits le deviennent de moins en moins. Nos regards se font plus insistants. J'admire sans la moindre gêne la fermeté de ses muscles, passant de ses bras à son torse parfois nu, puis à ses fesses bien moulées dans son jean. Quant à ses yeux, ils sont sans cesse attirés par mes formes. Je le vois bien. Nous nous quittons chaque soir un peu plus troublés, et les rêves qui hantent mes nuits sont d'une telle sensualité que me retrouver en sa présence le lendemain matin est une véritable torture pour mon self-control.

– Toujours pas de nouvelles de Reed? demandé-je en appliquant la peinture sur l'encadrement de la moustiquaire.

Perchée sur l'escabeau que j'ai retrouvé dans l'ancienne cabane à outils de mon père, je me penche pour plonger le pinceau dans le pot suspendu au crochet de la petite échelle.

– Non. Aucune nouvelle. Mais je suis certain qu'il ne tardera pas à se manifester et, crois-moi, on en aura vite marre.

J'émets un rire léger.

– C'est certain!

Le sourire aux lèvres, Lucas pose le rouleau et s'avance vers moi.

– Dis-moi, Cara... Je t'ai dit que cet après-midi je ne serai pas disponible pour le chantier?

– Hum, me contenté-je de répondre, un sourcil levé.

Pourquoi aborde-t-il à nouveau le sujet?

– Voilà. En fait, je suis à la présidence du comité des fêtes de Cornfield et...

– Waouh! le coupé-je, amusée. Je suis impressionnée, Monsieur le Président.

Je me moque gentiment de lui. Il rit de mon sarcasme, non sans une certaine fierté.

– Aujourd'hui, en ville, on fête le printemps et, à cette occasion, je dois être présent pour organiser certaines activités, tu comprends?

– Oui, bien sûr, pas de problème, dis-je en me passant la main sur le front pour retirer une mèche rebelle.

Lui ayant déjà donné mon accord pour l'arrêt des travaux avant midi, je ne comprends pas trop pourquoi il m'explique tout cela.

– Et, continue-t-il, ce soir, on organise un bal. Alors je voulais savoir si tu serais d'accord pour m'y accompagner.

– Oh! Un rencard?

Je ricane, nerveuse.

– Oui, enfin, si tu veux, dit-il en haussant les épaules. Ce n'est absolument pas une obligation. Tu fais vraiment comme tu veux.

Je perçois sa gêne, alors j'opte une nouvelle fois pour l'humour et accepte, non sans excitation, cette invitation.

– Avec grand plaisir ! Je serais honorée d'être à votre bras, Monsieur le Président.

Lucas rit à nouveau et s'avance vers l'escabeau sur lequel je suis toujours perchée. Il pose ses mains sur ma taille et, à bout de bras, il me soulève pour me descendre de mon perchoir.

– Hé, gloussé-je, surprise et amusée. Que fais-tu ?

– C'est l'heure de la pause.

Je rechigne en riant.

– Je dois finir d'étaler la peinture. Ça va faire une coulure.

Il se serre contre moi. Je frémis. Une forte pulsion, une envie soudaine, un désir qui ne m'a pas vraiment quittée de la semaine s'empare de moi. Cela fait des jours que je rêve de l'embrasser. Encore une fois, je me maudis car je ne suis pas ici pour ça. Je me connais. Si je me laisse aller, je vais tomber amoureuse. J'ai un cœur d'artichaut et ce n'est pas nouveau.

– Juste une minute, Cara. On rattrapera la coulure plus tard, murmure-t-il.

Je trouve son regard. C'est tellement facile de l'apprécier, il incarne tout ce dont j'ai besoin en ce moment : tendresse, attention, délicatesse... En plus, pour ne rien gâcher, n'importe quelle femme se retournerait sur son passage. Lucas est d'une rare beauté : grand, bien bâti, attirant et rassurant à la fois par sa large carrure et son regard tendre.

Le désir qui naît en moi en le regardant me pousse à lever légèrement le menton. Lucas hésite un peu, mais ma gestuelle semble l'inviter au baiser. Alors, il penche la tête et dépose lentement ses lèvres sur les miennes. Le contact est doux et envoûtant. Je gémis. Tout mon corps frissonne.

Ce premier échange est chaste et retenu, mais plein de promesses. Lorsque nos bouches se séparent, nous communiquons nos impressions par de simples regards. Les timides sourires ravis se dessinant sur nos visages laissent penser que nous sommes sur la même longueur d'onde. Je n'ai pas envie de briser le doux silence qui nous enveloppe et Lucas ne paraît pas le vouloir non plus. Nous sommes sur une autre planète, loin de tout, et c'est exquis.

Toutefois, je murmure, encore éperdue par notre baiser :

– Tu veux un café ?

– Nous devons finir, grimace-t-il en glissant ses doigts sur mes joues. Il y a encore pas mal de boulot, tu ne crois pas?

Je soupire et acquiesce. Il a raison. Je reprends le pinceau et, notre baiser ayant engendré un léger malaise, je décide de détendre un peu l'atmosphère.

Le regard plein de malice, je trempe l'outil dans la peinture, tout en fixant Lucas, resté contre moi.

Il anticipe ce qui va se passer et recule de quelques pas, les mains tendues devant lui et le visage sévère.

– Non! Cara! N'y pense même pas!

J'affiche déjà un sourire diabolique et hoche la tête lentement, prête à lui bondir dessus et à le barbouiller de peinture.

Aussitôt, il se protège et me menace à son tour avec le rouleau, attrapé lorsqu'il se dérobait, et c'est dans un éclat de rire que nous nous jetons l'un sur l'autre pour tenter de colorer un maximum l'adversaire, tels deux gamins. Je n'ai visiblement pas le dessus, mais continue à me défendre férocement. Il saisit mes poignets et, après m'avoir recouvert les bras, les joues et le bout du nez de peinture, il menace de poursuivre mon relooking si je ne m'arrête pas. Je suis déçue. Je ne suis arrivée qu'à le toucher sur l'épaule et le débardeur.

Je glousse, à bout de souffle.

– Allez, laisse-toi faire.

– Non, Cara, je te lâche si tu me promets de ne pas riposter.

J'esquisse une petite moue dans le but de l'amadouer, mais je suis incapable de tenir ma grimace tant je m'esclaffe.

– Allez! Un petit tatouage. C'est joli, les tatouages, non?

Lucas tente de sévir face à mon obstination. Cependant, il est tout aussi amusé, et le visage ferme et sérieux qu'il essaye d'afficher n'a rien de convaincant.

Je pouffe de plus belle.

– Lucas! J'aime les garçons avec des tatouages, les mauvais garçons, alors laisse-toi faire.

Il lâche prise et son expression change du tout au tout. Je ne comprends pas ce brusque revirement d'humeur: qu'ai-je dit de mal?

Il recule et s'assied sur la balancelle suspendue dans l'angle du porche. Et c'est le regard dans le vide qu'il en conclut:

– Mon frère est ce genre de garçon. Il te plaît?

Quoi? Mais qu'est-ce qu'il lui prend?

Égarée par ce soudain retournement de situation, je cherche à le rassurer.

– Je… je rigolais.

– Je peux te poser une question?

– Oui, bien sûr, je t'écoute.

– Étais-tu amoureuse de mon frère quand nous étions gosses?

Je m'offusque.

– Non. Pas le moins du monde, et puis qu'est-ce que cela change?

Debout devant lui, je viens apposer mes mains sur ses joues tandis qu'il s'entête à détourner le regard.

– J'étais amoureuse de toi, Lucas. De toi et de personne d'autre! Ça a toujours été toi. Comment as-tu pu ne pas le remarquer? Tu ne te souviens pas de notre baiser sous le grand chêne?

– Si, si, mais…

Malgré ce que je viens de lui avouer, il peine à me croire. Il fronce les sourcils et me regarde enfin. Face au doute qu'affiche Lucas, je scelle mon aveu par un baiser. Il l'accueille tout d'abord avec un léger recul puis, peu à peu, avec un désir grandissant, et finalement, avec fougue.

Il se redresse, me pousse doucement en arrière jusqu'à ce que je heurte le mur de mon dos et me prend le visage en coupe. Il glisse impatiemment sa langue dans ma bouche, descend ses mains le long de mon corps, agrippe le haut de mes cuisses et me soulève tout en me plaquant contre la paroi.

Instinctivement, je l'enroule de mes jambes et croise mes bras derrière sa nuque tout en plongeant mes doigts dans sa chevelure. Avide de désir, je tressaille, frémis et geins à nouveau d'exaltation. Le baiser passionné qu'on échange en dit long sur le feu qui nous embrase. Cette fusion charnelle qui nous pousse l'un vers l'autre. Nos gestes n'ont plus aucune retenue.

J'enfouis mes mains sous son tee-shirt. Je veux sentir sa peau, sa chaleur. Je pars à la découverte de chaque parcelle de son torse musclé. Je m'en délecte.

Il me repose doucement sur mes jambes et met momentanément fin à notre baiser. Il ôte son débardeur qu'il laisse tomber, puis défait la fermeture éclair de ma veste. Je la laisse glisser sur le plancher et lui tends la main.

– Viens.

Je le guide jusqu'au salon. Il me bascule sur le vieux sofa tout en pressant ses lèvres contre les miennes et s'allonge sur moi.

Quittant à nouveau ma bouche, il me susurre au creux de l'oreille:

– Tu es tellement belle. Tu es vraiment magnifique…

Les joues empourprées, je souris avant de chercher avidement le contact de ses lèvres. Ce compliment me touche et me fait vibrer. J'ai envie de lui plus que de toute autre chose sur terre. J'en oublie mes interdits. Je ne voulais pas succomber. Je succombe.

– Si tu veux prendre ton temps, dis-le-moi, je ne veux pas te brusquer, d'accord? précise Lucas, refusant de me forcer à faire quoi que ce soit que je pourrais regretter.

Je le désire et, pour rien au monde, je ne souhaite patienter davantage. Il est trop tard, tant pis.

– Je t'en prie, Lucas, fais-moi l'amour. Je le veux vraiment.

Impatiente, j'entreprends de lui retirer son jean. Il m'aide et, à son tour, finit par m'ôter le reste de mes vêtements.

Il plonge tout d'abord son nez sur ma poitrine et prend un de mes seins dans sa paume tandis qu'il titille l'autre du bout de sa langue, puis se met à délicatement le suçoter. Mon sang bouillonne et mes tétons durcissent, gorgés de désir. Encouragé par mes réactions, Lucas glisse ses mains tremblantes sur ma peau fiévreuse pour les caler sur mes flancs. De sa bouche, il parcourt le long de mon abdomen qui se contracte sur son passage. Ma respiration devient de plus en plus rapide et saccadée. Je lui agrippe les cheveux et me cambre légèrement lorsqu'il appose ses lèvres sur mon bas-ventre. Il m'écarte doucement les jambes et passe ses bras sous mes cuisses afin de m'attirer à lui. Son souffle chaud effleure mon intimité. Je vacille. Je n'en peux plus. Je me trémousse sous lui. Je me languis du contact de sa bouche sur ma chair sensible. En petits cercles délicats, il caresse mon clitoris de sa langue. Brûlante, je resserre légèrement mes jambes autour de sa tête. Le plaisir qu'il me donne me rend folle. Tout en continuant de me laper, il introduit lentement un doigt, puis deux entre les replis de mon sexe palpitant et humide. Je suis à bout, au bord du précipice. Tout ce qu'il me fait est si bon qu'il me met dans une transe indescriptible. Quand, enfin, l'orgasme me submerge, je me tends et hurle son prénom tellement mon plaisir est intense.

Dans un sourire, il se redresse et se cale au-dessus de moi. Il marque une hésitation. Je vais devenir folle s'il ne me possède pas maintenant.

– Je n'ai aucune protection, lâche-t-il, hagard.

– S'il te plaît, nous sommes adultes. J'ai confiance en toi. Et toi, n'aie aucune crainte... Et puis je prends un contraceptif. D'accord?

Lucas me sourit tendrement et, se plaçant correctement, il me pénètre lentement, trop lentement à mon goût. Il se retire entre chaque poussée et revient doucement. Le supplice est doux, excitant. Tout en me pilonnant à un rythme régulier, il plaque ses lèvres contre les miennes. Le sentir en moi, contre moi est exquis. J'aime ça. J'adore. J'en redemande encore et encore. Je le veux au fond de moi. Je me cramponne à ses épaules, enfonce mes ongles dans sa peau. Il accélère, grogne. L'ultime coup de reins qu'il m'assène fait trembler tout son corps au point qu'il peine à tenir sur ses bras. Ses muscles se raidissent et son corps éclate en un orgasme.

11

Lucas

En dépit de nos multiples étreintes, nous peinons à nous quitter. Les « Bon ! Je dois y aller », les « Je sais », les « Tu me manques déjà », les « Bon ! Je dois vraiment y aller maintenant » entre deux baisers ne cessent de se succéder. Nous savons que nous allons nous revoir dans quelques heures, mais nous ne pouvons nous imaginer loin des bras de l'autre. Pourtant, je finis par m'en aller. J'ai des obligations.

Cet après-midi, je dois me rendre dans le centre-ville, sur la place des Commémorations, pour y superviser diverses activités, et la tâche ne sera pas de tout repos. Chaque année, avec l'aide du comité des fêtes, les écoles, collèges et lycées du comté, nous organisons un vide-greniers, des jeux, des animations et un bal pour la fête du Printemps.

En tant que président du comité, je vais devoir régler les habituels petits conflits, comme les emplacements à délimiter car, comme tous les ans, certains essayeront d'empiéter sur l'espace du voisin. Je devrai également accorder une attention particulière à l'approvisionnement du stand « restauration » en boissons et sandwichs et m'occuper des décorations, guirlandes électriques et banderoles. Dans l'absolu, tout se passe généralement bien. L'ambiance est festive et détendue. Mais la mise en place de tout ce petit monde requiert une concentration constante et beaucoup de patience et de diplomatie.

Ce jour-là, chaque bénévole met la main à la pâte en s'attelant à sa tâche avec le sourire. Tout au long de l'année, cette fête est impatiemment attendue par tous les habitants de la petite bourgade. Dans le cœur des administrés, cet événement passe avant Halloween, la fête des moissons ou même la fête nationale. C'est un jour important.

En rentrant à la ferme pour me doucher, me changer et prendre un petit en-cas, je remarque la Mustang garée devant la vieille grange. Je me doutais qu'il se manifesterait aujourd'hui. J'aurais même pu le parier tant c'était prévisible.

Quand je passe la porte, je heurte une imposante valise posée à même le sol. J'inspecte aussitôt les alentours et constate la présence d'autres sacs sur les marches de l'escalier menant au premier étage.

Je pose mes clefs sur le meuble et enjambe une mallette en fer.

– Reed ! Tu es là ?

Je patiente quelques secondes, planté au milieu du hall et, n'obtenant aucune réponse, je monte à l'étage en suivant ses affaires éparpillées ici et là. Notre grande maison compte plusieurs pièces dont quatre chambres. La mienne est juste en haut des marches et, au bout du long couloir, se trouve celle de ma mère, jadis. Comme il s'agit de la plus grande pièce et qu'elle ne sert plus à personne, au fil des années, je l'ai reconvertie en débarras.

En m'y dirigeant, j'aperçois la porte entrouverte et jette un coup d'œil sur la housse de guitare posée contre le mur. Lorsque je pénètre dans la pièce, mon frère, fraîchement douché, est en train d'enfiler une élégante chemise, debout devant le miroir en pied qu'il a dû récupérer dans le dressing où notre mère l'avait autrefois placé.

Il semble avoir fait le ménage et s'être servi dans les diverses autres pièces de la maison. Je jette un rapide coup d'œil pour vérifier qu'il ne m'a rien pris.

– Tu aurais au moins pu monter un sac, peste-t-il en apercevant mon reflet dans le miroir.

Je fais abstraction de son reproche et m'appuie sur le chambranle.

– Qu'est-ce que tu fais ?

– Euh… Je m'habille. Je ne voudrais pas être à l'origine de plusieurs évanouissements en ville. Ça ferait désordre si je me baladais nu, tu ne crois pas ? Me faire boucler pour attentat à la pudeur ne fait pas partie du programme de cette magnifique journée.

Je ris de son manque de modestie.

– Je parlais de tes sacs et de tes affaires.

– Ah ! Je m'installe. J'ai pris la décision de poser mes valises ici, explique-t-il tout en fermant le dernier bouton de sa chemise avant de retrousser ses manches.

– J'en profiterai pour garder un œil sur mon petit frère, aussi.

Il se dirige vers moi et me tapote l'épaule. Je me décale pour le laisser passer.

– Je me débrouille très bien sans toi, tu sais ?

Tout en avançant dans le couloir, il m'observe par-dessus son épaule et affiche un large sourire narquois et lourd de sous-entendus.

– Je n'en doute pas, mais on ne sait jamais, tu pourrais avoir besoin de moi, si tu vois ce que je veux dire.

Je ne vois absolument pas où il veut en venir. Je sais qu'il est revenu pour Cara. Toutes les excuses ou explications qu'il pourrait me servir ne me convaincront pas. Ceci dit, j'ai une bonne nouvelle à lui annoncer et j'en jubile d'avance.

– Tu sais ? L'autre soir, tu m'as dit que Cara était à moi, qu'elle avait toujours été à moi. Tu avais raison. Nous sommes ensemble depuis peu. Je viens de coucher avec elle, d'ailleurs. Elle m'appartient maintenant.

Je me tais l'espace d'une ou deux secondes, puis reprends mot pour mot ses dernières paroles.

– Si tu vois ce que je veux dire.

Il s'arrête net et se retourne lentement, un sourcil relevé, la mine défaite.

– Je vois.

Il est blessé, même meurtri. Sa voix était rauque et tremblante. Elle semblait sortir de ses entrailles. Il l'aime. Il l'a toujours aimée. C'est ancré dans sa chair. Son visage en est la preuve, il se décompose à vue d'œil. Je m'en délecte.

Fier de mon annonce, fier de pouvoir prendre le dessus sur lui, je vais à sa rencontre et reproduis son geste en lui tapotant l'épaule.

– Alors, si Cara faisait aussi partie du programme de ta *magnifique* journée, oublie !

– Bien, dit-il en serrant les dents. De toute manière, j'ai quelqu'un d'autre.

12

Cara

Je me balade dans les quartiers résidentiels de Cornfield et flâne entre les étals du vide-greniers. De nombreux résidents ont exposé leurs vieilles babioles, vêtements et meubles en tout genre sur les allées des garages. J'aurais peut-être pu y participer et vendre tout ce que j'ai pu entasser au sous-sol durant la semaine, mais je n'ai pas eu le temps de m'inscrire pour un emplacement, malgré l'aide de Lucas.

Le soleil et la chaleur sont au beau fixe, rendant la promenade d'autant plus agréable. Le sourire ne me quitte pas, je me sens bien… Cela faisait des mois que je ne m'étais pas sentie aussi heureuse… depuis la mort de mes parents.

Le signal d'un texto m'arrache à ma rêverie. J'extirpe mon portable de la poche de mon jean et esquisse un sourire en lisant le message de Lucas :

[Tu me manques déjà, ma belle.]

Le cœur battant à tout rompre et des papillons dans le ventre, je m'empresse de lui répondre :

[Tu me manques aussi,
Monsieur le Président.]

[Monsieur le Président cherche
désespérément une banderole
disparue… Ils vont me rendre
fou :(Bisous.]

[Courage ! Je suis certaine
que tu finiras par mettre
la main dessus. Bisous.]

Après son départ, je me suis douchée et changée. Je me suis ensuite précipitée sur le téléphone pour appeler ma meilleure amie, Jenyfer, et lui raconter les événements depuis mon arrivée dans ma ville natale. Bien évidemment, le sujet phare fut ma relation naissante avec mon ami d'enfance. Je lui ai fait part de mes impressions, de mon bien-être à ses côtés, de la façon dont Lucas est à mon écoute et du fait que ce style de garçon, galant et charmant, n'est finalement pas une espèce en voie d'extinction.

En plus d'être ma meilleure amie depuis mon arrivée à New York, Jenyfer est aussi ma partenaire. Elle m'envoie de nouveaux clients pour la décoration intérieure de leur habitation. Jenyfer Hudson tient une agence immobilière réputée à Manhattan. Elle est donc en contact avec bon nombre de personnalités et de notables de la ville, ce qui m'a énormément aidée pour me faire connaître et me constituer une bonne et fiable clientèle.

– Cara?... Cara Avery? m'interpelle-t-on, alors que j'étais penchée sur un vieux tableau représentant une nature morte.

Je me redresse et pivote, curieuse de voir à qui appartient cette voix féminine stridente.

– Meredith?

Je m'étonne en reconnaissant mon ancienne camarade de classe. Quatorze ans après, elle n'a pas changé: rousse aux yeux verts, élégante et sûre d'elle. Meredith Dayle a toujours été le genre « petite fille modèle » avec nœud sur la tête, cheveux parfaitement peignés, vêtue de superbes robes hors de prix, collants et petites ballerines vernies, alors que j'étais davantage jogging et baskets, une tenue mieux adaptée pour crapahuter dans les bois et les champs avec les frères Hamilton.

– Cara, mon Dieu! Tu es éblouissante. Que fais-tu ici?

– Je suis venue pour rénover la maison de mes parents.

Je réponds sommairement, surprise par l'enthousiasme et le compliment de Meredith.

– Oh! Ma pauvre! J'ai appris pour tes parents, lâche-t-elle, exagérément bouleversée, une main posée sur sa poitrine. Je suis vraiment navrée. Ce doit être si difficile.

À l'époque, Meredith était considérée comme la petite peste de l'école. Toujours à donner des ordres et à se moquer des autres petites filles. Toujours là où il fallait être pour se mettre en valeur et s'attirer les faveurs des uns et des autres. L'empathie, elle ne connaissait pas.

Je lui lance un sourire forcé et change de sujet.

– Bon, et toi, qu'est-ce que tu deviens?

Une fois les habituelles banalités échangées, je pourrai continuer à chiner à mon aise.

– Figure-toi que tu as devant toi la secrétaire du maire de Cornfield, dit-elle fièrement.

Le ton qu'elle a employé trahit son autosatisfaction. Dépitée, je ne peux m'empêcher de sourire. Elle n'a visiblement pas changé. Elle est égale à elle-même, et l'orientation politique qu'elle semble avoir prise lui va comme un gant, mais je ravale mes commentaires et me contente de la féliciter poliment, puis j'enchaîne sur un sujet bateau alors que nous remontons le trottoir côte à côte.

– Tu es mariée, des enfants?

– Hélas non, pas encore, soupire-t-elle de manière théâtrale. Et toi?

– Non plus.

– Cela dit, j'ai un petit ami, précise-t-elle. Enfin, disons plutôt que je fréquente un homme depuis peu. Je peux même te le présenter, si tu veux? Il m'a appelée pour que je le rejoigne sur la place des Commémorations.

Je souris à son engouement et son excitation. Une vraie adolescente.

– Je ne voudrais pas vous déranger.

– Oh! Mais tu ne nous dérangeras pas. Et puis, tu le connais, c'est Reed, Reed Hamilton. Tu te souviens? Tu traînais souvent avec…

Meredith s'interrompt, surprise par mon arrêt soudain. Je manque d'avaler ma salive de travers tant je suis abasourdie par cette nouvelle aussi étrange que déroutante. Ai-je loupé un épisode?

Meredith s'inquiète.

– Qu'est-ce qu'il t'arrive?

– Tu… tu… sors avec lui depuis quand?

– Comme je te le disais, cette histoire est toute récente. On s'est croisés à Nashville, il y a environ un mois, pendant un de mes séminaires. Et on a remis ça en début de semaine. Tu devrais voir comme il est devenu craquant, sexy, et je te passe les détails.

Elle ponctue sa phrase en battant des cils. Ça en devient ridicule.

– En début de semaine?

Serait-il resté avec Meredith durant ces derniers jours?

– Euh… oui, début de semaine. Pourquoi?

– Non, rien, éludé-je.

Pourquoi n'a-t-il pas donné de nouvelles à Lucas?

– Je disais ça comme ça.

Je devrais la mettre en garde contre les agissements violents de Reed. Meredith est peut-être ce qu'elle est mais elle ne semble pas méchante. Elle pourrait tomber de haut et même peut-être pire.

– Tu sais, tu devrais faire att…

– Chouette ! Quand on parle du loup…

La bouche encore à moitié ouverte, je me tourne et suis le regard de Meredith. La Mustang grise se gare en double file, le long du trottoir. Avec une allure désinvolte et un sourire agaçant d'arrogance, Reed descend du véhicule, le contourne et nous rejoint.

Il m'ignore et se précipite sur Meredith pour l'étreindre.

– Salut beauté.

J'hésite à les laisser seuls. Je ne sais pas pourquoi mais il m'insupporte. Il m'exaspère. Il… Il n'est pas naturel. Il surjoue tout. Il… Il est toutefois très élégant dans sa chemise noire et satinée parfaitement ajustée à son buste robuste et dans son jean de même couleur. Sa tenue lui va à ravir. Oui ! Comme un gant. Mais il est ignoble, vulgaire, et il me met mal à l'aise en tripotant les fesses de Meredith sans gêne et sans délicatesse. Cerise sur le gâteau, il lui mord le cou à pleines dents tout en me fixant de ses yeux si bleus, si clairs, si beaux, si… Il m'agace ! *Grr…* Je détourne le regard. C'est déplacé et irrespectueux, mais, bon, c'est Reed ! Enfin, celui qu'il est devenu. Et je ne m'attends à rien de mieux de sa part. J'inspire profondément tout en m'efforçant de reprendre un air naturel. Je ne veux surtout pas lui montrer mon embarras. Je me sens fautive d'être déstabilisée à ce point.

Sans quitter les bras de Meredith, il finit par me saluer.

– Cara.

– Alors, de retour ?

– Ouais.

Il pose son regard sur Meredith et, en affichant un sourire surfait, il ajoute :

– J'ai décidé de rester dans le coin.

Il semble vouloir dire qu'il reste pour Meredith, mais je doute.

– D'accord ! Bon, je vous laisse. Je dois rejoindre Lucas.

Meredith me fait un petit geste de la main, rehaussé d'un léger sourire. Ses yeux pétillent et je ne peux m'empêcher de penser qu'à fréquenter Reed, elle déchantera vite, surtout depuis que Lucas m'a raconté l'épisode des deux prostituées à la ferme Hamilton. Celles que j'ai croisées sur le chemin, l'autre soir.

– Bye, Cara, à plus tard! chantonne-t-elle.

Je n'ai pas fait deux pas que Reed m'attrape le bras et me retourne brusquement vers lui.

– Attends!

Il m'attire avec violence derrière une camionnette garée, à l'abri du regard de Meredith. Je tente de me dérober à sa poigne.

– Lâche-moi, Reed!

Il s'exécute.

– À quoi tu joues avec Lucas?

– Je ne joue à rien.

Il secoue la tête.

– Tu te payes sa tête, oui! Nous savons, toi comme moi, que ce n'est pas le style de mec qu'il te faut…

Mais pour qui se prend-il? Je plante des yeux sévères dans les siens.

– Mêle-toi de tes affaires!

– Arrête de faire semblant!

– Faire semblant de quoi?

– Arrête, Cara! Arrête! Je t'ai laissée filer quand nous étions gosses, je ne referai pas la même erreur.

– Erreur? Je ne comprends rien à ce que tu racontes, Reed. Tu as bu?

– Allez! Ne fais pas l'innocente! Je te connais, Cara, une relation avec monsieur « Bâton dans le cul » ne te fera jamais vibrer, tu te lasseras. Tu as besoin de davantage de passion. Tu es comme ça, Cara. Tu es comme moi.

– Mais non…

– Si, Cara! me coupe-t-il abruptement en posant ses deux mains sur mes joues.

– Mon frère n'est pas fait pour toi… On est tous les deux faits l'un pour l'autre, et tu le sais au fond de toi! Tu l'as comme moi toujours su! Alors, le petit jeu auquel tu joues avec lui, arrête-le tout de suite, sinon tu ne vaux pas mieux que ces petites allumeuses, ces petites garces, ces putes. C'est ce que tu es: une pute, une garce?

Il va trop loin et se montre odieux. Il n'a pas à me parler de la sorte. Je le gifle. Sa tête tourne sur le côté. Il ôte ses mains de mon visage et serre la mâchoire.

– Qu'est-ce qu'il se passe, ici? intervient tout à coup Lucas, sorti de nulle part.

Je me précipite à sa rencontre.

– Rien. Viens ! On s'en va d'ici.

Rassurée par la présence de Lucas, je pose une main sur son épaule et, me dressant sur la pointe des pieds, l'embrasse tout en jetant un dernier coup d'œil rageur et quelque peu provocateur à Reed. Ce dernier détourne le regard.

Je suis faite pour Lucas ! Et puis, même si ce n'est qu'une amourette de passage, je m'en fiche. Je suis bien avec lui. Il est doux et honnête. Je n'ai rien en commun avec Reed. Il se trompe et prend ses fantasmes pour des réalités. Jamais je ne pourrai me mettre avec un homme comme lui. Jamais.

Je suis excédée et choquée par ses paroles insultantes. Qu'il m'ait traitée de pute et de garce me reste en travers de la gorge. Quelle mouche l'a piqué ? Reed est un menteur, un coureur de jupons et, qui plus est, un prétentieux. Ce genre d'homme, j'en ai assez rencontré dans les bars et boîtes de nuit de New York. J'ai eu mon lot de pauvres types. Qu'il aille au diable.

En nous rendant sur la place, Lucas voit bien que quelque chose ne tourne pas rond, mais je suis bien trop énervée pour lui expliquer. Il essaie de me changer les idées en me racontant quelques anecdotes au sujet d'une banderole, mais en vain, je n'arrive pas à me sortir Reed de la tête. Je ne l'écoute pas.

Il tente une nouvelle approche en s'arrêtant devant le stand de churros. Pendant qu'il passe commande, je fais les cent pas, légèrement en retrait.

– Hé ! Tu m'expliques ce qui ne va pas, Cara ? insiste-t-il en me tendant le sachet.

Je décharge ma hargne en mordant le churro à pleines dents.

– Ton frère est un con.

– Il semblerait, oui ! Mais que t'a-t-il dit pour te mettre dans cet état ?

– Il… Il m'a… Il m'énerve, lâché-je la bouche pleine, furieuse et à deux doigts de taper du pied comme une gamine.

Lucas abandonne toute autre tentative désespérée et m'ouvre simplement les bras, m'invitant à venir s'y blottir.

– Hé ! Cara, viens là…

Il m'enlace et passe une main dans mes cheveux tout en ramenant ma tête sur son torse. J'inspire longuement. Entendre ses battements de cœur contre mon oreille et sentir son parfum me calment lentement. Être dans ses bras a un effet apaisant et rassurant. Je sais que lui seul a ce pouvoir en ce moment. Sa sérénité est le meilleur des remèdes.

Nous finissons par nous asseoir sur un banc et par discuter tout en dévorant les churros. L'après-midi de travail n'est pas encore fini pour lui. Il doit encore se charger de l'agencement du bar sous le chapiteau qui accueillera le bal de ce soir. Alors, nous nous dirigeons tous les deux vers la tente, main dans la main.

Sur le chemin, nous faisons une halte dans un champ où se déroule la traditionnelle course de cochons. Je retrouve le sourire et éclate de rire lorsque Lucas se fait embarquer de force par un homme afin de l'aider à raisonner son porcelet. L'animal s'entête à prendre le sens inverse de la course. Cela faisait un bon moment que je n'avais pas autant ri.

Je passe le reste de l'après-midi à observer mon copain descendre les fûts de bière de la semi-remorque. Je profite du spectacle : contempler Lucas qui dévoile la tension de ses muscles en plein effort est plutôt sexy. Je ne vois pas passer le temps, surtout quand la fanfare se met à jouer des musiques folkloriques pour égayer l'ambiance. De temps à autre, Lucas me rejoint pour une courte pause. Nous buvons un verre, rions, nous embrassons et nous taquinons gentiment. Nous finissons par manger au dîner organisé par la paroisse et Lucas me raccompagne chez moi.

Après m'être rapidement douchée et préparée, je me regarde un long moment dans le miroir du salon. Je suis tendue et nerveuse. Je devrais pourtant être heureuse d'accompagner mon nouveau petit ami à ce bal. Il doit venir me récupérer à vingt-trois heures trente. Le thème de la soirée étant bien évidemment la campagne, la robe courte et blanche de paysanne à fleurs bleues et le ruban que j'ai glissé dans mes cheveux me donnent un côté petite fille. Cet effet est accentué par les deux nattes que je me suis faites comme à l'époque de mon enfance. Je me souviens que les deux frères m'appelaient l'Indienne lorsque je me coiffais de la sorte.

Tout en défroissant le bas de ma robe, je repense à mon altercation avec Reed. Je suis toujours profondément blessée par la façon abrupte dont il m'a dit les choses. Je ne suis effectivement pas indifférente à sa beauté, à son physique, mais est-ce une raison suffisante pour remettre en cause ma relation naissante avec Lucas ? Relation que je n'avais pas envisagée, mais qui me fait un bien énorme.

Je sursaute au moment où l'on frappe à la porte. Je jette un coup d'œil à l'horloge. C'est sûrement Lucas, il est pile à l'heure. Lorsque j'ouvre, nous nous lançons de longs regards. Même si sa tenue de paysan paraîtrait ridicule aux yeux d'un grand nombre de citadins, je le trouve très séduisant avec ses bretelles noires, sa chemise écrue et son pantalon en fin velours marron.

– Mademoiselle Ingalls? raille-t-il en tendant galamment son bras.

Je ricane, amusée par la référence à *La Petite Maison dans la prairie*, et fais une demi-révérence.

– Charles.

Je me redresse et lui agrippe le bras.

– Tu es splendide, Cara, me glisse-t-il à l'oreille.

13

Reed

En homme galant que je m'efforce d'être, j'accompagne Meredith à ce fichu bal. Cette idiote ne fait que jacasser comme une pie tout le long du trajet. J'en ai marre, et si je pouvais lui fourrer le foulard qu'elle a autour du cou dans la bouche pour lui faire fermer son clapet, je le ferais. Mais je me contiens et souris poliment sans l'écouter. La seule chose que j'apprécie réellement chez elle, c'est que, quand nous baisons, elle se tait et accepte tout sans rechigner: de la simple fellation à la sodomie en passant par diverses positions. Meredith Dayle est peut-être d'apparence frigide et pincée, elle est loin de l'être au pieu, et j'en suis parfaitement conscient. J'en use et en abuse pour mon plus grand plaisir. Nous avons d'ailleurs passé une partie de l'après-midi chez elle. Affecté par la gifle de Cara, je me suis débarrassé de ma frustration en la projetant dans la baise avec Meredith, qui, du reste, n'a rien trouvé à y redire.

À peine arrivée sous le chapiteau qui accueille le bal sur la propriété Mc Pherson, Meredith se précipite à la rencontre du maire, M. Johnson, un type d'une quarantaine d'années, élu récemment. Cela me va, je ne me voyais pas passer la soirée à écouter ses jérémiades.

L'ambiance entraînée par un orchestre installé sur une estrade est déjà à son comble. Ils jouent toutes sortes de morceaux: des rythmes les plus modernes aux ballades les plus rétro. Une bière à la main, je discute avec un ancien ami, Jake, que j'ai revu par hasard à New York l'été dernier.

Concentré sur ma conversation, je lance de temps à autre un coup d'œil vers l'entrée. Je suis surpris de ne pas encore avoir vu mon frère et Cara. Je balaye plusieurs fois la salle du regard dans l'espoir de les apercevoir.

Lorsque je ris à la blague de mon ami, ma vue est soudainement attirée par l'arrivée d'une pétillante et rayonnante jeune femme. Celle que l'on surnommait l'Indienne à l'époque avec mon petit frère. Ce souvenir me percute en remarquant qu'elle s'est tressé les cheveux en deux longues nattes. Je glisse ensuite un long regard sur elle, sur ses bras, et le laisse dévier sur ses sublimes et fines jambes nues que met si bien en valeur sa courte robe blanche à fleurs bleues. Mon cœur se serre: Cara est merveilleuse. Elle l'est toujours, de toute manière.

Je cesse aussitôt de rire, crispe la mâchoire et froisse mon gobelet. De ses yeux maquillés de noir, Cara ne voit que Lucas, et les étoiles que je perçois dans son regard me broient mon semblant de cœur. Il tombe en miettes sur le plancher et tout le monde autour de moi le piétine négligemment.

– Enfin, voilà, continue mon pote. La situation était bien comique.

Je ne fais plus attention à ce qu'il me raconte. Je n'en ai d'ailleurs plus rien à foutre. Je ne peux plus détacher mes yeux d'elle. Amusée par une réflexion de Lucas, Cara se met à rire. Son sourire est radieux. Je suis loin, mais il me semble entendre son rire. Il est doux. La plus belle des mélodies.

– Hé ! Reed, t'es toujours avec moi ?

Jake claque ses doigts devant mon visage et finit par suivre mon regard du sien.

– Ah ouais, je vois. Effectivement, cette fille est une bombe, mais apparemment déjà prise. Oublie, vieux ! Ça sent l'embrouille à trois bornes.

– Ferme-la, tu veux, sifflé-je en faisant un pas.

Balayant les alentours du regard, Cara m'aperçoit enfin. Son sourire s'évanouit aussitôt pour laisser place à une longue inspiration. Elle me détaille pourtant avec insistance. Vêtu d'un béret aussi sombre que mes cheveux, d'une chemise blanche partiellement déboutonnée, laissant apparaître la naissance de mes pectoraux, de bretelles identiques à celles de mon frère et d'un pantalon gris, je perçois que ma tenue lui plaît. Ses yeux pétillent.

Quand ils passent à côté de moi pour rejoindre le comptoir, Lucas m'ignore volontairement. Cara, quant à elle, me glisse un autre léger regard suivi d'un bref sourire de politesse. Les gens se bousculent et s'agglutinent tous autour de nous. Le contact est inévitable et mon envie irrésistible de la toucher me pousse à lever les doigts pour effleurer sa peau au moment où nos corps se frôlent. Ses réactions la trahissent. Je la trouble. Cet après-midi, je pensais vraiment mes paroles, mais je regrette de m'être montré si direct, si brutal. J'ai foiré. Je perds absolument tous mes moyens face à elle.

Durant la soirée, j'essaie de faire abstraction d'eux, mais la savoir si proche de moi et ne pas pouvoir profiter d'elle me tord les tripes. Il faut que je m'y fasse. Elle est désormais à mon frère. Je l'aperçois de temps à autre, dansant seule au milieu de la piste. Je bois plus que de raison. L'alcool est le seul refuge à ma détresse. Je préfère me rendre minable que de la voir rire avec mon frère. Toutefois, elle est comme un aimant, je ne peux m'empêcher de l'observer. Je mettrais ma main à couper qu'à un moment elle me cherche aussi, alors je fais ce que je sais faire de mieux. L'idiot. Histoire qu'elle me remarque.

Je m'immisce au milieu d'un groupe de filles qui dansent non loin d'elle et commence à me déhancher contre l'une d'elles. Ma danse jusque-là sensuelle se mue en de grotesques mouvements de bras, les pouces en l'air et les fesses en arrière. Le ridicule ne tue pas, paraît-il. Ceci dit, je finis par attirer l'attention de Cara. Elle sourit, amusée, puis secoue la tête et lève les yeux au ciel, dépitée par ma bêtise.

De mon index, je lui fais signe de se joindre à nous, mais elle refuse. Déçu, je me contente de hausser les épaules et de reprendre ma danse en me frottant contre une jolie blonde. Je ne suis pas vexé. J'ai obtenu un sourire. C'est déjà beaucoup. Je la laisse tranquille, tout en continuant de l'épier du coin de l'œil.

Je me délecte à la regarder bouger. J'aimerais pouvoir me coller à elle et onduler sur le rythme de la musique pour être en communion avec son corps. J'aimerais aussi pouvoir glisser mes mains sur elle et la frôler comme je suis en train de le faire à cette fille, mais c'est impossible. Je me résigne.

Lorsque l'orchestre enchaîne sur un air plus doux avec quelques accords de guitare d'une chanson d'Ed Sheeran, « Thinking out Loud », beaucoup de danseurs désertent la piste, laissant place aux couples pour une séquence de slow. Je suis la foule et m'écarte. Cara hésite. Elle est sur le point de retourner au comptoir quand mon frère, derrière elle, pose ses mains sur ses hanches. Tout d'abord, elle se fige, surprise, puis se tourne pour l'enlacer, les yeux pleins d'étoiles. Encore une fois, je ravale ma jalousie et la blessure que cette vision me procure.

– Tu danses? me demande Meredith en apparaissant à mes côtés.

Je jette un autre et rapide coup d'œil à Cara et finis par accepter l'invitation de Meredith. Évidemment, je ne peux toujours pas m'empêcher de la regarder. Cara sourit à mon frère et pose doucement sa tête contre son torse, puis ferme les yeux pour profiter de ce moment de tendresse avec lui. Elle resserre son étreinte et se laisse aller aux mouvements, puis à la douceur de la mélodie. Elle ouvre à nouveau les paupières et nos regards se croisent un court instant. Elle déglutit. Lucas lui glisse une main le long du dos et lui relève le visage pour sceller sa bouche à ses lèvres. Je le maudis.

La chanson se termine, le groupe enchaîne sur une autre ballade.

Meredith s'écarte de mes bras et m'explique :

– J'aimerais beaucoup danser avec ton frère.

Je hausse les épaules, bourru.

– Je n'en ai rien à branler. Vas-y si tu veux. Mais je doute qu'il lâche Cara pour toi.

– Peut-être, mais si toi tu y vas, Cara lâchera Lucas pour toi.

– Qu'est-ce que tu…

Je me tais et réfléchis.

– Tu n'as pas des excuses à lui faire? ajoute-t-elle.

Elle a raison. Je ne suis d'ordinaire pas du genre à me défiler, mais quand il s'agit de Cara, je déraille. Alors je me secoue mentalement. Je ne suis plus ce petit garçon apeuré. J'ai des couilles maintenant.

Poussé par Meredith, je m'avance vers eux, enlacés, et tapote l'épaule de mon frère. Il se retourne et arrête leur danse.

– Lucas, ça te dit d'échanger nos cavalières pour une danse? Je dois parler à Cara.

– Si tu as quelque chose à lui dire, vas-y, fais-le en ma présence. Tu l'as assez blessée comme ça cet après-midi, tu ne crois pas?

J'encaisse. Je suis bien plus conscient du mal que j'ai pu lui faire que le pense mon cadet.

– C'est bon, Lucas, intervient Cara. Cela ne me dérange pas. Tout ira bien. Je te retrouve après. D'accord?

Lucas jette tour à tour plusieurs rapides coups d'œil sur elle et moi, puis finit par l'embrasser avant de rejoindre Meredith et de nous laisser seuls.

Je prends ce baiser pour un avertissement: chasse gardée. J'encaisse une nouvelle fois et me tourne vers Cara. Hésitant, je me rapproche d'elle et appose délicatement une main sur le bas de ses reins. Elle se fige. Elle ne supporte pas que je la touche, mais je place ensuite mon autre main sur son épaule et la glisse le long de son bras jusqu'à entrelacer mes doigts avec les siens. Cara est tendue. Ma gestuelle sensuelle et mes caresses la mettent très mal à l'aise. Elle frissonne et semble embarrassée d'avoir à poser ses mains sur moi.

Elle lance un regard sur ma poigne ferme qui lui maintient les doigts et relève la tête pour fixer un point à l'horizon.

– Bon, je t'écoute. Que voulais-tu me dire?

La voix de Cara est sèche et légèrement pincée. OK! Je dois être persuasif. Je joue donc pour une fois la sincérité, même si cela me coûte en fierté.

– Je voulais m'excuser.

– Hum. Vas-y, je t'écoute…

– Je m'excuse.

Elle ne peut s'empêcher de lâcher un rire contenu face à des excuses aussi légères que peu convaincantes. Elle fuit volontairement mon regard et tourne le sien vers Lucas qui discute avec Meredith.

– Je suis persuadée que tu peux mieux faire, me défie-t-elle.

Je souris.

– Je m'excuse de t'avoir parlé si méchamment.

– Tu vas nous laisser tranquilles avec Lucas?

Je serre légèrement la mâchoire avant de souffler.

– Je vous laisserai tranquilles.

– Merci.

Percevant la distance qu'elle persiste à maintenir entre nous, je lui glisse une main sur le dos et, tout en la caressant discrètement du pouce, je l'attire davantage contre moi. Elle se raidit immédiatement.

– Détends-toi, lui susurré-je en calant ma bouche au creux de son oreille.

Elle n'y arrive pas. Son rythme cardiaque s'emballe.

– Je sens ta respiration. Elle s'accélère contre moi, Cara, lui murmuré-je à nouveau d'une voix lascive. Je suis navré d'avoir été si brutal dans mes mots. Mais ce que je t'ai dit cet après-midi n'était pas totalement faux, et tu le sais. Tu sens cette tension entre nous? Ce n'est pas de la haine ni du mépris. C'est quelque chose de bien plus fort, de bien plus grand. Je ne suis pas le seul à le ressentir. Tu peux me détester si tu le souhaites, mais ça ne durera pas. Si je dois attendre, j'attendrai le temps nécessaire. J'ai déjà été très patient.

– Reed, gémit-elle. Je t'en prie, arrête.

– Arrêter quoi?

– De…

Elle se tait, incapable de mettre des mots sur ce qu'elle ressent, et recule, mais je la retiens fermement et la ramène contre moi.

– Ne t'éloigne pas. Laisse-moi au moins profiter de cette danse, s'il te plaît.

Elle se fige à nouveau, je la supplie encore.

– S'il te plaît, Cara. Juste une danse.

Elle ferme les yeux quelques instants, prend une longue inspiration et bascule légèrement les épaules en arrière. Ouvrant progressivement les paupières, elle me dévisage intensément avant de soupirer mon prénom.

– Reed?

– Hum?

– Je ne te déteste pas.

14

Lucas

– Alors? Que voulait-il?

Cara lâche un long soupir.

– S'excuser...

– D'accord. Et c'est tout?

Elle hoche la tête.

En l'étreignant, je lance un rapide coup d'œil à mon aîné qui se faufile entre les gens devant le comptoir. Je ne comprends pas son caractère versatile, mais l'essentiel est que Cara semble apaisée.

La soirée se termine sans encombre. Après de rapides allers-retours au bar afin de se rafraîchir et de me voler quelques baisers, Cara me laisse à mes responsabilités et retourne danser. J'en profite pour parler au maire et à ses adjoints.

Vers quatre heures du matin, le bal fini, Cara m'accompagne pour aller remercier les musiciens. Nous échangeons quelques mots et buvons une dernière bière tous ensemble. Je fais ensuite un rapide et dernier tour d'inspection, vérifie que rien n'a été oublié derrière le bar, puis nous décidons de rentrer.

Nous commençons à nous éloigner du chapiteau lorsqu'on tombe sur Reed, seul dans la pénombre, une bière à la main et adossé à la portière de sa Mustang.

– Bonne nuit, frérot, articule péniblement Reed en agitant sa canette en l'air, sérieusement éméché.

– Bonne soirée. Et ne te sens pas obligé de vider tout le stock de bières, hein?

Je le mets en garde de façon ironique, mais dans le fond je m'inquiète tout de même de son état avancé d'ébriété.

– Meredith est rentrée sans toi? l'interroge poliment Cara.

Il se redresse en tanguant, puis s'avance d'un pas incertain vers Cara, les yeux voilés d'ivresse.

Serrant les dents, il crache:

– Qu'est-ce que ça peut te foutre?

Cara paraît tout à coup surprise par son ton tranchant et fait un pas en arrière. Je lui appose aussitôt une main sur le torse pour le faire reculer.

– Ne me touche pas, fulmine Reed en se dégageant maladroitement.

– C'est bon, c'est bon, calme-toi !

– Je me calme si je veux.

Je me retourne vers Cara.

– Viens, on rentre. Il est complètement bourré.

Elle acquiesce sans un mot et lui jette malgré tout un dernier regard, confus.

– Ne vous gênez surtout pas pour moi, finit par hurler Reed en s'adossant lourdement à sa voiture, à la limite de s'écrouler. Allez baiser tranquillement. Moi… Moi, je vais m'occuper. Peut-être même me branler.

Marchant à mes côtés, Cara semble bouillir. Son visage est fermé, son front se barre de colère et ses yeux lancent des éclairs. Elle est sur le point d'exploser. Pour quelle raison ? Je n'en ai aucune idée.

Tout à coup, elle stoppe net sa route et se retourne. Furieuse, elle s'élance sur mon frère, un doigt pointé sur lui.

– Tu n'es qu'un abruti ! Tu te demandes peut-être pourquoi tu es seul ? Facile ! Je vais te répondre. Tu es vulgaire, odieux et violent. Comment veux-tu qu'on te fasse confiance ? Je viens à l'instant de me soucier gentiment de toi, et toi, tu m'envoies chier.

Elle reprend sa respiration et lui balance :

– Alors, va te faire foutre, Reed ! Tu as gagné. Maintenant, je te déteste.

Le visage de mon frère se plisse. Sur le qui-vive, j'essaie d'anticiper une potentielle rébellion, mais il n'en est rien. Reed est profondément affecté par les paroles de Cara. Ses yeux se voilent de tristesse. Il semble abattu. Elle ne le voit pas puisqu'elle a déjà tourné les talons pour venir me rejoindre.

– Tu me raccompagnes jusque chez moi ? lance-t-elle.

– Tu as sommeil ?

– Non. Il m'a flingué ma nuit.

– Alors, si cela ne te dérange pas, je préférerais t'offrir un dernier verre à la maison. Nous avons passé toute la semaine à bosser chez toi, et j'aurais l'impression d'avoir de la peinture à étaler ou du ponçage à faire. En plus, Reed ne va sûrement pas rentrer de la nuit.

Elle rit et hausse les épaules.

– Comme tu veux.

En arrivant sous le porche de la ferme, Cara profite que je cherche les clefs pour m'enlacer par les hanches. La porte ouverte, je pivote dans ses bras, me baisse et la soulève pour la porter à bout de bras.

Surprise et amusée, elle s'esclaffe.

– Mademoiselle, dis-je en l'amenant dans le hall d'entrée, tout en claquant la porte du pied, tu veux boire quelque chose, alors?

Elle bâille, une main devant la bouche.

– Tu es fatiguée?

– Finalement, oui. Le trajet m'a calmée.

– Tu veux qu'on monte se coucher?

– Ici?

– Pourquoi pas.

Je la laisse doucement retomber sur ses pieds et lui tends la main.

– Viens, suis-moi.

Elle se laisse entraîner. Nous montons les marches quand la porte d'entrée s'ouvre avec fracas. Nous nous arrêtons tous les deux dans notre ascension et nous retournons d'un même bloc. Reed, immobile sur le pas de la porte, nous fixe avec un regard froid. Il nous passe en revue, serrant poings et mâchoire. Je lui renvoie un regard sombre. Cara me lâche la main.

Je l'affronte.

– Qu'est-ce que tu veux?

Sans un mot, Reed fait demi-tour et claque la porte. J'affiche brièvement un sourire vainqueur, puis me hâte de l'effacer avant de me tourner vers Cara. Elle paraît à nouveau troublée. Je lui saisis la main et l'emmène dans ma chambre.

Je ferme la porte à clef et prends Cara dans mes bras, puis l'embrasse tendrement. Je commence à la caresser, tout d'abord le long de ses bras nus, ensuite je glisse mes doigts sur la cambrure de ses reins pour enfin passer sous sa robe en calant mes mains sur ses fesses rebondies. Elle ne réagit pas à mes gestes. Je m'en inquiète.

– Je suis juste épuisée, Lucas. Tout ce travail à la maison cette semaine et, en plus, je n'avais pas autant dansé depuis des mois. J'aimerais juste m'allonger et m'endormir dans tes bras, tu veux bien?

Quoiqu'un peu déçu, j'abdique gentiment. Elle se déshabille hâtivement et me demande un tee-shirt qu'elle enfile, puis se glisse dans mon lit. À défaut d'être celui que j'espérais, le message a le mérite d'être clair. Je la rejoins, me faufile sous les draps, la prends dans mes bras et la colle contre moi. En quelques minutes, elle s'endort, le sourire aux lèvres, sous mes caresses chastes.

Je me demande depuis combien de temps je l'observe dans son sommeil quand j'entends une musique forte accompagnée de rires et de cris monter du salon. Je tends l'oreille et la voix de mon aîné me parvient à travers le plancher.

Délicatement, je me dégage des bras de Cara et me lève pour enfiler mon jean à même la peau. Je descends les escaliers à la hâte, rejoins le salon et me précipite sur la chaîne hi-fi pour baisser le son. Reed est au milieu de la pièce, torse nu, une bouteille de whisky presque vide à la main. Il se déhanche et frôle, d'une façon indécente, l'une des trois filles qui l'accompagnent.

– Reed ! Bordel de merde, qu'est-ce que tu fous ? Cara dort en haut.

– Et alors ? Je suis aussi chez moi, petit frère. Je fais ce que je veux, me défie-t-il, un sourire idiot sur le visage.

– Sois plus discret, alors et… Qui sont ces filles ? Tu n'es pas censé être avec Meredith ? Il t'en faut trois, maintenant ?

– Meredith ? C'est qui, celle-là ?

– Reed ! Sérieusement. Tu as quel âge ? Bon sang ! Tu agis comme un ado attardé.

– Elle me casse les couilles, si tu veux tout savoir. Comme toutes ces putes. Tout le monde me casse les couilles, ici. Même toi, petit frère, avec tes leçons de morale à la con.

Il porte la bouteille à sa bouche et ajoute en laissant retomber mollement son bras :

– Tu peux te les garder pour toi, tes leçons de morale.

– C'est quoi le problème ? le coupé-je. Pourquoi agis-tu comme le dernier des imbéciles ?

– Le problème, c'est la pute que tu as dans ton lit.

– Putain, Reed ! Un peu de respect ! Merde, tu parles de Cara ! Comment peux-tu dire ça ? Qu'est-ce qui ne tourne pas rond chez toi ?

– Tu veux vraiment savoir ce qui ne tourne pas rond ? Nan, tu ne veux pas.

Un léger craquement du plancher nous interrompt et attire notre attention. Reed est le premier à apercevoir Cara à l'autre bout du couloir, en bas des escaliers, uniquement vêtue de mon tee-shirt. Il secoue la tête et repousse brutalement la prostituée toujours pendue à son cou. La seconde d'après, il se rue sur moi. Dans un élan que je n'anticipe pas, il me décoche un uppercut. Sous la violence du coup, je perds l'équilibre et tombe à terre, sonné.

Il agite sa main endolorie et s'extasie :

– Putain ! Que ça fait du bien.

Il baisse ensuite les yeux sur moi, toujours au sol. Il me jette un regard victorieux et m'adresse un sourire arrogant. Puis il reporte son attention sur Cara. Elle s'est précipitée sur moi. Reed se tourne vers une des prostituées et lui agrippe fermement la nuque. Cette dernière, choquée par sa brutalité, est comme paralysée et peine à le regarder. D'une main, il déboutonne son jean et lui ordonne :

– Allez, ma belle, la plaisanterie est terminée. À genoux, et occupe-toi de ma queue.

Le visage tendu par la violence qui électrise l'air, Cara m'aide à me relever et ne peut s'empêcher de voir la prostituée prendre le sexe de Reed en bouche. Elle est horrifiée et écœurée.

– Lucas, ça va ? s'inquiète-t-elle.

Elle se cale sous mon épaule et m'aide à me maintenir droit tellement je tangue, toujours sonné.

– Oui, oui, ça va aller.

Je m'essuie du revers de la main le léger saignement de ma lèvre.

– Espèce d'abruti ! peste Cara en se tournant légèrement vers Reed.

Elle évite de poser les yeux sur la jeune femme qui s'active à lui donner du plaisir, forcée et contrainte par la main autoritaire posée sur sa tête.

Il la provoque.

– Tu veux te joindre à nous ? J'en ai assez pour vous quatre et, avec la rage que tu as dans les yeux, je suis certain que nous pourrions passer un moment plutôt bandant.

– Va te faire foutre !

Il lui décoche un clin d'œil. Je voudrais intervenir, mais il est trop tard.

– Avec plaisir.

Il reporte son attention sur la jeune femme à ses pieds.

– Suce-moi plus fort.

C'est la phrase de trop ! Cara est outrée. Prise d'un haut-le-cœur, elle quitte mes bras, fait un pas en arrière et se retourne tel un automate en direction de la sortie.

Je l'appelle et la suis du regard. Sans se retourner, elle agrippe machinalement la poignée de la porte d'entrée et dévale les marches du perron à grandes enjambées, puis court à perdre haleine, droit devant elle.

J'essaie de reprendre mes esprits. Je peine, tant je suis encore sous le choc.

Quand je fais un pas, ma tête tourne, mais je dois rejoindre Cara à tout prix. Sans un regard pour Reed, j'attrape la chemise posée sur une chaise et me rue vers la sortie en m'habillant à la hâte. Je dévale à mon tour les marches et me mets à courir comme un dératé dans l'espoir de rattraper Cara avant qu'elle ne s'enferme chez elle à double tour.

Je pensais la trouver devant sa maison, mais elle n'y est pas. Aucune lumière à l'intérieur. Je ne prends pas le temps de frapper, j'ouvre la porte à toute volée et parcours chaque pièce en criant son prénom, mais en vain. Elle n'est pas là. Je pivote plusieurs fois sur moi-même en me triturant les cheveux. Elle avait l'air tellement choqué. Je revois en boucle son visage effaré et son expression de dégoût. J'ai du mal à faire la part des choses. Puis, surgit une étincelle de lucidité. Oui ! Elle ne peut être que là-bas… Quel idiot ! J'aurais pu m'en douter avant.

Je fais demi-tour et, après une course effrénée, je l'aperçois enfin, dans la pâle lumière du clair de lune. Elle est repliée sur elle-même, assise, adossée à l'arbre, l'arbre de notre enfance, l'arbre des souvenirs. Je m'avance doucement, me baisse et la prends délicatement dans mes bras. Elle paraît si fragile, si blessée.

Elle se blottit doucement contre moi, sans un mot. La respiration encore affolée par ma course, je laisse passer un instant, puis l'embrasse. Ses lèvres sont salées et son visage est inondé de larmes. Elle répond timidement à mon baiser, puis avec voracité. Elle n'est plus que colère et désir mêlés. Dans un élan, elle m'arrache ma chemise, faisant sauter chaque bouton. Elle précipite ses doigts sur ma peau, me caresse, puis se presse contre moi. Je frémis. Elle allume mon désir, le cherche.

À la force de mes jambes, je la relève et l'appuie contre l'arbre, comme si celui-ci s'apprêtait à sceller notre union. Elle m'attrape le cou. Oui, elle me veut et je la veux, tout de suite. Je l'embrasse à nouveau après lui avoir ôté le tee-shirt et lui place sa cuisse contre une de mes hanches. J'écarte son sous-vêtement et, de deux doigts, je la caresse, puis vérifie qu'elle est prête à me recevoir sans autres préliminaires. Satisfait, je défais hâtivement mon jean, loge ma queue entre les replis de sa chair chaude et humide et, d'un seul coup, je m'enfonce en elle. Je m'immobilise un court instant. Elle crie et plonge ses ongles dans ma chair. Je ne bouge plus, la laisse se reprendre, puis commence à me mouvoir en elle, doucement, lentement. J'impose un rythme. Après quelques va-et-vient et lorsque je l'entends gémir mon nom, m'incitant à la pilonner davantage, je lâche prise. Je la prends de plus en plus fort, comme pour la marquer, de plus en plus vite. Je m'enfouis en elle, je veux être plus près, plus profond. Nos mains se trouvent, nos regards se croisent. Nos hanches bougent à l'unisson. Je la sens venir. Et c'est si bon, si sauvagement intense. J'enfouis mon visage dans son cou et, à bout, je la cloue une dernière fois contre le tronc. Puis nous jouissons l'un après l'autre, foudroyés par notre plaisir. C'est tellement intense que, l'instant d'après, nous nous laissons glisser au pied du chêne, enlacés, les jambes emmêlées.

Nous restons ainsi un long moment, l'un contre l'autre, récupérant notre souffle sans un mot. Aucune parole n'est d'ailleurs nécessaire. Nous regardons ensemble le ciel et ses multitudes d'étoiles. Au bout d'une heure, d'un siècle, je ne sais pas, je me lève et lui tends la main pour l'aider à en faire autant. Une fois Cara debout et rhabillée, je me penche pour attraper ses jambes et la soulève de terre. Je la tiens serrée, tout contre mon torse, dans mes bras. Elle enroule ses mains autour de mon cou, puis je marche jusque chez elle, toujours en silence.

J'ouvre la porte et l'amène jusqu'à la salle de bains. Je la déshabille et la pousse sous la douche. Je fais couler l'eau, le temps d'éponger le maquillage qui a maculé son visage à cause des larmes. Elle se laisse faire, épuisée par toutes ces émotions. Je la lave des cheveux à la pointe des orteils sans aucun geste sensuel, je prends simplement soin d'elle. Je l'enroule ensuite dans une serviette, puis ouvre le premier lit que je trouve et l'y dépose tout en douceur. Je prends à mon tour une douche rapide, craignant que l'idée de fuir ne la reprenne.

Lorsque je retourne dans la chambre, Cara s'est endormie. Je m'allonge avec précaution à ses côtés pour ne pas la réveiller.

Dans l'obscurité, les yeux rivés au plafond, je souris légèrement, puis plus largement, ravi.

Tout se passe comme prévu et à merveille.

15

Cara

Je m'émerveille de sa façon de bouger et d'onduler les hanches. J'embrasse son biceps et trace un chemin de baisers vers son torse parfaitement sculpté, puis me rallonge. Mes yeux dérivent avec avidité de son ventre à son sexe qui s'enfonce en moi avec habileté. M'abandonnant à son rythme savamment mesuré, je bascule la tête en arrière et ferme les paupières. Ma jouissance est proche. Mon corps se tend de spasmes délicieux. Je me laisse aller et jouis autour de lui.

– Tu es mienne, dit-il dans un râle.

... Cette voix?... Ce n'est pas?...

Je me redresse brusquement en ouvrant les yeux. Reed m'observe d'un regard fiévreux et empli d'arrogance.

Criant, je me réveille en sursaut. La lumière du jour m'aveugle. Ce n'était qu'un rêve. Je me passe la main sur le visage. Mon cœur bat trop fort dans ma poitrine et mes tempes. Je me maudis d'avoir fait ce cauchemar et d'y avoir pris du plaisir.

Ma vision se précise peu à peu. Je jette un coup d'œil sur le magnifique corps robuste allongé à mes côtés et souris, rassurée. Lucas dort encore, je ne l'ai pas réveillé. Je me mords la lèvre en le parcourant du regard d'un air gourmand. Le voir dormir nu sans même un drap sur lui est un régal.

En observant la pièce, je reconnais les rideaux beiges, la tapisserie jaune et la coiffeuse de ma mère dissimulée sous un drap fin. Je me redresse une nouvelle fois en sursaut. Que fais-je dans l'ancienne chambre de mes parents?

Prise d'effroi, je me faufile hors du lit et me lève en emportant avec moi la couverture. Sur la pointe des pieds et sans bruit, je quitte cet endroit dont la vue m'est insupportable et douloureuse. Une fois dans le couloir, je m'adosse au mur et tente de refouler les sanglots qui me montent à la gorge.

Mes parents me manquent tellement. Être orpheline à vingt-cinq ans me semble redoutable et effrayant. J'ai encore tant besoin d'eux. J'aurais vraiment aimé leur parler de Lucas, de l'homme qu'il est devenu et de mes sentiments naissants. Mon père aurait été fier de me savoir avec un homme comme lui, sérieux, travailleur et indépendant. Mon père, Paul Avery, était un homme droit et respecté, un neurochirurgien réputé dans son domaine, et il ne partageait pas toujours mes choix en matière de relations. Il espérait me voir au bras d'un homme digne de ce nom, et non avec un petit voyou sans avenir, comme certains garçons que j'avais pu ramener à la maison dans ma période rebelle. Ma mère, Katherine Avery, quant à elle, était une mère et une épouse douce et attentionnée pour sa famille. Femme au foyer, elle s'occupait de tout avec l'éternel et radieux sourire que j'appréciais tant. Elle aurait adoré ce que Lucas est devenu et j'aurais sans doute passé des heures à lui parler de lui, comme nous avions coutume de le faire autrefois.

– Hé ! Ma puce, déjà debout ?

Perdue dans mes souvenirs, je suis surprise. Je ne l'ai pas entendu ouvrir la porte. Je pivote vers lui et glisse un long regard sur son corps nu. Il est magnifique avec ses cheveux cuivrés en bataille, les yeux encore ensommeillés et les traces de drap marquant son visage. Je l'enlace et pose ma tête contre son torse.

– Oui. Je vais aller préparer des pancakes, ça te dit ?

Il sourit largement et me soulève pour me ramener dans la chambre. Mais je me débats et lui ordonne :

– Non, Lucas, repose-moi, s'il te plaît !

Lucas, inquiet, s'exécute.

– Tu es sûre que tout va bien ?

Je quitte à nouveau la pièce précipitamment.

– Oui, oui.

Il me rejoint dans le couloir.

– Hé, non ! Je vois bien que quelque chose te perturbe. Alors, dis-moi ce qu'il se passe. Essaie de me parler, Cara, nous sommes ensemble, nous devons parler des choses qui nous tracassent, non ?

Je baisse le regard. Il a raison. Cela dit, si je me confie, je ne pourrai pas retenir mes larmes. Alors, honteuse, je lâche sommairement :

– C'est… C'était la chambre de mes parents.

– Oh ! Je suis désolé. Je n'ai pas fait attention, hier soir.

– Ce n'est pas grave, Lucas.

Je reprends un visage rayonnant et poursuis :

– Tu veux combien de pancakes ?

Je n'attends même pas sa réponse et me précipite dans ma chambre pour enfiler des vêtements.

16

Reed

Je me réveille lentement. Les battements de mon cœur tambourinent à un rythme impitoyable contre mes tempes. Lorsque j'ouvre enfin mes paupières, je me trouve allongé, totalement nu, sur le canapé du salon. Les cheveux d'une fille me chevauchant s'étalent sur mon visage. Je bouge légèrement. Mes membres sont endoloris par ma position peu confortable. Je ne me souviens plus trop de ma nuit. Le seul flash qui me revient en mémoire est l'accrochage avec mon frère et Cara.

Je m'en veux et râle. Je n'ai jamais été de très bonne humeur au réveil, mais aujourd'hui, c'est vraiment le sommet. Je suis à peine réveillé que j'en veux déjà à la terre entière. J'ai encore été le pire des abrutis.

Je pousse sans aucune délicatesse la fille sur le côté, et, sans que cette dernière sorte de son sommeil, je fais une première tentative pour me lever. La tête me tourne, alors je me rassois lourdement sur le bord des assises.

– Coucou, beau gosse ! me salue-t-elle d'une voix rendue rauque par l'alcool et la fatigue.

J'arrive finalement à me maintenir sur mes pieds. Je grogne.

– Casse-toi, tu seras mignonne.

La blonde au maquillage dévasté et dégoulinant se lève. Elle n'a apparemment pas la moindre intention de partir et de me laisser seul. Elle s'avance doucement derrière moi, passe ses mains sur mon torse et dépose un baiser sur mon tatouage.

Je peste à nouveau :

– Dégage ! Tu es sourde ou quoi ?

Elle persiste et descend petit à petit ses doigts le long de mon corps. Malgré mon agacement, je me laisse faire. À hauteur de ma queue, elle m'empoigne délicatement les testicules et les caresse. Je frissonne déjà et sens la pression se propager dans mon sexe palpitant entre les mains agiles de cette fille, une prostituée sûrement. Je ne me rappelle pas qui j'ai embarqué cette nuit ni même où je l'ai trouvée.

Je pivote entre ses bras, hausse un sourcil et, tout en la regardant de haut, j'affirme :

– Toi. Tu veux encore baiser.

Elle ne répond pas, mais me sourit de manière plus que suggestive avec un regard coquin. OK! Ma foi, pourquoi pas. Je la pousse à reculer jusqu'à la table et la retourne brusquement, l'agrippe au niveau de la nuque et la contrains à se plier par-dessus, la joue écrasée contre le bois. Je lui ordonne d'étendre les bras devant elle. Elle obtempère, amusée par mon caractère dominant.

Je fouille dans les poches de mon jean plié sur le dossier de la chaise et en sors un préservatif, l'enfile soigneusement et, sans plus de ménagement, je la pénètre en la maintenant fermement pour qu'elle reste dans la même position. Je la culbute avec tant de brutalité qu'elle crie. Je ne me soucie pas de savoir si je lui fais mal ou non. Je cherche ma propre jouissance. Ses hurlements, son étroitesse et la sensation de satin m'entourant la queue m'excitent. Après plusieurs va-et-vient, je sens les premiers signes de l'orgasme s'enrouler autour de mon échine et une vague de chaleur s'empare de chaque molécule de mon corps. Après un dernier et vigoureux coup de reins, mes muscles se contractent, je plisse le front et les paupières, puis, la bouche à demi ouverte, j'émets un grognement en éjaculant.

À peine remis, je lui enserre le bras et la relève comme une vulgaire poupée, rive mes yeux aux siens et, en détachant chaque syllabe, je lui ordonne :

– Dé-gage, maintenant ! T'as pigé ? Dé-gage.

Lorsqu'elle déguerpit enfin, je me tourne vers la table et l'observe un long moment, sans bouger. Un horrible et lointain souvenir me percute : cette même table, cette même mise en scène…

Une vague de regrets s'empare de moi. Je deviens mon propre cauchemar. Je me hais. Je hais cette maison. Je hais cette table. Je me baisse et, avec force, je happe la table et l'envoie dans le décor. Je hurle à m'en briser la voix.

17

Lucas

Dans la cuisine, je pose les coudes sur le plan de travail et me soutiens le menton, fasciné par la gestuelle gracieuse de Cara. Elle s'affaire à préparer des pancakes, œufs brouillés et lamelles de bacon grillé. J'en ai l'eau à la bouche. Mon ventre gargouille et toute cette nourriture étalée devant mes yeux me met au supplice. Discrètement, je tente d'attraper une tranche de bacon, mais Cara m'en empêche en me tapant vivement la main avec la spatule.

– Hé ! Bas les pattes, goinfre ! Je n'ai pas fini.

J'essaie de l'amadouer en adoptant le visage d'un petit garçon triste, mais cela ne marche pas. Elle éclate de rire et me réprimande une fois de plus.

Le déjeuner prêt, Nous nous installons à table et mangeons tranquillement, au son de la radio. Nous rions et nous nous chamaillons comme deux adolescents. Une fois le repas fini et la vaisselle terminée, je décide de rentrer à la ferme :

– Où vas-tu ?

– Je vais aller mettre une chemise avec des boutons.

Je ricane et lui décoche un clin d'œil complice avant d'ajouter :

– Et voir si Reed…

– Chut, souffle-t-elle en mettant son index devant la bouche. S'il te plaît, est-ce que R.E.E.D peut quitter nos conversations au moins pour le week-end ?

– D'accord, plus de R.E.E.D, ma puce, mais il faut tout de même que j'aille me changer, dis-je en lui déposant un bref baiser sur le front.

Cara m'inspecte le visage et, tout en passant son pouce sur ma lèvre gonflée et meurtrie, elle s'inquiète :

– Ça va ? Tu n'as pas trop mal ?

– Ça ira, ne t'inquiète pas. J'en ai vu d'autres.

Je lui caresse la joue et, pivotant pour empoigner la porte, je m'arrête brusquement dans mon élan.

– Dis-moi, Cara, ça te dirait qu'on s'éloigne un peu de Cornfield pour le week-end ?

– Oui, bien sûr. Tu as une idée ?

– Atlanta ?

– Parfait ! Partons pour Atlanta.

– Allez, je file, dis-je.

Arrivant à la ferme, dans le hall d'entrée, je tombe nez à nez avec Reed et lui jette un rapide coup d'œil. Je l'évite pour emprunter les escaliers. Je ne lui parlerai pas tant qu'il ne m'aura pas présenté ses excuses en bonne et due forme. Et j'attends de lui qu'il soit sincère et convaincant. Mais je rêve, il est bien trop orgueilleux pour s'abaisser à cela. Je poursuis donc mon ascension afin d'aller me doucher, me changer et préparer quelques affaires pour notre virée à Atlanta.

– Euh… Je vais me faire un truc à manger, tu veux quelque chose ?

Je m'arrête et, du haut des marches, me tourne vers lui.

– Non merci. J'ai déjà mangé chez Cara.

– Chez Cara, évidemment.

Amer, Reed se passe de tout commentaire. Il se contente d'encaisser et de hocher la tête avant de reprendre sa route vers la cuisine.

– Et c'est tout ? finis-je par demander avec une once de provocation dans la voix.

Il se tourne vers moi et m'interroge du regard.

Je m'explique en mimant des uppercuts.

– Pas de crise ? Pas de coup de poing bien placé ?

– Non. Rien de tout ça, Lucas.

J'ai une subite envie de mettre les choses au clair. C'est l'occasion : nous sommes seuls. Reed semble sobre et pourrait avoir moins de mal à s'ouvrir, pour une fois.

Je descends quelques marches sous son regard dubitatif.

– Pourquoi es-tu revenu à la maison ?

Je n'ai toujours pas obtenu de réponse claire et franche à cette simple question.

– Encore ? Tu insistes, décidément, s'agace-t-il dans un rire sans joie.

J'en ai assez. Je peine à supporter ses cachotteries, alors je dévale les escaliers pour arriver à sa hauteur. Je ne lâcherai pas le morceau, cette fois-ci.

– Oui, Reed. Je me permets d'insister. Dis-moi en me regardant droit dans les yeux que ce n'est pas pour Cara.

– Oui, explose-t-il. Je suis revenu pour elle, si c'est ce que tu veux entendre. Mais pour toi aussi, alors, arrête ! Ta *séance confessions* est vraiment ridicule.

Je ne le quitte pas des yeux, furieux.

– Pourquoi? Pourquoi ici et maintenant? Puisque, apparemment, tu étais à New York, pourquoi ne pas l'avoir recontactée là-bas?

Reed soupire.

– Je ne pouvais pas. Pas encore.

– Alors pourquoi maintenant, bordel de merde?

– Parce que! hurle-t-il, hors de lui, avant de reprendre calmement. J'étais persuadé qu'elle te tomberait dans les bras en revenant ici et…

Il s'interrompt. J'en fais ma propre conclusion.

– Et tu ne voulais pas que ça arrive? C'est ça?

Reed ne répond pas et baisse le regard. Je viens de mettre le doigt sur sa plus grande faiblesse: sa jalousie maladive pour tout ce qui a trait à Cara.

Je le toise en serrant la mâchoire. Tout devient limpide à mes yeux. Après toutes ces années, il en est toujours fou amoureux. L'amour qu'il ressent pour elle ne cessera-t-il jamais?

Je fais un pas en arrière, me tourne, hésitant, prêt à remonter à l'étage, mais je change finalement d'avis. J'ai besoin d'extérioriser cette rage qui me tiraille. Alors je pivote à nouveau vers lui et, prenant un maximum d'élan, je serre le poing et lui envoie une droite en plein nez.

Sous l'impact, Reed recule, désorienté, et percute la commode derrière lui.

– Maintenant on est quitte, grogné-je.

18

Reed

Je suis en colère contre mon frère. Je savais qu'en revenant ici, les choses ne seraient pas faciles. Je savais aussi que de voir Cara dans ses bras me serait difficile. Je me suis mépris : ma présence ne change rien. Puis, ce n'est pas en enchaînant mes conneries que j'arriverai à quoi que ce soit. Elle me déteste. C'est fini. Je suis hors-jeu.

Irrité, je quitte la ferme pour me rendre chez la seule personne qui semble me supporter en ce moment.

Ouvrant la porte de son appartement, Meredith s'inquiète en observant l'ecchymose sur mon visage. Elle me passe les doigts dessus, mais je ne suis pas d'humeur à me faire cajoler. J'évite son geste en tournant la tête et bougonne.

– Ne t'occupe pas de ça. J'ai juste besoin de baiser, OK ? Alors, ferme-la et laisse-toi faire.

Je ne lui laisse pas le temps de répondre. Je presse mes lèvres sur sa peau au niveau de son cou en la poussant à reculons jusqu'au salon. J'ai envie de son corps. Je désire m'abandonner à l'extase que je ressens en touchant la peau d'une femme. Je n'ai plus que cela en tête. Je suis animé par ça, ce besoin animal. Je veux noyer la peine et le désespoir qui m'étouffent dans la jouissance. La femme que j'aime ne sera sûrement jamais mienne.

Meredith me sait perturbé, mais elle se laisse aller sans chercher à me comprendre. Cela ne vaut pas la peine. Puis, elle s'en fiche éperdument de moi. Elle fait semblant en public. Je l'ai bien compris.

Dans notre fougue, nous percutons la table basse. Meredith perd l'équilibre, mais je la rattrape de justesse et balance un violent coup de pied au meuble qui virevolte au travers de la pièce. La table se brise. Elle sursaute, mais ne dit rien. Elle m'agrippe vigoureusement la chevelure et me la tire en arrière afin de lui permettre un libre accès à la peau mal rasée de mon cou. Elle y cale sa bouche et plante ses dents sur l'os de ma mâchoire. Je grogne. Elle n'est pas tendre, mais cette morsure est à la hauteur de mes attentes. Je veux avoir mal. Je veux que cette souffrance physique noie celle torturant mon âme.

Je lui attrape l'ourlet de son tee-shirt et le lui ôte sauvagement. Une fois sa poitrine dénudée, je plonge ma tête entre ses seins. Je les lui empoigne et lui mords un à un ses tétons durcis. Elle crie de plaisir. Oui, elle aime ma brutalité. Elle en veut plus, encore plus. Elle m'incite à poursuivre en me maintenant la tête plaquée contre sa poitrine.

À bout de souffle, je la jette sur le canapé et, sans même lui donner le temps de s'allonger correctement, je la retourne pour qu'elle m'offre ses fesses. Avec la même frénésie, je lui retire son bas de jogging, arrachant son string dans la foulée. Encore une fois, je ne me soucie pas de savoir si elle est prête ou non. Je déboutonne mon jean, baisse fiévreusement mon boxer sur mes hanches, enfile le préservatif que Meredith me tend, pose un genou sur les accoudoirs du divan afin de bien me caler derrière elle et, d'un coup de reins sec, je la pénètre. Meredith hurle sous la violence de l'assaut et étouffe son cri dans le coussin. Je suis en transe. Elle est un pur délice, étroite et glissante à souhait. Son intimité s'enroule parfaitement autour de ma queue. Sa position me donne une vue imprenable sur mon pénis qui va et vient en elle et son rectum. Je désire aussi la posséder par cet orifice, alors, les mains plaquées sur elle, j'enfouis doucement mon pouce pour me frayer un passage. Les cris de Meredith s'intensifient. La sentant ouverte et prête à me recevoir, je me retire pour pouvoir remplacer mon pouce par ma queue. D'une main, je continue à la maintenir et, de l'autre, j'accompagne ma pénétration. Je l'empale d'un seul coup de reins, sans ménagement, puis je râle en levant les yeux au ciel. Je m'immobilise sitôt entièrement enfoui en elle. Meredith est ravie, ce laps de temps lui permet d'estomper la douleur. L'extase que j'éprouve en me sentant si étroitement entouré me met dans un ébranlement profond. Je frémis, frissonne et vacille. Elle ondule au rythme de mes va-et-vient plus lents. Elle connaît mon égoïsme pendant le coït, alors elle pose ses doigts sur son intimité. Elle se caresse, accorde toute l'attention que réclame son clitoris. Elle est prête à exploser. Son corps tremble. Nos gémissements se font de plus en plus intenses et se muent en cris. Continuant à la pénétrer avec vigueur, je lui empoigne fermement les hanches pour lui imposer ma propre cadence. Meredith étant plus dilatée, je m'enfonce en elle plus profondément. Je m'engouffre de toute ma longueur, cela rend chaque poussée encore plus exquise.

Puis, dans un dernier cri, nous jouissons.

Nous finissons par passer l'après-midi au lit. Après sa douche, Meredith retourne dans la chambre où, toujours dévêtu, je profite de la télé, une bière à la main.

– Dégage de là, grogné-je lorsqu'elle passe devant l'écran pour attraper des sous-vêtements dans la commode. Pourquoi t'habilles-tu ? Je n'en ai pas fini avec toi.

– Si tu m'écoutais lorsque je parle, tu saurais que j'ai rendez-vous avec le maire et les adjoints ce soir.

– Tu baises aussi avec lui ?

– Reed ! Non, c'est un homme marié et, qui plus est, un homme bien. Tous les hommes ne sont pas comme toi à baiser tout ce qui bouge.

– Foutaise ! J'ai côtoyé énormément d'hommes politiques et je peux te dire qu'ils se tapent tous des minettes dans ton genre et rendent cocue leur femme.

– Jaloux ? dit-elle en passant sa jupe.

– Je n'en ai rien à branler de toi.

Je lève ma canette vide et la secoue.

– Va m'en chercher une autre, tu seras gentille.

– Tu sais où est le frigo ? Alors, tu bouges ton joli petit cul et tu te débrouilles, Reed.

Alors qu'elle se maquille les lèvres d'un rouge vif, après avoir enfilé son chemisier, je m'exécute en grommelant.

– Dis-moi, Reed, je voulais te poser une question.

Je raille en ouvrant le frigo.

– Comment se fait-il que je sois un aussi bon coup au pieu ? Bah ! Écoute, ça me vient comme ça. C'est une seconde nature chez moi.

Une nouvelle bière en main, je la rejoins et me serre contre elle pour la faire reculer et la plaquer contre le mur.

– Si tu en veux encore tu n'as qu'à demander, ma belle.

Meredith soupire et lève les yeux au ciel, dépassée par mon orgueil. Elle passe ses doigts sur mes biceps, appréciant leurs formes et leur robustesse, puis s'explique :

– Non. J'aimerais qu'on organise un petit repas avec Lucas et Cara, un de ces jours.

Je fais un pas en arrière et mon sourire s'évanouit aussitôt.

– Non, hors de question !

– Pourquoi ? me supplie-t-elle. Je trouve que c'est une excellente idée, moi.

– Eh ben, moi, je ne trouve pas. C'est même la pire de toutes les idées tordues que tu aies eues.

Elle s'approche à nouveau de moi et me dessine de petits cercles imaginaires sur les abdos.

– Écoute, Reed! Je sais que tu en pinces pour la jolie Cara, donc, je te propose un marché.

Je fronce les sourcils: d'une, je suis agacé par le fait que tout le monde, ici, semble connaître l'attachement que je voue à Cara, et de deux parce que je ne comprends pas où elle veut en venir. Un repas? Pour quoi faire?

– Voilà: si tu le souhaites, je peux t'aider à conquérir le cœur de ta belle, continue-t-elle.

Je lui empoigne brutalement le bras et l'attire à moi. Les yeux fixés aux siens, je grogne:

– Elle me hait. Tu n'y arriveras jamais.

– Tu me connais mal, Reed. Quand j'entreprends quelque chose, j'arrive toujours à mes fins.

Elle se dégage de ma poigne et attrape son sac à main posé sur le petit meuble à côté d'elle.

Je ne peux m'empêcher de ressentir une légère bouffée d'espoir, mais reste tout de même sceptique et méfiant. Je flaire un piège derrière tant de bonne volonté. En un tour de main, je lui attrape le cou pour qu'elle me regarde droit dans les yeux.

– Et je peux savoir ce que toi, tu y gagnes?

– Ton frère, s'étrangle-t-elle.

Je relâche ma prise, la scrute de haut en bas. Elle a toute mon attention.

– C'est quoi, le plan?

– Te faire devenir un gentil petit toutou.

J'éclate aussitôt de rire, mais me tais rapidement en voyant briller l'étincelle de la détermination dans ses yeux.

– T'es sérieuse?

Elle hoche la tête en esquissant un petit sourire malicieux.

– Très sérieuse.

– C'est ridicule!

– Ne sois pas si défaitiste. Écoute! Je ne te demande pas de devenir l'homme parfait, mais de te calmer un temps et de démontrer à ta belle que tu sais te tenir, que tu n'es pas qu'une brute épaisse sans cœur. D'accord?

Elle me tapote le torse et ajoute:

– Trouve-toi un boulot et sois gentil, tu veux?

– Et… C'est tout? Tu penses qu'on peut la berner avec si peu?

– Évidemment. Les femmes aiment les mauvais garçons, mais… les mauvais garçons avec un cœur et un cerveau.

De son doigt, elle trace une ligne horizontale sur mon bas-ventre.

– Le cerveau situé au-dessus de la ceinture, Reed!

Je la rattrape avant qu'elle ne parte.

– Je peux savoir pourquoi tu t'intéresses à mon frère?

– Parce que Lucas est un homme bon, contrairement à toi, et j'ai besoin d'un homme comme lui pour gravir les échelons, si tu vois ce que je veux dire…

19

Cara

Sur la route pour notre séjour en amoureux, je rouspète en le voyant tourner le bouton du poste de radio. Nous sommes partis il y a dix minutes et c'est déjà la troisième chanson qu'il coupe car elle ne lui plaît pas.

– Non ! Ne change pas de station.

– Tu es sérieuse ? Ne me dis pas que tu aimes ce genre de musique ?

– Oui, j'aime. Je trouve ça entraînant. Ça donne envie de bouger, de danser, de faire la fête.

– Ce ne sont que d'incessants « boum boum », et rien d'autre.

– Et alors ? dis-je outrée par sa remarque. Tu sais, grand-père, il y a autre chose que la country dans la vie.

Lucas éclate de rire.

– Tu viens vraiment de me traiter de grand-père, là ? Je ne rêve pas ?

Je glousse. Oui ! Il est un vrai rustre par moments, mais je l'aime bien comme ça.

Longeant la route qui rejoint l'Interstate-20 avec ma Ford, il donne un grand coup de volant pour se ranger sur le terre-plein de gravier.

– Qu'est-ce que tu fais ?

Il ne me répond pas, sort de la voiture, fait le tour, ouvre ma portière et me tend la main.

– Mademoiselle, puis-je me permettre ?

Intriguée et amusée par sa mise en scène, je sors du véhicule. Il ouvre la porte arrière et m'invite d'un geste galant à m'y asseoir.

– Après vous…

Perplexe, je m'exécute en l'interrogeant du regard.

– Tu vas voir de quel bois se chauffe le grand-père, pouffe-t-il en me poussant à m'allonger avec lui sur la banquette arrière.

Je m'esclaffe lorsqu'il presse ses lèvres sur mon cou pour me combler de baisers.

– Lucas ! On ne peut pas faire ça ici.

Il sourit contre ma peau et me passe les mains sous mon débardeur.

– Bien sûr que si.

– Non.

Je ris plus fort.

– C'est qui la grand-mère, maintenant?

L'hôtel miteux que nous nous dénichons, après plusieurs tentatives infructueuses dans des endroits plus confortables, fera l'affaire pour une nuit. Notre petite escapade dans la plus grande ville de l'État de Géorgie a, malgré notre bonne humeur, très mal démarré.

Tout d'abord, nous avons voulu aller au vernissage d'un jeune peintre contemporain réputé dans le comté. Malheureusement, celui-ci a été annulé pour cause de travaux urgents: une fuite de gaz. Ensuite, nous avons tenté le zoo. Tout s'est bien passé jusqu'à ce qu'un orage éclate et que nous nous retrouvions trempés jusqu'aux os. Nous nous sommes donc mis en quête d'un endroit au sec et au chaud où passer la nuit.

Ce quartier d'Atlanta est plutôt malfamé et peu fréquenté, mais c'est le seul hôtel à disposer de chambres libres à cause du grand marathon organisé le lendemain en ville pour une œuvre de charité et, comme nous ne voulons pas rentrer à Cornfield ce soir, nous nous décidons finalement à prendre la chambre.

La vieille dame de la réception nous amène au premier étage. Je suis légèrement dubitative en remarquant le délabrement et le manque flagrant d'hygiène des couloirs.

Je serre la main de Lucas tellement fort que ce dernier en rit et me murmure à l'oreille:

– Si tu veux rentrer à la maison, il est encore temps.

Je prends sur moi et refuse gentiment en secouant la tête. Je veux vraiment passer cette nuit ici avec lui, loin de tout et malgré le prix à payer. Lorsque la dame, aussi âgée que peu loquace, nous laisse devant la porte trente-neuf ou trente-six, vu que le dernier chiffre pend lamentablement, nous éclatons de rire. Nous avions espéré un week-end inoubliable et il le sera, à n'en pas douter.

Lucas ouvre lentement la porte sous mon regard suspicieux. J'appréhende l'aspect de la chambre. J'imagine déjà de gros rats courir dans tous les sens, des toiles d'araignées horribles suspendues aux quatre coins et des murs fissurés semblables à ceux des couloirs de l'établissement.

– Tu es prête?

– Allez, ouvre! Ce ne doit pas être si terrible que ça, j'en suis certaine.

– Tu penses sérieusement ce que tu dis, là? me taquine-t-il.

Je le pousse pour l'écarter du chemin. Je suis frigorifiée et ne rêve que d'une chose : passer des vêtements secs.

La chambre n'est finalement pas aussi laide et sale que cela. Évidemment, les murs sont dans le même état lamentable que le reste du bâtiment. Cela dit, tout paraît propre et c'est plutôt cosy, vieillot, mais douillet. Je m'assieds sur le matelas au couvre-lit à fleurs, pendant que Lucas se débarrasse de son pull et de son tee-shirt.

En laissant glisser mon regard sur son dos, je remarque à nouveau sa cicatrice. La semaine dernière, lorsqu'il peignait torse nu, je me suis posé la question de savoir comment il s'était fait cette marque.

– Tu t'es fait quoi pour avoir une telle cicatrice ?

Lucas se tourne, incertain.

– Quoi ? Quelle cicatrice ?

Je ris face à la perplexité qu'il affiche. Il n'a pas non plus une infinité de marques sur la peau, il est sûrement en train de faire l'imbécile, comme depuis le début de notre virée. En plus, cette blessure a plutôt dû être importante au vu de sa longueur. Elle s'étale du dessous de son omoplate gauche à son flanc droit.

Je me lève et le rejoins, puis, de mon index, je retrace le parcours de l'entaille blanche qui contraste avec sa peau bronzée.

– Celle-là, idiot.

Lucas se tord pour regarder son flanc et passe sa main gauche dessus.

– Oh ! Je l'ai depuis des années, dit-il vaguement.

Il dépose un baiser sur mon front et se baisse pour attraper un vêtement dans son sac.

– Et ? Elle est arrivée comment ?

– J'avais cette blessure quand je me suis réveillé le matin où Reed est parti.

– Et tu ne sais vraiment pas comment cela t'est arrivé ? C'est tout de même bizarre, non ?

– Bah ! Écoute, ça ne m'empêche pas de vivre. Bon, change-toi, on va aller se dégoter un endroit où manger.

Je reste perplexe. Son attitude est étrange. Il est impossible qu'il ne se rappelle pas la cause d'une telle cicatrice. J'en tire rapidement deux conclusions : ou il me cache quelque chose ou il a un sérieux problème de mémoire.

Me voyant froncer les sourcils, Il appose ses mains sur mes joues et m'explique :

– Hé ! Ce n'est pas grave. Je te l'ai déjà dit, certains passages de ma vie sont assez obscurs. Je pense que Reed a la réponse, mais tu sais bien, nos rapports sont plutôt tendus. Alors, ne t'inquiète pas, je n'en suis pas mort. La preuve, je suis devant toi, OK?

– Oui, mais tu n'as jamais cherché à savoir, à combler ces vides?

– À quoi bon?

– À comprendre.

Je suis exaspérée par tant de désintérêt pour son passé. S'il m'arrivait une telle chose, je ferais tout pour savoir.

Lucas s'éloigne tout en enfilant sa chemise.

– Tu penses que cela pourrait être Reed qui t'ait fait ça?

– Je ne sais pas, Cara. Tout est possible.

Il boutonne sa chemise et ajoute en regardant sa montre:

– Allez, habille-toi, il est vingt-et-une heures passées et on va avoir du mal à trouver un restaurant.

Malgré les multiples questions que je me pose, j'abandonne.

Nous finissons par trouver une petite pizzeria non loin de notre hôtel. Un léger froid s'est immiscé entre nous à cause de notre récente conversation, et le repas se déroule dans un silence mortel. Sur le trajet du retour, nous nous contentons de nous tenir la main et de marcher sans dire un mot.

Presque arrivés à destination, chacun envahi par ses pensées, nous ne nous apercevons pas tout de suite que nous sommes suivis par un type titubant derrière nous.

– Hé! Mec? Bien roulée, ta gonzesse. Tu partages? siffle le type, vraisemblablement d'origine hispanique, à entendre son accent.

Lucas se retourne partiellement, n'étant pas certain que c'est à lui que l'on s'adresse, et j'en fais de même.

L'ivrogne insiste en me détaillant d'un regard de pervers, brillant.

– Oui, toi, salope! T'es drôlement bandante.

Lucas se fige et stoppe net sa route. L'homme avance droit sur nous. Lucas me serre contre lui et observe attentivement l'allure de ce type. Je le sens se raidir à mesure qu'il se rapproche de nous.

– Laisse tomber, Lucas. Rentrons, il est ivre.

Mais il en a décidé autrement. Il me lâche, se rue sur l'homme et le fait brutalement reculer de ses deux mains en appui sur son buste.

– Qu'est-ce que tu viens de dire, connard?

J'interviens en voyant l'ivrogne perdre l'équilibre et tomber à terre.

– Lucas, arrête ! Ça ne sert à rien. Il ne tient même pas sur ses jambes.

L'homme allongé sur le sol est surpris. Il ne s'attendait pas à ce que Lucas riposte et peine à se relever.

– Tu viens d'insulter ma copine, espèce d'enfoiré !

– Désolé, mec, je...

– Tu quoi ? crie Lucas.

Hors de lui, il lui envoie un coup de pied dans les côtes. Je m'affole. Il devient trop violent.

– Lucas ! Arrête ! Je t'en prie, partons !

Je me précipite sur lui et tente de l'éloigner en le tirant par le bras.

– Laisse-moi, Cara ! Ne te mêle pas de ça.

Lucas est bien trop fort. Il ne bouge pas d'un pouce. Il se baisse et attrape l'homme par le col de son blouson, le soulève et l'envoie valser sur le grillage longeant le trottoir. Il fonce à nouveau sur lui et, tout en le maintenant d'une main, il commence à le rouer de coups. Lucas est dans une transe terrifiante. Je ne le reconnais pas. Ses traits sont tirés, hargneux. Je me mets à hurler. Je ne comprends pas son comportement et ne peux que le regarder faire, horrifiée et impuissante.

Je dois réagir, il va finir par le tuer. Le pauvre homme semble n'avoir plus aucune force pour se défendre.

Quitte à prendre un coup moi-même, je me glisse entre eux et peste :

– Bordel ! Lucas, arrête !

Je ferme les yeux, me crispe. Lucas stoppe net son poing à quelques centimètres à peine de mon visage. J'expire, le cœur battant à toute allure, et ouvre à nouveau les paupières. Lucas semble reprendre peu à peu ses esprits, laisse retomber l'homme à terre et recule avec effroi.

Sous le choc, il fixe ses mains tendues devant lui, tachées de son sang et de celui de sa victime. Remise de ma frayeur, il n'y a pas de temps à perdre, je m'accroupis au niveau de l'homme immobile. Heureusement, il respire encore. J'extirpe aussitôt mon portable de la poche de ma veste. Je dois absolument appeler une ambulance et vite. Je ne peux pas l'abandonner à son triste sort dans cet état. Tant pis, nous prétexterons une bagarre et filerons avant l'arrivée des secours. L'homme était ivre et, avec un peu de chance, il ne se souviendra pas de nos visages.

En portant mon téléphone à l'oreille, je lève les yeux vers Lucas, consternée.

– Mon Dieu, Lucas, qu'as-tu fait ?

20

Lucas

Août 2004

– Lucas! crie mon frère en ouvrant brusquement la porte d'entrée de la maison. Où t'as foutu mon VTT?

N'obtenant aucune réponse, il fouille la maison de fond en comble à ma recherche. Alors que je me planque, apeuré, dans la cuisine. Il commence par l'étage, mais il ne trouve personne. Il descend... Personne non plus au salon. Il s'arrête devant l'encadrement de la cuisine. Il m'a repéré. Il s'avance doucement et je le vois apparaître derrière l'îlot central.

– Lucas, tu...

Reed s'interrompt brutalement, une main sur sa bouche. Il y a énormément de sang, bien trop de sang. Ma chevelure blonde et mon visage en sont recouverts. Je le sens couler sur mes joues. De mes grandes billes vertes noyées de larmes, je pose mes yeux sur mon grand frère, terrorisé. Je tends mes mains ensanglantées.

Reed s'affole.

– Mon Dieu, Lucas, qu'est-ce que tu as fait?

***

Cara s'affaire à nettoyer mes phalanges sanglantes. Je ne dis pas un mot. Les yeux dans le vide, je me contente de fixer mon reflet dans le miroir de cette étroite salle de bains au néon défectueux, clignotant et crépitant sans cesse. Je revois ce qu'il vient de se passer en boucle dans ma tête. Je n'aurais pas dû agir comme ça devant elle.

Cara garde son calme: sa priorité absolue est de me soigner. Une fois mes mains passées sous l'eau et entourées d'une serviette, elle cherche de quoi me les bander. Dans l'étagère au-dessus du lavabo, elle trouve une trousse de secours avec le nécessaire.

– On ne peut pas rester ici. Nous allons rentrer, d'accord? s'inquiète-t-elle en me passant la bande autour des doigts.

Je ne réagis toujours pas. Elle quitte la pièce afin de rassembler nos affaires.

Je la suis. Les gyrophares de l'ambulance attirent mon regard vers la fenêtre. Après avoir appelé les secours, nous avons laissé l'homme inconscient sur le trottoir.

Elle tire légèrement le rideau et observe attentivement la ruelle. Les ambulanciers brancardent déjà l'homme.

– Je l'ai tué, affirmé-je.

Cara lâche le rideau et se tourne. Elle vient m'enlacer doucement et pose sa tête contre mon torse.

– Non, Lucas. Tu ne l'as pas tué.

***

Août 2004, à la ferme Hamilton

Reed se met à genoux et m'enlace avec force et amour.

– Il a recommencé. Je ne voulais pas, répété-je sans cesse, entre deux sanglots.

– Je sais, je sais…

Reed me réconforte en me plaquant la tête contre son torse. Entendre les battements de son cœur vaut tous les soins du monde. Ma plaie dans le dos ne me pique plus. Je peine à regarder l'homme étendu sur le plancher. Robert a mérité ce couteau dans le ventre.

Reed s'écarte et ôte son tee-shirt avant de me le tendre.

– Tiens ! Mets ça et file à la douche. Je m'occupe du reste, d'accord ?

J'hésite, mes bras et mes jambes refusent de m'obéir. Je suis comme figé au sol. Reed m'attrape le visage et me force à le regarder dans les yeux pour que je cesse de fixer Robert, agonisant au sol.

– Allez, Lucas ! Je m'en occupe, dépêche-toi !

– Je l'ai tué ?

– Non, Lucas. Tu ne l'as pas tué. Il respire encore. Allez, dépêche-toi ! S'il te plaît. Va sous la douche.

Je me lève lourdement, agrippe le vêtement que mon frère me tend.

– File ! ordonne-t-il.

Je passe la porte, tel un automate, mais me retourne. Reed détourne les yeux vers la ceinture posée à même le sol et l'attrape pour l'enrouler autour de son poing, la mâchoire visiblement crispée.

21

Cara

Agenouillée sur le plancher, je passe le pinceau sur les plinthes du salon tandis que Lucas s'applique à passer le rouleau au plafond. Nous avons redémarré la rénovation. Depuis ce fameux soir, à Atlanta, une distance s'est installée entre nous. Je ne le comprends pas et il ne me parle pas. La communication s'est totalement rompue.

Je lui jette un coup d'œil alors qu'il descend de l'escabeau. Il pose le rouleau dans le bac à peinture et regarde ses mains trembler.

Je m'inquiète.

– Ça va, Lucas?

– Oui, oui. Je dois juste avoir un manque de…

– Non. Ça ne va pas du tout, Lucas. Arrête de faire semblant! Ça fait des jours que tu fais l'autruche, que tu m'évites: on doit se parler, tu dois me parler, s'il te plaît…

– Et si je te faisais du mal à toi aussi, comme j'en ai fait à ce type, hein? Je ne pourrai jamais me le pardonner, Cara.

– Ne dis pas ça! Tu ne me ferais jamais de mal, je le sais, d'accord? Tu es en train de te torturer pour rien.

– Cara, c'est peut-être plus grave que tu ne le penses. J'ai comme une rage au fond de moi, quelque chose de dévastateur qui ne demande qu'à exploser. Je… Je…

– Hé, Lucas! Calme-toi! Je suis certaine que tu paniques pour pas grand-chose.

Je l'enlace, convaincue que nous trouverons une solution à son mal-être. Je suis persuadée que ce trouble vient de son amnésie. Il faut absolument mettre le doigt sur ce qu'il s'est passé le matin où Reed l'a abandonné. Je l'aiderai et…

Quand on parle du loup, il se pointe.

Reed frappe au portant de la moustiquaire et s'éclaircit la voix.

– Hum! Excusez-moi de vous déranger en plein… hésite-t-il en gesticulant. En plein…

Lucas l'interrompt froidement.

– Qu'est-ce que tu veux, Reed?

La tête posée sur son torse, je soupire. Si je voulais éviter quelqu'un dans ce moment particulier, c'était bien Reed! Je crains que Lucas réagisse mal face à son frère. Il faut dire qu'il est tellement agaçant, énervant. J'ai envie de lui mettre des claques.

Je me penche sur le côté et plante des yeux emplis de haine dans les siens.

– Sors de chez moi, Reed!

Reed fait un pas de recul et lève les mains devant lui. Il reste sur le pas de la porte.

– Comme je viens de vous le dire, je m'excuse de vous déranger, mais Meredith et moi organisons un repas ce soir à la maison et vous êtes les bienvenus, voilà! Je vous laisse.

Il fait rapidement demi-tour.

– Attends! Tu étais où, toute cette semaine? le questionne Lucas en pivotant vers lui.

– Chez… ma copine, lâche-t-il fièrement après avoir vaguement réfléchi.

Lucas avance d'un pas vers son frère. Je le retiens. Il pourrait péter les plombs une deuxième fois, je préfère donc miser sur la prudence. Ce n'est pas que cela me dérangerait de voir Reed prendre une bonne raclée, mais ce sont deux frères, et l'aîné pourrait bien prendre le dessus. Car même si Lucas est très robuste, il n'a pas un aussi mauvais fond que Reed.

– À quoi tu joues avec Meredith?

Reed hausse les épaules.

– À rien, frangin. Elle et moi, on s'aime bien.

Il se tait pour sourire largement et précise, avec une grimace :

– Enfin, je crois.

– C'est quoi, le piège, pour ce soir? s'enquiert Lucas.

Reed perd légèrement patience et soupire.

– Nous voulons… Enfin, je veux enterrer la hache de guerre. Ce n'est qu'un simple repas de famille, toi, moi et nos copines. On n'a jamais eu l'occasion de le faire, vu mon départ…

– Vu ta lâcheté d'il y a douze ans, tu veux dire?

Afin d'arrêter la discussion qui prend un mauvais tournant, j'interviens.

– C'est bon, on viendra.

Reed glisse un long regard sur moi et me sourit poliment. Il fait abstraction de la remarque acerbe de Lucas et déglutit longuement en me fixant.

– D'accord, merci. Meredith sera contente.

Il rebrousse chemin et disparaît.

– Pourquoi as-tu accepté son invitation? s'indigne Lucas en soutenant mon regard.

– Tu as besoin de parler avec lui. Il a sûrement les réponses à tes questions. Alors, prends ce dîner comme une occasion de les obtenir. Je m'occuperai de Meredith pendant que lui et toi, vous aurez une discussion digne de ce nom, OK? Et ne vous étripez pas, s'il te plaît.

Lucas se contente de hocher la tête.

Je vois toujours le bon côté des choses. C'est d'ailleurs l'une de mes qualités. Je suis sûre que c'est la solution. Ils doivent se parler une bonne fois pour toutes.

Je ne peux réprimer un sourire en voyant son air peu convaincu.

– Ça ira, Lucas, je te le promets.

Je me redresse sur la pointe des pieds et l'embrasse tendrement.

– Je n'aime pas te savoir dans la même pièce que mon frère, avoue-t-il tout à coup.

J'émets un petit rire contenu face à son visage inquiet et lui envoie de légers coups de poing sur le torse tout en sautillant.

– Tu sais, je suis capable de me défendre.

– Tu es certaine?

Il hausse un sourcil dubitatif et esquisse un sourire, amusé. D'un tour de main, il m'empoigne les avant-bras et me fait faire volte-face en croisant mes bras sous ma poitrine. Je suis prise au piège, immobilisée. Finalement, je ne fais vraiment pas le poids.

Calé contre mon dos, il colle sa bouche sur mon oreille et murmure:

– Merci. Merci pour tout. Je ne sais pas ce que je ferais sans toi.

Je vacille à sa voix suave et avale longuement ma salive, puis me retourne dans ses bras. Je suis toutefois tracassée par son déséquilibre émotionnel, c'est indéniable, mais je suis prête à tout pour l'aider. Ce que je ressens pour lui s'accroît de jour en jour, et le savoir si perturbé m'arrache le cœur.

– Je n'ai rien fait de plus.

Il me caresse les joues.

– Si. Tu n'as pas fui. N'importe qui aurait été effrayé par ce que j'ai fait, et…

– Je ne fuirai jamais, Lucas, jamais, dis-je en cherchant son regard. « C'est nous contre le reste du monde », tu ne te rappelles pas?

Je souris plus largement à cette évocation nostalgique.

Je me souviens.

***

12 juillet 2000

Heureuse et excitée, je cours entre les tiges de maïs de la propriété des Hamilton en tenant dans ma main un petit paquet cadeau. Nous sommes le jour de l'anniversaire de Lucas et je suis impatiente de le retrouver pour le lui remettre. Ce n'est qu'un bracelet que je viens à peine de confectionner, mais j'ai hâte qu'il le porte.

En arrivant devant la ferme, j'aperçois le portail de la grange grand ouvert. Nous avons, tous les trois, l'habitude de nous y retrouver. Nous montons souvent sur la mezzanine qui servait autrefois à stocker le foin quand l'exploitation avait encore des bêtes. Nous nous sommes aménagés un petit coin, une cachette, afin d'éviter Robert. C'est notre QG.

Je me hisse sur l'échelle et m'immobilise une fois en haut, arrêtée par des sanglots.

– Lucas?

– Va-t'en, Cara.

Inquiète, je me fraye un passage entre les caisses, les cartons et les palettes, puis laisse tomber le cadeau sur le plancher pour accourir vers lui, recroquevillé sur lui-même, la tête enfouie entre ses bras croisés sur ses genoux.

Je m'accroupis à ses côtés.

– Lucas, qu'est-ce qu'il t'arrive?

– Va-t'en, je t'ai dit, s'énerve-t-il en me poussant.

Déséquilibrée, je bascule en arrière. Il semble tellement triste et apeuré.

Une main derrière moi m'aide à me redresser.

– C'est Robert, m'explique Reed en me soulevant. Cet enfoiré l'a encore frappé après m'avoir envoyé acheter le pain.

Je me révolte.

– Pourquoi?

Reed s'assoit à côté de Lucas et l'entoure de ses bras pour caler sa tête contre lui. Lucas se laisse faire et sanglote plus fort sous l'élan de tendresse et de soutien de son grand frère.

– Il est encore rentré ivre du Joey.

Je resserre la mâchoire. Je déteste Robert et aimerais tellement pouvoir faire quelque chose pour mes amis.

Je lâche abruptement :

– Vous devez partir.

– Et pour aller où? fulmine tout à coup Lucas en me foudroyant de ses yeux noyés de larmes.

– Mes grands-parents ont une maison de vacances près du lac, à Covington. Je peux peut-être voler le double des clefs à mes parents. Ça sera facile et vous n'avez qu'à prendre le bus pour y aller.

Reed rit sans joie.

– Et après, on fait quoi?

– Attends! l'interrompt Lucas. Elle a raison: on se débrouillera une fois là-bas. J'ai toujours mes économies.

– Arrête! Tu dois avoir à peine cinquante dollars. Qu'est-ce que tu veux qu'on fasse avec ça?

– Moi, j'ai cent cinquante dollars.

– Non, Cara! On ne va pas te prendre ton argent, se fâche Reed.

Je tends ma main vers eux et la mets à plat.

– Si! Je m'en fiche de cet argent. C'est nous contre le reste du monde, n'oubliez jamais.

Nous scellons notre pacte en posant nos mains les unes sur les autres et les deux garçons répètent notre devise, les yeux pleins d'espoir.

22

Reed

Meredith et moi avons passé la journée à réaménager la pièce à vivre. Sur les étagères de la bibliothèque, sur la table, et même sur les radiateurs, nous avons disposé de hautes bougies parfumées, diffusant une lumière tamisée et une ambiance un brin trop romantique à mon goût. Mais elle a insisté. Cela fait partie de son plan. Plan que je persiste à penser très mauvais. Elle veut me faire gagner le cœur de Cara en lui démontrant que je peux être un homme sage et de confiance. Tout ça pour pouvoir se taper mon frère. La bonne blague ! Ça ne marchera sûrement jamais…

Désormais, devant la cheminée, le canapé et deux nouveaux fauteuils entourent la table basse ornée d'un vase neuf débordant de roses rouges. Cet après-midi, j'ai dû me taper le fleuriste et le magasin de meubles. Alors j'espère que ce geste va détendre l'atmosphère et que mon frère et Cara se rendront compte de mes efforts.

Meredith s'est mise aux fourneaux. L'odeur appétissante envahit déjà la maison. Il est vingt heures quand mon frère et Cara se pointent.

Pénétrant dans le salon, Lucas me demande sèchement :

– C'est quoi toute cette mise en scène ?

Cara lui balance un coup de coude discret dans les côtes. Je souris.

Il se reprend sur un ton plus doux.

– C'est quoi tout ça ? Tu as acheté de nouveaux meubles ?

Je hausse les épaules.

– Oui. Que penses-tu de cette nouvelle décoration ? J'ai voulu mettre une touche personnelle à notre maison.

Je me lève du canapé et, quelque peu hésitant, je le rejoins pour lui donner une accolade. Lucas ne me la rend pas et se contente de répondre :

– C'est… différent, et ça ne te ressemble pas.

Je peste mentalement contre Meredith. Je lui avais dit qu'il ne serait pas dupe.

Cette dernière sort de la cuisine et se jette aussitôt sur Cara, les bras tendus, hypocrite à souhait.

– Cara, ma belle, comment vas-tu ?

– Bien, merci.

Tout en gardant prudemment mes distances, je l'accueille à mon tour.

– Cara.

Je perçois toujours dans ses yeux cette même haine à mon égard. Elle passe devant moi sans un regard de plus et sans un mot, puis file s'asseoir sur un des fauteuils, suivie par Lucas.

Maintenant tous assis, nous nous regardons et nous sourions avec courtoisie. Or, malgré les efforts de chacun, l'ambiance reste tendue.

Après plusieurs raclements de gorge, j'engage la conversation :

– Alors, les travaux avancent, Cara ?

– Oui.

Elle n'est apparemment pas décidée à en dire plus. Meredith, m'ayant promis de tout faire pour que Cara s'intéresse à moi, insiste :

– Reed m'a expliqué que tu voulais vendre la maison de tes parents après la rénovation. C'est dommage, non ? Ce sont des souvenirs qui s'envolent. Mais bon, je conçois que la vie à Manhattan ne doit pas être donnée, surtout à côté de Central Park.

Cara pose enfin ses yeux sur moi. Ils me fusillent. Et merde !

– Je ne sais pas comment il sait où se trouve mon appartement à New York, mais oui, c'est exact, le coût de la vie est plus élevé qu'ici. Cependant, je ne suis pas dans le besoin.

Le sourire forcé et bien trop poli qu'elle m'adresse me glace les veines.

Je me rassois correctement et m'exclame :

– Oh ! Simple question de déduction et de bon sens.

– C'est vrai que tu fais souvent preuve de bon sens, Reed, me provoque Lucas.

La mâchoire crispée et d'un sourire aigre, je rétorque :

– Merci de le remarquer, petit frère.

Tendue, Meredith se lève d'un bond.

– Vous voulez boire quelque chose ?

Elle est rapidement suivie par Cara.

– Je viens te donner un coup de main.

– Oh ! Merci, tu seras mignonne.

Les deux filles parties, Lucas se penche sur la table basse, les coudes posés sur ses genoux, et me fixe. Malgré l'allure calme que je tente d'afficher, je suis trahi par ma façon nerveuse de pianoter sur l'accoudoir. Je cesse mon geste.

– Que cherches-tu à prouver avec ce repas? murmure rudement Lucas.

– Arrête avec tes questions stupides et fais-moi confiance.

– J'avais une confiance aveugle en toi il y a des années, mais tu m'as lâché comme le dégonflé que tu es. Tu as fui sans aucune explication. Penses-tu qu'après ça, je vais t'accorder ne serait-ce qu'une once de confiance?

– Arrête de radoter, bordel! Tu crois que je n'en suis pas conscient? Tu crois que c'est facile pour moi de vivre avec ça? Tu ne t'es pas dit qu'il y avait sans doute une bonne raison à tout ça, monsieur Saint Amnésique?

– Ces derniers jours, quelques souvenirs me sont revenus, et j'ai l'impression de devenir fou. J'ai failli frapper Cara. Toi qui as toujours été raide dingue d'elle, imagine un seul instant si je lui avais fait du mal. Alors, dis-moi une bonne fois pour toutes ce qu'il s'est passé ce matin-là. Qu'est-ce que j'ai fait ou qu'est-ce que tu as fait?

Les rires des deux jeunes filles et leur entrée dans le séjour mettent un terme à notre discussion houleuse, mais la dernière confidence de Lucas me déroute.

– Oh! me contenté-je de dire avant que Meredith et Cara viennent nous rejoindre. Tu te souviens de certaines choses?

Lucas hoche la tête avant de reporter son attention sur Cara et de lui décocher un sourire.

– Voilà! Ces messieurs sont servis.

Après l'apéritif, nous prenons place à table. L'aptitude de Meredith à alimenter facilement la conversation arrive à briser la glace jusqu'au dessert, même si l'écouter jacasser est un enfer pour les oreilles. Nous échangeons nos points de vue sur différents problèmes que rencontre la politique américaine actuelle. Nous partageons nos opinions sur le manque d'intégrité du shérif de Cornfield. Cara semble éblouie par le savoir et l'ouverture d'esprit dont fait preuve Lucas et cela a le don de m'agacer. Je savais que ce repas allait être difficile à vivre, mais voir leurs regards mielleux m'insupporte au plus haut point. Je serre les dents et m'obstine à crier au complot entre le maire et le shérif. Meredith et Lucas ne sont pas du même avis et tentent de me prouver que l'intérêt de l'élu, Matthew Johnson, n'est pas d'agir dans le sens du shérif, mais plutôt dans celui de ses concitoyens. Meredith en sait quelque chose vu qu'elle travaille pour lui, mais je campe sur mes positions.

– Dis-moi, Lucas, pourquoi ne tenterais-tu pas les prochaines élections municipales? s'enquiert Meredith. Tu es apprécié et considéré par tous comme quelqu'un d'intelligent et d'honnête à Cornfield.

– Je pense être bien trop honnête, c'est bien là le souci.

Je les interromps en tapant du poing sur la table, faisant s'entrechoquer les couverts posés sur mon assiette.

– Ah ! C'est ce que je me tue à vous dire depuis tout à l'heure, merci frangin ! L'honnêteté n'est pas compatible avec la politique.

– Tu devrais peut-être proposer ta candidature, Reed, ça correspond plus à ton profil, non ? me lance Cara avec un sourire acide et lourd de sous-entendus.

Jusque-là discrète, elle n'a, semble-t-il, pas pu s'empêcher de partager le fond de sa pensée. Elle me hait et a une très mauvaise opinion de moi. J'avais compris, ceci dit. Ses paroles sont blessantes. Les regards que nous nous échangeons ensuite pourraient tuer un troupeau d'éléphants en furie tant ils sont hostiles. Meredith change stratégiquement de sujet : son plan ridicule prend une mauvaise tournure. Qui avait raison ? Moi.

– Tu te souviens, Lucas, quand j'ai été élue présidente du comité des fêtes du lycée, l'année du bal de promo ?

– J'en ai un vague souvenir, oui. Pourquoi ?

– C'est l'époque où nous sommes sortis ensemble, il me semble, non ?

Dans un même élan, Cara et moi manquons de nous étouffer. Moi, avec ma gorgée de vin et elle avec le morceau de gâteau qu'elle mâchait goulûment. Nous ignorions l'un comme l'autre que Meredith et Lucas avaient eu une relation autrefois.

Lucas acquiesce, gêné.

– C'est exact.

– Ah ! C'était la belle époque, poursuit Meredith sur un ton rêveur. Nous avions été élus reine et roi au bal.

– C'était plutôt sympa, oui.

Lucas passe sa main sur la cuisse de Cara et hausse les sourcils.

Cara s'étrangle à nouveau.

– Vous avez été élus reine et roi au bal de promo ?

– Exactement, s'enthousiasme Meredith. Ce fut la plus belle soirée de ma vie et la plus importante.

Se remettant peu à peu du choc de cette déclaration, elle choisit de mettre fin à ce nouveau malaise orchestré par Meredith et décide étrangement de porter l'attention sur moi.

– Reed, que penses-tu faire, maintenant ? Tu sembles vouloir rester dans le coin, non ? Je me trompe ?

Je réfléchis un court instant. S'agit-il d'une question piège ? Ce soudain regain d'intérêt me laisse dubitatif et je ne suis pas le seul. Tout le monde se tourne vers elle.

Meredith s'empresse de prendre la parole.

– Nous ne vous l'avons pas encore dit, mais Reed a trouvé un travail cette semaine. Hein, chéri ? Explique-leur.

Elle pose sa main sur la mienne et prend un air faussement énamouré. Cara et Lucas échangent un rapide coup d'œil. Cette annonce les laisse pantois. Je me racle la gorge, déstabilisé par ce surnom et par sa manière de se comporter. Je rentre tout de même dans son petit jeu stupide. Cara paraît s'intéresser à moi.

J'entrelace mes doigts aux siens.

– Oui, je suis le nouveau barman du Joey, dis-je fièrement avant d'esquisser un sourire surfait à Meredith. C'est grâce à toi, ma… ma belle.

Les petits mots doux ne sont pas ma spécialité, alors elle se contentera de ça.

– Exactement ! Reed a un excellent C.V. en service. J'ai donc joué de mes relations pour lui obtenir ce job. Et, bien sûr, Joey Stanton a été charmé et surtout emballé par son expérience.

Elle m'embrasse sur la joue et me sourit béatement. Notre attitude exagérée n'échappe pas à Lucas. Cara, quant à elle, baisse le regard.

– Vous semblez amoureux l'un de l'autre. Vous envisagez de vous installer ensemble ?

Lucas me sourit. Je lâche subitement :

– Pourquoi pas ?

Meredith rétorque aussitôt :

– Ne t'emballe pas trop, mon chéri. Nous devons encore réfléchir un peu.

– Tu ne dis pas toujours ça, « chérie » ! D'habitude, tu aimes quand je m'emballe.

Je cligne plusieurs fois des paupières suite à mon sous-entendu graveleux.

– Idiot ! N'évoque pas ce genre de détail privé à table.

– Oups, raillé-je, exaspéré par cette mise en scène ridicule qui ne convainc personne. Je suis vraiment très malpoli…

Les mains toujours entrelacées, Meredith me plante discrètement ses ongles dans la peau et siffle :

– Ce n'est pas grave, mon chéri. Cela t'a échappé.

Si elle avait pu m'attraper les couilles et me les broyer, elle l'aurait fait sans aucun remords. Oui, je comprends le message et me tais, même si l'envie de tout envoyer balader me tord l'estomac. Pour une fois, je ne dois pas foirer. J'ai obtenu une once d'attention de Cara, c'est un bon début.

Mon regard s'attarde d'ailleurs sur cette dernière et mon petit frère. Ils se font des messes basses. Leurs sourires échangés et leurs gestes tendres me révoltent. Je donnerais vraiment n'importe quoi pour être à la place de Lucas et pouvoir moi aussi passer ma main sur sa joue comme il le lui fait à l'instant.

Munie de son portable, Cara chuchote quelque chose à son oreille et se lève brusquement tout en s'excusant. Meredith choisit ce moment pour débarrasser la table, me laissant seul avec mon frère.

Je l'interroge au sujet du départ précipité de Cara.

– Son boulot, elle doit rappeler une amie, m'indique-t-il. Votre petit jeu avec Meredith est ridicule, tu sais? Tu vas tenir combien de temps avant de te refaire une partouze avec tes prostituées?

Je m'appuie négligemment sur le dossier de ma chaise et tapote la table. Le temps des confidences est arrivé.

– Lucas, Lucas, Lucas...

– Reed, Reed, Reed, m'imite-t-il sur un ton narquois. Toujours pas décidé à lâcher le morceau?

– Que veux-tu savoir, mon cher petit frère? Je suis tout ouïe.

– Qu'est-ce qui s'est passé avant que tu quittes la maison?

Crispé, j'émets un rire, puis reprends d'un air glacial :

– De quoi te rappelles-tu? Raconte.

– Du sang, de beaucoup de sang. De la peur, de la haine, explique-t-il les yeux dans le vague. Je l'ai tué, c'est ça?

– Chut! Mets-la en sourdine. Non, tu ne l'as pas tué, tu l'as seulement blessé.

– Et que s'est-il passé ensuite?

– Il est loin de nous, Lucas. Alors, passe à l'étape suivante, d'accord?

– Comment veux-tu que je passe à autre chose? Je ne me souviens pas de plusieurs heures de ma vie.

Je me fâche en me resservant un verre de vin.

– Il t'a agressé. Tu t'es défendu et j'ai fait le nécessaire pour qu'il sorte de nos vies. Tu n'as rien à te reprocher.

– Tu l'as tué?

Comme je ne réponds pas, il poursuit :

– Elle vient d'où ma cicatrice ?

– Sa ceinture, peut-être... Je n'en ai aucune idée. Tu l'avais déjà quand je suis revenu.

– Pourquoi je me suis évanoui et retrouvé chez les Shepherd ?

Irrité, je fais craquer ma nuque. Le passage que je redoutais le plus est sur le point d'arriver sur le tapis. Je m'en veux tellement. Comment puis-je lui avouer ça ? Ce que j'ai fait à Robert est une chose, mais ce que mon petit frère a subi par ma faute ce jour-là en est une autre.

– Je suis désolé, Lucas.

Meredith revient, s'assied à la place de Cara. Elle ne prend pas garde à la tension palpable entre nous et, de toute façon, elle s'en fiche royalement. Elle engage une nouvelle conversation sous mon œil attentif.

– Lucas, tu as monté ton entreprise de rénovation à ce qu'il paraît ?

– Oui, effectivement. Je débute, en fait.

Lucas n'est pas du tout d'humeur à discuter avec elle, mais la politesse l'emporte.

– C'est merveilleux ! Et tu fais quel genre de travaux ?

– Un peu de tout : peinture, menuiserie. Je fais de la plomberie et de l'électricité aussi.

– C'est fantastique !

– Oh ! Ce n'est rien d'extraordinaire, je t'assure.

– Non, arrête ! dit-elle en lui posant la main sur le bras. C'est super ! Encore une fois, tu fais preuve d'un altruisme grandiose envers les gens dans le besoin. Tu as une réelle grandeur d'âme. Je respecte cela, c'est tout à ton honneur.

Je lève les yeux au ciel et soupire. Meredith en fait trop et cela m'agace. Je prends mon verre et quitte la table. Autant les laisser tous les deux et m'effacer.

Partant pour l'étage, je m'arrête dans le hall, au bas des escaliers, et repère Cara, sous le porche. Son portable posé au niveau du cœur, elle semble soucieuse.

Je m'avance vers elle, ouvre la moustiquaire et glisse ma main libre dans une poche. Elle se tourne dans un sursaut et se retrouve nez à nez avec moi. Ne pouvant pas me regarder dans les yeux, elle fixe mon verre de vin.

– Que fais-tu là toute seule ? Tu ne veux pas participer aux heureuses retrouvailles de Meredith et Lucas ?

– Si, si. J'y retournais justement.

Je la retiens quand elle tente de m'échapper en faisant un pas de côté. Immobile, elle finit par lever les yeux sur moi et me dévisage, déroutée. J'aimerais tant être dans sa tête et savoir pourquoi son regard pétille autant quand elle m'observe à la dérobée. Je sens quelque chose. Je ne suis pas fou.

– Laisse-moi tranquille, Reed. Je ne veux pas me retrouver seule avec toi ni te parler.

– Pourquoi ?

– Tu agis comme un connard.

– Tu l'aimes vraiment ?

– Qui ? Lucas ?

Je hoche la tête.

– Quoi que je puisse te dire, tu ne le croirais pas. Tu as été assez clair à ce sujet l'autre jour.

– Je me suis excusé, me semble-t-il.

– Oui, mais ce n'est pas suffisant, Reed. Tu as été abject avec moi.

– Alors, dis-moi comment je peux espérer me faire pardonner. Je ne suis pas très doué pour ce genre de chose.

– Parle à ton frère.

– Pour lui dire quoi ?

– Ce n'est pas à moi de trouver les mots, Reed ! Fais un effort. Tu es un grand garçon, non ? Je pense que vous avez des choses à régler. Il n'est pas bien en ce moment.

– Je ne le suis pas non plus.

– À qui la faute ? crache-t-elle, impitoyable.

– Je le ferai. Je te le promets.

– Et pars ! dit-elle subitement.

– Quoi ?

– Tu m'as bien comprise. Éloigne-toi de lui, de nous. Tu lui as assez fait de mal comme ça. Ta présence lui fait du tort, et tu le sais.

– Là, tu es carrément blessante, Cara.

– Oh ! Parce que tu as un cœur, maintenant ?

– C'est mon frère, il a besoin de moi et… toi aussi.

– Moi ? Besoin de toi ? Non, mais je rêve.

Cara se fend d'un rire aigre, m'offensant un peu plus.

Je grimace. Je sais qu'elle va une fois de plus me détester, mais j'ai vraiment besoin d'être sincère avec elle.

– J'ai peut-être omis de mentionner un élément important à propos des raisons de ce repas.

Je dois la convaincre que je peux me montrer digne de confiance.

– De quoi tu parles?

– Meredith.

– Quoi, Meredith? Dis-moi, Reed.

Inquiète, elle essaie de capter mon regard.

– Elle essaie de te piquer Lucas, avoué-je. Ce repas a été organisé pour ça.

– Quoi?

Alarmée, elle me bouscule pour se précipiter à l'intérieur et le retrouver. Je la rattrape par le coude.

– Attends. Y a-t-il au moins une chance pour qu'un jour tu me pardonnes?

– Non. Plus jamais, Reed: tu as dépassé les bornes. Maintenant, lâche-moi, je dois retourner auprès de mon copain.

Je la retiens une nouvelle fois par le bras.

– Tu te souviens de notre devise: « C'est nous contre le reste du monde »?

Elle hoche la tête à plusieurs reprises.

– Oui, bien sûr, mais au moment où tu as frappé Lucas et où tu m'as traitée de pute, notre amitié s'est brisée. Tu ne représentes plus rien pour moi, alors lâche-moi.

Je serre la mâchoire et encaisse tout en la laissant filer. Je ressens une douleur intense au fond de moi. Elle vient de m'envoyer une lame en plein cœur. Il se brise, éclate en morceaux.

En inspirant profondément, je lève les yeux au ciel pour ravaler cette foutue peine. Toutes mes espérances s'envolent une fois encore. Le verre toujours en main, je bois la dernière gorgée et avec élan, puis avec force, je l'envoie valser contre une poutre du porche afin d'évacuer ma rage. Cara pivote au fracas de bris de verre et croise mon regard désabusé. Elle déglutit longuement et glisse les yeux sur moi. Est-ce de la pitié? De la haine? Non, elle ne me regarde pas méchamment.

23

Reed

Août 2004, à la ferme Hamilton

Agenouillé dans le sang, je viens d'entourer mon poing avec la ceinture, cette même ceinture qui a longtemps lacéré ma chair et, maintenant, celle de mon petit frère. L'homme gît au sol, son thorax se soulève lentement, les traits de son visage blafard sont tirés. Il semble reprendre peu à peu conscience. Il est temps pour moi de prendre une décision. Celle qui pourra changer ma vie et celle de Lucas. Je dois faire preuve de courage et faire fi des préceptes moraux. La gorge serrée par un sanglot, j'inspire longuement. Mes yeux me piquent et les larmes voilent ma vision. Ce n'est pas le moment de flancher. Je m'en veux d'avoir laissé mon petit frère aux mains de cet homme. Je ne suis parti qu'une heure, une toute petite heure. Cela a suffi pour que cet enfoiré touche à Lucas. La mâchoire crispée et le poing serré, la haine a pris le pas sur la peur et le dégoût.

Dans une colère dévastatrice, j'envoie la ceinture valser dans la pièce.

Je me glisse aux côtés du blessé, prends une profonde inspiration et empoigne de mes mains tremblantes le manche du couteau. Je déglutis avec peine et, le cœur battant à tout rompre, je retire la lame avec un haut-le-cœur. Mon geste occasionne le réveil brutal de mon beau-père. Ce dernier ouvre les paupières, me fixe de ses yeux vitreux, remplit ses poumons et, dans un réflexe, m'agrippe le cou. Ses doigts s'enroulent autour de ma gorge et la compriment. Robert comprend. Il sait que je vais lui asséner le coup de grâce.

À bout de souffle, je me débats et tente de tordre le poignet de mon agresseur pour libérer ma gorge, mais il est bien trop fort pour moi. Alors, je lève le couteau dégoulinant de son sang et le plante d'un coup vif et maladroit dans son épaule. Il hurle et lâche prise. Vidé de toute humanité et de tout sentiment, je lacère notre bourreau de coups. Je frappe au hasard encore et encore, comme un malade. Emporté dans un soulagement dévastateur, je crie, me casse la voix et me déchaîne, libérant toute la rage et la haine que j'ai enfouies au cours de toutes ces années.

Dans un dernier souffle de vie, l'homme aux cheveux grisonnants me fixe et balbutie son dernier mot :

– Lu… cas.

***

Je me redresse en sursaut dans mon lit, en sueur, et le cœur battant à une allure folle. Je viens de faire un cauchemar mêlant mes souvenirs d'enfance et le repas de la soirée précédente. Je me suis vu poignarder Cara. C'était horrible. J'étais totalement impuissant. Je fais souvent ce genre de mauvais rêve, mais c'est la première fois qu'y apparaît Cara, l'amour de ma vie, la femme pour qui je me damnerais et à qui je ne ferai jamais de mal.

Je me passe une main sur le visage et tente de me calmer. Non ! Je ne pourrai jamais lui faire de mal ! C'est impossible. Je l'aime trop pour en arriver là.

Seul sur mon lit, je regarde mon portable. Il est à peine deux heures du matin. Je me suis disputé avec Meredith après le départ de Cara et Lucas. Ayant tout appris du plan de Meredith, furieuse, Cara a mis un terme à cette mascarade. J'ai une fois de plus tout foiré, mais comme toujours, j'ai agi dans l'intérêt de Cara. Si elle doit être heureuse avec lui, qu'il en soit ainsi. Comment pourrais-je me regarder en face en participant activement au stratagème pour l'en séparer ? Si Cara doit un jour s'intéresser à moi, ce sera son propre choix et non l'effet papillon d'un plan machiavélique mis en place par une névrosée.

Je suis perdu. Ma vie n'est qu'une succession de drames, d'atrocités, de désillusions et de souffrances. Je n'attire que la misère autour de moi. Cara a sûrement raison sur un point : je suis nocif pour elle et mon frère. Je n'aurais jamais dû revenir. Je dois les quitter, m'éloigner… Je l'ai déjà fait. Pourquoi ne le ferais-je pas une seconde fois ? Je dois lâcher prise et abandonner. Toutes ces années, je les ai passées à veiller discrètement sur mon petit frère et sur elle afin qu'ils soient heureux, ne manquent de rien et soient en sécurité.

Je peux retrouver ce rôle-là, dans l'ombre. C'est le seul que je peux tenir sans faire souffrir personne. Cara a été claire : elle aime Lucas et ne veut plus de moi dans sa vie.

Les mains en appui sur la paroi de la douche, je ferme les yeux. L'eau qui ruisselle sur ma peau rafraîchit mon corps, mais n'évacue pas ma peine. J'ai des regrets et me demande quel tournant aurait pris ma vie s'il y a deux ans, dans cette boîte de nuit, je ne m'étais pas contenté de ramener Cara ivre morte chez elle et de finir ma nuit avec sa copine, Jenyfer.

***

Novembre 2014, New York

La musique électro, la foule, les cris et les rires donnent à cette boîte de nuit l'esprit festif que recherchent les jeunes New-Yorkais. Assis sur un tabouret dans un coin sombre près du comptoir, je sirote ma bière sans quitter du regard Cara qui se déhanche au rythme endiablé du son mixé par le DJ. Le tissu fin de sa robe mauve rend hommage à ses somptueuses courbes. Ses cheveux bruns détachés virevoltent dans l'air au gré de ses mouvements. Quelques mèches se collent sur son front et son cou en sueur. Ses longues et fines jambes se dévoilent lorsqu'elle tourne sur elle-même. Accompagnée de son amie, elle se trémousse, boit, trinque et rit aux éclats.

Je souris. Je suis loin, mais il me semble entendre ce rire qui me faisait autrefois vibrer.

– Mon vieux, vu ton look, t'as plus de chances de te retrouver pendu par les couilles à l'Empire State Building que d'arriver à te choper une de ces petites filles à papa, m'explique le barman en constatant que je ne quitte pas Cara des yeux depuis un bon moment.

Je hausse simplement les sourcils et porte ma bouteille à la bouche. Je sais très bien que Cara n'est pas du style à fréquenter des hommes dans mon genre, même si ses dernières conquêtes n'ont pas été très brillantes. Elle est sortie avec des bons à rien, des escrocs et des petits cons, mais des voyous, des paumés, des meurtriers comme moi, non. Je ne l'aurais d'ailleurs jamais permis. Cela fait cinq ans que j'ai retrouvé sa trace grâce à un article paru dans le *New York Times* au sujet d'une opération à succès du Dr Avery. Depuis, je viens une à deux fois par mois vérifier si elle va bien, et là, tout paraît aller pour le mieux malgré la quantité impressionnante d'alcool qu'elle ingurgite depuis le début de la soirée.

Au bout d'un moment, je me lève et jette un billet sur le comptoir. Il est temps pour moi de partir sans me faire remarquer. Un jour, quand ma vie se sera stabilisée et que Cara aura vécu quelques-uns de ses rêves, je serai prêt à l'aborder.

Avant de quitter le night-club, je tente de l'apercevoir une dernière fois et m'inquiète en ne la voyant plus sur la piste de danse, alors que son amie y est toujours. Je scrute la salle et fais un tour en longeant les banquettes qui entourent la pièce quand, enfin, je l'aperçois, couchée et recroquevillée sur elle-même. Elle a trop bu et un type lui tourne déjà autour. Je m'adosse au mur pour les observer. Je ne veux pas m'en aller avant de la savoir en sécurité. Si ce mec touche ne serait-ce qu'à un de ses cheveux, je suis prêt à lui bondir dessus. Je n'attends que cela. Et l'inévitable se produit.

C'est la mâchoire serrée et les poings fermés que je me jette sur l'homme qui vient de s'asseoir à ses côtés et qui a posé une main baladeuse sur sa cuisse dénudée.

– Dégage de là, toi, fulminé-je en agrippant le mec par le col de sa chemise pour le redresser.

– Oh ! T'es qui, toi ?

– Ton pire cauchemar si tu ne lui fiches pas la paix et que tu reposes tes sales pattes sur elle.

Il lève les mains.

– C'est bon ! C'est bon ! Cool, mec.

Il déguerpit en vitesse. Une fois seul avec Cara, je me penche sur elle et glisse mon index sur sa joue. Je ne sais pas quoi faire, elle dort à poings fermés. Je ne peux pas la laisser là, seule, ivre et sans défense.

– Hé ! Bats les pattes, crétin ! peste Jenyfer.

Je ne lui prête pas la moindre attention et passe mes bras sous ses genoux et derrière son dos afin de la soulever et de l'emmener loin d'ici. Jenyfer insiste en m'envoyant une tape sur l'épaule.

– Hé ! Repose-la, abruti !

– Va chercher son sac et sa veste au vestiaire. La fête est finie.

Je traverse la piste de danse sous le regard ahuri de sa meilleure amie.

Elle me suit au pas de course et crie :

– Et je peux savoir qui vous êtes ?

– Un ami.

– Je connais tous les amis de Cara, et vous n'en faites pas partie. Je ne vous ai jamais vu.

– Tant mieux pour toi.

– Et vous l'emmenez où ?

– Chez elle.

En arrivant devant le vestiaire, où une femme passe sa nuit à veiller sur les affaires des autres, je m'arrête et attends. Jenyfer est stupéfaite et inquiète, elle ne m'a jamais vu. Elle ignore qui je suis et si elle peut me faire confiance.

Je m'impatiente et lui ordonne :

– Ses affaires ! Je ne peux pas la porter et prendre ses affaires.

Après un soupir et un court instant d'hésitation, Jenyfer s'exécute. Une fois leur veste et leur sac en main, nous filons de là.

– Vous avez une voiture? demande-t-elle en arrivant sur le parking.

Je lui montre la Mustang d'un geste du menton.

– Oui, là-bas. Mes clefs sont dans la poche droite de ma veste, attrape-les.

– Oh! Belle bagnole! Je peux la conduire?

Elle enfouit la main dans ma poche et en sort les clefs.

– Hors de question.

– Je n'ai pas bu!

– Aucune femme ne touche à ma voiture.

– Macho!

– Ouvre la portière, craché-je en sentant Cara bouger dans mes bras.

J'ai peur qu'elle me reconnaisse. Si elle se réveille, je serais obligé de lui donner des explications, ce que je ne souhaite évidemment pas. C'est la première fois depuis le début de ma filature que je me risque à la confrontation.

Je la dévisage en priant qu'elle n'ouvre pas les yeux et, lorsque ses paupières clignent, je détourne la tête en pestant mentalement, sous l'œil déconcerté de Jenyfer.

– Pose-moi, je... vais danser, baragouine Cara en entourant ma nuque de ses bras.

Je jette un rapide coup d'œil pour l'examiner et remarque l'ivresse dans ses yeux. Elle plante malgré tout un regard intrigué dans le mien.

– T'as de beaux yeux, tu sais? s'esclaffe-t-elle en balançant la tête en arrière.

Elle rit encore et encore, jusqu'à en avoir un haut-le-cœur et peu à peu se rendormir.

La portière ouverte, je la dépose délicatement sur la banquette arrière et me redresse en tendant la main vers Jenyfer.

– Les clefs?

– Ça vous arrive de dire « s'il vous plaît » ou « merci »? rétorque-t-elle en levant le porte-clefs sans me le rendre.

Je soupire, agacé.

– Donne-moi ces foutues clefs.

– Puis-je réellement vous faire confiance?

J'affaisse les épaules et lève les yeux au ciel. Cette entêtée commence vraiment à me casser les couilles.

– Je ne lui ferai aucun mal, mais à toi, je ne sais pas encore. Surtout si tu continues à m'énerver comme ça.

Je m'avance jusqu'à me coller contre elle et la plaquer contre la carrosserie.

– Dans le fond, c'est peut-être même ce que tu espères?

Jenyfer déglutit longuement. Elle peine à dissimuler l'attirance qu'elle me voue, malgré la profonde crainte que je lui inspire. J'ai l'habitude, ce sont mes rapports avec les femmes. Elles me craignent, mais finissent toujours dans mes bras.

Déstabilisée, elle me tend les clefs.

– Merci.

Nous prenons la direction de Manhattan. Je sais parfaitement où se trouve le tout nouvel appartement avec vue sur Central Park de Cara pour l'avoir déjà suivie il y a quelques mois, mais je fais mine de suivre les indications de Jenyfer.

– Je peux connaître votre petit nom, mystérieux et bel inconnu?

– Hum… Non! Moins tu en sauras, mieux ce sera pour ta sécurité.

Elle décide de passer outre ma raillerie.

– Allez! S'il vous plaît…

– Samuel.

Ce qui n'était pas totalement faux, puisqu'il s'agit de mon deuxième prénom.

– Donc… Samuel, comment connaissez-vous Cara?

– Je ne la connais pas.

– Vous m'avez dit que vous étiez un ami.

– C'était simplement pour avoir ta confiance.

Je reporte mon regard vers elle et esquisse un sourire que je sais sadique. Ça m'amuse. Je la sens tendue et ne fais rien pour arranger les choses.

– Je ne comprends pas trop. À moins que je me trompe sur vous, vous n'avez pas l'air méchant, donc j'en conclus que vous êtes un ange gardien chargé de veiller sur les jeunes filles ivres, rit-elle, tout de même un peu sur la défensive.

– C'est à peu près ça.

Je reste évasif. Moins elle en sait et moins elle en dira à Cara. Je jette un coup d'œil dans le rétroviseur central et observe ma belle, ivre. Même dans cet état pitoyable, elle est magnifique. Je n'en reviens pas de l'avoir, là, dans ma voiture, après toutes ces années. Je hume son parfum à pleins poumons, c'est exquis et ça rend ma vie moins pathétique.

– Quelque chose ne colle pas. Vous regardez Cara avec beaucoup de tendresse. Elle semble compter à vos yeux. Vous semblez…

– Tais-toi et mêle-toi de tes affaires, tu seras gentille, la coupé-je rudement.

– D'accord! Ne vous vexez pas, je disais ça comme ça.

– Alors ne dis plus rien.

– Garez-vous là. On est arrivés.

Jenyfer ouvre l'appartement de Cara et s'efface pour me laisser passer. Je porte à bout de bras une Cara toujours comateuse qui semble vouloir reprendre conscience en remuant de temps à autre. Elle a de nouveau enlacé mon cou et posé sa tête contre mon épaule. J'aime ce câlin inattendu, mais je me hâte. Je ne suis vraiment pas prêt pour une confrontation. J'ai encore beaucoup de choses à régler avant que ce jour n'arrive.

– Sa chambre est par là, m'indique Jenyfer.

Je l'amène et la pose sur son lit. J'aimerais pouvoir lui caresser le visage, mais je me contente de la regarder sous l'œil vigilant de son amie. Je lui glisse tout de même discrètement mon index le long d'une de ses jambes jusqu'à ses chaussures à talons et les lui ôte avant de quitter la pièce, le cœur lourd.

– Attendez, dit Jenyfer en me voyant partir. Vous me ramenez chez moi?

– Je ne fais pas taxi.

Je ne me retourne pas et continue mon chemin, suivi de Jenyfer qui s'empresse de refermer la porte.

– Attendez-moi!

– Restez avec elle. Il vaut mieux.

J'emprunte la cage d'escalier sans ralentir. Je suis abattu de devoir laisser Cara et ne veux pas que sa copine le remarque, mais elle s'obstine.

– Attendez!

Au palier suivant, j'interromps ma course et fais une brusque volte-face. Une fois Jenyfer à ma hauteur, sans un mot, ni aucune douceur, je lui attrape le visage et la plaque contre le mur, puis presse mes lèvres contre les siennes. Je crispe les paupières. Je n'embrasse que très rarement les femmes. Je déteste ça. Je me contente habituellement de quelques baisers sur leur peau, mais ce soir-là, je suis déstabilisé. Je veux Cara.

***

Ma décision de quitter Cornfield est bel et bien prise. Je suis venu ici pour de mauvaises raisons. Le jour où j'ai appris le tragique décès des parents de Cara, je ne l'ai plus quittée des yeux. Quand elle a été sur le point de retourner dans notre ville natale pour s'occuper de sa maison d'enfance, je l'ai tout bêtement suivie, espérant que mon amour pour elle pourrait enfin être partagé, que c'était l'endroit, comme un symbole. Mais tout au fond de

moi, je savais qu'elle tomberait à nouveau dans les bras de Lucas. Petite, elle n'avait d'yeux que pour lui, et, bien sûr, l'inévitable s'est produit. J'imaginais stupidement que ma seule présence pourrait changer la donne et pousser Cara à réfléchir. C'était un leurre.

Mon sac bouclé, je longe l'étagère et la percute. Mon livre de Charles Dickens, *Les Grandes Espérances,* tombe et s'ouvre. Je le ramasse, et la photo, celle qui, comme ce livre, ne m'a jamais quitté, glisse d'entre deux pages. Je l'attrape et la regarde un long moment. Un sourire léger collé aux lèvres.

Cara était déjà une très jolie fille, avec ses cheveux bruns longs et raides, sa peau hâlée, son visage rond de poupée et ses grands yeux noirs pétillants de malice et d'intelligence. Tenant le Polaroid, j'avais immortalisé cet instant, ce bref moment que je n'oublierai jamais.

Il est temps pour moi de tirer un trait sur tout cela, sur elle, même si cela m'arrache le cœur. Mais, avant de partir, j'ai une dernière petite chose à accomplir.

24

Cara

Je n'arrive pas à trouver le sommeil. Je repense à la soirée, à Lucas, au sale coup de Meredith et surtout au message reçu de Jenyfer durant le dîner. Sortant du lit, je me faufile discrètement jusqu'au couloir, sans réveiller Lucas, mon téléphone en main. Il est deux heures trente du matin. Je scrute l'écran et fais défiler mes textos.

[Urgent ! Rappelle-moi dès que
tu as ce message. M. Cabana
demande que ce soit toi qui
aménages son nouvel appartement
à Manhattan. Il t'exige, même !
Alors, ramène tes fesses ici vite fait.
Ta retraite à la campagne
est terminée, Bella ! XXX]

Je n'en crois toujours pas mes yeux. M. Cabana est le dirigeant multimillionnaire d'une société leader dans l'import-export de marchandises, un homme réputé dans la métropole et à travers tous les États-Unis, voire dans le monde entier. Cette nouvelle est aussi incroyable qu'inespérée. Je relis le message encore et encore de peur qu'il s'efface comme par magie.

Vêtue d'une chemise de Lucas que j'ai attrapée sur une chaise, je descends au rez-de-chaussée. Mon ventre gargouille et se tord. Un verre de lait devrait arranger ça. Je pénètre dans la cuisine et me raidis, prête à hurler. Une personne est dans ma maison. Mais je reconnais l'intrus, la silhouette de l'homme qui s'est introduit chez moi.

– Reed ? Qu'est-ce que tu fais là ?

Sa main sur la poignée de porte, prêt à partir, il se retourne.

– Reed ? Dis-moi ?

– Je…

Perplexe, je balaye la cuisine du regard et m'aperçois de ce qu'il est venu faire. Je m'avance vers l'îlot central.

– C'est la photo qui était dans la boîte aux souvenirs?

Je la prends et la regarde. Mon visage se fend d'un léger sourire.

– Cara, je…

Reed peine à trouver ses mots. Je le dévisage. Son air navré et dévasté m'inquiète. Je passe mes yeux sur son sac à dos et percute après avoir rassemblé tous les éléments.

– Ne me dis pas que tu étais sur le point de quitter la ville?

– Cara, je… hésite-t-il une nouvelle fois.

– Bon sang, Reed! Tu ne vas pas laisser ton frère sans explications? Non, pas encore!

Il fait un pas vers moi et tente de s'expliquer:

– Tu avais raison, je ne suis pas bon pour lui ni… ni pour toi.

– Mais tu lui dois des explications!

– Je ne peux tout simplement pas rester ici, me supplie-t-il de comprendre.

– Pourquoi?

– Toi-même, tu m'as demandé de partir.

– Parce que tu m'écoutes, maintenant? Pas avant d'avoir parlé avec Lucas. Tu lui dois au moins ça.

– Bordel! Cara…

– Chut!

Je l'interromps en lui signifiant d'un geste que Lucas dort à l'étage et qu'il doit baisser d'un ton.

Fronçant les sourcils, il rive ses yeux aux miens.

– Es-tu la seule dans ce bled paumé à ne pas le voir?

– Ne pas voir quoi?

Il fait un nouveau pas vers moi et, lentement et avec beaucoup de délicatesse, il appose ses deux mains sur mes joues. J'esquisse un léger mouvement de recul, mais le laisse finalement faire. Ce simple toucher m'électrise. Ses paumes sont douces et chaudes. Mon esprit s'embrouille. Je n'ose imaginer ce que je ressentirais au contact de son corps contre le mien. Je me secoue. Non, Cara, ne perds pas pied. Il n'est plus le Reed que tu as connu.

– Que je fais et dis toutes ces conneries parce que je souffre. Je suis fou amoureux de toi, je l'ai toujours été, je le serai toujours, et te voir avec mon frère me tue, me rend dingue, m'anéantit et me…

Il se tait.

– … Et te quoi ?

– Je t'aime, Cara.

Il essaie de capter mon regard fuyant. Je suis pendue à ses paroles, mais tente de les refouler. Les accepter serait me trahir.

Je lui agrippe doucement les doigts.

– Je le sais, Reed, mais…

– … Tu aimes Lucas, j'ai compris.

Je n'ajoute rien de plus, perdue, et hoche la tête.

– Pourquoi je n'arrive pas à le croire ? dit-il tout en me caressant la lèvre inférieure de son pouce.

Sous ce geste de tendresse, ma respiration devient haletante, mes joues brûlantes. Ses yeux tendres et emplis d'amour me troublent.

Je lui serre les mains plus fermement.

– Je ne t'aime pas comme tu le voudrais, Reed, je… je… hésité-je.

– Tu me hais, je sais, tu me l'as déjà dit.

– Non, ce n'est pas ça.

– Alors, c'est quoi ?

– Je suis en colère contre toi, tu m'as blessée et, malgré l'attirance que j'éprouve pour toi, je choisis Lucas. Il est bon pour moi, tu comprends ? Il incarne tout ce que je recherche chez un homme. Je suis désolée, Reed, de ne pas partager ton amour.

Son visage s'illumine malgré tout. Ses traits se font plus doux. Je ne manque aucune de ses réactions. Je viens de lui avouer l'attirance que je ressens. Cette alchimie qui ne me… ne nous quitte plus depuis nos premières retrouvailles devant le Joey. C'est vrai, je le trouve merveilleusement beau. Ses yeux sont si doux, si purs, loin de la brute épaisse qu'il paraît être. Sa bouche est envoûtante, son allure si forte. Sa prestance est incroyable. Son corps puissant et robuste me séduit chaque jour un peu plus. Toutefois, je me l'interdis. Il foire toujours tout. Il n'est pas stable.

Ses mains toujours sur mon visage, il rive son regard sur ma bouche que j'humecte, nerveuse. Je déglutis avec peine et, après une profonde inspiration, je ferme les paupières. Tout en moi lutte contre cette attraction. Je ne dois pas. Je veux pourtant.

En ouvrant à nouveau les yeux, je les dirige aussi vers ses lèvres. Pourquoi est-ce si difficile de lui résister ?

La bouche entrouverte, il avance doucement le menton, emporté par le désir.

– S'il te plaît, ne fais pas ça.

Je le freine parce que je me sais incapable de l'arrêter s'il m'embrasse tant j'en ai envie. Je resserre ses doigts et le force à les ôter de mes joues.

– D'accord, susurre-t-il dans un soupir.

Il reprend peu à peu ses esprits et pivote lentement.

– Au revoir, Cara.

Des dizaines de pensées contradictoires fusent dans mon esprit. Le retenir? Le laisser partir? Je suis prise de court. Mon estomac se tord.

Dans un élan de sincérité, je le supplie.

– S'il te plaît, ne nous laisse pas. J'étais furieuse contre toi. Mais tu as raison, on a besoin de toi, Reed. J'ai besoin de toi. Tu as toujours été notre pilier, alors ne nous laisse pas tomber. Redeviens le Reed que tu étais autrefois, mon meilleur ami.

Sans se retourner, il me jette un coup d'œil par-dessus son épaule, sourit et part sans dire un mot.

***

Ouvrant peu à peu les paupières, je m'étire. La nuit a été courte. Une fois tous mes muscles détendus, je repose lourdement la tête sur l'oreiller et fixe le plafond de cette ancienne chambre d'amis. Lucas et moi l'avons détapissée, repeinte et aménagée ensemble dans la semaine pour l'intégrer rapidement. Mais ce qui me tracasse n'est pas cette pièce, ni le magnifique jeune homme qui dort à mes côtés, ni les événements de la nuit, même s'ils m'ont fait cogiter.

Non! Ce qui m'obsède, c'est le SMS de Jenyfer. Après-demain, je dois retourner à New York pour rencontrer M. Cabana. Ce contrat sera la consécration de ma carrière: le fait de compter cet homme d'affaires réputé parmi mes clients va en drainer d'autres et booster mes chantiers. Cependant, il y a un hic. Il y a toujours un hic de toute manière: comment concilier mon job, la vente de cette maison et ma relation avec Lucas? Je n'avais pas prévu de tomber dans les bras d'un homme vivant à huit cents miles de chez moi. Lucas a son entreprise, sa vie et ses attaches ici. Il ne voudra jamais quitter Cornfield pour la ville qui ne dort jamais.

Nous pourrons nous voir le week-end, les vacances. En avion, ce n'est qu'une question de deux ou trois heures de vol, mais cela est-il viable? Les relations à distance ne durent jamais bien longtemps, c'est bien connu.

Je suis perdue. Je me suis attachée à lui. Je l'aime beaucoup et l'éloignement risque d'avoir raison de notre amour.

Je soupire à nouveau.

– À force de souffler, tu vas te dégonfler, ricane Lucas qui s'éveille à peine.

– Désolée, je t'ai réveillé?

– Non, et je te supplie de ne pas te dégonfler, surtout à cet endroit, plaisante-t-il en glissant sa main sous ma chemise pour me caresser la poitrine.

Il se redresse et vient s'allonger sur moi, puis dépose un baiser sur mon front.

– Qu'est-ce qui ne va pas?

Je lui passe les mains dans sa chevelure ébouriffée, alors qu'il plonge sa tête dans le creux de mon cou pour tracer une rivière de baisers.

– Je t'ai dit hier soir que j'avais eu une conversation avec Jenyfer, mon amie de New York.

– Hum…

– Je dois y retourner.

Lucas s'immobilise et relève la tête.

– Longtemps?

– Je ne sais pas, en fait. C'est pour un chantier. Le nouvel appartement de M. Cabana.

– Sérieux? Le type de Travel Corp?

Je souris fièrement.

– Oui, en personne.

– Et tu repars quand?

– Lundi. Soit après-demain.

Il replonge la tête sur ma peau et déboutonne ma chemise lentement. De ses lèvres, il descend sur mon buste. Je me cambre sous ses baisers. De ses mains, il prend en coupe mes seins et les suçote l'un après l'autre, doucement, tendrement. Je gémis, puis émets un léger rire en murmurant son prénom.

– Tu sais? Si tu le souhaites, je pourrais t'engager pour des travaux aussi, lui déclaré-je dans l'espoir qu'il me suive et qu'on puisse partager mon appartement jusqu'à la fin du contrat.

Cela nous permettrait au moins de passer toutes nos soirées ensemble.

– Hum…

Lucas continue sa progression sur mon corps réceptif. En arrivant à l'ourlet de ma culotte de dentelle, il passe sa bouche d'une hanche à l'autre et les mord légèrement tour à tour.

Je lâche un petit cri et poursuis :

– Tu serais d'accord, alors ?

Il sourit en déposant un baiser sur le fin tissu du sous-vêtement.

– Tu sais ce que je voudrais, là, tout de suite ? C'est te faire l'amour au cas où tu ne l'aurais pas compris.

– Lucas ! Je suis sérieuse.

Je m'énerve. Je souhaiterais vraiment parler avec lui des conséquences de mon départ.

– Et je le suis aussi.

N'étant pas d'humeur à faire l'amour, je m'extirpe de dessous lui et m'assieds sur le rebord du lit en reboutonnant ma chemise.

Lucas s'agenouille sur les draps, inquiet.

– Tu es certaine qu'il n'y a pas autre chose qui te tracasse ?

– Si ! Il y a autre chose.

– Explique-moi, je t'écoute.

– Je vais quitter la ville et j'ignore pour combien de temps.

– D'accord, oui, j'ai bien entendu. Mais tu reviendras, pas vrai ? s'enquiert-il en se calant dans mon dos.

Je l'évite, puis me lève.

– Je ne sais pas. Ma vie est à New York, plus ici. Là-bas, j'ai bâti mon entreprise. J'ai mes amis, des souvenirs bien plus forts qu'ici, même si toi et ton frère avez énormément compté pour moi. C'est à New York que je me suis construite, je te rappelle.

Il écarquille les yeux, consterné par ce que je viens de dire.

– Et moi dans l'histoire ? Et nous deux ?

– Suis-moi. Viens avec moi ! dis-je, les yeux pleins d'espoir.

– Ma vie à moi est ici, Cara. Et puis, tu as cette maison qu'on est en train de retaper pour…

Je lui coupe la parole en voyant qu'il se voile la face.

– Pour la vendre !

– Je… Je pensais que tu changerais d'avis en te mettant avec moi. On a aménagé cette chambre pour nous, non ? Je pensais que notre relation comptait plus que ça pour toi. Je représente quoi ? Juste un petit intermède avec le pauvre paysan du coin ?

Je me précipite vers la porte. Lucas me suit du regard.

– Écoute, je n'ai plus envie de me disputer avec toi.

Je quitte la pièce.

– Cara, reviens ici tout de suite ! hurle-t-il.

Je me retourne au milieu du couloir, effarée. Qu'est-ce qu'il lui prend de me parler sur ce ton ? Le visage de Lucas change du tout au tout. Il passe de la furie à la douceur.

– Désolé.

25

Lucas

Dans la cuisine, je prépare le café. J'ai déjà mis les couverts et les tasses sur la table près de la porte vitrée menant à la véranda. Les traits tirés, je me retourne vers Cara lorsqu'elle me rejoint et l'observe attentivement. Elle s'est douchée et préparée. Mon regard la perturbe. Sa gorge se serre. Nerveuse, elle s'assied à table.

En descendant m'occuper du petit déjeuner, je suis tombé nez à nez avec la photo de notre adolescence, posée sur l'îlot central. Celle qui était censée être dans la boîte sous le chêne. Je me pose de nombreuses questions quant à sa présence ici. Je sais pertinemment qu'elle était en la possession de Reed, alors que fait-elle dans cette foutue baraque? Elle n'y était pas hier soir en rentrant du désastreux repas. Cherchant des explications, je l'ai mise entre la carafe de jus d'orange et la panière remplie de brioches. Cara aura bien quelque chose à me dire à ce sujet. Toutefois, elle fait mine de ne pas y prêter attention.

Je lui demande en apportant la cafetière :

– Tu m'expliques?

– Hum… De quoi parles-tu?

– La photo. Qu'est-ce qu'elle fait là?

Impassible, elle lâche :

– Reed est passé cette nuit.

À demi surpris, je l'interroge :

– Quoi? Pourquoi? Et tu ne me le dis que maintenant? Vous avez parlé?

– Oui, on a parlé.

– Et?

– Et… rien.

– Tu vois mon frère en douce, la nuit?

Je suis furieux de ne pas avoir été mis au courant plus tôt.

– Pas en douce. J'étais descendue prendre un verre de lait et je l'ai trouvé ici.

– Et qu'est-ce qu'il voulait?

– Je ne sais pas, moi! répond-elle, exaspérée. Il était venu déposer la photo.

– Tu viens de me dire que vous aviez parlé. Alors, dis-moi, qu'est-ce qu'il y avait de si important pour que mon putain de frère vienne en pleine nuit déposer cette foutue photo ?

Je perds patience et tape du poing sur la table. Cara sursaute et affiche de gros yeux. De mon autre main, je tapote nerveusement le bord de la table. J'essaie de me calmer, mais je n'y arrive pas.

– Ne me parle pas sur ce ton, Lucas.

– Je te parle comme je le veux.

Elle se lève d'un bond.

– D'accord.

D'un pas décidé, elle se précipite vers la sortie, attrapant au vol son sac posé sur la commode et, claquant violemment la porte, elle s'en va.

– Cara, je suis désolé. Reviens !

Merde !

Sur le perron, je l'appelle alors qu'elle grimpe dans sa voiture sans même me jeter un regard. Mes tremblements me reprennent et la rage tapie au fond de moi est sur le point de refaire surface. En l'observant démarrer et emprunter l'allée, je m'assieds sur les marches. Après quelques jurons bien pesés, je me prends la tête entre les mains et essaie de me calmer. Ce n'est pas le moment de flancher. Surtout pas.

Pourquoi suis-je incapable de me contrôler ? Je dois me reprendre, sinon je vais tout remettre en jeu et il ne le faut pas.

26

Cara

Tout le long du trajet qui me mène au Joey, je peste contre Lucas. Je suis en colère. Je peine à comprendre certains de ses comportements. Il est lunatique et ses brusques sautes d'humeur m'effrayent.

En arrivant sur le parking de l'établissement, je suis surprise d'y voir la Mustang. Je me gare à côté et gagne le bar. Je balaye la salle des yeux, cherchant Reed qui était censé avoir quitté la ville dans la nuit. Je marche en direction du comptoir déserté par les clients et me retourne vivement en entendant un raclement de gorge derrière moi.

Nez à nez avec Reed, je glisse mon regard sur lui. Habillé d'un tee-shirt blanc à l'effigie du bar-restaurant et d'un tablier noir noué au niveau des hanches, il tient d'une main un torchon posé sur son épaule.

– Tu ris, je te mets immédiatement à la porte, OK?

Il me menace gentiment tout en me regardant de haut afin de conserver un semblant de virilité et de dignité. Sur le point de m'esclaffer, j'esquisse un sourire que je dissimule aussitôt avec ma main. Je ne trouve pas son allure ridicule, mais je ne suis pas habituée à le voir ainsi. Il est d'ordinaire plus veste en cuir, tee-shirt noir et jean de même couleur. Je le trouve radieux comme cela et ressens un profond soulagement, une sorte de joie au fond de moi qui évacue toute la colère de ma récente dispute avec Lucas. Reed n'est pas parti. Même s'il a été clair sur ses sentiments pour moi et que je sais que rien ne se passera jamais entre nous, le savoir ici et non à errer sur les routes me rassure. Je pense aussi que sa présence permettra à Lucas de combler ses trous de mémoire et qu'elle lui apportera son aide durant mon absence.

– Tu es finalement resté, dis-je avec beaucoup de tendresse dans la voix.

– J'allais vous manquer et je n'ai pas voulu vous causer une aussi grande peine.

Il hausse les épaules et me décoche un clin d'œil.

Je ricane.

– Je te sers quelque chose?

Il passe derrière le comptoir pendant que je me hisse sur l'un des tabourets.

– Un café. Et vous n'avez pas des brownies, par hasard?

– Si. Tu raffoles toujours autant de ces cochonneries?

– Tu t'en souviens?

– Évidemment! Tu en avais toujours plein la bouche, le bout du nez et les mains. Tu as dû me bousiller une bonne dizaine de bandes dessinées avec tes petits doigts gluants de chocolat.

Je m'attendris à ce souvenir et plaisante :

– Désolée. Je t'en rachèterai, si tu veux?

– Bah, tu sais, je suis davantage attiré par le magazine *Playboy* que par les bandes dessinées maintenant.

– Reed, le grondé-je gentiment.

Ricanant, il se penche et attrape le gâteau dans le petit réfrigérateur sous le comptoir.

Avant de me servir le café, il pose l'assiette devant moi et me demande:

– Tu n'as pas déjeuné?

– Non.

Il ne rate pas ma mine boudeuse et s'en soucie.

– Où t'as mis Grincheux?

– Reed!

– Bon, OK, Lucas.

– Il est resté à la maison.

Il m'interroge du regard devinant que quelque chose ne tourne pas rond.

– On s'est disputés.

Il hésite.

– C'est le moment où je suis censé te dire combien je suis désolé, mais… je ne le suis pas.

– Reed! m'offusqué-je à nouveau.

– Quoi? Je ne vais pas te mentir.

Il se tourne pour attraper la cafetière et verse le café dans la tasse, puis se ressaisit en voyant ma triste mine.

– Bon! Et pourquoi cette dispute?

Après m'avoir servie, il fait le tour du comptoir et s'assied à mes côtés.

– Parce que je dois quitter la ville pour retourner à New York.

– Oh! s'étonne-t-il en reculant le buste. Ah!

Il ne trouve pas ses mots, alors, me faisant signe de développer, il ajoute:

– Et?…

– Et Lucas n'a pas l'air très motivé pour me suivre.

Il attrape le torchon posé sur son épaule puis, d'un geste rapide, me le passe autour de la nuque et attire mon visage vers le sien. Surprise, je cligne nerveusement des paupières avant de river mon regard sur ses lèvres. Je ne peux m'empêcher de repenser à la nuit dernière et au baiser qu'il a tenté de me donner.

– Tu veux connaître la différence entre mon frère et moi? sourit-il bêtement avant de plaisanter. Bon! À part mon sublime corps et mon entrejambe bien plus imposant que le sien.

Je grogne.

– Reed!

Cette proximité, ses yeux et ses paroles me mettent terriblement mal à l'aise. Je ne sais plus où poser mon regard. Évidemment, je ne trouve rien de mieux à faire que de glisser furtivement mes yeux sur la bosse de son entrejambe.

– OK! Je te garde les détails pour un autre jour. Non, sérieusement, la différence est que, quoi que tu décides de faire ou quel que soit l'endroit où tu décides d'aller, moi, je te suivrai. Alors, réfléchis-y.

J'agrippe le torchon et le force à le lâcher, puis m'excuse.

– Désolée, je n'aurais pas dû te parler de ça, vraiment navrée.

Je le sais amoureux de moi, et lui confier mes problèmes de couple est déplacé. Je m'en rends compte. Cependant, il me sourit tendrement, lève sa main pour m'écarter une mèche de cheveux coincée entre mes lèvres et me demande, d'une voix douce et vibrante :

– On est amis, non? Les amis se confient ce genre de choses.

J'inspire profondément et lui rends son sourire. Je lui en veux toujours un peu d'avoir frappé Lucas et peine à digérer les mots qu'il a prononcés à mon sujet l'autre jour et l'autre nuit. Mais je me rends compte aussi que Reed a de la profondeur, alors je m'efforce de passer outre pour le moment. Je ne peux pas effacer notre ancienne amitié d'un coup de baguette magique, même si, hier encore, je le souhaitais plus que tout. Reed était ivre, sa peine a été plus forte que sa raison, et je peux comprendre ce genre de sentiments. Mes parents m'ont appris le pardon. C'était important pour eux. Ça l'est devenu pour moi.

– Décidément, ils n'embauchent que de la racaille, ici. Hamilton, qu'est-ce que tu fous encore dans le coin? nous interrompt Barry Logan, en pénétrant dans l'établissement.

Du haut de son mètre quatre-vingt-dix et de sa démarche assurée, il se dirige vers nous. Reed bondit de son siège.

Les torses bombés, les deux hommes se défient.

– T'as un problème, Logan ?

– Ouaip. Il est devant moi, le problème.

Reed perd peu à peu patience.

– Bah ! Alors, dégage. La porte est grande ouverte !

Barry avance d'un pas. Il est échauffé par la désinvolture de Reed et son sourire méprisant.

Je m'immisce entre eux.

– Calmez-vous.

Dos à Reed, je plante des yeux sévères sur Barry et lève les mains devant moi. Ce dernier, mesurant bien deux à trois têtes de plus que moi, baisse le regard.

– Avery, tu étais déjà misérable de traîner avec ces deux fouille-merde à l'époque, mais là, tu deviens carrément pathétique.

– Ho ! Abruti ! Tu ne lui parles pas comme ça ! fulmine Reed en passant un bras au-dessus de mon épaule pour le bousculer.

Aussitôt, je recule pour l'empêcher de faire un geste qui ne ferait qu'attiser leur animosité et dégraderait davantage l'atmosphère électrique.

– Ce type est un violeur, Cara. Ne viens pas te plaindre après.

– Va-t'en, Barry, dis-je avec le plus grand calme dans la voix. Reed travaille, et ce genre de règlements de comptes n'a pas lieu d'être ici.

– Très bien ! De toute façon, je n'avais pas l'intention de rester une minute de plus. Ça pue, ici, crache-t-il avant de faire demi-tour.

Je me tourne vers Reed et l'interroge du regard en reculant. N'est-il même pas capable de se maîtriser pendant ses heures de travail ?

Il s'emporte.

– Je peux me défendre tout seul.

– Je sais. Je ne m'inquiétais pas pour toi, mais pour lui.

Ma réponse le surprend et flatte son ego déjà surdimensionné. Il me sourit à nouveau et m'attire brusquement contre lui. Une nouvelle fois troublée, je me fige.

– Va vite rejoindre mon teigneux de petit frère et parlez-vous. Si vous ne faites pas vos butés, vous trouverez un terrain d'entente, d'accord ?

Il me lâche et survole mon visage du sien.

– Allez, file ! Avant que mon envie de t'embrasser ne dépasse ma raison.

– Je… je dois… te payer.

– File ! C'est ma tournée.

– Merci.

La gorge serrée et d'un pas lourd, je me dirige vers la sortie sans le quitter des yeux une seule seconde. Beaucoup de sentiments passent dans nos regards : de la gentillesse, de la tendresse, de l'amitié émanent du mien et, dans le sien, je distingue du désir, de l'amour, un amour profond, inconditionnel et sans faille.

Mon cœur fait un raté.

– Salut Cara, intervient Meredith que je n'avais pas vue entrer.

D'une démarche déterminée, elle file droit vers le bar en claquant des talons.

– Reed, il faut qu'on parle. Maintenant !

27

Reed

Meredith me suit à la trace. Je n'ai aucune envie de l'écouter. Je nettoie, débarrasse les tables et remets les chaises en place. Notre dispute d'hier soir ne semble pas l'avoir affectée, et cela a le don de m'agacer. J'ai tiré un trait sur elle, définitif. Elle est nocive et ne m'apporte rien. Nos baises vont sûrement me manquer, mais peu importe, je trouverai quelqu'un d'autre.

– Écoute, Reed, tu dois m'aider. On avait conclu un marché : je t'aidais à conquérir le cœur de Cara et, en échange, tu m'aidais à gagner celui de ton frère.

Je suspends toute activité et me tourne vers elle.

– Ding, ding, ding… Info de dernière minute, chantonné-je d'une manière méprisante en gesticulant. Ton plan est et restera un échec. Alors, sois mignonne et fous-moi la paix. Va jouer plus loin ou trouve-toi un autre type à harceler. Je bosse, là, au cas où tu l'aurais oublié !

– Tu fais bien d'en parler. Je te signale que c'est grâce à mes relations que tu l'as, ce job. Tu m'en dois une, mon vieux.

– Dans tes rêves. Je ne te dois rien, alors lâche-moi, tu veux ?

Je tente une nouvelle fois de fuir, mais Meredith ne l'entend pas de cette oreille et s'accroche à moi en plantant ses ongles dans mon biceps.

En jetant un coup d'œil sur sa main, je poursuis :

– Mon frère n'en a rien à branler de toi. Lâche l'affaire, passe à autre chose ! Je ne sais pas, moi, pourquoi ne pas t'inscrire sur un site de rencontres spécial névrosées ?

– Parce que toi, tu vas laisser tomber pour Cara ? Arrête, je n'en crois pas un mot ! On dirait un toutou quand t'es devant elle.

J'échappe à sa prise et continue mon chemin vers le comptoir, tout sourire.

– Ce n'est plus ton problème. Je fais cavalier seul dorénavant.

– C'est quoi, ce sourire ? Tu me caches quelque chose ?

– Il se pourrait qu'il y ait un changement dans la donne.

– Tu peux préciser ?

– Cara repart à New York.

– Quoi ?

L'étonnement de Meredith ne s'éternise pas et laisse place à un large sourire.

– Ce qui veut dire que Lucas restera seul pendant un long moment.

– Bingo ! Tu piges vite quand tu veux.

– Tu dois m'aider à trouver un moyen de le faire venir chez moi pour effectuer des travaux. Il ne voudra pas si ça vient de moi.

– Non, non, non. En fait, tu percutes vite quand on t'explique longtemps. Je viens de te dire qu'il n'y a plus de toi et moi. Tu te démerdes de ton côté, et moi du mien. Capté ?

– Si tu persistes, mon joli, je risque de me vexer.

– Et alors, qu'est-ce que tu veux que ça me foute, sérieux ? Je m'en bats les couilles.

– Tu sais, si je t'ai trouvé ce job, je peux te le reprendre aussi.

Meredith me menace, mais elle oublie une chose fondamentale : je me fiche de ce travail. Je me contente de lui rire au nez et de partir vers la réserve. Elle m'emboîte aussitôt le pas.

– Je suis sérieuse.

Une fois dans l'arrière-salle, je me tourne vers elle et la préviens.

– Tu sais quoi ? Moi aussi, je suis très sérieux quand je te dis que je m'en bats les couilles.

Je dénoue mon tablier, le laisse tomber au sol et ôte le tee-shirt.

– Ne fais pas ça ! m'ordonne-t-elle.

– Je croyais que c'était ce que tu voulais ?

Elle pose une main sur mon torse nu.

– Voyons. Ne dis pas de bêtises.

Elle commence à caresser mes pectoraux. Je lui envoie valser la main en grognant. Je n'ai pas envie d'elle maintenant, mais elle insiste en m'entourant par la taille. Séductrice, elle me lance un regard de braise. Je vois clair dans son jeu.

Je m'extirpe de ses bras et me dirige vers les vestiaires pour récupérer mes affaires.

– Casse-toi de là. Je n'ai franchement pas envie de te baiser.

– Arrête, Reed, crie-t-elle. Tu as envie de moi, besoin de moi.

Me voyant sans réaction, elle poursuit un ton au-dessus :

– Si tu crois que ta sainte-nitouche de Cara pourra te faire prendre ton pied, tu rêves ! Je te connais : tu as besoin de violence et de brutalité, Reed.

Tu vas la faire fuir au premier contact. Elle te haïra encore et encore et ne pourra plus jamais te regarder. Tu es un monstre, Reed ! Un monstre sans cœur.

Je pivote, me dirige droit sur elle et la plaque contre une étagère. Les yeux exorbités et les veines du front saillantes, je fulmine, à deux doigts de lui en foutre une ou de l'étrangler :

– Non, tu ne me connais pas et tu reparles de Cara de cette manière, femme ou pas, je te défonce. T'as pigé ?

28

Lucas

Pour me distraire de ma dispute avec Cara, j'entreprends de poursuivre la rénovation du couloir et de l'escalier. Bien que je sois censé ne pas travailler les samedis, j'ai besoin d'une échappatoire pour évacuer la rage du petit déjeuner. J'enfile mon jean blanc couvert de peinture, sors les outils nécessaires et commence à passer le rouleau sur le mur. Je suis arrivé à la moitié du pan quand Cara pénètre dans le hall d'entrée.

Je me tourne vers elle et n'ai pas encore ouvert la bouche que celle-ci m'interrompt déjà :

– Surtout, ne dis rien !

Elle lâche brusquement son sac, se précipite sur moi, entoure ma nuque de ses mains et presse sa bouche contre la mienne. J'accueille ce baiser avec un immense soulagement et laisse à mon tour tomber l'outil pour la serrer dans mes bras.

– Je suis désolée, continue-t-elle entre deux baisers voraces. Je suis persuadée qu'on trouvera un moyen.

– Non, c'est moi qui le suis. Je n'aurais pas dû te parler de cette manière. Pardonne-moi. J'ai peur que tu me quittes.

– Je veux être avec toi. Je veux rester avec toi, Lucas. N'en doute jamais.

L'embrassant à en perdre haleine, je glisse mes mains sur ses jambes, la soulève par les cuisses et la plaque contre la porte de la buanderie. Elle s'enroule autour de mes hanches et enfouit ses doigts dans mon épaisse chevelure.

– Fais-moi l'amour, Lucas. Tout de suite !

J'étais décidé à la satisfaire au premier contact de ses lèvres contre les miennes et j'envisageais déjà de lui faire l'amour sur le plastique posé sur le sol.

Je perçois la fougue de Cara. Je la repose sur ses pieds, le temps de lui enlever son débardeur, son soutien-gorge et de replonger ma bouche sur sa peau. Je la fais ensuite basculer et la pose délicatement sur la bâche de protection. Je lui ôte le reste de ses habits et me hâte de faire de même pour que nos corps puissent se chercher, se trouver et se caresser. Nos baisers passionnés se succèdent. Notre frénésie nous transporte dans un embrasement intense.

Je suis déjà sur elle, prêt à la pénétrer. Mes gestes se font alors plus doux, plus sensuels. Je vénère son corps, or, elle qui apprécie habituellement ma douceur et mon attention, n'aspire pas à cela, aujourd'hui. Elle semble vouloir plus, tellement plus… Cela paraît vital à cet instant. Elle veut de la brutalité, de la fougue. En appui sur mon torse, elle me repousse de ses deux mains, puis me fait rouler pour se retrouver sur moi. Ce soudain geste de domination m'intrigue, me déroute. Je la questionne du regard, peu habitué à ce qu'elle prenne les commandes. Elle est assoiffée et a l'air d'avoir trouvé une oasis après des heures de course dans le désert. À califourchon sur moi, elle me donne à nouveau un baiser passionné et, tout en attrapant mon sexe, elle s'empale avec une avidité inouïe. J'en ai presque mal, mais cela fait grimper mon excitation. Les doigts sur sa poitrine, je caresse ses mamelons dressés, mais elle me capture les mains et me les bloque sur le ventre.

OK ! Pas de caresses ! Je subis ses mouvements de plus en plus ardents. Fier qu'elle puisse ressentir une telle ivresse pour moi, je me laisse aller et jouis, suivi de peu par Cara, nos cris d'extase résonnant contre les murs.

Essoufflée et encore tremblante de plaisir, elle s'effondre sur moi. Je la prends dans mes bras et lui caresse tendrement les cheveux. Puis je ris :

– Eh bien, ma puce ! Je ne sais pas si c'est notre dispute qui t'a mise dans cet état, mais si c'est le cas, on se disputera plus souvent.

Cara ne répond pas et se contente de sourire.

Une fois sorti de la douche, je la surprends perdue dans ses pensées, une glacière remplie de sandwichs et son ordinateur portable ouvert posés devant elle.

– Que fais-tu ?

– Je viens de réserver mes billets d'avion pour New York.

– Et la glacière ?

– Ça te dit d'aller au lac pour pique-niquer ?

– Pourquoi pas ? Laisse-moi t'aider à finir de tout préparer.

Nous nous activons dans la bonne humeur, évitant tout sujet de désaccord. Le panier prêt, nous prenons la route. Le temps clément a, apparemment, séduit beaucoup de promeneurs. Nous peinons à trouver une place pour nous garer et cherchons un long moment où nous installer correctement. Allongés sur la nappe, sur l'herbe, sous les arbres, nous entamons notre repas en nous remémorant certains moments plaisants de notre jeunesse. Nos sandwichs dévorés, nous décidons d'aller nous balader, nous éloignant des cris d'enfants et de parents rameutant leur marmaille.

En empruntant le chemin qui longe le lac, nous passons derrière l'ancienne propriété des grands-parents de Cara. C'est le visage plein de nostalgie qu'elle s'arrête devant l'allée qui y mène. Nous pouvons à peine l'apercevoir tant la végétation a pris le dessus.

Je remarque son changement d'humeur et, l'étreignant tendrement, je lui demande :

– Et si on y allait?

– Où ça?

Je m'éloigne d'elle et l'invite à me suivre.

– Viens! Tu meurs d'envie de revoir cette maison, alors allons-y!

– Non, Lucas. Et si les propriétaires sont là, qu'allons-nous leur dire?

– Ne t'inquiète pas, nous trouverons une excuse. Allez, viens! Mais je doute que quelqu'un y vive encore, vu l'état du jardin.

Elle finit par accepter. Elle m'attrape la main et se laisse guider sur le chemin de terre. En arrivant devant la demeure en bois, nous constatons qu'il n'y a personne. Nous faisons le tour pour accéder à la terrasse qui offre une vue imprenable sur le lac. La balancelle que son grand-père avait installée est toujours au même endroit. Nous nous y asseyons. Cara se love dans mes bras. Je sais qu'elle se sent bien ici, malgré tous les souvenirs dont ce lieu doit être porteur.

En déposant un baiser sur son front, je la tire de ses pensées.

– Nous aussi, un jour, nous aurons une maison, ici. La même que celle-là, et d'ailleurs, pourquoi pas celle-là?

Notre relation est récente, mais je me risque à parler d'avenir. Nous ne l'avons encore jamais vraiment fait et, après notre dispute de ce matin, je pense qu'il en est temps, histoire de la mettre en confiance.

Elle lève le menton pour me dévisager et, dans un large sourire, elle s'émerveille :

– Ça serait tellement bien.

Nous rions, discutons de tout et de rien. L'après-midi se termine et nous n'avons pas vu le temps passer. Je lui propose de conclure notre voyage dans le passé par une partie de bowling. En effet, les parents de Cara l'y emmenaient tous les samedis et proposaient régulièrement à mon frère et à moi de nous joindre à eux. Cara accepte avec plaisir.

Les parties se succèdent. Je bats Cara à maintes reprises, mais elle réclame à chaque fois sa revanche. Face à la moue boudeuse qu'elle affiche, je lui laisse gagner la dernière partie avant de rentrer à la maison.

29

Cara

Lucas m'accompagne à l'aéroport d'Atlanta pour me dire au revoir et pour reprendre ma voiture que j'ai décidé de laisser à Cornfield. Même si notre séparation n'est que temporaire, j'ai le cœur lourd. Je lui ai promis de revenir chaque week-end. Lui compte terminer les travaux dans la maison, puis me rejoindre à New York une fois les finitions achevées, si je suis encore sur mon éventuel contrat.

Nous sommes tous les deux prêts à faire des concessions et sereins, après ce merveilleux et romantique dimanche. Nous avons d'abord fait la grasse matinée. Lucas a été réveillé avec le petit déjeuner au lit, puis il s'est appliqué à me remercier comme il se doit. Après notre douche, nous nous sommes rendus à la paroisse. Lucas tenait absolument à me montrer les rénovations qu'il y a effectuées. Après un déjeuner au restaurant, nous sommes rentrés à la maison où nous avons rigolé, échangé des projets d'avenir, et nous sommes taquinés comme des enfants. Notre journée s'est terminée en faisant l'amour à plusieurs reprises afin de rassasier nos corps en vue de mon départ. Comme souvent, Lucas s'est montré d'une tendresse et d'une douceur infinies, faisant toujours passer mon plaisir avant le sien.

C'est le sourire aux lèvres, les yeux brillants d'amour et des souvenirs coquins plein la tête que je quitte les bras de mon petit ami.

À dix-huit heures, l'avion atterrit sur le tarmac de l'aéroport JFK de New York.

– Haaaa, enfin ! crie une Jenyfer hystérique dès qu'elle m'aperçoit. Tu es magnifique ! L'air de la campagne te va merveilleusement bien au teint.

Nous nous étreignons dans le hall en riant de bon cœur. Cela fait presque dix ans que nous nous connaissons et notre amitié est très fusionnelle. Jenyfer glisse un long regard sur ma tenue et se moque gentiment.

– Bon, ici, le jean et la chemise de cow-boy, tu oublies, ma belle.

Je la réprimande, ravie malgré tout de la retrouver.

– Jenyfer ! Ne commence pas.

– Bon, allez, raconte-moi tout. Je veux tout savoir dans les moindres détails sur ton cow-boy. T'as une photo, au moins ?

– Attends ! Laisse-moi débarquer.

À la sortie du bâtiment, je lève la main pour héler un taxi. Un véhicule se gare presque immédiatement devant nous. Pendant que le chauffeur s'occupe de ma valise, j'extirpe mon téléphone de mon sac, le déverrouille et le tends à Jenyfer afin de lui montrer mon fond d'écran.

– Oh, mon Dieu ! Je comprends mieux pourquoi tu es restée terrée là-bas si longtemps. Par pitié, dis-moi qu'il a un frère jumeau ?

Nous nous installons sur la banquette arrière et j'indique l'adresse de mon appartement au chauffeur avant de me tourner vers ma copine, pendue à mes lèvres.

– Oui, il a un frère. Mais non, il n'est pas pour toi, alors oublie !

– Cara ! Depuis quand tu ne partages plus tes infos sur les beaux mecs ?

– Arrête ! Ce n'est pas ce que j'ai voulu dire. Il n'est pas ton style de mec, voilà tout.

– Tu es injuste, ricane-t-elle à nouveau avant de prendre une mine déconfite. Il est moche, c'est ça ?

– Non ! Loin de là. Il n'est pas moche, il est...

Je me tais, estimant que la conversation a trop vite bifurqué sur un sujet délicat.

– Il est simplement... lui.

– Euh ?... Simplement lui ?

– Oui. Lui.

– D'accord, je n'en saurai apparemment pas plus. J'abandonne... pour l'instant.

– Dis-moi plutôt, ce contrat avec Cabana ? Je dois le rencontrer où et quand ?

Jen fronce les sourcils et me scrute bizarrement.

– Jeudi, chez lui, sur la Cinquième Avenue à neuf heures pétantes. Je t'enverrai l'adresse demain du bureau.

Le vacarme de la circulation parvient en écho jusqu'à la terrasse de ce vingt-sixième étage. Dans la pénombre de la nuit, nous sommes allongées sur des chaises longues, un fond de musique vibrant dans les airs et un verre de vin à la main. Nous achevons notre repas emporté du restaurant chinois du bas de l'immeuble.

Je reçois un SMS de Lucas et, avec un large sourire, je le lui lis.

[Tu me manques, ma puce.
Je suis seul dans cette maison vide
qui sent la peinture, et je me rends
compte que ton parfum est

ce que je connais de plus délicieux
et enivrant au monde.
Reviens-moi très vite.]

– Et en plus, il est romantique, relève Jenyfer. Veinarde!

Je réponds au SMS, puis me tourne vers mon amie.

– Oui. Lucas est un amour.

– Tu es amoureuse?

Je me rallonge correctement et, tout en scrutant le ciel à la recherche d'une étoile, je lui annonce:

– Je l'aime beaucoup. Oui.

– Parle-moi davantage de lui...

– Que veux-tu savoir?

– Je ne sais pas, moi, réfléchit-elle en souriant, c'est un bon coup au lit?

– Jenyfer!

– Allez, dis-moi. Pense aux copines seules et frustrées.

– Il est top, oui: attentionné, avenant, intelligent et plus tendre et plus...

– Plus tendre que qui ou quoi? s'enquiert-elle, ne saisissant pas le sens de la comparaison.

– Non, je voulais simplement dire: « Il est tendre. »

Mon air penaud interpelle aussitôt Jen. Si elle ne me connaissait pas aussi bien, elle aurait passé outre, mais l'ombre qui passe sur mon visage n'échappe pas à sa perspicacité.

– C'est quoi, le problème?

– Il n'y a pas de problème.

– Arrête! La dernière fois que tu m'as fait cette tête, c'était lorsque tu avais peur de larguer l'autre débile, celui qui pleurait à chaudes larmes pendant l'orgasme. Comment il s'appelait déjà, celui-là?

J'éclate de rire à cette anecdote.

– Il s'appelait Louis.

– Oui! Voilà: Louis. Ne me dis pas que ton Lucas a des tics ou des tocs pendant l'acte?

– Non! Jenyfer, rien de tout ça.

– Bah, alors?

J'hésite.

– Ben, comme je t'ai dit, il y a son frère.

– Houla.

– Oui! Houla, comme tu dis. Désolée, je n'aurais pas dû parler de ça. C'est ridicule. Je suis ridicule et…

– Non, non et non! trépigne-t-elle. Tu as commencé, tu finis. Qu'est-ce qu'il a de particulier, son frère?

– Lucas est l'homme parfait, celui dont rêvent toutes les filles, le prince charmant. Il est doux et rassurant. Reed est tout le contraire de ça. Il est… Il peut parfois se comporter comme un véritable abruti. Il est macho, grossier, obscène, mais quand je suis proche de lui, je me sens si… vivante… si bien. Rien que le fait de me rendre compte qu'il pose les yeux sur moi, je m'enflamme. Il y a une telle alchimie entre nous. C'est grandiose. Bon sang, Jen! Je suis affreuse, finis-je par lâcher tout en me couvrant le visage de mes mains.

– Meuh non, tu réagis simplement comme n'importe quelle fille en face d'un mec à tomber.

– Si je te dis que j'ai fait l'amour avec Lucas en pensant à Reed, est-ce que ça fait de moi une garce?

Je n'en reviens pas de lui avoir fait cet aveu. J'aurais mieux fait de réfléchir avant de parler. J'ai honte, mais me confier me fait un bien fou. Elle ne me jugera jamais et, de toute façon, elle n'est pas en mesure de le faire, vu qu'elle a déjà fait bien pire.

– Non, cela ne fait pas de toi une garce. Du moment que les choses sont claires dans ta tête.

Sa remarque ne semblait pas être un conseil, mais bel et bien une question, alors elle m'interroge du regard.

– J'adore Lucas, il représente beaucoup de choses pour moi. Mais Reed m'attire physiquement. Alors, oui, les choses sont on ne peut plus claires.

– Et?

– Et quoi?

– Tu comptes faire quoi? Continuer de fantasmer sur le frère de ton mec pendant que vous faites l'amour?

– Non! m'indigné-je. Je vais profiter de mon séjour ici pour l'oublier.

– Reed ou Lucas?

– Reed, voyons!

– Et ce Reed, tu penses qu'il a des sentiments pour toi?

– Jenyfer, tu es insupportable! Arrêtons de parler de lui, dis-je avec une grimace, désespérée. Je viens de te dire que je suis aussi là pour ne plus y penser. Alors, plus de Reed sur nos lèvres.

– Sur les miennes, c'est sûr! Mais sur les tiennes, je n'en mettrais pas ma main au feu.

– Jen!

Je lui fais de gros yeux et lui lance un sachet de biscuits au visage.

– Quoi? ricane-t-elle. Il n'y a que la vérité qui fâche.

Nous finissons par papoter une bonne partie de la nuit, comme à notre habitude. Le lendemain matin, je décide d'aller me recueillir sur la tombe de mes parents.

Marchant sur la pelouse, je me rappelle l'horreur de ce jour-là, le plus noir de ma vie.

***

Août 2015, Green-Wood Cemetery, New York

Cela fait deux jours que j'ai appris la terrible nouvelle. Un camion a percuté la voiture de mes parents de plein fouet en grillant un feu rouge.

Cela fait deux jours que je m'active et m'occupe des formalités avec un maximum de courage et d'efficacité afin de leur offrir un enterrement digne de tout l'amour que je ressens pour eux.

Cela fait deux jours que je suis en colère et que bon nombre de personnes familières, sans être vraiment des proches, m'assènent leurs condoléances. Elles font mine de s'inquiéter pour moi, alors qu'au final je sais pertinemment que je finirai seule à devoir faire mon deuil et à continuer de vivre avec ce drame sur les épaules.

Cela fait deux jours que des hommes d'affaires, des médecins, des hommes politiques, tout le gratin de New York défilent à ma porte. Je veux fuir loin de cet enfer, mais je dois faire bonne figure pour respecter la mémoire du docteur Avery.

Cela fait deux jours que j'erre comme une âme sans repères. Je répète sans cesse les mêmes choses: « Oui ça ira, merci. » Mais, bien sûr que non, cela n'ira pas! Comment pourrais-je bien me porter après cette double perte brutale, cette partie de moi qui vient de m'être arrachée?

Cela fait deux jours que j'ai envie de crier, de hurler jusqu'à ce que mes poumons explosent. Les gens qui viennent me voir me ressassent la même rengaine: « Si tu as besoin de quoi que ce soit, n'hésite pas. » J'ai besoin de mes parents, mais puis-je leur dire? Et, de toute façon, à quoi cela pourrait servir de l'avouer?

Oui! Cela fait deux jours que ma vie a pris un virage irréversible, laissant loin derrière moi l'innocence de la jeunesse. Je vais devoir me débrouiller sans eux.

En cette chaude et magnifique matinée, aux côtés de Jenyfer, sur cette pelouse tondue au millimètre près, je suis debout devant les deux fosses qui vont abriter les cercueils de mes parents. Je n'ai plus de force. Je m'effondre, entourée de ces personnes venues rendre un dernier hommage aux époux Avery. Toute cette compassion de circonstance que je perçois dans leurs regards me donne la nausée et l'envie de hurler. Dans les bras de ma meilleure amie, je me lâche et pleure sans pouvoir m'arrêter, priant pour que cette douleur et cette peine s'atténuent enfin.

Levant mon regard baigné de larmes, je fixe un point au loin et mon regard se pose sur un homme qui marche. Il est de dos. Je ne distingue qu'une silhouette à la démarche nonchalante, élégamment vêtue d'un costume sombre. Il se faufile entre les sépultures et, même si je ne le connais probablement pas, je donnerais tout pour le rejoindre et m'enfuir avec lui et tout oublier.

***

Plusieurs mois après cette matinée d'août, le sentiment de perte est toujours aussi lourd. Seul celui de solitude s'amenuise au fil des jours. Je frissonne. Il est encore tôt, et la pelouse est toujours humide de l'arrosage de la nuit.

Devant les deux stèles, je m'accroupis et dépose les deux roses. Je déglutis péniblement, tentant de ravaler les sanglots qui me submergent.

– Papa… Maman… hésité-je, tout en me trouvant ridicule de parler à deux pierres austères. J'ai tellement de choses à vous dire. Par où commencer?

Je soupire longuement et, d'un revers de main, j'essuie la larme perlant sur ma joue. Puis, d'une voix brisée par le chagrin, je poursuis:

– Je suis retournée à Cornfield et j'ai revu Lucas Hamilton. Je vis une histoire avec lui… Papa, tu serais tellement fier de voir ce qu'il est devenu. Je suis certaine que tu l'aurais aimé. Maman, je suis heureuse avec lui et je suis aussi persuadée que tu me dirais combien tu le trouves toujours aussi mignon… C'est trop dur sans vous…

La douleur qui me vrille le cœur me pousse à partir. Je me redresse et me passe la manche sur mes yeux larmoyants. Je me ressaisis. Je dois rester forte. Jetant un dernier coup d'œil aux sépultures, je quitte précipitamment le cimetière.

Finalement, je décide de rentrer chez moi. Je souhaitais faire les magasins dans le but de me dénicher une tenue convenable pour mon rendez-vous avec M. Cabana, mais je n'en ai plus le courage ni l'envie. Je préfère aller me

détendre dans un bon bain.

Lorsque le taxi me dépose devant chez moi, perdue dans le fil de mes pensées et absorbée par la recherche de mes clefs dans mon sac, je ne m'aperçois pas que l'on m'observe. C'est en levant la tête que je le remarque, les jambes et les bras croisés, adossé à la portière de sa Mustang garée le long du trottoir. Reed agite ses doigts pour me saluer, un doux et large sourire sur le visage.

Passé le premier moment de stupéfaction, je m'avance, confuse.

– Bon sang, Reed! Que fais-tu là? Ce n'est pas possible. Tu venais de trouver un travail. Tu devais rester là-bas, avec Lucas… Pour Lucas.

Je n'en crois pas mes yeux et hésite quant à l'attitude à adopter. J'oscille entre joie et colère.

– Ravi de te voir aussi, princesse.

Il se redresse et avance à ma rencontre. C'est finalement la colère qui l'emporte.

– Non, Reed! Non! Tu aurais dû rester avec ton frère. Tu n'as rien à faire ici.

– Boh! Tu sais, il est un peu bougon depuis ton départ. Il est tout triste, il se morfond et, en plus, il radote. C'est un enfer, se moque-t-il. C'est bien plus distrayant ici.

Il lève les bras au ciel et ajoute, enthousiaste:

– Bienvenue à New York City, la ville qui ne dort jamais!

– C'est censé me rassurer ce que tu me dis, là?

– À vrai dire… pas du tout. J'avoue.

Exaspérée, je tourne les talons pour gagner le hall d'entrée de mon immeuble.

– Hé! Attends…

Il me suit à la trace, mais, lorsqu'il m'attrape le bras, il se détourne à la hâte, tentant de dissimuler son visage. Je ne percute pas ce qu'il se passe.

– Cara! s'écrie Jenyfer.

Sur le trottoir, ma meilleure amie arrive à notre rencontre, faisant claquer ses talons, déterminée.

– Super, tu es là. J'avais une visite dans le quartier et j'en profite pour te déposer le dossier Cabana avant de filer.

Elle s'interrompt brusquement en remarquant Reed. Elle glisse son regard sur lui et, à son tour, semble tomber des nues.

Je grince des dents. Reed est un bel homme, un très bel homme, mais mon amie pourrait se contenir. Elle le regarde si intensément que ça en devient gênant.

– Samuel?

Je répète, sidérée.

– Samuel?

Reed pivote en affichant une grimace.

– Salut, lâche-t-il, hésitant.

D'un regard, il quémande mon aide, mais je ne comprends rien à la scène qui se déroule devant mes yeux. Ils paraissent se connaître. Je suis bien trop abasourdie pour réagir.

Je finis par demander, tournant mon regard incrédule de l'un à l'autre :

– Vous vous connaissez?

– Oui. C'est le mec…

Reed s'empresse de lui couper la parole.

– Cara, excuse-moi. Je dois appeler Lucas. Il n'avait pas l'air dans son assiette quand je suis parti.

Je panique. Pourquoi ne pas me l'avoir dit avant?

– Quoi? Il ne va pas bien?

– Si, si… Ça ira, ne t'inquiète pas. Il couve sûrement une petite grippe…

– Il est malade?

Pourquoi ai-je l'impression qu'il me raconte n'importe quoi?

Complètement perdue, je le suis du regard. Il s'éloigne, le téléphone déjà à l'oreille. Je reporte mon attention sur Jenyfer qui me tend le dossier.

Je l'interroge en attrapant l'enveloppe :

– Tu connais Reed?

– Reed? Ton Reed? C'est lui?

– Oui! Qui veux-tu que ce soit?

– Ben… Samuel! s'exclame Jenyfer qui n'y comprend définitivement rien, elle non plus.

D'un seul et même élan, nous lançons un regard noir à Reed qui se tient non loin de là, au téléphone. Il nous adresse un petit signe de la main.

– Tu te souviens du type qui m'a obsédée pendant plusieurs mois? Tu sais, le type qui t'a ramenée chez toi, le soir de ta grosse cuite au Purple? Ben, c'était lui.

– Quoi? Non, mais je rêve, là! Ce n'est pas possible.

Je me passe les mains dans les cheveux et me triture le cuir chevelu. J'essaie de rassembler tous les morceaux. Jenyfer se contente de sourire bêtement et le mate sans relâche. Elle se mord inconsciemment la lèvre inférieure en fixant ses fesses plutôt bien moulées dans ce jean noir.

– Bon! On en reparle plus tard. Je suis en retard pour ma prochaine visite, dit-elle en posant précipitamment une main sur mon épaule et en me faisant la bise accompagnée d'un clin d'œil malicieux. Bonne journée et bonne chance avec le dieu du Sexe… Mmm.

– Jen ! grogné-je.

Je voudrais en savoir plus, même si je connais déjà tous les détails, vu que Jenyfer a passé des semaines à évoquer la perfection de sa « nuit torride » dans les bras de ce soi-disant inconnu, du nom de Samuel.

– Bye, bye ! lance Jenyfer en le gratifiant d'un clin d'œil séducteur.

Appel téléphonique ou non, je me précipite aussitôt sur lui. Il a juste le temps de ranger son Smartphone avant d'essuyer ma bourrade.

– Tu as couché avec ma meilleure amie !

– Il se pourrait. Oui…

Une foule de questions se bousculent dans ma tête, mais une seule me vient aux lèvres.

– Y a-t-il une seule femme sur cette terre avec qui tu n'aies pas couché ?

Il affiche tout à coup un large sourire et, lorsque je percute l'énormité de ma question, il est déjà trop tard.

– À mon grand regret, oui : toi.

J'aimerais répliquer, mais rien ne vient. Je reste bouche bée sous son œil taquin.

– Oh ! Et puis, tu m'énerves !

Il rit de plus belle.

– Jalouse, peut-être ? se risque-t-il avec un clin d'œil moqueur. Il n'est jamais trop tard pour tester la marchandise, princesse.

Je fais une grimace d'écœurement alors qu'il s'esclaffe à nouveau.

– Moi, jalouse ? Non, mais tu rêves ! Et ta… ta marchandise, tu la laisses surtout bien rangée là où elle est, pour une fois. Et puis, arrête de m'appeler « princesse ».

Malgré la mine dégoûtée que j'exprime, je sens le feu me monter aux joues. Je fais immédiatement demi-tour, me sentant trop vulnérable.

– Non, non, non ! Reste avec moi, dit-il en me saisissant par les hanches et se collant contre mon dos.

Je me fige et ravale un éclair de désir.

– Non, Reed. Tu n'as rien à faire ici, et je refuse de te parler, alors laisse-moi.

Après m'avoir replacé une mèche de cheveux en arrière, il me susurre à l'oreille :

– Pas avant que tu aies accepté de me suivre.

Je frissonne et abandonne toute rébellion pour pivoter dans ses bras.

– Ton frère sait que tu es là ?

– Non. Et ça restera notre petit secret.

– Je ne lui mentirai pas.

– Alors, tu « omettras » de lui dire.

– Reed, tu…

Il me fait taire en posant son index sur mes lèvres.

– Chut! Allez, suis-moi!

Je recule d'un pas et croise les bras sur ma poitrine, contrariée.

– Je te suis à une condition. Tu m'expliques ce que tu faisais à New York il y a deux ans et pourquoi tu n'as pas cherché à me revoir alors qu'on s'est apparemment croisés, bien que je ne m'en souvienne plus parce que j'étais… trop…

La honte me submerge.

– Bourrée, raille-t-il.

– Hé! Oh! Ça va, hein! Pas la peine d'en rajouter. Explique-toi, je t'écoute.

– Promis. Je t'explique tout ce que tu veux, princesse, mais avant, tu me suis.

Je le connais et sais qu'il turbine au donnant-donnant, alors je laisse tomber… pour le moment.

Je penche la tête, le dévisage un instant, puis lui demande, dubitative:

– Tu as vraiment fait treize heures de route pour me parler?

– Oui et… non.

Il hausse les épaules et me tend la main en insistant du regard pour que je le suive. Vaguement curieuse, non, très curieuse, j'accepte le marché, mais je néglige sa main tendue. Il est hors de question que je le touche.

Un sourire victorieux aux lèvres, il m'emboîte le pas. En arrivant à ma hauteur, il ne peut s'empêcher de me passer un bras sur les épaules et de me serrer contre lui. Je lève les yeux au ciel.

– Au fait, cette nuit-là, tes sous-vêtements étaient vraiment magnifiques, ajoute-t-il, un petit rictus taquin en coin. Je me suis régalé en te déshabillant.

Je m'immobilise, outrée. Il n'a pas fait ça? Aurait-il osé profiter de mon ivresse pour me mater en petite tenue?

– Qu… Quoi? Ne me dis pas que…

– Relax, je plaisante, Cara. Je plaisante.

Je lui envoie un coup de coude dans les côtes et prends une distance de sécurité. Il me fait la morale.

– Mais j'aurais été un inconnu obscène et pervers, j'aurais pu le faire et faire bien pire encore, vilaine dépravée.

30

Reed

Après avoir parcouru deux pâtés de maisons, nous arrivons dans la petite ruelle malfamée. Je m'arrête devant une porte en fer. Cara reste perplexe.

– Pourquoi m'amènes-tu dans cet endroit sordide, dans ce véritable coupe-gorge?

– Patience, tu vas comprendre.

– Attends, ne me dis pas que tu as fait tout ce chemin pour m'amener dans un bar musical à dix heures du matin, demande-t-elle en percevant le son d'une musique hard-rock.

– Ah, ah... Non, attention! Pas n'importe quel bar musical: le Bianquiz, jeune fille! Ce bar est le plus réputé de tout Manhattan.

Cara lève les yeux au ciel et hausse les épaules, loin de partager mon enthousiasme.

– S'il était aussi renommé que tu le prétends, je le connaîtrais, d'autant plus qu'il se trouve à deux rues de chez moi.

Je claque ma langue contre mon palais et secoue la tête.

Elle s'impatiente.

– Où veux-tu en venir, Reed? Je ne te suis pas du tout. Que faisons-nous ici?

– Tu voulais connaître les détails de ma présence à New York il y a deux ans? Oui? Alors, commençons par le début.

Je lui ouvre la porte et l'invite d'un geste à entrer, tout en ajoutant :

– Enfin... une partie du début.

À l'intérieur, la salle est faiblement éclairée par de petits spots multicolores et tapissée d'affiches de groupes qui s'y produisent tout au long de la journée et de la nuit. Je respire profondément cet air familier. Malgré l'heure matinale, il faut se faufiler pour entrer.

Je progresse dans la foule en guidant doucement Cara d'une main au creux des reins. Nous accédons enfin au bar. Me frayant un chemin, je fais un signe au serveur, puis détaille d'un œil connaisseur deux jeunes femmes à mes côtés.

– Salut les filles.

Mon sourire enjôleur attire leur attention. Le regard gourmand, elles me répondent et me détaillent sans la moindre gêne des pieds à la tête en ne négligeant pas la bosse au niveau de ma braguette. L'une d'entre elles se mord les lèvres d'un air suggestif et l'autre me passe déjà la main sur le torse.

Je suis un bel homme, un aimant à gonzesses, et ces regards avides sont loin de me déplaire. Ma faim de baise n'en est que plus exacerbée, mais, aujourd'hui, je dois me tenir à carreau, car le regard noir que me lance Cara me ramène bien vite sur terre. Elle ne m'a pas suivi ici pour me regarder me pavaner et séduire toute la gent féminine de Manhattan.

Cara profite d'un mouvement de foule pour se libérer un petit espace et s'accouder au comptoir, loin de moi et de mes deux groupies.

Je fais un clin d'œil à mes admiratrices, les gratifie d'un sourire que je sais irrésistible et m'extirpe pour la rejoindre.

– Bon. Pourquoi ici?

– Bordel, Hamilton! De retour? s'écrie Kurt tout en arrivant derrière nous.

Je me retourne aussitôt, reconnaissant la voix de mon pote.

– Eh, mec! Putain, ça fait plaisir de te revoir.

– Et à moi donc.

Nous nous échangeons une accolade accompagnée d'une poignée de main.

– Qu'est-ce que tu fous là? Je croyais que tu avais mis les voiles pour de bon, camarade.

Cara observe Kurt d'une étrange façon. Je m'empresse de faire les présentations.

– Kurt, je te présente Cara. Cara, voici Kurt, le boss du Bianquiz.

– Ravie, dit-elle simplement en lui tendant la main.

Kurt lâche un petit rire et se penche pour lui faire la bise sans plus de manières. Il paraît plutôt surpris de me voir accompagné d'une fille comme elle: timide et aux antipodes du type de femmes que j'ai l'habitude de fréquenter.

Il en tire donc une conclusion:

– Laisse-moi deviner… Ça y est: tu t'es rangé.

– Oh! Non, tu me connais, grimacé-je. C'est la copine de mon petit frère.

– D'accord. Tu l'as revu ton frère, alors?

– Ouaip. Ça y est.

– C'est génial. Je vous sers quelque chose à boire?

Sans plus attendre, Kurt prend nos commandes et part en direction du bar.

– Je vois que tu es un pilier de l'endroit, raille Cara.

– Pas seulement, princesse. J'ai travaillé pour lui pendant plus de deux ans.

Elle s'étonne. Je lui passe mon bras sur les épaules et lui indique du doigt l'arrière du comptoir. Épinglés sur le mur entre les étagères se trouvent plusieurs clichés souvenir.

– Tu vois le beau spécimen sur la photo, au centre ? C'est moi ! dis-je en bombant le torse.

Cara plisse les yeux et se concentre sur l'image. Torse nu sur la scène, entouré d'une bonne dizaine de filles, le jean sur les cuisses, l'ourlet de mon boxer débordant de billets de cinq dollars, je faisais le mariole.

– Quoi ? Tu étais strip-teaseur ?

Dans un élan, je bascule la tête en arrière et m'esclaffe.

– Non ! J'étais serveur. Ce soir-là, c'était juste un bon délire entre potes.

– Donc, en gros, conclut-elle, ce que tu essaies de me dire, c'est que tu as vécu à cinq cents mètres de chez moi pendant deux ans sans même chercher à me revoir ?

Mon visage se ferme brusquement. Le temps de jeter cartes sur table est arrivé. Je me demande soudain pourquoi elle semble chagrinée d'apprendre cette nouvelle.

– Ce n'est pas exactement ça. Non.

– Vas-y, j'écoute. Je t'ai suivi ici pour…

Elle se tait. Son portable vibre dans sa poche. Elle l'extirpe et lit le texto. Son visage se décompose peu à peu.

– C'est qui ?

Cara pianote une réponse, mal à l'aise.

– C'est Lucas.

Je suis agacé, mais ma curiosité l'emporte : je lui arrache le portable des mains.

– Non. Bon sang ! Rends-moi ça tout de suite, s'énerve-t-elle en tentant de récupérer son téléphone.

Levant l'appareil en l'air pour l'empêcher de s'en saisir, je lis à voix haute :

[Ma puce, tu me manques.
Peut-être en profites-tu pour
faire la grasse mat', alors,
dès que tu as ce message,
appelle-moi.]

Je ris sans joie.

– Reed, arrête ! Ce n'est pas drôle. Rends-moi ce téléphone ! Cela ne te regarde pas.

– Attends, j'arrive seulement à la partie la plus intéressante.

Cara m'envoie un coup de poing dans l'épaule pour récupérer son portable, mais je ne bronche pas et poursuis :

– Oh ! Mais c'est qu'elle lui ment, la petite coquine ! ricané-je avant de continuer de lire la réponse de Cara. « Mon cœur »... non, mais vous êtes sérieux avec vos petits mots mielleux ? « Mon cœur, je fais les magasins avec Jenyfer, je t'appelle plus tard. »

Je pose un regard interrogateur sur Cara et lui rends le Smartphone.

– Tu m'expliques ?

– Je n'allais pas lui dire que j'étais avec toi. Il... il s'inquiéterait...

– Tu fais comme tu le sens, princesse, mais tu es en train de lui mentir. Moi qui pensais que tu étais l'honnêteté incarnée.

– Je ne lui mens pas. C'est juste que je...

– Tu lui mens.

– Je le rassure, ce n'est pas pareil, dit-elle avec une évidente mauvaise foi. Puis, je croyais que tu voulais que ça reste entre nous ?

J'éclate d'un rire puissant.

– Oui, c'est vrai, je l'ai dit. Mais cela aurait été tellement plus pimenté. Et puis, tu sais, il est assez grand maintenant pour encaisser la vérité.

– Je sais, marmonne-t-elle avant d'ajouter, pour reprendre l'avantage, figure-toi que j'ai remarqué et bien senti qu'il était devenu un homme, un vrai.

– C'est bon ! Passe-moi les détails.

La dernière chose que j'ai envie d'entendre est combien elle prend son pied avec mon frère, alors que je dois me contenter de petits sourires niais comme celui qu'elle affiche à l'instant.

Sur ces entrefaites, Kurt revient avec deux bières et nous fait signe d'aller nous installer à la table qui se libère dans un coin de la salle. Kurt reste attablé un bon moment à évoquer nos soirées déjantées.

Cara est subjuguée par notre conversation, même si quelque peu choquée par certains détails crus qu'elle aurait sûrement préféré ne jamais apprendre, comme notre semblant de partouze avec de jeunes Russes ou ma bagarre avec un transsexuel.

– Bon, et toi, tu viens d'où ? lui demande Kurt pour l'intégrer à la conversation.

– Je suis originaire de Géorgie, née à Atlanta, mais je vis à New York depuis des années.

– C'est une amie d'enfance, précisé-je.

Kurt glisse un regard sur nous deux et achève sur un ton affirmatif :

– Et vous couchez ensemble.

Cara s'offusque.

– Non. Je sors avec Lucas, son frère.

Kurt émet un rire légèrement ironique et tape sur mon épaule avant de se lever et de s'adresser à Cara :

– Boh, tu sais, rien ne m'étonnerait avec lui. Cet enfoiré serait capable de baiser sa propre mère. Allez, je vous laisse, les jeunes. J'ai du boulot.

Outrée par cette dernière réflexion, Cara se penche sur moi.

– Tu le laisses parler de ta mère de cette façon ?

– Il plaisante, Cara. Détends-toi ! dis-je en portant ma bière à la bouche.

– Non, Reed ! Je n'ai pas envie de me détendre. Il est presque midi. J'ai faim. Je n'ai pas encore rappelé Lucas. Tu ne m'as encore fourni aucune explication et je suis certaine que je n'en aurai pas. Alors, aussi amusants que soient tes souvenirs tordus et écœurants avec ton pote, j'abandonne. Je rentre.

Elle se lève brusquement, mais je l'agrippe par le bras.

– Reste ! S'il te plaît. Je vais nous commander quelque chose à bouffer et je te promets de tout te dire.

Elle me dévisage et me jauge du regard, méfiante. Lorsque je la sens à deux doigts de lâcher prise et de se raviser, j'insiste :

– Reste ! Va appeler Lucas si tu veux, mais reviens.

Elle hésite un instant.

– D'accord.

Elle tourne les talons, bien décidée à aller passer son coup de téléphone, mais je la rattrape une nouvelle fois et lui tends une main.

– Tes clefs !

– Quoi, quelles clefs ?

– Je veux être certain que tu n'ailles pas t'enfermer à double tour chez toi pour m'éviter. Alors, file-moi tes clefs.

– Tu plaisantes, là ?

– Nope, je suis on ne peut plus sérieux.

– Écoute ! Je te fais confiance. Tu me fais confiance. Ça marche dans les deux sens. Alors, non, je ne te donnerai pas mes clefs. Je vais appeler Lucas et je reviens, OK?

Suspicieux, je me demande si je peux avoir confiance. Une part de moi doute. Je n'ai jamais éprouvé de sentiment de sécurité envers personne. J'ai toujours été déçu et trompé, mais, avec Cara, tout peut être différent.

Je lui lâche le bras.

– File. Je t'attends.

– Merci.

31

Cara

Je m'éloigne dans la ruelle pour éviter la musique. Que vais-je pouvoir dire à Lucas? Je me sens terriblement mal et culpabilise. Mais après tout, je ne fais rien de mal. Je ne fais que partager un moment avec Reed, en tout bien tout honneur. Je passe quelques secondes à tourner en rond, hésitante, le doigt sur la touche de mon Smartphone, en cherchant les mots pour ne pas le blesser.

Enfin, je me décide à appuyer sur la touche d'appel. Lucas décroche dès la deuxième sonnerie:

– Salut ma puce.

Sa voix enjouée me comprime davantage le ventre.

Angoissée malgré moi, je réponds:

– Salut, comment vas-tu?

– Bien. Et toi? Ta séance shopping se passe bien?

Mon cœur s'emballe. Je plisse les paupières et me lance dans un mensonge qui, je sais, me hantera jusqu'à la fin de ma vie. Je déteste mentir.

– Oui, tout se passe à merveille.

– Vous vous faites un resto toutes les deux, ce midi?

– Sûrement. Bon, et toi, que fais-tu de beau? demandé-je rapidement, n'ayant vraiment pas le courage de mentir davantage.

– Ça va! J'ai attaqué l'étage aujourd'hui, comme prévu.

– Génial!

– Tu es sûre que tout va bien, ma puce? Tu as une voix bizarre.

– Oui, tout va bien. C'est juste que tu me manques déjà affreusement.

– Tu me manques aussi, mais on se voit ce week-end de toute façon, pas vrai?

– Oui.

– Bon, je vais te laisser à ta copine. On se rappelle ce soir, OK?

– Ça marche. Bisous, à ce soir.

– Bisous, ma puce.

– Bisous.

Je pousse mon téléphone dans ma poche et tâche de reprendre une respiration normale.

– Donc, tu ne lui as pas révélé notre petit secret?

Je sursaute à la voix de Reed, me retourne, la main sur la poitrine.

– Mon Dieu! Tu m'as fait une de ces peurs. Préviens quand t'arrives.

Tentant de calmer les battements désordonnés de mon cœur, j'ajoute:

– Qu'est-ce que tu fais là? Tu m'espionnes?

– Ça commençait à faire long, alors je suis sorti, dit-il sur un ton bourru tout en croisant les bras.

Puis, il complète, d'un ton plus affirmatif qu'interrogatif en me regardant droit dans les yeux:

– Tu lui as encore menti, hein?

– Oui, je lui ai menti. J'avais le choix, selon toi?

Furieuse et honteuse d'avoir délibérément menti, je regagne l'intérieur d'un pas décidé, plantant Reed dans la ruelle.

Une fois dans le bar, je me précipite pour commander une autre bière. J'ai comme un besoin irrépressible de me saouler. L'alcool pourra peut-être apaiser mon sentiment de culpabilité juste quelques minutes.

Une fois servie, je bois une longue gorgée. Plus vite j'avalerai, plus vite viendra l'ivresse. Je suis à bout de nerfs.

Lorsque je porte le verre à ma bouche pour la seconde fois, une main arrête net mon mouvement.

– Cara, lâche ça, me prévient Reed d'une voix douce. Tu vas être saoule.

Je lui lance un regard courroucé.

– Tu te prends pour mon père, maintenant? Ou alors, non... mon frère? Oh! Non, attends: mon petit ami, peut-être? Tu n'es pas mon petit ami, pour info! Et tu es très mal placé pour me faire la morale.

– Non, Cara, c'est juste un conseil d'ami.

– Et puis quoi encore? Qu'est-ce que ça peut te foutre que je sois ivre? Tu en as bien déjà profité une fois.

Reed encaisse ma remarque et n'ajoute rien. Il se contente de me dévisager en penchant légèrement la tête. Ses yeux pétillent. Son visage s'illumine. Il m'agace à être aussi beau et à me regarder si tendrement alors que je veux être la pire des chieuses.

Il lève la main pour me caresser la joue, mais je l'envoie valser.

– Ne me touche pas!

Il laisse retomber son bras et avance d'un pas pour me coincer entre le comptoir et son imposant corps robuste et sexy. De toute sa hauteur, il me scrute avec attention et inspire profondément.

– Il y a sept ans, j'ai retrouvé ta trace grâce à un article sur ton père dans un journal. Je l'ai donc suivi un soir alors qu'il quittait l'hôpital. Je suis resté posté des jours devant la maison de tes parents dans l'espoir de te voir, et, un dimanche, je t'ai enfin aperçue. Par la suite, j'ai vite remarqué que tu y allais tous les dimanches. C'est devenu mon habitude à moi aussi.

Je souris à ce souvenir. Oui, j'allais manger chez eux en fin de semaine. C'était notre journée en famille. Je n'en ai jamais loupé un et ça me manque.

– Pourquoi ne t'es-tu pas manifesté ? Cela m'aurait fait plaisir de te revoir, tu sais ?

– Parce que je n'ai pas fait que des choses honorables dans ma vie. Et je ne voulais pas que ces choses déteignent sur toi ou t'affectent. J'ai gardé mes distances pour te protéger.

Je fronce les sourcils, intriguée.

– C'est-à-dire ?

Amusé par ma curiosité maladive, il sourit plus largement.

– Je ne t'en dirai pas plus à ce sujet. J'ai encore quelques soucis à régler à ce niveau-là, et c'est d'ailleurs aussi une des raisons de ma présence ici, aujourd'hui, dit-il en me passant le bras au-dessus de l'épaule pour attraper les sandwichs que le serveur vient de poser derrière moi.

Ce geste engendre une promiscuité qui m'est pénible et déstabilisante. Quelques centimètres à peine me séparent de son cou. Je hume son parfum à pleins poumons et, à la seconde même où cette agréable odeur pénètre mes narines, tout mon corps s'enflamme. Je ferme les yeux pour reprendre le contrôle et chasser les images embarrassantes qui parasitent mon esprit, puis je les ouvre à nouveau lorsque Reed fait un pas en arrière.

– Le repas est servi, princesse, dit-il en me tendant le sachet contenant un hot dog fumant.

Je le remercie d'une toute petite voix vacillante tant ma gorge est nouée. Attrapant le sachet, je sens une nouvelle fois le trouble m'envahir quand ses doigts m'effleurent. Je plonge mes yeux dans les siens et, outre le désir qui me submerge, je me sens assaillie par la tendresse, l'affection et l'amour qu'il me porte.

– Viens, allons nous asseoir.

Joignant le geste à la parole, il pose une main délicate sur mon épaule.

Je veux en savoir davantage sur son passé. Ce dernier semble prêt à se dévoiler. Alors, je me lance :

– Tu es donc resté toutes ces années à New York ?

– Non, j'ai d'abord parcouru le pays, d'État en État. J'ai profité de la vie, de ma liberté. J'ai bu. J'ai fait la fête. Je me suis tapé un max de gonzesses, des prostituées pour la plupart, et…

– Reed ! Je mange. Épargne-moi ces détails dégueulasses, tu veux ?

– Non, je ne t'épargnerai rien ! réplique-t-il fermement.

Dépitée, je lui demande :

– Pourquoi ?

– Parce que je ne suis pas comme mon frère, Cara. Je n'ai pas passé ces douze dernières années à m'occuper de petits chatons en détresse ou à lécher le cul des petites vieilles de la paroisse. Les culs que j'ai léchés étaient bien plus appétissants.

– Reed !

J'étouffe à grand-peine le rire qui me monte à la gorge. Même si les paroles de Reed ne sont pas à proprement parler comiques et sont encore une fois vulgaires, je pense que la comparaison est effectivement crue, mais judicieuse.

– Je sais tout cela. Tu n'as pas besoin de me le répéter.

– Si, j'en ai besoin. Et toi aussi, tu en as besoin.

Je l'interroge du regard, me demandant où il veut précisément en venir.

– J'aimerais être certain qu'après avoir appris les horreurs de mon passé, tu me regarderas encore comme tu le fais à l'instant.

Je mords dans mon hot dog et, d'un regard malicieux et séducteur, je demande innocemment :

– Et je te regarde comment ?

Il émet un petit éclat de rire suite à ma soudaine décontraction et à ma petite plaisanterie. Il reprend son sérieux et, tout en apposant sa main sur la mienne, il m'implore :

– Laisse-moi juste cette journée. Nous sommes partis sur de mauvaises bases, tous les deux. Juste une journée, Cara.

J'avale péniblement ma bouchée au contact de sa peau.

– D'accord.

32

Reed

– Donc, tu es allé en Floride, en Louisiane, au Texas, en Californie et, entre-temps, tu faisais des détours par New York? reprend-elle en s'essuyant la bouche avec la serviette.

Cara assimile mes paroles en avalant sa dernière bouchée. Nous terminons notre casse-croûte. Je lui ai raconté certains épisodes de mon périple. Je lui ai confié mes victoires comme mes déboires en omettant des passages. Elle a été subjuguée par mes paroles. La partie sur la Louisiane l'a totalement charmée. Elle semblait s'être transportée au milieu de l'effervescence des rues en fête de La Nouvelle-Orléans, semblait entendre le son des jazz-bands sur Bourbon Street, et s'est sûrement imaginée sur l'un de ces bateaux à aubes naviguant sur le Mississippi. Ou c'est simplement moi qui l'ai imaginée à mes côtés.

– C'est bien ça, oui.

– En passant outre tous tes plans cul tordus et tes innombrables bagarres aux quatre coins du pays, ce voyage a dû être génial. Je rêverais d'aller à La Nouvelle-Orléans.

– Je t'y emmènerai un jour, si tu le souhaites.

Elle sourit, attendrie, tout en considérant la question.

– Donc, continue. Où vivais-tu à New York? Ne me dis pas à cent mètres de chez moi, sinon cette fois je te fais vraiment la gueule.

Je m'attendais à cette question. Je l'avais même anticipée.

Après avoir posé un billet sur la table et m'être levé, je lui tends la main.

– Suis-moi, je vais te montrer.

Cara hésite puis se décide à me suivre en saisissant ma main tendue.

En sortant, je salue Kurt et lui promets de revenir pour fêter dignement mon retour, comme au bon vieux temps, avec des femmes et de la bière coulant à flots. Puis j'emmène Cara à ma voiture garée en bas de son immeuble.

Une fois la route prise pour Brooklyn, mon portable se met à sonner. Je le sors de la poche de ma veste et le lui lance.

– Réponds!

– Et « s'il te plaît », tu connais? rechigne-t-elle en l'attrapant au vol. Bon sang, c'est Lucas.

Une indicible panique s'empare de Cara. Elle ne veut pas répondre.

J'insiste :

– Réponds !

– Non.

– Bordel de merde ! Décroche et mets le haut-parleur, précisé-je, agacé par son hésitation.

Je ne lui demandais pas de parler à Lucas ; je ne suis pas complètement idiot non plus.

Les mains tremblantes, elle décroche et cale le téléphone sur le tableau de bord juste devant moi.

– Frangin ! chantonné-je joyeusement tout en glissant un clin d'œil complice à Cara. Comment vas-tu ?

S'enfonçant inconsciemment dans son siège, Cara se décompose à vue d'œil.

– Tu es où ? Je viens de passer au Joey. On m'a dit que tu avais déjà démissionné.

– Bah, écoute, ça faisait trop longtemps que je n'avais pas fait un petit *road-trip* aux côtés d'une jolie fille. Alors, j'en profite. On court nus dans les champs, une marguerite à l'oreille, on se baigne, on bais…

– Reed ! me réprimande-t-il.

– Tu me surveilles, maintenant ?

– Non, je voulais que tu passes me donner un coup de main pour déplacer une armoire chez Cara.

– Désolé, mais j'ai trouvé un autre boulot, dis-je d'un ton appliqué en gratifiant Cara d'un nouveau clin d'œil. Je suis… Je suis baby-sitter.

– Baby-sitter ? Tu te fous de ma gueule, là ? Tu me prends vraiment pour un con. Tu es où ?

– Oh ! Merde ! Comme c'est dommage. Je passe sous un tunnel. Au revoir, frérot.

– Ree…

Je raccroche en affichant un large sourire. Cara, dépitée, m'envoie un coup de poing dans l'épaule.

– Tu es un véritable abruti quand tu t'y mets. Un tunnel ? Non, mais tu te fiches vraiment de lui ?

Je m'emporte en gesticulant.

– Oh, c'est bon, Cara ! On s'en tape. Si je n'avais pas coupé court, il m'aurait posé des tonnes de questions barbantes auxquelles je n'ai aucune envie de répondre.

Mon ton bourru n'intimide pas Cara le moins du monde.

– Tu n'es pas censé être l'aîné ? Alors, agis comme tel. Ça ne t'a pas traversé l'esprit qu'il s'inquiète pour toi ?

– Et c'est ma faute à moi si mon petit frère a un bâton enfoncé bien profond dans le cul ?

– Je ne sais même pas pourquoi je gaspille ma salive à te parler, grogne-t-elle en croisant ses bras sur sa poitrine. On va où ?

Je lui réponds sèchement :

– Brooklyn.

– Bien.

À destination, je me gare le long de l'avenue. Nous descendons de la voiture et empruntons la cage d'escalier du bâtiment toujours aussi déserté.

Parvenu au premier étage, je m'arrête devant la porte, fouille mes poches et en sors mon trousseau de clefs.

– On est où, là ?

– Chez moi. Tu m'as demandé où je vivais : nous y voilà.

– Génial ! Ta garçonnière, maintenant, raille-t-elle sans enthousiasme.

Lorsque nous pénétrons dans mon deux-pièces, Cara paraît surprise. Elle s'attendait sûrement à voir des monceaux de bouteilles de bière, de cartons de pizza et des mégots de cigarettes éparpillés à même le sol, mais il n'en est rien. Mon studio n'est pas très grand et compte peu de meubles : un lit, un fauteuil, une table basse, un téléviseur, quelques étagères et une table ronde dans un angle. Le lit, au milieu de la pièce principale, est correctement fait, et tout est à sa place, impeccable. Je suis ordonné. Je l'ai toujours été.

Je ricane en voyant le visage perplexe de Cara.

– Pourquoi tu tires cette tête ?

– Je suis simplement étonnée.

– Étonnée de ?

– Je m'attendais à y voir plus…

– Plus de désordre ? Des bouteilles d'alcool ? Des vêtements partout ? Des… capotes usagées, peut-être, aussi ?

Elle sourit, embarrassée par ses propres a priori. J'ai vu juste.

Je pars à la cuisine.

– Tu veux boire quelque chose ? Il doit me rester quelques bières ou du vin.

Elle ne répond pas.

– Il me reste une bouteille de vin rouge, et attention! Pas n'importe lequel: du vin français, un bourgogne premier cru, ça te tente? ajouté-je en arborant fièrement la bouteille depuis la porte de la cuisine.

– Non merci! Je n'ai pas soif.

– Comme tu veux.

Je repose délicatement la bouteille et viens m'asseoir sur le bord du lit sans la quitter du regard. Elle fait quelques pas sur le parquet grinçant, s'arrête devant la petite bibliothèque et passe mes livres en revue.

– Tu as lu *Native Son* de Richard Wright? Je suis impressionnée.

Elle glousse en se retournant pour me faire face.

– À moins que ce ne soit que de la décoration.

J'émets un léger rire à son sarcasme. Je suis conscient qu'elle a beaucoup de préjugés à mon encontre, alors je choisis d'ignorer cette raillerie. Cette journée poursuit aussi le but de lui prouver qu'elle se trompe à bien des égards à mon sujet et que, malgré mon passé et mon comportement agressif, je reste un homme honorable et cultivé.

– Ne reste pas debout. Viens t'asseoir.

– M'asseoir sur ces draps envahis de microbes, très peu pour moi. Avec toutes les prostituées qui ont dû défiler dans ce lit, non merci, grimace-t-elle.

J'encaisse une nouvelle fois la remarque et souris plus largement en baissant la tête.

– Tu serais étonnée de savoir que bon nombre de ces femmes sont bien plus soignées et bien plus soucieuses de leur santé que la majorité des autres.

Cara s'interroge.

– Pourquoi des prostituées? Enfin, je veux dire, tu… tu es un très bel homme, tu peux facilement te trouver des femmes plus… disposées à te rendre heureux ou assouvir tes…

Elle se tait, laissant sa phrase en suspens, gênée par ses propres propos.

Une fois encore, j'opte pour la sincérité au risque de la choquer.

– Je ne veux pas d'attache: je les paie, je les baise et elles se cassent. Fin de l'histoire. Les relations, les sentiments, ce n'est pas mon truc.

– Et Meredith, tu avais pourtant l'air d'être attaché à elle, non?

– Meredith est une garce comme toutes les autres.

– Reed! s'écrie-t-elle, scandalisée, avant de poser une nouvelle question. Et moi?

– Quoi, toi ?

– Tu me vois comme ça ? Enfin, tu m'as avoué tes prétendus « sentiments », donc tu es capable d'en éprouver, non ? Ou alors ton plan est de tirer ton coup et de crier après au monde entier que je ne suis qu'une garce, moi aussi ?

Je bondis sur mes pieds et m'avance vers elle en plantant mes yeux dans les siens. Il est inadmissible qu'elle pense ce genre de choses.

– Non, Cara. Toi, tu représentes tout pour moi. Tu es le seul et l'unique amour de ma vie, tu l'as toujours été. Tu es la seule que je désire réellement et que je respecte. Celle qui me donne l'envie de me lever le matin, de respirer, de vivre, tout simplement. Tu me parles de bonheur. Je ne serai heureux qu'avec toi. Tu as mon bonheur dans tes mains. Les autres ne sont qu'un passe-temps, je ne fais que me vider les couilles avec elles.

Chacun de mes mots semble la heurter de plein fouet. Comme hypnotisée par mon regard, Cara recule et heurte le mur de son dos. Coincée entre la cloison et moi, elle déglutit avec peine.

– Je t'attends, Cara.

Sans la toucher, je pose une main à côté de sa tête et poursuis en la dévisageant plus intensément, les yeux emplis de regrets :

– Je n'aurais pas dû te traiter de pute, l'autre jour et l'autre nuit. Je ne le pensais pas une seule seconde. Je te présente mes plus plates excuses, Cara. Je te supplie de me croire. Je suis sincère. Je ne sais pas comment me comporter avec toi. Je perds rapidement le contrôle et je deviens un véritable abruti sans cœur. Je me protège car quand je laisse mon cœur s'exprimer, je ne vois que toi, mais tu ne m'aimes pas, alors ça me blesse.

– Et tu penses au mal que tu ferais à ton frère si nous deux, on…

Je réplique, plein d'espoir :

– Tu y penses ?

– Je…

Incapable de soutenir une minute de plus mon regard, elle pose ses yeux sur mon tatouage à peine dévoilé par mon tee-shirt et change lamentablement de conversation.

– T… Ton… ton tatouage, tu te l'es fait faire où ? Il a une signification ?

Je souris en la voyant incapable de me donner une réponse et recule d'un pas. J'attrape l'ourlet de mon tee-shirt et l'ôte dans un geste rapide.

– Non ! Ne te…

Elle ferme les yeux. Lorsqu'elle ouvre à nouveau les paupières, il est trop tard. Je suis torse nu. Elle y glisse son regard brillant et se mord la lèvre inférieure, trahissant son désir pour mon corps.

Lentement, je me mets dos à elle pour lui montrer l'étendue de la marque sur ma peau. L'encre indélébile s'étale sur toute mon omoplate droite, l'épaule, une partie de ma nuque et de mon cou.

Je murmure :

– Passe ta main dessus.

Cara lâche un léger cri d'effroi.

– Tu as plein de cicatrices dans le dos, murmure-t-elle à son tour.

Le brutal souvenir de ce que mon beau-père nous faisait endurer me percute de plein fouet. Je serre les dents et insiste en lui jetant un coup d'œil par-dessus l'épaule.

– Vas-y, touche-le.

Elle lève doucement le bras et pose délicatement sa main sur moi. Sentir tout à coup ses doigts sur ma peau pourrait rapidement me faire dépasser le point de non-retour, mais j'encaisse. Je contracte mes muscles et frissonne de la tête aux pieds. Un léger son guttural s'échappe de ma gorge au moment où mon corps tout entier s'embrase d'un violent désir. Je dois garder le contrôle. Tout ceci est une cruelle épreuve : je dois lutter contre mon instinct, contre ce que j'ai enfoui dans mon être et ce que je désire le plus au monde. Ses caresses.

– Ça ressemble à un lézard, non ?

– Oui, c'est un gecko, pour être exact.

En traçant du bout du doigt les traits d'encre noire, elle semble brusquement comprendre les raisons de mon tatouage.

– Le tatouage, c'est pour dissimuler une cicatrice ?

– En grande partie, oui.

Je pivote, suspendant le geste de Cara, et, d'un tour de main, je lui enserre le poignet. Elle tente de se dérober, mais je la maintiens fermement et la contrains à poser ses doigts sur mon torse, au niveau du cœur.

Tâchant d'adopter un masque d'impassibilité, elle me demande, d'une voix pleine d'empathie :

– C'est l'une de celles que t'a laissées Robert ?

– Non, celle-ci provient du coup de couteau d'un abruti que j'avais passablement énervé.

– Tu m'étonnes ! glousse-t-elle.

Attendri par son doux rire, je souris faiblement et lui dégage une mèche de cheveux qui lui couvre le visage. Je veux profiter au maximum de ce moment de tendresse et d'intimité entre nous. Elle marque un léger recul. Je n'aurais pas dû. Je la sais réticente à ce genre de délicatesse.

Je la rassure.

– Ne bouge pas. Je ne tenterai rien. Aie confiance en moi. Je ne ferai rien qui te mette dans une posture inconfortable. Je ne te toucherai pas tant que tu ne me le demanderas pas.

Sa main toujours sur mon torse, nos battements de cœur s'accélèrent peu à peu. Ils se mêlent et s'envolent sur un rythme effréné.

Elle ne peut décrocher ses yeux de moi. Comme elle semble sur le point de s'abandonner, je pose mes doigts sur sa joue pour la caresser. Intérieurement, je refrène l'envie de l'emporter dans mes bras et de l'amener sur le lit pour lui faire l'amour. Mais arriverais-je à la satisfaire? Oui, avec elle, il est hors de question d'agir en brute égoïste. Avec elle, je devrai me montrer tendre et agir en délicatesse, mais en suis-je vraiment capable?

Tout mon corps la réclame, et mon excitation se répand déjà dans mes veines. J'essaie vainement de chasser ces idées de mon esprit. Je ferme les yeux en essayant de reprendre mon self-control et, dans un effort surhumain, je recule d'un pas, rompant le contact.

Je m'étonne d'avoir dominé mes pulsions et d'avoir choisi la voie de la raison, alors que tout mon être me poussait vers cette femme que j'aime et désire plus que tout au monde depuis tant d'années. Mais aussi d'une chose: Cara est bouleversée, totalement déroutée. Elle a, elle aussi, lutté. Ça se voit dans son regard.

À son tour, elle reprend pied dans la réalité en clignant à plusieurs reprises des paupières.

– Tu… Tu ne m'as toujours pas dit pourquoi tu étais venu à New York?

– C'est-à-dire?

Je me baisse pour ramasser mon tee-shirt et me rhabille tout en la regardant du coin de l'œil.

– Tu aurais pu rester à La Nouvelle-Orléans ou à Boston. Pourquoi New York, au juste?

– Ai-je vraiment besoin de te le préciser?

Je ris et glisse sur elle un regard entendu en esquissant un sourire mi-amusé mi-suffisant.

– Pour moi ?

Je lui réponds par un nouveau sourire et, reculant pour m'asseoir sur le lit, je la questionne à mon tour.

– Bon, et toi ? Pourquoi mon frère ?

Attrapant une chaise, elle se positionne en face de moi.

– Que veux-tu savoir au juste ?

– Pourquoi t'être si rapidement jetée dans ses bras ?

Je baisse la tête et la scrute discrètement par-dessous mes cils.

– Tu n'es pas du genre à fréquenter des cow-boys comme lui. Tu es plutôt du genre « abruti de bonne famille », non ?

– Abruti de bonne famille ? s'exclame-t-elle, stupéfaite. Qu'en sais-tu, d'abord ?

Amusé par sa perplexité et son visage qui pâlit, je ricane, puis m'installe plus confortablement sur le matelas.

– Louis Cordola. Avocat, fraîchement divorcé, rencontré dans un speed dating, vous êtes restés ensemble six mois, c'est ça ?

Elle soupire.

– Comment sais-tu tout ça ?

– Je n'ai pas fait que te suivre, Cara. Je me suis aussi renseigné.

– C'est ma vie privée, se scandalise-t-elle.

– Je sais, mais j'ai le droit de m'inquiéter pour toi, non ?

Cette dernière parole attendrit à nouveau Cara. Le rôle d'ange gardien que j'ai tenu durant toutes ces années la touche vraiment, même si elle peine à comprendre pourquoi je suis resté dans l'ombre.

– Pourquoi as-tu couché avec ma meilleure amie ?

– Cela te blesse ?

– Réponds, s'il te plaît.

– Réponds d'abord.

– Évidemment, ça me blesse.

– Je reconnais mon erreur. Je n'aurais pas dû, mais j'étais dévasté. C'était la première fois que je t'approchais d'aussi près depuis des années. Je t'ai tenue dans mes bras, serrée contre moi, tu m'as regardé, tu m'as même souri. Alors, mon cerveau a disjoncté. Ta copine était là. Je n'ai même pas réfléchi.

– Tu sais qu'elle m'a bassinée pendant des semaines avec toi ? Monsieur Reed Samuel Geoffrey Hamilton.

J'émets un léger rire, touché qu'elle se souvienne de mes prénoms.

– Elle t'a dit que du bien, j'espère ?

Elle rougit.

– Ne rêve pas, je ne te dirai rien !

– Peu importe. J'ai entendu mon petit surnom, ce matin, dis-je en me levant avant de répéter fièrement les mots de Jenyfer. « Dieu du Sexe. »

Elle secoue la tête, dépitée par ma vanité.

– Allez, viens. Allons à l'étape suivante, tu veux ?

– Et où allons-nous ?

– Chinatown. Allez, hop ! En route, princesse.

– Arrête de m'appeler comme ça !

– D'accord, princesse.

– Tu m'énerves, grogne-t-elle.

– Je sais.

33

Lucas

Assis sur l'avant-dernière marche des escaliers, j'arbore un visage pâle et fatigué. Tapant nerveusement mon tournevis contre ma paume, je réfléchis. Le gros de l'armoire étant démonté, je vais pouvoir la déplacer tout seul. La présence de Reed m'aurait été utile, mais, comme d'habitude, quand on a besoin de lui, il déserte.

– Hé, oh? Y a quelqu'un?

Meredith frappe plusieurs coups secs contre la moustiquaire. Je reconnais la voix criarde de mon ex-flirt du lycée et peste dans mon for intérieur. Je ne peux pas la sentir.

– Ouais, entre!

Je descends les marches mollement et l'accueille poliment en dépit de mon envie irrésistible de la mettre à la porte. C'est décidé, au premier sourire suffisant qu'elle esquisse, je la vire. Habillée de son plus beau tailleur et apparemment fraîchement sortie de chez le coiffeur, elle déboule dans le hall.

– Lucas! Quel plaisir de te voir. Tu vas sûrement pouvoir m'aider.

Elle se tait et balaie les alentours du regard avant de se concentrer sur moi.

– Cara est ici?

Je me contente de secouer la tête. Je ne veux pas m'éterniser sur les explications.

– D'accord, continue-t-elle. Voilà! Je viens te voir pour un petit boulot. L'autre jour, ma table basse s'est cassée. Enfin, pas toute seule, tu t'en doutes bien, mais ceci est une autre histoire. Bref, je voulais savoir si tu pouvais me donner un coup de main pour la réparer? Reed n'étant pas dans le coin, j'ai pensé à toi. Oui, c'est ridicule, mais j'ai désespérément besoin de bras musclés.

Je ne l'ai que partiellement écoutée. Son discours, sa voix, sa gestuelle m'ont fait déconnecter. Cependant, un mot a frappé mon esprit.

– Tu as une idée d'où se trouve mon frère?

Meredith reste hébétée un court instant.

– Boh, tu le connais! Il va, il vient. Il repart, puis il revient. C'est Reed, quoi!

Je doute de sa sincérité. Elle-même ne se convainc pas, alors elle détourne la conversation.

– Tu m'aides, alors ?

Perdu dans mes pensées, je l'interroge du regard.

– Pour ma table basse ? complète-t-elle, exagérément enthousiaste.

– Hum, prononcé-je sans grand engouement. Tu ne sais réellement pas où est Reed ?

– Non. Il ne doit pas être bien loin, je suppose. Il se manifestera quand cela lui chantera.

– Tu ne veux pas l'appeler, là, maintenant ? Il coupe court à la conversation quand c'est moi.

Elle hésite et finit par bien sagement obéir. Toutefois, elle m'avertit en composant le numéro :

– Je ne suis pas certaine qu'il me réponde.

– On verra. Mets le haut-parleur. Je veux entendre.

Mon ton autoritaire et mon manque d'amabilité la surprennent.

– Ton frère ne deviendrait-il pas une réelle obsession pour toi ? raille-t-elle en portant son téléphone à l'oreille.

Elle ne croit pas si bien dire : je suis réellement inquiet quant à sa soudaine disparition, et je suis intimement convaincu qu'il y a un lien étroit avec le départ de Cara à New York. Je me passe une main dans les cheveux et fais quelques pas, nerveux et irrité, tapotant toujours mon tournevis dans ma main.

– C'est bon. Raccroche ! Il ne répondra pas, m'impatienté-je au bout de plusieurs sonneries.

– Que veux-tu lui dire ? Si jamais j'arrive à le joindre avant toi, je lui transmettrai le message. Ce n'est pas trop grave, j'espère ?

– Rien qui te regarde.

Meredith finit par se vexer. Elle tente de sympathiser, de s'intéresser à moi, mais je reste de marbre.

– Allez, ne fais pas ta vilaine tête. J'essaie de t'aider.

– Écoute, Meredith, je bosse. Alors, si tu n'as pas d'autres demandes, je te prierais de me laisser.

Je la raccompagne jusqu'à la porte.

– Tu passeras pour ma table basse ?

C'en est trop. Je perds patience et vois clair dans son jeu. Je lui agrippe violemment le bras, la force à pénétrer à nouveau dans le hall en vérifiant rapidement qu'aucun témoin n'aperçoive mon geste brutal et la plaque contre le mur. Les yeux exorbités par la hargne et cognant mon poing contre la paroi afin d'être convaincant, je fulmine :

– Toi et moi, c'est impossible, d'accord ? Que les choses soient bien claires entre nous : tu ne m'intéresses pas. Tu es insignifiante à mes yeux. Une pauvre fille. Ton manège, tu l'arrêtes tout de suite si tu ne veux pas avoir de gros soucis. Suis-je bien clair ?

– Tu es aussi taré que ton frère. Si ce n'est pire ! peste-t-elle en me bousculant pour se frayer un chemin vers la sortie.

Bon débarras !

34

Reed

– Non, allez, raconte-moi, s'esclaffe Cara en se penchant sur moi pour me lancer une bourrade amicale.

Me concentrant sur la route, je jette un coup d'œil rapide à la petite maligne qui se moque ouvertement de moi.

Après notre virée à Brooklyn, nous faisons un rapide détour par Chinatown où je continue le récit de mes aventures et la visite des lieux importants à mes yeux. En reprenant le chemin en direction de notre prochaine étape, je lui raconte une anecdote au sujet d'une Asiatique pas tout à fait comme les autres, rencontrée dans un club, un soir de beuverie.

Je souris malicieusement.

– Bon ! Si tu insistes. Je me suis retrouvé seul dans l'ascenseur avec elle et, forcément, une chose en amenant une autre, nous avons commencé à faire ce que font une femme et un homme dans un ascenseur.

– Quoi ? Monter les étages ? ricane-t-elle, totalement détendue, malgré le fait qu'instinctivement, je lui passe mon bras sur ses épaules pour la rapprocher et la caler contre moi.

– Si tu continues à te foutre de ma gueule, je ne te raconte pas la suite.

– Désolée, continue, dit-elle sans pouvoir s'empêcher de rire.

Posant sa tête sur mon épaule, elle écoute attentivement la suite sans quitter du regard la Highway et sa circulation abondante à cette heure de pointe.

– Tout allait bien jusqu'à ce que je me rende compte d'un petit détail gênant. Enfin ! Petit, c'est vite dit ! Le petit détail en question grossissait à vue d'œil sous sa jupe. Tu aurais dû voir ce machin, énorme ! J'en étais presque envieux… Bref ! Elle avait un pénis à la place du vagin.

Cara éclate de rire et, levant les yeux sur moi, elle me demande :

– Et qu'as-tu fait ?

– Je l'ai envoyé chier ! Attends, je n'allais pas non plus le sucer. Ça ne va pas la tête ?

– Reed !

Elle secoue la tête. Je poursuis le récit de mes mésaventures en n'omettant aucun détail, et nous finissons par faire une halte pour manger un morceau.

Si, au départ, Cara était récalcitrante à l'idée de me suivre, elle semble passer une agréable journée en ma compagnie. Elle est souriante et se lâche un peu. Au fil des heures, nous retrouvons notre complicité, celle que nous avions à l'époque. Elle redécouvre aussi ma bonne humeur, mon humour décalé qui la fait énormément rire.

Après notre repas, de retour à Brooklyn, je décide d'enclencher la dernière étape de ma virée souvenir. C'est sur les berges de l'East River, au coucher du soleil, que je choisis d'emmener Cara afin de lui dévoiler mon ultime confession. Celle qui changera sans aucun doute toute la donne. Celle que je peine à avouer depuis tout ce temps. Elle me verra autrement. Elle me verra comme un monstre ou aura pitié de moi. Je ne sais pas laquelle de ces deux suggestions me plaît le plus. Aucune, sans doute. Je veux qu'elle me voie comme je suis. C'est tout.

– Oh! La célèbre vue du pont de Brooklyn surplombant Manhattan, se moque-t-elle lorsque je me gare au bord de l'eau. Tu sais, je suis new-yorkaise, je l'ai déjà vu, alors pourquoi m'amènes-tu ici?

Elle lève la main avant que je ne puisse parler.

– Attends! Laisse-moi deviner! C'est... C'est l'endroit où tu sortais le grand jeu pour séduire celles qui te résistaient? Non, attends, tu t'en fous de les séduire, donc j'ai mieux. Tu y vendais de la drogue?

Elle se retourne vivement vers moi et, le visage grave, s'inquiète:

– Tu ne vendais pas de la drogue, j'espère?

– Non. Allez, viens avec moi.

J'incline la tête pour l'inviter à me suivre dehors. Une fois à l'extérieur, nous nous retrouvons devant le capot de la Mustang, face à face.

– Alors? Je t'écoute, m'incite-t-elle.

Je lui fais signe de se hisser sur la carrosserie du véhicule.

– Tu veux que je monte sur le capot?

– Oui, vas-y.

– Ce n'est pas un piège, au moins? Toi qui chéris tant ta voiture. Je risque de l'abîmer.

– N'y plante pas tes talons non plus.

Intriguée, elle s'exécute. Elle pose un premier pied sur le pare-chocs et, avec mon aide, se hisse sur la tôle, puis s'assied. Je la rejoins avec beaucoup moins de délicatesse et m'allonge à ses côtés, plaçant mes mains derrière la tête et croisant les jambes dans une allure décontractée. Cara adopte la même position et se laisse emporter par la vue imprenable de ce majestueux pont architectural et de ces gratte-ciel s'illuminant au fur et à mesure que le soleil se couche. Seul le bourdonnement lointain de la circulation se mêlant au courant du fleuve perturbe la sérénité de ce moment.

Cara finit par briser la tranquillité :

– Alors, que cache cette étape ?

– Tu ne trouves pas cet endroit apaisant ?

– Si, bien sûr, mais ça détonne avec tout le reste de la journée et tous les endroits que tu as fréquentés.

Je me décale pour me positionner sur mon flanc droit afin de lui faire face et de la scruter plus intensément.

– J'ai passé des soirs, même des nuits entières ici, à cogiter, à ruminer, à penser… expliqué-je, les yeux dans le vague. À penser à Lucas, à toi et…

Elle prend la même posture que moi et m'interrompt :

– Attends ! Je peux te poser une question ?

– Hum ? Oui, bien sûr.

– Pourquoi l'as-tu laissé seul ? Pourquoi es-tu parti si brusquement ? Je sais que tu ne veux pas ou ne peux pas lui dire, mais à moi, tu peux, non ?

Je soupire, esquissant un léger sourire avant de baisser le regard. Il est temps de tout déballer.

***

Août 2004, à la ferme Hamilton

À bout de souffle, je me débats et tente de tordre le poignet de Robert pour libérer ma gorge, mais la main qui m'étrangle est bien trop puissante. Je lève le couteau déjà dégoulinant de son sang et le lui plante dans l'épaule. Ce dernier hurle et lâche prise. Vidé de toute humanité et de tout sentiment, je lacère notre bourreau de coups tranchants. Je frappe au hasard, encore et encore, comme un fou. Pris d'une sorte de fièvre dévastatrice, je crie à m'en casser la voix et me déchaîne, laissant libre cours à toute la rage et la haine que j'ai accumulées au fil des années. Ce monstre a souillé mon enfance et mon innocence.

Dans son dernier souffle, Robert me fixe et articule :

– Lu… cas.

Recouvrant peu à peu la raison à l'évocation de mon frère, je suis le regard éteint de ma victime.

Sur le pas de la porte, les doigts accrochés à l'encadrement, Lucas fixe le corps gisant au sol. Brusquement ramené à la réalité, je percute l'atrocité de mes gestes et m'horrifie de les avoir perpétrés sous ses yeux.

Lâchant le couteau comme s'il était chauffé à blanc, je me redresse en dérapant dans la mare de sang et les morceaux de verre. Une fois en équilibre sur mes jambes flageolantes, je rejoins mon frère.

– Lucas ! Lucas ? le secoué-je énergiquement. Ce cauchemar est fini. Il ne nous fera plus jamais de mal.

Je le prends dans mes bras, mais Lucas est tel un pantin désarticulé. Son absence de réaction m'angoisse terriblement. Je pose mes mains sur chacune de ses épaules et tente de capter son regard.

– Regarde-moi, Lucas ! Hé ? Regarde-moi !

Mais Lucas reste figé. Un léger sourire fend peu à peu son visage. Il semble avoir perdu la notion de la réalité et de la gravité de la scène à laquelle il vient malheureusement d'assister.

J'essaie tant bien que mal de le raisonner et le pousse à reculer pour quitter la pièce.

– Je t'avais dit d'aller sous la douche. Bon sang ! Tu n'aurais jamais dû voir ça.

Subitement pris de folie, Lucas se met à rire d'une façon incoercible et frénétique. Le regard toujours vide d'expression et fixé sur un point à l'horizon, il se met à convulser. Je tente de le calmer en l'étreignant à nouveau de toutes mes forces, mais il se débat avec une puissance surhumaine que seuls les gens pris d'un accès de folie furieuse sont capables de déployer. Complètement hystérique, il hurle, me bouscule et me provoque volontairement. Il n'est plus qu'une boule de nerfs et de violence.

Paniqué, je ne sais plus comment réagir. J'encaisse les coups qui pleuvent et finis par me réfugier dans un angle du couloir. Je me protège du mieux que je peux, tentant de crier plus fort que lui.

– Tu n'avais pas le droit. Tu n'avais pas le droit ! répète-t-il sans cesse.

Terrassé et acculé par la pluie de coups qui s'abat sur moi sans relâche, je ne vois qu'une seule issue : riposter, même si cette idée me retourne déjà l'estomac. J'ai passé des années à préserver mon frère du mieux que je pouvais de la brutalité de mon beau-père pour, au final, devoir le frapper afin de le ramener à la raison. Mais je n'ai pas le choix, alors je lève la main pour prendre de l'élan et je lui envoie une gifle qui lui incline la tête sur le côté et lui fait perdre l'équilibre. Sonné par l'impact, il bascule en arrière et heurte de plein fouet la première marche de l'escalier avec l'arrière de son crâne.

***

– Tu… tu… as tué Robert, bégaye Cara. Tu l'as tué?

Ne pouvant plus rester en place, elle se laisse glisser sur la carrosserie et, une fois sur ses pieds, recule sur le gravier. Elle est sous le choc.

Je la rejoins au bord de l'eau.

– Cara! Écoute-moi! Je n'avais pas le choix…

– Pourquoi n'es-tu pas allé voir les flics? Tu aurais pu leur expliquer.

– Parce que je ne pouvais pas. Lucas lui avait déjà porté le premier coup. J'ai paniqué et…

– Mais c'était de la légitime défense. Ils auraient compris! s'égosille-t-elle, les yeux révulsés par l'horreur.

– Je t'en prie, Cara, ne me regarde pas comme ça.

Je la supplie. Voir se refléter l'horreur et le dégoût dans son regard est pire qu'un coup de poignard en plein cœur. Je ne le supporte pas.

– Dis-moi au moins que tu n'as pas laissé Lucas pour mort? Dis-moi au moins ça? Que tu n'es pas parti et que tu n'as pas fui en le pensant mort?

– Il avait juste pris un mauvais coup sur la tête. Il respirait quand je l'ai laissé sur le perron des Shepherd. Il était vivant, je m'en suis assuré. Je te le jure, Cara. Tu dois me croire.

– Depuis quand es-tu médecin? s'énerve-t-elle en réprimant un violent haut-le-cœur. Mon Dieu! Ce n'est pas possible, tu n'as pas fait ça? Mais c'est horrible! Comment peux-tu vivre avec ça sur la conscience?

Effrayé par la distance que met Cara entre nous, je fais quelques pas vers elle et lui tends la main. Mon geste est aussitôt arrêté. Je lui fais peur.

– Non, non, non, ne t'approche pas de moi. Je te l'interdis.

– Cara, prononcé-je, abattu.

– Tu as tué un homme, Reed! C'est… Mon Dieu. C'est affreux! C'est…

Elle ne trouve plus ses mots. Je suis perdu et ne sais plus quoi faire ou dire pour lui faire comprendre ce que j'ai vécu. Alors, pour seule défense, je hurle à pleins poumons, les yeux exorbités par la hargne qui bouillonne en moi depuis des années, depuis mon enfance. Le petit garçon pétrifié, abusé, se réveille.

– Il me violait ! Cette ordure me violait ! Tu comprends ? Ce n'était pas un homme ! Je le hais. Il m'a tout pris.

Cara se statufie au son de ma voix brisée. À bout de souffle, je rajoute plus posément, presque soulagé d'avoir prononcé ces derniers mots :

– Il devait payer pour le mal qu'il nous faisait endurer, je devais, Cara, je le devais. Il m'a tout pris. Tout.

Détruit par mes souvenirs et par le sentiment que je perds à nouveau la confiance de Cara, mes jambes me lâchent. Je m'agenouille lourdement, démoli et anéanti. Ravagé par le désespoir, je me courbe en avant, implorant son pardon. Je ne veux pas la perdre. Ma vision se trouble de larmes noyant mes yeux rougis par la tristesse et le remords.

La tête lourde, je la relève et quémande :

– Ne me déteste pas, Cara. Ne m'abandonne pas, je n'ai plus que toi. Je n'ai jamais eu que toi, je t'en conjure.

Elle s'accroupit.

– Tu as toujours Lucas.

– Il ne me pardonnera jamais, Cara.

– Ne dis pas ça.

Hésitante, elle tend la main vers ma joue pour y étaler une larme qui perle. J'incline le visage afin d'accentuer le contact sur ma peau. Pleurer, je m'en fiche. Perdre son contact, je ne pourrais le supporter.

– J'étais en colère contre toi. J'ai pourtant passé la journée à tes côtés. Rien n'est perdu, Reed.

Elle retire sa main, mais je la lui saisis au vol et la replace où elle était posée. J'ai besoin de sa chaleur, de ce geste et de sa compassion. Je ne savais même plus ce que signifiait compassion. La dernière personne à m'avoir montré de l'affection n'était autre qu'elle quand nous étions enfants.

– Et maintenant ? murmuré-je, le cœur avide d'espoir. Tu es…

– En toute franchise, j'ai besoin d'assimiler les choses. J'ai besoin que tu éclaircisses encore certains détails et, pour ne rien te cacher, je suis choquée et désemparée. Je comprends mieux certains côtés chez toi, mais d'autres restent incompréhensibles pour moi. Comment peux-tu vivre avec ça ?

– Je suis prêt à te dire tout ce dont tu as besoin pour que tu comprennes que je ne suis pas quelqu'un de mauvais. Je suis juste terriblement seul et j'en peux plus de vivre comme ça.

Elle hoche la tête et, torturée par mon regard dévasté, elle comble l'espace qui nous sépare et m'étreint tendrement. Je me laisse aller sur son épaule en humant son parfum à pleins poumons.

– J'ai commis des choses horribles, me lamenté-je. Je veux me racheter. Je ne veux plus fuir, mais je veux que tu sois là, à mes côtés. C'est tout ce que je souhaite.

– Je suis là, Reed. Je suis là.

35

Reed

24 décembre 1996, à la ferme Hamilton

Excité, Lucas ne cesse de courir autour de la table du salon en riant. Il vient de m'arracher des mains ma balle de base-ball fétiche. Celle signée par un des plus grands joueurs de l'équipe de New York. Je ne me souviens plus d'où je la sors mais elle représente quelque chose d'important pour moi, et il ne veut plus me la rendre. Ce n'est pas qu'il en a un réel besoin, mais c'est simplement parce que je ne veux pas sortir m'amuser avec lui dehors. Je préfère profiter de l'absence de Robert pour regarder le match des Yankees à la télévision, et mon frère étant une tête brûlée, il n'arrête pas de me chercher des noises pour que je lui porte de l'attention.

– Rends-la-moi tout de suite, Lucas !

Je perds patience. J'essaie de le pourchasser, mais tourner en rond autour de la table m'agace.

– Non ! ricane-t-il. Viens la chercher.

Triomphant, Lucas me nargue en secouant la balle à quelques centimètres de mon nez. Je peste, recule et finis par m'asseoir lourdement sur le sofa. J'abandonne et grommelle encore avant d'allumer la télévision. Le match a déjà commencé, alors je me concentre dessus, laissant Lucas bouder dans son coin.

– Viens jouer avec moi ! Je m'ennuie.

Je l'ignore une fois de plus, mais Lucas n'a pas dit son dernier mot. Il est bien décidé à m'empoisonner la journée. Il attend patiemment quelques minutes sans se manifester et sans faire le moindre bruit, puis il s'avance discrètement vers la chaîne hi-fi de Robert, augmente le volume en tournant à fond la molette et appuie sur le bouton « Play ».

Inévitablement, un son atroce, perçant et braillard fait vibrer les enceintes, les murs et les fenêtres. Je sursaute, tout comme lui. Les mains sur ses oreilles, Lucas affiche un regard rieur et espiègle en me voyant me précipiter pour baisser le volume. Les tympans sifflant encore vivement à cause de la débandade soudaine de décibels, il recule, prêt à essuyer ma colère, mais nous sommes interrompus par le fracas de la porte d'entrée.

Je me fige telle une statue et Lucas recule encore de quelques pas en arrière. Toute gaieté l'ayant quitté, son visage se ferme et ses yeux reflètent déjà la peur. Je n'ai pas le temps de lui dire de s'échapper par la cuisine que Robert gagne le salon en sifflant. Ivre d'avoir passé la journée au Joey à s'enfiler du bourbon, il tangue légèrement. Mais, malgré son taux élevé d'alcool, ses gestes sont encore totalement maîtrisés. Sous notre vigilance, il ôte délicatement sa casquette, puis sa veste en jean qu'il plie minutieusement et pose sur une chaise. Il déboutonne ensuite son col de chemise afin d'être un peu plus à l'aise.

Ce quarantenaire aux traits marqués par le temps, les beuveries, les bagarres et le tabac, était autrefois chauffeur de bus. Après l'échec de son premier mariage, il a rencontré la belle et délicieuse Viviana Hamilton, ma mère. Cette beauté aux pommettes parsemées de taches de rousseur, comme il l'appelait autrefois, avait toujours un mot doux et gentil lorsqu'elle me déposait au ramassage scolaire. Au fil des semaines, ils ont fini par devenir amants. Ils se sont mis ensemble et Robert Mc Garret a repris la ferme de mon défunt grand-père. Hélas, deux ans après leur rencontre, les premiers signes de la maladie se sont manifestés. Elle n'en avait plus que pour quelques mois, nous avait tristement annoncé le Dr Avery, un ami de longue date. Notre adoption par Robert était devenue une évidence et une nécessité.

Après la mort lente et douloureuse de ma mère, ses vieux démons aux multiples facettes ont resurgi jour après jour.

– Qui s'est permis de toucher à ma chaîne hi-fi? demande-t-il calmement. Je vous ai dit des centaines de fois que vous n'aviez absolument pas le droit de toucher à mes affaires. Mais apparemment ce n'est pas clair dans vos sales caboches.

Robert s'avance vers nous qui restons muets. Son pas est lent et hésitant. En marchant, il remonte les manches de sa chemise et, une fois à ma hauteur, il se penche sur moi afin d'avoir accès au bouton « stop » du poste posé sur l'étagère derrière moi.

– C'est toi, gamin?

Il me murmure à l'oreille tout en me reniflant à pleines narines. Son haleine fétide me répugne et me donne la nausée. Paralysé par la crainte des conséquences, je garde le silence.

– Ou alors c'est peut-être le mioche? continue Robert en se redressant pour passer tour à tour un regard pervers sur nous deux.

Il se décale pour faire face à Lucas qui hoquette silencieusement, la panique au ventre. De grosses larmes mouillent ses joues saupoudrées de minuscules taches de rousseur, identiques à celles de ma mère.

Lucas s'écrie en tremblant de tout son être :

– C'est pas moi.

Pour se donner plus de pouvoir, Robert se penche sur lui en le fixant de haut.

– Casse-toi, morveux !

Tétanisé et sanglotant, Lucas pose lentement le regard sur moi. Il sait déjà quelles vont être les conséquences de son acte sur moi, alors il cherche mon pardon. D'un discret hochement de tête, je l'encourage à s'enfuir. Les poings et la mâchoire serrés, j'anticipe l'inévitable punition. Du haut de mes onze ans, je l'attends et la subirai avec courage, comme à chaque fois. Je n'ai pas le choix.

Une fois Lucas parti, mon bourreau me scrute de son regard luisant de perversité. Il est déjà excité par ce qu'il va me faire. Je mets tout en œuvre pour faire taire toute émotion afin de supporter au mieux ce que je m'apprête à subir, mais lorsque Robert Mc Garret passe une main dans mes cheveux, je n'aspire plus qu'à une chose : mourir, m'effacer, n'être plus rien.

– Tu la veux comment ta correction, mon grand ? demande-t-il d'une voix cruellement tendre en passant ses doigts calleux sur ma peau.

Je détourne le regard et baisse la tête. Je suis dans l'incapacité de prononcer le moindre mot.

– La ceinture ? propose-t-il en souriant largement. Non. T'es un grand garçon, maintenant, n'est-ce pas ?

N'obtenant aucune réponse, il me soulève le menton et hurle :

– Réponds !

Le rythme cardiaque totalement affolé, je sursaute, puis bredouille :

– La… cein… ture…

– Plus fort ! Je n'entends rien.

– La ceinture, répété-je, un ton au-dessus.

– C'est bien, mon garçon. Mais je n'ai pas envie de me défouler avec la ceinture aujourd'hui. J'ai envie d'autre chose de bien plus bandant.

Me maintenant fermement par la nuque, il me pousse violemment vers la table.

– Penche-toi en avant ! commande-t-il d'une voix rude.

Je ferme les yeux et inspire profondément. Je connais les sévices que je vais devoir endurer et m'y prépare comme je le peux. C'est devenu une habitude. Je n'ai plus le droit à la ceinture depuis des mois. J'ai droit à quelque chose de bien plus douloureux, quelque chose qu'il dit être de mon âge. Mais je trouve ça injuste, alors la hargne, la rage et la colère bouillonnent en moi. Je veux me rebeller, me débattre. Je veux fuir ou disparaître. Hélas, je ne le peux pas.

– Penche-toi sur cette putain de table ! Je ne vais pas le répéter deux fois, ordonne-t-il avant de me plaquer lui-même violemment contre le bois.

La joue écrasée contre la table, je crispe les paupières de toutes mes forces. Le courage m'abandonne peu à peu pour laisser place à la terreur, quand, d'une manière soigneusement orchestrée, Mc Garret me positionne pour que j'étende les bras devant moi et écarte partiellement les jambes.

Incapable de retenir plus longtemps mes émotions, j'éclate en sanglots. Je pleure toutes les larmes de mon corps jusqu'à en avoir les yeux secs. Je le supplie de ne pas me faire mal. Je sais, je connais parfaitement et redoute la douleur de ce qui va suivre et ne comprends pas pourquoi il s'acharne à me faire aussi mal.

Avec effroi et dégoût, je le sens me frotter et sens son sexe durcir contre moi. Tous mes os se glacent. Chacune de mes articulations se bloque et tous mes muscles se pétrifient. Terrifié, je suis à l'affût de chaque bruit : j'entends le cliquetis de la sangle de sa ceinture qui lacérait autrefois ma peau. Je sursaute à chaque mouvement, chaque contact. J'en ai déjà la nausée et sais pertinemment que, comme la dernière fois, je vais vomir. Je cesse de respirer lorsqu'il ôte mon jogging et mon slip et vient impunément se masturber entre mes cuisses et contre mes testicules. Puis, je vomis lorsque je sens l'inévitable pénétration qui est cette fois-ci accompagnée de ma propre masturbation. C'est une sensation atroce, horrible. Je perds tout. Tout ce que je suis, le peu que je suis. Je n'ai plus d'âme, plus rien. Je ne suis plus qu'une coquille vide baignée dans son vomi, qu'on peut maltraiter à sa guise. Je suis sûrement né pour ça. Il en est ainsi.

– Alors, tu aimes ça, hein, mon grand ! souffle-t-il. Putain ! Que tu es bandant. Plus tu grandis, plus tu me donnes envie.

Terrassé, brisé et souillé au plus profond de mon innocence, je m'agrippe à la table en hurlant et priant pour que ça cesse au plus vite. Puis, relevant les yeux, j'aperçois dans l'ombre de la porte mon petit frère, ma balle de base-ball à la main. Lucas, déjà dévasté par la peur et l'incompréhension, assiste, pétrifié, à mon humiliation, à l'un de mes incessants viols, à la mort de mon âme d'enfant. À ma mort, tout simplement.

Malgré l'ignominie de ce que je subis, mon empathie pour mon protégé, ma seule famille, refait surface.

Articulant pour qu'il lise sur mes lèvres, je le supplie, l'implore :

– Pars, Lucas. Va-t'en !

36

Cara

Bercée par les mouvements de la voiture et épuisée par cette journée de confidences et d'émotions plus intenses les unes que les autres, je pose mon front contre la vitre et me perds dans mes pensées. Je ressasse ce que Reed a eu le courage et l'honnêteté de me confier. Entre deux regards en direction du paysage urbain défilant devant moi, je lui jette de discrets coups d'œil. Concentré sur sa conduite, il se mordille nerveusement la lèvre inférieure et paraît aussi absorbé que moi. Où? Je ne sais pas.

Malgré la culpabilité, je ne peux m'empêcher de le trouver séduisant, avec ses yeux d'une couleur peu ordinaire et son magnifique visage. Aucun sculpteur n'aurait pu façonner des formes aussi parfaites et douces, malgré leurs traits indéniablement masculins. Sa mâchoire carrée le rend d'une virilité puissante, la légère courbure de son nez donne de la finesse à ses traits, ses lèvres charnues finement ourlées feraient fantasmer n'importe quelle autre bouche avide de passion, son front droit et ses sourcils bien tracés amènent une infime touche de sévérité à son visage.

La situation m'échappe. Et que dire de mes sentiments? Je me sens partagée entre le besoin de comprendre l'acte désespéré de Reed et la mémoire de mon père médecin, qui s'est donné corps et âme afin de pouvoir sauver la vie de gens honorables au même titre que celle de parfaits criminels. Chaque vie est importante. Bonne ou mauvaise. La justice est là pour punir les plus sombres.

Je me souviens de ce qu'il me répétait sans cesse:

« La compassion et le pardon sont le salut de l'âme. »

Je peux comprendre la violence de Reed. Je le savais brisé par les agissements de Robert Mc Garret. Je fus témoin de sa brutalité à de nombreuses reprises quand j'étais petite, mais j'ignorais les abus sexuels, les viols. Je ne pourrai jamais me mettre à sa place, mais je suis à même d'imaginer la haine qui l'a poussé à agir et qui l'anime encore aujourd'hui.

Dans un sursaut, je redescends subitement sur terre lorsque Reed, inquiet, pose, pourtant avec beaucoup de délicatesse, une main sur ma cuisse.

– Ça va?

Je me contente de hocher vigoureusement la tête et d'esquisser un sourire poli. Il resserre sa poigne autour de ma jambe et, tout en reportant son attention sur la route, il poursuit :

– Si tu as une question, vas-y, n'hésite pas, mais, s'il te plaît, parle-moi. Ce silence devient pesant.

Je réfléchis un instant, le temps de faire le tri entre toutes celles que j'ai à lui poser. Finalement, une seule me glisse des lèvres.

– Pourquoi ne l'as-tu pas dit à Lucas ? Il a besoin de savoir.

Il ôte sa main de ma cuisse pour la crisper autour du pommeau de vitesse.

– Je le lui dirai le moment venu, dit-il sur un ton sec et bourru qui provoque un autre long moment de silence.

Arrivé devant mon immeuble, Reed gare la Mustang le long du trottoir.

– Voilà ! La princesse est de retour au château.

– Merci.

Un léger sourire aux lèvres, je me détache, ramasse mon sac à main et, alors que j'actionne la poignée pour sortir, Reed m'interrompt.

– Attends, ne bouge pas !

Je n'ai pas le temps de comprendre ce qui se passe qu'il se précipite déjà dehors. Il contourne la voiture et m'ouvre la portière.

– Princesse…

Je suis attendrie par sa soudaine galanterie, certes vraiment pas naturelle, mais je note l'effort. Une fois dehors, je fouille dans mon sac pour en sortir mes clefs et mon téléphone. Ayant mis ce dernier en silencieux, je remarque les cinq appels de Lucas et ses multiples messages.

Adossé contre la carrosserie, Reed jette un coup œil indiscret sur l'écran.

– Tu ferais mieux de le rappeler avant qu'il ne rameute tout le F.B.I.

J'émets un léger rire avant de relever le regard sur lui, mais, avant que je puisse ouvrir la bouche pour lui dire au revoir, il prend les devants en remarquant l'enveloppe qui sort de mon sac.

– Donc si j'ai bien compris, demain tu vas à ton rendez-vous avec monsieur le milliardaire, c'est ça ?

– Oui. Et toi ? Tu comptes rester ici ou retourner auprès de ton frère ?

Dans un geste auquel je ne m'attendais pas, Reed m'entoure la taille et m'attire sans douceur contre lui. J'ai un réflexe de recul, mais à la seconde où mon corps entre en collision avec le sien, je ressens le besoin de ne plus bouger. Je suis finalement bien contre lui.

– Tu sais, Cara, commence-t-il en posant son regard sur ma bouche. Si je n'étais pas raide dingue de toi, je te conseillerais de te dégoter un de ces types pleins aux as qui te ferait rêver, voyager, te comblerait de cadeaux et qui t'offrirait le paradis. Un type de la trempe de ton père, par exemple. Bon et respectueux vis-à-vis de la valeur de la vie.

Délicatement, il appose son index sur ma joue et suit du regard le trajet de son doigt.

– Cara, ne va pas te terrer dans une ferme à ruminer combien ta vie aurait pu être plus excitante. Mon frère et moi n'en valons pas la peine. Tu mérites mieux que ça, mieux que nous.

– Je ne veux pas d'un paradis artificiel, Reed.

Je suis réellement touchée par son humilité. Mon cœur s'emballe de plus en plus et le pincement que je ressens au creux de mon estomac ne me trompe pas : j'aime cet homme. J'ignore encore dans quelle catégorie placer ce sentiment, mais une chose est certaine : je l'aime malgré sa noirceur, malgré son passé, malgré ses comportements douteux et la violence qui émane de lui par moments. Je suis prête à lui donner toutes les excuses du monde s'il le faut, mais suis-je prête à m'en accommoder ?

L'instant se fige entre nous. Nous nous épions, nous dévisageons et, seuls dans notre bulle en pleine rue new-yorkaise, l'un contre l'autre, sous la lumière des lampadaires, nous nous désirons en silence, en secret. Il finit par combler l'espace qui sépare son visage du mien. Hésitant, il appose lentement ses lèvres sur le coin droit de ma bouche avec une infinie douceur et sans vraiment la viser. Je ne détourne pas la tête et accueille ce baiser lourd de sens sur ma joue. Ça le surprend. Je reste immobile et ferme lentement les yeux en inspirant profondément. Puis, instinctivement, je pose mes doigts sur son torse au niveau du cœur et perçois ses battements rapides et affolés. Je frémis et sens ma température corporelle augmenter. Je n'ai qu'à pivoter la tête de quelques degrés pour pouvoir presser entièrement ma bouche contre la sienne. Mes sens me dictent de le faire. Goûter à son baiser est une pulsion que je m'entête à refréner.

Désireux de me toucher, il remonte sa main le long de mon dos et vient la caler sur ma nuque après me l'avoir délicatement passée dans les cheveux. Emporté par son envie, son besoin vital et son désir brûlant, il intensifie peu à peu le contact sans dévier sur ma bouche. Il garde la distance. Il me l'a promis. Je gémis avant de relever légèrement le menton afin d'accentuer ce baiser inoffensif. Puis, je me fais violence pour arriver à reculer la tête. Je ne suis pas prête. Je déglutis et ouvre doucement les paupières. Je plonge ensuite mes yeux larmoyants dans les siens. Mon cœur fait un bond en les découvrant brillants de tendresse et d'amour. Personne ne m'a jamais regardée de cette manière. C'en est déroutant.

– Je… je vais rentrer.

Je tremble et reprends peu à peu le contrôle. Sa main toujours sur ma nuque, il la décale jusqu'à poser son pouce sur mes lèvres. Geste qu'il ne cesse de faire et que, malgré moi, j'adore.

– Vas-y, princesse.

Avec peine, je quitte ses bras et, déjà, un vide abyssal m'envahit.

– Bonne nuit, rajoute-t-il, aussi dépouillé que moi.

Incapable de le quitter des yeux, je marche à reculons. Plus je m'éloigne de lui, plus ma poitrine se comprime. Je manque d'air. J'étouffe. Je lutte contre ma propre morale et finis par trouver une once de courage pour me tourner définitivement et gagner le hall du bâtiment… Mais, avec toute la lâcheté du monde, après quelques pas, je m'arrête, baisse la tête, et mes épaules s'affaissent, écrasées par le poids de la culpabilité. Ce que je m'apprête à faire n'est pas bien. Je le sais. C'est plus fort que moi. Je suis faible. Je le veux plus que tout au monde, et ça depuis le premier jour, sur le parking du Joey, le soir de mon retour. Qu'est-ce qu'il m'a pris d'avoir négligé ça? C'était là, devant moi, depuis le début.

D'un demi-tour, je l'appelle. Il se retourne partiellement et hausse un sourcil, intrigué. Mon cœur s'affole à nouveau. J'accours vers lui, prête à me jeter dans ses bras et anticipe le baiser que je veux à tout prix lui donner. Je sais déjà que je ne serai plus qu'une explosion de sensations et que je vais me consumer à la seconde même où ma bouche se scellera à la sienne. Je sais aussi que je ne pourrai jamais plus m'en remettre et ne pourrai m'empêcher d'en vouloir davantage. Oui! Je vais vouloir davantage. Je vais vouloir qu'il monte avec moi et…

– Oh, mais qui voilà? Hamilton! chantonne une voix sortie de nulle part, me stoppant net dans mon élan. De retour parmi nous?

À l'affût, Reed cherche aussitôt l'inopportun du regard. Ses muscles se contractent en reconnaissant l'accent de l'homme. Son instinct protecteur le pousse à tendre le bras vers moi et, de sa main levée, il m'ordonne de ne pas m'approcher.

– Rentre chez toi! Vite!

… Hélas, il est trop tard. Six hommes sortent de l'ombre et nous encerclent déjà. Les yeux exorbités par l'adrénaline, Reed fulmine :

– Cara, bon sang ! Dégage de là ! Rentre ! Maintenant !

Je ne comprends pas et reste figée par l'atmosphère électrique qui règne autour de nous à présent. Je jette un coup d'œil craintif par-dessus mon épaule en sentant l'un d'eux se placer derrière moi.

– Hamilton ! Voyons ! Quel manque de délicatesse envers ta belle. Permets-lui d'assister à ces belles et émouvantes retrouvailles, ricane sournoisement un Asiatique.

Petit et élégamment vêtu d'un costume gris hors de prix, il s'avance d'un pas lourd et assuré.

– Kuan Ti, laisse-la partir. Elle n'a rien à voir dans cette histoire.

Suant l'arrogance, ce soi-disant Kuan Ti se positionne au centre et, dans un geste théâtral, se tourne vers moi et s'incline dans une révérence.

– Beauté. Veuillez accepter mes excuses pour cet intermède fort peu opportun, mais j'ai, hélas, un petit problème récurrent à régler avec votre ami. Voyez-vous, il est à l'origine d'un léger différend financier.

Kuan Ti pose sa main droite sur son cœur et, toujours sur le même ton suffisant, joue la désolation.

– Le problème, voyez-vous, beauté, c'est que mon patron réclame ce fric. Non pas qu'il soit dans le besoin, mais c'est, disons, davantage une question…

En cherchant le mot exact, il se tait un instant.

– Une question d'honneur et d'éthique…

– Ne la touche pas, espèce d'enfoiré ! s'écrie Reed, furieux, en fonçant tête baissée sur le blondinet qui m'enserre les avant-bras pour me les ramener et me les maintenir fermement dans le dos.

Je me débats tandis que deux des hommes de main de Kuan Ti arrivent à maîtriser Reed et à le repousser en arrière.

– Calme-toi, calme-toi, mon petit ! glousse Kuan Ti. Il n'arrivera rien à ta dulcinée, tu as ma parole, nous ne sommes pas venus pour elle. Pas cette fois…

Reed et moi tentons d'échapper à nos assaillants, mais en vain. Je suis horrifiée lorsque l'un des malfrats brandit fièrement une batte de base-ball et se dirige vers Reed en esquissant un sourire malsain, dénonçant clairement ce qu'il s'apprête à lui faire. Mais Kuan Ti l'arrête d'un geste de main et se détourne de moi pour s'avancer d'une allure nonchalante vers Reed qui, tel un buffle, écume et souffle de rage.

– San Do veut son fric ! Tu as intérêt à le lui rendre, sinon ta belle y passe ! Pigé ?

– Va te faire foutre ! hurle Reed en lui crachant dessus. Vous touchez à un de ses cheveux, je vous crève un par un.

Il n'a pas le temps de finir de proférer ses menaces que l'Asiatique lève la main afin d'intimer l'ordre aux trois hommes restés en retrait d'accomplir leur mission.

Sous mes yeux révulsés, impuissante, Reed reçoit le premier coup de batte en plein ventre, suivi d'une droite bien placée au niveau du menton et d'une béquille qui lui fait perdre momentanément l'usage d'une jambe. Je m'époumone. Je supplie. J'implore ses agresseurs d'arrêter. Les coups pleuvent les uns après les autres jusqu'à ce qu'il ne tienne plus debout. Le visage déjà bien tuméfié et ensanglanté, Reed, lâché par les hommes qui l'écartelaient, s'effondre sur le trottoir tel un pantin désarticulé et sans vie.

Aussitôt que l'homme me libère pour suivre sa meute qui s'éloigne dans l'obscurité, je me précipite sur lui, gisant au sol. Je m'agenouille à ses côtés, paniquée et alarmée par l'état dans lequel ils l'ont laissé. Je suis sous le choc. De grosses larmes brouillent ma vision et ne cessent de couler sur mes joues. En me remémorant la violence, je prends peu à peu conscience de la gravité de ses blessures.

Après avoir appelé une ambulance, et avec beaucoup de délicatesse, je pose sa tête sur mes cuisses et, tout en le caressant, je hurle à m'en briser la voix.

37

Reed

Un son strident, répétitif et lointain effleure mes tympans. Au milieu de mon propre chaos, je décèle des voix, je les entends, mais ne les comprends pas. Je souffre. Je lutte pour reprendre conscience. Ma tête prise dans un étau imaginaire est aussi lourde que mes paupières. Je suis dans l'incapacité de bouger et sens chaque cellule de mon corps. Elles vibrent et réagissent à chaque stimulus extérieur et cette sensation est semblable à une électrocution. Les pupilles dilatées, toutes les images que capte mon cerveau sont floues et déformées. Je perçois des mouvements, des lumières, des flashs qui me brûlent la rétine. Angoissé, je panique, mais plus aucun de mes muscles ne répond. Mes poumons se remplissent et se vident de leur propre chef. Je ne contrôle plus rien. J'abandonne. À quoi bon me battre? Mon corps est baigné dans un néant laiteux dans lequel je flotte quelques instants, puis, soudainement, je m'enfonce. C'est le vide.

Mes yeux s'ouvrent enfin. J'entends son rire, ce son cristallin caressant mes tympans. Elle tourne autour de moi telle une petite fille qui danse une ronde. Elle est vêtue de sa robe blanche à petites fleurs bleues, celle que je préfère et qui la rend si sexy. Ses longs cheveux bruns virevoltent sous la brise. Tout ce qui m'entoure devient plus net. En tournant sur moi-même pour suivre Cara du regard, je vois défiler les épis de blé et remarque le grand chêne, celui de mon enfance, avec sa branche reconnaissable entre mille. Elle forme une main capturant le soleil couchant.

Je reporte mon attention sur Cara. Elle me sourit tendrement. Elle ne bouge plus, mais m'observe avec un visage rayonnant de bonheur et d'amour.

Je demande, quelque peu désorienté :

– Qu'est-ce qu'on fait ici?

– Nous sommes en sécurité. Ça ira, mon amour, je suis à tes côtés. Je ne te quitte plus.

Elle me tend le bras. Je m'empresse d'attraper sa main. Suis-je mort? Est-ce que je rêve? Je sens sa peau et sa chaleur qui en émane, cependant je suis conscient que quelque chose cloche. Rien n'est normal. Je suis perdu entre fantasme et réalité. Je ne me suis malgré tout jamais senti aussi bien. Je suis léger et ne ressens ni douleur physique, ni douleur morale. La dernière chose que je me souvienne est d'avoir percuté le béton, sur le trottoir, à New York.

– C'est grave?

– Ne t'inquiète pas, mon amour, laisse-toi aller.

Elle fait glisser ses doigts fins et menus sur ma joue. Je frémis à ce contact et suis frappé par la douceur que reflètent ses yeux. Elle me dévisage avec tant d'amour.

– J'ai peur, avoué-je.

Tel un léger souffle qui effleure mes lèvres, elle m'embrasse avant de me murmurer:

– N'aie crainte. Fais-moi confiance. Ferme les yeux, mon amour.

Je fronce les sourcils sans comprendre la raison de cette demande. Elle insiste et répète:

– Tu me fais confiance?

Je hoche la tête. Oui, je lui fais entièrement confiance. Je m'exécute et ferme lentement les yeux. La peur m'envahit aussitôt. Je ne sens plus aucun contact avec elle. Ouvrant rapidement les paupières et hurlant son prénom, je tressaute.

L'incompréhension me submerge à nouveau. Je suis debout au milieu d'une vaste cuisine, dans une maison qui me paraît aussi étrangère que familière. Les pieds figés au sol, j'examine rapidement ce qui m'entoure. Tout semble neuf, propre et chaleureux. L'ouverture de la pièce donne sur un hall d'entrée vivement éclairé et de larges escaliers. Le tout décoré avec goût et sobriété. Je finis par m'observer dans le long miroir sur ma droite. Je suis pieds nus, vêtu d'un pantalon en toile. Je me passe les mains sur mon torse totalement nu. Je sens mes doigts glisser sur ma peau. Je ne suis pas mort. Enfin, je crois.

– Chéri, tu n'es pas encore habillé? Tu vas finir par être en retard, intervient tout à coup Cara derrière moi.

Je sursaute et pivote. Un doux sourire sur les lèvres, elle se sert une tasse de café avec l'une de ces machines à capsules. Ses cheveux attachés en une simple queue-de-cheval, les joues rosies et les yeux légèrement maquillés, elle est éblouissante.

– En retard?

Je n'assimile pas, mais au moment où elle porte la tasse à sa bouche, je distingue une bague qu'elle porte à son annulaire gauche. Instinctivement, je regarde ma propre main gauche et, avec un vif soulagement, je vois un anneau argenté presque similaire orner mon doigt.

Je suis troublé. Mon cœur fait des bonds. Suis-je au paradis?

– Ah! Et n'oublie pas le rendez-vous chez le dentiste pour Noah, ce soir.

– Le rendez-vous pour… Noah?

Perdu, je détaille un à un les cadres photos suspendus aux murs. Ces clichés dévoilent la vie parfaite d'une famille unie. J'observe la gigantesque photo de mariage. Dans les bras l'un de l'autre, dans un décor naturel et un cadre verdoyant, je suis vêtu d'un élégant costume noir, et Cara est habillée d'une belle robe blanche. Nous nous regardons. Nos yeux sont étincelants d'amour. Sur le cliché suivant, un petit garçon d'environ six ou sept ans affiche un radieux sourire édenté. Accoutré de l'uniforme d'une équipe de base-ball, il brandit fièrement sa batte posée sur sa petite épaule. Mon cœur s'emballe à nouveau. Ce petit bonhomme a les traits, le teint mat et le sourire de Cara. Mais ses yeux sont d'un bleu translucide presque blanc, identique à mes propres iris. C'est notre fils. Nous avons un fils.

– Oui, je suis navrée, mon amour. La petite Campbell te le déposera au bar après l'école. Tu sais bien qu'aujourd'hui, on va être très occupés à la galerie avec les nouveaux arrivages. Je te promets que la semaine prochaine, je serai plus dispo.

Je vibre et vacille quand elle se colle à moi et m'étreint. Avec un sourire coquin et un regard brûlant, elle me pince légèrement les fesses.

– Vraiment plus dispo pour toi, raille-t-elle en m'embrassant avec fougue et passion afin d'accentuer son sous-entendu.

– Je t'aime, susurre-t-elle contre ma bouche.

Elle passe sa main sur ma joue et rive son regard énamouré au mien.

Je réponds, déboussolé :

– Je… je… t'aime.

Lorsqu'elle quitte mes lèvres et mes bras, j'en veux plus, ce n'était pas assez. Je veux encore ressentir son délicieux contact, sa bouche.

– Papa! s'écrie le petit garçon des photos en déboulant des escaliers et en bousculant Cara sur son passage.

Elle le gronde :

– Noah! On ne court pas dans la maison.

Le petit Noah vient se lover autour de ma taille. Je n'ose pas le toucher, pourtant. Instinctivement, je souhaite passer ma main dans ses cheveux, mais je me contente de baisser les yeux sur ce petit bonhomme qui me câline avec tant de force, de confiance et d'amour.

– Tu n'as pas besoin de le déposer à l'école, ce matin, reprend Cara. Lucas s'en occupe, d'accord?

– Lucas? prononcé-je en observant Noah partir s'asseoir sur un tabouret devant son bol de céréales.

Ce dernier s'exclame fièrement en zozotant:

– Tonton Lucas a dit qu'il viendrait au match samedi.

Cara glisse ses doigts dans l'épaisse chevelure brune de Noah avant de déposer un baiser sur son front.

– Oui, mon ange, on viendra tous te voir.

Elle se redresse et attrape des clefs sur le plan de travail, puis ajoute:

– Allez! Je file, mes amours. Passez une bonne journée. À ce soir!

Elle me jette un coup d'œil et le regard de braise qu'elle m'envoie enflamme tous mes sens. À ce même moment, la porte d'entrée s'ouvre sur Lucas. Aussitôt, Cara affiche un large sourire de bienvenue et, hissée sur la pointe des pieds, dépose un baiser amical sur sa joue.

– Tonton! s'écrie Noah.

– Hey! P'tit mec, ça roule?

Lucas vient à la rencontre de mon fils et lui frictionne les cheveux, ce qui le fait instantanément rire.

– Dépêche-toi de finir ton bol, Noah! Tu vas être en retard, s'inquiète Cara avant de définitivement sortir de la maison et de refermer la porte derrière elle. Bonne journée, les garçons.

Je ressens déjà un manque terrible, mais je me concentre sur mon frère qui joue les bagarreurs avec son neveu. En riant, Lucas met un terme à leurs chamailleries pour qu'il finisse son déjeuner et se dirige vers moi pour me donner une accolade.

– Ça va, toi?

– Je... Je...

Je me tais et me concentre sur un bruit. C'est un son répétitif. Une succession de « bips » retentissant à un rythme régulier... C'est... J'ai mal à la tête.

***

Malgré le bourdonnement constant dans mes oreilles, le son devient de plus en plus net. Reprenant peu à peu conscience, je cligne rapidement des paupières. Ma vision se précise, même si un léger éblouissement la trouble. Mon estomac se tord. J'ai la nausée et, peu à peu, mon corps endolori se réveille. Je veux retourner là où j'étais. Je veux revoir Noah et Cara.

Un poids mort comprime mon épaule gauche. Je m'en inquiète et, tournant légèrement la tête, distingue de longs et fins cheveux bruns étalés sur moi.

Assise sur un fauteuil, recourbée, les bras croisés sur le matelas, Cara dort tout contre moi. Tenant fermement ma main gauche, elle semble plongée dans un profond sommeil. Je me penche légèrement sur elle pour sentir son parfum, mais les douleurs me rattrapent. Je râle et me tords dans d'atroces souffrances. Cara s'éveille en sursaut, secouée par mes mouvements et mes grognements.

– Hé! Calme-toi! Doucement.

Son visage est éblouissant, même si quelque peu fatigué.

– J'ai mal... C'est atroce.

Elle se redresse pour s'asseoir correctement. Dans un réflexe, je lui rattrape la main de mon seul bras valide.

– Non! Reste contre moi.

– Je vais aller appeler l'infirmière pour qu'elle te donne un calmant.

Elle se lève et pivote pour partir, mais je la retiens, inquiet.

– Et toi? Ça va? Ils ne t'ont pas fait de mal?

Parler, bouger m'est insupportable. Je me plie à nouveau de douleur.

– Je vais bien, Reed. Ne t'en fais pas.

– Ils ne t'ont pas touchée?

– Non! Rassure-toi, tout va bien! Promis.

Elle ôte d'elle-même sa main et replace mon bras sur le matelas, puis, après un long regard empli de tendresse, elle s'éloigne.

– Cara?

Elle s'arrête devant la porte.

– Hum?

– Une belle infirmière, s'il te plaît! raillé-je, content d'être auprès d'elle et vivant.

Dépitée, elle lève les yeux au ciel et rétorque en gloussant:

– Tu n'as pas perdu ton sens de l'humour, c'est déjà ça.

Je feins tout à coup l'inquiétude, ce qui n'échappe pas à Cara, et glisse à bout de force ma main sur mon entrejambe pour me le palper.

– Seigneur! Merci. Elles sont toujours là.

Elle rit vivement. Je souhaitais tellement l'entendre rire. Mon corps lancinant de douleur se réchauffe à ce son délicat.

– Reed. Tu es officiellement irrécupérable.

Elle secoue la tête, amusée, et gagne le couloir. Mon sourire s'élargit. Je suis vivant et heureux. Elle m'a souri. Elle est en vie, saine et sauve.

38

Cara

Une fois à l'extérieur de la chambre, je m'adosse au mur et ravale les larmes qui menacent de couler. J'ai tellement eu peur pour lui.

Après avoir averti l'infirmière de son réveil, je décide d'aller me prendre un café à la machine à expresso, dans le hall. J'ai besoin d'une bonne dose de caféine. La nuit a été rude et éprouvante. En passant devant sa chambre, j'y jette un coup d'œil. Les médecins ont déjà envahi la pièce pour poser un diagnostic sur son état actuel. Alors, l'esprit un peu plus tranquille, je file en direction du grand hall, encore fortement choquée, voire un brin paranoïaque. Je me sens menacée et épiée, ce qui me donne la chair de poule à chaque fois que je croise une personne qui me regarde avec insistance. Je me répète sans cesse les paroles de ce Kuan Ti et revois s'abattre les coups sur Reed.

À part la somme d'argent due, j'ignore tout de cette histoire et compte bien lui demander des explications, une fois celui-ci remis sur pied. En attendant, je dois absolument me changer les idées, sinon je vais devenir folle à ressasser tout ce drame.

Lors de l'admission de Reed aux urgences du Bellevue Hospital Center, aux alentours de minuit, j'ai prévenu Lucas de l'état critique de son frère et lui ai brièvement raconté les événements. Il s'est tout d'abord mis en colère contre nous en apprenant le séjour de son aîné à New York, mais il m'a aussi avoué qu'il s'en doutait un peu, au vu du départ précipité de Reed, puis il s'est inquiété. Il a sauté dans le premier vol. Je m'attends à le voir arriver d'un instant à l'autre.

Perdue dans le fil de mes pensées, je touille énergiquement mon café. Je culpabilise. Comment vais-je pouvoir regarder Lucas dans les yeux? Je lui ai menti et, pire que tout, j'étais sur le point d'embrasser son frère avant qu'il ne se fasse agresser.

Je me maudis. Suis-je si faible? Ne suis-je pas capable de lui résister? Comment agir par la suite? Je ne suis même plus sûre d'aimer Lucas.

Lasse, je m'assieds sur un fauteuil au milieu du hall. J'essaye de sortir Reed de mes fantasmes. Je peux y arriver. Ce n'était qu'un petit écart. Rien de plus. Rien d'important. On ne s'est même pas embrassés de toute manière.

Je cumule toutes les raisons qui font qu'il n'est pas un homme pour moi, que sortir avec lui serait une énorme erreur. Il est tellement arrogant par moments, mais aussi si attachant. Il est parfois égoïste, mais toujours prêt à protéger les gens qu'il aime, et je sais désormais que j'en fais partie. Il est aussi obscène et obsédé. Oui ! C'est bien un de ses traits de caractère que je supporte le moins, mais c'est aussi, paradoxalement, ce qui m'attire. Il me fait rire. Il me fait sourire.

Posant mon gobelet sur la table basse, je souris. Oui ! Reed est un indéniable macho, préoccupé uniquement par son besoin insatiable de sexe, et un vantard prétentieux. Mais c'est lui. Mon ami d'enfance. L'homme qui me dévore de ses yeux magnifiques et qui me fait vibrer d'un simple regard. Il est si sexy, si incroyablement beau. Il ferait pâlir de jalousie n'importe quel mannequin et à l'instant même où je m'autorise à imaginer ses mains sur moi, je brûle, m'embrase. Mes joues rougissent et ma respiration s'emballe. Mon bas-ventre éclate de désir. Je suis fichue.

– Cara, alors ? s'enquiert Lucas en arrivant, un sac à dos sur l'épaule.

Je me ressaisis aussitôt. L'inquiétude se lit sur son visage. Il accourt dans mes bras. Je m'effondre contre lui après m'être levée.

– Il s'est réveillé il y a une grosse demi-heure.

Je suis tellement soulagée de le voir, de sentir son odeur et son corps. Son étreinte me rassure.

– Il va bien ?

– Il souffre d'un traumatisme crânien et de multiples fractures, fêlures ou commotions, je n'en sais rien, Lucas ! Il est… Il est…

Je n'arrive plus à réprimer ma panique.

– Que s'est-il passé, exactement ?

– On parlait et des types ont surgi de nulle part et…

Je ne trouve pas les mots justes pour expliquer ce que j'ai vécu.

– Tu n'as rien, toi ?

Il me serre avec beaucoup d'énergie et me frictionne tendrement le dos.

– Non, non ! Moi, je vais bien.

Je m'exaspère. Je n'ai rien. Je suis juste choquée. Celui à plaindre, c'est Reed. Pas moi.

– La police a été prévenue ?

Je hoche la tête.

– Oui, ils sont passés dans la nuit, aux alentours de trois heures, je crois…

– Ils t'ont interrogée?

– Oui...

– Que leur as-tu dit?

Lucas semble soucieux.

– Que...

Je me tais. J'étais tellement traumatisée que je ne me souviens même plus de ce que j'ai pu articuler devant l'officier. J'ai décrit la violence, certains détails physiques des agresseurs, mais que pouvais-je dire de plus? J'ignore pourquoi ils lui ont fait subir cela. À cet instant, je repense à ce nom qui hante mes pensées: Kuan Ti. L'ai-je nommé? Je ne m'en souviens plus...

– Bon, allons voir Reed. D'accord?

Lucas me prend la main après m'avoir déposé un baiser sur le front.

39

Reed

À nouveau seul dans ma chambre et commençant à ressentir l'effet de la perfusion qui m'administre un sédatif, j'enfonce lourdement la tête dans l'oreiller. Je déteste devoir rester immobile. Je ne supporte pas l'impuissance physique. Je peste. Je grogne, et ma mauvaise humeur reprend le dessus.

La correction et l'avertissement de San Do sont bel et bien passés.

***

Janvier 2012, Chinatown, New York

Sur les trottoirs, la foule crie et acclame le défilé de ce nouvel an. Les applaudissements et les effusions de joie vont bon train. Debout aux côtés du vieil homme, au milieu d'un attroupement, je scrute attentivement les alentours.

– Fils ! fait San Do en posant affectueusement sa main sur mon épaule. Ce que Kuan Ti t'a fait sera sévèrement puni, je t'en donne ma parole.

– Il devra payer, oui, mais je m'en chargerai une fois mon épaule remise.

Sentant encore vivement la blessure du coup de couteau reçu dans le dos au niveau de l'omoplate, je serre la mâchoire, et la haine qui m'habite ne cesse de me ronger l'âme.

Le vieillard trapu, à la canne sculptée d'un dragon et au visage bridé et inexpressif, vient me faire face.

– Reed. Tu es comme un fils pour moi. Et Kuan Ti devra répondre de son acte. Je t'ai pris sous mon aile, t'ai donné un foyer, t'ai accueilli dans ma famille, et tout ceci n'est que pure jalousie. Ce petit merdeux ne comprend rien à rien. Un jour, tu seras au bras de ma douce Li-Ming, et ce bon à rien devra se taire, respecter et rendre honneur à son nouveau maître.

San Do me tapote le bras. C'est trop d'honneur. J'affiche tout mon respect et ma reconnaissance au chef de la triade new-yorkaise. Celui qui m'a sorti de la misère dans laquelle j'étais des années auparavant. Recruté par Kuan Ti, j'ai commencé à me battre pour lui dans des combats de rue illégaux. J'ai ensuite servi d'homme de compagnie, de gigolo pour de riches femmes négligées par leurs maris affamés d'argent et de pouvoir, afin de rapporter à San Do des informations utiles à son affaire. J'ai fini par gagner l'entière confiance et le respect du vieil homme.

– Toi, mon fils, tu deviendras puissant. Un grand homme. Tu as la hargne, la fougue, mais surtout, l'intelligence, ajoute-t-il avant de se faufiler au travers de la populace, flanqué de ses deux hommes de main.

Sur le qui-vive depuis le coup tordu que m'a fait Kuan Ti, je me retourne à la seconde même où je sens un frottement dans mon dos. Dans un réflexe, j'agrippe le bras de mon assaillante. Li-Ming sursaute face à ma brusquerie, mais elle me sourit aussitôt qu'elle voit mon visage se détendre.

– Suis-moi, me dit-elle avec beaucoup d'engouement et sautillant telle une gamine.

Une gamine capricieuse, telle qu'elle l'est. Du haut de ses dix-huit ans, la petite-fille de San Do n'est guère farouche. Âgé de huit ans de plus qu'elle, j'ai parfois du mal à la suivre. Elle sait ce qu'elle veut, et là, en l'occurrence, c'est moi. Elle a totalement craqué pour moi. Pareille à une enfant gâtée, elle a supplié son grand-père de me charger de sa garde rapprochée, très rapprochée, et l'a obtenue sans problème. Je suis devenu son petit toutou, son jouet.

Je la suis sans dire un mot dans d'étroites ruelles bondées de festivaliers. Je sais être son sex-toy sur jambe. J'aime la baiser, car, comme toutes les prostituées que je fréquente, elle ne rechigne à aucune tâche, malgré un agaçant côté romantique.

Après avoir gravi les escaliers étriqués d'un vieux bâtiment, elle m'amène dans un appartement que je n'ai encore jamais eu le plaisir de découvrir. La décoration typique de l'empire du Milieu me fait penser que ce loft appartient probablement à la famille de Li-Ming, à San Do.

Elle m'attire dans une chambre et, le regard lascif et allumeur, elle se débarrasse aussitôt de son manteau et de sa robe. Elle est déjà nue, prête à accueillir mes caresses, et bien davantage. Elle me veut et me désire en elle, maintenant! S'effleurant de ses propres mains, elle recule et heurte le sommier de ses mollets avant de s'asseoir sur le matelas. Elle écarte les cuisses et m'attise en se caressant. Je ne manque aucun de ses gestes et, déjà, mon sang bout. Je la veux et je sens la pression s'enrouler autour de ma queue. Je défais ma ceinture, baisse mon jean et mon boxer pour me libérer. Le sexe en érection, je n'aspire qu'à me relâcher de cette tension.

– Suce-moi, ordonné-je.

Elle s'exécute sur-le-champ. Ses petits doigts enserrent mon pénis et sa bouche l'avale précautionneusement. Elle y met trop de douceur, alors je l'incite à accélérer la succion en rythmant les va-et-vient avec mes mains sur sa tête. Elle manque d'expérience, mais sa petite bouche est un délice. Après plusieurs allées et venues le long de ma queue et stimuli de langue, j'éjacule au fond de sa gorge dans un grognement rauque.

Se léchant les lèvres, Li-Ming recule sur le matelas et, de ses bras autour de mes reins, elle me contraint à me coucher sur elle. M'ayant donné du plaisir, elle mérite d'en avoir aussi. Je m'allonge de tout mon poids sur son minuscule corps. J'enfile un préservatif. Je suis à nouveau prêt à la pénétrer. J'en frémis tant je connais l'exiguïté de son intimité et sais combien ma queue sera étroitement moulée.

– Embrasse-moi, me supplie-t-elle.

Je plonge mes lèvres sur sa peau, mais elle me tire les cheveux en arrière.

– Embrasse-moi sur la bouche!

– Non.

Je refuse en lui plaquant un lourd baiser sur le front, puis je place une main sous la cambrure de ses reins afin de la caler contre moi pour une meilleure pénétration.

– Pourquoi?

– Parce que je n'aime pas ça, et tu le sais. Alors, n'insiste pas, et laisse-toi baiser sans l'ouvrir, tu veux?

Sans aucun préliminaire, mon pénis droit comme une trique s'enfonce en elle dans une poussée brutale. Elle se crispe, me plante ses ongles affûtés dans la peau et se cambre en gémissant longuement. Je me retire et lui assène un autre coup plus rude. Elle crie en s'extasiant des sensations que lui procurent ces intrusions violentes et massives.

– Mais tu m'aimes, non? gémit-elle à nouveau en agrippant les draps.

Je stoppe mes mouvements et plante mon regard dans le sien plein d'espoir.

– Je n'aime personne.

Je continue ma progression. Vivement contrariée par ma réponse, elle tente de me tenir à l'écart. Je lui donne tout de même un autre coup de reins.

– Quoi?

Je veux la baiser et non me prendre la tête avec ces futilités.

– Tu vas demander ma main à mon grand-père, suggère-t-elle sur un ton autoritaire.

– Non, mais ça va pas?

Je m'interromps et me retire pour me laisser retomber à ses côtés. Coupé dans mon élan, je peste :

– Sérieux! Tu fais chier. On ne peut pas baiser tranquillement?

– Tu sais bien que c'est ce qu'il veut. Et je le veux aussi.

Refusant que je mette un terme à notre ébat, elle vient s'asseoir à califourchon sur moi et, tenant mon pénis entre ses doigts, elle s'y empale doucement et commence de lents mouvements de bassin. Partagé entre l'envie qu'elle continue et la vive colère qui m'ébranle, je lui appose les mains sur ses hanches et l'immobilise.

– Arrête!

– Reed, tu es à moi. Je fais ce que je veux de toi et de ton corps. Si je veux que tu deviennes mon époux, tu le deviendras, mais, pour l'instant, baise-moi, tout de suite!

Elle passe un doigt sur les contours de mes pectoraux. Je relâche légèrement la pression de mes bras sur ses hanches et elle recommence à se pilonner.

Au départ, son mouvement est lent, puis de plus en plus soutenu. Me sentir si dur et imposant en elle la rend hystérique, elle crie, hurle. Elle est proche de l'orgasme et veut que je jouisse avec elle. Elle le souhaite plus que tout afin de me faire comprendre qu'elle a une réelle emprise sur moi. Elle remue encore et encore, s'enfonce à s'en faire mal, mais elle oublie quelque chose d'important sur moi. Je suis bien plus têtu qu'elle et ne suis le jouet sexuel de quiconque.

Je lutte contre mon propre désir de jouir. Tout mon être brûle et s'embrase. Je me retiens, ne voulant pas me laisser dominer par cette petite peste. À bout, je l'empoigne par les fesses et la soulève, puis, sans ménagement, je la jette sur le côté du lit.

– Je t'ai dit d'arrêter.

Je me redresse, m'adosse à la tête de lit, retire le préservatif et m'achève devant son regard outré et furieux.

40

Cara

Dans la chambre, la discussion entre les deux frères est tendue. Au centre, j'essaye d'apaiser les joutes verbales qui fusent de part et d'autre, mais en vain.

– Qu'est-ce que tu foutais, ici, à New York?

Lucas est furieux.

– Putain! Lâche-moi la grappe avec tes reproches, ta morale, ton sens des responsabilités. Tu me casses les burnes et je n'ai franchement pas besoin de ça maintenant.

– Tu as mis la vie de Cara en danger avec tes conneries. Tu t'en rends compte au moins?

Le visage de Reed se tord de colère.

– Bordel! Tu penses que je ne le sais pas?

– Qui sont ces types?

– Personne. Ça ne te regarde pas.

– Ça implique Cara, alors, si, cela me regarde.

– Elle est saine et sauve, Superman. Alors, relax!

Lucas rit sans joie, consterné par le comportement buté et désinvolte de Reed. Je m'énerve à mon tour.

– Reed. Il faut régler cette affaire, et au plus vite. Combien tu leur dois?

– Non, non, non! Déjà, *je* réglerai seul cette affaire. Ensuite, une certaine somme.

– On peut t'aider! proposé-je, pleine d'espoir.

– Non! Mêlez-vous de vos affaires et moi des miennes.

– Qu'as-tu fait de cet argent? demande Lucas.

Reed commence à vraiment perdre patience et se fâche pour de bon, cette fois:

– À ton avis? Tu crois que je les ai chiés, les billets que je te filais tous les mois, hein?

Les yeux exorbités par la hargne, il happe la bouteille d'eau en plastique posée sur la tablette mobile et la lance sur Lucas.

– Dégage! Dégage de là! Sors de cette putain de chambre!

Esquivant le projectile et, avec un sourire narquois, Lucas obtempère et gagne le couloir en me murmurant d'essayer de le raisonner. Je suis fatiguée de les voir se disputer. J'aimerais pouvoir apaiser cette tension et les rabibocher, mais ils sont aussi têtus l'un que l'autre. Lucas a cette fâcheuse tendance à l'attiser pour le pousser à bout et Reed ne fait rien pour arranger les choses et persiste à lui cacher la vérité.

– Reed, calme-toi, s'il te plaît. Ton frère essaye de comprendre...

– Mon frère ne comprend rien du tout et ne comprendra jamais rien, de toute façon. Lui qui est si parfait ! Si bon ! Monsieur le Grand Seigneur. Lucas, saint patron de l'honnêteté et de la droiture. Qui s'est démerdé pour qu'il ne manque de rien ? Qu'il vive une vie sereine ? Moi ! Je t'ai déjà dit que j'avais fait des choses horribles. Putain, je les ai faites pour lui.

Il se tait et, s'adoucissant, culpabilise.

– Je t'ai mise en danger. Bon sang, Cara ! Comment aurais-je pu vivre avec ça sur la conscience ?

– Il ne m'est rien arrivé, d'accord ? Alors, arrête de te reprocher tous les maux de la terre et dis-moi plutôt qui sont ces types et combien tu leur dois. Qu'as-tu fait pour en arriver là ?

Las de devoir garder cela pour lui, il finit par m'avouer toute l'histoire, en passant par sa descente aux enfers à errer dans les rues sans un sou, de sa rencontre avec Kuan Ti à Boston, des combats clandestins, des soirées et nuits dans le lit d'épouses de riches hommes d'affaires et politiques, de sa « pseudo-relation » forcée avec Li-Ming, et d'avoir été un pantin entretenu par le maître de la triade chinoise new-yorkaise jusqu'au jour où il a tout laissé tomber et fui.

– Et pourquoi lui dois-tu cet argent ? Tu ne l'as pas gagné ?

– Quand je lui ai annoncé que je quittais New York, il m'a accordé une faveur, car nul ne quitte la triade de son plein gré et vivant. Il m'a laissé partir, mais à la condition que je m'acquitte de cette dette, de tout ce qu'il m'avait donné au gré du temps.

– Qui s'estime à combien ?

Il grimace.

– Aux alentours de trois ou quatre cent mille dollars...

– Quoi ? m'estomaqué-je. Mais ce n'est pas possible ? Bon sang ! Reed ! Et comment comptes-tu lui rendre quatre cent mille dollars ?

Je me passe une main sur le visage, dépitée. Je n'en crois pas mes oreilles. Où va-t-on trouver ce fric ?

– Il faut tout raconter aux flics.

– Surtout pas !

– Reed!

– Tu ne te rends pas compte de qui ils sont, Cara! San Do a des hommes infiltrés partout, dans toutes les organisations gouvernementales, la police, le F.B.I., la C.I.A., et même à la Maison blanche. Partout! Ils n'ont rien de commun avec les petits caïds de Cornfield. Ce serait signer nos arrêts de mort que de...

Nous sommes interrompus par des applaudissements. Se tenant dans l'encadrement de la porte, Lucas secoue la tête en tapant des mains.

– Bravo, frangin! se moque-t-il, affligé par l'ampleur de ses ennuis. Félicitations!

– Lucas! le grondé-je. N'en rajoute pas.

Je reporte à nouveau mon attention sur Reed.

– As-tu l'argent?

– Non... Comment veux-tu avoir une telle somme? J'ai quelques biens, mais ça doit tourner aux alentours de quarante ou cinquante mille dollars.

– D'accord! dis-je en soufflant et en relâchant les épaules. On va trouver une solution.

– Cara! intervient Lucas. Ne te mêle pas de ses affaires. Il s'est mis dans cette merde tout seul comme un grand. Il s'en sortira de la même manière: tout seul.

– Sors-le tout de suite d'ici ou je te promets que je l'étrangle, fulmine Reed.

À bout, je me mets dans une colère vive et crie:

– Taisez-vous! Ça suffit! Personne ne laissera tomber personne, et personne ne sort de cette fichue chambre tant qu'on n'a pas trouvé une solution ensemble. Lucas, tu gardes tes remarques pour toi, et Reed, sois plus aimable avec lui. Parlez-vous, bon Dieu! C'est trop vous demander de communiquer comme deux adultes, et non comme deux gamins qui se disputent un jouet?

Un silence pesant s'installe entre nous jusqu'à ce que Lucas le brise.

– Cara, je peux te parler seul à seule une minute?

Il me tend la main et m'invite à le suivre dans le couloir. Une fois à l'écart, il s'inquiète:

– Je te prie de ne pas te mêler de cette histoire, ça pourrait très mal tourner.

– On ne peut pas le laisser dans cette situation quand même...

– Depuis quand te soucies-tu de lui?

– Oh! Quand même, Lucas. C'est ton frère. Mon ami. Tu ne vas pas l'abandonner à son triste sort, m'indigné-je en croisant les bras contre ma poitrine. Ils l'ont passé à tabac et menacé de mort, je te rappelle.

– Tu crois qu'il s'est soucié du mien en me laissant seul, il y a douze ans?

– Il... il ne t'a pas vraiment laissé tomber. Il s'est même foutu dans la merde pour que tu puisses vivre tranquillement sans manquer de rien…

– Tu le défends, maintenant?

– Non! Je ne le défends pas. J'essaie de me mettre à sa place.

– Et tu te mets un peu à la mienne aussi, de temps en temps?

– Que veux-tu dire?

– Je laisse partir ma petite amie l'esprit tranquille et qu'est-ce que j'apprends? Qu'elle a passé la journée avec mon frère qui, faut-il le préciser, est fou amoureux d'elle et prêt à tout pour me la piquer. Et quand je vous retrouve, c'est à l'hôpital après un passage à tabac. Vous échangez des regards mielleux et, peut-être le pire de tout, tu le défends alors que quelques jours auparavant tu ne le supportais pas. Qu'est-il venu faire ici? Et qu'avez-vous fait, hier? Hein? Il t'a sorti le grand jeu?

Adossée contre le mur, je baisse la tête un instant pour observer le bout de mes chaussures. Si je lui raconte en détail notre journée, je devrais en évoquer les raisons. Et la raison principale est que Reed voulait simplement m'avouer son passé, les viols subis et le meurtre de Robert. Mais ce n'est pas à moi de le dire à Lucas.

Me voyant hésiter, il s'impatiente:

– Tu m'as menti, Cara! Tu m'as dit avoir passé la journée avec ta copine. Alors, explique-moi, pourquoi?

– Je… je ne sais pas.

Lucas recule et me dévisage avec une intensité déstabilisante. Il fait un pas de plus en arrière et finit par tourner les talons et se diriger vers la sortie.

– Lucas? Où vas-tu?

Je tente de lui attraper le bras, mais il m'esquive.

– Prendre l'air, siffle-t-il, vexé.

Je me maudis et culpabilise, mais que pouvais-je lui dire? Affectée, je retourne auprès de Reed.

– Ça va? s'enquiert-il en remarquant ma mine boudeuse.

Je m'assieds lourdement sur le matelas.

– On vient de s'embrouiller.

– Je suis navré, Cara. Tout ça est de ma faute.

– Arrête, tu n'es pas vraiment navré.

– Si! Je le suis. Je suis désolé de te causer des ennuis.

Il remonte son bras jusqu'à mon visage et glisse un doigt sur ma joue, puis, dans un sourire empli de tendresse et le regard rieur, il ajoute:

– Par contre, ouais, je m'en bats les couilles de votre dispute.

– Reed ! m'offusqué-je, même si je sais qu'il plaisante. Si tu n'étais pas handicapé, je t'en collerais une.

Il se vexe :

– Handicapé ?

Il m'agrippe le bras et me force à me rapprocher pour me faire des chatouilles.

– Tu vas voir de quel bois il se chauffe, l'handicapé !

– Arrête ! Je vais te faire mal, m'inquiété-je, gloussant et remuant pour échapper à ses gestes.

Lorsqu'il me lâche, j'en profite pour m'éloigner et m'asseoir sur le fauteuil près du lit.

– Cara ?

– Oui ?

– Que voulais-tu me dire avant que les autres abrutis arrivent ?

– Rien.

– Tu es certaine ?

Je hoche la tête et, vissant mon regard au sien, je lui précise :

– Je ne voulais rien te dire. Je voulais t'embrasser.

L'émotion semble le submerger. Je vois passer mille et une expressions sur son visage. Il paraît étonné, heureux et troublé à la fois. Il reste sans voix.

– Je vais vendre mon appartement, lâché-je subitement, perdue dans mes pensées.

– Quoi ?

Je répète, bien décidée à mettre mon plan à exécution :

– Je vais vendre mon appartement avec l'aide de Jenyfer et l'argent servira à payer ta dette.

Reed reste bouche bée un court instant, puis assimile avant de se mettre en rogne.

– Non, tu ne vas pas faire ça. Hors de question !

Je m'entête.

– Si, Reed !

– Je ne veux pas que tu te mêles de ça.

– Trop tard ! J'y suis mêlée. Ils m'ont aussi menacée, je te rappelle. Tu n'as pas le choix.

Reed grogne et secoue la tête, puis se laisse retomber sur le matelas.

– On n'a pas le choix, ajouté-je.

41

Cara

Ni Lucas ni Reed n'adhèrent à mon plan. Ils trouvent cela dangereux et, malgré leur entente commune sur ce sujet, l'atmosphère entre eux se dégrade de jour en jour, ainsi que ma relation avec Lucas. Elle prend un mauvais tournant. Lucas est nerveux, peu bavard, et évite tout contact physique. Il est blessé par mon attitude et toujours furieux que je lui ai menti à propos de Reed. Pourtant, il décide de rester un temps à New York, histoire de jeter un œil sur son frère et moi.

Le contrat avec M. Cabana signé, je passe mes journées à organiser la décoration de ce luxueux appartement de Manhattan. Hélas, le cœur n'y est pas. Entre les différents coups de fil passés pour contacter les nombreuses entreprises de peintres, carreleurs et cuisinistes, je m'occupe de la vente de mon propre appartement avec Jenyfer, qui n'arrive toujours pas à se remettre de ce retournement de situation.

Je rends visite au blessé qui se rétablit peu à peu et qui persiste à vouloir me faire changer d'avis, même s'il admet que c'est la seule et unique solution envisageable. La police passe prendre la déposition de Reed, mais il refuse de porter plainte et contredit tout ce que j'ai pu leur déclarer : il s'est fait agresser par des hommes de type caucasien, des petits loubards de quartier, parce qu'il s'était garé à la mauvaise place au mauvais moment.

Je suis à nouveau interrogée, mais je ne change pas un mot à mon premier témoignage : une dizaine d'hommes d'origine asiatique munis d'armes blanches s'en sont pris à mon ami pour des raisons que j'ignore. L'affaire est donc classée sans suite, malgré les suspicions des deux agents.

Les deux premières semaines, les visites s'enchaînent sans aboutir, bien que je brade mon appartement pour obtenir l'argent au plus vite.

Jenyfer l'ayant estimé à plus de deux millions de dollars, je baisse le prix à sept cent mille dollars. Un loft de cent cinquante mètres carrés avec terrasse et vue sur Central Park à ce prix-là, c'est un véritable cadeau.

La troisième semaine, il trouve acheteur et le compromis de vente est rapidement signé. L'argent déposé sur mon compte en banque, je suis prête à régler le problème.

– Bordel, Lucas ! Mais raisonne-la ! intervient Reed en se levant péniblement de son lit d'hôpital.

Se remettant de ses blessures, il tient à peine sur ses jambes. Lucas, l'air détaché, s'adosse au mur, près de la porte, croise les bras contre sa poitrine et ne dit rien. Révolté par son comportement désintéressé, Reed poursuit, fou de rage et vivement inquiet pour moi :

– Si j'étais ton petit ami, je te séquestrerais dans un putain de placard durant tout le reste de ta vie.

Lucas profite de l'occasion pour le ramener à la réalité, d'un sourire narquois :

– Mais tu ne l'es pas.

– Oui, bah ! Pour sa sécurité, il aurait mieux valu. Vu que toi, tu ne réagis même pas, alors qu'elle court au suicide. T'as perdu tes couilles ? Si du moins t'en as déjà eues. Réveille-toi, bon sang ! Ce n'est pas à elle d'aller là-bas.

– Va te faire foutre, se rebelle Lucas, agacé par ses remarques acerbes.

Il se redresse et, d'un regard menaçant, s'avance vers Reed.

Je m'interpose avant que cela ne tourne mal.

– Arrêtez ! Reed : je ne lui ai pas laissé le choix et je ne te le laisse pas non plus. On en a longuement parlé, je ne vois pas d'autre solution. Tu m'as dit que c'étaient des hommes de parole et de principe. Ils ne me feront aucun mal. Ayez confiance en moi et en mon jugement.

– J'ai confiance en toi, s'agace Reed. Mais en eux : non !

Sur un ton ferme et sec, je ferme la conversation.

– Tu feras avec.

Reed se rassoit sur le bord du lit et grommelle. Il a peur pour moi. Il me pense totalement inconsciente et, par-dessus tout, il en veut à Lucas de me laisser mener cette mission suicide.

– Dis-moi où les trouver.

Reed soupire vivement et abandonne toute résistance.

– Le Fuguihia. C'est un restaurant au centre de Chinatown sur Mott Street. Ne rentre pas. Reste bien sagement devant, ils te reconnaîtront et viendront te chercher.

– D'accord.

Je franchis les quelques mètres qui me séparent du lit où est posée la mallette remplie de billets pour la récupérer, mais Reed m'agrippe vigoureusement le poignet. Plongeant des yeux pleins d'espoir dans les miens, il se lance dans une ultime tentative pour me persuader de ne pas aller me jeter dans la gueule du loup à sa place.

– Ne fais pas ça ! S'il te plaît, murmure-t-il.

– Je le fais pour toi.

– Raison de plus. Attends que je sois remis sur pied, et je m'en chargerai. Tu n'as pas à le faire.

– Ne t'inquiète pas, Lucas ne sera pas bien loin.

Je peine à soutenir son regard qui se fait à la fois implorant et très doux. Affectée, je prends une profonde inspiration et tente de me défaire de sa poigne, mais en vain. Il me retient fermement.

– Reed, s'il te plaît.

Lucas intervient sèchement :

– Lâche-la !

Reed crispe la mâchoire et la fait rouler sous sa peau brunie d'une fine barbe. Le visage grave, il lance un regard sombre à son cadet, puis me relâche le bras.

– Si elle revient avec la moindre écorchure, je te promets que je te... commence-t-il d'un ton menaçant avant de se taire.

– Tu me quoi ?

Je m'emporte à nouveau.

– Bon sang ! Que vous êtes pénibles, tous les deux ! Allez, viens, Lucas. On y va !

Pendant le trajet, et comme depuis plusieurs jours, un lourd silence s'installe entre Lucas et moi. Conduisant la Mustang de Reed, il affiche une mine contrariée et fermée. Mais je ne relève pas. Je suis bien trop effrayée par ce qui m'attend pour pouvoir évoquer nos problèmes de couple.

Que m'a-t-il pris de vouloir aller moi-même voir ce San Do ? Il est loin d'être un enfant de chœur ou un petit délinquant. C'est un escroc à la tête d'une bande organisée, d'une mafia et, qui plus est, un assassin notoire.

La panique au ventre, nous arrivons enfin devant le Fuguihia. Lucas gare la voiture sur le trottoir opposé et nous examinons avec attention les alentours. La rue principale de Chinatown est bondée, et, aux portes de ce restaurant à la devanture riche en couleurs rouge et or, trônent deux hommes élégamment vêtus de costumes noirs, affublés de lunettes de soleil et munis d'oreillettes, tels deux vigiles filtrant une boîte de nuit sélecte.

– Ça ira ? s'enquiert Lucas. Tu peux encore faire demi-tour, tu sais ?

J'inspire et expire profondément en tentant d'atténuer l'angoisse qui me tenaille.

– Non. C'est bon. J'ai dit que j'y allais, j'y vais !

Suivant à la lettre les instructions de Reed, je sors de la voiture, traverse l'avenue et, mallette à la main, me poste devant l'établissement en attendant patiemment que quelqu'un vienne me chercher. Rapidement, la sécurité s'active et l'un des deux vigiles porte à la bouche la radio, sûrement incrustée dans son bouton de manchette. Peu de temps après, je suis interpellée par l'un d'eux et je suis invitée à entrer. À l'intérieur, rien ne paraît suspect. Cela a tout l'air d'un restaurant haut de gamme, à la décoration spécifique à la Chine, avec du mobilier ciré et laqué, des lampions de couleur rouge et jaune aux fines pointes turquoise, des pots émaillés ornés de dorures répartis aux quatre coins de la pièce et, aux murs, sont suspendus de longs panneaux de tissu calligraphiés d'idéogrammes.

Emboîtant le pas d'un autre homme qui a pris le relais du vigile, je fais difficilement abstraction des regards posés sur moi. Telle une intruse, le peu de personnel présent me scrute de haut en bas. Nous gagnons une autre salle plus étriquée, meublée uniquement d'un vieux canapé. L'homme me fait signe de m'arrêter. Je m'exécute et tressaute lorsqu'il commence à poser ses mains sur moi, au niveau des épaules, des bras, des aisselles, puis il finit par mes jambes. Subissant une fouille au corps aussi brusque que minutieuse, je me fige. L'homme se relève et, d'un hochement du menton, me désigne la mallette. J'hésite. Que veut-il ? Je ne lâcherai pas ma seule assurance de rester en vie jusqu'à la fin de cet entretien.

– Ouvrez-la, ordonne-t-il.

Après une autre petite hésitation, j'obtempère. Il l'inspecte rapidement et m'invite à m'asseoir sur le canapé, puis sort sans un regard. Une fois seule, je peux enfin reprendre une respiration normale. Balayant la pièce des yeux, je remarque une caméra suspendue face à moi. Tentant de faire abstraction de ce dispositif de sécurité, je fouille dans une de mes poches pour en extirper mon téléphone, mais, évidemment, il n'y a aucun réseau. Plus les minutes passent, plus la pression et le stress me compriment l'estomac et la poitrine.

Pourquoi est-ce si long ?…

Au bout d'un certain temps, la porte s'ouvre sur un homme, ce même homme qui hante mes cauchemars depuis l'agression de Reed. Vêtu d'un chapeau et d'un costume blanc, Kuan Ti pénètre dans la pièce.

Ses lèvres s'incurvent discrètement en jetant un coup d'œil rapide sur moi.

– Quel plaisir de vous revoir, beauté.

Me statufiant sur l'assise, je ne réponds pas. La chair de poule envahit le moindre centimètre carré de ma peau. Je hais ce type. Il me répugne.

– Mon patron ne devrait pas tarder à vous recevoir. Il a décidé de vous rencontrer en personne. Quel honneur pour une femme.

Comblant l'espace qui nous sépare, il s'accroupit devant moi.

– Cela dit, je suis déçu. J'aurais tant aimé le faire à sa place, ajoute-t-il en me pinçant délicatement le menton.

Je détourne aussitôt le visage, écœurée qu'il me touche. Puis, il reporte son attention sur la mallette.

– Est-ce l'argent?

Me contentant de hocher la tête, je la remonte contre ma poitrine et la serre davantage.

– Vraiment, je suis admiratif et touché par tant de sentiments envers un minable gigolo. Quoique, il n'a pas qu'une belle gueule, mais aussi un puissant crochet du droit, je dois le lui concéder. Mais vendre votre appartement pour lui? Wow! ricane-t-il.

Il se redresse et, reculant d'un pas, sort un téléphone ou plutôt une radio de sa poche.

– Comment êtes-vous au courant de ça? finis-je par dire, abasourdie.

– Je suis au courant de tout, beauté. C'est mon job. Rien ne m'échappe. Jamais.

Il porte l'appareil à l'oreille, écoute un bref instant son interlocuteur et, dans un souffle, il répond:

– D'accord.

Il raccroche et, sans la moindre délicatesse, se penche pour m'empoigner le bras et me soulever.

– M. San Do vous attend.

Je me débats.

– Lâchez-moi.

Kuan Ti me contraint à le suivre dans un long couloir menant à un bureau. Devant la porte, il m'indique d'un geste du menton d'entrer et quitte silencieusement les lieux. Le cœur battant à vive allure, je finis par frapper, puis ouvrir et pénétrer dans la pièce uniquement éclairée par de longs cierges.

– Mademoiselle Avery! Fille unique de ce cher défunt docteur, que me vaut l'honneur de votre visite? retentit une voix à la vibration oscillante.

Un vieil homme à la taille menue, assis sur un fauteuil roulant, sort de l'ombre, suivi de deux gardes du corps identiques à ceux de l'entrée du restaurant. Serrant la mallette contre ma poitrine comme si cette dernière était ma propre vie, je peine à sortir un mot et glisse un long regard sur les deux hommes de main. Leur tenue impeccable, leur corps robuste et le manque d'expression sur leur visage m'effraient plus que ce petit vieillard aux traits marqués par le temps et à la balafre s'étalant de sa tempe à ses lèvres. Ressentant ma peur, San Do ordonne immédiatement aux deux vigiles de quitter la pièce.

Une fois seuls, il réitère la question, m'invitant à m'asseoir sur un fauteuil.

– Alors? Je vous écoute, mon enfant.

– Je viens vous demander de laisser Reed Hamilton tranquille et...

– Oh, Reed! Mon cher petit. Comment se porte-t-il? m'interrompt-il sur un ton faussement enjoué et sans manifester la moindre émotion.

Je ne me démonte pas.

– Vu que vous l'avez fait passer à tabac, non, il ne va pas bien.

Le vieil homme secoue imperceptiblement la tête et effectue un petit claquement de langue contre son palais.

– Jeune fille. Cara, c'est bien votre prénom?

Je hoche simplement la tête.

– Reed est comme mon fils...

– Épargnez-moi le passage où vous l'avez accueilli, sorti de la misère et où il vous doit tout. Je suis au courant. Mais ce n'est pas une raison pour l'avoir envoyé à l'hôpital dans un état proche de la mort.

– Hum! s'extasie-t-il. Une beauté pure et un caractère affirmé. J'aime ça, mademoiselle Avery. Je comprends mieux.

– Vous comprenez mieux quoi?

– L'attachement que vous porte Reed, bien entendu.

Exaspérée, j'ai envie de lever les yeux au ciel, or je n'arrive pas à détacher mon regard du vieil homme. Est-ce que la terre entière connaît les sentiments de Reed envers moi?

San Do poursuit:

– Passons! Que contient cette mallette?

– L'argent qu'il vous doit.

– Posez-la sur le bureau, voulez-vous?

Je ne bouge pas d'un pouce et m'entête :

– Vous me promettez de le laisser tranquille après ?

Pour la première fois depuis le début de notre échange, San Do me décoche un faible sourire condescendant et cruel.

– Et qu'est-ce que j'obtiens en retour ?

– L'argent ! m'indigné-je.

– Cet argent était un prêt généreux de ma part, il me le devait. L'accord que nous allons passer maintenant est tout autre chose et ne concerne que vous et moi, mon enfant. Alors, je répète, qu'avez-vous à m'offrir pour sa liberté inconditionnelle ? À vous d'évaluer ce qu'elle vaut, ma chère. Je vous écoute ?

Je me décompose à vue d'œil aux mots de San Do. Conclure un marché avec lui ne faisait absolument pas partie du plan.

– Je… Je…

Je me tais. Mon esprit tourne à plein régime. Dans quel pétrin je me suis mise ? Je me maudis. Je n'ai rien à offrir de plus, si ce n'est de l'argent.

– Je peux rajouter de l'argent, si vous le souhaitez ?

– Pensez-vous que je sois dans le besoin, mademoiselle Avery ? dit-il en me faisant signe de regarder autour de nous.

– Non. Mais je n'ai rien d'autre à vous donner.

– Donner. Donner ! Pourquoi toujours vouloir donner ? Et pourquoi pas cette fois-ci me « rendre » ?

– Vous rendre quoi ?

– Un service, par exemple ?

– Quel service ? m'horrifié-je déjà.

– Ma chère Cara, comme vous pouvez le constater, je suis un très vieil homme. Je m'ennuie et j'ai grand besoin de distraction. J'organise donc, pour mon divertissement et celui de quelques vieux amis, certaines soirées très privées, une fois par semaine. Des combats, pour être plus précis. À une époque, Reed était mon meilleur élément. Il combattait avec honneur et sans relâche. C'était un battant, un homme digne et fort. Et, voyez-vous, quelque chose me chiffonne et me déçoit terriblement…

San Do s'interrompt le temps de se racler la gorge et de tousser. J'inspire profondément et m'interroge, angoissée à l'extrême quant à la suite de son discours.

– À cette époque, Reed n'aurait jamais envoyé à sa place une aussi belle femme que vous solder ses comptes. Je réprouve vivement cette attitude amorale et irrespectueuse. Je ne lui ai pas appris à être lâche. Il me déshonore…

Je gigote nerveusement. J'aurais bien envie de déballer le fond de ma pensée. Je trouve cela injuste vu l'état dans lequel ils l'ont mis.

– Alors, continue-t-il, voilà le marché que je vous propose afin qu'il puisse racheter sa conduite indigne : vous allez le convaincre de se battre une dernière fois pour moi. Si vous obtenez cela de lui, très chère enfant, je vous donne ma parole de le laisser tranquille à l'avenir. Mais, en échange de ma grandeur d'âme, vous accepterez d'offrir votre somptueux corps au gagnant.

– Hors de question ! m'offusqué-je, outrée, en me levant d'un bond. Jamais, je… je ne me prostituerai pour vous.

– Un deal est un deal. Vous me rendez ce service et je vous donne ma parole. C'est non négociable ! Et dois-je vous rappeler que vous avez une chance sur deux de pouvoir vous régaler dans les bras du beau Reed ? Il jouit d'une excellente réputation, m'est-il revenu. Elles en redemandent toutes.

– Je suis avec son frère ! Vous êtes infect ! Je…

– Oh ! Vous parlez du jeune homme garé sur le trottoir d'en face ? Je n'ai jamais eu le plaisir de le voir. Pourtant, j'en ai entendu parler si souvent que le décompte est impossible.

– Allez vous faire voir !

Je jette la mallette sur le bureau et tourne les talons.

– Vous avez votre argent, alors lâchez-nous !

Ses petites mimiques, sa façon de manipuler les gens comme s'ils étaient de simples pantins m'insupportent. Interrompue dans ma course par un des gorilles qui surgit de nulle part, je recule et pivote à nouveau vers le vieil homme.

– Laissez-moi partir. Vous avez ce que vous vouliez, dis-je d'une voix que la peur fait trembler.

Dans un ordre silencieux, il lève la main en direction d'un de ses sbires. Ce dernier attrape la valise et gagne une autre pièce sans dire un mot.

– Un instant, je vous prie…

Je comprends alors qu'ils veulent procéder à la vérification du compte et à l'authenticité de l'argent. San Do relève une main en direction de l'homme qui se tient derrière moi.

– Amène-la-moi.

La poigne de l'homme m'enserre tout à coup autour de la nuque. Sans délicatesse, d'un geste abrupt, je suis contrainte de m'agenouiller devant le vieillard.

– Lâchez-moi !

À genoux, telle une vulgaire soumise, je lève des yeux insolents vers le vieil homme.

– Jusqu'à présent, je me suis montré patient et courtois, ma chère...

Il se tait un instant pour me dévisager.

– Baissez les yeux ! fulmine-t-il.

Le sbire de San Do appuie sur ma nuque pour me forcer à incliner la tête. J'obéis, apeurée, le cœur battant à tout rompre, sous le joug de la panique.

– Vous ferez ce que je demande, poursuit-il sur un ton très calme. Ce n'est pas une proposition, mais un ordre, que cela soit bien clair ! Reed doit se battre. Et vous, vous ferez ce que je dis. Point ! Sinon, vous êtes morts, tous les trois. Me suis-je bien fait entendre ?

Je m'entête, ne bronche pas et ne dis rien.

– Compris ? tonne-t-il.

Je sursaute et m'empresse de hocher la tête, terrorisée.

Au bout d'une bonne minute qui me semble s'éterniser des heures, l'homme resurgit, mallette en main, et, avec un hochement de tête, il la dépose sur le bureau.

– Bien ! Notre petit entretien est à présent terminé. Veuillez raccompagner notre invitée.

Sans attendre, je me redresse et m'élance vers la sortie.

Le vieil homme s'écrie :

– Le combat aura lieu dans deux semaines. Reed sait où se rendre. À bientôt, belle Cara !

42

Lucas

Le visage déformé par la colère, Cara me crie dessus. Tout juste sortie de son entrevue avec San Do, elle se rend compte de l'énormité de sa bêtise. Elle s'en veut, bien entendu, mais elle en a également après moi de ne pas avoir réagi, et surtout de ne pas l'avoir empêchée de s'être mise dans une telle situation. Ce qui est injuste tant elle a insisté.

– Tu m'as demandé de te faire confiance, c'est ce que j'ai fait! Que s'est-il passé?

Cara s'enfonce dans le siège de la Mustang et se prend la tête entre les mains en ruminant:

– Bon sang! Dans quel merdier je me suis mise. Il veut que je m'offre en récompense...

– En récompense de quoi?

J'étais prêt à faire démarrer le véhicule, mais je laisse mon geste en suspens.

– Pour nous laisser tranquilles, il exige que Reed combatte et que j'offre mon corps en trophée au vainqueur...

– Quoi? C'est quoi cette connerie encore?

Mon calme s'étiole en une fraction de seconde. Après avoir violemment frappé le volant et jeté un regard furieux à Cara, j'empoigne la portière, décidé à mettre un terme à tout ça à ma façon.

– Lucas? Où vas-tu? crie-t-elle à s'en briser la voix.

– Régler vos conneries.

– Non. Lucas, reviens!

Elle s'extirpe de la Mustang à la hâte et me suit. En plein milieu de l'avenue, je stoppe net.

– Retourne dans cette putain de bagnole! Tu en as assez fait pour aujourd'hui.

– Que comptes-tu faire?

Poursuivant mon chemin, je fulmine encore.

– Demander à me battre contre Reed.

– Non! Lucas, ne fais pas ça! Je t'en prie, arrête. Tu as perdu la tête, ce n'est pas possible.

Une fois sur le trottoir, je change brusquement de cap pour me diriger une nouvelle fois vers Cara et, pointant un doigt accusateur sur elle, je déblatère:

– Pourquoi? Tu ne m'en crois pas capable? Ou alors, tu rêves secrètement qu'il gagne et que tu puisses te le taper? C'est ça? Tu fantasmes de baiser avec mon frère? Je le sais! Tu me prends pour un con? Tu crois que je n'ai rien vu?...

Scandalisée par mes paroles, elle plante des yeux débordants d'incompréhension dans les miens et, excédée par cette journée harassante, elle me gifle.

– Tu es vraiment en train de me piquer une crise de jalousie, là, maintenant?

– Ne me frappe pas.

– Tu n'as pas à me parler comme ça.

Sur ces paroles, je tourne les talons et, stoppé dans mon élan par les deux vigiles de l'entrée, je demande à voir San Do. Après une vérification de pièce d'identité et un appel interne, la sécurité me laisse entrer et, comme Cara une demi-heure plus tôt, je suis amené dans le bureau du vieil homme après une fouille au corps minutieuse.

Entouré de ses deux hommes de main, San Do m'accueille avec circonspection.

– Lucas Hamilton, je présume?

– C'est exact.

Le visage fermé, le maître de la triade se lève péniblement de son fauteuil roulant à l'aide de sa canne et prend place derrière son bureau en m'invitant à faire de même, mais je préfère rester debout.

– Il fut un temps où, moi aussi, j'avais un frère, commence à narrer le vieillard. Le lien fraternel est un attachement si fort et fragile à la fois. Nous sommes issus des mêmes entrailles, grandissons côte à côte avec la même éducation, avec nos lots de bonheur, de malheur, de fierté, et parfois même de jalousie. Pourtant, nous sommes tellement différents...

– J'ai été privé de ce lien et d'éducation très jeune, alors passons, le coupé-je, les dents serrées.

Attrapant un stylo dans son porte-crayon, San Do se tait et tapote le Bic contre le verre de thé posé devant lui.

– Ah! Les jeunes d'aujourd'hui. Quelle fougue, quelle arrogance! Je suppose que la raison de votre présence ici est due au petit arrangement pris avec votre amie, la belle Cara.

– C'est exact. J'aimerais renégocier.

– Je lui ai pourtant spécifié que notre marché était non négociable, me semble-t-il.

– Je me doute. Mais voilà, j'aimerais être le challenger de mon frère, annoncé-je, les yeux pleins de cupidité et de rage de vaincre.

San Do s'enfonce dans son siège et reste immobile et impassible.

– Oh! Quel retournement de situation intéressant. Je suis impressionné. Vous faites fort, monsieur Hamilton, mais quelque chose m'échappe. Pourquoi?

Je m'empresse de lui donner ma réponse:

– Le vainqueur gagne Cara, est-ce bien l'accord?

– Effectivement. Cela dit, il gagnera le corps de la belle Cara, mais en ce qui concerne son cœur, c'est tout autre chose. En avez-vous conscience, jeune homme?

– Je me fiche de son cœur ou même de son corps. Je veux me battre contre mon frère.

Le vieil homme réfléchit un court instant et, glissant son regard vitreux sur moi, il conclut:

– Bon! Votre idée me paraît convaincante. Proposition acceptée, jeune homme. Vous combattrez votre aîné.

– Merci, murmuré-je tout en me courbant afin de saluer le vieillard de façon traditionnelle.

***

– Quoi? s'étouffe Reed, abasourdi par ce qu'il vient d'entendre. Vous deux, c'est la première et la dernière fois que vous vous mêlez de mes affaires.

Il fait les cent pas au milieu de sa chambre d'hôpital. Je viens de lui apprendre qu'à peine remis de ses blessures, il va devoir se battre et, qui plus est, contre moi, et que Cara en sera le prix.

Je m'indigne:

– Tu voulais qu'on fasse quoi, au juste? Risquer que Cara se fasse violer par un type sorti de nulle part?

– J'aurais gagné!

– Qu'est-ce que tu en sais?

– J'en sais rien, mais l'un de nous deux va y rester. Tu piges? On va devoir se battre l'un contre l'autre, se battre à mort. Tant que l'autre enfoiré n'aura pas décidé d'arrêter le combat. Tu captes? Imbécile!

Jusque-là pétrifiée dans son coin et assise sur un fauteuil, Cara se lève d'un bond pour quitter la pièce.

Je me convaincs:

– On va bien arriver à trouver une parade, non?

– Ah! Ah! Une parade, se moque-t-il avant de secouer la tête, dépité. Redescends sur terre, abruti ! L'un de nous deux doit se sacrifier. Voilà la parade.

– Moi, soufflé-je. L'important est que Cara n'ait pas à subir de viol. Que l'un de nous gagne ou non, elle sera de toute façon en sécurité. Je suis un bon acteur, tu n'auras qu'à me filer des coups mesurés et je simulerai des K.-O. Une fois le combat fini, on l'évacue de là-bas…

– Et c'est maintenant que tu décides de ramener tes couilles et de mettre ton costume de super-héros ? raille-t-il.

– On n'a pas le choix.

– Sauf que tu omets un petit détail dans ton super plan, Superman ! Si ta simulation ne fonctionne pas, je ne te tabasserai jamais à mort. Ne compte pas sur moi !

– Et on risque d'y passer tous les trois, ajoute-t-il.

***

Depuis la vente de l'appartement de Cara, nous sommes logés chez son amie Jenyfer le temps pour nous de prendre une décision pour l'avenir, très incertain d'ailleurs. Avec les récents événements, nous n'avons eu l'occasion ni d'en parler ni d'être un couple digne de ce nom. À part des engueulades à répétition, des crises de jalousie, des reproches, nous ne nous sommes pas retrouvés. La flamme est en train de s'éteindre et je m'en aperçois de jour en jour dans les yeux de Cara. Je suis en train de la perdre.

À quelques jours du combat, les choses empirent. Elle m'en veut vraiment d'avoir pris la décision de me battre contre Reed. Ce dernier n'arrange pas les choses en nous rabâchant que l'un de nous y passera. Elle a peur. Je suis confiant.

Après une bonne douche, je la rejoins sur les marches du perron et m'assois à ses côtés.

– Hé ! Ma puce, tu ne viens pas te coucher ?

Lasse et fixant le fond de son verre, elle murmure :

– J'arrive.

– Dis-moi ce qui te tracasse. C'est le combat ?

Je veux la prendre dans mes bras mais elle s'extirpe en vitesse.

– Oui et non, c'est un tout.

– Elle n'est pas très explicite ta réponse. Tu boudes ?

– Je suis fatiguée, admet-elle.

– Fatiguée de ?

Elle gigote nerveusement, agacée de devoir s'expliquer.

– Je suis fatiguée de vous voir vous détruire, toi et Reed. Je suis fatiguée d'être le prix à décrocher. Je suis fatiguée de devoir compter les points et d'avoir à faire un choix…

– D'avoir à faire un choix?

Cara plisse les paupières. Ses paroles semblent avoir dépassé ses pensées.

– De quel choix parles-tu?

– Désolée, je ne voulais pas dire ça…

– Si! Tu l'as dit, trop tard.

Perturbée par la tournure de la conversation, Cara se lève et descend les quelques marches. Plongeant ses doigts dans ses cheveux, elle peine à trouver les bons mots.

– Ne m'oblige pas à le dire…

– Entre mon frère et moi? C'est de ce choix dont tu parles?

– Pas que…

– Pas que? C'est donc ça?

– Il y a aussi nous deux.

– Sois plus précise, Cara! Car là, je pige que dalle, m'énervé-je.

– Écoute, ça fait maintenant deux mois qu'on est ensemble et on passe nos journées à nous embrouiller et à…

– À qui la faute?

– On n'a plus de rapports sexuels. On ne s'embrasse même plus.

Je désigne le trottoir où elle se tient.

– Quand j'essaie de te toucher, tu t'éloignes. La preuve!

– Parce que je n'en ai pas envie, Lucas!

Cette dernière révélation me laisse sans voix. Même Cara est sidérée de s'être confessée aussi radicalement. J'en prends un coup au moral. Il m'est difficile de me contenir. Déjà, mes mains tremblent. Le front plissé, j'articule tout de même dans l'espoir de la ramener à la raison:

– Je t'aime, Cara.

Nous ne nous sommes jamais dit les trois mots fatidiques. Je choisis ce moment-là, désespéré. Affectée par cet aveu, elle ne répond pas et détourne le regard.

– Je suis désolée. J'ai besoin de réfléchir.

Remontant les marches, elle me laisse seul. Je jure et soupire en faisant retomber ma tête en avant. Je ne contrôle plus rien.

43

Cara

Le lendemain matin, après avoir fait chambre à part, l'ambiance entre nous est tendue. Mettant fin à sa conversation téléphonique avec son frère, Lucas boit tranquillement son café, accoudé à la table. Songeur, il m'observe. Je m'attache les cheveux et attrape ma veste.

– Où vas-tu?

– Reed sort…

Je me tais. Le visage de Lucas se ferme à l'énonciation de son prénom.

– Il sort de l'hôpital aujourd'hui. Il ne vient pas de te le dire?

– Et bien sûr, tu te précipites pour l'aider à… emballer ses affaires?

– C'est mon ami. Alors, oui! Je vais l'aider.

Je plante mes yeux dans les siens et, m'attendant à une réplique bien pesée qui ne vient étrangement jamais, je tourne les talons et quitte l'appartement. Je n'ai pas envie de m'embrouiller une fois de plus.

Le trajet en taxi pour rejoindre Bellevue Hospital Center me permet de ressasser les événements de ces derniers mois. Avant d'être en mesure de prendre une décision sur ma vie sentimentale, je ressens le besoin de parler avec Reed.

Devant la porte de sa chambre, je frappe deux petits coups rapides et, sans plus attendre, j'entre.

– Reed?

Ne le voyant ni dans le lit ni dans le fauteuil, j'inspecte la pièce avec attention. Son sac étant toujours posé à terre, sous le téléviseur, il ne doit pas être bien loin. Un bruit issu de la salle de bains attire mon attention. Rattachant sa tignasse blonde avec une pince à cheveux, une jeune infirmière en sort, les joues empourprées, suivie de Reed affichant un sourire béat qui s'efface à l'instant même où il s'aperçoit de ma présence.

– Cara? dit-il, hébété, en serrant à la hâte la boucle de sa ceinture. Que fais-tu là?

Je reste bouche bée et suis du regard la jeune femme en blouse blanche quittant la chambre, pantelante et gênée. Évidemment! Il n'a pas pu s'en empêcher.

– Je… Je… Désolée, je n'aurais pas dû venir sans te prévenir.

Je fais immédiatement demi-tour. Pourquoi le surprendre avec cette fille me blesse autant ? Oui, j'éprouve des sentiments pour lui, mais ce ne sont qu'attirance et amitié. Je ne devrais pas ressentir cette peine immense, cette révolte, cette envie de le gifler et de lui dire qu'il n'est qu'un salaud, un obsédé incapable de calmer ses ardeurs.

Il se lance à ma poursuite et, m'enserrant le poignet, il me contraint à me retourner.

– Hé ! Non, reste.

– Je ne… Je ne peux pas… rechigné-je en essayant de me dégager.

Pourquoi ai-je cette brusque envie de pleurer ? Je sens déjà les larmes me monter aux yeux, ma gorge se nouer et ma respiration se saccader.

– Cara, oh ! Tu m'expliques ? Qu'est-ce qui ne va pas ?

Penchant la tête sur le côté, il tente de capter mon regard.

– C'est Lucas ? Il a lâché le morceau ? dit-il.

– Non. De quoi parles-tu ? Quel morceau ?

– Rien ! C'est cette fille, le souci ? en déduit-il. Écoute, cela faisait des jours que je n'avais pas bai… enfin, tu vois ? J'ai un certain besoin, et cette fille…

Il se tait. Je détourne la tête. Je n'ai pas envie de savoir ce qu'ils ont fait, même si je m'en doute bien.

– Je voulais juste être présente pour ta sortie. C'est tout, finis-je par mentir en retenant un sanglot.

Me dévisageant, il remarque une larme perler sur ma pommette.

– Hé ! Princesse, tu pleures ?

– Non, et arrête de m'appeler comme ça.

À la fois amusé de me voir me buter et peiné de me voir en larmes, il m'étreint en ricanant :

– Toujours aussi têtue.

J'émets un petit rire tout contre lui, la tête posée sur son épaule. Je ne reste jamais bien longtemps en colère contre lui et ce sentiment m'exaspère parce que je ne le comprends pas. M'extirpant de son étreinte, je le fixe en esquissant un triste sourire. Il me dévisage avec tant de tendresse et de désir que ça n'en finit pas de me dérouter, mais le plus troublant dans notre échange, c'est que j'ai l'impression d'en faire de même et Reed semble s'en apercevoir.

– Allez, file rejoindre Grincheux ! Je me débrouille, lâche-t-il en me caressant la joue.

– Je peux t'aider...

– Non, file! Allez, ouste!

Je fronce les sourcils, étonnée qu'il me mette presque à la porte.

– Tu es certain...

Il me coupe la parole en reculant de plusieurs petits pas.

– Oui, allez. Va rejoindre Lucas avant que...

Je m'entête.

– Avant que quoi, Reed?

Au supplice, il se désole.

– Rho, bon sang, Cara, ne m'oblige pas à faire ça!...

L'incompréhension me submerge. Écarquillant les yeux, je l'interroge. Reed secoue la tête, vivement agacé, puis il me fixe à nouveau et se précipite sur moi.

– Et puis merde! Quitte à y rester, autant...

Sa parole est suspendue lorsqu'il appose ses deux mains sur mes joues, remonte mon visage et presse ses lèvres contre les miennes. Emportés dans un tourbillon de désir, nous gémissons au contact de l'autre. Comme une évidence, nos bouches se scellent. Dans un même élan, nous inclinons la tête afin d'assouvir ce besoin qui nous tiraille depuis si longtemps. Goûter à ses lèvres, savourer ce baiser entache ma morale, mais je ne suis plus que sensations, énergie, aimant ou même force d'attraction terrestre. Je le veux. J'explose, mais n'ose pas le toucher, je me contente d'agripper chaque pan de son tee-shirt et de me laisser aller. Puis je percute, recule et mets un terme au baiser.

Toujours pendu à mes lèvres, Reed peine à reprendre ses esprits.

– Avant d'y rester? m'égosillé-je en le bousculant. Reed! Qu'est-ce que cela veut dire? Pourquoi ce baiser? Qu'est-ce que tu ne me dis pas? Pourquoi Lucas devrait avoir lâché le morceau? De quel morceau tu parles? Réponds!

Je m'interromps pour prendre une inspiration et intensifier la fureur de mon regard, puis je poursuis:

– Vous vous êtes parlé au téléphone, ce matin. De quoi avez-vous parlé? Et pourquoi Lucas ne m'a pas empêchée de venir tout à l'heure, lui qui se montre si jaloux d'ordinaire?

Je commence à rassembler quelques pièces du puzzle, mais ce que j'y vois ne me plaît guère.

– Avant de t'énerver, il faut que tu saches que je n'avais pas le choix...

– Je ne m'énerve pas. Je veux juste savoir ce que vous me cachez. Pas le choix de...?

Reculant vers le lit, Reed m'attire avec lui. Il s'assied face à moi en m'empoignant une main.

– Hier soir, Kuan Ti m'a rendu une petite visite *amicale* et…

– Et… ?

– Et j'ai renégocié les termes du deal.

– Et… ?

– Tu te souviens, je t'avais expliqué qu'il m'avait planté un couteau dans l'épaule et que, pour me venger, j'avais baisé sa femme ?

– Oui, m'agacé-je. Je sais tout ça.

– Ben, il veut laver son honneur. C'est donc contre lui que je vais me battre. J'ai réussi à vous écarter, Lucas et toi. Tu es hors de danger, dit-il les yeux pleins d'espoir et de tendresse.

– Tu vas arriver à le vaincre, n'est-ce pas ? Parce que ton baiser avait la saveur d'un baiser d'adieu. Alors, dis-moi franchement : tu penses pouvoir le battre ?

M'attirant davantage contre lui et m'encerclant de ses bras, il grimace.

– Disons qu'il est à ce jour invaincu.

– Mais toi aussi ?

Sa grimace s'intensifie et, relâchant les épaules, il m'avoue :

– J'ai été sauvé de justesse à trois reprises par la petite-fille de San Do, alors je ne suis certain de rien, Cara. Navré.

***

Claquant la porte d'entrée, je me précipite au salon et cherche Lucas. Hors de moi, furieuse de ne pas avoir été avertie du retournement de situation. Depuis quand Lucas était-il au courant ?

– Pourquoi ne m'avoir rien dit tout à l'heure ?

Tranquillement assis sur le canapé, la télécommande du téléviseur en main, il lève les yeux sur moi.

– Il m'a demandé de ne rien te dire.

– Et tu fais ce qu'il te dit maintenant ? Depuis quand ? Vous vous foutez de moi !

– Je vois que la nouvelle te réjouit, ironise-t-il.

Je m'emporte.

– Me réjouir ? Me réjouir de quoi ? De peut-être assister en direct et en toute connaissance de cause à la mort de mon ami ? De ton frère ?

– Toi et moi, on est hors course.
– Mais je m'en tamponne.
– Qu'est-ce que tu voulais que je fasse, hein? Nous avons déjà fait tout ce qui était humainement possible. Tu veux que je retourne voir le vieux pour m'offrir à nouveau à la place de Reed, c'est cela que tu souhaites? Reed n'a fait que rectifier le tir. C'est un cercle vicieux, Cara! Il faudra bien un jour te résoudre à comprendre que ce combat aura lieu, que tu le veuilles ou non...
– Comment peux-tu rester aussi... aussi stoïque?
– Parce que, contrairement à toi, je ne me voile pas la face.
Son regard et sa façon d'énoncer les faits semblent sous-entendre beaucoup de choses.
– Je ne me voile pas la face, j'essaie de me battre, c'est différent. Je préfère garder espoir, plutôt que de baisser les bras comme toi ou même Reed!
– Je ne te parle pas du combat, Cara. Arrête de tourner autour du pot.
Perplexe, je l'interroge du regard.
– Quand tu as su que je devais me battre contre lui, tu n'as même pas cillé, alors que tu savais pertinemment bien que je n'aurais jamais le dessus sur lui.
– Ah! Non, ne commence pas...
– Laisse-moi finir! tonne-t-il, hors de lui.
Je me fige.
– Et là, maintenant, tu t'horrifies à l'idée que Reed puisse y rester? Tu me prends pour un aveugle, un imbécile?
– Il ne t'aurait jamais porté le coup fatal.
– Eh ben, moi si!
– Quoi?
Ma dernière parole reste en suspens dans l'atmosphère électrique qui a envahi la pièce.
– Mais, qui es-tu pour dire une telle chose? dis-je avec effroi.
Ses mots ont dû dépasser ses pensées, il ne peut pas en être autrement. Quel genre de personne souhaiterait la mort de son frère?
Lucas baisse le regard et, me bousculant, quitte le salon pour rejoindre la chambre. Quelques minutes plus tard, il en ressort, son sac à dos sur l'épaule.
– Où vas-tu, Lucas?
Sans un mot et sans un regard, il part.

44

Cara

Le grand jour est arrivé. Dès mon réveil, je traîne des pieds et fais les cent pas dans l'appartement. Mon attitude et ma mauvaise humeur en deviennent insupportables, surtout pour Jenyfer.

– Bon Dieu, Cara, si tu as des regrets, rappelle-le ! Mais, s'il te plaît, arrête de tirer cette tête d'enterrement et surtout de t'enfiler tous mes brownies.

La bouche pleine, je rétorque :

– Je ne le rappellerai pas.

– Alors, arrête de tourner en rond.

Mon portable en main, je me laisse lourdement tomber sur le canapé et affiche une mine boudeuse en la dévisageant.

– Quoi ? s'énerve Jenyfer qui tente désespérément de lire son magazine.

– Rien…

– Rhooo ! Allez, arrête et crache le morceau.

– J'ai envie de l'appeler.

– Bah, appelle-le ! Bon sang ! Je viens de te le dire.

– Non, mais Reed.

Je ne sais pas comment lui avouer que je m'inquiète pour lui. Jenyfer n'est pas au courant de toute l'histoire. Ne voulant pas la mêler à cette affaire, je lui ai caché les vraies raisons de la vente de mon appartement. Je lui ai sommairement expliqué que Reed avait eu une énorme dette de jeu et que je voulais l'aider. Cela fait deux jours, depuis sa sortie de l'hôpital, que je suis sans nouvelles de lui, mon inquiétude grandit d'heure en heure et il me manque.

– Tu me sidères, là, Cara ! Je ne te reconnais pas. Tu viens juste de te disputer avec son frère. Tu ne vas pas aller te précipiter dans ses bras, tout de même ? me réprimande Jenyfer. Puis, fais attention avec ce type, les accros aux jeux récidivent toujours. C'est dans leurs gènes. C'est plus fort qu'eux. Ce type est un nid à emmerdes. Oublie-le.

– Cela ne t'a pas empêchée de coucher avec lui et d'en faire tout un plat pendant des semaines, il y a deux ans ?

Aussitôt, je regrette mes paroles.

– Pardon…

Au moment où Jenyfer veut riposter, nous sommes interrompues par la sonnette d'entrée. Jen quitte sa place pour aller ouvrir.

– Cara ! C'est pour toi, s'écrie-t-elle.

J'accours à la porte dans l'espoir que ce soit Reed ou bien de ses nouvelles. Mais ce n'est qu'un colis, un long et fin carton décoré d'un ruban rose pâle. Je m'en empare et reprends place sur le sofa.

Curieuse de découvrir le contenu, je m'empresse de défaire le nœud et de soulever le couvercle, puis une boule me monte à la gorge lorsque j'aperçois le vêtement trôner au milieu du tulle décoratif.

– C'est quoi? s'inquiète Jenyfer en voyant ma mine déconfite.

Passant ma main sur la soie rouge, douce et éclatante de cette qipao ornée de pivoines noires, je déglutis et, sans même avoir ouvert l'enveloppe déposée dans la boîte, je sais qui me l'envoie.

– Oh mon Dieu ! Mais elle est magnifique, s'extasie Jenyfer en soulevant la robe chinoise traditionnelle. Magnifique, mais super sexy, se reprend-elle en observant plus en détail cette robe sans manches et très courte.

Effectivement, je remarque le col scindé débouchant sur un large décolleté plongeant et l'échancrure sur le côté droit.

– Tu trompais Lucas avec un Chinois?

– Rends-moi ça, m'agacé-je en lui happant le vêtement des mains.

Immédiatement, je range la robe en boule dans sa boîte et pars le paquet sous le bras me réfugier dans la chambre d'amis pour lire le mot.

Belle Cara,

Je vous prierai de vêtir votre somptueux corps de cette humble qipao afin d'assister à notre petite fête de ce soir. J'ai malheureusement omis de mentionner le code vestimentaire, et vous m'en excuserez, mais c'est désormais une affaire réglée. C'est une tradition, et vous savez à quel point je suis pointilleux sur le respect des traditions…

Au plaisir de vous voir ce soir,

San Do

45

Reed

Allongé sur mon lit, je m'étire et me détends la nuque. Réveillé par la lueur du soleil, je suis comme à mon habitude, de mauvais poil. J'ai passé la nuit à baiser avec la petite blonde qui dort encore à mes côtés. Nous nous sommes rencontrés la veille au Bianquiz et avons fini chez moi à Brooklyn pour enchaîner de longues parties de jambes en l'air.

Jetant un coup d'œil sur le plantureux corps dénudé de cette gonzesse toujours endormie, et déjà rondement excité, je me décale pour venir me positionner de tout mon long sur son dos.

Veronica s'éveille peu à peu.

– Laisse-moi dormir, se plaint-elle. Je suis fatiguée.

– Nope! Il faut se réveiller, belle au bois dormant, j'ai des tas de choses à faire, aujourd'hui.

Après avoir attrapé un préservatif sur la table de chevet, je me redresse et lui agrippe le bassin afin de lui remonter les fesses.

Elle gigote lentement, encore ensommeillée.

– Reed! Je t'ai dit non.

– Allez! Merde, sois gentille! Je vais avoir une dure et éprouvante journée. Puis, tu n'as rien à faire. Lève le cul, écarte les cuisses et l'affaire est dans le sac. OK?

– J'ai mal partout.

– Arrête de pleurnicher comme une gamine.

La protection en place, je lui remonte à nouveau et brusquement les fesses, puis lui empoigne fermement les hanches.

– Non.

Mais il est trop tard, je m'enfonce déjà en elle. Tellement étroite et peu apprêtée, je peine à la pénétrer. Veronica râle et finit par se détendre. Se raidir ne fait qu'accentuer les douleurs de la nuit passée. Elle se laisse aller à mes pilonnages qui deviennent de plus en plus soutenus. Remuant de façon précise afin de frotter certaines de ses zones érogènes, je veux la faire jouir pour lui prouver que rechigner à la tâche avec moi ne servait à rien.

Pris dans mon élan, je peste lorsque quelqu'un frappe à la porte.

– Bordel de merde ! Qui c'est ?

Veronica se retient de crier, le visage enfoui dans l'oreiller.

– Lucas.

– Et merde, fulminé-je en secouant la tête, irrité de devoir couper court alors que j'étais sur le point d'éjaculer. Ce n'est pas possible. Tu fais chier, merde ! Tu es seul ?

– Oui.

– Entre, c'est ouvert.

– Quoi ? s'écrie Veronica, horrifiée.

Elle essaie de se dégager, mais je la maintiens fermement et la force à rester en place pour continuer mes va-et-vient. D'un long frisson autour de ma colonne vertébrale, je sens venir l'orgasme et ne veux absolument pas m'interrompre.

– Non, mais sérieux, tu abuses, putain ! me maudit Lucas en me surprenant dans une telle position sans éprouver la moindre gêne.

Lucas se retourne et peste encore contre moi.

– Attends… deux… secondes.

Je jouis dans un grognement retenu et me retire. Satisfait, je donne une brusque fessée à Veronica.

– Allez ! Hop, dégage ! Je dois parler à mon petit frère.

Rassasié, je souris alors qu'humiliée, Veronica m'insulte et s'empresse de déguerpir en rassemblant vêtements et sac.

– Tu es un véritable enfoiré, crache Lucas.

– Moi aussi, je suis ravi de te voir, frangin ! Que veux-tu ?

Je quitte le lit et gagne la salle de bains, un petit sourire arrogant se dessinant au coin de mes lèvres.

– Savoir le lieu pour ce soir.

– On y va ensemble, non ?

J'ouvre l'arrivée d'eau de la douche.

– Non. Changement de programme, j'y vais seul.

– Et pourquoi donc ?

Lucas s'adosse à l'encadrement de la porte de la pièce déjà envahie de vapeur.

– J'ai mes raisons.

– Toujours aussi bavard. Tu l'as mise où, Cara ?

– Elle est chez sa copine, je suppose…

– Tu supposes?

– Ouais, je suppose. Bon! Tu me la files cette putain d'adresse?

Lucas s'impatiente et n'a aucune envie de s'expliquer, mais c'est sans compter sur ma curiosité. Me frictionnant le corps de savon, je sifflote, histoire de l'agacer. J'ai pu remarquer leur éloignement ces dernières semaines et je veux en savoir davantage sur le « je suppose ».

Lucas se redresse et réitère sa demande.

– Alors l'adresse?

– D'accord, mais avant, frotte-moi le dos, raillé-je d'une voix aiguë en me mettant de dos et en relevant légèrement les fesses.

J'explose de rire en voyant sa tête. Lucas souffle; il est à bout. Il quitte la salle de bains.

– Oh! Allez! Déride-toi un peu.

Lorsque je sors de la douche, Lucas est assis sur le fauteuil en train de feuilleter un livre pris sur un rayon de la bibliothèque. Vêtu de mon simple boxer, je m'assieds en face de lui à cheval sur une chaise et pianote sur mon téléphone. Aussitôt, Lucas reçoit un SMS et extirpe son Smartphone de sa poche.

Je lui indique :

– C'est l'adresse. Bon. Et maintenant, tu m'expliques pourquoi tu ne veux plus t'en tenir au plan et venir seul?

– Je veux éviter Cara.

– Hein?

Se levant, Lucas finit par lâcher le morceau, même si cela lui en coûte en fierté:

– On est en froid.

Sur cette révélation, je ne sais plus que dire. Moi qui ai pourtant toujours une bonne repartie et le sarcasme facile, je reste bouche bée sans pouvoir prononcer le moindre mot.

– Ne fais pas cette tête, frangin, me provoque-t-il en me tapotant l'épaule. Tu devrais être heureux, non? Ça t'offre une nouvelle opportunité.

– Une nouvelle opportunité de?

– Ne fais pas l'innocent, tu veux? Elle est à toi. Ça y est, tu y es arrivé.

Fronçant les sourcils, je le regarde quitter mon appartement.

46

Cara

Espérant bêtement que la robe se rallonge comme par magie, je tire pour la énième fois sur l'ourlet. Je me sens affreusement mal, vêtue de la sorte. Fraîchement douchée, maquillée et finissant ma tresse, je m'aperçois qu'à chaque fois que je lève le bras, la qipao remonte pour dévoiler entièrement mon sous-vêtement.

– Qu'as-tu encore à râler? s'enquiert Jenyfer en pénétrant dans la chambre d'amis.

– Cette robe est dix fois trop courte.

– Bah, mets autre chose.

– Si c'était si simple…

– Je n'ai toujours pas compris où tu vas ce soir et pourquoi tu dois porter cette robe?

Regardant l'heure sur mon portable, je me rends compte qu'il est déjà vingt heures passées. Reed ne devrait pas tarder à venir me chercher. Je me dépêche. Je me dirige vers le salon, suivie de Jen. Sur mon passage, j'attrape mon sac à main et ma veste, puis fais claquer un rapide baiser sur sa joue.

– Promis! Je t'explique demain. Je file. Bonne soirée.

Sans engouement et angoissée, j'ouvre brusquement la porte d'entrée et tombe nez à nez avec Reed. Pile à l'heure. Le bras en suspens devant lui, il était sur le point de sonner. Il glisse aussitôt un long regard sur moi et écarquille les yeux. Ayant les iris d'un bleu très clair, presque blanc, je remarque ses pupilles se dilater lorsque son regard s'aimante à ma poitrine.

– Oh, nom de Dieu!

– Merci Reed. Merci! J'étais déjà bien assez mal à l'aise comme ça, mais là, c'est le bouquet!

Télescopant ma main contre son épaule, je le bouscule pour me frayer un chemin.

– Allons-y! Et qu'on en finisse.

– Hep, hep, hep! Pas si vite, jeune fille. Demi-tour et change-toi immédiatement!

– Je ne peux pas…

– Non, non, non. Tu ne vas pas te pointer dans une arène pleine de testostérone et de mâles en rut accoutrée de ce tout petit bout de tissu qui ne cache absolument rien ! Jamais de la vie !

Je me lève sur la pointe des pieds et lui susurre à l'oreille pour ne pas que Jenyfer entende :

– On m'oblige à porter ce truc, tu comprends ? Alors, n'insiste pas et partons.

Il grogne.

– Quel enfoiré !

– Lucas n'est pas avec toi ?

– Non, il a décidé de faire cavalier seul ce soir.

Je n'en rajoute pas. M'ouvrant la portière, Reed m'invite galamment à m'asseoir dans la Mustang. Il fait rapidement le tour et s'installe au volant avant de démarrer et d'emprunter l'avenue.

– Ça va, toi ? finis-je par m'inquiéter. Je ne t'ai pas vu ces derniers jours.

– Hum, hum ! Et toi ?

– Je suis un peu angoissée et…

– Non, je veux dire… Lucas m'a dit pour votre nouvel accroc, me coupe-t-il.

Je m'étonne.

– Oh ! Tu es au courant ?

– Ouaip, il est venu pleurnicher ce matin.

– C'est vrai ? Il n'allait pas bien ?

– Je n'en sais rien, à vrai dire. Tu sais, il n'est pas très bavard.

– Que t'a-t-il dit ?

– Les mots exacts étaient « on est en froid », avoue-t-il en tentant d'imiter Lucas, mais Reed ayant une voix bien plus grave, cela s'avère un véritable fiasco. Alors, tu me racontes ?

– Il n'y a rien à dire…

Je me tais en captant un léger sourire en coin se dessiner sur ses lèvres.

– Quoi ?…

– Rien, rien.

– Allez, l'incité-je. Balance-moi le fond de ta pensée.

Son sourire s'élargit.

– Tu lui as dit pour notre baiser ?

– Non !…

– Alors, c'était quoi le sujet de dispute, cette fois ?

Je mens.

– Rien qui te regarde.

Restant un instant concentré sur la route, Reed finit par m'interroger.

– Pourquoi t'es-tu laissé faire?

Je suis perdue par la tournure que prend la discussion.

– De quoi parles-tu?

– Du baiser, lâche-t-il en m'envoyant une petite bourrade de l'épaule.

Reportant mon attention sur mes doigts que je maltraite nerveusement, je prends une longue inspiration.

– Parce que j'en avais envie.

– Et tu comptes faire quoi de Lucas?

– C'est-à-dire?

– Votre relation?

Je jette un coup d'œil à travers la vitre et observe la circulation avant de répondre.

– Je ne sais plus. Il m'a dit qu'il m'aimait.

Reed arque un sourcil.

– Tu lui as répondu quoi?

– Rien.

– Aïe! grimace-t-il.

Je soupire. Il se risque:

– Et tu comptes faire quoi de moi?

Il ponctue sa phrase d'un clin d'œil et d'un petit sourire en coin.

– De toi?

– Oui.

Je marque une hésitation, puis raille:

– Déjà, essaie de rester en vie et après on en reparlera autour d'un bon café.

– C'est un rencard?

Faussement exaspérée, je secoue la tête, puis lui rends son sourire radieux.

– Tu veux que ce soit un rencard?

– Et toi?

Je ris. Ce petit intermède me fait oublier un court instant l'horreur à laquelle je vais devoir assister.

– Merci, dit-il tout à coup.

– Merci pour quoi?

– Tu me donnes une autre bonne raison de gagner ce combat.

– C'est-à-dire?

– J'adore le café.

Je ris. C'est nerveux, mais je ris à m'en décrocher la mâchoire.

47

Cara

Au bout d'une vingtaine de minutes en direction du Bronx, Reed gare le véhicule sur Palisade Avenue, non loin d'un entrepôt lugubre. Très vite, nous sommes invités à doubler la file d'attente grossissant de minute en minute le long du bâtiment sous mon œil angoissé. La gorge serrée, je suis les deux hommes qui sont venus à notre rencontre pour nous amener à l'intérieur. J'ai peur. Je suis un peu perdue et affolée à la fois. Je n'ai jamais assisté à ce genre de combat. Évidemment, j'en ai vu dans des films, mais là, c'est la réalité.

Jusque-là derrière moi, Reed vient à mes côtés et, sans un mot, il frôle ma main de la sienne. Comme pour me dire silencieusement qu'il est là, qu'il est encore là. Je me saisis de ses doigts et les serre de toutes mes forces.

Arrivés dans ce qui ressemble à une arène entourée de gradins, je suis horrifiée de voir le ring flanqué de grilles telle une cage, une cage de zoo. Les spectateurs assoiffés de sang et de pure violence prennent peu à peu place sur leur siège. Ils applaudissent, crient, acclament et tapent des pieds et des mains, encouragés par un chauffeur de salle. La vibration émanant de la foule sanguinaire résonne et amplifie mes battements de cœur, la panique me gagne.

Reed se tracasse :

– Ça va aller, princesse ?

La gorge trop nouée pour prononcer une syllabe, je hoche la tête et resserre ma poigne.

– Je ne vois pas Lucas, finis-je par crier pour couvrir le brouhaha.

– Moi non plus.

– Mademoiselle, par ici, m'invite un des deux hommes en me dirigeant vers une estrade.

Nous sommes contraints de nous séparer, mais je peine à lui lâcher la main. Bousculée par le vigile, je suis poussée en arrière.

– Ne la touche pas, enfoiré ! se fâche Reed en fonçant sur l'homme.

Il est rapidement maîtrisé par deux autres gorilles et écarté sans ménagement sous mes yeux terrifiés. Nous nous lançons un dernier long regard avant qu'il soit emmené dans les coulisses.

Sur l'estrade au milieu de la fosse, je m'assieds à la place qu'on me désigne. Seule sur la première rangée, je scrute les alentours et m'épouvante de voir que je dispose d'une place de choix pour assister à ce combat que je redoute tant.

Une petite minute plus tard, mon portable vibre. Je lis le message provenant de Reed :

[Je t'aime.]

Je lève les yeux au ciel en retenant un sanglot. Toutefois, un léger sourire s'incruste sur mon visage. J'aimerais pouvoir lui répondre la même chose, mais ce soir, mes émotions sont exacerbées. Je ne contrôle plus rien. J'ai envie d'être avec lui, loin de tout ça.

[Ne me réponds pas.
De là où je suis, je te vois
et j'ai eu ma réponse.
Tu as souri. Cela me suffit.]

Je relève les yeux et essaie de le trouver parmi la foule, mais en vain.

– Mademoiselle Avery, m'interrompt San Do assisté par ses deux hommes de main et accompagné d'une jeune et ravissante Chinoise. Ravi de vous revoir. Êtes-vous satisfaite de la place que je vous ai réservée pour notre spectacle ?

Qu'il aille au diable avec ses politesses ! Je ne lui adresse pas la parole et range mon portable dans mon sac à main.

– Vous êtes divine, ce soir. La finesse du goût de Li-Ming ainsi que son attachement aux symboles et coutumes de notre pays d'origine m'enchantent depuis son plus jeune âge.

San Do remercie sa petite-fille et, spontanément, je m'attarde sur la jeune Chinoise qui s'assied aux côtés de son grand-père sans me porter la moindre attention. Je ne peux m'empêcher de la trouver magnifique avec ses longs cheveux noirs, son visage de poupée et ses yeux bridés maquillés d'un trait fin d'eye-liner. Elle porte, elle aussi, une qipao identique à la mienne, mais aux couleurs inversées. Je me souviens du récit de Reed à son sujet et je me surprends à ressentir une pointe de jalousie.

– Êtes-vous prête pour le spectacle ? insiste le vieil homme.

Je ne daigne toujours pas lui répondre. San Do s'en amuse.

– Allons, mon enfant, quel est votre favori?

Haussant les épaules afin de lui manifester mon désintérêt, j'inspecte la salle, cherchant désespérément Lucas des yeux. J'ai beau balayer les tribunes avec attention, je ne le repère pas. Je me retourne pour scruter l'arrière-salle, il n'y est pas non plus. Très inquiète, je lui envoie un texto. Pas de réponse.

– Vous cherchez quelqu'un, peut-être?

– Mon copain, Lucas, finis-je par dire.

Après tout, avec toute la sécurité mise en place dans la salle, ils l'auront peut-être aperçu.

Le vieillard incurve légèrement les lèvres, puis lève une main à l'attention d'un de ses sbires postés derrière nous. Ce dernier se penche sur le vieil homme et écoute attentivement ce qu'il lui murmure et, se redressant, il sort un téléphone de la poche intérieure de sa veste.

– Je me suis permis de prendre une petite assurance, indique San Do lorsque le vigile me tend le Smartphone.

Déverrouillant l'écran, je regarde avec stupeur la photo affichée. Au centre d'une pièce sombre, Lucas est assis sur une chaise, ligoté. La tête penchée, il semble avoir été battu et paraît à bout de forces. Un long frisson glacial parcourt mon échine. Scandalisée et horripilée, je peine à maintenir l'appareil dans mes mains.

– Pourquoi avez-vous fait ça? m'écrié-je, horrifiée. Cela ne vous suffit pas que Reed se batte?

– Voyez-vous, très chère amie, j'ai diversement apprécié que l'accord conclu avec le jeune Lucas soit remis en cause. Alors, si vous souhaitez revoir votre ami, je ne peux que vous engager à respecter notre accord à la lettre. Quelle que soit l'issue de ce combat, vous offrirez votre corps au vainqueur.

– Vous êtes un vieux fou sénile et pervers.

Je me lève avec la ferme intention de quitter l'estrade, mais je suis vite contrainte de me rasseoir.

– Détendez-vous et profitez du spectacle, me conseille-t-il avant que le speaker annonce le début imminent du combat.

Une musique forte et criarde retentit tout à coup dans les haut-parleurs fixés aux quatre coins du ring sur des pylônes d'acier. Mon cœur se serre en voyant au loin la silhouette de Kuan Ti s'avancer vers la cage de fer. Torse nu et vêtu uniquement d'un short noir, flanqué d'une tête de dragon rouge, il marche pieds nus, le regard droit devant lui, la mâchoire et les poings serrés. Sa concentration et sa détermination se lisent sur son visage. Le public l'acclame lorsque le speaker le présente en beuglant dans son micro suspendu par un câble au milieu de la cage. Il incite la foule à l'encourager en levant le bras de Kuan Ti. Les cris et les hurlements s'intensifient.

Devant l'estrade, dans la fosse, les parieurs commencent leurs échanges et détaillent l'homme qui se met en place et s'échauffe, sautillant d'un pied sur l'autre. Celui qu'ils attendent avant de lancer les paris ne tarde pas à faire son entrée.

Uniquement habillé de son jean, Reed fait son apparition et les applaudissements explosent. Pareil à un tonnerre éclatant, le grondement provoqué par les spectateurs en tapant du pied et des mains soulève mon estomac.

Fidèle à lui-même, Reed paraît détendu et confiant. De son petit sourire arrogant et séducteur, il envoie des baisers aux quelques femmes présentes sur son passage.

Malgré l'envie de fuir loin de cet enfer et la peur qui comprime ma poitrine, je lâche un tout petit rire contenu et esquisse un faible sourire en le voyant se comporter de la sorte. Ne peut-il décidément rien prendre au sérieux? Ou est-ce sa façon à lui de fuir la réalité? Est-il plus fort comme cela?

J'en suis certaine. C'est l'homme le plus fort que j'aie jamais connu et c'est l'homme le plus beau que j'aie vu. Il doit gagner. Je ne veux pas le perdre. Je veux pouvoir le lui dire.

48

Reed

Dans la cage, je me tourne vers la foule et, levant les bras en l'air, je convie le public à m'acclamer. Je ne pensais jamais revenir ici. Pourtant, c'est le cas. Une fois satisfait de mon accueil, telle une star des rings, je pivote et m'installe face à Kuan Ti, prêt à combattre. Mon attitude l'exaspère au plus haut point et je vois qu'il se fait violence pour ne pas déjà me bondir dessus. Nous nous sommes toujours plus ou moins haïs, et ce dernier rêvait depuis longtemps de me mettre une raclée.

Je détourne un instant les yeux de mon adversaire pour chercher Cara du regard. Juste histoire de savoir si elle va bien. Du moins, si elle tient le choc. L'ayant enfin trouvée, je lui décoche un sourire et un subtil clin d'œil avant de réellement me concentrer.

– Ça t'amuse ? me lance Kuan Ti.

– Ces personnes se sont déplacées pour avoir du spectacle, donnons-en pour leur argent.

– J'y compte bien.

La cloche annonce le début du match où tous les coups sont permis. Nous nous mettons en position défensive, puis nous nous observons. La foule s'apaise peu à peu, patiente. Nous commençons par nous tourner autour, en faisant de petits pas chassés. Je démarre. Je profite des ouvertures que Kuan Ti me laisse pour lui infliger les premiers coups.

– Tu te ramollis, mon vieux.

Aiguillonné par ma suffisance et la rancœur qu'il me porte, Kuan Ti frappe fort, très fort. Ayant imprudemment relâché ma vigilance, je suis percuté de plein fouet par un uppercut qui occasionne une vive ovation au sein de la foule. Légèrement sonné par la puissance du coup, je recule en secouant la tête et reprends ma position initiale.

– Je retire ce que je viens de dire. Tu cognes encore assez fort.

– Ferme-la et bats-toi !

Le regard brillant de fureur, il s'élance à nouveau, mais je l'esquive de justesse et en profite pour lui asséner un coup au niveau des reins. Kuan Ti se plie de douleur et relève la tête dans ma direction.

– Tu n'aurais jamais dû revenir ici.

– Et manquer ça ? Jamais de la vie.

– Vas-y, fais le malin. Tu la ramèneras moins quand je baiserai ta belle devant les caméras, et j'espère que tu seras aux premières loges pour admirer le spectacle.

Kuan Ti se redresse et, le souffle court, il tente de reprendre sa respiration.

– Tu dis ?

Je ne comprends pas : l'accord devait épargner Cara.

– Le vieux a décidé de remettre ta belle dans le deal.

– Quoi ?

Choqué, j'en oublie à nouveau ma défense et me vois roué de coups l'instant d'après. Kuan Ti a perdu tout self-control et, la rage au ventre, il enchaîne en cognant avec ses poings, ses genoux et ses pieds, sous les encouragements de la foule surexcitée.

Toujours debout, mais replié sur moi-même, je tente tant bien que mal d'esquiver et d'encaisser. Il finit par me décocher une ultime droite qui m'envoie valser contre la grille. D'un rebond, je suis aussitôt propulsé par terre et reste gisant au sol, à bout de force. Je lève péniblement les yeux vers la foule et aperçois Cara.

– REED ! hurle-t-elle, au comble du désespoir tout en se levant de son siège.

Kuan Ti tangue légèrement, le regard vide. Puis il secoue la tête, fier de m'avoir mis au tapis. Il lève à son tour ses yeux en direction de la foule et les pose ensuite sur Cara. Son visage, jusque-là fermé par la hargne, se fend d'un sourire froid et lubrique.

Non ! Jamais, au grand jamais, tu ne poseras tes mains sur elle. Même mort, je viendrai t'empêcher de le faire.

Me remettant peu à peu, je commence à bouger les doigts, les bras, les jambes. Ma vision, d'abord trouble, devient plus nette. Je dois me relever. Je dois gagner ce match, sinon elle va subir un viol et, qui sait, peut-être la mort. Je sais ce qu'il va se passer. J'y ai assisté et même participé à de nombreuses reprises par le passé. J'ai même été moi-même le violeur. Je n'avais pas le choix et Cara n'aura pas le choix. Jamais je ne permettrai ça.

Au moment où, à la force de mes bras, j'essaye de me redresser, Kuan Ti cherche à me plaquer à terre. Mais, penché sur moi, il devient une proie facile. Je saisis l'occasion et lui envoie mon genou en plein dans le menton. Il se mord la langue. Sans lui laisser le temps de s'en remettre, je lui colle une série de crochets. Le sang mêlé de salive gicle. La foule hurle à pleins poumons à la vue du sang. Reprenant le dessus sur Kuan Ti, je le fauche de mon tibia et, immanquablement, il perd l'équilibre et s'étale de tout son long. Je me hisse sur lui et l'immobilise. D'une main, je l'étrangle.

– Jamais, tu m'entends ? Jamais tu ne poseras tes sales pattes sur elle.

– Vas-y. Tue-moi, connard.

Il me défie. Kuan Ti connaît mon point faible. C'était d'ailleurs ce qui l'irritait le plus à l'époque. À ses yeux, je n'avais pas la trempe d'un tueur. Je n'avais pas ma place dans son clan et il ne comprenait pas que le vieux sénile m'idolâtre à ce point, alors que lui n'hésitait jamais à tuer, à agir. Mais Kuan Ti ignore le pilier de ma vie : je serais prêt à tout par amour pour Cara et mon frère.

Le regard rageur, je resserre ma poigne autour de son cou.

– Avec grand plaisir.

Je serre encore et encore. Il s'étouffe, cherche l'air, mais je lui broie la trachée. J'éteins mon humanité. Je ne dois pas hésiter une seule seconde. Cet homme m'a fait faire des choses horribles. Cet homme a été ma perte. Cet homme n'est pas mieux que celui qui m'a ôté mon enfance.

Tandis que je suis pris dans une transe indescriptible, la cloche qui clôture la fin du cauchemar retentit. San Do n'est donc pas allé jusqu'à la peine de mort pour son bras droit. Je défais difficilement mes doigts de lui, j'hésite et, épuisé, je bascule sur le sol lorsque toute la salle se lève pour nous ovationner.

Je suis déclaré vainqueur, mais ce n'est pas fini. Je reporte mon attention sur Cara. Que vont-ils faire d'elle maintenant ? Emportée par l'émotion de ne pas avoir assisté à mon massacre, Cara suit le mouvement de la foule et se lève pour applaudir, mais elle est rapidement forcée de quitter son siège. Traînée comme une vulgaire poupée le long de la fosse, Cara crie mon nom. Je me relève et accours contre la grille. De mes doigts agrippés au grillage, je hurle. J'insulte et menace ses assaillants. Je tourne tel un animal en cage, essayant de trouver une issue, mais la porte est toujours verrouillée.

Rassemblant toute la force qu'il me reste, je la secoue, l'ébranle, mais sans succès. Désemparé, j'abandonne sans la quitter des yeux. Hélas, elle disparaît rapidement de mon champ de vision. Je hurle à nouveau.

– San Do ! On avait un accord. Tu devais l'épargner.

Je fais un tour sur moi-même, cherchant mon frère du regard. Où est-il ? Pourquoi n'a-t-il pas accouru pour venir en aide à Cara ?

Je m'égosille avec plus de fureur :

– Lucas !

Toujours allongé, Kuan Ti, qui peine à se remettre des coups, éclate d'un rire puissant.

– Qu'est-ce qui te fait rire, connard ?

Je me précipite sur lui et lui empoigne à nouveau le cou, puis le menace du poing.

– Tu as été sauvé par San Do, mais ne me tente pas. Je me ferai un plaisir de te crever.

– Ton frère, tousse Kuan Ti, étranglé par ma poigne.

– Quoi, mon frère ?

Suffoquant, Kuan Ti esquisse un sourire diabolique.

– Il a été amené dans la salle privée de San Do, battu et ligoté. Si tu ne veux pas qu'il meure, tu vas devoir te plier à la tradition, comme au bon vieux temps. J'espère que ta belle est prête.

La sécurité ouvre et ils envahissent la cage. Tiré par deux hommes, je lâche prise et assimile difficilement ses paroles.

L'enfer recommence, mais cette fois-ci, ma victime est Cara.

49

Cara

À mesure que les deux Chinois me guident dans un long couloir lugubre et austère, la panique m'envahit. Qu'ont-ils prévu de me faire ? Que va-t-il advenir de Reed et de Lucas ? Sans aucune douceur, ils me font gagner une pièce sombre. Lorsque la lumière crue jaillit, je me retrouve au milieu d'une chambre dépourvue de fenêtre. Le cœur battant rudement contre ma poitrine, je suis terrorisée.

– Le sac ! Les vêtements ! ordonne le plus petit des deux.

Je recule, resserre mon sac contre ma poitrine et secoue la tête. Il est hors de question que je me déshabille.

– Plus vite.

Terrifiée et en larmes, je riposte :

– Non ! Je ne vous donnerai rien.

Les visages jusque-là austères des deux Chinois se fendent d'hilarité. L'un d'eux se rue aussitôt sur moi. Je tente en vain d'échapper à sa poigne, mais il m'arrache mon sac à main et me gifle à toute volée. Sous la brutalité du geste, je valse en arrière et retombe tel un pantin désarticulé sur le matelas de ce lit sans draps. Très vite, le second homme prend place au-dessus de moi et m'ôte sauvagement la qipao. Je suis presque étranglée par le col scindé lorsque le bouton se brise. Ravagée par l'appréhension et l'effroi, je hurle et recommence à me débattre quand il relâche légèrement sa poigne, mais je suis vite à bout de forces. Il finit par se glisser hors du lit et me laisse seule, quasiment nue. Sans un mot de plus, ils quittent la pièce et verrouillent la porte derrière eux.

Tremblante et affolée, je me recroqueville, dos au mur. Je hoquette et appréhende ce qui va m'arriver. Je donnerais tout pour être loin d'ici, loin de cette chambre morbide à la tapisserie vert terne qui me donne envie de vomir. Balayant les alentours du regard, je remarque des caméras de vidéosurveillance fixées aux quatre coins de la pièce et pointées en direction du lit. À part le matelas, les caméras, une télévision posée sur une table basse et un bureau à l'entrée, il n'y a rien d'autre, aucune issue.

Plongée dans un silence insupportable, je sursaute lorsque le téléviseur s'allume, seul. Sur les images, je reconnais immédiatement la silhouette de Lucas. Assis sur cette même chaise, la tête penchée en avant et toujours ligoté, il ne bouge pas. Je me presse vers l'écran comme s'il pouvait me voir au travers.

– Lucas?... Lucas, tu m'entends?

Une joie immense m'ébranle au moment où il relève partiellement le visage et cherche d'où provient la voix.

– Cara? dit-il d'une voix rauque et à peine perceptible tant elle est faible.

– Lucas, c'est moi. Comment vas-tu? Ils t'ont fait du mal? Où es-tu?

Scrutant la pièce où il se trouve, il me précise:

– Je ne sais pas. Ils m'ont frappé à mon arrivée devant le hangar et ils m'ont amené ici quand j'étais dans les vapes. Je te vois sur une dizaine d'écrans face à moi...

– Ils ne t'ont rien dit? Ils ne t'ont pas parlé?

– Non, je n'ai vu personne depuis. Et toi, tu es où, là? Le combat a eu lieu?

– Oui, le combat vient de finir.

– Qui a gagné?

– Reed, je crois. Mais j'ai été éloignée dès que le gong a retenti. J'ignore s'il y a un second round ou non.

Je me tais. L'écran s'éteint d'un coup. Le peu de réconfort que je ressentais à la vue de Lucas s'évanouit. Et si un second round était prévu? Et si Reed était abattu. La panique m'envahit à nouveau.

Seigneur! Que ce cauchemar cesse enfin!

Je me recule pour m'adosser au lit et fais un bond lorsque l'écran se rallume. Des images se succèdent. Au départ, je ne comprends pas. Les vidéos sont de mauvaise qualité, noires et brouillées. Puis je percute en levant le nez aux quatre coins de la pièce. Je m'approche du téléviseur et lorgne avec attention. C'est cette chambre, ce lit. Des hommes, des femmes défilent. C'est en accéléré, lointain. Puis ça zoome. Je ravale mon écœurement. Mon Dieu! Ce sont des viols. Je ferme les yeux lorsque le visage baigné de larmes et le regard vide de cette jeune femme en train de se faire agresser apparaissent en gros plan sur l'écran avant que celui-ci ne s'éteigne.

J'ignore depuis combien de temps je suis enfermée ici, quand je perçois des voix dans le couloir. Quelqu'un s'approche. Sur le lit, je me raidis et me remets en boule en ramenant mes jambes contre ma poitrine. On actionne le verrou, je ferme à nouveau les yeux un instant, priant silencieusement pour que ce ne soit pas mon futur bourreau, priant pour disparaître.

– Bon sang! Ils t'ont touchée? s'affole Reed en gagnant la chambre, poussé par les deux Chinois.

Je relève le nez. Il semble avoir été soigné, au vu du pansement recouvrant son arcade sourcilière. Il se précipite vers moi, le front plissé par la révolte. Je peine à parler et d'autres grosses larmes viennent baigner mes joues. Je suis soulagée de le voir, mais effrayée. Je veux partir d'ici.

– Ils m'ont giflée et forcée à me déshabiller.

Il s'installe auprès de moi et m'enlace, mais aussitôt je le repousse.

– Ne me touche pas!

Je suis à bout de nerfs, dévastée et apeurée.

– Hé! Doucement. Je ne te ferai rien que tu ne veuilles pas, d'accord?

D'un regard tendre, il ajoute:

– Tu me fais confiance?

Je hoche la tête malgré l'incertitude. Il retire délicatement son tee-shirt en grimaçant de douleur.

– Tiens, mets ça.

Je me dépêche de me vêtir et le remercie d'une voix à peine audible.

– Reed, je veux partir d'ici.

– Je sais, je sais…

– C'est quoi, cette chambre? Pourquoi sommes-nous là? Je ne veux pas…

– Je sais, princesse, répète-t-il, abattu et navré. C'est un de ses nombreux petits jeux pervers.

– On doit trouver un moyen de partir.

– On ne pourra pas quitter cette pièce tant que tu n'auras pas accompli ta part du deal et, apparemment, ils détiennent aussi Lucas.

– Ils finiront bien par nous laisser sortir.

– Si nous ne le faisons pas, ils te violeront et te tueront à coup sûr, ainsi que Lucas… lance-t-il gravement.

– Qu'est-ce que tu en sais?

– J'ai… hésite-t-il. Par le passé, j'ai régulièrement participé à toute cette mise en scène. J'ai…

– Tu as… là, dans cette pièce, filmé par ces caméras?

Il hoche la tête, honteux de devoir me révéler cette autre partie de son passé.

Les yeux révulsés, j'avale difficilement ma salive, choquée.

– Reed, dis-moi qu'elles étaient consentantes?

Il secoue la tête :

– Non, je n'y suis pas arrivé avec toutes, mais…

– Oh ! Mon Dieu, me scandalisé-je, écœurée. Après ce que toi, tu as subi, tu as…

– Cara, je ne le voulais pas. C'était une obligation. La première fois que j'ai été mis devant le fait accompli, j'ai refusé. Nous avons attendu dans l'espoir qu'ils nous laisseraient finalement sortir, sauf qu'au petit matin, les hommes de main de San Do ont déboulé, m'ont écarté et l'ont violée sous mes yeux. Ils l'ont ensuite poignardée devant moi. Alors, je sais que tout ça est horrible, mais je n'ai pas eu le choix ! Tu comprends ?

– Je ne veux pas faire ça…

Je lui montre le téléviseur et les caméras, puis ajoute :

– … Pas devant Lucas. En plus…

– Je sais, Cara ! Mais nous n'avons pas le choix, crois-moi. Lucas ferait la même chose, j'en suis certain. Je suis sûr que ça t'aurait été plus facile avec lui. Je… J'aurais préféré que tout se passe différemment. Tout est ma faute. Tout ceci est réellement de ma faute. Je t'ai entraînée dans cette merde et je ne me le pardonnerai jamais. Crois-moi, je t'en supplie, après ça, tu pourras me détester, refuser à jamais de me voir, mais…

Je l'interromps en lui envoyant une gifle. En l'écoutant, je prends la pleine mesure de la situation. Oui, après tout ce que j'ai fait pour lui… Je suis hors de moi. J'ai vendu mon appartement pour lui. L'appartement offert par mon père en récompense de l'obtention de mon diplôme. J'ai négocié avec l'autre vieil enfoiré pervers, car j'ai eu peur pour sa vie. Maintenant, je me retrouve dans cette pièce, filmée par des caméras comme une vulgaire prostituée ou actrice pornographique. Je me vois contrainte et forcée d'avoir une relation sexuelle avec mon ami d'enfance sous peine de mort, et sûrement sous les yeux de Lucas. Alors, bien sûr, je lui en veux. Je lui en voudrai toute ma vie.

Il prend sur lui, subit mon geste sans broncher.

– Ils vont vraiment me… si je refuse ?

– Tu ne seras ni la première ni la dernière. Ce cirque a lieu tous les samedis depuis des années.

Un haut-le-cœur me submerge.

– Tu es certain qu'ils nous laisseront partir après ?

– Oui, murmure-t-il. San Do est un homme de parole. À condition qu'il ait obtenu ce qu'il voulait.

Je ris sans joie. San Do, un homme de parole? C'est un taré, un fou à lier, un pervers narcissique, un psychopathe, à mille lieues de l'image que je me fais d'un homme de parole. Mon père était un homme de parole, un homme bon qui ne faisait de mal à personne.

Déglutissant longuement, la gorge nouée, résignée, je finis par lentement m'allonger sur le matelas, les bras croisés sur ma poitrine. Je veux en finir au plus vite.

– Fais ce que tu as à faire et finissons-en, dis-je, rivant mes yeux au plafond avec toute l'abnégation du monde, malgré ma terreur.

Reed soupire. Assis sur le rebord du matelas, il ne bouge pas. Il me fixe un instant et, délicatement, il s'allonge auprès de moi alors que je me crispe lorsque nos bras se frôlent.

– Hé! Princesse, n'aie pas peur. Je ne te toucherai pas tant que tu ne le voudras pas, d'accord? Je te l'ai promis, tu te souviens?

D'une voix brisée par un sanglot, je l'implore:

– Il le faut. Je veux partir d'ici, alors fais-le!

La situation est totalement surréaliste. Je suis tétanisée, et de nouvelles larmes noient mes yeux.

– Je ne te toucherai pas tant que tu ne le voudras pas, Cara.

– Je… Je ne veux pas, pleuré-je.

– Je sais, Cara… Je sais.

Totalement ravagé par mon désespoir, il essaie de me rassurer du mieux qu'il le peut.

– Regarde-moi, m'exhorte-t-il en me voyant fermer les yeux.

Doucement, il appose sa main sur ma joue afin de me tourner le visage dans sa direction.

– Regarde-moi! Si tu fermes les yeux, tu vas t'enfoncer dans tes craintes. Alors regarde-moi, je suis là, d'accord? C'est moi, Reed, ton ami, OK? Je ne te ferai pas le moindre mal. Tu m'as donné ta confiance jusque-là, alors continue. Je t'aime. Tu t'en souviens?

Ravalant ma salive et inspirant profondément, j'ouvre les paupières et plonge mon regard dans le sien.

– C'est bien, princesse, me sourit-il. Voilà, regarde-moi.

Mon souffle est court. Mon cœur bat à tout rompre. Ma gorge est tellement nouée que ma salive peine à passer.

– Maintenant, tu vas me décrire l'endroit de tes rêves, d'accord?

Je fronce les sourcils, déconcertée.

– Quoi?

– Décris-moi un lieu existant ou imaginaire où tu aimerais te trouver, là, maintenant.

– Je ne peux pas, dis-je en secouant la tête.

– Si, tu le peux, princesse. Concentre-toi sur cette idée.

Il esquisse un autre sourire plus tendre que le précédent en me caressant la joue de son pouce.

– Moi, par exemple, il y a quelques années, j'ai acheté pour une bouchée de pain un petit chalet dans les Green Mountains dans le Vermont, au bord d'une rivière, au creux d'une étroite vallée rocheuse. Tu verrais ça, l'endroit est magnifique. Tu n'as pas besoin de télévision ou autre merde moderne. La nature t'offre chaque matin et chaque soir le plus beau des spectacles. Tout y est paisible. Il n'y a pas âme qui vive aux alentours, à part peut-être quelques grives et parfois des ours qui viennent se nourrir dans la rivière. À chaque saison, la nature est différente, tu ne t'ennuies jamais. Et tu vois, j'aimerais me retrouver là-bas en ce moment. Alors, toi? Raconte-moi. Où aimerais-tu te trouver maintenant?

La diversion de Reed a effectivement fonctionné. Je m'étais presque imaginée au bord de la rivière et j'aimerais tellement y être, là, maintenant.

– Non, continue, demandé-je en reniflant. À quoi ressemble ton chalet?

– Oh! C'était une vieille bicoque en bois que j'ai commencé à retaper durant tout un été. Elle est légèrement enfoncée dans le sous-bois, à quelques mètres d'une petite plage de terre et de galets, poursuit-il en glissant son index le long de mon bras. L'intérieur est très rustique. Je n'ai refait que le plancher et quelques bricoles. Ce n'est pas le grand confort, mais il y a le nécessaire de survie. De quoi se faire à manger, se chauffer et dormir. Le seul luxe est une douche, mais il n'y a pas d'eau chaude. L'eau provient de la rivière.

– Dis-moi, il y a des toilettes, au moins?

– Oui! sourit-il, soulagé de voir à nouveau une once de détente sur mon visage. Mais ce sont des toilettes sèches.

Étonnée, je recule pour mieux le dévisager.

– Sérieux?

– Oui! Tu sais, ce chalet est vraiment perdu au milieu de nulle part, dans la vallée. Y a pas d'eau courante ni de fosse septique. Il faut faire avec les moyens du bord.

– Il n'y a pas d'électricité?

– Non plus, ni de réseau téléphonique. Et ça, je te jure que c'est le pied!

– Pourquoi t'être perdu là-bas?

Il réfléchit un instant pendant que je pose lentement ma main sur son biceps et commence à le lui caresser lentement.

– La tranquillité, la beauté, je ne sais pas, dit-il en haussant une épaule et en observant attentivement ma main tremblante sur sa peau. J'aimerais finir ma vie là-bas.

De mon index, je retrace un bout de son tatouage et remonte le long de son cou pour glisser mes doigts sur sa nuque. Je constate que mon geste lui propage la chair de poule. Je souris et visse mon regard au sien, puis marmonne un merci. Il est arrivé à me détendre et à me permettre de m'évader ne serait-ce qu'un petit moment. Je lui en suis reconnaissante. Il aurait pu agir d'une tout autre manière, mais non! Il a été parfait. Il est parfait malgré tout.

– Ne me remercie pas. C'est à moi de le faire.

À ces mots, j'enfouis mes doigts dans sa chevelure et lui attire le visage vers moi. Je soulève légèrement le menton, puis chuchote :

– Embrasse-moi.

– Je…

– Tu quoi?

– Rien.

Reportant son regard sur ma bouche, il vient lentement y presser ses lèvres. Je m'électrise aussitôt le contact établi. Mais je remarque qu'il plisse le front, comme écœuré ou souffrant. Je m'écarte.

– Qu'est-ce qu'il t'arrive? C'est ta blessure à la lèvre qui te fait mal?

Ouvrant à nouveau ses paupières, il me dévoile des yeux larmoyants. Je ne saurais dire ce qu'il se passe dans sa tête, mais je n'ai jamais vu ce genre de regard, ni sur lui ni sur quiconque.

– Non, Cara. Tout va bien.

Sur ces derniers mots, il revient sceller ses lèvres aux miennes. Emporté par son émotion et le désir qui l'embrase, il intensifie son baiser malgré la douleur que semble lui infliger sa blessure. Un son entre le gémissement et le grognement s'échappe de sa gorge. Il incline légèrement la tête pour me prendre à pleine bouche.

Tous mes sentiments refoulés ces derniers mois réapparaissent en un véritable feu d'artifice et me transportent dans une transe que je n'aurais jamais crue possible, surtout au vu de la situation dans laquelle nous nous trouvons, réduits à être filmés pour satisfaire la libido d'un voyeur pervers et sauver notre peau.

Cet homme aux lèvres si douces et à la langue experte me fait oublier le traumatisme de cette soirée. Je n'ai jamais été embrassée avec autant de passion et de désespoir mêlés. Je sens la fougue et la tendresse qui en émanent. Comment ai-je pu m'en passer? Ce que j'avais envisagé comme un supplice se mue en un intense aphrodisiaque. Je me surprends à en oublier les caméras et Lucas, et j'incite Reed à poursuivre ses caresses et ses baisers. Dois-je en avoir honte? Suis-je aussi tordue que ça? Je ne sais pas.

Quittant un court instant ma bouche, Reed plonge un autre regard larmoyant, mais de désir cette fois-ci, dans le mien. J'esquisse un sourire timide.

Il se hisse sur mon corps et descend lentement en me relevant le tee-shirt jusqu'au-dessous de ma poitrine. Il dépose sa bouche contre mon ventre qui se gonfle et se creuse au rythme de ma respiration. Il exerce une douce pression, pince délicatement ma peau de ses dents et appose ses doigts sur mes flancs afin de longer leurs courbes. Il continue sa progression lascive jusqu'à ce qu'il remarque que je me crispe et que je regarde autour de nous.

– Hé, hé, princesse? Ne me lâche pas du regard, d'accord? Pas une seule seconde. Il n'y a que toi et moi. OK?

Je reporte aussitôt mes yeux sur lui et refrène cette nouvelle vague de panique. Éblouie par la beauté de ses iris et la façon dont il me transmet toute la profondeur de son amour à travers ce simple regard, je reprends peu à peu le dessus sur mon émotion.

Il poursuit en m'ôtant délicatement et lentement mon sous-vêtement.

– Si cela devient insupportable, stoppe-moi immédiatement, OK? N'oublie pas: je ne veux absolument pas te forcer. Il faut que tu le veuilles.

Je hoche la tête. Je ne suis plus qu'une boule de sensations contradictoires. L'exhibitionnisme n'étant pas du tout mon truc, je m'interdis de désirer ce qui va suivre. Pourtant, mon corps me trahit, réagit à ses caresses et y aspire. Mes joues rougissent, se réchauffent. Je dois me détendre, mais c'est une véritable lutte intérieure. Il doit aller à l'essentiel, mais il cherche à me donner du plaisir pour que j'en oublie l'horreur de la situation.

– Laisse-toi aller, princesse, d'accord?

– Je suis prête, murmuré-je.

Agenouillé sur le matelas entre mes jambes et les doigts tremblants, il redresse le buste pour défaire sa ceinture et la braguette de son jean. Il semble si nerveux. Une fois dévêtu de son pantalon, de son boxer et en possession d'un préservatif sorti de son portefeuille, il se rallonge sur mon corps pétrifié et dépose un baiser sur mon front, puis, du plat de sa main, il retire les quelques mèches de cheveux collées sur ma peau moite.

– Ça va toujours, princesse?

Même si tout ceci est dépourvu de sens, je lui décoche un faible sourire, hoche la tête et plonge mon regard dans le sien. Je remonte mes bras le long de son dos et fais courir mes doigts dans sa chevelure. Lèvres contre lèvres, nos langues se mêlent, se goûtent et se savourent avec plus d'intensité. La fougue qu'il y met me déroute légèrement. Il soupire, grogne et sa respiration devient sifflante. Mes mains posées sur son cou, je perçois l'irrégularité de ses battements de cœur. Je suis consciente de chaque parcelle de son corps, magnifiquement sculpté, qui se frotte contre le mien. Il est d'une beauté et d'une perfection déconcertante. Je comprends mieux pourquoi toutes les femmes sont à ses pieds et pourquoi elles en redemandent. Je le pensais brusque et sauvage. Il est tout le contraire : doux et attentionné.

Quittant ma bouche, il recule, se met en appui sur un genou et sur son coude gauche. Il arrache l'emballage du préservatif de ses dents et l'enfile avec dextérité le long de son pénis en érection.

Il se positionne de façon à pouvoir facilement me pénétrer. Il s'y prépare. Son sexe dressé et calé entre les replis de mon intimité, il s'enfonce tout en douceur, millimètre par millimètre, m'écartelant de toute son épaisseur. Dans un gémissement grave, il bascule la tête en arrière et ferme les paupières pour profiter de la sensation. Mon esprit part en vrille. Le sentir me posséder est vraiment paradisiaque, intense. Il n'y a pas de mot, mais la situation gâche tout.

Son odeur, ses caresses, sa bouche, son corps musclé et cette façon qu'il a de m'aduler me transportent au-delà de cette prison, mais j'y reviens toujours. Je ne peux pas me détendre. Reed perd son self-control. Il a tant besoin de me posséder qu'il frôle la folie. Pour lui, cette mise en scène est naturelle, pour moi, c'est un enfer. Augmentant la pression de ses doigts sur moi, il m'attire d'un coup sec contre lui. Le geste est si brusque qu'il provoque un claquement de peau. Il lâche un grognement profond et s'extasie. Il tremble de tout son être et ne tient plus en place, il veut bouger en moi. Alors, ne faisant désormais plus qu'un, il poursuit ses coups de reins avec beaucoup de douceur, malgré tout.

50

Lucas

Je ris à m'en décrocher la mâchoire, encore et encore. Tout ceci est insensé, ce que je vois sur ces écrans, ces putains de dix écrans plats suspendus au mur face à moi, est aberrant. Je ne manque pourtant aucun mouvement, aucune caresse, aucun coup de reins. J'entends chaque soupir, chaque gémissement, chaque grincement de latte de ce foutu lit. Elle est en train de se faire baiser par mon frère, sous mes yeux. Je ris, encore et encore, plié sur la chaise. Je ne ressens aucune colère, aucune rancœur. Je ne ressens rien. Cela fait des jours, des mois que je n'avais pas été dans cet état d'apathie. Ce néant m'a pourtant accompagné durant tant d'années que j'y avais trouvé un refuge et retrouver cet état m'apaise.

Mon sourire s'évanouit. Je profite de mon bien-être soudain, puis, relevant la tête, je fixe un des téléviseurs et visse mon regard sur le visage fiévreux de mon aîné. Reed.

***

Août 2004, à la ferme Hamilton

– Oh, le morveux ! Où est ton frère ? me demande Robert en pénétrant dans la cuisine.

Accoudé au plan de travail central, je prends mon petit déjeuner. Je plonge ma cuillère dans le bol de céréales et la tourne tout en fixant mon verre de jus d'orange, sans répondre.

– Hé ! Je viens de te poser une question !...

Je hausse les épaules. Mc Garret sort une bière du frigo et, la décapsulant, il s'appuie contre l'évier.

– T'as perdu ta langue ?

La veille, Reed et Robert se sont encore battus. Mon aîné, du haut de ses dix-huit ans, devient de plus en plus fort. Et Robert peine à le maîtriser. Il est maintenant obligé de l'attacher et de le menacer de s'en prendre à moi pour qu'il se taise.

Reed a passé la nuit à pleurer. Nous sommes dans la même chambre et ses pleurs m'ont réellement agacé. Pourquoi pleure-t-il ? Je ne comprends pas. J'aimerais être aimé, moi aussi. J'aimerais que Robert me dise tout ce qu'il dit à Reed. J'aimerais avoir toute son attention. Depuis que nous sommes gosses, il n'y en a toujours que pour lui. « Tu es magnifique, petit… », « Viens ici, mon grand… », « Assieds-toi sur mes genoux… », « Tu aimes mes caresses ? »… Moi aussi j'aimerais recevoir des caresses comme celles qu'il donne à Reed.

– Tu réponds, morveux ? Où est Reed ?

– Je ne sais pas, articulé-je doucement en lorgnant le porte-couteau.

– Tu ne sais jamais rien, de toute façon. Tu ne sers à rien, ricane Robert avec une voix qui dégouline de sarcasme. T'as beau avoir les yeux d'ta mère, t'es qu'un poids mort que j'trimballe depuis des années.

Robert se redresse et, se grattant l'entrejambe, il fait un pas vers moi. Je courbe le dos, le regard toujours fixé sur les couteaux.

D'une voix à peine audible, je marmonne :

– Ne parle pas de maman.

– Oh, mais c'est qu'il se rebelle, le morveux.

Ayant anticipé ce geste depuis quelques minutes, j'attrape un couteau et le retourne contre mon beau-père qui ne voit pas venir le coup vu qu'il s'enfile une goulée de sa bière. Plantant la lame dans son abdomen, je décharge toute ma haine et ma démence. La Budweiser tombe sur le plancher et se brise avec fracas. Les yeux exorbités, Robert ne bouge plus. Il se fige. Un son étranglé sort de sa gorge. Reportant lentement son regard vitreux sur moi, il ramène ses mains sur le manche du couteau. Je le devance de peur qu'il ne m'agresse à son tour. De toutes mes forces, je le bouscule en arrière. Il perd l'équilibre, glisse sur la bière et les bouts de verre éparpillés au sol, puis heurte l'évier de l'arrière du crâne. Perdant connaissance, Robert s'effondre. Je ne prends pas la mesure de mon geste et exulte en silence. J'éprouve une sensation de toute-puissance. C'est la première fois de ma vie que j'éprouve cela. Je souris. Mais mon sourire s'évanouit lorsque j'entends la porte de la grange s'ouvrir. Reed est de retour de sa virée matinale. Comment vais-je expliquer ce geste ? Comme à chaque fois que je veux attirer son attention, je feins d'avoir été battu. C'est ce que je prévois de faire.

Je me précipite sur le corps inconscient de Robert. Je me dépêche de lui ôter sa ceinture. Je me dévêts de mon tee-shirt et commence à me flageller avec la sangle. Les coups n'étant pas assez énergiques pour être convaincants, je suis obligé de dégoter en vitesse une autre solution. C'est urgent, j'entends le fracas de la porte de la grange qui se referme ; mon frère va débouler ici d'une minute à l'autre. Lâchant la ceinture, je prends un deuxième couteau, me tords et dirige la lame sur mon dos. L'enfonçant légèrement dans ma propre chair, mon visage se déforme de douleur. J'entends les pas de Reed sur les marches du perron. Il va pénétrer dans la maison d'un instant à l'autre. Je me baisse et me cache derrière l'îlot central. J'essuie le couteau avec mon vêtement et le fais glisser sous les éléments de cuisine. Prêt à recevoir tout le soutien, l'affection et l'amour de mon frère, je fixe un point droit devant moi et force mes larmes.

– Lucas ! s'écrie-t-il en ouvrant brusquement la porte. Où t'as foutu mon VTT ?

51

Reed

Le menton calé sur l'épaule de Cara, je lui caresse la mâchoire du bout de mon nez, je hume son parfum et m'en délecte. L'un contre l'autre, nous reprenons peu à peu nos respirations. Malgré la situation, je suis aux anges, et c'est avec un large sourire aux lèvres que je m'enquiers de son état moral.

– Ça va?

– J'aimerais seulement pouvoir quitter cet endroit et vite oublier tout ce qui vient de s'y passer, avoue-t-elle en me poussant pour récupérer mon sous-vêtement et s'en vêtir à la hâte.

Je la comprends, mais je me sens quelque peu blessé par ses mots. Je m'allonge lourdement sur le côté et me passe les mains sur le visage. Bien évidemment, elle n'allait pas me tomber dans les bras après avoir été contrainte de me donner son corps.

– Ils ne devraient pas tarder.

Je n'ai pas le temps de finir ma phrase que nous entendons le verrou de la porte. Cara se recroqueville sur elle-même, se crispe et s'approche de moi. Un type gagne la pièce sans un regard sur nous. Il dépose le sac de Cara, des vêtements soigneusement pliés et une petite carte sur le bureau, puis s'en va en laissant la porte ouverte derrière lui.

Elle se précipite pour récupérer son sac, le jogging gris et le tee-shirt blanc. Enfilant mon jean, je m'approche de la table et jette un coup d'œil par-dessus son épaule. Elle lit la carte.

– Qu'est-ce que c'est?

– Ta liberté, déclare-t-elle en me tendant le morceau de papier.

Prétendre combler ses désirs par la possession,
c'est compter étouffer le feu avec la paille.
Bien à vous, belle Cara. Désormais, Reed est un homme libre.
San Do

– Allez vous faire foutre! s'écrie-t-elle en direction des caméras.

Une fois habillés, nous nous engageons dans le couloir, pressés de pouvoir enfin refermer la porte sur ce cauchemar.

– Attends ! Attends, s'alerte-t-elle, me retenant par le bras. Lucas ! Il faut retrouver Lucas.

Je grogne.

– Je m'occuperai de Lucas après.

– Où est-il ?

– Pas loin.

– On doit le retrouver. On ne peut pas le laisser là.

– Non, Cara ! *On* ne doit rien faire. *Je* vais te ramener chez ta copine, et après, *je* m'occuperai de lui.

– Pourquoi ? Non !

– Cara, m'énervé-je. Tu veux rester ici ?

Elle secoue vivement la tête.

– Alors partons, et vite ! Je réglerai l'affaire « Lucas » plus tard.

Elle s'arrête.

– Reed ! J'ai besoin de voir Lucas, de savoir comment il va. Je m'inquiète, tu peux comprendre ?

Je fais demi-tour et appose mes mains sur ses épaules.

– Bon sang, Cara. Ouvre les yeux ! Lucas n'a sûrement rien loupé de ce que nous avons fait. Tu crois qu'il va te sauter dans les bras et te dire combien il t'aime et blablabla… Que vous allez vous retrouver pour vivre une belle et grande histoire d'amour, comme si de rien n'était, hein ? Arrête de faire l'autruche !

Furieuse, elle me décoche une nouvelle gifle et, les yeux pleins de reproches, elle me balance :

– À qui la faute ?

Je recule et soupire, puis, calmé, je reprends ma marche en secouant la tête. Je bouillonne de rage, mais je me maîtrise. Mon objectif premier est de la ramener saine et sauve chez Jenyfer, puis de sortir mon frère de là. Je sais que l'affrontement sera inévitable et je veux l'épargner.

Au bout du couloir, j'ouvre la porte et lui fais signe de s'activer. Nous ne rencontrons pas âme qui vive jusqu'aux abords de la voiture. Dehors, quelques badauds se promènent sur les quais. Toute trace de combat clandestin a disparu. L'endroit semble désaffecté et laissé à l'abandon depuis des années, comme toujours.

– Reed, je suis désolée.

– Tu n'as pas à t'excuser. Oublie ! Oublie tout. Ce n'est pas ce que tu voulais ?

– Oui. Je veux oublier cette fichue soirée de merde et… Oh! Reed, je suis navrée, se reprend-elle. Tout à l'heure, je ne voulais pas dire que je souhaitais oublier ce que nous avons fait, mais…

Je lui coupe prestement la parole.

– Ne te fatigue pas, je comprends. Tu as été contrainte et forcée. Tu ne voulais pas coucher avec moi, j'ai compris, d'accord? Tu l'as fait pour sauver ta peau. Alors, n'en parlons plus. Je vais te ramener chez ton amie. Je vais m'occuper de mon frère. Et toi, tu pourras me zapper de ta vie et poursuivre ta paisible et gentille existence, loin de moi.

– Reed, commence-t-elle, mais elle ravale ses mots tant le regard que je lui jette est glacial.

– Écoute, Cara. Je sais que le moment est mal choisi, mais va falloir que tu fasses un choix: lui ou moi? Si tu le choisis lui, je te promets de vous laisser tranquilles et de m'éloigner de vous, mais… Mais, ce qui s'est passé ce soir entre nous était tout sauf anodin, que ce soit pour moi ou pour toi. Alors, tu peux peut-être te voiler la face et continuer à nier la réalité, mais tes regards, tes baisers, tes caresses et ta façon d'avoir été réceptive aux miennes me prouvent que tu n'es pas indifférente.

Le bruit d'une porte en fer qui s'ouvre, non loin de nous, derrière Cara, m'interrompt. À bout de forces, Lucas en sort, titubant. Blessé, il se maintient le ventre.

Entendant claquer le fer, Cara se retourne et accourt vers lui.

– Lucas!

À sa hauteur et, sous mon œil attentif, elle passe instinctivement ses bras autour de sa taille afin de le soutenir. Il se tortille mollement.

– Lâche-moi. Je peux me débrouiller seul, dit-il d'une voix rauque.

– Tu tiens à peine debout.

– Lâche-moi, merde!

Elle s'exécute non sans inquiétude et sans peine.

J'interviens :

– Oh! Calme-toi! Ne lui parle pas de cette manière.

Ralentissant sa marche, Lucas nous jette un coup d'œil sombre. Sur le qui-vive, je m'attends à l'inévitable affrontement. Nos regards se croisent. Lucas s'avance encore d'un pas lourd vers moi. Le temps semble s'arrêter autour de nous. Nous nous fixons, nous affrontons silencieusement. Notre face-à-face n'a rien de bienveillant. Cara le remarque. Elle s'approche de Lucas et pose sa main sur son avant-bras.

– Les garçons… arrêt…

La violente gifle que lui envoie Lucas la fait taire. Elle vacille sous le choc et tombe à terre. Dans la foulée, je me précipite sur lui pour lui agripper le col de son tee-shirt. Je hurle. Lucas se défend d'un coup de poing en plein menton. Je percute la carrosserie de la Mustang, sonné.

– Vous deux ! fulmine-t-il. Ne m'approchez plus jamais. Vous entendez… Jamais.

– Bordel de merde, Lucas ! Tu crois qu'on avait le choix ?

Lucas revient en force sur moi en me pointant du doigt.

– Toi ! Alors, toi, surtout tu fermes ta gueule, OK ?

– Lucas…

– Tais-toi ! vocifère-t-il en se brisant la voix. Je vais foutre ta vie en l'air autant que tu as bousillé la mienne.

– Je ne t'ai pas…

– Ta gueule ! Tu n'aurais jamais dû partir et me laisser seul. Tu n'aurais jamais dû tuer Robert. Je voulais le faire… Mais non. Monsieur m'en a empêché. Il t'a toujours aimé davantage que moi, de toute façon. J'étais insignifiant à ses yeux. Il n'y en a toujours eu que pour toi.

Les paroles de Lucas deviennent de plus en plus incohérentes. Je peine à comprendre.

– Tu te souviens ?

– Bien sûr, abruti. Je n'ai jamais rien oublié. Je voulais que tu t'excuses, que tu te mettes à mes pieds, que tu me supplies de te pardonner…

– Que je te supplie de me pardonner quoi ?

– Il t'aimait et moi non.

Je suis abasourdi, dérouté.

– Il me violait, Lucas. Il nous frappait. Il ne nous « aimait » pas. Ce n'était pas de l'amour…

– Ferme-la ! hurle-t-il en me frappant une nouvelle fois.

Lucas recule. Il pivote et s'éloigne dans la pénombre, tel un zombie errant. Je supporte le coup, stupéfait.

Je finis par me baisser vers Cara, inquiet.

– Hé ! Ça va ?

Je lui tends la main pour l'aider à se relever, mais elle ne bouge pas. Elle est choquée.

– Il m'a giflée, dit-elle, égarée.

Je m'accroupis et viens caresser sa joue, mais elle ne se laisse pas faire et m'envoie valser la main. Je ne réitère pas mon geste. Elle a besoin de digérer la baffe et ce qu'elle vient d'entendre.

– Je ne comprends plus rien, dit-elle ensuite.

Comment a-t-il pu la frapper? Comment a-t-il pu nous mentir à ce point? Il se souvenait de tout… Et il ne nous a rien dit. Comment est-ce possible? Cara a raison.

– Moi non plus…

– Il a peut-être dit ça parce qu'il était blessé de nous avoir vus…

– Non, Cara! Nous n'y sommes pour rien. Il a vécu la même chose que moi. Du moins, il a assisté à ce qu'il me faisait. Il n'a pas le droit de dire ce genre de choses.

– Reed! Je veux partir d'ici.

Je lui tends à nouveau la main.

– Allons-y. Je te ramène chez ta copine.

– Non! refuse-t-elle en attrapant toutefois ma main.

Je l'aide à se redresser et, une fois sur pied, je maintiens son équilibre tant elle tangue. Elle semble à bout de forces et tellement fragile.

– Ramène-moi chez toi.

– Tu…

– S'il te plaît, insiste-t-elle. Jenyfer va me poser des tonnes de questions et je n'ai pas envie d'y répondre. Je n'ai pas envie de parler.

– D'accord.

Concentré sur ma conduite, je ne dis plus un mot. Égarée dans ses pensées, Cara regarde défiler le paysage urbain, son portable à la main. Elle vient d'envoyer un SMS à Jenyfer pour ne pas qu'elle s'inquiète de son absence. Mais, épuisée par les événements, elle finit par s'assoupir.

Je ne comprends vraiment plus rien. Que s'est-il passé sur ces quais? Mon frère a-t-il perdu la raison? Pourquoi éprouve-t-il tant de désespoir face à la mort de Robert? Cet homme n'était qu'un pervers pédophile doublé d'un ivrogne.

Quant au sujet « Cara », je n'arrive tout simplement pas à déterminer ce que je ressens exactement à cet instant. Je l'aime plus que tout. Il en a toujours été ainsi, mais, à deux doigts de pouvoir enfin vivre ce dont j'ai toujours rêvé, les choses ne se passent pas comme je l'aurais souhaité. J'aimerais pouvoir tout reprendre à zéro, oublier ce qu'il vient de se passer.

Sur cette dernière réflexion, je décide de faire ce qui pourrait s'avérer une énorme erreur ou, au contraire, changer la donne. J'ai besoin de me ressourcer, d'y voir plus clair. Je ne connais qu'un seul endroit où je peux retrouver ma sérénité et je suis certain que Cara y trouvera aussi son compte, enfin, après m'avoir insulté.

À un croisement, je choisis d'emprunter l'itinéraire de l'Hudson River pour la traverser et partir en direction d'Albany et des Green Mountains.

Tant pis, elle m'en voudra de l'avoir « kidnappée », mais je veux me retrouver loin de tout et avec elle. C'est mon ultime chance, ma dernière carte à jouer.

Au bout d'une trentaine de minutes de route, Cara manifeste les premiers signes de son réveil. Je me prépare à un conflit imminent. Elle gigote sur son siège et gémit avant d'ouvrir lentement les paupières. Elle me lance un regard ensommeillé avant de le reporter vers l'extérieur et de remarquer que nous roulons en rase campagne.

S'étirant, elle demande :

– On est où?

Son visage se renfrogne peu à peu.

– De retour parmi nous, princesse? dis-je, dans l'espoir d'esquiver l'irrémédiable prise de tête.

– Reed! On est où, là?

– Plus à New York.

– Merci! J'avais remarqué.

– On part en vacances pour quelques jours.

– Bon sang, Reed. Je n'ai pas envie de m'énerver maintenant. Je suis exténuée, j'aimerais pouvoir dormir dans un bon lit. Alors, s'il te plaît, où que nous allions, je m'en fiche, mais dis-moi que ce n'est pas loin?

Je ralentis et me tords pour récupérer une couverture sur la banquette arrière, puis je la lui tends:

– Allonge le siège et couvre-toi. On en a pour plusieurs heures.

Elle soupire et, malgré son agacement, obtempère. Elle n'a vraiment plus la force de se battre ce soir. Elle abaisse le siège et tente de trouver une position confortable en se recroquevillant dans la couverture.

– Ne crois pas t'en tirer si facilement, raille-t-elle en esquissant un léger sourire paresseux avant de fermer ses paupières lourdes de sommeil et de se laisser bercer par le balancement et le vrombissement du moteur.

Je ris doucement et baisse le volume du poste radio, puis me concentre à nouveau sur la route.

52

Cara

Un silence pesant a envahi l'habitacle, je m'éveille. Ouvrant peu à peu les yeux, je m'aperçois que la voiture est arrêtée et que je suis seule. Je me redresse et scrute les alentours. Nous sommes garés sur une aire de repos au milieu d'une vaste étendue de sapins. Seule la lumière rouge d'un néon du complexe routier transperce l'obscurité de la nuit. Je balaye du regard le parking de gravier à la recherche de Reed. Ne le trouvant pas, je m'extirpe hors du véhicule, toujours emmitouflée dans la couverture. Je fais quelques pas en direction de l'établissement quand il en sort les bras chargés de bouteilles d'eau et de sachets.

– Réveillée, princesse?

– Arrête de m'appeler comme ça.

– Réveillée et de mauvaise humeur, constate-t-il sur le ton de la plaisanterie.

Il me contourne, dépose sa charge sur le toit de la Mustang et s'adosse à la carrosserie. Croisant les bras et les jambes, il attend.

Perturbée par son regard insistant et un tantinet goguenard, je demande:

– Quoi?

– J'attends.

– Et? Je peux savoir ce que tu attends?

Il hausse les épaules.

– Vas-y, défoule-toi! Insulte-moi. Engueule-moi. Dis-moi à quel point je suis chiant, casse-pieds et un emmerdeur de première de t'avoir kidnappée et emmenée loin de New York. Je ne sais pas, moi, mais vas-y, lâche-toi. D'habitude tu es douée pour ça. J'attends. Je suis prêt.

J'enroule les pans de la couverture autour de mes bras et pose les mains sur mes hanches.

– Non!

– Non?

– Non, ça te ferait trop plaisir.

Il émet un léger rire, amusé.

– Puis, tu viens de parfaitement résumer le fond de ma pensée, alors je n'ai rien à ajouter.

– D'accord. Alors, en route ! dit-il en se redressant et en extirpant les clefs de voiture de sa poche.

– Attends ! Où va-t-on ?

– Au chalet.

– Ton chalet dans les Green Mountains ?

– Bingo !

– Pourquoi ? Que veux-tu qu'on fasse là-bas ?

Sans me répondre, il fouille dans les sacs pour en sortir une paire de chaussures de randonnée.

– Tiens. Enfile ça.

– C'est quoi ?

Il rit.

– Des chaussures…

J'insiste sans prêter attention à sa moquerie.

– Pourquoi ?

– Bon ! Attrape-les et mets-les ! À moins que tu préfères rester en talons avec ton jogging.

– Tu m'as acheté des chaussures ? relevé-je, étonnée, en m'en saisissant.

Ce geste m'attendrit.

– Non, non. Je les ai trouvées en fouillant les poubelles. Allez, hop ! En voiture.

Ne prêtant aucune attention à ce nouveau sarcasme qui me fait tout de même sourire, je m'en chausse hâtivement. Ne plus avoir les pieds à l'étroit est un bonheur sans nom.

– Alors, qu'allons-nous faire dans ton chalet? Pas de la randonnée, j'espère? Je ne suis pas une adepte de ce sport.

Il ouvre la portière arrière et y jette les bouteilles ainsi que les sachets. Un petit sourire mesquin se dessine au coin de sa bouche.

– Ah, ça, ça dépendra de toi, ricane-t-il. Mais je suis certain qu'on pourra trouver d'agréables occupations tout aussi sportives…

Il prend un air rêveur.

– Seuls, tous les deux, au milieu de nulle part, nus au bord de la rivière…

Il ponctue sa phrase en haussant plusieurs fois les sourcils.

– Reed !

– Je plaisante, Cara ! Relax. Un peu de calme, de solitude loin de tout et de tout problème nous fera le plus grand bien, non ?

– Et si moi, je ne veux pas aller là-bas?

– C'est simple: ne viens pas.

Il s'assied au volant avant de refermer la portière et de démarrer.

Toujours dans la même position et dépitée, je n'en reviens pas. J'aurais finalement dû l'insulter. Je déteste qu'on me force la main, mais, évidemment, avec lui, rien ne se passe comme je l'entends. Refusant de reprendre place dans la voiture, je suis estomaquée de le voir prendre la direction de la sortie, me laissant plantée là au beau milieu du parking en pleine nuit.

Il sort son bras par la vitre et me salue d'un geste de la main. Je crois d'abord à une de ses blagues et qu'au bout du terre-plein de gravier il s'arrêtera et fera demi-tour, mais je tombe des nues en le voyant s'engager sur la route et s'éloigner jusqu'à disparaître derrière la butte.

– Non, mais je rêve? Quel abruti! Quel enfoiré! Je vais le tuer.

Mon sac? Il est parti avec mon sac à main, et... mon portable. Je suis prête à hurler et taper des pieds telle une petite fille capricieuse, mais je jette un coup d'œil vers l'épicerie de nuit. Derrière la vitrine, le caissier m'observe et, à en décrypter les traits de son visage, se moque ouvertement de moi et de la situation ridicule dans laquelle je me suis fourrée.

– Parfait! dis-je. Oui! Vraiment parfait. Je passe la plus merdique des nuits.

Lorsque je me décide enfin à gagner la supérette pour demander de l'aide, une voiture arrive. Éblouie par les phares, je ne remarque pas tout de suite qu'il s'agit de Reed. Il se gare à mes côtés et, avec un large et magnifique sourire un tantinet taquin, il me fait signe de monter. Vu que je reste figée avec d'évidentes envies de meurtre, il s'étire sur le côté passager pour m'ouvrir la portière.

– Allez, monte, Cara! On a encore deux bonnes heures de route.

– Je te hais, Reed! Je te maudis. Ne m'adresse plus jamais la parole! Tu n'es qu'un abruti, un crétin sans cervelle, un imbécile fini.

Je claque la portière en reprenant place sur le siège.

– Ah! s'enthousiasme-t-il en ricanant. Enfin de doux mots d'amour comme je les aime.

Je le fusille du regard avant de détourner les yeux vers l'étendue de sapins qui défile à nouveau devant moi.

– Ferme-la!

Il rit à s'en décrocher la mâchoire. Je le hais!

53

Cara

Après plusieurs kilomètres dans un silence pesant, Reed rallume le poste radio. Il est épuisé et a besoin de distraction pour garder les yeux ouverts. La route est encore longue et je m'entête. Je ne descelle pas mes lèvres pincées depuis tout à l'heure. Je boude. Il change de station. Le coin étant perdu au milieu de nulle part, il ne capte que d'atroces grésillements ou des débats politiques qui ne pourraient que nous endormir davantage.

– Tu peux ouvrir la boîte à gants et me sortir un CD, s'il te plaît?

Je ne bouge pas. Il réitère sa demande d'une voix plus douce en y ajoutant qu'il a besoin de musique pour se tenir éveillé. Je m'exécute et fouille. J'en sors quatre CD: un album des Pixies, King of Leon, Awolnation et The Killers. Le style musical de Reed ne m'étonne pas. D'ailleurs, un léger sourire se dessine sur mon visage lorsque je lui tends les albums.

– Quoi? m'interroge-t-il. C'est quoi ce sourire?

Il me désigne le CD de The Killers, en le pointant du doigt. En guise de réponse, je hausse simplement les épaules, puis insère le CD dans le lecteur. Aux premières notes de musique, il commence à tapoter le volant, mais sélectionne un autre titre et recommence. Puis il se met à chanter le refrain en remuant sur son siège et en battant la mesure. Un vrai gosse.

— *Well somebody told me … You had a boyfriend… Who looks like a girlfriend…*

Je ne peux m'empêcher de rire. Il chante faux, vraiment très faux. C'est un enfer. Surtout qu'il y va de bon cœur. Je m'étais pourtant interdit de lui adresser la parole, mais là, c'est un supplice pour mes oreilles.

– S'il te plaît, arrête! Arrête de chanter!

Sa petite parade pour me pousser à sortir un mot marche à merveille, il rit:

– Ah! Ça y est, tu me parles à nouveau?

– Ai-je le choix? Tu chantes comme une casserole, mes tympans ont failli exploser.

– Boh! Tu aurais pu passer cette semaine sans prononcer un mot, aucun problème pour moi.

– Quoi? Une semaine? Tu veux rester *une semaine* là-bas?

– Cela dépendra de toi.
– De moi ? Encore ?
– On y restera tant que tu me feras la tête.
– Sérieusement, Reed, tu m'énerves ! Arrête de me forcer à jouer à tes petits jeux à la con.
– Te forcer ? reprend-il dans un sourire.
– Oui. Parfaitement : me forcer !
– Je ne te force à rien. Si tu n'avais pas voulu venir, tu m'aurais planté à la supérette.
Voyant que je l'interroge du regard, il poursuit :
– Oui, tu aurais pu récupérer ton sac, ton portable et tu aurais pu appeler un taxi pour rentrer. Pas vrai ?
Je suis prête à nier, mais me ravise.
– Tu me fais tourner en bourrique ! m'exclamé-je, excédée, en croisant les bras contre ma poitrine et en me tournant vers l'extérieur pour ne surtout plus l'avoir dans mon champ de vision.
Il a raison et cela m'agace.
– Tu vois ? J'ai raison.
Je secoue la tête, dépitée. Arrive-t-il à lire dans mes pensées ?
– Tu es naze et agaçant.
– Alors, pourquoi tu souris ?
– Je ne souris pas !
– Si ! Tu souris.
– C'est faux !
– Si ! Si...
À court de repartie, je lui tire la langue en tentant de réprimer le sourire nerveux qui se dessine sur mon visage, puis j'éclate d'un rire vif. Il a une fois encore gagné.
Les minutes, les heures et les kilomètres défilent. Déjà, les premiers rayons du soleil illuminent le ciel. Je m'assoupis de temps à autre et ne peux que constater, à chaque réveil, que le décor change du tout au tout. La rase campagne, les champs cultivés, les prairies laissent place à des vallées, à des hautes collines, des forêts, puis des montagnes. Nous traversons quelques petits villages encore endormis aux maisons typiques de la région, avec leur bardage de bois blanc et de charmantes petites chapelles assorties. Tels que j'ai toujours pu voir dans des feuilletons et des émissions à la télévision.

***

Une légère brise rafraîchit ma joue. Malgré l'envie de prolonger mon sommeil, j'ouvre lentement les paupières. Quelque chose a changé depuis cette nuit. Je ne suis plus à l'étroit dans la voiture. C'est confortable. Je m'étire et ma vision s'éclaircit. Mes yeux suivent le mouvement fluide et léger du voile blanc qui entoure ce vieux lit à baldaquin.

Je rassemble tous les éléments de la soirée, de la nuit, et me souviens de l'endroit où je suis censée me trouver. De mes coudes, je me redresse pour inspecter les lieux. Le drap de coton fin glisse sur mes jambes. Je m'aperçois que je ne porte plus que ce tee-shirt ainsi qu'heureusement mes sous-vêtements et peste déjà contre Reed. Il n'a pas pu s'empêcher de me déshabiller durant mon sommeil. En dépit de cette constatation qui devrait m'irriter, je souris.

Détaillant les alentours, je m'assois sur le lit. Le chalet est plutôt petit et rustique, néanmoins il a beaucoup de charme. Il semble n'y avoir qu'une seule et unique pièce. Le lit trône au cœur. L'espace « salle de bains », sur ma droite, est simplement isolé par une petite palissade de planches. En face de moi, le coin cuisine est disposé contre le mur sous une petite fenêtre, l'unique de l'habitat, d'ailleurs. Une imposante cheminée en pierres s'étend sur le mur de gauche et diffuse une odeur de cendre froide dans l'atmosphère. Elle doit être le soleil de cette cabane lors des rudes hivers de la région. Sur le côté, je découvre une petite porte qui doit sans doute ouvrir sur les toilettes. Aucune décoration sur les murs de rondins dont la couleur brunâtre confère une chaleur intime et douce, quoiqu'un peu sombre, à la pièce. L'unique concession à la décoration de l'ensemble consiste en une guitare suspendue près de la porte d'entrée. Il n'y a aucun tapis, aucun autre meuble, à part un vieux canapé troué.

Il m'a amenée chez lui, dans son refuge, le seul endroit précieux à ses yeux, la retraite où il se retire pour échapper à ses tourments. Mon esprit s'égare sur la cabane de notre enfance, minuscule, bien sûr, mais qui ressemblait vaguement à celle-ci au travers de nos yeux d'enfants.

Un courant d'air frais me sort de ma rêverie. Il provient de la porte d'entrée, grande ouverte. Je n'entends aucun bruit, seuls le chant des oiseaux et le vent dans les arbres à peine perceptible perturbent le silence.

Je me lève et traverse en quelques pas la petite pièce. Je me retrouve alors sur une large terrasse en bois où sont disposées une table et deux chaises vides. Reed n'est pas là.

Je le cherche du regard, mais je ne vois que la forêt humide et dense qui m'entoure. Je porte mon attention sur la rivière dont le courant bourdonne en une douce mélodie apaisante, se frayant un passage autour de grosses pierres plates et polies par l'eau depuis la nuit des temps.

Admirant la beauté du paysage, je m'avance et m'assieds sur le rebord de la terrasse, les jambes dans le vide, à côté de l'escalier qui descend sur un petit terre-plein de galets et de terre sablonneuse s'engouffrant sous l'eau. Cet endroit est vraiment magnifique.

C'est en m'asseyant que je l'aperçois enfin, au loin. Dos à moi et immergé jusqu'aux genoux, Reed marche lentement dans l'eau, la tête baissée. Il est uniquement vêtu de son boxer noir et semble s'être baigné. Ses épais cheveux ébène sont mouillés et de fines gouttelettes reflétant la lumière du soleil ruissellent le long de son dos. Je l'observe un bon moment et m'en délecte : le corps de cet homme ferait pâlir de jalousie n'importe quel mannequin ou athlète, c'est une évidence. Je remarque un hématome sur son flanc gauche, relief de son combat de la veille. Il est si sombre que la couleur s'harmoniserait presque avec son tatouage.

En pensant à la soirée de la veille et en me remémorant certaines images, une vive chaleur emplit mes entrailles. Cependant, je regrette que les choses se soient passées ainsi. Dans mes fantasmes les plus intimes, j'aurais aimé qu'il en soit autrement, que cela soit réfléchi, désiré, et qu'aucune étape ne soit grillée. Avec Lucas, je me suis précipitée. Il était resté fidèle au jeune garçon que j'avais quitté à l'époque, doux et attentionné, ce dont je pensais avoir besoin à ce moment-là. Avec Reed, j'aurais voulu prendre mon temps. Creuser plus profondément sa carapace afin d'y rencontrer l'homme qu'il semble dissimuler derrière ce mur de blessures et pouvoir, peut-être, entamer quelque chose avec lui.

Immobile dans l'eau, ses yeux suivent une truite. Elle lui passe entre les jambes. Il se retourne et, levant le regard, m'aperçoit en train de l'épier. Sans plus attendre, il me rejoint, le sourire aux lèvres.

– Bien dormi, princesse ?

Je hoche la tête. Il se poste devant moi et s'immisce entre mes jambes que je balance lentement. Posant ses mains de part et d'autre de mes cuisses, il se penche pour me donner un baiser sur la joue et se redresse. Il remarque le portable dans mes mains.

– Ce n'est pas la peine de le trimbaler partout. Il n'y a pas de réseau, ici.

– Je souhaitais simplement savoir l'heure, lui expliqué-je en jetant un coup d'œil tendu sur ses mains qui remontent doucement le long de mes cuisses.

Je déglutis et mes poils se hérissent sur leur passage. J'essaie d'évincer les sensations procurées par cette simple et innocente caresse.

– Tu avais raison, le coin est magnifique.

Il remonte ses doigts, m'empoigne fermement la taille et, promptement, me soulève sans douceur. Surprise, je lâche un petit cri et me cramponne à lui, les bras autour de son cou, et croise mes jambes autour de ses hanches.

– Reed ! Tu es trempé, et arrête de me porter tout le temps. Je sais marcher, tu sais ?

Il rit et commence son ascension des escaliers.

– J'arrêterai quand tu arrêteras de m'arrêter.

Je fronce les sourcils, mi-amusée, mi-perplexe.

– C'est très profond, ce que tu dis.

– Je suis toujours très profond, le matin, réplique-t-il en accompagnant sa parole par un clin d'œil taquin.

Je ricane et lit une nouvelle fois l'heure sur mon téléphone.

– Il est midi passé.

– Arrête de regarder l'heure et profite de l'instant présent, tu veux ?

– J'arrêterai de regarder mon portable quand tu arrêteras de me dire d'arrêter.

– OK ! Je renonce.

Nous gagnons le chalet.

– Tu veux déjeuner ? demande-t-il.

– Oui. Je meurs de faim.

Il me laisse glisser de ses bras, se penche pour ouvrir le gaz et allumer la petite plaque à cuisson de camping.

– Tu me donnes la cafetière, s'il te plaît ? me prie-t-il ensuite.

– Où est-elle ?

Il se tourne vers moi et hausse un sourcil, interloqué.

– Devant ton nez.

– C'est ce machin-là ?

– Oui ! Ce machin-là s'appelle une « cafetière italienne ». Très pratique quand on n'a pas d'électricité, ricane-t-il en attrapant ledit objet.

– ... Sinon, dans le monde moderne, on a inventé le café soluble.

– Houla ! Quelle infamie ! Ne compare jamais mon café à cette merde.

Je ris et fouille dans les sachets posés sur le meuble. J'en sors du pain brioché et un pack de jus d'orange.

Il m'indique :

– Les tasses sont dans le placard au-dessus de toi.

Comme je marque une hésitation, il poursuit :

– Tu sais, les petits récipients avec des anses qui servent en général à…

Je l'interromps par une bourrade du coude dans le ventre avant d'aller placer le tout sur la table. Il rit de sa boutade et laissant le café se faire, il me rejoint à l'extérieur. Concentrée, je remplis les verres. Il se cale derrière moi et glisse un bras autour de ma taille, sans que je ne rechigne, avant de me décaler les cheveux sur le côté. Avec beaucoup de douceur, il dépose ses lèvres sur mon cou. Ce geste, aussi intime que surprenant, me déroute totalement. Je ferme les yeux et me livre à une véritable lutte intérieure. Mon corps réagit et en redemande. Mon esprit, lui, se révolte et tire la sonnette d'alarme.

– Ne fais pas ça, Reed, s'il te plaît.

– Hum… Je ne fais absolument rien, murmure-t-il en souriant contre ma peau et continuant d'effleurer de sa bouche la courbe de mon épaule.

– Reed. Stop !

Je le bouscule légèrement et pivote pour lui faire face.

– Ce que nous avons fait hier soir, je préférerais vraiment l'oublier, car ça a été un enfer, même si c'était important à mes yeux parce que c'était toi. Mais nous ne sommes pas pour autant « ensemble ». Tu comprends ce que je veux dire ? J'ai besoin de temps. Je ne te dis pas que je n'envisage rien entre nous. Je t'ai suivi ici, OK, mais cela ne veut rien dire.

– Pour hier soir, j'aurais moi aussi voulu que cela ne se passe pas comme ça. Je m'en veux de t'avoir entraînée là-dedans.

– C'était horrible.

– Je sais, princesse. Ce n'était pas une partie de plaisir pour moi non plus.

– Que fait-il de ses vidéos ?

– À vrai dire, je n'en sais rien.

– Tu crois qu'il pourrait s'en servir contre nous ? Les diffuser ou nous faire du chantage avec et…

Je me tais lorsqu'il m'attrape la main et qu'il s'assied en m'attirant vers lui.

– Assieds-toi, m'invite-t-il.

– Quoi ? Sur tes genoux ?

– Non, par terre ! Oui, évidemment, sur mes genoux.

J'hésite.

– Allez, viens ! Je ne vais pas te manger.

Je finis par obtempérer, non sans gêne. Il me fait prendre position pour que je m'adosse à son torse.

– Je pense qu'il en serait capable si cela devait lui apporter quelque chose, mais avec San Do, il y a toujours moyen de négocier. Pour ce qui est de nous, de ce que tu viens de me dire, je l'ai bien compris. Et je t'ai déjà dit que je te laisserai tout le temps qu'il te faudra, d'accord ? Alors, n'aie pas peur de moi, de mes câlins, de mes baisers, s'il te plaît ! Je n'irai pas plus loin. J'en ai besoin et ça me fait un bien fou. J'ai attendu trente ans, je peux bien attendre quelques jours de plus.

Je le taquine :

– Quelques jours, c'est tout ?

– Quelques semaines, si tu veux, dit-il en levant les yeux au ciel et en secouant la tête, faussement agacé.

– Hum… Ce n'est pas suffisant ! Que penses-tu de quelques mois ?

– Mois ? s'exclame-t-il, horrifié.

– Attention ! Si tu râles, ça passera à des années.

Nous rions. Jusque-là tendue, je me relaxe et pose ma tête contre la sienne. Il resserre son étreinte, plonge le nez dans mes cheveux et me berce tendrement en fermant les yeux.

– Oh, et… ? commence-t-il. Ce qui a été horrible hier soir, c'est la situation ? Pas moi j'espère ?

– Reed !

– OK, je la ferme.

Je souris.

– Tu crois que Lucas est rentré à Cornfield ? dis-je en repensant à toute cette abominable soirée, la gifle et ses paroles insensées.

Je le sens hausser les épaules.

– Je suppose.

54

Lucas

Durant mon retour en Géorgie, les gens n'ont cessé de m'observer comme une bête de foire à cause de mon visage marqué par les multiples plaies et du sang séché sur ma peau et mes vêtements.

À l'aéroport d'Atlanta, je récupère mon pick-up, laissé sur le parking pour la durée de mon séjour à New York, et rejoins Cornfield. Je rumine en roulant dans la pénombre de l'aube. Il est six heures vingt-sept. Je n'ai pas fermé l'œil de la nuit. J'ai erré pendant des heures dans les rues du Bronx, et me suis finalement décidé à rentrer dans mon État natal. La grande ville n'est pas mon univers. Il y a trop d'activité, trop de désordre et trop de monde. Revoir les routes de ma campagne, les bois et les fermes aux alentours de ma bourgade me rassure. Ici, je suis le maître.

Je hais perdre le contrôle sur les situations, mais, ces derniers temps, rien n'est sous contrôle. Sans doute à cause de mon manque d'organisation. Je dois l'admettre, me rendre à l'évidence, et surtout changer mes plans. Le visage grave, les yeux vides, mon esprit aiguisé finit par entrapercevoir une première solution. Au lieu de prendre la direction de la maison, je bifurque sur l'avenue principale de Cornfield et me gare en face de l'annexe de la mairie.

– Lucas ! s'exclame Meredith, pétrifiée, en ouvrant la porte.

Mon allure meurtrie l'effraie autant que les menaces que j'avais proférées, il y a quelques semaines.

Après être restée figée un instant, elle réagit et me ferme la porte au nez.

– Va-t'en, je ne veux plus te voir.

Bloquant la porte de ma main et de mon pied, je force l'entrée et pénètre dans l'appartement en la bousculant violemment. Meredith crie dans l'espoir d'alerter les voisins, mais la gifle magistrale que je lui mets lui impose le silence et la fait vaciller. Elle tombe en arrière et percute le coin de la commode.

À nous deux, ma jolie…

55

Reed

Je n'ai pas joué de la guitare depuis des lustres. À l'époque, j'adorais ça. Jouer. Ça me libérait de mes ombres, en quelque sorte. J'écrivais des chansons aussi, enfin, du moins j'essayais. Celle que je fredonne depuis cinq minutes est l'une d'elles, évidemment écrite en pensant à Cara.

« ♫ Ce moment-là
Le seul instant que je désire.
J'ai le droit à ma chance.
La lune peut briller pour moi, ce soir.
Et si les étoiles s'inclinent devant son regard.
Moi, je ne tremblerai pas
À ce moment-là ♫ ... »

– Tu ne chantes pas si mal que ça, en fait. C'est quoi cette chanson ? Elle est magnifique, s'écrie Cara, de la douche.

Je ne réponds pas et essaie un nouvel accord.

– Reed ? Il faudrait peut-être trouver un endroit où acheter des vêtements. Je ne resterai pas plusieurs jours dans les mêmes fringues.

– Reste nue, raillé-je.

– Je suis sérieuse.

– Moi aussi.

– Dans tes rêves. Je ne te ferai pas ce plaisir-là.

– Dommage. J'aurai essayé.

– Où sont les serviettes de bain ?

– Il n'y en a pas.

– Allez ! S'il te plaît ? Dis-moi où elles se trouvent.

Je pose la guitare contre la table, puis me lève, une idée derrière la tête. M'adossant à l'encadrement de la porte, j'observe Cara d'un regard espiègle, lui décoche un demi-sourire et ne peut réprimer mon désir en la voyant nue.

– Je n'ai aucune serviette, ici. Désolé.

– Vraiment ? Et je fais comment pour me sécher ? Tu te moques de moi, là ?

Je secoue la tête et refoule l'envie irrépressible d'éclater de rire à son air complètement paniqué.

– Tu n'as qu'à aller te sécher au soleil, sur les pierres plates au milieu de la rivière, lui proposé-je, déjà alléché par l'idée d'admirer le spectacle.

Elle peste et, sans se démonter, sort de la douche d'un pas décidé. Sans me quitter une seconde des yeux, elle passe devant moi, déambulant nue. La maligne m'allume en ondulant des hanches de manière suggestive pendant qu'elle descend les marches menant à la berge. Les pieds au bord de l'eau, elle se penche afin d'en effleurer la surface de la main, juste histoire de remonter les fesses pour me donner un meilleur point de vue sur celles-ci et le reste de son anatomie très appétissante.

Je grogne. Finalement, ça ne fait qu'empirer les choses.

– Cara !

Elle se redresse et me regarde par-dessus son épaule.

– Quoi ? Y a-t-il un problème ?

Je prends une profonde inspiration pour calmer le rythme effréné de mes pulsations cardiaques.

– Non, rien, rien.

À jouer avec le feu, on se brûle. Mon sang bouillonne et mon instinct primaire reprend le dessus sur mon discernement. La petite futée marque un point. Dans mon esprit, je fantasmais de la voir se trémousser nue, mais je n'avais pas envisagé les conséquences. Bon sang ! Je donnerais tout pour pouvoir me caler derrière elle, la frôler, la toucher, la baiser… Non. Je dois me mettre un coup de fouet mental pour couper court aux images bestiales qui défilent dans ma tête, sinon je vais perdre pied. Je me passe les paumes sur le visage et rejoins à la hâte ma voiture, garée devant le chalet.

Le feu et la rage provoqués par mon désir m'ébranlent. Me courbant sur le coffre, les mains à plat sur la carrosserie, je me contrôle. Je me répète sans cesse que je ne dois pas agir avec Cara comme avec les autres femmes. Je dois museler cette brute sans cœur et égoïste, cet animal assoiffé et affamé de sexe. Elle n'est pas de cette race-là, pourtant mon désir pour elle est bien plus puissant que ce que j'ai connu jusque-là. Je dois trouver un juste milieu entre la violence et l'amour. Hier soir, j'ai réussi à me maîtriser, mais vais-je y arriver la prochaine fois ?

Je me redresse et ouvre le coffre. Je sors une serviette de mon sac de sport, puis regagne l'arrière du chalet.

– C'est de ça dont tu parl…

Je suspends mon geste.

Allongée sur l'une des pierres plates, les yeux fermés et le menton en l'air, elle se sèche tranquillement. Aucun de mes fantasmes les plus fous n'était à la hauteur de la réalité sublime dont je suis l'unique et heureux témoin. Elle pivote la tête dans ma direction et, éblouie par le soleil, sa main en visière et sans un mot, elle me fait un doigt d'honneur en accompagnant ce geste d'un large sourire.

Je ris. Cette fille est vraiment la femme parfaite, celle qu'il me faut.

***

Été 2011, New York

J'ai retrouvé la trace de Cara depuis bientôt deux ans grâce à un article du *New York Times* relatant les exploits d'une opération réussie du docteur Avery, le père de Cara.

Ce soir, je l'ai suivie à une soirée pour célibataires. Tapi dans l'ombre, je l'observe, comme à mon habitude depuis ces quelques mois. Il est encore trop tôt pour que je me révèle à elle. Mon dévouement envers San Do pourrait l'entraîner dans une infernale spirale d'ennuis, alors je patiente et l'épie en attendant le bon moment. Cara sort de plus en plus depuis sa rupture avec son dernier mec. Je suis bien forcé de le constater. Je remarque aussi qu'elle enchaîne abruti sur abruti, et le type qui est en train de la draguer ne vaut guère mieux. Les deux samedis précédents, Cara et Jenyfer ont assisté au même genre d'événements dans des cafés branchés de Manhattan et, déjà, ce gars lui faisait de l'œil. C'est typique chez Cara. Elle attend toujours le troisième rendez-vous avant de s'engager. Je l'ai bien compris et me suis donc renseigné sur lui. Un avocat véreux, sans scrupule et divorcé depuis peu. Un trentenaire répondant au nom de Louis Cordola. Un pauvre mec, sans grand intérêt en somme.

– À force de la regarder aussi intensément, vos magnifiques yeux vont s'enflammer, m'interrompt dans le fil de mes pensées une petite voix.

Adossé contre un poteau, je jette un coup d'œil par-dessus mon épaule et ne lui porte pas davantage d'attention. Cette brune insiste malgré tout.

– Vous savez, ce genre de soirée est fait pour discuter avec les gens qui nous plaisent, et là, en l'occurrence, elle semble vous plaire. Alors, qu'attendez-vous?

Allez-y, foncez ! Vous êtes bien plus mignon que l'homme avec qui elle discute. Vous avez sûrement toutes vos chances. Parole d'experte.

– Parole d'une experte en quoi? En l'art et la manière d'accoster les gens et de les déranger? maugréé-je. Parce que si c'est de la drague, revoyez vos classiques.

– Non, experte en homme amoureux.

Amoureux ! Voilà un terme qui a le don de me mettre hors de moi. Je me déloge de ma planque pour m'en trouver une autre et surtout loin de cette fille.

– Au risque de vous rendre encore plus désagréable, je peux vous donner mon avis sur cette fille ?

– Au risque de vous blesser, je m'en branle de votre avis.

Elle ricane et se poste à mes côtés en me tendant une coupe de champagne qu'elle vient d'attraper sur le plateau d'un des serveurs.

– Vous êtes d'un prévisible affligeant.

Je saisis le verre et le bois d'une traite, puis le pose brutalement sur une petite table à mes côtés.

– Et vous, vous êtes chiante et je reste poli.

Concentré sur la conversation avec cette femme aussi culottée qu'agaçante, je perds Cara de vue. Je préfère alors quitter la soirée avant de m'énerver pour de bon. Garé à quelques mètres de là, je marche tranquillement jusqu'à ma voiture lorsque j'entends des talons percuter le bitume.

– Hé ! Attendez !

Je lève aussitôt les yeux au ciel et, dans le même mouvement, je pivote en soupirant bruyamment.

– Vous allez me harceler encore longtemps? Allez emmerder un célibataire. Je ne suis pas intéressé.

– Je ne suis pas célibataire, riposte-t-elle. Enfin, si, je suis célibataire, mais ce n'est pas la raison pour laquelle je suis à cette soirée.

– Allez-y ! Lâchez le morceau.

Espérant qu'elle me fichera la paix, je décide de l'écouter.

Hésitante, elle s'avance vers moi et me tend la main.

– Heather Adams.

– Je suis censé vous connaître?

Elle secoue la tête et hausse les épaules.

– Non, mais faisons connaissance.

– Reed Hamilton. Et, non merci, je ne suis toujours pas intéressé.

Je la détaille. Heather est une très belle femme. Tout à fait mon genre, mince, brune avec de jolis yeux couleur or et un teint hâlé. Sa robe noire met subtilement ses formes en valeur, et je ne peux que le remarquer. J'aurais été de meilleure humeur, je l'aurais déjà prise dans le recoin d'une petite ruelle. Elle aurait été déroutée par ma violence, aurait peut-être aimé cela ou, au contraire, se serait débattue. Cependant, à l'heure qu'il est, j'aurais été au moins débarrassé d'elle.

– Écoutez! Je ne vous drague pas. Je suis célibataire, mais aussi l'organisatrice de cette soirée. Je suis ici pour affaires tout simplement, pour faire tourner la boutique en d'autres termes, alors détendez-vous.

– En quoi puis-je vous être utile?

– Rien. Vous m'avez intriguée dès le début de la soirée. Je cherchais à comprendre.

– Comprendre quoi?

– Pourquoi assister à cette soirée et avoir envoyé balader toutes ces pauvres filles venues vous accoster? Mais j'ai compris quand je vous ai vu observer cette personne.

C'en est trop! Elle aborde le sujet sensible qui me met directement en rogne.

– Écoute, ma belle, m'énervé-je en m'approchant dangereusement d'elle. J'ai passé un début de soirée à chier. Je n'ai aucune envie de « papoter » ou de passer aux confidences. Alors, si tu ne veux pas baiser avec moi, passe ton chemin.

– Non, je n'ai pas l'intention de « baiser » avec vous, me rit-elle au nez.

Je rebrousse chemin.

– Parfait! Au revoir.

Je n'ai pas fait deux pas qu'elle m'avoue:

– Par contre, j'aurais besoin de vous, finalement.

Je ralentis, m'arrête et relâche la tête et les épaules, accablé par son insistance.

– Demain, continue-t-elle, je pars dans le Vermont chez ma tante et j'aurai besoin d'un homme comme vous.

Je sors mon trousseau de ma poche et ouvre la portière sans lui prêter plus d'attention. Elle poursuit malgré tout.

– Demain matin. Je vous attendrai ici sur le coup des neuf heures. Ne soyez pas en retard.

C'est la première fois que je me fais aborder de cette manière, si audacieuse et culottée. Elle ne connaît rien de moi et a tenté le coup. Elle m'a intrigué. Le lendemain je suis au rendez-vous et quelques heures plus tard, nous sommes ici, à Forest Lake dans les Green Mountains.

56

Cara

Nageant dans la rivière, je profite du calme ambiant. La senteur des pins se mélangeant à celle de l'eau me rappelle les étés de mon enfance à Cornfield. Je m'étonne que Reed ne se soit pas encore joint à moi. Ayant nagé un long moment sur plusieurs mètres et n'apercevant plus le chalet, je finis par faire demi-tour.

Aux abords du chalet, je me hisse rapidement sur la berge.

– Reed?

Je ne reçois aucune réponse. Sur la terrasse, je m'enroule dans la serviette posée sur une chaise et gagne l'intérieur. Personne. Je m'inquiète en ne voyant plus aucune trace de Reed. Ni vêtement, ni chaussures. Rien. Je m'avance vers le coin cuisine et remarque deux bassines dont l'une est remplie d'eau troublée par du savon. Il a mis mes sous-vêtements à tremper. Je souris. Cette nouvelle attention m'attendrit. Je plonge les mains dans l'eau, frotte mes vêtements, les trempe dans la deuxième bassine d'eau claire, puis les essore. Faisant le tour du chalet pour trouver un endroit où les étendre au soleil et vérifier si la voiture est encore là, je m'aperçois de l'absence de la Mustang. Il est bel et bien parti sans me prévenir. À nouveau irritée, je regagne le chalet après avoir trouvé une corde à linge suspendue près d'un monticule de bois coupé pour y étendre mes affaires.

Je m'assieds en soupirant sur le rebord du lit et balaye la pièce du regard. Que puis-je bien faire ici? Il n'y a rien. Je récupère mon téléphone posé sur le matelas et souffle une nouvelle fois en constatant que le miracle auquel je m'attendais ne se produit pas: toujours pas de réseau. Je grommelle et me relève, puis découvre un coffre sous le sommier. Je m'agenouille et m'étire pour m'en saisir.

Tant pis! Ce que je fais n'est pas poli et fouiller dans les affaires des autres n'est pas mon passe-temps préféré, mais je me tranquillise en maudissant Reed de m'avoir laissée seule. À première vue, il y a des vêtements, tee-shirts, jean, sous-vêtements. Toujours enveloppée dans la serviette, je décide de me vêtir d'un de ses tee-shirts et d'un boxer, puis continue mon exploration. Je mets ainsi la main sur un poste radio CD et des piles. Je souris en récupérant le livre de Jack London, *L'Appel de la forêt*. Au fond du coffre, sous une enveloppe contenant dix dollars, j'entrevois une pile de photos. Curieuse, je les attrape et les passe une à une. Sur la première, c'est le chalet en ruines recouvert d'une végétation abondante. La deuxième, c'est Reed sur un bateau au milieu d'un lac. Égal à lui-même, charmant, terriblement sexy avec ses cheveux mouillés, sa peau luisante et bronzée, vêtu uniquement d'un short de bain. Et son sourire… Bon sang ! Son sourire ! Il étreint une jeune et magnifique fille aux longs cheveux bruns. En scrutant avec plus d'attention, il me semble la reconnaître. Enfin… elle me rappelle quelqu'un. Je l'ai déjà vue quelque part… Mais j'ai beau réfléchir, je ne trouve pas. Leur étreinte paraît amicale, cependant je ne peux m'empêcher de ressentir une pointe de jalousie.

Ce constat est plutôt déroutant. Ce que je ressens exactement, je ne peux l'identifier ; un attachement puissant, une envie profonde d'être avec lui, un vide difficile à combler quand il n'est pas là… Comment puis-je autant désirer sa présence, alors qu'il me met hors de moi toutes les deux minutes ? La situation devient ingérable. Je m'en rends compte, or, je lutte. Pourquoi combattre mes propres émotions ? Je n'ai jamais éprouvé ce genre de contradiction. J'aimerais pouvoir l'aimer, l'aimer d'un amour pur, celui qu'on ressent lorsqu'on rencontre l'âme sœur. Oui vraiment, j'aimerais.

Je ris à cette pensée. Comment pourrais-je savoir ce que l'on ressent en rencontrant l'âme sœur, vu que je ne l'ai jamais vécu ? Cela dit, c'est peut-être ça l'amour véritable : se sentir dans un premier temps complètement dérouté, frémir dans le bon comme dans le mauvais sens du terme, mais aussi vivre intensément chaque seconde auprès de l'être aimé… Oui, se sentir vivant… Je me sens vivante lorsque je suis à ses côtés, plus que jamais. Hormis cela, il représente un danger, un interdit. Pourquoi ? Je n'en sais absolument rien, mais j'ai un mal fou à m'imaginer avoir une histoire avec lui… Reed ? Mon âme sœur ? Devenir sa petite amie ? Cette idée me trouble d'autant que je me surprends à y réfléchir avec le plus grand sérieux.

Me secouant mentalement, je passe à la troisième photo. Instantanément, mon cœur se serre.

Mais qui est cet homme, en fin de compte ? Qui est réellement Reed ?

Comment a-t-il pu commettre toutes ces horreurs ? Comment a-t-il pu être à la fois l'homme abject, ignoble, obsédé, pervers et grossier, et celui qui, sur ce cliché, tient délicatement dans ses bras cette petite fille frêle et pâlotte, coiffée d'un foulard pour dissimuler pudiquement l'absence de cheveux sûrement due à une grave maladie, un cancer ou une leucémie. Cette enfant d'à peine six ou sept ans le regarde avec tant d'amour et de confiance que c'en est déconcertant. Ses yeux qui le fixent, brillent et pétillent de fierté et de joie. Charmeur comme toujours, Reed lui sourit avec une infinie tendresse et une affection surprenante.

Détaillant la photo, j'entends le bruit du moteur de la Mustang. Calmement, je range tout sauf le poste CD et remets le coffre sous le lit. Un peu de musique pourrait être agréable.

– Tu comptes me séquestrer ici ? dis-je en voyant Reed pénétrer dans le chalet les bras chargés.

Posant un pack de bières sur le meuble de la cuisine, il aperçoit le poste que je tripote, puis, m'observant, il remarque que je me suis revêtue de ses propres affaires.

– Pourquoi dis-tu ça ? Miss la voleuse d'affaires.

– Je t'ai dit que je voulais aller en ville acheter de quoi me changer et, visiblement, tu y es allé sans moi.

Il s'adosse au meuble, décapsule une bière et, d'un sourire espiègle, il me réplique :

– Tu nageais.

– Et il ne t'est pas venu à l'esprit de m'appeler et de m'attendre ?

Il boit une lampée, puis rétorque :

– Tu boudais.

Exaspérée, je penche la tête.

– Reed !

– Cara… rit-il en plongeant sa main dans un des sachets pour en sortir une brosse à dents qu'il me jette sur les genoux.

– Tiens ! Ça pourrait t'être utile.

– As-tu pensé à mes tampons ?

Il recrache sa gorgée de bière.

– Quoi ? Quels tampons ? Tu vas avoir tes… machins ?

Il se décompose à vue d'œil. Je me contente de hausser les épaules et d'accompagner mon geste par un sourire diabolique.

– Hors de question, je ne retourne pas à la supérette pour acheter des tampons.

Je me lève et m'approche de lui d'une démarche féline. Posant une main sur son torse bombé, j'insiste :

– Alors, c'est tout simple : emmène-moi !

Séductrice, je fais glisser mes doigts sur ses pectoraux et me mords la lèvre. Ce contact a l'effet escompté. Reed frémit et déglutit avec peine. Baissant le regard sur ma main qui le caresse et le provoque en rallumant son désir, il prend une forte inspiration et susurre, la voix légèrement vacillante :

– Cara. Tu es encore en train de m'allumer et ça va mal finir.

– Je ne t'allume pas. Je me sers des moyens à ma disposition pour obtenir ce que je veux.

Il sourit à mon audace, mais son sourire s'évanouit lorsque j'enfouis mes doigts sous l'ourlet de son tee-shirt et que je les pose à même sa peau, puis les remonte sur son abdomen. Essayant de reprendre le contrôle, il ferme les yeux. Sa respiration s'accélère. Il les rouvre, se débarrasse de sa canette de bière et me soulève brusquement. Je m'esclaffe et l'encercle de mes bras et de mes jambes. Il m'amène vers le lit et me laisse retomber, dos sur le matelas, puis, avant que je puisse me redresser, il s'allonge sur moi.

– Dis-moi que tu en as envie et je te fais l'amour, là, maintenant.

Penchant la tête en arrière, je ricane malgré l'excitation qui prend les commandes de mon corps.

Je mens.

– Je n'en ai pas envie.

– Et menteuse, en plus ! me réprimande-t-il en me sentant me tortiller contre son érection naissante.

– Emmène-moi d'abord faire les magasins.

Se redressant à l'aide de ses coudes et plantant ses yeux dans les miens, il s'agace :

– Il est bientôt vingt heures. Les magasins vont fermer.

– On ira demain matin, alors ?

Il s'extirpe et se laisse retomber sur le côté, alors je m'assieds au bord du matelas.

– On verra...

– Tu ne veux pas me montrer à la fille du bateau, c'est ça ?

Un sourcil relevé, il m'interroge :

– De quoi tu parles ? Quelle fille du bateau ?

– Sur les photos dans le coffre, sous ton lit.

– Oh ! Heather ? Non, rien à voir. De toute façon, elle n'est plus ici.

– Ou alors, la petite fille ?

Le visage tout à coup fermé, il bondit du lit. Sa bonne humeur l'abandonne. Il s'empare d'une nouvelle bière avant de sortir sur la terrasse en crachant :

– Elle est morte.

Le suivant du regard, je me gifle mentalement. Bon sang ! Bonjour, le manque de tact ! J'aurais pu m'en douter. Cette petite fille avait l'air bien malade, mais ma soif de savoir et de connaître le passé de Reed a pris le dessus sur ma maladresse. Je me lève, me sers une bière et le rejoins dehors.

Assis sur une chaise, il sirote paisiblement sa boisson, le regard fixé sur un point à l'horizon. Arrivant derrière lui, je passe mes bras par-dessus ses épaules et viens déposer un baiser sur sa joue.

– Je suis navrée.

Tentant de se dérober à mon geste tendre, il incline légèrement la tête.

– C'est rien.

– Je ne voulais pas te blesser.

– Arrête, Cara !

– Arrêter quoi ?

Je me redresse et m'immobilise devant lui.

– Rien.

– Qui était cette petite fille, Reed ?

– Ça me regarde, Cara ! Ne te mêle pas de ça, répond-il sèchement.

Vexée par son ton et le fait qu'il ne m'en dise pas plus, je croise les bras contre ma poitrine.

– J'ai besoin que tu me racontes ce genre de choses, Reed ! Toi-même, tu voulais tout me dire de ton passé. Mais pourquoi j'ai l'impression que tu ne me confies que ce qui t'arrange ? Je ne connais que les épisodes les plus sombres de ta vie.

– Parce que tu crois que c'était une partie de plaisir, cette période de ma vie ?

– Reed ! Comment veux-tu que je le sache ? J'imagine vraiment ce que tu as pu vivre. Si, bien sûr, cette petite fille a compté à tes yeux, et je suis très bien placée pour le comprendre. Cependant, tu persistes à me dissimuler la meilleure partie de toi. Je ne comprends pas pourquoi. Comme cette chanson, tout à l'heure, elle était magnifique. Ta voix faisait résonner ta tendresse, ta sensibilité, mais bien sûr lorsque je m'y suis intéressée : plus aucune réponse. Pourquoi, Reed ?

– Parce que !... Parce que, quand tu fais le bien autour de toi, les gens te voient comme une personne fondamentalement bonne, ce que je ne suis pas et que je n'ai aucune envie de devenir sous peine de me sentir obligé de ne décevoir personne. Je refuse cette pression. J'en ai déjà assez sur le dos.

Dans un élan de sincérité, je m'indigne:

– Tu veux vraiment savoir ce que je vois en toi et ce que j'attends de toi?

Vu son absence de réaction et son entêtement à détourner le regard, je poursuis:

– Je vois quelqu'un d'une grandeur d'âme incommensurable, quelqu'un qui fait le bien autour de lui au détriment de son propre bonheur, et ça, c'est triste, car tu mérites mieux... Puis, j'attends de toi que tu t'ouvres et que tu puisses enfin accepter ce que tu es vraiment... Tu comprends? Tu peux te mentir à toi-même et mentir aux autres, mais pas à moi. Car si tu veux que je fasse partie intégrante de ta vie, tu vas devoir me parler, tu vas devoir te mettre à nu, devoir me montrer ce qui fait de toi ce que tu es. D'accord? Je suis passée outre ton passé sombre parce que je décèle en toi quelque chose de puissant, de grand, de bon, oui! Mais jamais, tu m'entends, jamais je ne te demanderai d'être ce que tu n'es pas.

Sur ce discours bien pensé et pesé, je le dévisage et m'attends à une réaction, mais en vain. Le visage de Reed est impassible et son regard reste fuyant.

– D'accord! ajouté-je, déçue. Tu ne me diras rien. Bien! Alors, ne t'attends à rien de plus de ma part.

Je regagne le chalet d'un pas décidé et m'allonge lourdement sur le lit avec l'envie de crier, de hurler, comme à chaque fois que je me heurte à ce fichu mur de pierres qu'il s'est bâti autour de lui.

La nuit enveloppe peu à peu la vallée. J'essaie de me plonger dans *L'Appel de la forêt*, mais l'ayant déjà lu, et perturbée par ma discussion avec Reed, je relis sans cesse le même passage.

Reed ne décolle pas de la terrasse où il fait bruyamment les cent pas. Agacée de ne pas pouvoir lire, je me saisis du poste CD posé au sol et allume la radio. Hélas, d'effroyables grésillements stridents en sortent à chaque fois que je tente de caler la fréquence sur une station. Je peste, puis ouvre le lecteur CD dans l'espoir d'en dénicher un, mais bien sûr, il n'y a rien dedans. Je soupire.

– C'est cela que tu cherches? intervient Reed en secouant les CD sortis de sa voiture à l'instant.

– Oui. Ce silence commence à me rendre folle.

– Tu as faim?

– Oui.

Pendant qu'il s'affaire à préparer des macaronis, j'écoute l'album de Muse : *2nd Law*. Allongée sur le lit, je le contemple en buvant une nouvelle bière. Les quatre que je viens de m'enfiler commencent à embrouiller mon esprit, et ce ne sont pas les verres de vin rouge que nous dégustons en mangeant qui améliorent mon état.

Le repas se passe dans une atmosphère tendue. Nous échangeons peu de mots, nous limitant aux politesses d'usage. Une fois nos assiettes terminées, je décide de mettre un peu de gaieté avec l'album des The Killers. Aux premières notes de « Mr Brightside », je me désinhibe en me trémoussant. J'ai envie d'évacuer cette tension. Je danse, sautille au milieu de la pièce pendant qu'il achève de nettoyer la vaisselle. Me scrutant du coin de l'œil, il range la dernière assiette et la chanson qui m'avait mise hors de moi quand il chantait faux dans la voiture résonne. Il ne peut s'empêcher de reprendre le refrain. Amusée, je balance la tête en arrière et ricane. Ce qui encourage Reed à venir se déhancher à son tour, à mes côtés. Nous remuons en cadence, tournons, nous frôlons et nous frottons. Tous les deux à des lieues de tout tourment. Nos corps s'aguichent au gré de nos mouvements, nous nous attirons et nous repoussons. Nous nous collons, nous décollons et nous éloignons pour mieux nous retrouver. Sans nous en rendre compte, nos visages se rapprochent, et nos lèvres se survolent, mais ne se touchent pas. Les yeux fermés, je sens sa présence si proche, son souffle haletant. Une hésitation… Il s'éloigne en riant pour me faire tournoyer puis virevolter. Je finis ma course en m'asseyant sur le rebord du lit et m'allonge sur le dos, essoufflée, épuisée.

– Tu es finalement un bon danseur. Rien à voir avec la soirée de la fête du Printemps, où tu dansais d'une façon ridicule.

Adoptant la même position que moi, il avoue :

– Je voulais simplement te faire rire, cette fois-là.

Le regard jusque-là rivé au plafond, je tourne la tête pour l'observer.

– Je suis désolée de t'avoir parlé de cette manière, tout à l'heure.

– Ne le sois pas. Tu avais raison.

Il me sourit tendrement. Nous sommes si proches l'un de l'autre que je sens son souffle rapide m'effleurer le visage. Bras contre bras, je glisse mes doigts vers les siens et les entrelace. Ce geste lui provoque un long soupir et me fait vivement vibrer.

– Elle s'appelait Molly, elle avait huit ans et… une leucémie, finit-il par dire, après un long silence.

– Mon Dieu, c'est horrible.

Il hausse les épaules.

– C'est la vie.

– Elle représentait quoi pour toi?

– Elle était un véritable rayon de soleil, la personne la plus forte que j'ai jamais connue. Elle souffrait énormément, mais ne se plaignait jamais. Elle riait tout le temps.

– Tu l'as connue ici? Comment?

– C'était la cousine de Heather, la fille sur le bateau.

– Une ex-petite amie?

– Non, Cara. Je n'ai jamais eu ce genre de relation avec une fille, je te l'ai déjà dit.

– Jamais, jamais?

– La plus longue « histoire » que j'ai eue, c'est avec Meredith. Mais c'était uniquement pour toi, reconnaît-il.

J'émets un petit rire, gênée.

– Pour moi?

– Oui. Pour te prouver que je ne suis pas qu'un homme à prostituées.

– Je ne me souviens pas t'avoir vu avec une fille quand nous étions ados. Mais tu as bien dû avoir des petites amies au lycée ou autre? Ta première relation sexuelle avec…

Ce que j'allais dire était totalement malvenu, vu qu'il a été violé, et préciser « avec une femme » est loin d'être subtil.

– Avec une femme? finit-il à ma place en remarquant son malaise.

Je hoche la tête.

– C'était le jour de mes dix-huit ans, un « cadeau » de Robert, une de ses prostituées. Il voulait réaliser un de ses fantasmes pervers: baiser une femme en double pénétration, alors il m'a attaché comme il avait l'habitude de le faire lorsque je me révoltais. Juste après m'avoir frappé et menacé une fois de plus de tuer Lucas, il m'a fait boire sa « potion », comme il l'appelait. Tu te doutes que c'était du Viagra. Cette femme est venue et s'est empalée sur mon érection forcée pendant qu'il la sodomisait…

La main sur la bouche, écœurée et estomaquée par ces révélations, je ravale un haut-le-cœur.

– Oh, mon Dieu, mais c'est horrible!

– C'est comme ça, Cara. C'est ma vie, mon passé, dit-il en me fixant profondément.

– Et… ta première relation non… enfin… tu vois?

– Ma première expérience consentie, devine-t-il. C'était à peu près un an après. Je venais de le tuer, de quitter Lucas et je venais de rencontrer Kuan Ti. Il m'a amené dans un bar à strip-tease où se mélangeaient prostitution et trafics en tout genre. Il m'a invité à entrer dans un salon privé où m'attendait une jeune femme prête et payée pour me recevoir. Le sexe, pour moi, était quelque chose de mal, d'insupportable. Je ne me masturbais pas, du moins je ne pouvais pas me toucher. Je calmais mes érections comme je le pouvais et ça finissait en pleurs. Je ne pensais pas pouvoir y trouver du plaisir, mais cette fille était vraiment très belle. Dès qu'elle a posé les mains sur moi, je me suis enflammé et, depuis cette nuit-là, je n'ai jamais plus arrêté. Finalement, abuser de sexe fut ma thérapie. On dit souvent qu'il faut combattre le mal par le mal. C'est ce que j'ai fait et ça a marché.

Il ponctue ses explications par un léger sourire. Je ne dis plus un mot. Je le fixe à mon tour en imprimant tous ces aveux atroces et douloureux.

– Merci, dis-je en bâillant.

– Merci pour?

Il recule la tête afin de mieux me jauger.

– De m'avoir dévoilé ces choses-là. Ce ne doit pas être évident.

Me passant l'index sur la joue, il rétorque:

– Tout est plus facile avec toi.

Ses lèvres s'élargissent en un nouveau et doux sourire. Je le lui rends en clignant de mes paupières lourdes de sommeil.

– Tu tombes de fatigue. On va dormir.

Je hoche la tête en guise de réponse. Oui, je suis autant épuisée par l'alcool, la baignade de cet après-midi, notre danse que par cette discussion délicate. Je me hisse correctement sur le matelas et passe sous le drap. Il ramène la lampe à huile près du lit et s'assied pour se déshabiller sous mon œil attentif. Je fonds littéralement en apercevant son dos musclé et je me surprends à aimer la façon dont ses muscles roulent sous sa peau. Il se soulève partiellement pour ôter son jean. Je reporte alors mon regard sur son tatouage, puis sur ses multiples cicatrices, vestiges des tortures subies enfant. Mes doigts me démangent de pouvoir les retracer, mais je ne peux pas. Je ne dois pas. Je sais que cela engendrerait des gestes plus charnels et plus intimes, et je ne veux pas succomber maintenant. Je veux prendre mon temps. C'est en tout cas ce dont j'essaie de me convaincre. Or, quand je m'autorise à repenser à hier soir et à notre première fois, je m'enflamme, brûle et me consume.

Dans un immense effort de volonté, je me positionne sur le dos pour ne plus l'avoir dans mon champ de vision. La dernière lampe éteinte, il s'allonge sur le drap et se met sur son flanc gauche pour me contempler.

– Bonne nuit, Reed, chuchoté-je en lui tournant le dos.

– Cara ?

– Hum ?

Il s'approche de moi. Je me tends.

– Je peux? murmure-t-il en me survolant de ses bras pour m'étreindre.

Plissant les yeux afin de garder le peu de raison qu'il me reste, je hoche la tête. Bien sûr que je souhaite cette étreinte. J'en frémis même d'avance. Il m'enlace pudiquement la taille de son bras droit, juste sous ma poitrine. Je ne respire plus. Il enfouit son visage dans mes cheveux. Je lutte de toutes mes forces pour ne pas me retourner et l'embrasser. J'expire tout l'air jusque-là bloqué dans mes poumons. Il me serre plus fort contre lui.

– Bonne nuit, Cara.

57

Lucas

Assis sur la table basse en face de Meredith, cette même table qui était cassée, mise de côté, et que je me suis fait chier à réparer pendant qu'elle était inconsciente, je la détaille. Savamment ligotée et bâillonnée par mes soins à une chaise, elle reprend peu à peu conscience. Je m'extasie devant mon œuvre. Le couteau qui m'a servi à couper le ruban adhésif en main, je lui souris. Elle gigote et écarquille les yeux, terrorisée.

– Enfin de retour parmi nous. Je commençais à m'impatienter.

Elle veut parler, elle marmonne. Des larmes de peur coulent sur ses pommettes. Elle gigote de plus en plus.

– Calme-toi, dis-je d'un air faussement compatissant avant de poser la lame du couteau sur sa cuisse nue. Je ne vais rien te faire. Enfin, si tu restes calme.

Elle sursaute en sentant le métal froid tracer des lignes sur sa peau. La pression que j'exerce avec le tranchant n'entaille pas sa chair. Elle ne devrait pas s'inquiéter. Cependant, lorsqu'elle s'entête à remuer, j'appuie davantage, histoire de lui faire comprendre.

– Je viens de te demander de te calmer. Je t'enlèverai le foulard dès que tu te seras calmée et là, nous pourrons discuter, d'accord?

Elle persiste à vouloir crier et à se défaire de ses liens. Ça m'agace, alors je me désole en secouant la tête.

– Ne m'oblige pas à sévir.

Pour rendre mes menaces plus convaincantes, je positionne la pointe du couteau contre sa gorge. Ravalant sa salive, Meredith cesse enfin tout mouvement.

– Bien! Ai-je toute ton attention?

Elle ne répond pas. Elle est bien trop tétanisée par la lame s'enfonçant peu à peu dans sa peau. Il suffirait d'un petit geste brusque pour que je la lui tranche. Et d'ailleurs, à cette pensée, j'en frémis d'envie. Mais je ne suis hélas pas ici pour ça, pas encore, du moins.

– Réponds!

Elle sursaute et tremble de plus belle. D'autres grosses larmes se mettent à couler, puis elle hoche la tête, prête à obtempérer.

– Voilà! Sage décision.

Je remonte la lame le long de sa mâchoire et l'enfouis sous le foulard qui la bâillonne et, d'un geste vif et peu précis, je le tranche. Elle tressaute et ne peut s'empêcher de lâcher un léger cri qu'elle ravale aussitôt. Elle pourrait dès à présent hurler pour qu'un voisin lui vienne en aide, mais elle est sage. Elle n'en fait rien. Parfait.

– Bon, maintenant que les règles de ce petit jeu sont bien claires, voilà le deal : tu m'aides et, en retour, bah… je ne te tue pas.

Battant la mesure avec le couteau, je me lève et fais le tour de la pauvre Meredith qui frissonne au moindre de mes gestes. Pathétique !

– Qu… Que veux-tu que je fasse ?

– Je t'ai connue plus forte, ricané-je. Où est passée la petite merdeuse fourrant son nez partout ?

Dans un sanglot, elle m'avoue :

– Tu… Tu me fais peur.

Je m'accroupis en face d'elle et passe le revers de la lame sur sa joue, puis penche la tête.

– Tu n'as rien à craindre tant que tu te comportes correctement, d'accord ?

Nerveusement épuisée, elle s'emporte :

– Que veux-tu de moi à la fin ?

– Du calme ! Du calme ! J'allais en venir aux explications.

Je me redresse et m'assieds sur le sofa en croisant les jambes, décontracté. Je jette un coup d'œil sur le petit meuble et examine les quelques cadres de photos de famille.

– Monsieur et madame Dayle vont bien ? Cela fait un bon moment que je ne les ai pas vus en ville.

Meredith ne répond pas, elle renifle, alors j'insiste :

– Je t'ai posé une question. Va falloir que tu te montres un peu plus coopérative si tu veux que tout se passe bien.

– Ils vont bien.

– Parfait ! m'enthousiasmé-je. Donc, si tu veux que les choses restent telles quelles, tu vas m'aider à élaborer un petit plan de vengeance.

– Ce sont des menaces ?

– Exactement ! chantonné-je joyeusement. J'ai, comme qui dirait, un léger contentieux à régler avec mon connard de grand frère. Tu vois, il y a quelques années, il a fait quelque chose qu'il doit aujourd'hui payer d'une manière ou d'une autre. Je veux en finir une bonne fois pour toutes. Tu vois ? Il me pourrit la vie depuis que je suis né, et le savoir... heureux dans les bras de la douce et ennuyeuse Cara m'irrite.

– Que vas-tu lui faire?

– Faire de sa vie un enfer comme lui l'a fait avec la mienne, et après... qui sait?

– Que t'a-t-il fait?

– Tu vas être gentille et te mêler de ce qui te regarde, d'accord?

– J'ai besoin de comprendre, si tu veux que je t'aide.

– Contente-toi de faire ce que je te demande.

Elle obtempère une nouvelle fois et hoche la tête.

– Première étape, dis-je, après un bref instant de réflexion. Tu vas organiser une petite réunion privée entre le maire, le shérif, toi et moi, et nous allons rouvrir le dossier de la disparition de mon soi-disant beau-père.

– Pourquoi ne pas le faire par toi-même?

– Parce qu'à l'époque, j'ai fermé ma gueule en prétextant l'amnésie et j'ai besoin d'un nouveau témoin: toi, en l'occurrence!

– Moi? Mais je ne connais rien à cette affaire.

– Boh! Avec mon frère, une petite confidence sur l'oreiller, c'est si vite arrivé.

– Tu veux que j'accuse ton frère de la disparition de ton beau-père? s'épouvante-t-elle.

Je secoue la tête pour que les choses soient claires.

– Non, de meurtre...

– Quoi?

Je lui tends son téléphone.

Après l'avoir détachée, je l'encercle d'un bras au niveau de la taille, et, lui appuyant la lame au niveau de la carotide, je me cale contre son dos afin d'écouter attentivement la conversation téléphonique entre elle et monsieur Johnson, le maire de la petite bourgade de Géorgie.

– Serait-il possible de vous rencontrer avec le shérif Snow en fin d'après-midi, avant la réunion?

– Oui, bien sûr, Meredith. Pourquoi la présence de Snow? s'enquiert-il, intrigué.

La voix de Meredith devient vacillante et fébrile. Je resserre la pression sur son cou et lui chuchote à l'oreille:

– Calme-toi et respire.

Elle ravale difficilement sa salive et se reprend en gonflant ses poumons.

– J'ai besoin de vous parler d'une disparition qui s'est produite il y a quelques années et à laquelle je peux apporter de nouveaux éléments.

– Une disparition?

– Oui, je préférerais vous en parler de vive voix, si cela ne vous dérange pas?

– Non, non, cela me va. Mais, vous êtes certaine que tout va bien, Meredith?

– Raccroche, soufflé-je en resserrant mon étreinte.

– Oui, oui, tout va bien, monsieur Johnson. À ce soir.

Je la lâche lorsqu'elle met fin à la conversation.

– Bien. Mais il te faudra être un peu plus convaincante, ce soir.

– Pourquoi fais-tu ça?

Elle recule jusqu'à percuter le mur de son dos. Je claque la langue contre mon palais et secoue à nouveau la tête.

– Je t'ai déjà dit de te mêler…

Je m'interromps lorsqu'un bruit provenant de la chambre attire mon attention. À l'affût du moindre autre son, je tends l'oreille, puis relâche les épaules d'une manière théâtrale au moment où Kitty, le chat de Meredith, pénètre dans le salon.

– Eh ben, Minou, ricané-je en le happant au passage. Tu te joins à nous?

– Ne touche pas à mon chat!

Je m'assieds sur le canapé, tenant le félin dans mes mains pour le caresser.

– Tu sais ce que j'aime chez les chats? Ils sont calmes, paisibles, voire rassurants, mais ce sont des êtres vicieux et malfaisants, prêts à te sauter au cou à la moindre contrariété sans que tu t'y attendes, et j'adore ça! Je me retrouve un peu en eux, tu vois?…

– Tu es taré!

Elle se laisse glisser le long du mur et s'assied à même le sol, les jambes repliées sous son menton. Je ne relève pas l'insulte et poursuis calmement mes caresses sur le dos de Kitty, allongé sur mes cuisses ronronnant tranquillement.

– Je me souviens, à l'époque, quand on était gosses avec Reed, on s'amusait à leur attacher des pétards au bout de la queue. Ah! Ah! Tu aurais dû voir ça! Ils bondissaient de deux mètres au moins, partaient comme des malades, et cette pauvre petite Cara pleurnichait, alors que nous, on se fendait la poire.

Je me tais, m'éclaircis la voix et l'imite:

– Gna, gna, gna, vous êtes cruels, méchants. Pauvres chats… Je vous déteste, je jouerai plus avec vous… blablabla. Cette tarte, elle finissait toujours par revenir nous coller aux basques.

– Laisse mon chat, réitère-t-elle, désespérée.

– Relax! Meredith. Relax. Tu deviens pénible, là. Tu ne voudrais pas que je me passe les nerfs sur Minou?

Souriant d'une façon qui semble glacer le sang de Meredith, j'empoigne la petite tête de Kitty.

– Ce petit être est si fragile. Ce serait bête de faire un faux mouvement qui lui briserait instantanément la nuque, non?

– Non! S'il te plaît, je t'en prie, ne lui fais pas de mal.

Relâchant ma poigne, je continue mes caresses.

– Le problème est que j'ai besoin d'un moyen de pression sur toi, tu vois? commencé-je d'une voix tranchante. Je veux être certain d'avoir ton entière coopération et que tu ne me feras pas de coup de pute.

Je l'interroge du regard, puis reprends d'un ton calme et mesuré:

– Alors, voilà: j'hésite…

Me tenant le menton de ma main libre et faisant mine de réfléchir en levant les yeux de droite à gauche, je poursuis:

– Minou ou… tes parents?

J'enserre à nouveau le cou de Kitty et le soulève à bout de bras. La bête commence à se débattre et à donner des coups de griffes dans le vide.

– Tu n'as pas besoin de faire ça. Je te promets de faire ce que tu voudras, mais, s'il te plaît, épargne ma famille, je t'en supplie.

Un sourire en coin se dessine sur mon visage. Agrippant le chat entre mes doigts et plantant mes yeux dans ceux de Meredith, il ne me faut qu'une fraction de seconde pour prendre une décision. Je jubile, puissant comme jamais. Briser la nuque de cet animal ne me pose pas le moindre problème de conscience. C'est simple, je n'en suis pas pourvu, et ce, depuis ma naissance.

– Oh! prononcé-je en enfonçant mes doigts dans la chair tendre de Kitty, alors que cette sale bête tente de se défendre et miaule à s'en arracher les cordes vocales. Écoute le doux son des craquements de ses vertèbres…

– Non! Lucas, je t'en prie, sanglote-t-elle.

Dans un bruit sourd, le corps sans vie du félin percute le parquet. Dévastée par le chagrin, Meredith fond en larmes.

– Bon, ben, c'était Minou en premier, me désolé-je hypocritement en observant le cadavre de Kitty à mes pieds. Mais attention! Pas de panique! Il te reste encore un joker: tes parents. Youpi!

J'applaudis joyeusement.

58

Reed

Le plancher craque derrière moi. Sous la douche, je me tourne. Juste là, à l'extérieur, profitant de la douceur de la matinée, Cara s'assied sur le rebord du lit, sans un mot, prise dans ses pensées. J'éteins l'arrivée d'eau et sans la lâcher du regard, je sors de là.

– Alors ? Tu m'emmènes faire les magasins ? dit-elle.

– Le premier village est à deux bonnes heures de marche en suivant l'aval de la rivière. Vas-y, je t'attends.

Je viens me planter devant elle, totalement nu et dégoulinant d'eau. Troublée, elle déglutit et cligne nerveusement des paupières. Mon nouveau petit jeu fonctionne à merveille.

– Et en voiture ?

Elle se force à me regarder dans les yeux plutôt que de glisser sur la partie qui l'attire davantage et qui est à hauteur de son nez. Je souris de la voir lutter.

– Dix minutes.

– Tu sais que tu dégoulines d'eau et que tu es en train de bousiller le plancher ?

– Je sais.

– Bien !

Elle me tend la main.

– Tes clefs, s'il te plaît ?

– Quelles clefs ?

– De voiture. Si tu ne veux pas m'y emmener, prête-moi au moins ta voiture.

Elle cesse de respirer un instant, lorsque je me penche sur elle pour attraper la serviette posée derrière elle. Avant de me redresser, je lui effleure l'oreille de ma bouche et murmure d'un ton ferme et lascif :

– Hors de question.

Je m'écarte et, d'un pas nonchalant, je pars me sécher sur la terrasse en sifflotant joyeusement. Évidemment, elle ne rate rien du spectacle que lui offrent mes fesses et mon dos musclés.

Le temps est à nouveau clément, aujourd'hui. Le soleil est déjà bien haut dans le ciel. J'amènerai ma petite maligne au village cet après-midi, mais en attendant, j'ai envie de l'embêter un peu. D'ailleurs, je trouve bizarre qu'elle n'insiste pas davantage. D'ordinaire, elle a plus de répondant.

Elle finit par me rejoindre dehors. Elle m'observe étrangement. Ce n'est pas le fait que je sois à poil, non. Elle n'est hélas pas très bonne comédienne. Je capte que quelque chose se trame rien qu'en la regardant. Pourquoi n'insiste-t-elle pas ? Je la questionne du regard. Elle sourit innocemment et fait un petit pas sur le côté. Je fronce les sourcils et vois le sac à main qu'elle tient fermement. Elle fait une autre petite enjambée. Je m'avance vers elle en étrécissant les yeux. Elle va me faire un sale coup, je le sens.

– Cara ?...

– Reed, surenchérit-elle, tout sourire.

– Qu'est-ce que tu mijotes ?

– Rien.

Je jette un bref coup d'œil à l'intérieur, sur mes vêtements jusque-là bien pliés mais qui sont désormais en boule. Je percute. Ce moment d'inattention permet à Cara de pouvoir dévaler les escaliers sans que j'aie le réflexe de lui barrer le chemin.

La garce ! Elle a fouillé les poches de mon jean pour prendre les clefs.

– Cara ! Si tu touches à ma voiture, ça va vraiment mal se passer pour ton matricule.

Cara ayant une bonne longueur d'avance, je me dépêche d'enfiler au moins un boxer et m'élance, pieds nus, à sa poursuite. Elle a déjà pris place au volant et allumé le contact quand j'arrive aux abords de la Mustang. Heureusement pour moi, avant de pouvoir filer, elle doit effectuer un demi-tour. Je tente d'ouvrir la portière conducteur, mais elle la verrouille. Je fais le tour. Elle n'a pas le temps de s'étirer pour fermer que je monte déjà dans le véhicule alors qu'elle entreprend la manœuvre. Mais je tire sur le frein à main.

– Tu n'iras nulle part au volant de ma voiture.

– Lâche le frein !

Elle accélère.

– Arrête d'accélérer, tu vas bousiller le câble.

– Alors arrête de freiner !

– Non !

– Si !

Elle donne des à-coups sur la pédale. N'ayant pas anticipé que je lâcherais prise et rabattrais finalement le frein, elle accélère au même moment et envoie le pare-chocs dans un buisson.

Elle grimace. Je grogne.

– Oups.

– Nom de Dieu ! Si tu as fait ne serait-ce qu'une légère égratignure sur la carrosserie, je… je… râlé-je en posant les mains sur ma tête avant de me triturer le cuir chevelu.

– Tu quoi ?

Elle recule pour finir le demi-tour. Je ne réponds pas et me contente de la fusiller du regard en serrant les dents.

– Tu n'as qu'à sortir vérifier que je n'ai pas abîmé ton bébé.

J'étrécis les yeux.

– Pour que tu me laisses en plan ici et me piques ma bagnole ? Non. Raté ! Je suis idiot, mais pas à ce point-là.

– Comme tu veux.

Victorieuse, elle s'engage sur le chemin et, une fois quelques mètres parcourus sur l'asphalte, j'aboie en me cramponnant à la portière :

– Ralentis !

– Je suis à trente miles à l'heure, tu abuses. Fais-moi confiance !

– Je n'ai aucune confiance en une femme qui conduit.

– Macho.

– Non, je suis simplement prévoyant et réaliste.

Elle secoue la tête, dépitée.

– Détends-toi, je ne vais pas te la casser, ta voiture, dit-elle en me jetant un coup d'œil, amusée.

– Regarde la route !

Elle lève les yeux au ciel.

– La route !

– Bon sang ! Que tu es pénible.

Ce sont les dix minutes les plus longues de ma vie, mais nous arrivons sains et saufs sur le parking du port de pêche de Forest Lake, ce petit village de vacances et de loisirs nautiques où se mêlent touristes et saisonniers. Je n'étais pas revenu ici depuis plusieurs années et rien ne semble avoir changé.

– Tu ne vas pas me suivre pieds nus et en caleçon dans les magasins, tout de même ? dit-elle en me reluquant de haut en bas.

– Regarde autour de toi. On est dans un village de vacances au bord d'un lac. Tout le monde est en maillot. Celle qui fait tache dans le tableau, c'est plutôt toi avec ton jogging et tes chaussures de randonnée.

Elle observe avec plus d'attention ce qui l'entoure pendant que je fais le tour de la voiture pour inspecter la carrosserie. Heureusement pour Cara, elle n'a rien, pas une seule rayure.

Je me poste devant elle et la plaque de tout mon corps contre la carrosserie.

– Rends-moi mes clefs, maintenant.

– Le mot magique, d'abord?

Elle tend le bras de côté et secoue les clefs en me décochant un sourire machiavélique. Un sourire qui me fait fondre, mais je ne suis pas bête et surtout je ne me laisserai pas avoir.

– Le mot magique? Non mais t'es sérieuse, là?

– Oui, très.

– Tu sais très bien qu'il me suffit de te les arracher de force pour les avoir, alors si tu ne veux pas que je te fasse mal, donne-les-moi.

– Le mot magique, d'abord. Sinon, à trois, je les jette à l'eau.

Les menaces ne produisant aucun effet sur moi car je sais que j'aurai le dessus, je passe à la seconde phase d'intimidation. Ma préférée: je la fixe d'un regard charmeur et d'un sourire tout aussi enjôleur en me pressant davantage contre elle. Je me frotte légèrement, l'attise, joue de mes hanches contre les siennes. Je passe les bras au-dessus de ses épaules et pose mes mains à plat contre le toit du véhicule, derrière elle. Je l'encercle. Déjà, je sens sa respiration s'accélérer et remarque la gêne dans ses yeux. Je jubile. Je baisse le menton et lui frôle le visage de ma bouche.

– Donne-moi, les clefs, de ma voiture, articulé-je lentement.

Elle s'obstine sans se démonter.

– Non.

Elle commence à compter.

– Un…

Je reporte mon attention sur ses lèvres qu'elle se mordille et j'incline la tête.

– Deux, prononce-t-elle, la gorge nouée en lorgnant ma bouche qui se rapproche dangereusement de la sienne.

– Trois, susurré-je à sa place avant de l'embrasser avec une extrême lenteur.

Cara ne cherche pas à m'éviter. Au contraire, elle gémit. Cependant, elle n'est pas prête à perdre à notre petit jeu, alors, lorsqu'elle sent que je glisse mes doigts sur son épaule, le long de son bras, son coude, son avant-bras, elle sait pertinemment que je vais tenter de lui prendre les clefs.

Bouche contre bouche, souriant tous les deux, Cara fait l'impensable, l'inimaginable. Elle envoie valser les clefs dans l'eau, par-dessus le petit muret de pierre. J'essaye tant bien que mal de stopper le geste, mais en vain. Je quitte ses lèvres, me redresse, recule le buste et la regarde, stupéfait.

– T'as pas fait ça?

Elle pouffe en hochant la tête et finit par éclater de rire. Je reste sans voix, fais un pas en arrière sans la quitter du regard et me baisse pour la porter à bout de bras.

– Non, Reed! Qu'est-ce que tu fais? Repose-moi!

Tout en se débattant, elle crie. Je m'avance au bord du lac et la jette à l'eau telle une vulgaire charge en m'écriant dans le même élan:

– Retrouve-les-moi!

Remontant à la surface, furieuse, elle claque l'eau de ses bras et s'égosille:

– Bordel! Tu étais obligé?

Posant un pied sur le muret et me penchant pour caler mes coudes sur ma cuisse, je l'observe, amusé.

– Elle est froide?

Elle m'éclabousse en tentant de garder l'équilibre.

– Viens les chercher toi-même, tes foutues clefs!

Elle nage quelques mètres afin de trouver un endroit où elle a pied. Elle trouve un rocher au fond de l'eau, elle se hisse dessus et, telle une gamine qui boude, croise les bras contre sa poitrine, mécontente.

– Cara? Tu comptes rester là toute la journée?

Elle détourne la tête en levant légèrement le menton, bien décidée à bouder. Je ricane de la voir si têtue.

– Tu boudes?

Elle cille plusieurs fois et réprime son envie de s'esclaffer. Je le vois, elle va craquer. Mais trêve de plaisanterie, je dois retrouver mes clefs. J'inspecte l'eau et les vois scintiller au fond, entre deux rochers. Je plonge, les attrape et nage sur quelques mètres en profondeur, jusqu'à apercevoir ses jambes. Surgissant derrière elle et l'agrippant par la taille, je la fais basculer en arrière. Elle se laisse aller en riant.

Nous nous chamaillons comme deux adolescents et j'adore ça. Cela faisait une éternité que je n'avais pas ri de la sorte.

Se cramponnant à mes épaules et m'entourant de ses jambes, elle me passe une main sur le front pour me dégager les mèches collées par l'eau.

– Tu as retrouvé tes clefs ?

Je sors mon bras de l'eau et les secoue.

– Tu vas me la payer très cher, celle-là.

Le sourire rayonnant que m'offre Cara me met dans un émoi troublant. Elle passe ses yeux des miens à mes lèvres. J'ai envie de l'embrasser et il semblerait qu'elle le veuille aussi, mais j'ai compris. Je patiente, alors je me contente d'un baiser furtif sur le bout du nez.

– J'attends ta revanche avec impatience, me nargue-t-elle.

59

Cara

Allongés l'un en face de l'autre sur deux bancs de ce ponton de promenade, nous nous séchons tranquillement au soleil. Les mentons calés sur nos mains, nous nous observons, yeux dans les yeux.

– Comment as-tu découvert cet endroit?

– Heather.

– Bien évidemment, suis-je bête! La fille du bateau, dis-je en levant les yeux au ciel. Qui d'autre?

– C'était une amie, Cara. Simplement une amie.

– Toi? Ami avec une fille? Je n'en crois pas un mot.

Il sourit plus largement et m'adresse un clin d'œil.

– On est bien amis tous les deux, non?

Je lui rends son sourire, gênée. Il cherche encore à savoir ce que j'attends vraiment de lui et de notre relation plus qu'ambiguë. Ses yeux pleins d'espoir et d'interrogation me déroutent. Je ne sais pas trop ce que nous sommes, à vrai dire.

– On est…

Je suis incapable de soutenir son magnifique regard, alors je me tourne pour m'allonger sur le dos. Je sens le rouge me monter aux joues. Chose qui me trahit.

– Je ne sais pas ce que nous sommes, mais pas que de simples amis. C'est impossible d'être « amie » avec toi.

Reed refuse que je me défile, donc, aussi entêté que moi, il se lève, me rejoint, me soulève les jambes et s'assied à califourchon entre mes cuisses. J'aurais mieux fait de rester dans l'autre position, celle-ci est encore plus déroutante.

– Et? insiste-t-il en me fixant droit dans les yeux.

– Et arrête de me regarder comme ça!

Je me cache les yeux dans les mains.

– Regarde-moi!

– Non. Je veux plus te voir.

– Ce n'est pas gentil, ça. Je suis si moche que ça?

– Non. C'est tout le contraire de ça.

Il s'incline sur moi et, à demi allongé sur mon corps, me force à enlever les mains de mon visage, puis me les passe par-dessus la tête, mais je crispe les paupières.

Me survolant de ses lèvres, il murmure :

– Toi, tu es en train de craquer pour moi.

J'ouvre un à un les yeux et souris de plus belle. Je ravale une envie de l'embrasser. Il se redresse, me lâche et m'interroge :

– J'ai tort ?

– Je ne parlerai qu'en présence de mon avocat, gloussé-je en m'asseyant à mon tour avant de poursuivre :

– Alors, c'était qui, cette fille ?

– Ne change pas de conversation, tu veux ?

Il appose ses mains sur mes hanches et m'attire sur ses cuisses. Je m'enflamme instantanément.

– Je te rappelle que c'est toi qui as détourné la discussion en premier. Ce n'est qu'un simple retour à la conversation d'origine.

Il abdique.

– Elle s'appelait Heather Adams, et je l'ai rencontrée à New York.

– S'appelait ?

– Non, s'appelle, se reprend-il en jouant avec une mèche de mes cheveux emmêlés. Mais je n'ai plus de nouvelles d'elle depuis des années, depuis l'enterrement de Molly, sa cousine.

Le jaugeant aux expressions de son visage, je cherche à décrypter l'attachement qu'il éprouve ou éprouvait pour cette Heather.

Je lui passe les bras autour de sa nuque et demande :

– Tu couchais avec elle ?

Il écarquille aussitôt les yeux, ahuri par la question et mon aplomb.

– Non.

– Non ?

Il oscille de la tête en cherchant la meilleure façon de me décrire la relation qu'il entretenait avec elle.

– Disons que nous ne sommes jamais allés jusqu'au bout, si tu vois ce que je veux dire ? Enfin, c'était plutôt dans un but pédagogique.

– Pédagogique ?

Agacé de devoir tout détailler, il râle :

– Rhô ! Elle me taillait des pipes pour que je lui apprenne la meilleure manière de faire, et moi je lui brou…

Je l'interromps de ma main sur sa bouche.

– OK ! C'est bon, j'ai compris.

Il éclate d'un rire profond face à ma bouille contrariée et écœurée.

– Tu avais des sentiments pour elle ?

– Non, je t'ai déjà dit que ce n'était qu'une simple amie et que, de ma vie entière, je n'ai éprouvé des sentiments que pour une seule et unique femme, ici présente, finit-il de m'expliquer en me maintenant le menton pour capter mon regard.

Attendrie et déboussolée par ses paroles, je ravale difficilement ma salive. Je peine à le croire, même si une partie de moi essaie de s'en convaincre. Voyant qu'il me met de nouveau mal à l'aise, il s'extirpe de sa place et se lève du banc tout en me tendant la main.

– Allez, on va les faire, ces magasins ?

– Allons-y, oui. Allons au moins te trouver un pantalon pour que tu sois décent.

Il passe son bras autour de mes épaules et ricane :

– Tu es bien la seule fille à insister pour me trouver un pantalon. D'habitude, les femmes cherchent à me déshabiller, pas à m'habiller. Je ne comprends pas…

Je lui envoie un violent coup de coude qui s'abat en plein dans ses côtes.

– Ferme-la, tu veux ?

Nous faisons les quelques boutiques qui longent le port et finissons nos emplettes dans un magasin de sous-vêtements. Une épreuve que je redoutais aux côtés de Reed. Cependant, c'est un passage obligé. Bien sûr, les remarques fusent dès le premier string que je regarde, pourtant discrètement.

– Hum. Bon choix, même si un peu trop commun à mon goût. Il faut plus de dentelle, d'ouverture, tu vois ?

– Je ne t'ai pas demandé ton avis, il me semble.

Il lève les mains en l'air, de peur de se faire une nouvelle fois rembarrer.

– Je n'ai rien dit.

– Parfait.

Il s'écarte et file dans un autre rayon en décochant des sourires en coin et des clins d'œil à toutes les filles qui croisent son chemin. Je l'observe se pavaner au milieu d'elles. Étant le seul garçon dans la boutique, et qui plus est très bel homme, il ne passe bien évidemment pas inaperçu. Heureusement, je suis arrivée à lui faire enfiler un pantalon en toile blanc, mais, à le détailler davantage, ce bas lui fait des fesses à s'en damner et certaines l'ont déjà remarqué au vu de la direction de leurs regards. Une d'entre elles, une quarantenaire, se mord les lèvres pour signifier à son amie qu'elle en ferait bien son repas. J'essaie de faire abstraction et de me concentrer sur mes choix. Cependant, c'est difficile, surtout en le voyant flirter avec la caissière. Le coude replié sur le comptoir, les jambes croisées, l'allure totalement décontractée et bombant son torse nu, il papote. Il affiche son plus beau sourire, ce même sourire enjôleur qu'il a l'habitude de me réserver. Bon sang ! C'est mon sourire… Aucune autre que moi n'y a droit.

Un craquement de plastique me sort de mes pensées. J'étais en train de plier nerveusement le cintre du soutien-gorge.

Comment pourrais-je me mettre avec lui ? C'est un coureur de jupons ! Sait-il au moins ce que veut dire le mot « fidélité » ? Il n'a jamais été en couple, donc, même s'il dit être amoureux de moi depuis toutes ces années, saura-t-il contrôler ses pulsions et vais-je arriver à le satisfaire sexuellement parlant ? Il doit avoir acquis tant d'expérience.

– Je te prie d'acheter ça…

Je sursaute et reporte mon attention sur Reed qui me tend un bout… de ficelle rouge. Sans vraiment réfléchir et simplement perturbée par mes dernières réflexions, je lui rétorque :

– Je n'aime pas le rouge.

– Tu as tort, avec ta peau bronzée et tes cheveux bruns, ce serait un vrai délice pour les yeux.

Déstabilisée, j'en deviens désagréable.

– Lâche-moi, je n'aime pas.

Attrapant des articles au hasard sur mon chemin, je me dirige vers la caisse. Je veux en finir au plus vite.

– Excusez-moi, mademoiselle, c'est votre petit ami ? m'interpelle la femme d'une quarantaine d'années en me désignant d'un geste du menton Reed qui arrive à notre hauteur.

– Non ! grogné-je, sans même lui prêter attention.

Je donne les derniers sous-vêtements à la caissière et regrette déjà d'avoir dit non. Cette femme au brushing impeccable, fardée de fond de teint, d'un rouge à lèvres rouge vif, habillée d'un chemisier transparent et à la poitrine généreuse, s'avance d'une allure féline vers lui. Ce dernier l'a repérée. Il adopte déjà une posture de mâle en s'accoudant une nouvelle fois au comptoir de caisse à deux pas de moi.

– Jeune homme, l'accoste-t-elle en lui tendant une carte, je ne sais pas si vous restez longtemps dans le coin, mais si vous vous ennuyez, voici ma carte. Je suis au chalet trente-cinq sur les collines. Mon mari ne rentre que la semaine prochaine. Si jamais…

Elle ponctue son invitation d'un clin d'œil et, comme Reed ne bouge pas d'un pouce, elle enfouit la carte de visite entre l'élastique de son boxer, qui sort partiellement du pantalon, et sa peau. Observant la scène du coin de l'œil, je bous. J'aimerais lui sauter à la gorge, mais, en jeune fille bien éduquée, je ne bronche pas, récupère le sac que me tend la caissière et file en direction de la sortie, furieuse.

– Cara ! Oh ! Attends-moi.

Je traverse la ruelle et longe le port à toute vitesse afin de rejoindre au plus vite la voiture garée non loin de là.

– Cara, ricane-t-il en me suivant de près. Tu m'expliques pourquoi tu t'énerves ?

Vu que je ne réponds pas, il insiste, toujours aussi amusé :

– Youhou ? Je suis là.

Il allonge ses foulées pour marcher à mes côtés.

– Tu fais la tête ? Qu'est-ce que j'ai fait encore ?

Au comble de l'exaspération, je m'arrête en plantant des yeux exorbités par la rage dans les siens, puis les reporte sur le petit bout de papier qui sort de l'élastique de son boxer. Je l'attrape et le lui jette au nez.

– Ça !

Il regarde le morceau de papier s'envoler.

– Quoi ? Ça ? Ça m'arrive souvent de me faire draguer, j'y suis pour rien, hausse-t-il les épaules avec une expression d'ange offensé.

Je peste, puis reprends mon chemin. Je vais l'étrangler si je reste plus longtemps devant lui.

– Va retrouver ta couguar au chalet trente je sais plus combien et fous-moi la paix.

– Trente-cinq, rit-il.

– Je m'en tape du numéro ! Va la baiser si ça te tente, et me fais plus chier !

Je hurle si fort qu'une passante, mère de famille, couvre les oreilles de sa fille et me regarde, outrée.

J'arrive devant la Mustang et m'y adosse, les bras croisés, attendant qu'il m'ouvre. Je suis consciente que mon comportement est ridicule, mais c'est plus fort que moi. Je doute et ressens une douleur au niveau de l'estomac, je suis à vif. J'aurais presque envie de pleurer, de taper sur tout ce qui bouge, à commencer par lui. Il s'approche doucement, la tête penchée, les sourcils levés et un faible sourire aux lèvres.

– C'était quoi, cette petite crise de jalousie ?

– Ne rêve pas, ce n'était pas de la jalousie.

– Si ! Je crois bien.

– Non !

Alors que je tourne la tête, il colle son bassin contre mon ventre, me prend le visage de ses deux mains et me force à le regarder.

– Dis-moi ce qui se cache dans ta jolie petite tête d'entêtée. Je vois bien que quelque chose te tracasse.

– Arrête de draguer tout ce qui a une paire de seins.

Il émet un petit rire.

– Tu préférerais ceux qui ont une paire de couilles ?

– T'es con.

– Je suis seul, Cara.

– Seul ?

Et moi alors ? Je ne compte pas, peut-être ?

– Tu ne veux pas de moi, alors je continue ma vie de célibataire. Tu veux que je fasse quoi ?

– Je n'ai pas dit que je ne voulais pas de toi.

– Alors, pourquoi tu mets autant de barrières entre nous ?

Fébrile, je sens monter un fleuve de larmes. Je me maudis d'être aussi fragile. Je ne veux pas craquer devant lui.

– Sais-tu au moins ce que c'est que d'être en couple ? Enfin, je veux dire…

Il me coupe aussitôt la parole et ôte ses mains de mon visage.

– J'ai compris ce que tu voulais dire, te fatigue pas. Je ne suis pas débile, Cara ! Tu n'as pas confiance en moi ? C'est ça ?

– Tu te tapes des prostituées. Désolée, mais tu n'es pas le meilleur exemple de fidélité.

Il baisse la tête, blessé par ma remarque.

– Je t'ai déjà expliqué pourquoi, non ?

– Oui, mais qu'est-ce qui me dit que tu changeras ta façon de vivre pour moi? Je meurs d'envie d'être avec toi. Je suis bien avec toi. Pour rien au monde je ne voudrais quitter ton coin paumé. Je veux profiter de chaque minute, de chaque seconde, mais si je m'ouvre, si je me laisse aller, je vais tomber raide dingue de toi, j'en suis certaine. Je t'aurai même tellement dans la peau que je ne pourrai plus me passer de toi. Et si toi, tu te rends compte qu'en définitive, tu ne m'aimais pas tant que ça, et si je n'étais qu'un fantasme qui se réalise enfin? Car, Reed, les fantasmes, une fois assouvis, deviennent beaucoup moins attrayants, et je ne veux pas devenir bien moins attirante à tes yeux, je ne le supporterai pas. Alors, sois certain de ne pas vouloir faire marche arrière et revenir à ta vie de célibataire, car tu me briserais. Et donc, dis-moi sincèrement, pourras-tu me rester fidèle?

Je me rends compte que je pleure seulement lorsqu'il vient essuyer une larme sur ma joue. La tendresse qu'il met dans son regard et son silence me perturbent encore davantage.

– Dis quelque chose, s'il te plaît...

– Je ne peux pas te faire une promesse que je ne suis pas sûr de pouvoir tenir, Cara. Mais je peux te promettre d'essayer, si tu me laisses une chance de pouvoir le faire. Sans ça, je ne peux pas.

Je souris et laisse tomber mes sacs à terre et enroule mes bras autour de son cou. Attendrie par sa promesse et le trouvant si authentique dans son humilité, je raille:

– Si tu n'existais pas, Reed Hamilton, il faudrait t'inventer.

Il m'enserre les deux bras et me les ôte de sa nuque.

– Allez, rentrons. Tu vas te changer et on ira manger un bout en ville ce soir, ça te dit?

Je hoche la tête et ramasse mes affaires. Il s'écarte et m'ouvre la portière. Commençant à me pencher pour gagner le siège, je m'interromps et me tourne à nouveau vers lui. Il a raison, je dois laisser tomber mes barrières. Sans lui laisser le temps de réagir, je lui prends le visage des deux mains et, me dressant sur la pointe des pieds, je l'embrasse, chastement au départ puis, emportée par la fougue et le désir, je cherche le contact de sa langue. Geignant contre mes lèvres, il ferme les paupières et accueille mon baiser avec rage et désespoir.

– C'était quoi, ça? demande-t-il à l'instant où je quitte ses lèvres.

– Bah, quoi? Je n'ai pas le droit d'embrasser mon petit ami?

– Petit ami?

Il hausse un sourcil, perplexe.

– Ce n'est pas ce que tu veux?

– Si, dit-il dans un sourire radieux. Allez, monte dans la bagnole avant que je te prenne sur le capot devant tout le monde.

– Reed! Bon sang, et le romantisme?

Je m'assieds en pouffant.

– Je n'ai pas dit que j'allais changer comme par magie, non plus, s'esclaffe-t-il à son tour en gagnant le siège conducteur.

– Reed?

– Hum?

– J'adorerais que tu me prennes sur le capot, mais, pour une fois, pourrait-on le faire sans que personne ne nous regarde?

Il rit et son visage se ferme.

– Désolé.

60

Reed

De retour au chalet, je ne loupe pas une seconde du spectacle que m'offre Cara en enfilant une sublime robe bleue. Ce tissu fin met toutes ses formes en valeur et, à cette vue, je ne suis plus qu'un brasier en fusion. Chaque atome de mon corps vibre et s'électrise. Oui, je la dévore du regard. Je brûle de désir pour elle, ce qui ne lui échappe pas. Elle en joue et adopte certaines positions suggestives, histoire de m'aguicher.

– Je ne vais pas tenir bien longtemps à ce rythme-là.

Le pied sur une chaise, elle noue la lanière de ses chaussures à talons en remontant légèrement les fesses.

– C'est-à-dire?

J'enfile mes vêtements à la hâte et plaque mes mains sur ses hanches. Elle sursaute à mon manque de délicatesse et rit avant de se redresser et de pivoter.

– Je crève d'envie de te faire l'amour, avoué-je.

– Tu attendras ton dessert, comme tout le monde.

Déçu, j'esquisse une moue de petit garçon, mime une légère distance avec mes doigts et la supplie:

– Même pas un tout petit morceau avant de partir?

– Non! Même pas.

Enfin prêts, nous rejoignons la voiture, mais loin d'être décidé à abandonner la partie, je lui happe le bras alors qu'elle se dirige vers le côté passager. Je l'attire avec force contre moi, la bloque de mon corps contre la carrosserie et ne lui laisse pas le temps de rouspéter que je presse déjà mes lèvres sur sa bouche et l'embrasse avec une fougue désespérée. Je lui caresse les cuisses et remonte mes doigts sous l'ourlet de sa robe. Je m'enflamme, mais me contrôle, déterminé à ce qu'elle me supplie de continuer.

Sans plus aucune retenue, Cara se prend à mon baiser torride, enfouit ses mains dans mes cheveux, les agrippe et se frotte sur mon érection naissante. Elle cherche ma langue, sa saveur et gémit.

Relâchant la pression de ma bouche, je souris, fier de l'avoir mise dans tous ses états. J'ôte mes doigts de dessous sa robe et m'écarte afin de rompre tout contact physique et d'ouvrir la portière conducteur.

– Reed! peste-t-elle, pantelante. Tu n'as pas le droit de me faire ça.

Je feins l'innocence et lui retourne sa réplique.

– Quoi? Je n'ai pas le droit d'embrasser ma petite amie?

– Si! Mais va jusqu'au bout des choses. Sinon, je vais penser que tu m'allumes à ton tour.

– Tu en as envie?

– À ton avis?

Je referme la portière, un sourire en coin, triomphant.

– Je croyais que tu voulais attendre le dessert.

– Et toi, tu veux quoi?

J'incline la tête, amusé.

– Je veux ce que tu veux.

– C'est une conversation stérile, tu sais?

– Je sais.

Je souris plus largement et me presse à nouveau contre elle.

– Mais tu m'envoies des signaux contradictoires, Cara. Je suis un peu perdu.

– Je te teste, avoue-t-elle.

– Tu me testes?

– Oui.

Le visage de Cara se fend d'un sourire taquin.

– Je pense plutôt que tu joues avec moi, je me trompe?

– Il se pourrait, oui, ricane-t-elle.

Me penchant sur elle, je glisse mes mains le long de son somptueux corps et lui agrippe les cuisses pour la soulever. Elle s'enroule automatiquement autour de moi.

– Tu sais ce que je fais aux petites malignes dans ton genre lorsqu'elles se jouent de moi et m'allument?

– Non.

Je cale mon nez contre le sien et murmure lascivement, en survolant ses lèvres:

– Je les baise violemment et égoïstement.

– Alors, baise-moi violemment et égoïstement sur le capot de ta voiture.

La tenant fermement dans mes bras, je recule le buste et arque un sourcil, ébahi par sa façon de parler, puis décide de l'emmener autre part.

– Non, le capot de ma voiture n'est pas pratique. J'ai déjà essayé...

– Bon Dieu! Reed... Tais-toi! Je n'ai pas besoin ni envie de savoir ça.

Montant les escaliers menant à la terrasse, je dépose un rapide baiser sur ses lèvres.

– Désolé !

Je la pose doucement sur la table, lui écarte les cuisses pour m'y loger et lui ramène les fesses sur le bord. Je plonge délicatement une main sous ses cheveux.

– Cara, je sais que mon passé te dérange et te fait peur, mais…

Elle tente de me couper la parole, mais je l'empêche en posant mon pouce sur sa bouche.

– Écoute-moi, s'il te plaît.

Elle obtempère, fascinée par mon regard, semble-t-il.

– J'ai beau avoir posé mes mains sur de nombreuses femmes, aucune ne m'a fait ressentir ce que je ressens quand je te caresse, quand je te touche. Aucune ne m'a fait ressentir ce que je ressens quand je t'embrasse. Je sais que tu es loin d'éprouver ce que moi j'éprouve pour toi, mais, Cara, fais-moi confiance et aide-moi. Aide-moi à devenir un homme bon. Celui qui pourra te rendre heureuse, celui que tu attends. Je suis un peu empoté à ce niveau-là. Je ne sais pas comment m'y prendre. Je commettrai sûrement des erreurs, mais je t'en supplie, sois patiente, car ce n'est pas inné chez moi. Alors je te pose une dernière fois la question : veux-tu réellement être ma petite amie ? Souhaites-tu vraiment ce genre de relation avec moi ? Car moi, j'ai vraiment envie d'essayer.

Elle ramène mon visage vers le sien pour me frôler la bouche.

– Monsieur Hamilton, je serais fière de devenir votre toute première petite amie.

– Fière ? N'exagère pas quand même.

– Tais-toi et fais-moi l'amour, Reed !

Je souris.

– C'est un ordre ?

– Exactement.

L'embrassant avec ardeur, je plaque mes mains sur ses hanches pour l'attirer contre moi. Elle accueille ce baiser fougueux en geignant. Je la dévore. Elle en veut plus, toujours plus. Quittant sa bouche, je lui adresse un petit sourire coquin et recule en me léchant les lèvres. Son goût est exquis. J'enfouis ensuite mes doigts sous sa robe et lui ôte délicatement son sous-vêtement en le faisant glisser le long de ses fines et divines jambes. Elle ferme les yeux, enivrée par toutes ces sensations. Elle brûle. Mon sang pulse dans mes veines. Je ne sais plus comment respirer tant je suis foudroyé par des vagues d'électricité à chaque fois que je gonfle mes poumons. Mon excitation est à son comble. Elle rouvre les yeux et lorgne la bosse qui se forme sous mon jean. Elle pince habilement le premier bouton de ma braguette et tire dessus. Je tressaille lorsqu'elle me caresse. Elle baisse mon pantalon et mon boxer dans un même geste, libérant mon pénis.

Doucement, sans me quitter des yeux, elle enlève sa robe, puis son soutien-gorge et s'allonge sur la table. Elle s'offre à moi, impatiente. Je me saisis d'un préservatif et l'enfile. Je fais un pas, me cale à nouveau entre ses cuisses, puis me penche sur elle. Je dépose de lourds baisers sur sa poitrine, puis suçote, lèche, pince et chéris chacun de ses tétons. Elle gémit et se tortille pour venir à ma rencontre. Elle m'entoure de ses jambes et m'attire à elle.

– Cara, veux-tu que je te fasse l'amour ou que je te baise? lâché-je d'une voix rauque, la respiration sifflante.

– Baise-moi comme tu le ferais avec l'une de tes prostituées.

Je laisse échapper un son étranglé en entendant ces mots crus sortir de sa bouche. Aussitôt, je plonge mon index, puis mon majeur en elle. Elle est prête, mais est-elle prête à ce que je sois brutal?

– Tu es certaine? Je pourrais devenir violent et égoïste.

Elle m'incite, n'en pouvant plus.

– Sois violent et égoïste, je m'en fiche.

J'effleure son ventre de mon nez. Bon sang! Ces paroles m'excitent encore plus. Je brûle, m'embrase. Mes doigts allant et venant, je la sens dans le même émoi. Délicatement, j'appose mon pouce sur son clitoris enflammé pour exercer une pression. Elle se resserre déjà autour de mes doigts. J'embrasse et mordille sa peau d'un flanc à l'autre.

– Tu es tellement étroite et déjà sur le point d'éclater.

Mes oreilles bourdonnant, mon sang et mon cœur battant la chamade, je bloque ma respiration. Je cale mon pénis entre les replis de son intimité luisants de désir. J'inspire profondément et empoigne sa hanche gauche, puis m'enfonce en elle, l'écartant de toute mon épaisseur. Je ne suis ni brusque ni doux. Je vais droit au but, au fond, jusqu'à ce que nos corps se percutent. Je m'immobilise et expire tout l'air de mes poumons, puis me retire entièrement. Puis, d'une poussée sèche et rude, je l'emplis à nouveau. Elle crie et se tord. Je réitère mon va-et-vient d'une façon brusque et inattendue pour qu'elle n'ait pas le temps d'anticiper. Elle interrompt sa respiration et bascule la tête en arrière. Je la pilonne tellement fort qu'elle semble avoir mal. Elle se crispe, plisse le front. Je m'en inquiète et ralentis, même si la sentir si étroite m'excite encore davantage et me met sur une pente raide.

– Cara, dis-moi si c'est insupportable.

– Non, souffle-t-elle. Continue. Je t'en prie.

– Tu as l'air d'avoir mal.

– Non, je...

Elle se tait et s'arque. Je poursuis. Son corps paraît vouloir me repousser ; il se contracte, pulse, se rétrécit en me comprimant fermement. Elle explose. Elle n'avait absolument pas mal. Elle était au bord d'un orgasme puissant, violent. La sentant jouir autour de moi, je relâche toute la pression et, dans un dernier coup de reins aussi difficile qu'exaltant, je jouis à mon tour en grognant, les paupières plissées et la bouche à demi ouverte.

Elle s'assied et m'enveloppe de ses bras. À bout de souffle, je pose mon front dégoulinant de sueur contre sa petite épaule.

Souriant à m'en décrocher la mâchoire, je m'étonne :

– Wouah ! C'était quoi, ça ?

Elle recule le buste, amusée par mon air ahuri.

– C'était nous.

Elle me regarde avec une telle intensité que je m'enquiers :

– Quoi ? Qu'est-ce qu'il t'arrive ?

– Je suis d'accord.

– Pour ?

– Pour t'aider à devenir non pas l'homme que j'attends, mais celui que tu veux devenir.

– Oh !

Je me rhabille et échappe à la situation. Oui. C'est ce que je sais faire de mieux. Fuir. J'ai la trouille. Une trouille bleue, même. À l'intérieur du chalet, je prends une minute pour moi. Je m'adosse au mur et me passe une main sur le visage, puis rive mes yeux au plafond. Une boule d'angoisse se forme dans mon estomac. Je n'ai jamais été chanceux. De toute ma vie, les moments heureux, je peux les compter sur les doigts d'une main. J'ai toujours tout fait foirer. Comment vais-je faire cette fois-ci ?

– Reed ?

Cara apparaît dans l'encadrement, soucieuse de ne pas me voir revenir.

– Ça ne va pas?

– Si, si. Tout va bien, princesse, dis-je en l'enlaçant et en collant un lourd baiser sur son front.

Tenir cette femme magnifique dans mes bras est la chose la plus délicieuse que je connaisse. Je n'ai pas le droit de foirer. Non! Jamais avec elle. C'est une pression énorme. Le défi de ma vie.

– Tu as déjà emmené une fille au restaurant?

– Oui, quand je faisais le gigolo pour San Do, j'emmenais des femmes dans de grands palaces de New York et, après le repas, on baisait.

Elle fronce les sourcils.

– Pourquoi fronces-tu les sourcils?

– Parce que c'est glauque, et que je ne comprends pas pourquoi tu as fait tout ça pour lui.

– Simplement parce que j'avais besoin d'argent et que cela ne me déplaisait pas d'être l'instant d'une soirée quelqu'un d'autre, un faux riche.

Je me recule et lui tends la main.

– Allons manger, tu veux?

– Avec plaisir.

61

Cara

Avancée sur le lac, la terrasse sur pilotis de ce snack-bar-restaurant familial est illuminée de centaines de petites bougies posées sur les balustrades. L'atmosphère est calme et romantique et le coucher de soleil tirant sa révérence entre les deux montagnes qui jouxtent le lac, magnifique. Reed m'explique pourquoi il m'emmène ici, au Loop's. Il veut revoir Mira, la patronne, la tante de son amie Heather, la mère de la petite Molly. À l'époque, Mira lui a offert le gîte et le couvert en échange d'un coup de main au restaurant. C'est même grâce à elle qu'il a pu se trouver son petit coin de paradis, son chalet.

Assis l'un en face de l'autre, yeux dans les yeux, nous trinquons avec nos verres de vin rouge. Nous nous fixons, nous observons, nous séduisons.

– Tu vas réussir à tenir jusqu'à la fin du repas avant de me sauter à nouveau dessus? demande-t-il en attrapant mes doigts posés sur la table, près des couverts.

– Moi, oui. Mais toi, je ne pense pas. Regarde, tu ne peux déjà pas t'empêcher de me toucher.

Aussitôt, il ôte sa main et la lève en l'air.

– D'accord. Nouvelles règles: pas de contact.

– Parfait.

– Oui, parfait. Il te reste plus qu'à baver, princesse, dit-il en enlevant d'un seul mouvement son tee-shirt. Il fait chaud ici, tu ne trouves pas?

Je m'avance sur le bord de la table et lui dévoile davantage mon décolleté.

– Parce que tu crois que te voir torse nu va changer quelque chose?

– Je fais comme je peux, écoute. Je me mettrais bien totalement nu pour te montrer à quel point tu m'excites, mais ce serait déplacé, ici. Alors, tant pis.

– Hum. C'est bien dommage, tu as raison.

Je m'adosse à la chaise, pivote et croise mes cuisses en les positionnant sur le côté pour lui donner une vision imprenable sur mes jambes nues. Puis, d'une main caressante, je remonte ma robe sous son regard attentif et affamé.

Durant le repas, nous parlons peu. La tension sexuelle qui émane de notre gestuelle remplace toutes paroles. D'une poigne tenace, j'attrape la bouteille de vin et lui prodigue des va-et-vient évocateurs. Du bout de la langue, il lèche délicatement ses couverts sans me lâcher une seule seconde du regard. Je gigote sur la chaise et prends des positions aguichantes. De ses jambes, il effleure les miennes sans vraiment les toucher. Aimantés, nos doigts se frôlent. Tous les deux vigilants aux moindres gestes de l'autre, nous mangeons de minuscules bouchées. Je perds tout appétit pour la nourriture. Tout ce que je veux, c'est goûter à nouveau son corps, sa peau, sa bouche, et cette envie ne me quitte pas un seul instant jusqu'à la fin du dîner. Après avoir salué la propriétaire des lieux et échangé quelques petits souvenirs, nous quittons le restaurant. La soirée est vraiment parfaite.

Marchant côte à côte sur la promenade longeant le port, nous poursuivons notre petit jeu en évitant tout contact.

– Alors, qu'as-tu pensé de Mira?

– Elle semble gentille et beaucoup t'apprécier.

– Le chalet appartenait à son père. Elle me l'a vendu pour une bouchée de pain.

Perdue dans mes pensées, je ralentis.

– Je peux te poser une question?

– Hum? Oui, bien sûr.

– En parlant de « père », as-tu déjà tenté de retrouver le tien? Enfin, le vôtre?

– Jusqu'à il y a deux mois, je ne savais rien de lui. Alors, la réponse est non.

– Jusqu'à il y a deux mois? C'est-à-dire? Tu as du nouveau?

– Le soir où j'ai débarqué à Cornfield, tu sais, juste après t'avoir croisée au Joey. Il était tard et je ne me sentais pas prêt à affronter les reproches de Lucas, alors je suis allé à la pension des Shepherd. Tu te souviens de Rosie?

– Oui, votre ancienne nounou et la dame qui s'est occupée de Lucas après ton départ.

– Oui, voilà. En me voyant, elle n'en a pas cru ses yeux. Non pas parce que j'étais revenu, mais parce qu'il lui a semblé voir un fantôme ressurgir du passé. Nous avons discuté un long moment et elle m'a montré une photo.

Il extirpe son portefeuille de la poche arrière de son jean et le fouille.

– Tiens, regarde, dit-il en me tendant une photo pliée.

Sur le ponton, je m'assieds sur un banc, la déplie et l'examine. Mon cœur se serre au moment même où mon regard est attiré par deux des six personnes présentes autour d'une table.

– Ce sont mes parents, là, lâché-je d'une voix mélancolique.

Resté debout derrière moi, il se penche par-dessus mon épaule et m'indique les personnes suivantes :

– Oui, et là, ce sont les Shepherd, ma mère et…

– Ton père, le coupé-je, stupéfaite par leur ressemblance.

– Voilà, et le bébé dans ses bras, c'est moi.

– Tu avais déjà un petit air coquin.

Après m'être extasiée devant ce magnifique bébé qu'il était, je demande plus sérieusement :

– Et madame Shepherd ne t'a pas expliqué ce qu'il s'était passé ? Ce qu'il est devenu ?

– Elle m'a juste dit qu'après la naissance de Lucas, un beau matin, il a disparu en emportant sacs et affaires. Ils ne l'ont plus jamais revu. Un an après, ma mère se mettait avec Mc Garret.

– Hamilton, c'était le nom de ta mère, c'est ça ? Ils n'étaient pas mariés ?

Il hoche la tête et s'assied à califourchon à mes côtés.

– Elle t'a dit son nom ?

– Jackson Leroy Miller. Regarde, c'est écrit derrière la photo.

– Tu vas pouvoir essayer de le retrouver.

– Pourquoi veux-tu que je cherche un homme qui m'a abandonné pour me laisser entre les mains d'un pédophile ?

Je repose lourdement ma tête sur son épaule et cale mon front dans le creux de son cou.

– Tu as raison. Mais c'est dommage, tu pourrais en apprendre plus sur tes parents, sur ta mère. Tu pourrais peut-être découvrir ce que c'est que d'avoir un père digne de ce nom et, peu à peu, reconstruire votre famille. Qui sait ? Tu as peut-être d'autres frères et sœurs, une belle-mère quelque part.

Je lui montre la photo et ajoute :

– Regarde comme tu semblais heureux dans ses bras.

– Je n'étais qu'un bébé, Cara.

– Oui, mais il n'avait pas l'air méchant.

Mi-agacé et mi-amusé par mon entêtement et mon indéfectible optimisme, il réplique en souriant contre mes cheveux :

– Il est peut-être mort.

– Oh, bon sang, Reed ! Tu débordes de joie de vivre. C'est effrayant.

Il finit par se lever et me tendre la main, un sourire enjôleur aux lèvres.

– Bon, assez parlé de tout ça. Voulez-vous m'accorder cette danse, mademoiselle Avery ?

– Quoi ? Quelle danse ? Là ? Maintenant ?

Il fait mine d'écouter quelque chose, puis attrape ma main et me soulève avec force. J'atterris directement contre lui.

– Oui, maintenant. Écoute cette musique, c'est un slow, non ?

– Je n'entends rien du tout. Tu es timbré.

Passant une main le long de mon dos et empoignant mes doigts, il se colle à moi en grimaçant.

– Boh ! C'est juste une tentative désespérée pour me frotter contre toi.

Je bascule la tête en arrière en riant.

– Quoi ? s'offusque-t-il. Tu te moques de moi ? Remarque l'effort, s'il te plaît : le cadre est romantique. Un ciel étoilé, un lac tranquille et désert et un putain de beau gosse à ton bras. Profite, ma belle, profite.

Il me fait tourner sur moi-même et m'étreint à nouveau, puis d'une voix plus douce, il reprend :

– Et qui plus est éperdument amoureux de toi. Que demander de plus ?

– Rien, Reed, rien. Tout est parfait, tu as raison.

62

Reed

L'odeur du café fraîchement passé fait frémir mes narines. J'ouvre doucement les paupières. Le son lointain d'une musique finit de me réveiller. J'étends mon bras sur les draps froids à côté de moi. Cara n'est plus là. Je me redresse et balaye la pièce du regard.

– Cara ?

Elle apparaît dans l'encadrement de la porte, rayonnante et esquissant un large sourire.

– Coucou, toi. Bien dormi ?

– À merveille.

Elle se précipite sur le matelas et s'y laisse tomber sans la moindre délicatesse. Elle pète la forme et paraît de très bonne humeur. Sa jovialité se répercute aussitôt sur moi et, d'ailleurs, je m'en étonne, moi qui suis réputé pour ma mauvaise humeur au lever. Mais c'est sûrement l'effet Cara. Elle vient se lover contre mon corps entièrement nu et glisse une main baladeuse sur mon torse.

– Et toi ? Tu as bien dormi ?

Je colle un baiser sur son front.

– Oui, comme une marmotte. Ça faisait longtemps.

Avec force, je la soulève pour qu'elle s'asseye à cheval sur mon ventre. Je replie mes jambes pour lui faire un dossier et lorgne sa tenue aussi légère qu'affriolante. Vêtue d'un débardeur blanc ajusté et épousant parfaitement sa poitrine nue et d'une petite culotte de dentelle rose pâle, je la trouve magnifique. Et ce n'est pas mon entrejambe, déjà rondement enthousiaste, qui dira le contraire.

– Tu es déjà bien en forme à ce que je sens, raille-t-elle.

– Mmm… Plus que jamais, princesse.

Je plaque mes mains sur ses cuisses et la maintiens fermement, alors que je relève le bassin pour me presser contre elle. Elle tressaille et gigote pour m'exciter davantage.

Tout à coup quelque chose me perturbe.

– Qu'y a-t-il ?

– On a utilisé le dernier préservatif, hier soir, en rentrant.

Se penchant pour accéder à ma bouche, Cara plante un regard sensuel, mais toutefois solennel dans le mien.

– Eh bien, nous nous en passerons, voilà tout.

– Tu es sérieuse?

– Absolument! Tout est OK de mon côté, et je pense que tu es assez consciencieux pour avoir pris suffisamment de précautions, malgré tes très, très, très nombreuses…

Elle cherche ses mots.

– Parties de jambes en l'air? Baises? Plans cul? ricané-je, non sans fierté.

– Mouais.

Elle s'allonge sur moi et cale sa tête sur mon épaule, puis trace de son doigt de petits cercles autour de mon pectoral droit. Conscient de sa saute d'humeur, je lui attrape le menton et lui lève le visage.

– Ah, ça y est. Tu boudes?

– Je ne boude pas. C'est simplement agaçant que tu aies eu autant de partenaires sexuelles.

– Pas tant que ça. À raison de deux à trois par jour, mais on va prendre une moyenne de deux par jour, sur 365 jours depuis mes dix-neuf ans, ça équivaut à… dix mille deux cent vingt femmes.

Elle se redresse et plante un regard furieux dans le mien. Elle ne semble pas du tout amusée, pourtant ça se voulait drôle. Elle soupire et me file un coup de coude dans les côtes, puis se laisse retomber sur le côté, fuyant mes bras.

– Je plaisantais, Cara. Je n'en sais rien. C'est sûrement moins.

– Je m'en fous royalement, et ça ne m'étonnerait pas que ton calcul soit exact, voire sous-évalué.

Couchée sur le dos, elle fixe ses yeux au plafond, vexée. Je me tourne sur mon flanc gauche et lui passe le bras autour de la taille. Je la ramène contre mon corps, puis frotte mon nez contre sa joue.

– Hé, princesse, ne me fais pas la tête, s'il te plaît. C'était pour rire.

Je me hisse sur elle et tente de capter son regard fuyant. Je dépose ensuite mes lèvres sur sa peau. Je m'immobilise et relève les yeux, puis souris en remarquant que ses joues prennent une légère teinte rosée.

Depuis nos retrouvailles, j'ai su quelle attraction je pouvais exercer sur elle, et je compte bien m'en servir une fois de plus afin de satisfaire mon appétit matinal. Remontant mes mains sous son débardeur, je caresse sa poitrine, excite et roule ses tétons d'une douce pression avec la pulpe de mes doigts, puis les suçote et les lèche. Cara n'est plus que fournaise. Sa respiration se bloque. Elle ferme les yeux et profite des sensations que je lui prodigue. Je pose une main sur son ventre et mes doigts partent en exploration sous la dentelle de son sous-vêtement. Elle halète et gémit, puis retient un cri lorsque je glisse un doigt en elle et l'écarte en formant de petits cercles.

– Tu prends la pilule? chuchoté-je, concentré sur mes mouvements.

Incapable de parler, elle se contente de hocher la tête. Rassuré par sa réponse, je lui ôte sa culotte en accompagnant mon geste de baisers et de morsures légères le long de ses jambes, sur la droite, puis sur la gauche, des cuisses aux chevilles.

Je me mets à genoux et la contemple un instant. Nos yeux se trouvent. Je lui décoche un sourire. Elle me répond d'un regard fiévreux qui me fait vibrer. Je me cale entre ses cuisses. Elle se cambre pour venir à ma rencontre. Mon pénis en érection se presse contre son ventre. Je recule le bassin et, dans une douce poussée, je m'enfonce en elle, millimètre par millimètre. Nos corps s'unissent et s'électrisent, me procurant de longs picotements d'extase et des grognements de plaisir. Je lui fais l'amour doucement, lentement, allant et venant au plus profond d'elle. La pièce n'est plus qu'une caisse de résonance reproduisant soupirs, halètements et petits cris d'exaltation.

Je la cloue de mes hanches au matelas, lâchant un râle puissant. Elle s'enroule instinctivement autour de moi pour accentuer la pénétration et bascule la tête en arrière. Je plisse le front et ma bouche s'ouvre à nouveau sur un « ah » silencieux et retenu. Cara est au bord du précipice, elle tangue dangereusement. Enivrée par le désir et le plaisir, elle plante ses ongles dans mon dos et, lorsqu'elle éclate, son souffle se bloque et ses doigts s'enfoncent dans ma chair. La douleur de ses griffures et son orgasme me font aussitôt exploser dans une jouissance qui me transporte au-delà de ce que j'avais connu auparavant.

– Ça va être comme ça tous les matins? demandé-je.

– Oui, jusqu'à ce que je devienne grosse, vieille et laide et que tu ne veuilles plus de moi.

Je m'esclaffe, puis roule pour qu'elle se retrouve au-dessus de moi.

– Je te désirerai encore quand tu seras grosse, vieille et laide.

– Menteur!

– Je me masturberai plus souvent, c'est tout.

– Quelle finesse! Bon, à cause de ton abus matinal, j'en ai ravalé ma bonne nouvelle, s'enthousiasme-t-elle.

– Mon abus? C'est fou comme j'ai ramé pour arriver à mes fins.

– Quelle bonne nouvelle? ajouté-je ensuite, méfiant.

Se redressant partiellement sur mon torse, elle commence à tracer de petits dessins imaginaires sur mes pectoraux et m'explique tout en redoutant ma réaction.

– Tout à l'heure, pendant que tu dormais… Enfin, plutôt pendant que tu ronflais…

– Je ne ronfle pas.

– Si, tu ronfles.

– Non!

– Bref, pendant que tu *dormais*, je suis allée faire une petite balade. Je suis montée jusqu'à la route et je l'ai longée. Au bout de quelques mètres, par hasard, mais vraiment par pur hasard, mon portable étant dans mes mains, j'ai jeté un coup d'œil dessus, et oh! Comme par magie, il y avait du réseau. Donc, j'ai appelé Jenyfer pour la prévenir que j'étais encore vivante, et ensuite je suis arrivée à capter Internet. Et donc, la bonne nouvelle est: j'ai retrouvé ton père.

Je mets un moment à réagir. Puis me repasse ses paroles. Pourquoi? Pourquoi a-t-elle fait ça? Son regard s'assombrit. Elle s'inquiète et elle a raison. Elle n'a pas le temps de répliquer quoi que ce soit que je la bascule sur le côté. Je me lève et enfile un boxer.

Je m'emporte, furieux.

– Nom de Dieu, Cara! Tu ne peux pas t'en empêcher.

– M'empêcher de?

– Mêle-toi de tes affaires! Tu fais chier.

– Désolée, vraiment désolée de m'intéresser à ta vie. Navrée de vouloir t'aider et de me soucier de toi et, par-dessus tout, de te faire chier.

Elle se lève, s'habille et file vers la terrasse, puis aboie:

– Ton petit déjeuner est prêt.

Me passant une main dans les cheveux, décontenancé par le virage à 180 degrés que vient de prendre la matinée, je tente de mettre de l'eau dans mon vin. Je déteste la voir dans cet état. Elle qui, d'ordinaire, est si douce, si aimante et si agréable. Je suis conscient d'avoir merdé et de m'être emporté pour rien, mais pourquoi fait-elle ça? Je la rejoins et jette un coup d'œil sur la table dressée. Elle m'a préparé un café, un jus de fruits, mis deux tranches de pain brioché sur une assiette et cueilli des fleurs. Jamais personne ne m'a montré autant d'attention, et moi, je ne trouve rien de mieux à faire que de l'envoyer chier.

– Cara, lancé-je d'une voix lancinante, tant je regrette d'avoir tout gâché. Je suis désolé, j'ai réagi comme un abruti.

Assise sur les escaliers, elle fixe l'horizon. Je m'avance jusqu'à elle, m'accroupis et me penche pour l'enlacer, mais elle s'extirpe de mes bras pour descendre sur la marche suivante.

– S'il te plaît ! Cara.

– Va déjeuner ! Ton café va être froid.

– Pour l'instant, c'est toi qui es froide.

– Comment peux-tu être si adorable et aussi con l'instant d'après ? me balance-t-elle.

– Je suis comme ça.

– Ce n'est pas une excuse.

– Je ne cherche pas d'excuse.

– Moi, je t'en cherche et, finalement, tu as raison, je ne devrais peut-être pas.

J'incline la tête et souris.

– On fait la paix ?

– Arrête de me sourire comme ça, Reed.

– Pourquoi ?

Le visage de Cara passe d'une expression à une autre. Tout d'abord, l'incompréhension, puis l'attendrissement.

– Parce que je vais te pardonner et je n'ai pas envie de te pardonner.

– Je m'excuse, Cara. Alors, on fait la paix ?

Elle hoche la tête, mais elle n'est pas pour autant prête à me passer notre dispute. Alors, prenant sur moi au sujet de notre petit accroc, je lui demande et m'intéresse comme j'aurais dû le faire quelques minutes plus tôt.

– Bon, Sherlock ? Tu m'expliques comment tu as retrouvé la trace de notre géniteur ?

– Va d'abord déjeuner, Watson ! Je t'expliquerai ensuite.

M'asseyant à table, je l'invite à venir s'installer sur mes cuisses. J'aime la tenir contre moi, et son corps me manque déjà. Elle s'exécute après avoir récupéré son portable posé à côté de la cafetière. Se calant sur ma jambe gauche, elle s'adosse à mon buste.

– Tu as fait une recherche Internet, donc ?

– Je suis simplement allée sur Facebook, dit-elle en pianotant sur son téléphone. Attends, j'ai fait une capture d'écran.

– Sur Facebook ?

– Oui. Tu n'y avais pas pensé ?

– Je n'ai pas cherché à le retrouver, Cara. Puis, qu'est-ce que j'irais foutre sur Facebook ?

– Tu n'as pas de compte Facebook ?

– Non.

Elle me tend le Smartphone et me montre sa découverte. Sur la photo de couverture de ce compte représentant une plage tropicale est bien inscrit le nom de Jackson L. Miller. Du pouce et de l'index, Cara agrandit le cliché.

– Regarde, c'est toi en plus vieux avec des cheveux grisonnants.

– Arrête ! Je suis bien plus beau et sexy.

Se tenant devant le célèbre panneau de Las Vegas et étreignant une dame aux cheveux blonds, cet homme, mon soi-disant géniteur, pose fièrement.

– Tu comptes faire quelque chose ? m'interroge-t-elle avec beaucoup de flottement dans la voix.

Elle m'observe un instant et se tord légèrement, puis passe un bras par-dessus mon épaule pour pouvoir me caresser la nuque et enfouir ses doigts dans ma chevelure ébouriffée. Je ferme les yeux, profitant de ce geste de pure tendresse.

– Même si je tentais quoi que ce soit, ce n'est pas parce qu'il est devant le panneau Las Vegas qu'il habite là-bas. Ça ressemble plus à une photo de vacances.

Cara émet un petit rire.

– D'une, on peut le contacter via Facebook, et de deux, glisse ton doigt vers le haut de l'écran.

Ce que je fais, intrigué.

– Qu'est-ce que je dois voir ?

– Lis, là !

Elle pointe son doigt.

– « Habite à Atlanta. »

– Tu vois ? Vive les réseaux sociaux !

63

Reed

Déjà chaudement habillé, je me penche sur Cara et retire une mèche qui couvre son visage, puis dépose un baiser sur sa joue.

– Princesse, réveille-toi.

Elle gigote mollement de la tête. Je souris, émerveillé par la vision si douce de cette beauté plongée dans ses rêves. Je lui passe la main sur ses cheveux emmêlés.

– Debout.

Elle quitte sa position pour s'allonger sur le dos en gémissant et, ouvrant peu à peu ses paupières, elle grogne en plissant le front.

– Quoi? Qu'est-ce qu'il y a? Quelle heure est-il?

– Quatre heures.

– Bon sang, Reed! Pourquoi me réveilles-tu à cette heure-ci?

Elle se met sur le ventre en bougonnant et se couvre la tête de l'oreiller.

– J'ai une petite surprise pour toi. Je veux te montrer quelque chose, un endroit.

– Ça ne peut pas attendre demain matin?

– Techniquement, nous sommes déjà demain matin.

– Ne joue pas avec les mots de si bonne heure.

– Je voudrais bien jouer avec autre chose, mais mon jouet est ronchon et s'entête à ne pas vouloir se réveiller.

Je fais claquer une petite fessée au travers du drap. Ne pouvant pas s'empêcher de rire à cette petite allusion coquine, elle se redresse à l'aide de ses coudes.

– Et tu aimerais lui faire quoi à ton jouet? ronronne-t-elle en papillonnant des cils.

– Rien! Allez! Hop! Lève-toi.

D'un geste ample, j'envoie valser le drap, me penche pour la soulever et la mettre hors du lit. Elle crie, mais son amusement est perceptible sur son visage rieur. Je la dépose doucement devant moi, m'écarte et me baisse pour ramasser le sac contenant ses vêtements.

– Allez! Tu as cinq minutes pour te préparer et, s'il te plaît, bouge tes adorables petites fesses. Le temps presse.

– Et si je refuse, me défie-t-elle en croisant les bras.

Je lève les yeux au ciel et grommelle, puis, me tenant devant elle, je rapproche dangereusement mon visage du sien. D'un regard menaçant avec une touche de sensualité dans la voix, je l'informe :

– Je t'emmène là où nous devons aller en te portant sur mes épaules comme un vulgaire sac de pommes de terre et dans ton plus simple appareil. Et, crois-moi, ce ne sera pas une partie de plaisir pour toi, d'autant plus qu'à cette heure-ci, il fait plutôt froid dehors.

Effrontée, elle relève le menton pour survoler ma bouche.

– Même. Pas. Peur.

Abandonnant, je recule et, joignant mes mains en prière, je l'implore :

– Je t'en supplie, Cara ! Dépêche-toi ! Ça urge !

– Là, c'est mieux ! Je m'habille, dit-elle en sautillant, fière de m'avoir fait plier.

Exaspéré, je m'en vais en levant à nouveau les yeux au ciel.

– Seigneur ! Les femmes !

– Je t'ai entendu.

– Habille-toi !

Le petit déjeuner fin prêt, je pars chercher mon sac à dos en espérant que notre balade plaira à Cara. Lorsque je reviens, elle est enfin à table, le nez plongé sur son assiette. Je m'assieds en face d'elle et commence à dévorer les œufs brouillés.

– Où allons-nous ? Et pourquoi ce festin ?

Je lui fais signe d'accélérer la cadence.

– Je n'ai pas faim ! Impossible d'avaler ça à quatre heures du matin.

– Mange ! lui ordonné-je, la bouche pleine.

– On ne parle pas la bouche pleine.

– Mange, bon sang ! Tu vas en avoir besoin pour ce qu'on s'apprête à faire.

Elle jette un coup d'œil curieux au sac à dos posé devant la porte.

– S'il te plaît, ne me dis pas que tu as prévu une randonnée.

Souriant, je répète d'une voix plus douce :

– Mange.

Elle résiste. Je laisse tomber mes couverts dans l'assiette et recule sur mon dossier, le visage grave.

– Tu es encore en train de me tester ?

– Moi ? Te tester ? Jamais, dit-elle innocemment.

Elle plante sa fourchette dans sa nourriture et porte une petite bouchée entre ses lèvres qui s'élargissent sur un sourire malicieux.

– Tu fais ta petite peste pour voir si je ne vais pas partir en courant ? C'est ça ?

– Peut-être bien que oui, peut-être bien que non.

– Allez, finis ton assiette. On va faire notre petite escapade, et puis on prendra la route pour Cornfield.

– Quoi ? Déjà ? Tu veux rentrer ?

– Tu n'as pas une maison à finir de retaper et à vendre ?

– Oui, si Lucas n'y a pas mis le feu, lâche-t-elle spontanément. Il ne voudra sûrement pas finir les travaux.

Je me lève et porte mon assiette dans la bassine.

– Je les finirai.

– Je ne suis plus trop certaine de vouloir la vendre, finalement.

– Et que veux-tu en faire ?

– On pourrait peut-être y vivre, enfin… si tu…

Je reste impassible et cligne simplement des yeux.

– Si c'est ce que tu veux, alors on s'installera là-bas. Finis ton bol.

– Reed, si je vais trop vite pour toi, dis-le-moi.

– En ce qui concerne ton bol, tu es désespérément lente.

– Reed ! Je ne parlais pas de ça.

– Je sais. J'attends.

Je pointe un doigt autoritaire vers son café. Elle le bascule et en boit une longue gorgée.

– Voilà ! Fini. Tu réponds à ma question ?

Agacé, je soupire en baissant la tête et relâchant les épaules.

– Ce qui me déroute, Cara, ce n'est pas que tu me demandes de vivre avec toi si rapidement. Non, c'est que je ne sais même pas ce que tu éprouves pour moi. Alors, oui, là, je pense que tu grilles une étape. Je ne connais pas grand-chose aux relations amoureuses pour n'en avoir jamais vécu, mais je suppose que, dans l'ordre naturel des choses, les sentiments doivent être partagés avant d'envisager quoi que ce soit d'autre, non, tu ne crois pas ?

– Je…

Elle ne sait plus quoi dire. C'est bien ce que je pensais.

– Bon, allez ! Cette fois-ci, on y va.

Je récupère le sac à dos et me dirige dehors suivi par une Cara clairement perturbée. Je ferme la porte du chalet à clef et pivote face à elle. Le cerveau de Cara semble tourner à plein régime. J'appose mon pouce sur sa joue et la lui caresse.

– Hé, princesse ! Ne te prends pas la tête, tu veux ? Nous avons tout notre temps en ce qui concerne notre relation, d'accord ?

Elle me sonde d'un regard plein d'inquiétude.

– Mais tu veux quand même vivre avec moi ?

Cette fois, c'en est trop. Je m'emporte, fulmine :

– Non, mais, bon sang, Cara ! Qu'est-ce que tu as ce matin ? Tu as tes règles ou quoi ? Oui, je veux vivre avec toi dans cette foutue baraque ou n'importe où sur cette putain de planète ! Oui, je veux la retaper avec toi, oui ! Oui et oui ! Je veux me trouver un travail honnête comme les gens normaux pour pouvoir ramener un putain de salaire à notre foyer. Oui ! Je veux t'épouser. Oui ! Je veux avoir des enfants avec toi. Oui ! Je veux vieillir à tes côtés ! Oui, je ne baiserai plus qu'avec toi. Même quand tu seras grosse, vieille et laide ! Alors, arrête de te poser ce genre de question et pose-toi plutôt la question de savoir si toi, tu le veux aussi. Je ne sais même pas si tu m'aimes. Merde, à la fin !… Je t'aime, moi. Tu le sais, non ? Alors, maintenant, pour l'amour du ciel, bouge tes fesses et suis-moi, on a de la route.

Elle reste figée un instant, écarquillant les yeux, assimilant mes paroles, tandis que je lui passe à côté, furieux. Sans doute mes mots ont dépassé ma pensée. Il ne peut en être autrement. Vouloir me marier et avoir des enfants ne me ressemble pas, mais je ne l'exclus pas. Je n'exclus rien en ce qui nous concerne. Il nous faudra juste un peu de temps et surtout il faudra qu'elle sache ce qu'elle veut.

Les mètres défilent, et je finis par me détendre. Je suis conscient d'avoir été un peu brusque. Toutefois, elle a le chic pour m'énerver. Elle n'a qu'à exercer une légère pression sur ma carapace pour qu'elle se désintègre aussitôt en poussière. Et ce sentiment d'insécurité me trouble, m'irrite.

Les kilomètres se succèdent sans qu'aucun de nous ne perturbe le fil de réflexion de l'autre. Cara marche en retrait derrière moi. Elle ne tente même plus de me rattraper. Elle arrache certaines tiges au passage et rêvasse, le nez en l'air.

En arrivant en haut d'une butte où le chemin escarpé devient plus dangereux, je m'arrête pour l'attendre. Elle ne cesse de souffler et prend tout son temps en traînant des pieds. Me passant devant, elle me lance un regard hautain et plein de reproches.

– Avance, fainéant, dit-elle sur un ton sec, mais dégoulinant de sarcasme.

Amusé, je lui décoche un sourire narquois. Cependant, je m'élance derrière elle pour lui donner une petite leçon. Je lui agrippe fermement les épaules et la bouscule en avant sans la lâcher pour autant. Ce qui déclenche l'inévitable : son pied ripe sur le côté, emporté par la terre sablonneuse, et sa jambe droite glisse vers le précipice.

– Attention où tu mets les pieds. Ici, c'est dangereux, la grondé-je en la retenant par le bras.

Apeurée en voyant le gravier tomber dans le vide, elle s'accroche à moi. Elle met un petit laps de temps avant de reprendre ses esprits et, les jambes flageolantes, elle finit par se redresser.

– Mais tu es vraiment con ou quoi? Qu'est-ce qui t'a pris de me pousser ?

– Tu n'es pas assez attentive.

– J'aurais pu tomber.

– Tu ne risquais rien, je te tenais.

Se maintenant à mon bras, elle se baisse pour épousseter le bas de son legging.

– Fais attention où tu mets les pieds, ne rêvasse pas le nez en l'air et marche devant moi que je puisse t'avoir à l'œil. Il doit nous rester une petite vingtaine de minutes de marche.

Avançant le menton pour effleurer son visage, je lui demande avec plus de douceur :

– Et embrasse-moi.

– Non. Tu m'as fait peur, et tu m'énerves avec tes ordres.

Je me recule et, inclinant la tête, mes traits jusque-là tirés se détendent pour adopter une moue plus tendre.

– Pardonne-moi. Je voulais juste que tu te montres plus vigilante et, comme tu as tendance à ne pas m'écouter depuis ce matin, je voulais que ce soit convaincant.

– Tu me l'aurais fait remarquer gentiment, je t'aurais écouté.

Ramenant une mèche de cheveux derrière son oreille, je réitère mes excuses et lui promets d'être dorénavant plus doux. Elle m'embrasse et nous nous remettons en marche.

Arrivés au sommet de ce sentier rocheux, une petite prairie vallonnée s'étend devant nous. Filant dans les herbes hautes et les fleurs des champs, nous voyons peu à peu apparaître, tels de majestueux gardiens, les pics des deux montagnes derrière la vaste forêt de sapins. À l'orée du bois, nous entamons une descente abrupte. Le paysage est magnifique et revigorant. Les premières lueurs du matin s'élèvent pour donner un dégradé de rose au violet à l'immensité du ciel. Une légère brume recouvre le sol, se dissipant au fil des minutes. Les premiers rayons du soleil filtrent au travers des arbres et laisse s'évaporer l'humidité de la rosée du matin. Je prends une grande bouffée d'air et mes narines frétillent aux émanations variées, telle la senteur de la mousse sur les rochers, la terre, les feuilles séchées tapissant le sous-bois. Des effluves enivrants se mélangent dans un festival d'odeurs. Les chants des oiseaux forment une cacophonie mélodieuse résonant de part et d'autre de la vallée. J'ai toujours adoré ce spectacle, cette nature.

Après une dernière pente glissante, je me fraye un chemin au travers d'un épais buisson pour ouvrir à Cara un passage et une vue imprenable sur le lac sauvage aux pieds des deux montagnes. Ses yeux pétillants et son visage détendu me réconfortent. Je pense avoir bien fait de l'emmener à cet endroit qui a autrefois pansé certaines de mes plaies.

– C'est magnifique, Reed.

– Bienvenue à John's Lake, princesse.

Elle reste sans voix. Aux abords de l'eau, elle se contente d'admirer ce paradis terrestre. Ce qui me frappe, ce n'est plus la beauté des environs, mais la sienne qui reste béate face à ce tableau naturel digne d'un grand peintre. Je la rejoins, me cale derrière elle et dépose un baiser sur ses cheveux.

– Ça te plaît?

Elle hoche la tête en se laissant aller contre moi.

– C'est... Il n'y a pas de mots. Ça mérite largement le mal de pieds.

– Tu as mal aux pieds?

Elle grimace.

– Oui.

– Viens, asseyons-nous.

Assise, Cara ôte ses chaussures et, genoux repliés, elle enfouit ses orteils douloureux dans l'herbe fraîche. Je me positionne à nouveau derrière elle et l'encercle de mes jambes et bras.

– Comment as-tu découvert cet endroit?

– Après l'enterrement de Molly. J'avais besoin de m'évader. J'ai longé le sentier devant le chalet, tracé tout droit, sans vraiment savoir où j'allais, et voilà... J'y suis revenu de nombreuses fois pour réfléchir.

Emportés par le calme, nous nous taisons et profitons du lever du soleil qui surgit d'entre les deux massifs. Cara détourne son regard sur ma main caressante et l'observe attentivement effectuer de doux mouvements le long de ses jambes.

– J'aime tes mains, susurre-t-elle en brisant le silence.

– Ah bon? Pourquoi, qu'est-ce qu'elles ont?

Elle hausse les épaules.

– Je ne sais pas. Tu as de longs doigts fins et magnifiquement sculptés, des ongles parfaits, c'est rare chez un homme, et malgré tout, elles semblent puissantes. Quand on les regarde, on n'a plus qu'une seule envie, c'est qu'elles nous touchent.

– Elles te touchent, Cara.

– Je sais, et j'aime ça.

– Et tu n'aimes que ça chez moi? Mes mains?

– Non. J'aime aussi tes yeux, ta bouche, ton cou. Et ton joli petit cul musclé qu'on a envie de pincer lorsque tu marches.

J'arque un sourcil, amusé.

– Tu mates mes fesses, toi?

– Oh que oui, et tout le temps, précise-t-elle avant de se mordre les lèvres.

– Donc, j'en conclus que tu ne m'aimes que pour mon physique? Qui, je l'admets, est irrésistiblement sexy et attirant.

Elle secoue la tête, exaspérée.

– Reed!

– Je plaisante. Et, donc?

– Et, donc, réfléchit-elle en levant les yeux vers le ciel pour admirer les rapaces planer au-dessus du lac. J'aime aussi ton humour, même s'il est parfois un peu décalé. J'aime ta sincérité, ta franchise, ton intelligence et, même si elle est profondément enfouie, mais je commence à la déceler, ta sensibilité.

– Et ce que tu n'aimes pas? demandé-je d'une voix vibrante et hésitante.

– Sans aucune hésitation, toutes tes ex et tes parties de jambes en l'air antérieures aux nôtres.

Je ris. Je m'attendais exactement à cette réponse. Elle pivote et croise mon regard.

– Et toi? Qu'est-ce que tu aimes le plus chez moi?

Claquant un baiser sur ses lèvres, je murmure:

– Tout.

– Et ce que tu n'aimes pas?

– Rien.

– Allez, dis-moi ? Il y a bien quelque chose qui t'irrite chez moi ? Je ne sais pas, moi, que je sois trop entêtée, par exemple ?

Je soupire et plante un regard pensif dans le sien.

– Que tu aies cette facilité déconcertante à me déstabiliser.

Elle reste bouche bée un court instant.

– Te déstabiliser, c'est-à-dire ? Dans quel sens ?

– Tout à l'heure, tu m'as poussé à bout, et je t'ai sorti des choses que je ne me serais jamais cru capable de dire un jour.

– Comme quoi ?... Vouloir te marier et avoir des enfants avec moi ?

Mal à l'aise, je la réprimande :

– Cara !

– Quoi ? N'aie pas honte de vouloir ce genre de choses, c'est normal.

Je prends une longue bouffée d'air et détourne la conversation. Je n'ai vraiment pas envie de parler de ça maintenant.

– Tes pieds vont mieux ?

– Oui.

Je m'extirpe de notre étreinte et me lève avec souplesse.

– Parfait ! Remets tes chaussures. Je vais te montrer autre chose.

Cachée dans une crique reculée, amarrée contre le bord d'un ponton en bois, flotte une petite barque de pêcheur. Je l'y amène. Je me baisse sur la corde pour la détacher et indique à Cara de monter dedans d'un mouvement de tête.

Elle sourit d'un air idiot.

– C'est très romantique, Reed.

– Ouais. Bah, tu gardes ça pour toi. J'ai une réputation à tenir.

Ne prêtant pas attention à mon sarcasme, elle se renseigne :

– À qui appartient cette barque ?

Elle l'enjambe et s'assied. Je la rejoins.

– Je n'en ai aucune idée. Je n'ai jamais vu personne, ici.

– C'est donc un vol ?

– Non. Un emprunt.

Elle m'observe m'affairer activement. Je soulève les pare-battages et les ramène dans la coque, puis attrape les deux rames pour les glisser dans les accroches destinées à cet effet.

– Tu as déjà emmené quelqu'un ici ?

– Pourquoi aurais-je emmené quelqu'un ici ? Je venais dans cet endroit pour être tranquille.

– Peut-être pour sortir le grand jeu.

Concentré à ramer, je lui décoche un rapide regard en coin, taquin.

– D'ordinaire, je n'ai pas besoin de sortir le grand jeu. Ou elles tombent toutes à mes pieds ou je les paie.

– Mais, avec moi, tu te sens obligé de le faire, c'est ça ?

– Je ne me sens obligé de rien avec toi, Cara. Ça me vient naturellement et…

Mon visage se ferme. Mon regard devient plus sombre. Oui, avec elle, ça me vient naturellement. Je suis loin de vouloir l'éblouir avec ce genre de broutille. Non, je veux simplement partager ce que j'aime, ce que j'ai vécu. Une nouvelle fois, je suis déstabilisé et déconcerté. Elle est encore arrivée à me faire dire ce que je ressens au plus profond de moi.

– Et ?

– Et rien, Cara.

J'accélère le rythme. Notre promenade sur l'eau se prolonge. Les rayons du soleil baignent à présent toute la vallée. Il commence à faire chaud. Elle retire son pull en dévoilant son débardeur que j'affectionne tout particulièrement. Je la scrute d'un œil rapide et discret.

À mon tour, je me mets torse nu. Tout en rêvassant, Cara porte inconsciemment son regard sur moi en action : mon buste, mes abdos, mes pectoraux, mes bras, mes muscles qui roulent sous ma peau, mes épaules carrées et robustes. Spontanément, elle se mordille les lèvres. Je sens son regard brûlant. Je pose les yeux sur elle, si désirable de l'autre côté de la barque.

Au bord du lac, je cesse de ramer. Un silence lourd de sens s'installe entre nous. Seul le cri d'un faucon pèlerin s'élève tout à coup et rompt le calme ambiant.

Une vague de désir me submerge. Je retire les rames de l'eau et les range dans la barque. J'ai envie d'elle, là, maintenant. Elle le remarque et me répond en ôtant lascivement son tee-shirt. Encouragé, je m'avance à quatre pattes vers elle. À sa hauteur, je me redresse en me glissant entre ses jambes et en l'effleurant de toute la longueur de mon buste. Maintenant, bouche contre bouche, elle accueille ma langue. Elle y frotte et enroule la sienne avec langueur, me la suce, ce qui m'excite encore davantage. D'un geste fébrile, elle pose sa main sur mon entrejambe.

Je déguste ce baiser suggestif et les caresses tout en lui dégrafant son soutien-gorge. Puis je prends ses seins en coupe et les roule dans mes paumes. Elle geint, puis ôte ses doigts du renflement de mon jean, me passe ses mains dans mes cheveux, puis les dirige sur mes épaules, sur mon torse, tout en reprenant lentement mais sûrement le chemin de ma braguette qu'elle fait sauter d'un coup sec. Elle s'empare de l'élastique de mon boxer et me le descend sur les hanches. Je frémis déjà. D'une main, elle se saisit de mon pénis. Elle me titille le gland de son index. Elle s'assied sur le fond de la barque en tailleur devant moi, se penche. À genoux, je suis pétrifié tant le désir que je ressens est immense. Elle dépose un baiser sur ma verge, puis un autre. Du bout de la langue elle me lèche dans un sens puis dans l'autre, s'attarde par endroits. Elle me prend en bouche, me gobe, m'avale et me suce sur toute la longueur. Je suis pris de vertiges. Mes jambes flageolent. Je me maintiens fermement sur les deux bords et bascule la tête en arrière en lâchant un râle bestial.

– Merde ! Cara, tu fais ça si bien.

Je vais jouir. Je suis sur le point d'exploser. De longs frissons délicieux me parcourent le corps. Elle continue les va-et-vient de sa bouche en raffermissant davantage sa poigne. Elle me savoure. Elle s'en délecte.

Mes lèvres forment un « o » d'extase. Mon front se plisse, mes yeux se ferment. Je lui agrippe la tête et la guide, accélérant le rythme par des mouvements de hanches et, pris de spasmes divins, j'éjacule au fond de sa gorge dans un cri rauque.

La pression s'évacue. J'ouvre à nouveau les paupières, les yeux pleins d'étoiles, et glisse un regard fiévreux sur elle. Elle sourit, fière de m'avoir donné ce plaisir solitaire. Je halète encore, ma respiration peine à retrouver un rythme normal.

– À nous deux, petite dépravée, blagué-je d'une voix sensuelle et en papillonnant des cils.

Elle glousse et frétille. Pressé de lui prouver à mon tour la puissance de mon désir et de lui démontrer l'ampleur de mon amour, je me penche sur elle, la soulève et la rassieds sur l'assise, empoigne l'élastique du legging et, sans réfléchir, me redresse brusquement pour retirer d'un geste sec et efficace l'obstacle qui empêche nos corps de ne faire plus qu'un.

À ce moment, la barque vacille puis chavire. Nous basculons dans l'eau fraîche et refaisons surface dans un éclat de rire qui s'interrompt brutalement lorsque nos regards se croisent à nouveau. Ayant tous les deux pied, je m'approche d'elle, lui rejette sa chevelure trempée en arrière, lui essore et les ramène en torsade sur son épaule. Je l'enlace tendrement par la taille et appose ma paume sur sa joue.

– Je t'aime, chuchoté-je en survolant sa bouche.

– Je sais et je suis désolée.

Je fronce les sourcils, peu enthousiaste à l'idée d'entendre son éternel refrain. Mais, contre toute attente, elle pose ses doigts sur mes lèvres pour me faire taire.

– Non, écoute-moi. Je suis désolée de ne pas avoir ouvert les yeux plus tôt, parce que… Oui, tu as raison depuis le début, je suis amoureuse de toi. Oui. Je t'aime, Reed. Je t'aime aussi. J'ai juste eu peur, peur de me l'avouer.

À ces mots, elle m'entoure de ses jambes et m'embrasse passionnément. Je réponds à ce baiser en assimilant sa déclaration. Mon cœur s'enflamme. D'un pas lent et sûr, je nous ramène vers le rivage, bien décidé à la posséder et à lui démontrer une nouvelle fois l'étendue que peut atteindre notre amour.

Je m'avance jusqu'à la petite plage de sable, la traverse et l'allonge dans les herbes hautes. Je finis de lui retirer ses vêtements trempés et me débarrasse à la hâte des miens. Tout en l'embrassant fougueusement, je cale mon genou entre ses cuisses. Interrompant notre baiser, je la regarde intensément en lui demandant silencieusement si elle est prête à me recevoir. Elle hoche la tête et écarte les cuisses dans un lent mouvement. Elle s'empare à nouveau de mes lèvres tandis que je me positionne et m'enfonce avec une infinie douceur et le cœur pétri d'un amour incommensurable dans la moiteur accueillante de son intimité.

Elle m'aime…

« Oui. Je t'aime, Reed. Je t'aime aussi » résonne dans ma tête.

64

Lucas

La communauté de Cornfield s'est rassemblée comme chaque dimanche pour écouter le sermon du pasteur Samuel Shepherd. Aux côtés de Rosie Shepherd, son épouse, et de Meredith, je l'écoute attentivement en tenant fermement la main de cette dernière, contrainte et forcée de m'accompagner. Cela faisait des années que je n'avais pas assisté à la célébration du culte. Le rituel religieux n'est pas quelque chose que j'affectionne particulièrement, mais j'ai pris la décision de m'intégrer davantage auprès de mes concitoyens. Déjà à la présidence du comité des fêtes, je vise l'étape supérieure : la mairie. Alors, faire bonne figure est de mise, en commençant par me montrer tous les dimanches matin, attentif et réceptif au sermon du pasteur, même si c'est à mourir d'ennui.

– Je suis contente de te revoir ici, Lucas, m'annonce Rosie en descendant les marches du temple, à mon bras.

Je lui tapote affectueusement la main. Rosie Shepherd a toujours été là pour moi. Cette petite dame d'une cinquantaine d'années, aux cheveux gris et aux grands yeux verts, m'apporte un certain réconfort. C'est comme une deuxième mère.

– Moi aussi, Rosie, moi aussi. Je suis heureux d'être là.

– Tu n'es pas avec la belle petite Avery ?

Elle ponctue sa phrase en inclinant la tête vers Meredith qui marche non loin de nous.

– Nous avons rompu.

– Oh ! Comme c'est dommage ! Vous formiez un si joli couple à la soirée du printemps.

Je lui souris poliment sans rien laisser percer de mon agacement.

– Tu es certain que tout va bien, mon grand ? Tu as une petite mine et regarde-moi toutes ces balafres sur ton beau visage. Que t'est-il arrivé ?

– Rien, Rosie, rien. Tout va bien, je vous assure. Je suis tombé en travaillant.

Elle peine à me croire, mais décide de changer de conversation.

– Où est passé ton frère ? On ne l'a pas revu depuis des semaines.

– Avec Cara, je suppose, lâché-je, le regard sombre.

– Oh ! Je vois. Le trio infernal est de retour.

– Hamilton ? nous coupe le shérif Snow en nous attendant au bas des escaliers.

De sa posture droite et de son regard professionnel, le shérif Edward Snow, vêtu de son uniforme, me fait signe de le rejoindre. Que veut-il ? Est-ce au sujet de notre discussion de l'autre soir ?

– Rosie, je vous laisse. J'ai vraiment été ravi de partager ce moment avec vous.

Je lui fais un baisemain courtois et charmeur, puis dévale les deux ou trois marches restantes.

– Shérif.

– Lucas ! Bon, suite à notre discussion de dimanche dernier avant la réunion municipale, je me suis renseigné auprès de mes supérieurs d'Atlanta et, comme je le prévoyais, les éléments sont légers. La disparition ou le meurtre de votre beau-père date d'il y a douze ans, ce qui est énorme. Nous n'avons que la parole de mademoiselle Dayle. Nous n'avons ni corps ni preuves, et nous ne pouvons pas interroger votre frère uniquement sur la parole d'une seule personne, petite amie éconduite qui plus est. Alors, l'enquête ne pourra être rouverte. Il nous en faut vraiment davantage. Je suis navré.

– Bien. Je comprends, acquiescé-je. Merci.

Je me tourne vers Meredith qui attend bien sagement à l'écart et la rejoins. Je dois trouver une autre solution. À sa hauteur, je lui empoigne le coude et l'entraîne dans une ruelle adjacente au bâtiment.

– Il faut que tu appelles Reed.

– Non. De toute façon, il ne répond pas. On tombe directement sur sa messagerie.

– Réessaie, bon sang ! Il finira bien par répondre.

– Et je lui dis quoi ?

Je m'énerve.

– Je n'en sais rien. Dis-lui que tu as envie de baiser et que tu le veux, lui, et qu'il rapplique rapidement ici.

– S'il est avec Cara, il n'en aura rien à foutre. Il va me rire au nez.

Je m'emporte. Je n'en ai rien à faire de ça. Il faut que mon frère revienne ici, point barre. Je lui empoigne la gorge afin d'être plus persuasif et la plaque contre le mur de brique.

– Démerde-toi pour être convaincante.

– La seule personne qui pourrait le faire revenir ici, c'est Cara, et tu le sais.

– La maison de ses parents, me dis-je dans un éclair de lucidité.

– Oui. Alors sois patient. Ils reviendront, tôt ou tard.

Elle a raison, ils vont obligatoirement revenir pour la maison qu'elle veut vendre. À moi de les attendre bien sagement.

65

Cara

Me maintenant d'un bras sous mes cuisses, il me cloue d'un mouvement brusque des hanches contre la paroi. Je lâche un petit cri, néanmoins retenu, et lui souris. Il me rend mon sourire et m'assène un autre coup de reins, puis un autre sous la lumière défectueuse et clignotante de cette cabine de toilettes. La tête penchée en arrière, je lui agrippe les cheveux et les tire pour lui ramener ses lèvres contre ma peau, puis resserre l'étreinte de mes jambes autour de ses hanches. Il remue le bassin pour me sonder davantage au plus profond. Sur le point d'exploser, je tressaille. Toutefois, il cesse tout mouvement et relève la tête. Haletante et à bout de souffle, je gémis et grogne, frustrée. Pourquoi ne poursuit-il pas ? Le regard amusé, il appose sa paume sur ma bouche pour me faire taire.

– Maman ! Je n'en ai pas besoin, je t'ai dit, se plaint une petite fille.

– Si, fais un effort, ma chérie, nous avons encore deux bonnes heures de route. Papa ne s'arrêtera plus.

Reed ôte sa main et me colle simplement l'index sur les lèvres. Nous ne devons plus bouger, plus faire un seul bruit. D'humeur taquine, je lui mords le doigt, puis me mets à le sucer d'une manière suggestive sans détourner mon regard du sien. Il fronce les sourcils pour me réprimander silencieusement. Or, je continue.

– Arrête ça tout de suite ou je te fais crier, et tant pis si on se fait arrêter pour attentat à la pudeur.

– Mmm, enfermée avec plein de beaux mâles en uniforme autour de moi, dis-je d'un air rêveur.

Jaloux, il me porte un coup de reins nerveux et sec. Je lâche un autre cri étouffé.

– Cara ! Ne joue pas à ça.

Partis depuis cinq heures déjà, nous venons à peine de dépasser New York en direction de Cornfield. Nous faisons de petites haltes et ne pouvons nous empêcher de jouer à des jeux de séduction qui finissent par des ébats aussi passionnés qu'osés et il faut avouer que c'est un vrai régal.

Concentré sur la route, Reed jette un coup d'œil rapide sur moi qui viens de placer une main audacieuse sur sa cuisse droite. Je glisse lentement mes doigts sur son entrejambe et commence à l'exciter en le pressant et en le palpant délicatement.

Ayant compris mon envie soudaine, il met le clignotant.

– Non, ne t'arrête pas !

– Si tu continues, je vais nous envoyer dans le décor.

– Ralentis et concentre-toi sur la route.

Il déglutit.

– Facile à dire.

Je défais ma ceinture de sécurité et me penche sur lui. D'un tour de main, je lui déboutonne la braguette.

– Putain, Cara, qu'est-ce que tu fais ?

– Chut ! Regarde la route et laisse-moi faire. Lève un peu les fesses, s'il te plaît.

Il obtempère. Je lui baisse partiellement le jean et le boxer, puis lui empoigne son pénis.

– Bon sang ! grogne-t-il.

Il resserre sa poigne autour du volant et relâche tout l'air de ses poumons, lorsque je l'avale, m'active et le gobe. Le léchant du bout de la langue, je ne rate aucune parcelle de sa peau si douce. J'accompagne ma succion d'un mouvement de main ferme. Je sens ses jambes se contracter et trembler. Fière de mon petit effet, je lève un œil espiègle et jubile de lui faire perdre les pédales. Ses traits sont tirés. Sa bouche est à demi ouverte et les muscles de sa mâchoire roulent sous sa peau brunie d'une repousse de barbe. Ses yeux fixés sur la route sont larmoyants de désir. Cependant, son regard est dans le vague. Un instant, il ferme les paupières. Je cesse tout contact. Il les rouvre.

– Reed ! Regarde la route ou j'arrête.

Souriant à pleines dents, il donne un brusque coup de volant et s'engage sur le parking d'un motel. Je suis tout à coup propulsée sur lui.

– Patience, princesse ! Tu vas bientôt pouvoir finir, raille-t-il, amusé par ma position étalée sur ses jambes.

Je me maintiens à la portière.

– Idiot ! Tu n'es pas drôle. Et dangereux.

Il se gare, recule le siège et lève les mains avant de les mettre derrière sa tête.

– Voilà, je suis tout à toi. Au boulot !

Je me redresse, la mine boudeuse. Je trouvais cela bien plus excitant lorsqu'il conduisait.

– Non, non, non, Cara. Reviens ici, peste-t-il en me voyant sortir de la voiture.

Je claque la portière. Marchant vers l'accueil du motel, je lui décoche un clin d'œil par-dessus mon épaule que j'accompagne d'un large sourire. Il se rhabille en quatrième vitesse et se lance à ma poursuite. Je ricane, victorieuse de le voir frustré et gêné de devoir marcher avec son jean qui lui comprime son érection. Le tableau est tellement tordant de rire que je finis par vivement m'esclaffer.

– Et ça te fait rire ?

Je hausse les épaules.

– On s'arrête ici pour la nuit ?

Il acquiesce et je sens qu'il prépare déjà une revanche.

Devant le comptoir de l'accueil, il se colle derrière moi et remue légèrement le bassin pour se frotter contre le bas de mes reins pendant que je discute le plus posément possible avec le réceptionniste. Dissimulé derrière le comptoir, il glisse ses mains le long de mes flancs et, à la lisière de l'ourlet de ma jupe, il les remonte pour enfouir ses doigts entre mes cuisses. Innocemment, il sourit bêtement au type, Barney, si l'on en croit son badge, qui nous explique le plus sérieusement du monde le règlement intérieur pour la location d'une chambre. Je me tortille et tente de le repousser par de petits coups de fesses, mais en vain. Il me maintient fermement. Je le maudis et n'ai plus qu'une hâte : que Barney finisse les papiers et nous donne rapidement les clefs. Mais Barney, inconscient de ce qui se joue de l'autre côté de son bureau, récite tout son speech sur un ton monotone. Je suis à deux doigts de partir en courant avec les clefs.

Au moment du paiement, je sors ma carte de crédit et la lui tends. Reed choisit cet instant précis pour me passer une main sous ma culotte et m'exciter du bout de ses doigts experts. Je hoquette, mes joues s'empourprent et la carte bleue tombe dans le mug de Barney. Je m'excuse d'une voix étranglée. Barney me lance un regard perplexe en arquant un sourcil. Se rend-il compte de quelque chose ? Je n'ai jamais été aussi mal à l'aise. Je déglutis, la gorge nouée. Reed décide que cela suffit et recule pour se placer à mes côtés. Les coudes sur le comptoir, il cherche à capter mon regard et accentue bruyamment une succion de ses doigts. Je lui lance un regard assassin. Il jubile à son tour.

Une fois le paiement effectué, nous emboîtons le pas du réceptionniste. Il nous amène devant la porte de notre chambre.

Serrant la main de Reed, je lui murmure :

– Tu vas me le payer.

– Je n'attends que ça…

Enfin seuls, Reed ferme la porte et s'y adosse. D'une main derrière le dos, il verrouille le loquet, puis ôte son tee-shirt. Au milieu de la petite pièce décorée d'une tapisserie verte et d'une moquette ocre, je me tourne pour lui faire face. Il me fixe d'un regard de prédateur sur le point de sauter sur sa proie. Je frémis et me mords la lèvre inférieure. Il avance. Je recule. Il défait sa braguette. Je baisse mes yeux sur le renflement de son boxer et tressaille à l'idée de l'avoir en moi. Un long frisson parcourt mon échine. Mon bas-ventre pulse à un rythme effréné. Je heurte le mur de mon dos. Me voilà prise au piège. Il esquisse un sourire victorieux et salace.

– Je vais te baiser, non pas une fois ni même deux, mais toute la nuit, Cara, siffle-t-il entre ses dents. Mais ne compte pas avoir du plaisir. Ce sera uniquement pour moi.

Il appose ses poings de chaque côté de ma tête et survole mes lèvres de sa bouche.

– Je vais prendre mon pied égoïstement, et tu ne jouiras pas une seule fois, je t'en empêcherai. Il ne fallait pas m'allumer et me laisser en plan.

À ces mots crus et érotiques, je ravale ma salive et ne peux détourner mon regard de ses yeux hypnotiques. Mon corps n'est plus que fusion et, sans demander mon reste, je prends ses lèvres à pleine bouche. Il me soulève par les cuisses et m'emporte près du lit. Là, il me lâche sans aucune délicatesse. Je ris et monte sur le lit. Il ôte en vitesse ses chaussettes, son jean et son boxer, puis rampe sur le matelas. Au-dessus de mes jambes, il me passe les mains sous ma jupe et me retire ma culotte, d'un geste encore une fois peu délicat. Je tente de me redresser, mais il m'agrippe les chevilles, m'écarte les jambes et me tire jusqu'à lui. Et, sans aucun préliminaire, il s'enfonce en moi d'un coup sec et bestial. J'ai mal mais c'est une douleur exquise. Je m'arque et lâche un long râle. Il me pilonne, remue en moi et m'assène des mouvements de hanches de plus en plus profonds et rudes. Il se perd en moi et éjacule dans un grognement. Il se laisse lourdement retomber sur moi et sourit béatement contre ma peau.

– Ça va, princesse ?

– Non, dis-je, frustrée.

– Tu en veux encore?

– Je veux jouir moi aussi. Et si tu ne me fais pas prendre mon pied immédiatement, je m'arrangerai toute seule pour le prendre.

Il s'accoude et plante un regard intéressé dans mes yeux emplis d'un désir désespéré.

– C'est une proposition?

– Quoi?

Il prend l'air ahuri d'un adolescent en rut.

– Tu te toucherais devant moi?

– Dans tes rêves! Pervers!

Je n'ai pas le temps de m'asseoir qu'il me saisit le bras et me ramène contre lui.

– Hep! Ne pars pas! Je n'en ai pas fini avec toi.

Basculée en arrière, je m'esclaffe.

Lovés l'un contre l'autre, nous reprenons peu à peu notre respiration. Son torse contre mon dos et m'encerclant de ses bras forts, il me câline de petits baisers. J'adore ça et me laisse aller, heureuse et détendue, en fermant les yeux. La journée a été longue entre la randonnée du matin et les cinq heures de route. Nous nous reposons après plusieurs ébats aussi bruts que passionnés. Son souffle chaud et calme m'effleure la joue et me fait frémir. Pour rien au monde, je n'échangerais ma place. Cela dit, une pensée vient troubler ma sérénité. Demain, à cette heure-ci, nous serons de retour à Cornfield. Comment va réagir Lucas en apprenant que nous sommes ensemble? S'est-il calmé? Ce que nous avons fait devant ses yeux est atroce, je l'admets, mais la gifle qu'il m'a donnée, je ne pourrai jamais la lui pardonner.

Malgré mes réflexions, un sourire me fend le visage. Chatouillée par les légères morsures que m'inflige Reed sur le lobe, je gigote et secoue la tête. Il resserre ses bras autour de ma taille et me frôle le creux de l'oreille de sa bouche, puis susurre:

– Épouse-moi.

Je me raidis sous le coup de la surprise. Il plaisante? Non? Je bondis hors de son étreinte pour le fixer comme s'il était tout à coup devenu fou. Je m'assieds sur le bord du lit.

– Non mais ça va pas?

Le visage de Reed se ferme.

– Je m'attendais à une réaction vive, mais pas tout à fait à celle-là.

– Désolée, mais tu ne peux pas me demander ça, là, maintenant!

Il m'interroge du regard, un peu perdu, et s'assied à son tour.

– Nous ne sommes ensemble que depuis cinq jours, Reed.

– Nous nous connaissons depuis toujours.

– Oui, mais quand même, c'est trop tôt. Je... Je ne peux pas t'épouser sur un coup de tête. Tu...

– Je? Quoi?

– Rien.

– Si, vas-y, exprime le fond de ta pensée. Je quoi? Cara?

– Rien. Je n'ai pas envie de me disputer avec toi maintenant.

Il se lève et enfile son jean à même la peau.

– Tu n'as pas envie de te disputer ou de me blesser, en conclut-il. Je ne suis pas assez bien pour toi, c'est ça?

Secouant la tête, je m'indigne:

– Arrête, je n'ai jamais dit ça.

– Tu le penses tellement fort que tu n'as même pas besoin de le préciser. Tu ne veux pas devenir la femme d'un bon à rien, c'est ça?

– Ne dis pas ça!

– Avoue, Cara! s'emporte-t-il, les yeux exorbités par la colère. Forcément! Que pourrais-je t'apporter à part mon lot de misère ? Je suis fauché. Je n'ai rien à part une cabane et une voiture.

Inclinant légèrement la tête, affectée par la vision qu'il a de lui, je murmure:

– Ne te dénigre pas. Tu es loin de n'être que ça.

Je me hisse hors du lit et viens à sa rencontre.

– Je t'aime, Reed, alors...

Levant une main, il m'ordonne de me taire et de ne pas m'approcher.

– Non. Laisse tomber. Oublie.

Il tourne les talons, ouvre la porte et disparaît en la claquant derrière lui. Je recule et me laisse lourdement retomber sur le lit. L'épouser? Non mais c'est insensé, inimaginable.

66

Cara

La douce ballade folk « Run » du groupe anglais Daughter emplit l'habitacle de la Mustang. Pendant qu'Elena Tonra chante la fuite de deux amants tourmentés, sur un air de guitare électro-acoustique, je regarde défiler le paysage aux reliefs sauvages de la Caroline du Nord, tout en rêvassant.

Je n'en reviens toujours pas ; il m'a fait sa demande. Certes, d'une façon inattendue et précipitée, mais il l'a faite. Après la dispute que cela a engendrée, Reed a fini par revenir se coucher après de longues minutes à faire les cent pas dehors. J'ai tenté de lui présenter mes excuses, mais il était à ce point vexé et blessé qu'il a gardé le silence. Depuis, la gaieté n'est plus de la partie. Je songe sincèrement à une vie avec lui. Je lui ai proposé de venir habiter avec moi. Ce n'est pas rien. Or, le mariage m'effraie, puis, dans notre cas, c'est tellement soudain. Nous avons encore tant de choses à apprendre et à réapprendre l'un de l'autre. Et puis, même s'il y met la meilleure volonté du monde, va-t-il me rester fidèle ? Il dit avoir réussi à se construire malgré son passé, mais est-ce vrai ? Ne s'emportera-t-il pas à la première vraie grosse dispute ? J'ai beau avoir effleuré du bout des doigts son côté sensible et doux, qui est-il vraiment ? Le Reed impétueux ou l'amoureux transi ? Les deux ? Tout cela est réellement déroutant.

Mon Dieu ! Pourquoi mes parents ne sont-ils plus là pour me conseiller ? Réflexion faite, je ris intérieurement en entendant la voix rassurante, mais quelque peu autoritaire, de mon père :

« Ne t'engage pas dans cette relation, Cara. Cet homme est instable. La preuve ? Une demande en mariage au bout de cinq jours. Et puis, il finira sûrement alcoolique comme l'était son beau-père et, de plus, violent. Ivre, il rentrera tard le soir et te frappera sans raison. Aussi attirant soit ce mauvais garçon, il est néfaste. Pour l'instant, il te fait te sentir vivante, vibrante, mais qu'en sera-t-il dans quelques années quand la routine se sera installée ? »

L'autre part de ma conscience, celle d'ordinaire plus optimiste, garde le silence, comme si ce que je cherchais à me prouver était d'ores et déjà une évidence.

Sur ces réflexions, je prends une longue bouffée d'air, pivote sur mon siège, puis lâche en le dévisageant avec beaucoup d'intensité :

– Oui.

Il me jette un coup œil perplexe.

– Gare-toi là, sur le bas-côté, s'il te plaît.

Je lui indique du doigt un terre-plein le long de la route traversant une vaste forêt de hauts sapins. Il s'exécute, coupe le moteur de la voiture, baisse le son de la radio et se tourne vers moi, intrigué.

– C'est la décision la plus irréfléchie de toute ma vie et paradoxalement la plus importante, mais oui, je veux t'épouser. Mais à une condition ! Faisons cela en bonne et due forme. D'abord, une bague, puis des fiançailles d'au moins un an. On a besoin d'apprendre à se connaître davantage, savoir si nous sommes bel et bien compatibles. Tu m'aimes et je t'aime, mais cela ne suffit pas pour s'engager toute une vie.

À première vue, il n'a pas de réaction. Il cligne des paupières. Ses traits sont tirés tant par la fatigue que par son humeur bourrue.

– Je ne t'oblige à rien, Cara.

Sa voix est posée et un tantinet froide.

– Tu es dur de la feuille ou quoi ? Je viens de te dire que je voulais t'épouser.

– J'ai entendu.

– Et c'est tout ce que cela te fait ? Cache ta joie ! Sérieux.

Je défais ma ceinture, empoigne la portière et me hisse hors du véhicule. J'ai besoin d'air pur. M'adossant à la carrosserie, je lève la tête pour scruter le ciel bleu et la cime des arbres, puis soupire. L'endroit est magnifique et apaisant. Il n'y a pas un chat, pas une voiture. Je ne suis ni énervée ni vexée, je suis tout simplement perdue.

Au bout d'une petite minute, la voiture remue et la portière conducteur s'ouvre. Il me rejoint.

– Tu fais un pas en avant, puis un pas en arrière, Reed. C'est déroutant. Essaie d'avancer sur le même chemin et à la même allure que moi.

Je me tais lorsque je le vois se baisser devant moi et poser un genou à terre. Il relève de magnifiques yeux emplis d'amour et, me tendant un anneau de porte-clefs qu'il tient entre son pouce et son index, il me demande d'une voix douce et incertaine :

– Cara Avery, voulez-vous devenir ma fiancée ? Afin de m'empêcher d'avancer et de reculer trop souvent. Enfin, cela dépend dans quelles circonstances. J'exige une dérogation concernant les parties de jambes en l'air…

L'empêchant de déraper davantage, je lui appose les mains sur ses joues et lui coupe la parole.

– Oui ! Oui, je le veux plus que tout.

Les lèvres de Reed s'incurvent, puis s'étirent dans un sourire radieux. Il m'attrape la main gauche et, de manière conventionnelle, me passe l'anneau, dix fois trop grand, au doigt. L'observant, je glousse de façon sarcastique, mais pour le moins attendrie.

– Il est magnifique. Merci.

Il se redresse, non sans peine, à cause des interminables heures de conduite, et vient m'enlacer avant de déposer un doux baiser sur mes lèvres.

– On ira t'acheter une vraie bague à Atlanta, dans la semaine, d'accord?

Il grimace en esquissant une petite moue adorable.

– Mais pas trop chère, s'il te plaît. Je suis vraiment fauché.

Du tac au tac et avec une arrière-pensée taquine dans la tête, je lui suggère :

– Tu peux toujours vendre ta voiture.

Surpris, il recule le buste, et son visage se décompose à vue d'œil.

– Euh…

Fière de ma boutade, je ris.

– Relax ! Reed, je plaisante.

J'affiche un large sourire et lui passe les mains autour du cou.

– Je t'aime, chuchoté-je contre sa bouche.

D'un tour de bras, il me soulève et me plaque contre la Mustang.

– Et tu as intérêt parce que tu vas devoir me supporter toute la vie.

– Je relève le défi, mon très cher futur époux.

Bon sang ! Ce que je viens de dire est insensé : mon futur époux. Reed? Comment tout cela a-t-il pu arriver en si peu de temps ? Seigneur, ça va trop vite.

– Qu'est-ce qu'il se passe ? demandé-je en remarquant le changement d'expression sur son visage.

Il détourne le regard et scrute les alentours, de droite à gauche, en prenant sûrement conscience de l'endroit où nous nous trouvons : au milieu de nulle part.

– Tu as déjà fait l'amour sur la banquette arrière d'une voiture?

– Reed ! Tu ne penses vraiment qu'à ça.

– C'est juste histoire de fêter nos fiançailles, dit-il d'un ton boudeur.

– On enterrerait quelqu'un que tu y penserais quand même. On n'a pas le temps, nous avons encore beaucoup de route à faire.

– Je serai rapide, promis, ricane-t-il.

Je secoue la tête, dépitée. Comment lui résister?

***

Penchée sur l'îlot central de l'ancienne cuisine de mes parents, je passe en revue le courrier que je viens de récupérer. Concentrée, je tripote machinalement l'anneau d'attache du porte-clefs maintenant enchaîné à mon collier. Je ne veux surtout pas le perdre et je veux le garder constamment sur moi.

Nous sommes arrivés à Cornfield tard dans la nuit. Les deux jours de route ont été épuisants, mais, ce matin, je me sens bien, heureuse et légère. Je sifflote au rythme de la musique diffusée à la radio. Mon attention est soudain attirée par une enveloppe marquée de mon simple prénom. Il me semble d'ailleurs reconnaître l'écriture de Lucas, alors je m'empresse de l'ouvrir.

Impatiente et curieuse, je déplie la feuille et me rends rapidement compte qu'il s'agit de la facture des travaux déjà effectués. Je retourne le papier à la recherche d'une petite note qui pourrait m'indiquer qu'il n'est pas si fâché que ça. Mais, non, c'est une facture terne et impersonnelle.

– De retour? dit une voix que je reconnaîtrais entre mille.

Je tressaute, surprise. Adossé au chambranle de la porte-fenêtre qui mène à la véranda, Lucas m'observe. Son visage est impassible, ce qui détonne avec sa posture décontractée. Depuis combien de temps est-il là, à me regarder?

– Lucas... Je... euh...

La bouche restée grande ouverte, je ne sais plus trop quoi dire. La gêne ressentie en pensant à ce qu'il a pu voir l'autre soir après le combat me noue la gorge et l'estomac. Lucas glisse une main dans une des poches de son jean et en sort un trousseau de clefs. Il le jette sur l'îlot et il atterrit sous mon nez.

– J'ai vu la voiture de mon frère garée devant, explique-t-il en m'indiquant le trousseau du regard. Elles lui seront plus utiles qu'à moi maintenant.

Je récupère le double des clefs et les mets dans la poche arrière de mon minishort.

– Lucas, je ne voulais pas qu'on…

– Pour ce qui est des travaux, tu comprendras que je ne souhaite plus les poursuivre ?

En guise de réponse, je hoche la tête. Bien évidemment, j'ai compris.

– Et puis, reprend-il, tu as quelqu'un d'autre pour t'aider, à présent. Nous verrons si mon cher grand frère prendra la peine de verser une goutte de sueur pour ces travaux.

D'un air rêveur et sarcastique, il rive ses yeux au plafond.

– Tiens donc ! J'ai hâte de voir ça.

Puis il rit. Son regard trahit la dérision.

– Beauté ! s'écrie Reed en dévalant les escaliers. Tu saurais où j'ai mis mon portefeuille hier soir, je…

En bas des marches, il se fige, stupéfait. Son visage, jusque-là détendu, se crispe. Il fronce les sourcils en nous regardant tour à tour. Prudemment, il fait quelques pas dans ma direction.

– Lucas ! le salue-t-il, incertain.

– Reed.

Instinctivement, je me décale pour former une barrière entre eux. La pièce se charge d'une tension palpable. Sans détourner son attention de son aîné, Lucas se redresse. Un indicible sourire lui fend le visage. Quelque chose dans son expression me glace le sang. Ce n'est pas de la colère ni de la tristesse, mais un mélange de mépris et de provocation.

– Bon ! dit-il en claquant des mains. Ce n'est pas que je m'ennuie avec vous, mais j'ai une tonne de choses à faire, comme de la paperasse, une petite idiote à malmener et… Oh ! prononce-t-il en levant l'index en l'air. J'oubliais le plus important, une vengeance à préparer. Je suis débordé, c'est fou !

À ces mots, Reed bout, il est prêt à lui bondir dessus, mais je m'interpose et le retiens. Lucas fait demi-tour d'une démarche nonchalante, les mains dans les poches. Il s'en va en sifflotant, adoptant une allure en total contraste avec la menace qu'il vient de proférer devant nous.

67

Reed

Je plante des yeux courroucés dans ceux de Cara qui peine à reprendre ses esprits tant elle a été perturbée par la conduite de Lucas. Moi aussi, je le suis, mais ce n'était pas une raison pour m'empêcher de lui en mettre une.

– Pourquoi m'as-tu retenu de lui foutre une raclée! Tu as entendu comme moi qu'il voulait se venger?

– Reed! Calme-toi. La violence n'a jamais rien arrangé.

– Une bonne torgnole lui aurait remis les idées en place.

– S'il te plaît, ne parle pas de ton frère de cette manière.

Je secoue la tête, révolté, et finis par m'asseoir lourdement sur la première chaise venue. Cela ne sert à rien de m'énerver contre elle, et puis de toute manière, elle a raison.

– Et qu'est-ce qu'il foutait là, d'abord?

Elle me rejoint et, debout devant moi, glisse ses mains sur mes joues.

– Il voulait simplement me rendre les clefs et me dire qu'il ne continuera pas les travaux, alors calme-toi, s'il te plaît.

Je l'enlace et l'attire entre mes jambes, puis soupire.

– Hey! Mon amour, ce n'est rien, d'accord? dit-elle en se hissant à cheval sur mes cuisses.

J'arque un sourcil, surpris.

– Mon amour?

– Je sais, tu n'es pas fan des petits surnoms affectifs, mais ça m'est sorti spontanément.

– J'adore ce petit surnom ridicule et mielleux, ma… ma… princesse.

– Waouh! C'est très recherché et original, ricane-t-elle. Bon, tu cherchais ton portefeuille? Il est sur la machine à laver dans la buanderie. J'ai mis nos affaires à tourner pendant que tu te douchais.

Étirant un bras vers la table, j'attrape le journal du jour.

– Et moi, pendant que tu prenais ta douche, j'ai trouvé du travail. Regarde!

Je déplie les feuilles et l'ouvre à la page des petites annonces, puis le retourne pour que Cara puisse lire.

– Ouvrier agricole pour le vieux Mc Pherson? s'étonne-t-elle.

– Ouaip ! Par contre, ce n'est que saisonnier. Il a besoin de gars pour la moisson du blé et la récolte du maïs.

– Tu l'as appelé ?

– Oui. Et il veut me rencontrer cet après-midi.

– C'est génial ! Reed, je suis si heureuse pour toi, s'enthousiasme-t-elle en me serrant dans ses bras.

– Pour nous, ma beauté. Sois heureuse pour nous.

Poitrine contre poitrine, elle m'enlace avec force et amour en posant son front contre le creux de mon cou et hume à pleins poumons mon parfum mélangé à la senteur de mon gel douche. Bercée par ce câlin, elle ferme les yeux. J'enfouis mes doigts sous son débardeur et les remonte en une douce caresse le long de sa colonne vertébrale.

– Et toi, tu as quoi de prévu, aujourd'hui ?

– Je vais devoir chercher un autre entrepreneur pour les travaux, car même si Lucas a bien avancé, il en reste pas mal à faire.

– Ne te tracasse pas avec ça, je t'ai dit que j'allais m'en occuper.

– Oui, mais si tu travailles, tu n'auras plus le temps.

– Après le boulot. Et puis, ce n'est pas grave, nous ne sommes pas pressés, non ? Vu que tu ne comptes plus la vendre.

Elle incline la tête, attendrie par ma bonne volonté.

– Tu seras bien trop exténué après tes journées de travail.

– Je m'en occuperai durant mon jour de repos.

– Non ! Un jour de repos reste un jour de repos, point !

Affichant une petite mine déconfite, j'avoue :

– Je n'ai pas envie de te laisser ici à te faire mater par un autre homme baraqué et luisant de sueur, pendant que tu remueras tes jolies petites fesses en passant l'aspirateur ou en faisant toute autre activité. Ce genre de situation finit très mal en général.

– Jaloux et possessif ?

– Oui, très, en ce qui te concerne.

Elle abdique en me glissant les mains dans les cheveux.

– Entendu. Pas de nouvel entrepreneur, alors. On s'en occupera tous les deux.

Ravi, je fais claquer un baiser sur sa joue.

– Merci.

D'un bond, je me lève en l'emmenant avec moi.

– Allez, je vais récupérer mon portefeuille. J'en ai besoin pour cet après-midi.

– Repose-moi, tu n'as pas besoin de moi, glousse-t-elle.

– Je ne sais pas où est la buanderie.

– Menteur !

Je grimace.

– D'accord ! Tu m'as démasqué. J'ai juste envie de te prendre sur la machine à laver.

– Mon très cher futur époux, en plus d'avoir beaucoup de tact et de romantisme dans votre façon de parler, vous êtes insatiable et un véritable obsédé ! s'esclaffe-t-elle en se cramponnant plus fermement à moi.

Aussitôt, je réplique, amusé et faussement consterné :

– Dit celle qui m'a réveillé ce matin en me taillant une pipe tout en me susurrant des mots cochons.

– Moi ? s'offusque-t-elle en feignant l'innocence.

Je frotte mon nez au sien.

– Oui. Toi. Petite coquine.

– J'adore te faire des fellations.

– Et j'en suis ravi et satisfait. Surtout, ne t'en prive jamais. Sur ce, allons découvrir la buanderie.

68

Cara

Retrouver ma voiture est une chose simple et anodine, mais être à nouveau libre de mes déplacements n'a pas de prix. Je me gare le long du trottoir de ce quartier résidentiel, devant une charmante petite maison en briques, au jardin fleuri et arrangé avec goût. Glissant le doigt sur l'écran de mon portable, je vérifie une nouvelle fois si je ne me suis pas trompée d'adresse.

J'ai profité de l'absence de Reed pour filer en douce à Atlanta. Faire des cachotteries n'est pas mon genre, mais je sais pertinemment que cette petite visite va le mettre hors de lui, et ne voulant pas gâcher sa bonne humeur, je ne lui ai rien dit. J'ai trouvé l'adresse dans l'annuaire téléphonique et j'espère qu'il est à jour.

Le cœur battant à tout rompre, stressée, je sors de ma Ford Focus, puis emprunte la petite allée menant au porche. Levant la main afin d'atteindre la sonnette, je soupire, soulagée. C'est bien ici. La plaque sous la sonnette m'indique que je suis chez la famille Miller.

Nerveuse, j'attends patiemment qu'on m'ouvre.

– Mademoiselle ?

Stupéfaite, je glisse un long regard sur cet homme à la chemise blanche et au short beige qui se tient, intrigué par ma présence, dans l'encadrement de la porte. Cet homme est le reflet exact de Reed, dans un espace-temps futuriste. La couleur de ses yeux, son regard. Waouh ! C'est réellement bluffant.

– Bonjour monsieur Miller. Cara Avery, enchantée.

Il serre ma main tendue d'un air méfiant.

– Que puis-je faire pour vous ?

Mon Dieu ! Que puis-je bien lui dire ?

– Je suis venue pour vous parler de vos fils, Lucas et Reed, qui sont mes amis. Enfin, un peu plus que ça, mais, euh… Bon sang ! Excusez-moi, je m'égare…

Je me maudis. Il fronce les sourcils et son front se plisse. Aïe. Sa réaction ne présage rien de bon. Il fait un pas à l'extérieur et referme la porte derrière lui. Je recule.

– Je n'ai qu'un seul fils, dit-il d'un ton ferme.

– Reed et Lucas ont besoin de vous. Je suppose que vous avez refait votre vie depuis et que vous êtes l'heureux père d'un autre enfant, mais ils sont encore vos fils ! Ils le seront toujours et ont besoin de vous…

Il secoue la tête, agacé.

– Non, vous ne comprenez pas. Je n'ai qu'un seul fils. Reed. Lucas n'est pas mon enfant.

Putain ! Quoi ? Non, ce n'est pas possible.

– Quoi ?

Le sol s'écroule sous mes pieds. Je peine à assimiler.

– Demandez à votre père, Cara. C'est lui, à l'époque, qui m'a aidé pour le test de paternité. Lucas est le bâtard de Mc Garret, comme je le présumais.

– Un test de paternité ?

Lucas ? Mc Garret ? Non, je n'y crois pas.

Je reste muette, désemparée, perdue. Je ne sais plus quoi dire et ne comprends plus rien. Je finis par articuler :

– Vous connaissiez mon père ?

Puis, je me souviens de la photo où ils étaient tous attablés autour d'un festin digne d'un repas de Noël, apparemment. Chose que l'on fait avec des gens proches.

– Oui, je le connais très bien. Enfin, nous étions de bons amis à une certaine période et…

– Mes parents sont décédés dans un accident de voiture, l'année dernière.

– Oh ! prononce-t-il, visiblement affecté par la nouvelle. Je suis navré, toutes mes condoléances.

– Merci.

J'essaie vainement de rassembler tous les nouveaux éléments et de les digérer : Lucas serait le fils de Mc Garret ? Mon Dieu ! Non.

– Écoutez, mademoiselle Avery, ma femme et ma fille ignorent tout de mon ancienne vie…

– Même l'existence de Reed ?

Une étincelle de regret mêlée à une profonde tristesse passe dans le regard de Jackson.

– Oui. Elles ne savent rien, vraiment rien. Alors, votre présence ici risque de soulever pas mal de questions. Je vous prierais donc de bien vouloir vous en aller pour ne pas perturber notre paisible vie de famille. J'espère que vous comprendrez. J'y tiens.

Il se tourne, hésite un instant, puis ouvre la porte.

– Je vais épouser votre fils, m'empressé-je de mentionner dans l'espoir de le retenir.

Un pied à l'intérieur, Jackson me jette un coup d'œil par-dessus son épaule et me murmure avant de refermer derrière lui :

– Rendez-le heureux, Cara. Au revoir.

– Monsieur ! Att…

La porte claque.

Je reste un bon moment dans ma voiture pour faire le point sur tout ce que je viens d'apprendre. Reed semble avoir fini son entretien, au vu des nombreux coups de téléphone et SMS que je reçois. Je ne lui réponds pas. Je suis bien trop perturbée. En plus, étant une piètre menteuse, je serai peu convaincante et l'inquiéterai plus qu'autre chose. Alors, pour donner un alibi à mon passage à Atlanta, je décide d'aller faire les boutiques. Mais l'esprit trop embrouillé, ma séance shopping vire au cauchemar. Rien ne me plaît. Je dois pourtant rentrer avec quelque chose. Finalement, je file au rayon hommes et lui achète une chemise. Je lui dirai que c'est un cadeau pour le féliciter d'avoir décroché un emploi.

L'I-20 en direction de Cornfield est bondée à cette heure de pointe. Le trajet qui prend d'ordinaire trente minutes dure plus d'une heure, à mon grand désespoir.

Montant les marches du porche, je râle en entendant le volume de la sono monté à son maximum. Ne peut-il pas écouter la musique doucement? La moustiquaire déjà ouverte, je saisis la poignée de porte.

– Où étais-tu ?

Je sursaute, surprise. Assis sur la balancelle du porche, une bière à la main, torse nu et le jean baissé sur les hanches, Reed me fixe d'un air sombre.

– Seigneur ! Tu m'as fait une de ces peurs.

– Où étais-tu ?

Faisant un pas vers lui, je réponds calmement :

– Je suis allée faire quelques boutiques à Atlanta.

– On devait y aller ensemble, non?

– L'un n'empêche pas l'autre, Reed ! m'agacé-je à cause de son intonation lourde de reproches. Je ne pensais pas que tu aimerais me suivre dans les magasins et…

Il m'interrompt.

– Pourquoi tu n'as pas répondu au téléphone?

– Je l'avais oublié dans la voiture.

Il se lève, chancelant.

– Tu as bu ?

Sa démarche est instable et son regard, brillant. Il est intimidant. Mes sens se mettent en alerte. La dernière fois que je l'ai vu dans cet état, c'était lors de la fête du Printemps avec les prostituées.

Il rit sans joie.

– Quelle perspicacité, Cara ! Je tiens une bouteille de bière à la main, et tu me demandes si j'ai bu ? Bingo ! Tu as gagné.

Je recule lorsqu'il arrive à ma hauteur.

– Je n'aime pas te voir comme ça, tu me fais un peu peur.

Me coinçant contre le mur, il survole mes lèvres de sa bouche. Je détourne le visage en grimaçant tant il empeste l'alcool et appose mes mains sur son torse afin de le repousser.

– Reed, recule, s'il te plaît.

– Pourquoi es-tu allée à Atlanta ?

– Je te l'ai déjà dit. Je suis allée faire les boutiques, et regarde, je t'ai acheté une chemise pour fêter ton nouvel emploi.

Je secoue le sac. Il y jette un bref coup d'œil et avoue à son tour en baissant les yeux, comme si cela lui coûtait en fierté :

– Je n'ai pas eu le job.

– Quoi ? Mais pourquoi ?

– Je me suis battu avec Barry Logan devant le vieux Mc Pherson.

Je perds le peu de self-control qui me restait et le pousse avec violence afin de m'extirper.

– Bon sang ! Pourquoi ? Pourquoi as-tu fait ça ?

– Je lui en devais une, sourit-il niaisement.

– Tu agis comme un véritable gamin, Reed ! Merde ! Mûris un peu !

Faisant un pas vers moi, il répète :

– Pourquoi es-tu allée là-bas ?

– Ah non, non et non ! Ne change pas de conversation !

Je recule, mais, avec rapidité et sans la moindre délicatesse, il m'enserre le bras, puis hurle :

– Réponds-moi et ne mens pas !

– Je suis allée voir ton père ! m'écrié-je, apeurée.

Reed écarquille les yeux, puis fronce les sourcils, irrité. Il resserre sa poigne autour de mon bras et me tire brusquement à l'intérieur. Il est furieux. Il voit rouge. Dans un élan, il me bouscule contre le canapé. Il a perdu tout sens commun. Il n'est plus que l'ombre de lui-même. Une brute. Le Reed d'il y a deux mois, sans âme, sans regret.

Prêt à bondir sur moi, il s'immobilise. Je me redresse et m'impose courageusement devant lui.

– Vas-y. Frappe-moi ! C'est ce que tu veux ? Me frapper ? Fais-le ! Ou alors peut-être que tu veux me violer ? Mais vas-y, putain ! Montre-moi à quel point tu n'as pas de couilles !... Mais je te préviens, tu poses une seule fois la main sur moi, je vais directement voir les flics. Je ne deviendrai pas une de ces pauvres femmes battues par leur mari, tu m'entends ? Jamais !...

À bout de souffle, je me tais. Emportée par mon flot de paroles, je n'ai pas saisi le changement soudain d'expression sur son visage. Il paraît effrayé, perdu, dégoûté. Ses yeux jusque-là voilés d'ivresse ont repris leur éclat naturel. Il recule jusqu'à percuter une chaise et s'y laisse tomber, abattu. Il fixe un point à l'horizon, le regard dans le vide.

– J'ai... J'ai failli te faire du mal, murmure-t-il en levant des yeux larmoyants et terrifiés sur moi.

Je lui demande d'une voix vacillante :

– Tu voulais le faire ?

– Je... je crois que oui.

Il digère.

– Je n'arriverai jamais à devenir l'homme que tu veux, Cara. Je suis l'exacte réplique de l'homme que je hais le plus au monde. Je vais te rendre la vie infernale.

– Tu abandonnes à la première difficulté ?

Il plisse le front de douleur et hoche la tête, résolu.

– Oui. Je ne changerai pas, Cara. Personne ne change.

– On ne change pas, tu as raison, mais on évolue. Et tu as déjà bien évolué depuis deux mois, alors ne baisse pas les bras. On va y arriver ensemble.

Il se lève mollement de son assise, tanguant.

– Je vais m'en aller. Ça ne sert à rien. Tout ceci ne sert à rien.

– Pour aller où ?

– Je ne sais pas.

– Tu peux rester là.

– Non.

– Si, ce…

Il me coupe la parole.

– Cara, je ne peux pas rester ici, avec toi, je…

– Tu me quittes? en déduis-je d'une voix étranglée par le coup, par la peine.

– Oui. Nous deux, c'est fini.

– Non. Reed…

Il s'en va sans que je puisse l'en empêcher. Tout s'arrête, ma respiration, mon cœur… Je m'effondre sur le plancher froid, au milieu du salon. Le contrecoup s'installe comme un choc brutal. J'essaie de réaliser ce qu'il vient de se passer. Le puis-je, seulement? Oui, c'est la bonne question. À bien y réfléchir, non, c'est impossible. Pourtant, je ris. Oui, je ris encore et encore. Je deviens folle. Oui! Bon sang, je suis à bout. Je ressasse mes paroles.

« Vas-y. Frappe-moi! C'est ce que tu veux? Me frapper? Fais-le! Ou alors peut-être que tu veux me violer? Mais vas-y, putain! »

Seigneur! Cela aurait été tellement plus facile de lui en vouloir. Mais je ne lui en veux pas. Je m'esclaffe une nouvelle fois. C'est ridicule. Je suis ridicule. Nous sommes ridicules. Mon rire se tord dans ma gorge. Il va revenir, n'est-ce pas? Il ne peut pas avoir abandonné si rapidement? Mon euphorie désespérée se mue en incertitude. Ensuite, je m'aperçois du calme autour de moi. N'y avait-il pas de la musique juste avant? Je regarde le petit écran fluorescent bleu de la chaîne hi-fi. Il m'indique que le CD est fini. Ça y est, tout est fini.

69

Reed

Stationné sur le bas-côté, au croisement de Cornfield, de la pension des Shepherd et de la ferme de mon enfance, je frappe encore et encore contre le volant. Je hurle à m'en briser la voix. J'ai foiré. J'ai encore tout foiré. Je ne suis bon qu'à ça. Je me hais. J'étais sur le point de lui faire du mal, de faire du mal à la femme que j'aime, celle qui représente tout, absolument tout pour moi depuis la nuit des temps. L'amour de ma vie.

Je lève les yeux vers le rétroviseur central et croise mon regard larmoyant, rouge et épuisé. Cette vision est insupportable. D'un coup hargneux, je casse le rétro, le décroche, tire dessus, ouvre la portière et l'envoie de toutes mes forces dans le champ de maïs. Hélas, cela ne me soulage pas le moins du monde. Je me lève et balance un coup de pied contre un pneu, puis cogne contre le capot et m'affaisse dessus, la tête appuyée sur mes bras croisés. Je m'effondre en larmes, seul, noyé dans ma propre honte.

Je ne dois pas abandonner. Non. Je lui ai promis à l'instant où j'ai voulu me mettre avec elle. À l'instant où je l'ai aimée. Elle va me haïr. Elle aurait raison. Pourquoi est-ce que je remonte dans ma voiture? Pourquoi je ne peux pas fuir? Pourquoi je retourne la voir et pourquoi vais-je encore l'empoisonner avec ma malchance, avec mon lot de misère? Je suis un lâche, je suis faible.

Je me gare. La lumière est encore allumée. J'ai peur. Je n'ai pas tenu cinq minutes sans elle. Cara pleure. Elle sanglote, le regard dans le vide. Un vide aussi profond que celui dans lequel je baigne. Je lui avais fait la promesse. Elle n'est plus que spasmes, sanglots et soubresauts. Je ne l'ai pas frappée mais elle a mal. Je lui ai fait mal. Quel abruti!

– Cara, prononcé-je, terrifié de la voir comme ça, si seule.

Elle plisse les paupières au son de ma voix qui, semble-t-il, la hante. Elle ne me croit pas capable d'être revenu. Elle repart dans une crise de larmes en enfouissant son nez au creux de son coude.

– Cara, ma… mon amour.

Elle lève la tête et ose enfin ouvrir les yeux. Accroupi devant elle, je l'observe, aussi dévasté qu'elle. Comment ai-je pu lui faire ça? Je m'en voudrai toute ma vie.

– Je ne veux pas te quitter, dis-je, écorché par la tristesse. Pardonne-moi, pardonne-moi tout, je t'en prie, mon amour. Donne-moi une seconde chance. Je t'en prie…

Je cesse toutes paroles à cause du sanglot qui menace. Je baisse le regard au sol, attendant la sentence, comme à l'époque où je n'étais rien, où je voulais disparaître car j'allais souffrir. Que va-t-elle décider ? La ceinture serait si douce à côté de son jugement.

– Tu as fui, lâche-t-elle en reniflant.

– Je suis revenu.

Elle prend une grande bouffée d'air.

– On est misérables et pathétiques tous les deux.

– Je suis misérable et pathétique, princesse. Toi, tu n'es rien de tout ça.

Un faible sourire se dessine sur ses lèvres.

– Je suis allongée sur le sol au beau milieu de mon salon, Reed !

– Et tu es magnifique, allongée sur ce plancher.

Je m'assieds sur mes talons et, craintivement, je réitère ma demande :

– Tu veux encore de moi ?

– Je n'ai jamais voulu que tu partes.

– C'est un oui ?

Elle hoche la tête.

– Viens dans mes bras, quémandé-je, apeuré qu'elle refuse.

– Je n'ai pas la force de bouger.

– D'accord. Alors je viendrai à toi.

Je me penche et viens m'allonger à ses côtés. Hésitant, mais toutefois impatient, je l'attire à moi. Avant de ramener sa tête contre mon torse, je dépose un lourd baiser sur son front.

– Je t'aime, Cara. Je suis désolé. J'ai fait un faux pas.

70

Lucas

– Lucas, quel plaisir de te recevoir chez nous, ce soir.

– Tout le plaisir est pour moi, madame Dayle !

– Oh ! S'il te plaît, appelle-moi Maddie.

– Oui ! intervient monsieur Dayle d'un geste de bras lancé en l'air. Tous les amis de Meredith sont nos amis.

Sur le seuil du hall d'entrée de l'accueillante, si l'on peut dire, maison des Dayle, j'affiche mon plus beau sourire hypocrite, serre avec poigne la main tendue par Conrad Dayle et le salue.

– Je vais aller nous choisir une bonne bouteille de vin à la cave, explique ce dernier.

– Vas-y, chéri, surenchérit Madison. Je finis la cuisson de la dinde. Installez-vous, les enfants, Meredith, sers-lui un apéritif. Nous n'en avons que pour quelques minutes.

– D'accord, maman.

Debout devant la cheminée, j'admire, ou quelque chose qui y ressemble, les photos de famille posées sur le bandeau en marbre.

– Pourquoi as-tu voulu rencontrer mes parents ? Je t'ai dit que je jouerai à ton petit jeu stupide.

Je fais simplement pivoter ma tête et, sans vraiment la regarder, je lui réponds, même si cela m'agace de devoir encore et encore donner des explications. Elle n'est pas censée poser de questions, d'ailleurs.

– J'active le plan B vu que le plan A a été un échec sur toute la ligne. Mais, à bien y réfléchir, le plan A pourrait rejoindre le plan C, si, évidemment, le plan B marche comme prévu. Tu comprends ?

Un sourire niais me fend le visage. Elle s'assied sur un des deux canapés en posant deux coupes de champagne. Elle ne comprend rien. Ce n'est pas nouveau. Avoir dû docilement m'inviter chez ses parents à dîner l'inquiète, d'autant plus que les menaces que j'ai proférées à leur encontre l'effraient. Elle me pense fou. Je le suis peut-être. Peut-être pas. Peu importe.

– Tu m'expliques en quoi consiste ton plan B ?

– Patience, chérie, patience, lâché-je avec de grands gestes théâtraux.

Mais quelle impatiente !

– Cela implique mes parents, Lucas. Alors, j'aimerais savoir.

Je réfléchis un instant et m'assieds en face d'elle en arborant une posture décontractée, les jambes croisées. Je voulais que ce soit une surprise. J'aime les surprises. Ça me fait vibrer et celle-ci est grandiose. Mais, finalement, la mettre au courant ne sera pas inutile. Autant la mettre mal à l'aise dès à présent, et non devant ses abrutis de parents.

– Nous allons leur annoncer nos fiançailles.

Je guette sa réaction et je ne suis pas déçu. Elle recrache sa gorgée de champagne, stupéfaite et horrifiée.

– Tadam. Surprise !

– Mais ça ne va pas ?

– Si, si. Tout va bien.

Je souris plus largement, fier comme un paon. Il ne me manque plus que de jolies plumes colorées. Et le cri. Le cri ? Finalement, on s'en fiche pas mal. On va se contenter de la fierté.

Je glisse une main dans la poche intérieure de ma veste pour en sortir une bague.

– Tiens. Mets ça !

– Non !

Mon sourire s'évanouit en une fraction de seconde. Elle m'agace à jouer la résistance.

– On est où, là ? demandé-je d'une voix tranchante.

– Chez mes parents…

– Tu souhaites qu'il leur arrive des bricoles ?

– Non.

– Bien ! Alors, mets cette putain de bague. Tu es capable de jouer les femmes amoureuses. Tu nous l'as merveilleusement bien démontré avec Reed. Donc, démerde-toi pour être convaincante, ma jolie, sinon papa et maman…

D'un signe horizontal, je me passe le pouce sous la gorge.

– Couic ! Comme le pauvre petit kitty. Car dois-je me fatiguer à te le rappeler, ce n'était qu'un amuse-gueule.

Elle obtempère, les doigts tremblants, et inspire profondément pour cacher sa détresse.

– En quoi ces fausses fiançailles peuvent-elles t'aider ?

– Oh ! Tout de même, Meredith. Aie un peu plus de jugeote. Ta mère est connue pour ses délicieuses et grandioses *barbecues parties* à la moindre bonne nouvelle et…

Je m'interromps net. Conrad choisit ce moment pour gagner le salon en tendant une bouteille de vin rouge.

– Ce bourgogne sera parfait, qu'en pensez-vous, les jeunes?

– Oui. Parfait, monsieur Dayle, m'enthousiasmé-je.

Je hais le vin rouge.

– Bon sang! Appelez-moi Conrad.

Il dépose la bouteille sur la table à manger et nous rejoint. À ce même moment, Madison sort de la cuisine, un grand sourire aux lèvres. Que ces gens peuvent être pathétiques et faux-culs. Ils ne me connaissent pas. Ne m'ont jamais vraiment apprécié, vu que je suis le pauvre orphelin de la ferme Hamilton, et là, ils m'accueillent les bras ouverts.

– Le repas est bientôt prêt. Meredith, tu nous sers une coupe de champagne?

– Évidemment, maman.

– Dis-moi, chérie, poursuit Madison, hier, en déposant les lasagnes à ton appartement, je n'ai pas vu Kitty, et la fenêtre de ta chambre était close.

– Oh! m'horrifié-je. Meredith ne vous a pas appris la triste nouvelle?

– Non.

– Je suis sincèrement navré de vous l'apprendre, mais notre cher et adorable petit Kitty s'est enfui. Nous l'avons retrouvé écrasé en bas de la rue. C'était abominable. C'est un vide immense pour nous. Nous avons du mal à nous en remettre.

Désolée d'entendre cela, Madison s'assied aux côtés de sa fille et, portant une main sur sa joue, elle s'inquiète:

– Tu es bien pâlotte. Tout va bien, ma puce? C'est à cause de Kitty?

– Non, maman, tout va bien.

Meredith s'empresse de leur servir l'apéritif, tandis que je discute avec ses parents. Nous engageons une nouvelle conversation en faisant abstraction du sort tragique de Kitty. J'énumère, comme il se doit, mes bonnes actions auprès de la communauté et leur explique l'évidence de mon choix pour l'entrepreneuriat dans le domaine de la rénovation.

Madame Dayle est subjuguée par mes récits et totalement séduite.

– Je ne voudrais pas vous mettre mal à l'aise, s'exclame cette dernière, mais il y a quelque chose entre vous? Cela fait un petit moment que nous vous voyons ensemble.

Meredith pâlit aussitôt. J'affiche une expression des plus enjouées. Il est temps. Le sujet que j'attendais arrive. Cela dit, je dois être plus que convaincant dans mes mimiques, alors je joue l'inconfort en me raclant la gorge. Je toussote et mes yeux se voilent d'incertitude.

– Chérie, montre-leur, dis-je.

Hésitante, elle tend son bras gauche devant elle et remue ses doigts.

– Nous nous sommes fiancés, m'écrié-je joyeusement.

Madison est interloquée.

– Oh ! Mon Dieu. C'est si...

– Soudain, m'empressé-je de finir. Je suis navré, j'ai dérogé à la règle. Je ne vous ai pas demandé sa main, mais nous nous connaissons depuis des années. Nous avons flirté quand nous étions au lycée, mais nous étions trop jeunes, alors nous avons préféré vivre nos vies. Cependant, maintenant, nous sommes adultes et responsables, alors pourquoi attendre vu que nous nous aimons plus que tout. N'est-ce pas, chérie ?

Cette tarte de Meredith n'y met pas du sien. Cela dit, elle hoche la tête en accompagnant son mouvement d'un faible sourire.

– Je ne vois rien à redire, lance Conrad en direction de sa femme.

– C'est une merveilleuse nouvelle ! Félicitations, les enfants ! s'exclame Madison.

L'annonce ayant engendré un léger malaise, Conrad décide de servir un nouveau verre à tout le monde.

– Aux futurs mariés, trinque-t-il en levant sa coupe en l'air.

– Oh ! s'emballe tout à coup Madison. Et si on organisait un barbecue dimanche avec les voisins, pour fêter vos fiançailles ?

– Maman !

– Oh ! me réjouis-je, tout sourire, avant de caler un regard perfide sur Meredith. Je n'y aurais jamais pensé. C'est une excellente idée.

71

Cara

De mon index, je lui replace une mèche rebelle tombant sur son front, puis appose mes mains sur ses joues avant de lui donner un baiser.

– Je n'en ai pas pour longtemps, répète Reed.

– Essayez de ne pas vous étrangler avec Lucas.

Il sourit contre mes lèvres.

– Promis.

– Tu es certain de ne pas vouloir que je t'accompagne?

– Je vais seulement récupérer quelques affaires à la ferme, Cara. J'en ai pour dix minutes, d'accord?

Je hoche la tête et affiche une petite moue. Je redoute une nouvelle dispute entre eux et je ne sais pas comment je vais le récupérer, du moins dans quel état.

Il se détache de moi.

– Tu me laisses partir?

– Hum. Je ne sais pas.

– Allez, Cara. Sois raisonnable.

Il fait claquer un baiser sur ma joue et s'extirpe de mon étreinte. Le regardant partir, je me mords la lèvre inférieure. Notre dispute de la veille s'est finalement bien terminée. Nous avons beaucoup parlé et avons fait l'amour avec une infinie tendresse. Des tas d'images me reviennent en mémoire. Pourrais-je un jour me lasser de cet homme divinement sexy et expert en la matière? Cet homme dégoulinant de sex-appeal sous ses airs de mauvais garçon, aux cheveux ébouriffés d'après baise. Mmm! Cet homme qui m'appartient et qui deviendra mon époux. Cet homme qui me fait fondre lorsque, comme maintenant, il me regarde par-dessus son épaule en esquissant ce petit sourire en coin qui fait ressortir ses fossettes.

Une vive chaleur se diffuse dans mon bas-ventre. Même loin de moi, il me fait cet effet. C'est grisant. Cela dit, je me ressaisis. J'ai une mission ce matin. Profiter de son absence pour aller fouiner dans les anciens dossiers de mon père au sous-sol pour y découvrir le fin mot de l'histoire. La Mustang déjà loin sur le chemin, je m'y précipite.

Petite fille, je détestais descendre ici. Ces trois grandes pièces égales à la superficie de la maison me donnaient la chair de poule et, plusieurs années après, je ressens la même sensation. Je tire sur la chaînette en bas des escaliers pour allumer la lumière. Dans mes souvenirs, mon père classait ses dossiers sous les étagères en fer au fond de la troisième pièce.

Me faufilant entre les gigantesques et horripilantes toiles d'araignées, j'arrive enfin devant les cartons empilés à même le sol et commence mes recherches. Heureusement pour moi, mon père était un homme méticuleux et organisé. Il archivait tout par année et ordre alphabétique. Je me saisis donc de la boîte correspondant à l'année de naissance de Lucas. Le plus difficile maintenant est de savoir à quelle lettre trouver le dossier, si dossier il y a. Je passe d'abord en revue le H et y trouve des documents médicaux sur Lucas, Reed et Viviana, leur mère, mais rien au sujet d'un test de paternité, donc je me reporte directement au M. Une étiquette apposée sur un soufflet mentionne le nom de J.L. Miller. Je l'ouvre et reste perplexe : il est vide, totalement et désespérément vide. Pas même une petite facture, un rapport d'analyse ou un compte rendu. Rien. Le néant.

Cherchant une réponse que je ne trouverai sûrement pas ici, je sursaute au son de la sonnette d'entrée. Je me dépêche de ranger le foutoir et remonte les marches à toute vitesse pour aller ouvrir.

– Monsieur Miller ? Que faites-vous ici ?

72

Reed

Je retire des tiroirs de la commode des sous-vêtements et des tee-shirts pour les mettre en boule dans mon sac de sport. En arrivant à la ferme, le pick-up de Lucas n'y était pas. Lucas absent, j'en profite pour prendre mon temps et choisir ce que je vais emporter chez Cara. Le sac plein, je m'assois sur le rebord du lit et ouvre le tiroir de la table de chevet, puis soulève les trois livres pour en extirper une enveloppe où, jadis, j'avais inscrit les initiales C.L.R. Un sourire au coin des lèvres, je soupire. Je ne l'ai pas ouverte depuis des années, pourtant elle m'a toujours suivi.

Dépliant minutieusement la feuille, mon sourire s'élargit en revoyant les traits du portrait de nous trois que j'avais esquissé au fusain. Nous devions mettre dans la boîte la chose à laquelle nous tenions le plus. Je tenais à mon frère, à Cara et à notre amitié. C'est ce que j'avais de plus cher, alors un dessin était la meilleure façon d'immortaliser cela. Juste avant ma fuite, douze ans auparavant, j'étais allé déterrer la fameuse boîte pour emporter avec moi la photo et l'enveloppe. Je ne voulais pas perdre ces souvenirs.

Tout à coup, un raclement de gorge me fait lacher le fil de mes pensées, je pivote et scrute d'un sourcil relevé mon cadet appuyé à l'encadrement de la porte, les jambes et les bras croisés.

– Frangin ! le salué-je en me redressant pour glisser la feuille repliée dans la poche arrière de mon jean.

Lucas reporte son regard sur le sac de sport que je passe à l'épaule.

– Tu déménages ?

– Ouaip, je te laisse la maison. Après tout, elle est plus à toi qu'à moi.

– C'est vraiment aimable de ta part.

Je ne veux pas d'embrouille. J'ai promis à Cara de me tenir à carreau, alors il est temps pour moi de battre en retraite avant que la situation ne dégénère. D'un sourire poli, je me poste devant lui qui me bloque la sortie.

– Quoi ? Tu veux déjà partir ? Que c'est dommage. On pourrait papoter entre frangins, non, tu ne crois pas ?

Exaspéré par son comportement moqueur et un tantinet arrogant, je fais un pas, mais sa main se pose contre mon torse. Je baisse le regard sur ses doigts, un bref instant, et recule en plantant des yeux sévères sur lui. Ce dernier, toujours aussi détendu dans ses mimiques, me contourne et pénètre dans la chambre en sifflotant. Puis, à hauteur du lit, il s'élance sur le matelas, s'allonge et prend une position décontractée, les mains croisées derrière la tête.

– Alors, dis-moi, ça te fait quoi de te taper la belle Cara ? Raconte-moi tout, j'aimerais avoir tes impressions. Depuis le temps que tu attendais ça... Personnellement, ça me faisait ni chaud, ni froid. Oh ! Bien sûr, elle a un cul d'enfer et elle suce divinement bien, mais je ne sais pas, réfléchit-il, il lui manque un petit plus, quelque chose de plus bandant, tu vois ?

– C'est ça, ton super plan de vengeance ? Essayer de me mettre hors de moi ? Car si tu continues, tu vas y arriver.

– Mais voyons, Reed. Non ! se défend-il, faussement outré. Loin de moi cette idée. Je voulais simplement partager avec mon bon vieux frangin les anecdotes au sujet de cette... euh... pute ? Ce n'était pas le petit surnom que tu lui donnais il n'y a pas si longtemps ? Rafraîchis-moi la mémoire ? J'ai encore certains problèmes d'amnésie.

Je serre la mâchoire et les poings en tentant de repousser l'envie de me jeter sur lui et de lui en foutre une. J'inspire profondément et fais volte-face. Je dois quitter la pièce au plus vite. Je regagne le couloir.

– Combien de temps vas-tu tenir avant de la tromper ou de lever la main sur elle ? Oui, parce que, finalement, Reed, tu n'es pas mieux que notre cher, tendre et regretté beau-papounet.

Je ralentis, puis m'arrête devant la penderie au milieu du couloir, la rage au ventre. Je lutte. Je lutte vraiment. Je bous, mais je l'ai promis à Cara. Je ne dois pas m'énerver contre lui. Je dois tenir bon, mais je dois aussi évacuer cette hargne. Alors, avec force et maîtrise, j'envoie un coup de poing violent contre le bois du placard qui se brise instantanément.

Je fulmine en reprenant ma route vers le rez-de-chaussée, blessé à la main.

– La prochaine fois, c'est ta tête qui y passe.

– Oh mon Dieu ! J'ai trop peur.

Lucas éclate d'un rire puissant. Mes menaces ne l'atteignent même pas.

73

Cara

– Monsieur Miller ! Allez-y, entrez.

Je m'efface pour le laisser gagner le hall.

– Mademoiselle Avery, je suis vraiment navré de vous importuner.

– Appelez-moi Cara.

– D'accord, Cara. Voilà, je suis ici, car suite à votre départ, hier, j'ai beaucoup réfléchi à toute cette histoire, et…

Lui indiquant le salon, je lui coupe une nouvelle fois la parole.

– Venez vous asseoir.

– Merci.

Nous nous asseyons l'un à côté de l'autre sur le canapé. Je suis toujours aussi frappée et troublée par sa ressemblance avec Reed. D'autant plus qu'il est habillé d'un tee-shirt noir et d'un jean de la même couleur, ce qui est en totale adéquation avec le style vestimentaire de son fils.

– Comme je vous le disais, j'ai beaucoup réfléchi depuis votre visite et, hier soir, j'ai eu une longue discussion avec mon épouse.

– Vous lui avez appris l'existence de Reed ?

– Oui, je lui ai tout avoué. Maggie, mon épouse, est une femme en or, vraiment. Elle est capable de tout gérer et fait preuve d'une compassion hors du commun. Je ne sais même pas pourquoi je ne le lui avais jamais dit. Ceci dit, elle a compris et m'a poussé à venir vous voir aujourd'hui.

– Reed n'est pas à la maison, mais il ne devrait pas tarder.

– Ce n'est pas grave, je tenais à vous voir, vous, en particulier.

– Vous souhaitez un café, un thé ? Une bière, peut-être ?

– Une bière, ce sera parfait. Merci.

Je me lève et m'enquiers tout en me dirigeant vers le frigo :

– Qu'attendez-vous de moi, au juste ?

– Vous expliquer les raisons de mon départ il y a des années.

– Cela ne me regarde pas, vous devriez en parler avec Reed.

– Je sais, je sais, mais j'en ai besoin avant de l'affronter. Vous le connaissez mieux que moi.

– D'accord, je vous écoute.

– Viviana et moi avions à cette époque énormément de problèmes, tant financiers que relationnels. Reed avait trois ans. Ce n'était pas un enfant facile à vivre, c'est vrai, mais Viviana le délaissait totalement. Je devais m'en occuper constamment. J'ai même dû quitter mon travail afin de ne pas rentrer le soir et retrouver mon fils dans son lit sans en avoir bougé, non changé de toute la journée et sans avoir ni bu ni mangé. Elle avait tendance à frôler la démence. Ce qui n'était pas une surprise en somme, sa mère ayant été internée dans un asile psychiatrique quelques années auparavant, et son père ayant tenté de la tuer, elle et ses sœurs.

Subjuguée par son récit, je lui sers la bière et me rassois bien sagement à ses côtés.

– Puis, un beau matin, elle a décidé de devenir plus responsable. Elle m'a suggéré de retrouver un travail et m'a promis de bien s'occuper de notre fils. Elle lui avait trouvé une place à la garderie de la paroisse et le déposait tous les matins en bus, propre et rassasié. À cette période-là, nous n'avions pas beaucoup de rapports physiques, mais quand elle est tombée enceinte de Lucas, je ne me suis pas posé de questions, je n'ai pas cherché à me souvenir de la dernière fois où nous avions fait l'amour. Non! Cela me paraissait normal. Puis, Lucas est né. N'ayant pu garder mon emploi à la fonderie, j'ai repris la ferme et cultivé les champs. Je n'étais pas très présent et le même cirque a recommencé. Elle délaissait à nouveau Reed. À ses yeux, il avait tout d'un cafard. Elle le regardait avec dégoût… Par contre, elle m'interdisait d'approcher Lucas. Elle le maternait avec tant d'amour. Elle n'avait d'yeux que pour lui.

– Et comment en êtes-vous arrivé à douter de votre paternité?

– Tout d'abord, parce que ce genre de chose, on le ressent. Vous verrez quand vous aurez des enfants. Je ressentais ce lien merveilleux et formidable avec Reed, mais avec Lucas, c'était le néant total. Au départ, je m'en voulais. Je ne comprenais pas. Étais-je devenu comme Viviana avec Reed? Indifférent? Je n'ai pas été éduqué de cette manière. C'était pour moi inconcevable d'être si peu attaché à son propre enfant. Je ressentais beaucoup de culpabilité quant au manque d'amour que j'éprouvais pour Lucas. Bref, plus les semaines avançaient, plus j'avais des doutes sur sa fidélité. Votre mère et Viviana étaient de bonnes amies depuis l'adolescence et, à cette époque, elle était enceinte de vous. Viviana partait tous les après-midi la rejoindre pour une balade. Mais, un jour, j'ai croisé votre père et, naturellement, je lui ai demandé des nouvelles de Katherine et de vous. Il m'a expliqué que votre mère devait rester presque immobile, car tu menaçais de montrer le bout de ton nez avant terme. Là, j'ai compris. Viviana me mentait. Je l'ai donc suivie. Et j'ai découvert qu'elle me trompait avec le chauffeur de bus...

– Robert Mc Garret, finis-je, consternée.

– Voilà. Alors, j'ai demandé à votre père s'il pouvait faire un test de paternité.

– Et... hésité-je de peur de le froisser et d'être à nouveau indiscrète. Pourquoi lui avoir laissé Reed en partant? Et ne pas avoir cherché à le revoir après le décès de Viviana?

– Cara, puis-je vous demander quelque chose en toute franchise avant de vous répondre?

– Oui, bien sûr, tout ce que vous voulez.

– A-t-il eu, malgré tout, une enfance heureuse?

Cherchant les bons mots, je peine à soutenir son regard empli d'espoir.

– Non. Elle a été horrible.

– D'accord. Merci pour ta sincérité, Cara.

Il baisse la tête et inspecte le fond de sa bière, pensif.

– Cette nuit-là, nous avons eu une très violente dispute. Elle m'a mis à la porte comme un malpropre. Elle devenait hystérique. Je me souviens d'avoir Reed dans les bras, il était paniqué, il pleurait et hurlait. Ce pauvre petit bonhomme ne comprenait rien. Et je me rappelle l'avoir suppliée de garder au moins son fils, un temps, car je n'avais rien. Absolument rien. J'allais me retrouver à la rue, seul avec la vieille carcasse qui me servait de voiture à l'époque. Je ne pouvais pas le prendre avec moi. Alors, je l'ai posé devant elle pour qu'elle le récupère, avec la ferme intention de revenir dès que ma situation se serait améliorée. J'étais un bosseur, ce n'était qu'une question de jours, pas plus. Encore aujourd'hui, chaque soir avant de m'endormir, je revis cette nuit. Je revois mon petit gars, une main dans sa bouche, l'autre bras tendu vers moi, m'appeler en sanglotant, le regard terrifié, ses grands yeux bleus et ses petites joues noyées de larmes, avant que je ne parte.

– Pourquoi n'êtes-vous pas revenu, alors?

– Trois jours plus tard, je me faisais arrêter avec deux kilos de cocaïne dans le coffre de ma voiture. J'ai pris quinze ans de prison, Cara. Je n'ai jamais abandonné mon fils.

– Vous vous êtes mis à dealer?

– Non. De toute ma vie, je n'ai jamais touché à la drogue. C'était même la première fois que je voyais de la cocaïne.

Je m'efforce de rassembler ces nouveaux éléments et de comprendre, mais le claquement d'une portière à l'extérieur me sort de mes pensées.

Les sens affolés, je bondis de ma place, prête à essuyer la réaction de Reed lorsqu'il découvrira son père dans le salon.

– Je ne veux pas vous créer de problème, s'excuse-t-il en se levant, tendu.

Intrigué, Reed gagne le hall et remarque, tout d'abord, l'état nerveux qui m'habite. Il s'en inquiète, mais, naturellement, il m'étreint avant de m'embrasser. Puis, son regard est attiré par une présence inhabituelle debout au milieu du salon. Il se fige. Il comprend et nous scrute tour à tour.

Je reporte mon attention sur sa main couverte de sang.

– Bon sang ! Reed, que t'est-il arrivé ? Tes doigts ? Vous vous êtes battus ?

– Non. J'ai frappé contre un meuble.

– Bonjour, mon… mon grand, s'exprime Jackson en faisant un pas vers nous après s'être éclairci la gorge.

– Qu'est-ce qu'il fout là, lui ?

– Reed, s'il te plaît. Ne te fâche pas.

Il se dérobe de mes bras et empoigne la rampe des escaliers.

– Je vais me désinfecter, lâche-t-il froidement avant de se rendre à l'étage sans un regard vers son père.

– Je suis navrée, me désolé-je. Il est assez bourru, par moments.

– Ne vous inquiétez pas, Cara, je comprends. Je ne suis pas le bienvenu. Je vous laisse.

Il se dirige vers la porte.

– Merci de m'avoir écouté.

– Monsieur Miller. Je suis certaine que tout s'arrangera. Il est intelligent, il finira par comprendre.

– Appelez-moi Jackson.

– D'accord.

S'engageant sur le perron, il se tourne pour me remercier une fois de plus, mais je ne le laisse pas parler et prends les devants.

– Que diriez-vous de venir dîner ici, samedi soir, vous, votre épouse et votre fille ?

– Je ne suis pas certain que cela soit une bonne idée, il ne voudra pas de moi ici.

– Je suis convaincue que c'est une excellente idée. Faites-moi confiance, monsieur Mi… Jackson. Il ne vous hait pas, il a juste besoin de temps et d'apprendre les vraies raisons de votre départ.

– Maggie sera sûrement ravie de venir.

– Parfait. Alors, à samedi, Jackson.

Il me lance un dernier grand sourire avant de dévaler les marches et de partir. Je regagne l'intérieur et m'adosse à la porte d'entrée, pour prendre une minute et digérer tout ce que je viens d'apprendre sur la tristesse de l'enfance de Reed. Il n'a pas eu une seule minute de répit dans sa vie. Une mère qui l'a délaissé dès sa naissance, l'abandon de son père, du moins, le départ précipité de son père, la mort de sa mère, la violence et les viols de son beau-père. Comment a-t-il pu survivre à tant d'épreuves et devenir l'homme qu'il est aujourd'hui? Un peu perdu, mais si bon au fond de lui. J'en suis certaine. Je ne me trompe que rarement.

Une des portes de l'étage claque, je me ressaisis et essuie d'un revers de main les larmes qui coulaient sur mes joues. Reed descend souplement les marches, un bandage autour de ses doigts. Il passe à côté de moi, sans un regard. Il est furieux.

Je le rejoins dans la cuisine.

– Tu es fâché?

Il sort une bière du frigo, la décapsule et se laisse aller contre un placard en me dévisageant d'un regard sombre.

– Est-ce que j'ai l'air fâché?

– Oui.

– Eh ben, tu as raison, je le suis.

– Contre moi?

– Il est venu à ta demande?

– Non.

– Alors, ce n'est pas contre toi.

Il boit une goulée de sa bière et se décale pour allumer la radio.

– Reed. Tu devrais écouter ce qu'il a à te dire, hésité-je.

– Il a dû prendre son pied à t'embobiner, alors vas-y, dis-moi? Quelles sont les excuses pourries qu'il a pu trouver?

– Ce n'est pas à moi de te les dire.

– Alors, je ne les connaîtrai jamais. Fin de la discussion.

Il se redresse et file en direction du salon.

74

Reed

J'entends Cara soupirer du salon. Elle va tenter de m'amadouer ou de me faire changer d'avis. Je commence à bien la connaître. J'en veux à cet homme et je ne suis pas près de lui pardonner. Par contre, je pardonne l'insistance de Cara. Elle est comme ça. À toujours vouloir le bonheur de tout le monde.

Je suis allongé sur le canapé, elle se plante devant moi, les bras croisés. Elle cherche une autre manière de me convaincre.

– Reed?

– Cara?

J'affiche un sourire benêt et cligne plusieurs fois des paupières. Ça va l'agacer et j'aime ça.

– Ne fais pas le pitre! Ce n'est pas drôle.

– Ah, si! Je t'assure, c'est drôle de te voir dans cette posture.

Je m'étire pour me cramponner à l'une de ses cuisses.

– Bats les pattes, ricane-t-elle en secouant la jambe.

Avec force, je la contrains à venir s'asseoir à califourchon sur moi.

– Tu m'agaces, je voulais te parler sérieusement.

– Vas-y, je t'écoute.

– Je t'avertis, ça ne va pas te plaire. Alors, si tu dois te mettre en colère, je préfère m'éloigner.

Resserrant mon étreinte autour de ses hanches, je lui mordille le cou en grognant. Elle incline la tête pour me donner un libre accès à sa gorge.

– Parle!

– J'ai invité ton père à dîner samedi soir.

Elle se crispe et attend la sentence. J'enfouis mes doigts sous son chemisier et, longeant son dos, je souris contre sa peau.

– Je sais. J'ai entendu votre conversation.

Stupéfaite, elle m'agrippe les cheveux et, sans délicatesse, me tire la tête en arrière pour jauger mon expression.

– Outch! Tigresse.

– Désolée.

– Pour quoi ? Pour m'avoir tiré les cheveux ou pour avoir invité l'autre type qui se rappelle soudainement qu'il a des fils ?

Je grimace de douleur et me masse le crâne. Cara esquisse une petite moue contrite.

– Pour le repas.

– J'irai dîner ailleurs.

– Reed ! Tu es désespérant, dit-elle déçue.

– Écoute, Cara, je ne t'empêcherai pas de le fréquenter si tu le souhaites, même si les raisons m'échappent un peu, mais, s'il te plaît, ne m'y oblige pas.

– On ne peut pas trouver un compromis ? minaude-t-elle.

– Laisse-moi réfléchir. Euh… Non !

Je la soulève et la laisse mollement retomber sur le côté pour m'installer à l'autre bout du sofa contre l'accoudoir.

– S'il te plaît. Tu ne seras pas obligé de lui parler.

Elle accentue sa moue et affiche un regard de chien battu tout en papillonnant des cils.

– Je t'en prie, je t'en prie, je t'en prie…

– J'ai. Dit. Non.

Elle n'a pas le temps de riposter que nous sommes surpris par la sonnette d'entrée. Bon moyen pour moi de fuir la conversation.

– J'y vais.

Patientant devant la porte, le shérif Edward Snow jette un coup d'œil attentif aux alentours.

– Shérif, le salué-je en entrebâillant la porte.

– Hamilton.

– Vous désirez ?

– Je suis venu pour vous voir.

– Moi ?

– Oui, pouvez-vous passer demain au poste ? J'aurais quelques questions à vous poser.

Intrigué, je fronce les sourcils et finis par mettre un pied à l'extérieur et refermer la porte derrière moi.

– Oui, bien sûr. Pour quelle raison ?

Snow recule, prêt à faire demi-tour.

– Oh ! Rien d'important, seulement quelques questions sur une vieille affaire.

– Une vieille affaire ?

Du haut de son mètre quatre-vingt, il me rend mon sourire empli de suffisance et tourne les talons.

– À demain, Hamilton !

– À demain !

Sur ces mots, le shérif remonte dans sa voiture et emprunte le chemin sous mon regard inquiet. La porte s'ouvre sur une Cara curieuse.

– C'était qui ?

– Le shérif.

– Ah bon, pourquoi ? Que voulait-il ?

Je préfère lui mentir.

– Rien de spécial, surveillance de quartier, dis-je en l'étreignant et en la contraignant à reculer pour qu'elle regagne le hall.

Je colle mes lèvres sous son oreille et la serre dans mes bras.

– Où en étions-nous, déjà ?

– On parlait de ton père, du repas, sourit-elle.

Je n'en ai donc pas fini avec ça. Je lève les yeux au ciel, exaspéré.

75

Cara

Sur le trottoir d'une rue marchande d'Atlanta, Reed reluque une nouvelle fois la devanture avec de grands yeux exorbités.

– Tu es certaine de vouloir entrer ici ? C'est une bijouterie de luxe.

– Détends-toi ! Je connais bien cette chaîne de magasins, on y trouvera notre bonheur et dans notre budget.

– Oui, dans ton budget, mais du mien qui s'évalue à presque rien, je ne suis pas certain.

– Tais-toi ou je vais finir par croire que tu m'épouses uniquement pour mon argent, me moqué-je gentiment.

Il m'attire contre lui et, frôlant ma bouche d'un petit sourire salace, il réplique en me glissant les mains sur les fesses :

– Absolument rien à voir. Je t'épouse uniquement pour ton joli petit cul.

– Hum... Intéressant. Et, qui plus est, très romantique. C'est ce que tu comptes mettre dans tes vœux de mariage ?

– Tout de suite, là et maintenant, je compte effectivement mettre quelque chose dans un endroit bien précis, mais cela n'a rien à voir avec mes vœux de mariage...

– Reed ! Tiens-toi bien et allons choisir cette bague. Tu as combien sur toi ?

Il affiche sa petite mine boudeuse.

– Cent cinquante dollars.

– Parfait, allons-y.

Après quelques chamailleries, au grand désespoir du vendeur, nous finissons par trouver la bague de fiançailles parfaite, simple et à mon goût. Un anneau en argent orné d'une petite pierre semi-précieuse : un cristal de péridot d'un vert flamboyant.

Marchant et flânant l'un contre l'autre dans les rues, je ne cesse de l'admirer. Je n'en reviens pas. C'est un rêve de petite fille qui se réalise enfin. Je suis heureuse, mais j'ai tout de même un petit pincement au cœur de ne pas pouvoir partager cette nouvelle avec mes parents et de ne pas pouvoir être au bras de mon père lorsque le grand jour viendra.

Reed remarque mon changement soudain d'humeur et s'en enquiert.

– Que t'arrive-t-il, princesse?

– Qui allons-nous inviter à notre mariage?

– Nous deux et le maire, dit-il d'un ton ahuri.

– Le maire? Tu ne veux pas d'un mariage religieux? Et tu ne veux pas organiser une cérémonie digne de ce nom?

Je m'immobilise au milieu du trottoir. Légèrement perdu quant à la tournure de la conversation, Reed se passe une main dans les cheveux et réfléchit.

– À vrai dire, je n'y ai pas pensé. Mais, si c'est ce que tu veux, on se mariera devant le pasteur Shepherd. Cela m'est égal.

Il ponctue sa phrase avec un haussement d'épaules. Je baisse les yeux, affectée par quelque chose d'autre. Reed appose son index sous mon menton et me contraint à relever la tête.

– Hé, beauté! Qu'est-ce qui ne va pas? Dis-moi.

– Je n'ai plus de famille.

– Tu m'as, moi.

– Et tante Rebecca de Californie, ricané-je tristement.

Songeur, il s'exclame:

– Ouais, cette pimbêche de Rebecca...

Il se tait et grimace. Je l'examine, intriguée et soupçonneuse.

– Comment connais-tu ma tante Rebecca ? Elle n'a jamais voulu mettre un pied à Cornfield de peur de salir ses escarpins à 300 dollars.

Sa grimace s'intensifie et il recule d'un pas. J'affiche de gros yeux.

– Reed? Ne me dis pas que, toi et elle, vous...

Il s'empresse de plaider sa cause:

– Non, non, non, Cara. Je n'ai jamais baisé avec elle!

– Encore heureux!

Mal à l'aise, il se gratte la tête.

– J'ai failli...

– Quoi?

Je vais l'étriper. Reed se protège de ses deux mains en avant, sentant la fureur m'ébranler.

– On n'a réellement rien fait, je te promets.

– Où l'as-tu rencontrée et pourquoi?

– À New York...

– À New York? Mais elle n'y est venue qu'une seule fois, le jour de...

– De l'enterrement de tes parents. Oui.

Stupéfaite, je fronce les sourcils.

– Tu y étais?

– Oui. Donc, tu vois, je ne me serais pas permis de le faire ce jour-là, cela aurait été indécent de ma part...

– Indécent? Tu veux savoir ce qui est indécent, scandaleux, écœurant? C'est que tu y aies pensé. C'est ma tante, bordel!

– Oui, mais j'ai eu la décence de ne pas le faire.

– Oh! Et tu veux qu'on te décerne une médaille pour ça, peut-être? Bravo, Reed! Tu t'es servi de ton cerveau du haut, plutôt que de celui du bas. Pour une fois! Je te félicite. Puis, elle a cinquante ans passés, Reed!

– J'en ai baisé des bien plus vieilles.

– Putain. Sérieusement, ferme-la!

Sentant les larmes me monter, je fais demi-tour. Reed se précipite pour me retenir et me rattrape par la taille.

– Non, Reed, non! Là, c'en est trop. Lâche-moi, laisse-moi. J'ai besoin d'être seule.

– S'il te plaît, Cara.

– Non! Je rentre en taxi. Lâche-moi! Tu me dégoûtes.

– Je te dégoûte? s'étrangle-t-il. Bordel de merde, Cara. C'est du passé.

Il me force violemment à me retourner.

– Du passé, du présent, du futur. Je m'en contrefous. C'est ma tante.

– Et je t'ai dit que nous n'avions rien fait. Écoute quand on te parle, bon sang! crache-t-il en me secouant.

– Rien que le « nous » qui t'associe à ma tante me répugne!

Il perd patience.

– Qu'est-ce que tu veux que je te dise? Qu'est-ce que tu veux que je fasse? Merde, à la fin!

Me dégageant de ses bras, j'ôte la bague et la lui jette au visage. Je suis bien trop furieuse contre lui. Je n'ai qu'une envie, partir loin de lui et l'oublier.

– Rien. Ne fais plus rien! Tiens! Prends ça! Et va la revendre, fais-en ce que tu veux. Je m'en vais.

Récupérant la bague de justesse, il marque un temps d'arrêt avant de s'élancer à ma poursuite. Il hurle:

– Tu ne me quittes pas. Tu n'en as pas le droit.

Il me secoue à nouveau. Je me fige, terrorisée par sa hargne.

– Tu m'entends! Tu n'as pas le droit. Tu m'as dit que tu ne me quitterais jamais.

– Arrête, Reed ! Tu me fais peur et tu me fais mal.

– OH ! Lâchez cette fille, intervient un homme élégamment vêtu d'un costume gris.

Reed tourne lentement la tête, le regard sombre et rageur.

– Dégage !

– Non. Vous lui faites peur, elle vient de vous le dire.

Me relâchant, Reed pivote pour lui faire face et, le torse bombé, il peste :

– De quoi tu te mêles, connard ?

– Reed, calme-toi !

Ils vont se battre si je ne mets pas fin à cette altercation. L'homme avance doucement. Reed fait les quelques pas qui le séparent de cet inconnu. Il a besoin de se défouler, je le vois, et ce type ferait un parfait punching-ball avec ses grands airs de gosse de riches. Tout ce qu'il déteste. Ça va mal finir.

– Venez avec moi, s'inquiète l'homme en tendant la main dans ma direction.

Reed se jette sur lui et le bouscule de ses poings contre son torse.

– Tu veux te taper ma femme, connard ? C'est ça ?

– Reed, stop !

Je vocifère et me précipite pour lui enserrer le bras et le faire reculer, non sans crainte de m'en prendre une, mais je dois l'empêcher de faire une connerie.

– Cara, lâche-moi !

– Non.

L'inconnu revient à la charge et, malgré son bras retenu, Reed lui envoie une droite bien placée dans la mâchoire.

– Reed ! Stop ! Tu recommences à être violent !

Tel un déclic, les mots et ma voix le ramènent à la raison. Il se statufie. L'inconnu se redresse et se passe la main sur sa lèvre qui saigne.

– Vous êtes tarés, lâche-t-il avant de s'enfuir.

Je peine à reprendre mon souffle et à apaiser ma panique. Je ne peux pas quitter Reed du regard. Il est tout à coup perdu, loin de tout, les yeux dans le vide. Le seul signe de vie qui émane de son corps figé est le rythme effréné de sa respiration. Craintive, je décide de l'étreindre, lentement. Doucement, je lui passe les bras autour de ses épaules et repose ma tête au creux de son cou. Il se laisse faire sans sourciller, mais ne répond pas à mon étreinte. Les bras le long du corps, il ne bouge pas.

– Reed ? Dis-moi quelque chose. S'il te plaît.

– Je suis désolé, murmure-t-il.

Il se déteste. Ça se voit. Jusqu'où peut-il aller lorsqu'il entre ainsi en transe? Je l'ai mis hors de lui, mais il n'aurait pas dû réagir de la sorte. Il a toujours été plus ou moins violent, mais il ne se le pardonnerait jamais s'il s'en prenait à moi. Encore une fois, il a frôlé la folie à cause d'une simple et anodine dispute de couple.

– Pourquoi m'aimes-tu, Cara? Si, toutefois, tu m'aimes encore?

Sans réfléchir, je lui réponds:

– Parce que, malgré ce qu'il vient de se passer et en dépit de tes mauvais côtés, je décèle les bons et je veux que tu t'y accroches. Tu as eu une enfance et une vie affreuse, tu as aussi été quelqu'un d'horrible, mais je veux que tu sois enfin heureux. Tout le monde le mérite. Je veux… Je veux te sauver.

– Me sauver? rit-il sans joie.

– Oui, exactement. Et, s'il te plaît, prends-moi dans tes bras, j'ai l'impression d'étreindre un pylône électrique.

Il émet un petit rire retenu et m'enlace avec force en enfouissant son nez dans mes cheveux.

– Je t'aime mon amour, chuchote-t-il, la gorge serrée.

– Moi aussi, je t'aime, mon cœur. Souviens-toi, c'est nous contre le reste du monde.

76

Cara

L'anse du panier autour du coude, je tripote nerveusement ma bague de fiançailles en patientant à la caisse de la supérette de Cornfield. Perdue dans mes pensées, je gigote, un sourire radieux aux lèvres.

Ce qu'il y a de plus excitant avec Reed, c'est que je ne m'ennuie jamais. Une simple chose routinière devient exaltante, comme, ce matin, au petit déjeuner, lorsqu'il a voulu réparer la fuite de l'évier. Qui ne fantasme pas sur le beau plombier bien bâti, torse nu, en train de revisser avec force une vis de la chape de liaison et voir rouler la tension de ses muscles sous sa peau, voir bouger ses hanches et ses abdominaux. J'ai eu droit à ce spectacle exclusif qui a débouché sur une délicieuse partie de jambes en l'air à même le plancher de la cuisine.

Ces derniers jours, nous avons frôlé la catastrophe à deux reprises, mais maintenant, je sais. Oui! J'ai trouvé le moyen d'éloigner l'orage. Je dois être plus forte que lui, crier ou hurler avec davantage de violence que lui.

Aujourd'hui, je suis persuadée que Reed est l'homme de ma vie. Ma petite existence d'avant, paisible jusqu'à l'ennui, est loin derrière moi. Nous allons sûrement devoir faire face à d'autres épreuves, mais je les affronterai pour lui, pour moi, pour nous. Oui, car même si je lui procure une relative stabilité, je suis consciente que Reed m'apporte également ce que j'ai toujours désiré: des frissons, de la passion, du danger et, par-dessus tout, un amour inconditionnel et viscéral. Puis, outre nos violentes disputes, les réconciliations sur l'oreiller ou toutes autres surfaces de la maison sont des plus galvanisantes.

Sortant de la supérette, je respire à pleins poumons le grand air de cette magnifique journée d'été. Je suis heureuse, et rien ne pourra gâcher ma bonne humeur.

– Alors, on ne dit plus bonjour, Cara?

Finalement si, on peut me gâcher la journée. Je me retourne. Adossé au petit manège pour enfants devant les portes du magasin, Lucas m'observe d'un regard narquois, puis me rejoint d'un pas léger.

– Oh! Vraiment navré, je t'ai encore surprise. Mais tu m'as l'air un peu sur le qui-vive, en ce moment. Je me trompe?

Il penche la tête sur le côté, mimant la sollicitude à la perfection.

– Peut-être parce que j'ai un ex complètement taré !

– C'est vexant ce que tu me dis, mais… hum… Tu sais quoi ? C'est génétique, je crois…

Ne pouvant plus rester en face de cet homme que j'ai cru bon et qui, finalement, s'avère être une parfaite ordure, je m'en vais. Cependant, Lucas ne compte pas en rester là.

– Et, heureusement pour toi, je n'ai qu'un frère… Je dis ça, je ne dis rien, mais si ton objectif était de te taper toute la famille, je t'annonce que c'est fait ! Tu peux passer à autre chose…

J'interromps ma marche et ferme les yeux, vivement blessée par ses paroles, puis les rouvre en tentant de refouler la déception que j'éprouve d'avoir fait entrer ce monstre dans ma vie à la place de l'homme que j'aime aujourd'hui et que j'ai dénigré par sa faute il y a quelque temps.

– Qui es-tu, Lucas ?

Je lui jette un regard plein de mépris. Il s'avance avec un sourire machiavélique.

– L'homme qui t'a baisée, juste histoire de faire chier son grand frère. Ouais ! Tu t'es fait baiser en beauté. La baisée baisée…

Il rit de lui-même.

– Oh ! Putain que je suis con…

– Espèce de… lancé-je en même temps que ma main qui devait normalement atterrir sur sa joue.

Lucas m'attrape de justesse par le poignet. Je réitère le même geste de la gauche, mais il l'anticipe à nouveau en riant. Il se moque ouvertement de moi et y prend un malin plaisir.

– Décidément, à force de traîner avec mon frère, il déteint sur toi. Quelle fougue ! raille-t-il encore, puis son regard est attiré par ma main gauche.

Il bloque dessus un instant.

– Oh, le con, s'exclame-t-il dans un autre éclat de rire. Il l'a fait. Je suis sur le cul.

Regardant plus attentivement la bague, il poursuit :

– Tu vas épouser mon frère ?

Cette fois, son ton est vraiment incrédule. Je tente de me défaire de sa poigne.

– Cela ne te regarde pas.

– Non, mais permets-moi d'en rire tout de même !

– Lâche-moi, Lucas ! Je me contrefous de ton avis…

– Quoi ? Vous n'avez pas l'intention de m'inviter ? Oh, mais comme c'est dommage ! Vous me décevez, vraiment. Je me serais fait un malin plaisir d'être le témoin de la farce du siècle.

– Va te faire foutre, Lucas !

Je me débats.

– Lucas ! Lâche-la immédiatement, intervient une puissante voix autoritaire.

Lucas reporte son attention sur l'homme. Son visage se ferme.

– Monsieur Miller. Quelle bonne surprise !

Il chuchote pour lui-même, en soupirant :

– Comme si j'avais besoin de lui.

Puis il pose à nouveau un regard moqueur sur moi.

– Tu n'oserais pas te faire le père quand même, si ?

Je fulmine et tente à nouveau de me dégager. Quel connard. Il lâche prise. J'en profite pour décharger toute ma rage envers lui, mais je suis tirée en arrière par deux bras puissants.

– Cara, laissez tomber, il n'en vaut pas la peine, me déclare Jackson d'une voix rassurante au creux de mon oreille.

Je me calme peu à peu, mais ne détache pas mon regard haineux de Lucas.

– Lucas, fous le camp d'ici et laisse mon fils et sa copine tranquilles.

– Avec grand plaisir, ironise ce dernier en une révérence surfaite, avant de filer la tête haute. De toute façon, elle me dégoûte.

Me retournant vers Jackson, j'affiche de grands yeux perplexes.

– Il vous connaît ? Vous vous connaissez ? Il sait ?

– Oui. En 2004, à ma sortie de prison, je suis allé lui rendre une visite à la ferme. Je pensais y trouver Reed. Mais je ne suis tombé que sur lui. Je pense qu'il a su à cet instant. Ma visite a dû lui mettre le doute. Puis, je l'ai revu il y a peu. Je ne vous l'ai pas dit lors de notre première rencontre parce que j'étais pressé de vous voir partir. Maggie était à l'intérieur, je ne voulais pas m'éterniser.

Je reste hébétée par cette autre nouvelle. Lucas nous a vraiment tout dissimulé. Mais pourquoi ?

– Quand l'avez-vous revu ?

– Il y a… un gros mois, il me semble, voire un tout petit peu plus, deux peut-être, réfléchit-il.

– Et que voulait-il?

– Comme toi. Des explications.

– Et vous lui avez dit pour… enfin… que vous n'étiez pas son père?

– Je n'en ai pas eu besoin. Il était déjà au courant. Je lui ai juste spécifié que Robert était son père. Enfin, du moins, que je le supposais.

– Oh, mon Dieu! Ce qui veut dire que… que…

Je me passe la main dans les cheveux, paniquée. Il sait tout depuis le début. La vengeance? Évidemment. Il s'agit de Reed et de Robert. Il était donc déjà au courant à New York! Tout à coup, ses paroles me reviennent en mémoire, celles prononcées juste après le combat:

« Il t'a toujours aimé davantage que moi, de toute façon. J'étais insignifiant à ses yeux. (…) J'ai jamais rien oublié… Je voulais que tu t'excuses, que tu te mettes à mes pieds, que tu me supplies de te pardonner. (…) Il t'aimait, et moi non! »

– Que quoi, Cara?

– Il vous a dit quoi de plus?

– Il était hargneux et arrogant. J'y ai reconnu les traits de caractère de Mc Garret. Lucas m'a menacé, puis il est parti.

– Menacé de…?

– Il est devenu incohérent. Je n'ai pas tout compris, mais il voulait des preuves qu'il était le fils légitime de Mc Garret. Il m'a menacé de s'en prendre à Reed, à ma famille. Je l'ai trouvé très instable. J'ai cherché à avoir des nouvelles de Reed, mais il ne m'a rien dit.

– Ma question est ridicule, mais avez-vous fait faire un test de paternité aussi pour Reed?

– Comme vous le dites, oui, c'était ridicule au vu de notre ressemblance, même quand il était gosse. Mais oui, j'ai bien fait faire un test pour Reed. Cara, votre père doit avoir les résultats dans ses archives. Vous devez bien avoir un moyen d'accès, non?

– Je vous crois, lâché-je, affectée par quelque chose de plus profond.

– Qu'y a-t-il?

– Les dossiers vous concernant sont vides. Lucas a effectué des travaux chez moi…

– Vous pensez qu'il les a pris?

Je hoche simplement la tête. Oui, je pense.

– D'accord, mais ce n'est pas bien grave, si? Il lui suffit de retrouver

Mc Garret, et voilà, si c'est ce qui le perturbe.

– Vous avez sûrement raison, dis-je en esquissant un sourire anxieux. Je dois vous laisser. Je vais retourner à la maison rejoindre Reed.

Je fais un pas et ajoute :

– Vous venez toujours dîner demain soir ?

– Oui, bien sûr. Euh… Dites-moi, la Mustang grise est bien celle de Reed ?

– Oui. Pourquoi ?

– Elle est garée devant le poste de police. Il n'est donc pas chez vous.

Je me décompose à nouveau. Que fait-il là-bas ? Il m'a dit qu'il ne bougerait pas de la maison. J'essaie de garder une contenance digne et de réprimer mon affolement. Qu'est-ce qu'il me cache encore ?

– Merci, à demain alors.

Je m'avance vers ma voiture.

– Au fait, vous veniez faire quoi à Cornfield ?

– Oh ! Euh… Juste rendre visite au pasteur Shepherd.

– D'accord.

77

Reed

Je pianote tranquillement sur le bord du bureau du shérif Snow. Assis, la jambe droite sur ma cuisse, décontracté, presque avachi, j'affiche un sourire que je sais insupportable et mesquin. Celui qui fait rapidement sortir les gens hors de leurs gonds. Je suis toutefois un peu nerveux, mais ne le montrerai pour rien au monde.

Derrière son bureau, Edward Snow clique plusieurs fois sur la souris de son ordinateur puis reporte son attention sur moi. Je lui décoche un sourire poli et professionnel.

– Donc? Vous vouliez me voir, je suis là.

– Hum…

Le shérif jette un dernier coup d'œil impassible sur son écran avant de se procurer un bloc-notes dans un des tiroirs. Pointant son stylo sur la feuille, il commence en s'éclaircissant la voix:

– Bien! Voilà. Un nouvel élément nous a été divulgué sur une vieille affaire datant de douze ans. Une disparition, plus exactement.

– Oui. Et que puis-je pour vous?

Je me redresse sur mon siège pour prendre une position plus convenable.

– Une personne colporte certaines rumeurs au sujet de votre implication dans cette fâcheuse histoire.

D'une voix étranglée par la stupéfaction et la rage, je demande innocemment:

– Et puis-je savoir de quoi on m'accuse?

– Vous auriez fait des aveux concernant un meurtre.

Je prends un air outré et offusqué, alors que je ressens une vive angoisse.

– Et je peux savoir qui est la personne qui m'accuse de cela?

Le shérif passe outre cette demande et poursuit :

– Savez-vous ce qu'il est advenu de votre père, monsieur Robert Mc Garret?

– Beau-père.

– Votre beau-père, rectifie Edward Snow.

– Je n'en ai aucune idée, shérif. Je suis parti de Cornfield en 2004. Demandez plutôt à mon petit frère, lui qui est resté dans le coin toutes ces années.

– C'est ce que nous avons fait.

– D'accord… Donc ? Vous avez quelque chose contre moi ou je peux m'en aller ?

– Non. Si vous n'avez aucun aveu à faire sur la disparition de votre père, vous êtes libre, lance le shérif Snow en m'indiquant la sortie d'un geste de la main.

– Beau-père, fulminé-je en me levant, les poings serrés autour des accoudoirs.

Le shérif sourit fièrement et me scrute.

– Votre beau-père.

De retour à la maison, je suis soucieux. Lucas m'aurait-il fait ce coup de pute ?

Je jette le trousseau de clefs sur le petit meuble de l'entrée et gagne le salon. Cara est allongée sur le canapé, un livre à la main. Elle ne cille pas ni ne lève le bout du nez lorsque je la rejoins. Elle est tendue.

– De retour des courses, beauté ? dis-je joyeusement en me hissant au-dessus d'elle.

Je pose le menton sur le livre afin de l'interrompre dans sa lecture et de le lui faire lâcher.

– Tu étais où ?

L'intonation de Cara est sèche, son regard, sévère. Elle pose le livre sur la table basse.

– Waouh ! Bonjour l'accueil !

Je tente de l'embrasser mais arrête mon geste et la regarde, contrarié. Elle ne semble pas décidée à répondre à mon baiser.

Elle répète d'une voix plus douce :

– Tu étais où, Reed ?

Je me redresse pour me mettre à genoux, le corps de Cara entre mes jambes, et, d'un mouvement souple, je retire mon tee-shirt, puis retombe doucement sur elle.

Collant mes lèvres sur son cou, je murmure :

– J'ai envie de toi. Ça m'excite de te voir bouder.

– Je ne boude pas et réponds-moi, s'il te plaît.

– Chez les flics.

– Pourquoi ? me repousse-t-elle.

– Le shérif voulait me voir.

Je me soulève partiellement, pose mon front contre le sien.

– Pourquoi ?

Elle insiste. Je lui décoche un tendre sourire avant de déposer un baiser sur le bout de son nez.

– Il voulait me poser des questions sur la disparition de Robert.

– Quoi? Mais pourquoi? Que t'a-t-il dit? Il se doute de quelque chose? Ils ont des éléments nouveaux?

– Quelqu'un lui aurait dit quelque chose quant à mon implication.

Cara repose lourdement sa tête sur l'accoudoir et, d'une voix à peine audible, tire une conclusion:

– Lucas…

Je hausse les épaules et, parcourant son bras du bout des doigts, j'embrasse sa peau. Elle inspire profondément, perturbée.

– Tu l'as mis où… Enfin, son corps… juste après… Tu vois?

– Ne t'inquiète pas, ils ne le retrouveront pas.

– Si, je m'inquiète, Reed! Je ne veux pas… Je ne veux pas t'épouser en prison ou devoir t'apporter des oranges jusqu'à ce que tu sois amené dans le couloir de…

Sa crainte est bien trop difficile à formuler. J'émets un léger rire étouffé, puis je la rassure du mieux que je peux.

– Ça n'arrivera pas, d'accord, Cara? Cette affaire est enterrée avec lui depuis douze ans, et même s'ils faisaient des recherches, je doute qu'ils trouvent quoi que ce soit qui m'inculperait. Alors, ne prépare pas encore tes oranges, à moins que tu veuilles me faire un bon jus frais maintenant.

– Je me fais du souci, avoue-t-elle en relevant à nouveau la tête. Tout à l'heure, en parlant avec Jackson de Lucas, j'ai…

Elle plisse les paupières.

– Tu l'as encore revu? m'étranglé-je en me décalant pour croiser son regard fuyant. Et vous avez parlé de Lucas? Pourquoi?

– Je les ai vus tous les deux, Lucas et Jackson. Plus exactement, Jackson a pris ma défense contre Lucas…

Je me redresse d'un coup.

– Attends! Ils sont en contact? Et te défendre de quoi?

Je m'assieds, le regard sombre.

– C'est quoi cette histoire, Cara?

– S'il te plaît, ne te mets pas en colère.

– Explique-moi, Cara! Que voulait mon frère et que voulait l'autre ?… Et puis, que cherche-t-il en restant dans les parages? Qu'il retourne là d'où il vient!

– Lucas voulait simplement me mettre hors de moi avec ses remarques acerbes, rien de plus. Et ton père… Enfin… Jackson n'était pas là pour… toi, vous…

L'observant avec beaucoup d'intensité, je déloge une faille dans son expression.

– Qu'est-ce que tu ne me dis pas, Cara?

Elle soupire.

– Reed! Je t'en prie! Ce n'est pas à moi de te dire ce genre de chose. Parle avec ton père. Lui seul pourra te donner des explications. Pas moi.

Je me lève.

– Demain, à ton petit repas « retrouvailles », tu n'as tout de même pas invité Lucas?

– Non! Non, bien sûr que non.

– Très bien.

– Tu seras là? essaie-t-elle, emplie d'un nouvel espoir.

– Non.

– Pourquoi? s'emporte-t-elle alors que je me dirige vers la cuisine. Tu as besoin de savoir.

Secouant la tête, exaspéré, je me retourne vers elle.

– Facile! Dis-le-moi! Dis-moi tout ce que tu sais et que tu n'oses apparemment pas me dire. Ça a l'air si important. Alors, vas-y, lâche le morceau, bordel!

– Lucas est ton demi-frère! Vous n'avez pas le même père…

Sur cette réplique, je marque un arrêt.

– J'en ai entendu des conneries dans ma vie, mais là, c'est l'apothéose! C'est ce que l'autre enfoiré t'a mis dans la tête?

– Il y a des preuves! se défend-elle. Des tests de paternité dans les dossiers de mon père…

– Ah bon? Bah, vas-y, montre-les-moi.

– Ils sont vides. Lucas a dû les prendre lors des travaux.

Je m'esclaffe d'un rire froid.

– Évidemment!

Je secoue à nouveau la tête, dépité cette fois-ci. Je me passe les mains dans mes cheveux ébouriffés pour remettre de l'ordre dans mes épis. Mon regard se plante à nouveau sur Cara.

– Tu ne peux vraiment pas t'empêcher de fourrer ton nez partout?

– Tu es injuste. Je fais ça pour toi.

– Je n'en ai pas besoin. Quand est-ce que tu vas le comprendre?

Ma voix se fait tout à coup plus rude. Cara me rejoint. Je recule au moment où elle s'approche de moi et chuchote:

– Tu as besoin de parler avec ton père.

Clignant nerveusement des paupières, je porte ma main sur mon visage aux traits tirés. Je réfléchis un instant en la fixant.

– Cara, j'ai passé toute ma vie à penser que mon géniteur était mort. C'était une manière pour moi de combler le vide que je ressentais en moi. J'ai perdu mon père, bébé. J'ai ensuite perdu ma mère. Mon passé familial s'arrête là. Que mon frère soit mon demi-frère ou autre, je m'en fous. Il reste mon petit frère.

Elle fait un nouveau pas vers moi. Puis elle appose sa main droite sur mon torse qui se soulève par saccades. Je me laisse toucher, mais lorsqu'elle glisse ses doigts sur ma joue, je détourne la tête, me décale puis quitte la pièce.

– Où vas-tu? s'enquiert Cara, troublée.

– Prendre l'air. J'ai besoin d'être seul.

Je claque la porte et descends les marches du perron pour rejoindre ma Mustang.

78

Cara

Maggie Miller est une petite dame d'une cinquantaine d'années, mince et très soignée. Son visage reflète la gaieté et son regard pétille de douceur et d'amour, surtout lorsqu'elle pose ses yeux sur son mari et sa fille, Sarah. Après une étreinte chaleureuse avec Maggie, je reporte mon attention sur cette jeune adolescente d'environ treize ou quatorze ans. Ses cheveux à la couleur blé, ses joues rosies et ses grands yeux bleus identiques à ceux de son père et de son frère lui donnent un petit air de poupée Barbie.

– Cara, nous vous avons apporté une bouteille de vin et ce petit bouquet, indique Jackson en tendant les présents.

– Merci de nous recevoir, précise Maggie dans un sourire chaleureux.

– Avec plaisir, madame Miller.

– Oh ! Je t'en prie, appelle-moi Maggie, mon enfant.

– D'accord, Maggie. Allez vous installer au salon, je vais déposer le vin et le bouquet et apporter l'apéritif.

Maggie et Sarah s'exécutent aussitôt. Attristé, Jackson s'enquiert de l'absence de Reed.

– Il ne sera pas là, ce soir ?

J'ai bien tenté de le faire changer d'avis, mais ce fut peine perdue. Il est parti je ne sais où il y a une bonne heure. Évidemment, je m'en inquiète. Je lui ai envoyé un SMS auquel il a répondu par :

[Ne t'en fais pas pour moi.
Je suis un grand garçon.
Bonne soirée. Je t'aime. R.
PS : ne parlez pas trop de moi,
je déteste avoir les oreilles
qui sifflent.]

J'espère qu'il n'est pas allé rejoindre Lucas à la ferme. Cela pourrait très mal tourner encore une fois, surtout après les récentes nouvelles. Jackson m'a suivie dans la cuisine. Face à sa petite mine navrée, je lui avoue, gênée :

– Je suis vraiment désolée. J'ai vraiment essayé de le persuader, mais il est buté.

– Je comprends, Cara, ne t'en fais pas, je...

Sa phrase est interrompue par l'ouverture de la porte de la véranda. Une boîte en carton de la pâtisserie de Cornfield à la main, Reed pénètre dans la cuisine.

– Désolé pour mon retard, je suis allé chercher un gâteau, lâche ce dernier en se raclant la gorge, embarrassé.

Jackson et moi restons bouche bée. Ne prêtant aucune attention à son père, Reed s'avance vers moi et dépose un baiser sur mes cheveux avant de se diriger vers le frigo. Je lance un long regard déconcerté à Jackson avant que ce dernier, déboussolé, mais heureux, rejoigne sa femme et sa fille au salon sans s'imposer.

La porte du frigo grande ouverte, Reed installe la pâtisserie sur une étagère et reste un moment dans la même position. Je sais et vois qu'il prend sur lui et que cette situation le perturbe, le contrarie. Je m'approche et glisse ma main sur son dos. Il tressaute et se tend.

– Merci.

Il se tourne et plante un regard déroutant sur moi.

– Je le fais pour toi. Uniquement pour toi.

Je le remercie une nouvelle fois et l'embrasse avec force et amour.

Il m'avertit tout de même:

– Je ne suis pas certain de pouvoir tenir longtemps, Cara, je préfère te le dire.

Je hoche la tête et lui passe la main sur la joue.

– Tout ira bien, mon amour, tu as fait un pas de géant en changeant d'avis. Et si tu as besoin de t'éloigner, fais-le-moi comprendre et viens te réfugier ici. On trouvera une parade, d'accord?

À son tour, il hoche la tête et prend une profonde inspiration.

– Je t'aime, dis-je, un large sourire aux lèvres.

– Je t'aime.

– Tu es prêt?

Il acquiesce.

– Tu m'es désormais redevable d'une bonne baise torride et violente.

Ces paroles vont tout droit dans mon bas-ventre. Je rougis et frémis. Gloussant, je lève les yeux au ciel et me réjouis.

– Avec grand plaisir.

– Tu as bu?

Il empeste l'alcool. Je m'en soucie. D'un sourire benêt, il précise:

– Un chouia, pour me donner du courage. Mais ça ira, ne t'inquiète pas.

Je ne préfère pas relever. Ce n'est pas le moment.

Pénétrant main dans la main dans le salon, les trois paires d'yeux se tournent vers nous. Je passe outre la tension de Reed et, avec un sourire poli, je fais les présentations.

– Oh, mon Dieu! Quel beau jeune homme tu es, Reed! s'extasie Maggie en l'étreignant. Ravie de faire ta connaissance.

Reed lui rend une accolade qui se veut affectueuse, mais qui s'avère distante, puis reporte son attention sur la petite Sarah qui, la bouche entrouverte, papillonne des cils, totalement sous le charme. Elle semble en admiration devant lui. Elle en a même lâché son Smartphone, qu'elle pianotait constamment depuis leur arrivée. Ils se font la bise. Jackson se lève pour le saluer à son tour, lui tend la main, mais Reed l'évite, sans un regard, ni une parole. Jackson se rassied sans broncher. Il comprend.

Afin de détendre l'atmosphère électrique qui flotte dans la pièce, j'annonce:

– Place à l'apéritif! Je... Je reviens...

Reed m'empoigne le bras.

– Laisse, j'y vais.

– Tu es...

– J'y vais! dit-il d'une voix plus ferme.

Je n'insiste pas et m'excuse poliment.

– Nous revenons, je vais l'aider.

Dans la cuisine, Reed ouvre les placards à la recherche d'une assiette pour les biscuits apéritifs.

– Ça va aller, mon amour?

Il ne répond pas et fouille avec une telle ardeur dans le meuble qu'il fait tomber un plat au sol.

– Putain de merde! jure-t-il. Va chier! Bordel!

Le saladier en pyrex se brise sur le plancher. Le rouge au visage, les veines saillantes au niveau du cou, Reed fulmine encore et encore en se baissant pour ramasser les morceaux.

– Hé! Calme-toi.

Je m'approche pour l'aider. Relevant la tête, le regard assassin, prêt à s'en prendre à moi, il se ravise.

– Laisse-moi faire, dis-je en voyant la tension dans ses yeux.

Accroupi, il bascule en arrière et s'assied à même le sol.

– Tout va bien ? s'écrie Maggie.

– Oui, oui. C'est rien. Seulement du verre brisé, on arrive.

Je réponds le plus joyeusement possible. Ramenant ses genoux contre son torse et croisant ses bras au-dessus, Reed appose son front sur ses avant-bras. Il tente de se calmer. Mon cœur fait un raté en le voyant aussi brisé. Je me rends compte à quel point c'est dur pour lui d'être dans la même maison que son père. Le verre ramassé et balayé, je m'accroupis devant lui et lui passe la main dans les cheveux.

– Reed ? Tout ira bien. Si tu ne veux pas lui parler, ne lui parle pas, d'accord ? Si te tenir près de moi t'aide, fais-le. Si partir maintenant pour toi est plus facile, pars. Je ne t'en voudrai pas, d'accord ?

À cette dernière parole, il relève la tête pour planter des yeux larmoyants de colère dans les miens. Toutefois, son regard s'adoucit à la seconde où il les croise.

La respiration affolée, il inspire profondément et murmure :

– Je reste.

Je lui décoche un sourire radieux et me redresse en lui tendant la main.

– On y retourne ?

Il hoche doucement la tête.

De retour au salon, je fais le service : un whisky pour Reed et Jackson, un verre de vin blanc pour Maggie et moi, et un soda pour Sarah. Puis je regagne le fauteuil sur l'accoudoir duquel Reed a négligemment pris place, un bras étendu sur le haut du dossier.

– Alors Cara, que fais-tu dans la vie ? s'enquiert Maggie pour engager la conversation.

– J'ai un cabinet de décoration d'intérieur à New York. J'avais pris des congés pour pouvoir retaper librement la maison de mes parents, mais je pense arrêter pour me diriger dans un autre domaine. Je ne sais pas encore lequel, vu qu'ici, à Cornfield, le marché du travail est totalement différent.

– Et toi, Reed ? demande prudemment Jackson.

Resserrant ma main, Reed répond sèchement :

– Je me branle toute la journée.

– Il cherche du travail.

Je le reprends tandis que Sarah glousse et manque de s'étouffer avec sa gorgée de soda. L'ayant amusée, Reed croise le regard de Sarah et lui décoche un clin d'œil. Elle ricane davantage, puis replonge son nez sur son Smartphone. Jackson abandonne et s'enfonce dans le dossier du canapé.

J'essaie de rattraper le silence qui vient de s'installer.

– Et vous, Maggie ?

– Je suis infirmière à l'U.S.P d'Atlanta.

– Le centre pénitentiaire ? relevé-je. D'accord, ce ne doit pas être évident tous les jours.

– Effectivement. Mais c'est aussi l'endroit où j'ai rencontré mon mari lorsqu'il était en détention, explique Maggie en joignant sa main à celle de son époux.

– Ouais, papa a fait de la taule. C'est vraiment la honte au collège quand je dis ça, s'exclame Sarah en direction d'un Reed qui pâlit.

Maggie la gronde gentiment.

– Sarah ! Ton père n'y était pour rien.

– Ouais, bah, n'empêche que c'est la honte. Toi, Reed, au moins, t'as pas eu à vivre ça.

Je lève un œil craintif vers Reed. Comment va-t-il réagir à cette remarque ? Jackson toussote et Maggie la réprimande à nouveau.

– Oui, tu as raison, j'ai eu une enfance merveilleuse, loin d'un père inexistant ! lâche-t-il d'une voix pleine de reproches et faussement enthousiaste.

Il se lève.

– Je vais chercher d'autres glaçons.

Je me répète mentalement que cela pourrait se passer plus mal, que ce ne sont que quelques petits accrocs sans importance.

– Je suis navrée, m'excusé-je à nouveau, une fois Reed loin du salon.

– Nous comprenons, lance Jackson. Et toi, Sarah, évite ce genre de commentaire, je te prie. Tout ceci est difficile pour ton frère.

Reed apparaît dans l'encadrement. Nos quatre paires d'yeux se tournent vers lui. Pour la première fois de la soirée, il croise le regard de Jackson. Je crains le pire.

– Et tu crois que ce n'est pas difficile pour cette pauvre gamine qui, du jour au lendemain, apprend qu'elle a un frère de combien, seize, dix-sept ans de plus qu'elle, sorti de nulle part ? Si t'avais assumé tes conneries, on n'en serait pas là.

Tout le monde se tait jusqu'à ce que je bondisse de mon assise.

– Et si on passait à table?

– Cara, bordel! vocifère Reed. Ne détourne pas la conversation. Tu voulais que je lui parle, on va parler.

– Ne parle pas à ta fiancée de cette manière, s'interpose Jackson.

Lentement, Reed reporte à nouveau son regard noir sur son père, puis affiche son sourire méprisant. Je hais ce regard. Ça va vraiment mal finir.

– C'est un peu tard, non, pour m'inculquer les bonnes manières? ricane-t-il sans joie en s'avançant vers le canapé.

Jackson se lève pour l'affronter.

– Allons dehors nous expliquer, et laissons les femmes en dehors de ça, tu veux? C'est entre nous… fils.

– Ne m'appelle pas comme ça! Je ne suis plus ton fils. Je ne l'ai jamais été. Pourquoi t'es-tu barré?

– Sortons…

– Réponds!

L'index pointé sur Jackson, le visage tiré par la haine, Reed fait un pas de plus.

– Pourquoi t'es-tu barré sans Lucas et moi?

Maggie s'efforce d'apaiser l'ambiance.

– Calmez-vous.

– Vous, fermez-la! s'égosille Reed sans lâcher Jackson des yeux.

– Reed!

Je le fusille du regard.

– Ta mère me trompait avec Mc Garret, obtempère Jackson en levant les mains en signe de reddition.

– Et c'est une raison suffisante pour fuir et laisser deux gosses entre les mains d'un pédophile!

– Quoi? s'étrangle Jackson, les yeux révulsés. Je… je… Quoi? Non, je…

Sous le choc, il ne trouve plus ses mots. Maggie porte sa main à la bouche, horrifiée. Reed l'empoigne par le col de sa chemise et le pousse contre la cheminée, faisant tomber un cadre qui se brise sur le sol. Apeurée à l'idée que cela dégénère, je me précipite vers les deux hommes, mais Jackson tend un bras pour me signifier de ne pas m'en mêler. J'obéis et recule.

– Pourquoi. N'es-tu pas. Venu. Nous. Récupérer? crache-t-il chaque mot.

– Parce que j'ai été en détention pendant quinze ans.

– Pourquoi?

– Un complot contre moi. Je… j'étais innocent. Ils ont retrouvé un bon pactole de cocaïne dans mon coffre le jour où j'étais censé venir te récupérer pour t'emmener. J'aurais pu avoir ta garde…

– Et Lucas ? s'adoucit légèrement Reed.

– Lucas n'est pas mon fils.

Reed ferme les yeux un instant, assommé, déboussolé, il le lâche et fait un pas en arrière.

– Mon grand, je t'en supplie, crois-moi. Je ne t'ai jamais abandonné, je t'ai envoyé des lettres, j'ai tenté de t'avoir au téléphone, j'ai même essayé de te retrouver à ma sortie de prison, mais…

Reed lève une main pour le faire taire. Il en a assez entendu. Son visage se tord de douleur et d'écœurement. Il regarde tour à tour les personnes qui l'observent avec crainte et pitié, puis il s'arrête sur moi. Je réprime un haut-le-cœur. Le voir si mal est une torture. Que dois-je faire ? Me jeter dans ses bras pour le consoler et lui rendre la chose moins difficile ? L'ignorer et le laisser seul ? Je ne sais plus… Aucune de ces solutions ne me paraît assez puissante pour panser une plaie si profonde et ouverte depuis presque trente ans.

– Je vais vous laisser, articule doucement Reed.

Jackson prend aussitôt la parole.

– Non, c'est nous qui allons vous laisser.

– Non, non, insiste Reed. Cara a passé l'après-midi à vous préparer le repas, je vais y aller. Cela vaut mieux.

Il tourne les talons et murmure :

– Navré, Cara.

79

Reed

Le regard dans le vide et assis sur le capot de ma voiture, je contemple le paysage. Du haut de cette colline, j'ai une vue imprenable sur la bourgade de Cornfield, les champs et les fermes.

Je ne suis pas vraiment fumeur, mais, ce soir, j'ai sorti le vieux paquet de cigarettes de la boîte à gant. De temps en temps, cette drogue me détend, et là, j'en ai besoin, alors je l'allume et prends une bouffée, une longue bouffée.

La nuit est claire. Les lumières de la ville scintillent à mes pieds. Je me demande pourquoi je n'ai pas encore pensé à amener Cara ici. La vue est magnifique; elle lui plairait certainement.

Demain soir, peut-être?...

S'il y a encore un demain.

Comme toutes les femmes, elle aime le romantisme, et cette vue l'est. Enfin, je le suppose. Je ne l'ai pas beaucoup été, ces derniers temps.

L'ai-je déjà été?

Je souris à cette pensée.

Moi, romantique? Il ne manquerait plus que ça.

Je fixe la maison de Cara, illuminée au bas de la colline. J'ai une bonne vue d'ici. J'espère ne pas lui avoir gâché son repas. Elle y a mis tant d'enthousiasme et d'amour. Je la revois chantonner, remuer et danser au son du poste de radio tout en cuisinant. Elle était si radieuse cet après-midi. J'aime la voir heureuse. Mais mon essai, mon retour s'est avéré une très mauvaise idée. J'ai essayé, pour elle. Je me remémore l'expression dans son regard lorsque j'ai quitté le salon, ce soir. Elle avait l'air si triste, si dévasté. Je m'en veux, mais je n'y arrive pas.

J'ai entendu et écouté ce que mon géniteur avait à me dire. C'est fait. Mais j'ai besoin de temps, d'apaiser cette rage tapie au fond de moi. Un jour, je serai prêt, vraiment... Je le sens. Le bout du tunnel n'est pas si loin, j'entrevois la lumière. Je l'aperçois parce que Cara guide mon chemin. Ce chemin qui est encore long, mais pas infranchissable. J'y arriverai avec elle. C'est certain.

80

Cara

Affichant un sourire poli et toutefois navrée que cette soirée ne se soit pas passée comme je le souhaitais, je salue d'un signe de main la famille Miller qui s'éloigne sur le chemin.

Reed a fait un effort, il est venu. Pour moi, m'a-t-il dit. Cependant, mes espoirs ont été vains. C'était trop tôt. Comment ai-je pu croire qu'un simple repas aurait le pouvoir d'arranger une vie de désillusions, de manque, de souffrance et d'abandon. Je me rue sur mon téléphone et l'appelle. Il ne répond pas. Je lui envoie un SMS.

[Reviens vite, tu me manques.
La voie est libre, ils sont partis.
Je te prie de m'excuser. Je t'aime.
PS : Je vais me mettre au lit.
Je te dois un gros câlin,
alors dépêche-toi.]

Minuit. Je ne trouve pas le sommeil. Je m'inquiète. Il ne répond toujours pas. Je lui envoie un deuxième SMS.

[Où es-tu, mon amour?
Je suis au lit et j'ai froid.
Je te veux contre moi.
J'espère que tu vas bien?
Reviens vite.]

Je laisse tomber mon portable sur le matelas et rive mon regard au plafond. Pourquoi ne répond-il pas à mes appels et à mes SMS. Est-il si énervé? Suis-je allée trop loin?

Une demi-heure plus tard, je laisse un autre message, vocal cette fois :

« Reed, je suis vraiment désolée. Je ne voulais pas te faire de mal ou quoi que ce soit d'autre en invitant Jackson. Je sais que tu souffres. Je ne sais pas comment me faire pardonner, mais, s'il te plaît, reviens à la maison. Reviens. Tu me manques. J'ai envie de te prendre dans mes bras, de sentir ton odeur, ton corps, d'entendre ta voix, ton souffle… Reed. S'il te plaît… Je t'aime. »

Je raccroche, les larmes inondant mes yeux.

Ouvrant mes paupières lourdes de ne pas avoir beaucoup dormi, je m'étire. La lumière a envahi la chambre. Je glisse mon bras sur le drap. Un sanglot me remonte à la gorge. Il n'est pas rentré. Son côté est froid. Quelle heure est-il ?

08 : 43

Je me lève le cœur lourd et les larmes aux yeux et regarde mon téléphone. Rien. Aucun signe de vie. Après le petit déjeuner se limitant à un café tant mon estomac est noué et m'être douchée et habillée, je décide de me rendre à la ferme Hamilton.

Il y a peut-être passé la nuit.

09 : 35

Sur le porche, je sonne.

– Cara, me salue Meredith en entrebâillant à peine la porte. Que fais-tu là ?

Surprise de me retrouver face à elle, je reste un instant sans voix, puis mon inquiétude reprend.

– Salut Meredith. Dis-moi, Reed serait-il ici ?

– Non, désolée. Je ne l'ai pas vu depuis un bon moment.

– D'accord, merci.

Meredith s'efface pour refermer la porte. Ce qui me surprend. Je l'en empêche en arrêtant la porte de ma main.

– Ça va, Meredith ?

Le teint pâle, les cheveux en désordre et l'absence de maquillage de mon ancienne camarade d'école m'étonnent. Elle qui est toujours tirée à quatre épingles, d'ordinaire.

– Tout va bien.

Le peu d'enthousiasme dans sa voix me met la puce à l'oreille.

– Tu es certaine ? Où est Lucas ?

Meredith fait quelques pas à l'extérieur et referme doucement derrière elle. Les traits tirés, elle murmure :

– Cara, ne reste pas là, s'il te plaît. Évite Lucas, il est…

– Oh ! Mais qui voilà, s'exclame Lucas en apparaissant.

Meredith se renferme un peu plus, devient livide.

– Tu aurais vu ton frère ?

Je n'y vais pas par quatre chemins. La seule chose qui m'importe est Reed.

Lucas s'appuie contre un pylône du porche.

– Non, pas vu, désolé ! dit-il avec un large sourire aux lèvres avant de jeter un coup d'œil insistant à Meredith.

Cette dernière baisse les yeux.

– Quelques semaines ensemble et déjà tu le cherches ? Comme c'est ironique.

– Va te faire foutre, Lucas ! répliqué-je en tournant les talons.

J'abandonne. Il n'est visiblement pas ici.

– Cara ? On fête nos fiançailles chez les Dayle à midi. Tu es la bienvenue si tu le souhaites, s'écrie Lucas.

Je m'arrête, stupéfaite. Leurs fiançailles ? Je reporte mon regard sur ma main et scrute ma bague. Moi aussi, je devrais fêter les miennes. Je ravale ma déception et me tourne vers eux, puis observe Meredith qui regagne la maison. Quelque chose cloche. Elle n'est pas dans son état normal.

– Ce sera sans moi, Lucas.

Il descend les marches du porche en deux enjambées et me rejoint.

– Je conçois que tu sois bien plus préoccupée à retrouver mon lâche de frère. Mais ne gaspille pas trop d'énergie, la fuite est son passe-temps favori.

– Il reviendra.

– Tu devrais aller chercher du côté du Joey ou même du bar à putes. Qui sait ?

– Bonne journée, Lucas, soufflé-je avant de remonter dans ma voiture.

Je n'ai pas envie ni besoin d'entendre ses remarques. D'un regard menaçant, Lucas empoigne la portière de la voiture avant que je ne la referme.

– Ouvre les yeux, Cara. Cet homme t'entraînera dans sa chute. Il est néfaste, violent. Et c'est un violeur, un assassin. Tu le sais aussi bien que moi.

– Tu ne vaux guère mieux. Lâche la portière !

Il obtempère dans un rire puissant. Je démarre à la hâte et quitte cet endroit malsain.

09 : 55

Je me gare devant le Joey. De toute évidence, la voiture de Reed n'y est pas. Bon sang ! Que lui arrive-t-il ? Où est-il ? Il avait l'air si dévasté quand il a quitté la maison hier soir. Est-ce que sa dernière parole – navré, Cara – voulait dire qu'il me quittait pour de bon ? Non ! C'est impossible. Je ne veux pas y croire.

Heurtant l'appuie-tête, je réprime pour la millionième fois un sanglot. Je me sens si vide. J'inspecte mon portable pour la énième fois. Toujours aucun appel. Je compose un autre texto.

[Même si tu es en colère,
donne-moi au moins un signe
de vie. Je vais devenir folle.]

Résignée à ne pas avoir de réponse, je gagne le bar. La peur, l'angoisse me rongent. Je donnerais vraiment tout pour être dans ses bras à cet instant. Tout le monde m'indiffère. Je me sens comme dans une autre dimension. Tel un fantôme, personne pour me voir, personne pour me toucher. Mon ancre m'ayant quittée, je dérive sur un océan d'incertitude.

Comment en suis-je arrivée là ?

Je m'assieds au comptoir, au même endroit où, il y a un peu plus de deux mois, je flirtais avec lui sans m'en rendre réellement compte.

Je me souviens de ses mots, ce jour-là, après ma dispute avec Lucas :

« La différence entre moi et mon frère est que, quoi que tu décides de faire ou quel que soit l'endroit où tu décides d'aller, moi, je te suivrai… Alors, réfléchis-y. »

10 : 03

Je devrais partir du Joey. Indéniablement, Reed n'est pas là. J'ai demandé à la serveuse, mais personne ne semble l'avoir vu. Mon inquiétude se mue en culpabilité, puis en déception, puis de nouveau en inquiétude. Serait-il reparti sans moi dans son havre de paix dans les Green Mountains ? Et si c'était plus grave ? Non. Je me secoue mentalement pour ne pas penser à une chose aussi affreuse. Cela dit, il est tellement impulsif. Il aurait pu se bagarrer et…

Il faut que j'aille voir le shérif. Combien faut-il de jours pour pouvoir déclarer une personne disparue ? Je n'en ai aucune idée, mais tant pis. Je ne patienterai pas plusieurs jours.

– Mademoiselle Avery.

Je me tourne en portant ma bière aux lèvres, puis la repose rapidement sur le comptoir.

– Monsieur le maire.

– Aïe ! Une bière à dix heures du matin ?… Je peux ? poursuit-il en montrant le siège à mes côtés.

Matt Johnson est le maire de la petite bourgade depuis plus de dix ans. Élu très jeune, à trente ans, c'est un homme respectable. Il a amené jeunesse et activité dans cette petite ville qui vieillissait. Aujourd'hui, à quarante ans, rien n'a vraiment changé, à part peut-être qu'il est maintenant l'heureux père de deux enfants et marié à une femme infidèle avec sur les épaules un divorce imminent. C'est un bel homme, grand, le mètre quatre-vingt-dix, châtain clair, les yeux verts, l'Américain typique, originaire d'une famille irlandaise venue conquérir le Nouveau Monde au XIXe siècle pour fuir la grande famine.

– Allez-y, j'allais partir, m'excusé-je.

– Oh ! Non, navré, je ne veux pas vous faire fuir.

– Non, non. Ne vous inquiétez pas. Ce n'est pas votre faute.

– Vous allez au barbecue des Dayle ? demande-t-il pour reprendre une conversation moins formelle.

– Non. Je...

Je ne sais pas où je vais. Je devrais rentrer. Il est peut-être revenu à la maison ?

Je bois ma dernière gorgée de bière.

– Je... vous en paie une autre ?

Je grimace. Ce n'est pas dans mes habitudes de boire si tôt.

– Quelque chose de moins fort, peut-être ? Un café ? Et après, je vous laisse tranquille.

J'hésite. Et puis, après tout, autant me changer les idées.

– Une autre bière, merci.

– Je ne veux pas vous pousser à la consommation.

– Une bière, ça ira.

Il commande.

– Alors. Et vous ? Vous n'allez pas à la grande *barbecue party* ?

– Si. J'y vais, mais je ne suis pas pressé. Je n'aime pas arriver le premier.

La serveuse nous amène les boissons, ce qui crée un nouveau blanc.

– Mademoiselle Avery ?

– Cara.

– Cara, rectifie-t-il. Vous étiez bien avec Lucas Hamilton récemment ?

Je souris, gênée et affreusement mal à l'aise de l'avouer.

– Effectivement.

Il fait tourner les glaçons dans son verre de bourbon, puis insiste malgré mon embarras.

– Vous saviez pour lui et Meredith?

– Non. Je l'ai appris il y a à peine une demi-heure, tout au plus.

– Vous… hésite-t-il à nouveau en désignant ma main gauche ornée de ma bague de fiançailles. Vous êtes maintenant avec son frère, si je ne m'abuse.

– Les nouvelles vont vite par ici, mais oui.

Je reporte mon regard triste sur ma boisson.

– Enfin, je devrais l'être.

N'ayant pas envie de fondre en larmes devant le maire, je me reprends.

– Pourquoi toutes ces questions?

Il boit une autre lampée de son verre et le repose brusquement sur le comptoir.

– Pour être honnête, quelque chose me chiffonne.

– Quoi donc?

– Lucas et Meredith.

Lorsqu'il prononce le nom de cette dernière, un voile de tristesse lui trouble le regard. Je le remarque et m'interroge.

– Leurs fiançailles sont si soudaines et…

Il s'interrompt.

– Et?

– Désolé, je ne veux pas vous ennuyer avec cela.

Haussant les épaules, je lui souris avec courtoisie.

– Je trouve cela aussi très rapide, mais je pense être très mal placée pour dire quoi que ce soit.

Je ponctue ma phrase en agitant ma main gauche. Il me rend mon sourire et finit son verre d'une traite, sans commentaire. Mais son regard trahit son inquiétude.

– Vous devriez faire attention, Cara.

Je fronce les sourcils, un peu perdue quant à ce changement de comportement.

– Mon futur époux n'est pas quelqu'un de foncièrement méchant, même s'il le paraît.

– Je ne vous parle pas de votre futur époux, mais de Lucas.

Sur cet avertissement, le maire Johnson quitte son tabouret, prêt à partir.

– Pourquoi dites-vous ça?

– Il y a trois semaines, Meredith et moi, on a eu une… enfin, vous voyez? Une semaine après, Lucas et elle viennent me voir et convoquent le shérif pour nous faire un aveu sur un meurtre impliquant votre futur époux. Depuis, Meredith ne répond plus à mes appels, elle m'évite. Je l'ai croisée à la supérette l'autre jour, elle a fui. Elle n'est plus la même. Quelque chose cloche, Cara. Leurs fiançailles, maintenant… Vous comprenez?

Bouche bée, je reste confuse. Meredith serait impliquée? Apposant ses mains sur chacune de mes épaules, Johnson prend un air réellement soucieux.

– Ceci va vous paraître totalement insensé, mais j'ai grandi à Athens. À l'âge de treize ans, j'ai perdu ma sœur, une disparition, et… regardez.

Il recule et extirpe son portefeuille de la poche intérieure de sa veste, puis en sort une photo qu'il me tend.

– Vous voyez, là, c'est ma grande sœur. Elle avait vingt ans, mariée depuis peu avec…

– Mc Garret, m'étranglé-je.

Sous le choc, je fais un pas en arrière. La ressemblance avec Lucas est aussi frappante que celle de Reed avec Jackson.

– Mc Garret a été lavé de tout soupçon pour la disparition de ma sœur, mais je reste persuadé qu'il y est pour quelque chose. Je suis venu m'installer ici en retrouvant sa trace il y a douze ans. Mais il avait disparu lui aussi, et Lucas était comme par hasard atteint d'amnésie. Je m'inquiète pour Meredith. Elle a le même comportement qu'avait ma sœur à l'époque, avant sa disparition.

– Écoutez, monsieur Johnson, je… je ne peux pas vous aider. Lucas et moi avons grandi ensemble. Nous avons eu une brève relation, c'est vrai! J'ai l'impression qu'il n'est plus tout à fait le même, c'est vrai aussi. Mais je ne pense pas qu'il puisse faire de mal à Meredith. Vous vous inquiétez pour rien, j'en suis certaine.

Je lui rends la photo.

– Pourriez-vous demander à Reed de venir me voir?

La gorge serrée, j'esquisse un dernier sourire avant de partir.

– Si je le croise, oui.

81

Lucas

Dans le jardin de la maison des Dayle, minutieusement décoré pour l'occasion, les discussions vont bon train. Les enfants sautent et se baignent dans la piscine, sous l'œil vigilant de leurs parents qui boivent l'apéritif. Les hommes se sont approchés du barbecue, leur bière à la main. Les conversations sont centrées sur les derniers résultats sportifs. Leurs épouses, assises sur les bancs autour des tables, papotent de leurs bambins et de leurs maris.

– Besoin d'aide, Conrad ? lancé-je poliment.

M. Dayle a pris les commandes du barbecue. Tournant un steak de bœuf, il me tapote virilement l'épaule.

– Ça ira, mon grand. Le barbecue, c'est une affaire d'homme marié ! Ça t'arrivera bien plus vite que tu ne le penses. Profites-en, tant qu'il en est encore temps.

– Je vais aller m'occuper de ma future épouse, alors.

– Vas-y ! Mais ne faites pas le petit maintenant, pas avant de manger.

Conrad ponctue sa phrase par un clin d'œil complice.

– Promis !

Quittant Conrad, je me murmure à moi-même :

– Faudrait déjà avoir envie de la toucher, ta fille.

Je grimace et frissonne.

– Écœurant. Quoique… Un trou est un trou, non ?

En croisant Maddie Dayle portant deux saladiers, ma grimace se mue rapidement en un sourire guilleret.

– Maddie, avez-vous vu Meredith ?

– Elle est à la cuisine, elle coupe les quiches. Pourquoi, elle te manque déjà ?

– C'est exactement ça, belle-maman.

– Oh ! Petit charmeur ! File la retrouver et pas de cochonneries avant le repas, ironise-t-elle à son tour.

– Ne vous inquiétez pas, je sais me tenir.

Je ne pensais pas que ce serait si facile d'amadouer les Dayle, mais je suis comme un poisson dans l'eau ou, comme j'aime me le dire, un loup dans la bergerie. Les gens sont si naïfs, il suffit de leur accorder un minimum d'intérêt et un peu d'attention et ils te tombent dans les bras. Une petite remarque sur la coiffure de ces dames, des félicitations pour une augmentation ou l'achat de leur nouvelle voiture pour ces messieurs, et l'affaire est dans le sac. Pathétique !

– Je peux t'aider, chérie? chantonné-je en pénétrant dans la cuisine.

Meredith ne m'adresse pas le moindre regard et se contente de s'affairer en silence. Penchée sur l'îlot central, elle coupe de petits carrés de quiches au cheddar. Se postant derrière elle, je lui passe ses cheveux détachés sur une épaule. Elle se fige. Même si cela me déplaît, je dois me montrer affectueux, alors je lui effleure le cou de mes lèvres sans réellement la toucher et lui susurre :

– C'est vraiment dommage que tu ne sois pas bandante. J'aurais bien besoin d'un petit coup vite fait.

– Démerde-toi tout seul, me rembarre-t-elle.

Elle essaie de s'extirper, mais je la bloque et l'enserre par la taille, puis me frotte à elle.

– Il y a vraiment rien à faire, t'es pas bandante. Je n'ai même pas une petite érection. Rien. Le vide total.

Je la lâche. Elle se retourne et me menace de son couteau. Faussement offensé, j'écarquille les yeux un instant en scrutant la lame, puis bascule la tête en arrière et m'esclaffe d'un rire profond.

– Bordel, que tu es drôle.

– Ne me touche pas, connard.

D'un tour de main, je lui agrippe fermement le poignet et y enfonce avec force mon pouce pour qu'elle lâche prise. Le couteau tombe à terre lorsque la sonnette d'entrée retentit.

Je lui ordonne, le regard noir :

– Ramasse-le. Je vais ouvrir.

Elle s'exécute pendant que je me dirige vers la porte d'une démarche nonchalante en me recomposant un visage serein.

– Monsieur le maire. Bienvenue, allez-y, faites comme chez vous. Les festivités ont lieu dans le jardin.

Je m'efface pour le laisser entrer.

Tendu, Johnson gagne le salon et croise le regard de Meredith. Elle se statufie instantanément avant de détourner les yeux. Je remarque aussitôt cet échange peu anodin et lourd de sens.

– Meredith? s'enquiert Johnson en faisant un pas vers elle sous son œil vigilant.

Je percute.

– Non, ce n'est pas possible! Oh putain, la bonne blague! me moqué-je. Pas vous deux? Quand même! J'hallucine!

Mon euphorie passagère s'éteint brusquement et mon visage redevient instantanément impassible. Je me tourne vers Meredith et aboie:

– Ta mère te cherche depuis un moment déjà. Tu devrais peut-être aller la voir.

Baissant la tête, elle obéit.

– J'y vais.

Meredith partie, Johnson s'élance sur moi.

– À quoi vous jouez, Hamilton? Que lui faites-vous?

– Je ne vous savais pas aussi engagé envers vos employés municipaux. C'est la petite promotion canapé?

– Faites le malin. Mais vos fiançailles, je n'y crois pas une seconde.

Rassemblant toutes les pièces du puzzle, j'affiche un sourire insolent.

– Je suis certain que votre femme serait ravie de voir s'ajouter l'adultère au dossier de votre divorce, lui dis-je.

– Ce sont des menaces?

Je prends un air innocent et m'exprime avec une pointe de mépris dans la voix.

– Peut-être bien que oui, peut-être bien que non. À voir.

– Cela n'aura aucun effet vu qu'elle me trompait aussi.

– Vous savez, la justice a tendance à favoriser les mères de famille dans ce genre de cas, surtout si un témoignage bien ficelé est versé au dossier, ce qui serait terriblement dommageable si vous comptiez obtenir la garde de vos chères petites têtes blondes. Comment s'appellent-ils déjà?...

Avec force et hargne, Johnson me plaque contre le mur.

– Vous êtes aussi pourri que votre beau-père, ou devrais-je dire: votre père?

Levant les yeux au ciel, je papillonne des cils en inclinant la tête sur le côté, rêveur.

– Mon cher papounet, qu'il repose en paix.

D'un air condescendant, j'ajoute:

– Auprès de votre sœur, n'est-ce pas?

Johnson me lâche. Il voit rouge. S'il ne se contrôle pas maintenant, il va me pulvériser la tête contre le mur. Ce qui arrangerait mon cas, alors je continue dans la provocation.

– Quoi? Vous pensez être le seul à avoir mené vos petites recherches?

S'approchant pour lui remettre le col de sa chemise en place, d'un geste minutieux, je poursuis:

– De toute manière, ce sont toutes des salopes, vous ne croyez pas, monsieur le maire? Alors, pourquoi s'emporter pour si peu?

Ce dernier recule pour éviter mon contact.

– Vous êtes complètement fou.

– Merci infiniment pour le compliment, cela me touche.

– Allez au diable!

En écoutant la sonnette d'entrée retentir à nouveau, je raille:

– Je vais d'abord aller ouvrir la porte, si vous me le permettez.

82

Reed

Cara se gare devant la maison et me fixe, les yeux larmoyants. Assis sur les marches du perron, je l'attendais. Je suis revenu il y a peu. Les coudes sur les cuisses, les mains entrelacées et le menton calé dessus, je la regarde descendre de sa voiture. J'esquisse un demi-sourire paresseux. Elle s'avance doucement. Sans un mot, elle s'assied à mes côtés. Je pensais qu'elle allait m'insulter, m'en vouloir, mais non.

Je me penche vers elle pour lui donner une légère bourrade de l'épaule.

– Désolé d'avoir découché cette nuit.

– Tu étais où?

D'un geste du menton, je lui montre l'horizon.

– J'ai passé la nuit sur la colline dans ma voiture.

– Pourquoi?

– J'avais besoin de réfléchir...

– Je me suis inquiétée. Je devenais folle sans nouvelles, Reed! Et pourquoi n'as-tu pas répondu à mes messages? Pourquoi ne pas m'avoir envoyé ne serait-ce qu'un petit SMS pour me dire que tu avais besoin de réfléchir? J'aurais compris.

– Il n'y a pas de réseau là-haut.

Le regard suspicieux qu'elle me lance m'oblige à me justifier:

– Je te promets, Cara. Je t'y amènerai. Tu vérifieras par toi-même. Je me suis douté que tu chercherais à me joindre, mais j'en avais vraiment besoin. J'aurais eu tes messages, j'aurais accouru et cela n'aurait pas été une bonne chose.

– J'étais vraiment morte de trouille.

– Je me doute, Cara. J'aurais été furieux si tu m'avais fait ça.

– Et tu as réfléchi à quoi?

Je me redresse partiellement pour m'étirer le dos, puis je lui attrape la main et la serre fermement.

– Tu sais, lorsque j'ai été inconscient à l'hôpital, à New York. J'ai fait un rêve. Un rêve sublime. Physiquement, j'avais des fractures, des commotions, mais je crois que c'est la seule et unique fois où je me suis senti aussi bien. Dans mon rêve, nous étions mariés, nous vivions dans une belle et grande maison qui ressemblait un peu à celle-là. Tu travaillais pour une galerie d'art, si je me souviens bien, et moi, je ne sais plus trop, mais j'avais aussi un travail et nous avions un petit garçon, un magnifique fils de six ou sept ans qui avait ton sourire, ton visage, mais la couleur de mes yeux, il s'appelait...

– Noah, lâche tout à coup Cara, émerveillée.

Surpris, je la jauge du regard.

– Comment sais-tu ça?

Elle entrelace ses doigts aux miens et m'explique:

– Parce que je t'ai raconté cette histoire quand tu étais dans le coma. Je voulais que tu te raccroches à quelque chose, alors je nous ai inventé une vie. Je te savais amoureux de moi, alors je me suis dit pourquoi ne pas tenter?

J'émets un léger rire en secouant la tête.

– J'aurais pu m'en douter.

– Comment ça? Tu étais inconscient. Tu ne pouvais pas t'en douter.

– Parce que cela ne me ressemble pas, Cara. Je ne suis pas comme ça, à me faire des plans sur une vie parfaite, romantique et...

– Et quoi? Tu viens de me dire que tu ne t'étais jamais senti aussi bien que dans ce rêve?

– J'ai peur, Cara. J'ai peur de ne jamais être à la hauteur. Si je ne change pas. Je ne suis qu'une brute égoïste et sans avenir. Je ne peux rien t'amener de bon dans ta vie.

– Arrête de dire ça. C'est faux!

– J'aimerais pouvoir stabiliser ma vie.

– Tu y arriveras. Je t'ai fait la promesse de t'y aider.

Craignant qu'elle s'éloigne de moi, je lui passe le bras autour des épaules et la contrains à un câlin. Elle enfouit sa tête au creux de mon cou et ferme les yeux, un instant.

– J'ai besoin de régler mes soucis avec mon teigneux de petit frère, de renouer avec celui qui se dit mon père.

Surprise, Cara relève la tête pour planter des yeux déconcertés dans les miens.

– C'est vrai? Tu veux vraiment essayer ?

– Oui, et je compte bien y arriver, mon amour, dis-je en lui décochant un sourire timide. En même temps, je vais me trouver un travail ou, du moins, chercher un local...

– Un local?

– Ouais, j'ai toujours rêvé d'avoir mon propre bar.

– C'est une excellente idée ! Et si tu as besoin d'argent, tu…

– Non, Cara, je vais me débrouiller seul, cette fois-ci, faire des emprunts honnêtes.

– Tu peux m'emprunter et me rembourser comme avec une banque, c'est la même chose, sauf que les taux d'intérêt seront versés en nature, glousse-t-elle.

Je ricane en resserrant mon étreinte, puis dépose un baiser sur son front.

– Va pour les taux d'intérêt en nature, alors.

– Et nous deux ? hésite-t-elle.

– On ne change rien. Enfin, si tu le veux toujours, mon amour.

– Attention, Reed ! Deux petits surnoms mielleux en l'espace de cinq minutes, tu deviens romantique.

– Moi ? Romantique ? Ne rêve pas, princesse.

Dans un élan, je la bascule en arrière pour l'allonger sur les planches du porche.

Agenouillé sur l'avant-dernière marche, je l'enjambe et me mets au-dessus d'elle. Elle s'esclaffe lorsque je la chatouille.

– Tu comptes me faire l'amour devant la maison ?

– Mmm, ne me tente pas.

– Je te dois une bonne baise violente de toute façon, ricane-t-elle.

– Et je compte bien en abuser.

Elle me passe les mains sous mon tee-shirt et me caresse le dos. Je frémis instantanément.

– Je t'aime, Reed.

– De même.

– Hé ! se vexe-t-elle. Dis-le-moi.

Je l'embrasse.

– Je viens de te le dire.

– Non.

– Si.

Elle grogne et affiche sa petite mine boudeuse.

– Ah ! Enfin ! Tu boudes. Ce n'est pas trop tôt. J'adore quand tu boudes.

Je plonge mes lèvres au creux de son cou et le lui couvre de baisers.

– Je t'aime.

Elle sourit, victorieuse. Cessant tout contact, je me redresse.

– Au fait ! J'allais oublier, je voulais te montrer quelque chose.

Glissant une main dans la poche arrière de mon jean, j'en sors la feuille pliée en quatre. Je me rassieds à ses côtés et la lui tends. Elle adopte la même posture et s'en saisit, quelque peu intriguée.

– Tu m'as écrit une lettre d'amour ?

– Tu aurais aimé une lettre d'amour?

– Sincèrement, j'aurais été tellement surprise que j'en serais morte, terrassée par une crise cardiaque, raille-t-elle dans un rire vif et clair.

Légèrement froissé, je lui envoie une faible bourrade du coude dans les côtes.

– Vas-y, fous-toi de moi.

Puis, je lui précise plus sérieusement:

– Je ne t'ai jamais dit ce que j'avais mis dans la boîte. C'était ça. Ouvre-la. Et je t'interdis de te moquer de mes talents de portraitiste, j'avais quinze ans.

Impatiente et vivement curieuse, elle la déplie et découvre le portrait de nous trois, adolescents, dessiné et signé de ma main.

83

Lucas

Sifflotant, je me dirige vers la porte d'entrée et accueille la famille Logan, puis les invite à se joindre aux autres invités dans le jardin.

– Ton connard de frère est là ? crache Barry Logan d'une voix bourrue.

– Sois tranquille, il n'est pas présent.

Je lorgne sa sœur et la salue d'une voix de velours.

– Melinda.

Les yeux pétillants et d'un sourire timide, elle me salue à son tour. Je les accompagne sans prêter plus aucune attention au maire, Johnson.

Sur le seuil des baies vitrées, je tape dans mes mains et, tel un grand orateur, je déclare :

– Je vois que tout le monde est présent. Commençons les festivités ! Meredith, chérie, apporte-moi une bière que je trinque à notre future union.

Elle s'exécute et, lorsqu'elle revient, je l'enlace fermement, puis, un sourire ravi aux lèvres, je lève ma bière en direction des convives qui ont arrêté leurs discussions pour nous honorer.

– À nos fiançailles ! m'écrié-je avant de déposer un lourd baiser sur le front de Meredith qui peine à sourire et à retenir son dégoût.

Les applaudissements et les cris jaillissent. Plissant les paupières pour donner plus d'impact à ce baiser, je lui murmure :

– Mets-y du tien ou j'ajoute le maire à ma petite liste.

Meredith sourit plus largement. Je rouvre les yeux et mon regard croise, un bref instant, celui de Melinda.

– C'est mieux, susurré-je en lui frottant le dos.

Passant d'un invité à l'autre, nous recevons les félicitations, et la petite fête commence. Conrad Dayle allume la sono et les conversations reprennent de plus belle.

Discutant avec Meredith, son frère Barry et moi, Melinda s'excuse. Je comprends le signal.

Elle gagne l'intérieur et croise Maddie Dayle, puis lui demande poliment :

– Pardonnez-moi, mais où se trouvent les toilettes ?

Trouvant enfin l'occasion de m'échapper de ces futiles conversations, je me dirige à l'étage. Melinda s'est sauvée en vitesse et j'ai envie de son corps. Depuis ma rencontre avec elle, elle a été l'exutoire à cette hargne tapie au fond de moi. Elle a, de plus, toujours su me soutenir et m'aider. Le sexe n'est pas quelque chose de vital pour moi, mais le plaisir charnel me libère l'esprit, et j'en ai sacrément besoin après ma petite comédie devant le public le plus niais que j'ai jamais connu.

Je frappe à la porte de la salle de bains, espérant qu'elle s'y trouve.

– Entrez, résonne sa voix.

J'ouvre et me retrouve face à elle.

Refermant la porte du pied, je prends son visage en coupe et lui donne un baiser fougueux.

– Doucement, me réprimande-t-elle. On va se faire choper.

Doucement? Je ne connais pas.

Puis ce baiser me transporte dans un désir bien trop frénétique. Je suis fichu, il faut que je la possède, ici et maintenant. Tant pis.

Je gémis:

– Je n'en peux plus. Ton corps me manque.

Ses doigts froids viennent m'agripper les cheveux, les tirent en arrière pour me forcer à relever le visage.

– C'est bientôt fini, mon amour. Ton plan est un succès.

Évidemment! Mon plan est un succès! J'ai passé tant d'années à le peaufiner. Douze ans, en somme.

***

Août 2015

Allongé, nu, dans l'herbe, aux côtés de Melinda, je lui caresse tendrement la joue.

– Tu m'as manqué.

– Je ne suis partie qu'une petite semaine à New York.

– Je sais, mais c'était long. Bon, comment cela s'est passé, tout est OK?

– Oui. Il a accepté les deux cent mille dollars, comme convenu.

Je cherche son regard, inquiet. Histoire de me rassurer.

– Il va le faire, n'est-ce pas?

– Oui. Sa famille est dans une sacrée merde. Et, comme promis, je l'ai appâté avec les deux cent mille autres qui l'attendent une fois l'accident provoqué, et qui seront remis à sa femme en liquide.

– Tu lui as bien précisé qu'ils devaient à tout prix y rester?

Elle se redresse, appose son bras sur mon torse et entortille son doigt dans mes poils.

– Ne t'inquiète pas, j'ai été convaincante. Les parents de Cara mourront demain d'un accident de voiture, comme prévu.

– Ta copine de New York a repris contact avec elle?

– Oui. Nous serons avertis de ses moindres déplacements. Elle s'occupe aussi de ton frère.

– Parfait!

– Ton plan est sans faille, alors ne t'inquiète pas, d'accord? me rassure-t-elle. Refais-moi l'amour, Lucas. Oublie cette histoire. Cara et ton frère seront bientôt de retour à Cornfield. Comme prévu.

84

Lucas

Qu'est-ce qui pouvait pousser mon frère à revenir dans ce trou perdu?

Cara.

Qu'est-ce qui pouvait attirer Cara à Cornfield?

Une seule chose: la maison de son enfance à l'abandon.

Par quel moyen?

Provoquer le décès de ses parents. Elle hériterait de cette demeure et ferait tout pour ne pas laisser crouler cette bâtisse qui fut, pour cette famille, le cadre d'un bonheur aussi étriqué que pitoyable.

Je suis plutôt fier de moi. Cela a été simple, un jeu d'enfant, à vrai dire. Il suffisait de s'entourer des bonnes personnes. Et Melinda en fait partie. Grâce à elle, j'ai pu retrouver la trace de Cara et, une chose en amenant une autre, nous avons pu produire cet effet papillon, telle une œuvre orchestrée par les plus grands artistes de cette terre.

– Fais-moi l'amour, me susurre-t-elle.

Elle enfouit ses mains sous ma chemise. Ce contact, j'en ai plus qu'envie. Je l'attrape par les cuisses, la porte jusqu'aux lavabos, puis l'y dépose. À elle maintenant d'obéir docilement à mes ordres. Je lui ôte en vitesse les vêtements qui font barrière à notre union, enfile un préservatif et la pilonne sans plus attendre jusqu'à la jouissance. Je n'avais plus baisé depuis New York, et il faut convenir que cela a le mérite d'évacuer le surplus d'adrénaline.

Enfin prêt pour rendosser mon personnage auprès des convives de Madison et Conrad Dayle, je me rends au rez-de-chaussée. Je dois d'ailleurs garder un œil vigilant sur Meredith. Je viens de comprendre qu'elle nourrit une relation intime avec le maire, Matt Johnson. J'étais loin de me l'imaginer. Dans certaines équations, il y a des failles, et celle-ci est béante. Bien que mon intention soit de la combler au plus vite, j'ai d'autres chats à fouetter pour l'instant.

En sortant dans le jardin, je tombe justement nez à nez avec l'insignifiant prétendant de Meredith. Quelle coïncidence! Allons-nous repartir dans nos passionnantes joutes verbales? D'avance, je m'en frotte les mains et, d'humeur joueuse, je le provoque délibérément.

Alors que je passe à sa hauteur, je le heurte de mon épaule et m'excuse aussitôt :

– Désolé, je ne vous avais pas vu. Vous êtes tellement transparent, ces derniers temps. Auriez-vous un quelconque souci ?

Le regard qu'il me lance pourrait tuer un troupeau d'éléphants tant il est hostile. Cela dit, cette réaction m'émoustille.

– S'il s'avère que tu es aussi taré que ton père, j'ai effectivement un problème. Et d'ailleurs, tous, ici, ont du souci à se faire.

Vas-y, mon coco, perds patience. Je n'attends que ça.

– Tout de suite la tragédie !

J'agite mes doigts et frissonne pour mimer la terreur dans son côté grotesque. Remarquant du coin de l'œil l'arrivée de Conrad Dayle, je change radicalement d'attitude, me colle immédiatement ce sourire débonnaire de brave garçon bien éduqué aux lèvres et tapote l'épaule du maire.

– Vous prendrez bien une bière, monsieur le maire ?

– Tu peux te la mettre où je pense, ta bière, rétorque-t-il, les dents serrées, en s'éloignant.

Outré d'avoir entendu les paroles de Johnson, Conrad s'enquiert :

– Tout va bien, fiston ?

– Oui. Notre cher et tendre maire semble un peu tendu, ces derniers jours.

– Effectivement, il n'a pas l'air dans son assiette.

– Trop de pression à la mairie, probablement. Sa fonction exige tant d'investissement personnel.

Je me réjouis. Persuader les Dayle de mon intégrité et de ma bienveillance est une partie de plaisir. Ces gens ne sont que de minables pions si aisément malléables. Ils sont tellement crédules. Ils sont si merveilleusement bien encroûtés, à l'abri dans leur cage dorée et dans leur cocon tissé de niaiseries, qu'ils sont inaptes à ne fût-ce qu'imaginer les sombres projets qui se trament sous leur nez. L'amour et la bonté humaine sont pour eux une évidence, un devoir. Ils y aspirent et l'exsudent jusqu'à la nausée. Ils sont tout bonnement incapables d'envisager l'être humain dans sa complexité. Je l'ai compris depuis ma plus tendre enfance, car j'ai moi-même été élevé par un homme de ma trempe.

Le commun des mortels réfléchit, mais n'est pas foutu de voir plus loin que le bout de son nez, alors que moi, je suis prodigieusement conscient de ce qui m'entoure. L'amour et la bonté ne sont qu'une ineptie destinée à asservir une société d'imbéciles. Je ne cherche plus ma place dans ce monde, je l'ai trouvée et j'irai au bout de mes désirs, jusqu'à mon but : mon frère...

En attendant, il faut impérativement que je fasse bonne figure, que je me crée ma propre armée de bons petits soldats prêts à tout pour moi, jusqu'à m'ériger au-dessus des lois. Et Meredith est mon premier atout. Grâce à la fille unique des personnes les plus appréciées de cette bourgade, je passe déjà au rang supérieur en me fiançant avec elle. Le jeune fermier renfermé et benêt qui a perdu la mémoire lors d'un épouvantable drame familial est en passe de devenir ce à quoi il a toujours aspiré : une personnalité importante.

Et, cerise sur le gâteau, aujourd'hui, on m'apporte sur un plateau d'argent un redoutable moyen de pression sur le maire en la personne de Meredith, encore elle. Alors, je vais me faire un malin plaisir à pulvériser ce merdeux, et peut-être même à lui subtiliser son siège et son écharpe, un jour, qui sait ? Mais, restons patients et, en attendant, que la fête continue !...

– Meredith, viens dans mes bras, mon sucre d'orge ! On va faire une petite photo de famille avec tes parents.

85

Cara

Cher journal,

Il y a un an, j'étais une jeune femme comme toutes les autres. Enfin… du moins, une jeune femme droite et loin de tout désordre émotionnel. Je vivais dans un cocon de sérénité et d'amour, de légèreté et d'insouciance. J'ai eu une enfance que je qualifierais de merveilleuse. Des parents aimants. Un cadre de vie splendide, entouré d'une nature flamboyante et d'un calme olympien. Puis, nous avons déménagé pour nous rendre dans la grande ville, New York. Du haut de mes onze ans, j'avais peur. Je m'imaginais des tas de choses. Je pensais que ma vie ne serait plus jamais la même. L'inconnu effraie, c'est bien connu. Je devais quitter mes fondations, extraire mes racines sans savoir si elles reprendraient dans un sol inconnu et vaguement menaçant à mes yeux. Je devais aussi renoncer à mes deux amis, Lucas et Reed, mes compagnons d'aventure, mes deux petits gars, « mes potes ». Ils partageaient mes rêves, mes doutes, mes envies et, à cette époque, ils étaient mon seul horizon.

Finalement, je n'étais pas si éloignée de la vérité…

J'ai grandi et, peu à peu, je les ai oubliés pour vivre de nouvelles expériences avec de nouvelles personnes, dans une nouvelle maison et une nouvelle école. Ont suivi les premiers flirts de l'adolescence, ma première fois, mon premier chagrin d'amour… J'ai fait la fête jusqu'à l'ivresse durant de nombreuses soirées universitaires. J'ai entamé ma vie d'adulte dans le confort rassurant d'une belle cage dorée. Puis ce drame. L'enfer m'est tombé dessus. Un événement que je n'avais pas envisagé. Du moins, pas tout de suite. Je me sentais immunisée et à mille lieues de ce genre d'incident. J'avais le temps. Oui ! Nous avions encore tant de choses à vivre ensemble.

Pourquoi me les avoir arrachés si tôt ? Pourquoi me dépouiller de mes parents si brutalement ?

J'avais encore tant besoin de me confier à ma mère et d'écouter ses si précieux conseils. J'avais encore le droit de rire avec mon père et de l'admirer dans toute sa splendeur et sa puissance. Il devait être à mon bras le jour de mon mariage. Ce jour qui ne tardera maintenant plus à arriver, mais où son absence consumera une partie de mon bonheur. Un chauffard, un camionneur inattentif, m'a volé mes parents, ma famille. Il les a fauchés de plein fouet avec son semi-remorque. Il a grillé un feu rouge. Lui s'en est sorti indemne ; moi, à jamais amputée d'une partie de moi-même.

Bien que je sois forte et que j'arrive, aujourd'hui, à vivre avec ce vide, ils me manquent. Mais je dois vivre, et, au-delà, prolonger leur existence à travers la mienne. Puis, comme un cadeau de la providence, ma seconde famille m'a été rendue. Mes deux petits mecs, mes camarades, Reed et Lucas, sont à nouveau à mes côtés. J'ai eu des désillusions quant à Lucas et ai été agréablement surprise par Reed. Lucas, je l'avais mis sur un piédestal quand j'étais gosse et j'ai continué sur ma lancée lors de nos retrouvailles. Je suis donc sortie avec lui. Je lui ai donné ma confiance et mon amour. Cependant, j'ai commis l'impardonnable sous ses yeux, et je m'en veux. Ceci dit, il s'est comporté comme le dernier des enfoirés. Ce n'est plus le Lucas que j'ai connu. Non ! Je ne le comprends plus et il est devenu une énigme indéchiffrable pour moi.

Assise sur le rebord de la fenêtre de mon ancienne chambre de petite fille, je mordille mon crayon sur cette dernière réflexion.

Je m'interroge. Que fait-il avec Meredith ? Lui qui m'a assuré l'avoir toujours détestée, même lors de leur flirt au lycée. Son revirement est incompréhensible. Et, à bien y réfléchir, il agit de cette manière depuis… Depuis quand, en fait ? Depuis New York ? Non, bien avant. Il a eu des réactions étranges qui m'ont quelque peu effrayée, mais là, c'est à n'y rien comprendre.

C'est sûrement le gène Mc Garret. Mon Dieu, non ! Pourvu qu'il n'ait pas hérité de ses tares ! Sur cette horrible pensée, je rive mon regard sur le dessin posé à mes côtés, celui qu'a esquissé Reed il y a des années déjà. Ce croquis nous représentant tous les trois, souriants et complices. Que nous est-il arrivé pour que nous soyons si différents aujourd'hui ?

Lucas est devenu aigre et abject, Reed, violent et instable, et moi, si triste et désabusée, alors qu'autrefois Lucas respirait la joie de vivre, Reed était aussi doux qu'un agneau, et moi, j'incarnais la vitalité et l'enthousiasme.

Cette constatation m'afflige.

– Car' ? retentit la voix de Reed.

Plongée dans le fil de mes pensées, je sursaute.

– Tu fais quoi ? me demande-t-il en s'adossant au chambranle.

– Rien de bien important. J'écrivais sur mon vieux carnet.

– Tu tiens un journal?

Il quitte sa place, puis se dirige lentement vers moi. Seigneur! Que j'aime cet homme, sa démarche légèrement arquée, sa voix gutturale et surtout ses yeux d'un bleu lagon intense et étincelants de tendresse. Il n'a pas dormi de la nuit. Il l'a passée dans sa voiture à faire le point sur sa vie, sur nous et sur ses projets. Du coup, il a une petite mine, et son air hirsute le rend d'autant plus sexy. Son regard luit de fatigue. Ses cheveux sont en bataille, et il ne s'est pas rasé depuis plusieurs jours. Il est vêtu de son vieux jean délavé et d'un tee-shirt blanc épousant parfaitement son torse et ses bras musclés. L'observer est un régal.

Je lui réponds:

– Non. J'avais juste besoin d'évacuer certaines choses par écrit.

Il incline la tête et me jauge, soucieux, puis s'assied sur le rebord du petit lit, en face de moi.

– Et je dois m'inquiéter?

– Absolument pas, mon cœur. Pourquoi dis-tu ça?

Je n'aime pas qu'il s'inquiète, alors je repose mon cahier pour lui tendre ma main qu'il attrape tandis que nous échangeons un sourire.

– Évacuer certaines choses?

– Oh! Rien de grave, je t'assure!

Je change de conversation, refusant de l'alarmer avec mes doutes à propos de Lucas.

– Tu n'as pas réussi à t'endormir?

– Non.

Il me prend par le bras pour m'attirer contre lui. Je me laisse emporter. Il s'allonge sur le matelas et m'enlace. Ma tête contre son torse, je hume à pleins poumons ce parfum qui lui est propre et qui me fait instinctivement chavirer.

– Je n'avais pas mon doudou contre moi, raille-t-il ensuite.

– Je n'ai pas envie de faire la sieste.

– Je sais. Tant pis pour moi, je ne dormirai pas.

– Qu'est-ce que tu veux faire? demandé-je en apposant mon menton contre lui.

Il relève la tête pour me regarder, et son sourire en coin parle pour lui.

– Faire l'amour, j'ai compris, réponds-je à sa place, exaspérée.

Il part dans un vif éclat de rire communicatif. Gloussant à mon tour, je le chatouille, mais il me bloque les bras. Il a horreur de cela.

– Je te parle de cet après-midi, obsédé !

– Ah ! Bah, fallait préciser…

Je secoue la tête en levant les yeux au ciel.

– Non, sérieusement, reprend-il, tu ne voulais pas que je monte les étagères dans la salle de bains ?

– Si. Tu veux bien ?

– Ouaip !

Afin d'accéder à son visage, je me hisse le long de son torse et viens claquer un rapide baiser sur ses lèvres, puis il se dégage de sous mon corps déjà assoiffé de son contact et, avant de passer la porte, il se retourne. La main dans ses cheveux, il semble tout à coup gêné.

– Dis-moi ? Je sais que tu n'aimes pas aborder ce sujet, mais la chambre de tes parents, tu comptes en faire un musée ?

Effectivement, ce sujet me dérange. Je ne sais pas pourquoi cela m'est aussi pénible de rentrer dans leur ancienne chambre, mais j'ai l'étrange sensation que leur présence est encore en ce lieu. C'était leur antre, leur nid d'amour, et affronter ce sentiment m'est encore insupportable. Cela dit, j'ai pris la décision d'avancer main dans la main avec l'homme de ma vie, alors pourquoi ne pas précisément commencer par cette épreuve ?

Je bondis du lit. Sans un mot, je l'attrape par le bras et l'emmène dans le couloir. Devant la porte, je prends une grande inspiration. Il faut que je passe ce cap. Il faut vraiment que j'aille de l'avant. Ce matin, Reed m'a fait part de son envie d'évoluer dans ses relations avec son père et dans ses projets. Donc, avec cet acte volontaire, je l'encouragerais peut-être à mettre à exécution ses bonnes résolutions. Et puis, comment le soutenir si je ne me montre pas moi-même de taille à dépasser mes craintes ?

Je trouve la force d'ouvrir et fais quelques pas hésitants.

– Ça va aller ? s'inquiète-t-il.

– Oui. Il est temps pour moi d'avancer. Reed ! Tu fais preuve d'un grand courage et de beaucoup de volonté depuis que nous sommes ensemble. Tu fais sans cesse des efforts, et je les remarque. Alors, à mon tour de surmonter mes peurs et de faire preuve de volonté. Cette chambre deviendra la nôtre. Alors, oui ! Nous allons la repeindre, l'adapter à nos goûts, changer la déco. Il va aussi falloir qu'on organise un déménagement pour récupérer mes meubles à New York. Et tu voudras sûrement aussi prendre tes affaires dans ton studio de Brooklyn, non ?

Je reprends mon souffle. J'ai débité toute ma tirade d'une seule traite pour ne pas faire machine arrière.

– Oui… Pourquoi pas, hésite-t-il à son tour. Tu es donc bien décidée à vivre ici et ne plus retourner à New York?

Hochant la tête et évitant de regarder autour de moi, je l'enlace avant de préciser:

– Oui. Je veux vivre ici, avec toi. Je veux continuer à faire naître de merveilleux souvenirs dans cette maison. Je ne veux pas retourner dans la jungle de New York parce que je veux que nos enfants aient une vie paisible, loin du chaos de la vie citadine.

– Nos enfants? me coupe-t-il, crispé. Euh… Tu en veux combien?

Face à son air décontenancé, je ricane:

– Beaucoup! Je veux que tu me mettes enceinte à chaque fois qu'on fera l'amour.

– Oh! Euh… Doucement, ma belle, sinon va falloir investir dans plusieurs autobus. Et sûrement s'offrir un hôtel ou un village de vacances, raille-t-il à son tour. Ou alors que j'arrête de te faire l'amour. (Il fait mine de réfléchir à ce choix.) Hum… Va pour les autobus et le village de vacances.

Avançant, il me contraint à reculer vers le lit et rajoute, avec son petit sourire charmeur, celui que j'aime tant, celui qui fait ressortir ses belles fossettes:

– Et nous allons commencer à repeupler l'école de Cornfield dès maintenant.

Mes mollets cognent contre le sommier et, retenue par ses bras, je bascule en arrière dans un éclat de rire.

86

Reed

Je suis comme je suis. On m'accepte ainsi ou pas du tout. Le ressenti des gens m'importait peu jusqu'à récemment. Je vivais au jour le jour, à cent à l'heure. Ma vie n'a jamais été rose, avec son cortège d'embûches, de drames, de débauche. Pourtant, je dois vivre avec. Aujourd'hui, je veux me racheter. Je suis désormais guidé par ma fiancée, ma future épouse, Cara. L'unique amour de ma vie. Celle qui a le pouvoir de me rendre ma pureté, mon honneur et mon bonheur. La tenir dans mes bras, la sentir contre moi, humer le parfum fruité de sa peau et lui faire l'amour avec cette douceur dont je me croyais incapable sont des dons du ciel.

J'ai passé des jours, des nuits à rêver de son corps, de sa présence, et maintenant qu'elle est enfin à mes côtés, je ne suis pas prêt à la lâcher. Je lui ai fait des promesses et tente de les tenir. Le chemin est encore long, j'en suis conscient, mais avec elle, tout est possible. Elle tient ma vie entre ses mains. Elle est ma force autant que ma faiblesse, et même si je suis encore en train de me chercher, je suis en proie à l'espoir qu'un jour je trouverai cette lumière à laquelle j'aspire.

Ces derniers temps n'ont pas été de tout repos pour nous. J'ai appris que mon père biologique était toujours en vie. Enfant, je le pensais mort. Du moins, je l'imaginais comme un de ces héros de guerre tombés au combat. C'était ridicule, je le sais, mais cette conclusion expliquait qu'il m'abandonne entre les mains d'un pédophile. Elle me donnait la force nécessaire pour survivre. Les choses ne seront pas simples, mais il va me falloir apprendre à pardonner à ce père bel et bien vivant et de retour dans ma vie.

Récemment, j'ai aussi appris que Lucas n'était en fait que mon demi-frère. Cette nouvelle ne fait aucune différence pour moi, mais il est peut-être le fils de l'homme qui m'a pris mon âme d'enfant, mon adolescence. L'homme que j'ai assassiné. Je vais devoir m'y faire, et surtout le surveiller de près.

Le temps où je fuyais mes responsabilités est désormais terminé.

Ceci dit, la pose des étagères dans la salle de bains est loin d'être finie, donc, au lieu de réfléchir, je ferais bien de m'y remettre.

Je maudis Cara d'avoir acheté ces bouts de bois *made in China*. Le plan de montage n'est pas en anglais, mais en mandarin. Je connais quelques sinogrammes pour avoir été au service du maître de la triade chinoise new-yorkaise, mais je n'ai que les bases. Si, au moins, c'était du français. Je le maîtrise bien davantage pour l'avoir appris afin d'approcher et de séduire l'épouse d'un politicien français. Là aussi pour le compte de San Do.

– Reed?

Cara apparaît dans l'encadrement, la bouche en cœur, en agitant un prospectus.

– Mon amour? dis-je en lui jetant un rapide coup d'œil.

Elle s'avance, me passe le papier sous le nez et minaude:

– Samedi prochain...

– Hum, prononcé-je, concentré sur ma dernière vis.

Je vois venir le coup à dix bornes.

– 4 juillet, continue-t-elle sur le même ton dégoulinant de séduction.

– Alors, la question est: quelle est la date de la fête nationale?

Ahurie, elle laisse retomber son bras.

– Quoi?

– Ah, mais... Tu ne jouais pas au Jeopardy? raillé-je.

– Reed! (Elle me fait ses gros yeux.) Regarde le prospectus, au moins.

– J'en ai assez vu. C'est plein de rouge, de blanc et de bleu et la réponse est non, je n'ai pas envie d'y aller.

– Rhô, sérieux, t'abuses! Faire la fête nous fera du bien, un peu.

Je fais mine de réfléchir en faisant tournoyer le tournevis entre mes doigts.

– Et la réponse est toujours non!

Grimaçant, elle tourne les talons et hausse les épaules.

– Tant pis! J'irai toute seule... vêtue de ma robe la plus sexy, ajoute-t-elle dans le couloir.

La peste!

Je grogne et laisse tomber mon outil dans le lavabo pour aller la rejoindre.

– Ne joue pas avec ma jalousie, Cara!

– Sinon quoi? dit-elle en interrompant sa marche.

Elle tourne son visage vers moi et agrippe la rampe des escaliers, puis adopte une position aguicheuse: la poitrine en avant et le dos arqué dans le but de faire remonter ses délicieuses petites fesses rebondies, puis elle se mord la lèvre pour, je suppose, tenter de réprimer son envie de rire.

– Sinon, je vais te faire passer un sale quart d'heure.

– Un quart d'heure? Seulement? se plaint-elle.

Mi-dépité et mi-amusé par sa repartie, j'affaisse les épaules en secouant la tête.

– Que vais-je faire de toi? Tu es devenue pire que moi.

Elle quitte sa place pour jeter ses bras autour de mon cou.

– Emmène-moi au bal du 4 Juillet, s'il te plaît.

Je lui enserre les poignets et la pousse contre le mur puis, me collant contre son appétissant et minuscule corps, je lui passe les mains par-dessus la tête.

Frôlant ses lèvres de ma bouche, j'abdique.

– Tu as gagné, petite teigne!

– Merci, mon cœur.

Elle m'embrasse et je suis aussitôt dépossédé de tout bon sens.

87

Lucas

Cornfield, 4 juillet 2013

J'attends patiemment à la caisse de la supérette et me perds dans le fil de mes pensées. Je suis obsédé par la question de savoir si ce Jackson Miller est vraiment mon père, mais quelque chose cloche. Rosie Shepherd m'a fait le récit de ce qu'elle savait à son sujet, et je me suis renseigné sur cet homme après son unique visite à la ferme. Il est venu pour Reed, et non pour moi, ce qui m'a mis la puce à l'oreille.

En 2004, Jackson Miller est sorti de prison. Incarcéré pour trafic de drogue, il a été libéré pour bonne conduite. Il vit aujourd'hui dans une charmante petite maison d'un paisible quartier résidentiel d'Atlanta. Marié, il est dorénavant l'heureux père d'une adorable petite fille prénommée Sarah. Je passe mes journées entières à observer ses moindres faits et gestes, assis dans ma voiture devant ce pavillon de banlieue qui me donne la nausée. Les parents de Cara, mon amie d'enfance, ont été très proches de Jackson et de ma mère. Le pasteur et sa femme Rosie bien moins. Je suis persuadé que je trouverai des réponses à New York auprès des Avery, mais je dois me cantonner au plan initial mis au point pour retrouver mon frère aîné.

– C'était tout simplement merveilleux, puis Cameron… Cameron, quoi ! piaille une jeune fille entourée de ses trois copines derrière moi.

– Mon Dieu ! Mais quelle chance !

– Et alors ? Ce Cameron… Explique !

– Le New-Yorkais par excellence, jubile-t-elle d'une voix stridente. Beau, cultivé, et, qui plus est, riche !

À l'énonciation de New York, je tends une oreille plus attentive. Telle une coïncidence, cette jeune fille revient d'une semaine de vacances passée à la métropole. Là où mon amie d'enfance vit désormais. Là où les amis de mes parents vivent. Là où, sûrement, je devrais trouver des réponses à mes questions. Et, comme un pressentiment, là où Reed doit sûrement se trouver.

– Et ton oncle n'a rien vu ?

Elle ricane.

– Mon oncle a toujours le nez sur son ordinateur. Il ne voit jamais rien de toute façon. À chaque congé, c'est le même cirque.

– Et tu vas y retourner dans l'été?

– Évidemment!

Il est temps pour moi d'intervenir. Je ne peux pas laisser passer cette occasion en or. Alors, j'affiche mon sourire mielleux et me retourne pour jeter un œil enjôleur à la vacancière qui tombe à pic. Mon mouvement créé un blanc entre les copines. Je dois agir tout en finesse. Je me replace donc face à la caisse et perçois leurs messes basses. La jeune vacancière, âgée tout au plus de vingt ans, blonde et plutôt agréable à regarder, se décale et se met dans mon champ de vision.

J'en profite pour croiser son regard et lui propose poliment:

– Passez devant moi, mademoiselle, vous n'avez pas grand-chose.

Les quatre amies se lancent de lourds regards pleins de sens, charmées par ma galanterie. Cela dit, je n'ai d'yeux que pour une seule.

– Merci, disent-elles à l'unisson.

Mon caddie rempli et bien en main, je me pousse pour les laisser passer sans jamais quitter ma cible des yeux. Je sens la tension, le feu dans son regard. J'intensifie ma gestuelle et mes mimiques de séduction. Je me passe une main dans les cheveux et lui décoche un discret clin d'œil. Le corps de cette jeune femme est une toile de langage gestuel. Je m'amuse à le décrypter, comme un traducteur chevronné. J'aime cela et jubile déjà face à mon idée de génie et à mon tout nouveau plan.

Une fois mon passage en caisse effectué, je me presse pour retrouver la jeune fille qui semble m'attendre devant la supérette en discutant avec ses amies, assises sur le banc à côté du manège pour enfants.

– Je m'appelle Melinda Logan, se présente-t-elle lorsque je me joins à elles. Je suis la petite sœur de Barry. Il doit avoir ton âge…

Arf, je ne pouvais pas mieux tomber. Les Logan ne sont pas réputés pour avoir inventé l'eau tiède.

– Le *quarterback* des Oaks de Cornfield?

– Oui. C'est ça. Enfin, maintenant, il est pompiste chez le vieux Bill.

Ma surprise m'en fait oublier mes bonnes manières. Je me hâte de me présenter.

– Lucas, Lucas Hamilton.

– Oh, euh, Hamilton? De la ferme Hamilton?

– Hum… Ouais. Je ne savais pas que ma maison était connue dans le coin, dis-je, intrigué.

– Simples rumeurs…

Des rumeurs?

J'écarquille les yeux.

– Rumeurs?

– Oui. Il y aurait eu des disparitions étranges il y a quelques années. Beaucoup de jeunes en ville racontent cette histoire flippante. C'est un peu une légende urbaine. Une mère cinglée décédée, un père alcoolique, deux fils un peu louches et solitaires, et... (Elle se rend compte de son énormité quand l'une de ses copines restées en retrait lui envoie un coup de coude dans le bras.) Oh! Désolée. Tu es forcément l'un d'eux. Vraiment navrée, j'ai tendance à parler plus qu'il ne faut, sans réfléchir.

Malgré la bourde qu'elle vient de commettre, je souris avec mon amabilité coutumière, quoique je vinsse à en douter, au vu de ce qu'elle vient de raconter. « Louche » n'est pas le terme auquel j'aurais pensé pour me décrire.

– Ne t'inquiète pas. C'est de l'histoire ancienne.

Gênée, elle me rend mon sourire et je m'enquiers:

– Tu viens au bal du 4 Juillet ce soir?

– Oui. Et toi?

Je vois à son regard brillant qu'elle espère m'y retrouver, et que ce n'est pas dans l'unique but de papoter de rumeurs ou d'autres commérages de quartier.

– Oui. On se voit ce soir, alors?

– Super, sautille-t-elle, enthousiaste.

– Super!

Ce soir-là, j'apprends que son oncle est un petit génie de l'informatique et que Melinda va être ma toute nouvelle meilleure amie.

***

Ce n'est pas ma journée. Je dois me rendre à l'évidence, je n'ai pas de chance. Les techniciens pyrotechnie sont en retard, rien n'a été installé pour le feu d'artifice de ce soir et le camion qui doit livrer les fûts de bière est bloqué sur la Route 9 à cause d'un foutu accident!

Je regarde ma montre. Il est seize heures.

– Magnifique! grogné-je encore.

Cette fichue place de président du comité des fêtes aura ma peau.

– Putain, et qui a mis ça ici?

Je soulève le banc placé au milieu du passage pour rejoindre la buvette et le pose cinq mètres plus loin.

– Salut beau gosse !

– Mel, ce n'est pas le moment.

Melinda se poste devant moi pour me barrer le chemin.

– Houla ! Monsieur est grognon, qu'est-ce qui ne va pas ?

– Rien ! Rien ne va, ils vont me rendre fou.

Elle ricane.

– Tu l'es déjà.

Je ne fais pas attention à sa remarque et observe Meredith, concentrée sur le tri des guirlandes.

– Qu'est-ce que tu veux ? On ne doit pas se parler en public, je te rappelle.

– Ça fait trois ans aujourd'hui.

De quoi me parle-t-elle ? Je suis perdu, là.

Je l'interroge du regard.

– Nous deux.

– Désolé, j'ai oublié les bougies et le gâteau, dis-je, agacé.

Trois ans, dix ans, vingt ans… Qu'est-ce que j'en ai à foutre ?

– Abruti, souffle-t-elle, vexée, en tournant les talons.

Si je n'avais pas à me comporter comme le veut la bienséance, je l'aurais déjà étranglée, celle-là.

Elle revient sur ses pas.

– Tu as tiré ton coup dimanche dernier chez les Dayle, et ça y est, tu me zappes ?

– Mets-la en sourdine, Mel, tu veux ?

– Vivement que ce soit fini parce que j'en ai ras le bol.

Remarquant que tous les yeux sont rivés sur nous, je souris et reprends mon sang-froid pour paraître serein.

– Oui, bah, en attendant, tu tiens tes distances et tu te la fermes, d'accord ?

– Je ne tiendrai plus longtemps, Lucas.

Je fais claquer mes mains devant moi en mimant l'enthousiasme.

– Mel, casse-toi, on nous regarde !

– La fin de l'été. Pas davantage, me menace-t-elle en partant pour de bon, cette fois-ci.

Bon sang, que les femmes sont pénibles !

En parlant de femme, je me dirige vers Meredith assise à l'ombre d'un arbre, sur un banc, le nez plongé dans un carton.

– Tu veux de l'aide, beauté ?

Elle redresse son visage et scrute les alentours.

– Tes mots doux, tu te les gardes !

Je m'assieds à ses côtés.

– J'essaie simplement d'être gentil.

– Évite ! Ça ne te va pas au teint.

Frottant mes mains contre mon jean, je soupire et me fais craquer la nuque avant de railler :

– Ne sois pas si désagréable, je ne veux que ton bonheur.

– Va te faire voir ! m'insulte-t-elle en se levant.

Je la rattrape par le poignet et la contrains à se rasseoir. Puis, me penchant sur elle, je lui murmure sèchement à l'oreille :

– D'une, tu ne me parles pas sur ce ton. De deux, dois-je te rappeler que tes actes ont une conséquence sur le bien-être de tes parents, et de trois, que tu n'es qu'une pauvre fille sans le moindre intérêt, une vulgaire merde, une paillasse sur laquelle on se torche les pieds sans y prêter attention.

Plantant mon regard sur la voiture du maire Johnson qui se gare en face de nous, j'ajoute :

– Et dois-je te rappeler aussi que le maire a maintenant rejoint ma petite liste de victimes potentielles ?

– Ce ne sont que des menaces, Lucas !

– Qui ont, je te le rappelle, coûté la vie à Kitty.

– Ce n'était qu'un chat, dit-elle avec une délectable pointe de souffrance dans la voix.

Là, elle me gonfle sérieusement ! Dois-je sortir mon atout ? Oui. Je crois que c'est le moment.

– Et les parents de Cara. (Je secoue mes mains en l'air.) Surprise !

Stupéfaite ou peut-être horrifiée, elle croise enfin mon regard.

– Quoi ? Tu… Tu n'es pas sérieux ?

– Oups ! C'est moi qui ai fait ça ? raillé-je, en référence au personnage Steve Urkel de la sitcom *Family Matters*.

Je vois dans son regard la terreur s'emparer de son être. Elle hésite à me croire. Elle espère encore que je suis en train de plaisanter, mais la chute en sera d'autant plus vertigineuse, car, comme tout le monde ici, elle ne me connaît pas. Elle comme les autres me considéreront bientôt avec le respect qui m'est dû.

88

Cara

Les lumières puis les sons des diverses fusées multicolores explosent dans le ciel étoilé. Émerveillée par la splendeur du spectacle, je repose l'arrière de ma tête contre l'épaule ferme et rassurante de mon homme qui resserre ses bras autour de moi, puis appose un lourd baiser sur mes cheveux. Un court instant, je ferme les yeux en m'extasiant de sa tendresse, puis les rouvre lorsque le bouquet final éclate haut dans le ciel. Même si, pour rien au monde, je n'échangerais ma place, je bouillonne intérieurement. Je suis excitée comme une puce à l'idée de faire la fête ce soir. Je bougeais d'ailleurs tellement que Reed s'est vu obligé de m'étreindre afin de me maîtriser. Lui, d'apparence si calme, ne supporte pas quand je gigote comme une gamine surexcitée.

Le spectacle achevé, la foule autour de nous applaudit et s'éparpille ici et là sur la place des Commémorations. J'en profite pour pivoter dans ses bras et croise son regard sombre, puis lui demande :

– On va boire une bière ?

Il ne me répond pas et hausse les épaules.

– Arrête de faire ta tête de pioche ! dis-je.

Il ne voulait pas venir. Il a essayé de m'en dissuader toute la semaine.

Durant ses années de dérive, il a eu son lot de beuveries et je peux comprendre qu'il veuille de la tranquillité. Pour ma part, j'ai encore besoin de m'amuser.

– Je ne fais pas ma tête de pioche, mademoiselle ! Je fais acte de présence.

– Fais-le avec le sourire, au moins.

Aussitôt, il me décoche un sourire surfait que je trouve à la fois ridicule et craquant.

Il ne me le dit pas, mais je pense qu'il est tendu à l'idée que son père se joigne à nous dans la soirée. Il m'a promis de faire preuve de bonne volonté. J'imagine que cela ne doit pas être facile pour lui. Surtout après la catastrophe qu'a été ma tentative de repas familial, la semaine dernière.

Tandis que l'orchestre commence à jouer, nous nous tournons pour observer leur performance.

– Ce ne serait pas Meredith, là-bas, adossée à l'arbre ? demandé-je.

Il étrécit les yeux pour mieux voir au travers des faisceaux lumineux des spots balayant nos visages.

– On dirait bien, grimace-t-il. Mais alors, elle a une de ces dégaines, ça fait peur.

– Ça ne te dérange pas si je te laisse cinq minutes pour aller parler avec elle?

Je me hisse sur la pointe des pieds et dépose un bref baiser sur ses lèvres.

– Non, vas-y! Je vais en profiter pour mettre la main sur mon frère.

– Lucas?

Perplexe, il rétorque:

– Euh... oui. Je n'en ai pas non plus cent mille, des frères! À moins que tu saches des choses que je ne sais pas?

– Non, non. Et pourquoi veux-tu lui parler?

Ma question est indiscrète, cela ne me regarde pas, mais je n'aime pas les savoir ensemble en ce moment. Reed finit toujours par s'énerver et frapper sur quelqu'un ou quelque chose la minute d'après.

Agacé par mon insistance, il râle et me claque les fesses d'une main.

– File de là et laisse-moi parler tranquillement avec mon frère!

– Tu me promets de ne pas t'éne...

– File tout de suite, Cara!

– Je...

Je me tais au moment où il me fusille du regard et bats en retraite. Il faut que j'apprenne à lui faire confiance.

Me faufilant dans la foule, je ne quitte pas des yeux mon objectif: Meredith. J'aimerais reprendre la discussion que nous avons eue l'autre fois au sujet de sa mise en garde contre Lucas. Je la trouve changée. Oui, Meredith est différente depuis quelques jours. Elle se néglige et cela ne lui ressemble absolument pas.

Après quelques pas, je suis interrompue par une silhouette longiligne et massive, sortie de nulle part. Me barrant la route, Lucas me toise, puis se pare d'un large sourire narquois.

– Cara! Quelle bonne surprise!

– Lucas...

D'un pas chassé, je me décale afin de l'éviter, mais il fait de même pour me barrer le passage. Agacée, en renonçant, j'affaisse les épaules et relève les yeux vers lui.

– Que veux-tu, Lucas?

Il rit.

– Rien.

– Alors, laisse-moi passer.

– Non !

– Tu…

– Lucas ! intervient Reed d'une voix sévère. Fiche-lui la paix.

Lucas part dans un rire cinglant.

– Tiens ! Le petit toutou à sa mémère !

Outch ! Il ne va pas aimer.

– Ta gueule ! riposte Reed en s'avançant, le regard rageur.

– Ah ! Ah ! Comme c'est facile de te mettre en rogne.

– Du calme, les garçons ! m'écrié-je en m'immisçant entre eux.

Nous allons encore nous donner en spectacle. Reed reporte son attention sur moi, puis m'agrippe par la taille, me soulève et me dépose un mètre plus loin. Hébétée, je ne réagis pas.

– Un instant, princesse, me lâche-t-il d'un ton plus doux.

– Reed…

Je n'ai pas le temps de l'intercepter. L'inévitable survient. De son corps tendu et, d'un mouvement fluide et précis, il envoie son poing contre la mâchoire de son frère. Sur le coup, Lucas recule et chancelle, étourdi. La stupeur s'installe autour de nous et un attroupement se forme. Les curieux chuchotent et attendent la riposte. Recourbé, Lucas se passe le revers de la main sur sa lèvre mordue sous la violence du choc et fixe Reed avec une telle rage que mon sang se fige.

Que dois-je faire ? J'en ai ras le bol de leur lutte incessante, de leur colère, de leur haine. Est-ce ma faute ? Est-ce moi la raison de leur querelle ? Je n'en peux plus.

– Arrêtez ! hurlé-je si fort que ma voix se brise.

Mon cri crée un blanc dans le brouhaha environnant. Lucas se redresse et me toise avant de river à nouveau ses yeux sur son aîné.

– Ça va mieux ? le nargue-t-il, esquissant un sourire railleur et mimant des uppercuts. Allez, frangin, fous-m'en une autre. Défoule-toi ! Montre-nous ta vraie nature.

Reed peste, à deux doigts de reproduire le même geste. Je ne supporte pas qu'il agisse ainsi, mais, devant les provocations de Lucas, comment peut-il faire autrement ? Agacé, il n'a pas le verbe pour y répondre. Il n'a d'autre option que ses poings pour le réduire au silence. Je panique.

Dois-je à nouveau m'interposer?

– Ne me tente pas, Lucas! réplique Reed d'un ton défiant.

Je prie pour que quelque chose ou quelqu'un vienne à ma rescousse. J'agrippe le bras de Reed et perçois toute sa tension.

– Qu'est-ce qu'il se passe ici?

Se frayant un passage entre les badauds, le maire Johnson apparaît.

Détaillant Lucas et Reed chacun à leur tour, il leur lance un regard austère, puis fixe son attention sur Lucas. Je connais sa méfiance envers ce dernier. Il me l'a exposée lors de notre conversation au Joey en me montrant une photo de sa sœur subitement disparue et de Robert Mc Garret à l'époque où ils étaient apparemment ensemble. Mais il y a autre chose. Matt Johnson semble épris de Meredith. Il a des doutes. Lucas pourrait être une réplique de son père. Je le connais. Je connais son passé et, malgré des agissements intrigants, que dire? Il n'a jamais rien fait de grave, contrairement à Reed. Et moi non plus, je ne peux en dire autant. J'ai tout de même couché avec son frère sous ses yeux. Je comprends sa peine et sa hargne. Je ne me serais sûrement jamais relevée d'une telle trahison.

– Monsieur le maire! grogne Lucas, visiblement irrité qu'il prenne part à leur altercation.

– Hamilton! Ce soir, nous participons tous à une fête qui se veut conviviale, et la bonne humeur est de mise. En tant que président du comité, vous devriez en être davantage conscient qu'un autre, et si vous montrer agréable et détendu vous pose un problème, je vous prie de rentrer chez vous, immédiatement.

– Je ne faisais que passer, dit-il la bouche en cœur et levant les mains au ciel.

L'expression de Lucas me perturbe; il respire la fausseté. Je n'arrive pas à comprendre. Il rive à nouveau ses yeux, cette fois-ci sournois, sur son frère et finit par tourner les talons en riant comme un fou. Je le suis du regard, intriguée.

– Cara, vous allez bien? s'enquiert Johnson.

– Oui, oui. Tout va bien, monsieur le maire, je vous remercie.

– Appelez-moi Matt, je vous prie.

J'acquiesce poliment.

Le maire a l'air d'avoir un bon fond et inspire confiance. Cela dit, je reporte mon attention sur mon homme qui, comme je le prévoyais, s'est encore emporté. Il secoue ses doigts et grimace de douleur.

– Jolie droite, Hamilton, le complimente Matt en lui tendant la main.

Reed s'en saisit et ils échangent une poigne virile et courtoise.

– Je vous laisse, poursuit-il. La soirée risque d'être mouvementée, comme à chaque fois. Bonne soirée.

– Merci. De même, le salué-je.

Je m'enquiers ensuite en enlaçant Reed :

– Ça va?

Il hoche la tête puis, d'une voix aigre et suraiguë, il répète les mots du maire:

– *« Cara, vous allez bien? », « Appelez-moi Matt »*. Bah voyons! Et puis quoi encore? Il ne veut pas ton numéro de portable, aussi, par hasard?

– Reed!

Reculant le buste, je le sonde:

– Tu me piques une crise de jalousie?

– Moi? s'offusque-t-il. Jaloux? De ce type? Jamais de la vie! Ce n'est pas sa taille avoisinant le mètre quatre-vingt-dix et sa belle petite gueule à la Paul Walker qui vont me faire peur. Je suis bien plus sexy et beau gosse que ce mec.

Je glousse, lève les yeux au ciel et appose ma tête contre son torse. Mon Dieu! Mon homme est la modestie incarnée!

Puis il est tellement touchant avec ses crises de jalousie. Ce que je ressens pour lui dépasse la normalité, je m'en rends compte un peu plus chaque jour. Cet homme aux multiples blessures et au caractère brut et affranchi est à moi. Fiancée à lui, j'éprouve une vive fierté et aurais tendance à le crier sur tous les toits. Particulièrement lorsque les sempiternels regards avides et aguicheurs d'autres femmes se posent sur lui pour le dévorer. Hier soir, j'ai passé des heures au téléphone avec Jenyfer à lui expliquer la situation. Le manque d'engouement de mon amie, au départ, m'a un peu vexée, mais, en y mettant davantage les formes, je suis arrivée à la faire changer d'avis quant à cette relation plus qu'improbable. Enfin, du moins, je l'espère, car je souhaite qu'elle soit ma demoiselle d'honneur.

– Meredith a disparu, remarqué-je en observant l'arbre auquel elle était adossée.

– Pourquoi cherches-tu tant à lui parler?

– Elle n'est plus elle-même, je trouve. Puis, elle et Lucas, je n'y crois pas.

– Je te rappelle qu'elle a eu ce qu'elle voulait. Alors, laisse tomber, elle est assez grande, non?

Il ponctue sa phrase par un baiser furtif.

– Oui, je sais bien, mais de là à se fiancer si…

Si… quoi ? Je n'arrive pas à trouver le bon mot.

– Si rapidement? finit-il à ma place.

– Oui.

Reed s'empresse d'attraper mon bras gauche, me le fait lever et, de son index, il tapote ma bague de fiançailles.

Rieur, il s'exclame :

– Dit celle qui a accepté de m'épouser au bout de cinq jours, je te rappelle !

Arf ! Effectivement, vu sous cet angle…

– Oui, mais nous, c'est… différent, renchéris-je avec toute la mauvaise foi du monde.

Évidemment, nous sommes différents. Nous nous aimons d'un amour immuable, et cela n'est pas donné à tout le monde au bout de quelques semaines.

89

Reed

Je ricane. J'étais effrayé par le fait que Cara ne m'aime pas autant que moi. Je peux l'aimer, mais lorsqu'elle me répond ce genre de chose, cela me réconforte.

Je ferme les yeux et resserre mes bras autour d'elle. En plongeant mon visage dans ses cheveux, je prends une minute pour profiter de cette étreinte, puis relève mon visage afin de scruter ce qui nous entoure. Placé sur une estrade au centre de la place, l'orchestre enchaîne les tubes. Les danseurs, essentiellement des adolescents, ont investi la piste. Les discussions au comptoir bourdonnent comme un essaim d'abeilles. Les cris et les rires résonnent en une cacophonie discordante. Je ne voulais pas me joindre aux festivités, mais j'ai cédé face à l'insistance de ma petite teigne. L'idée de regarder le feu d'artifice du haut de la colline, seuls sur le capot de ma voiture, Cara dans mes bras, me paraissait bien plus sympa. D'autant plus que nous aurions sûrement fait l'amour une fois le spectacle fini, peut-être même pendant… ou les deux, qui sait? Mais non, me voilà au milieu de personnes qui sont pour la plupart des inconnus, à devoir jouer les statues après avoir frappé mon frère. Je souhaitais juste lui parler. Je veux mettre la main sur le test de paternité dont m'a parlé Cara. Je n'ai aucun doute quant à la véracité de cette histoire, mais le voir de mes propres yeux m'aiderait sûrement à avaler la pilule.

– À quoi penses-tu? me demande Cara.

D'un sourire enjôleur, je raille en déformant la vérité:

– J'étais en train de chercher un endroit discret, non loin d'ici, où je pourrais te faire l'amour.

Basculant la tête en arrière, elle éclate d'un rire profond.

– Monsieur Hamilton, vous êtes un véritable insatiable.

– C'est pour cette raison que tu m'aimes, non?

– Humm… Laisse-moi réfléchir!

– Salut les jeunes!

Dans un même élan, nous nous retournons.

Et voilà! Il ne manquait plus que lui. Ma seule et unique chance de motiver Cara à quitter cette fête absurde vient de s'évaporer en une fraction de seconde.

Et merde!

Jackson Miller, mon géniteur, arrive tranquillement à notre hauteur.

Instinctivement, je me tends. C'est plus fort que moi, je ne le supporte pas. Cara doit le sentir, car elle me conseille à l'oreille de me détendre avant de le saluer avec son éternel petit sourire empli de douceur.

Comment arriver à apaiser cette colère à son égard? Ce type me sort vraiment par les yeux. Il est loin de l'image que je me faisais d'un père.

– Cara. Quel plaisir! dit-il mielleusement en l'étreignant.

Allez! Vas-y! Fais-lui ton petit numéro de charme. Ne te gêne pas, surtout!

Il me tend la main.

– Fils...

Fils? J'ai envie de lui en mettre une. Cara m'observe avec son regard plein d'étoiles et d'espoir. Des efforts, des efforts. Je me le répète sans cesse, et finis par lui décocher un sourire que je veux aimable et ignore sa main tendue. J'ai l'air con et crispé, mais tant pis.

– Je vais chercher des bières, annoncé-je.

Aussitôt dit, aussitôt fait. Je me faufile entre la masse de personnes agglutinées devant la buvette et respire un bon coup. Je commande les trois boissons et attends qu'on me serve.

Je ne veux pas blesser Cara. Je sais qu'elle tient à ce que je retrouve des bases familiales solides, mais je n'ai pas sa capacité à voir le bon en chacun. Pour moi, Jackson reste l'homme qui m'a abandonné. Et, à cause de lui, j'ai vécu des choses horribles, même si le mot est bien faible pour décrire le calvaire de mon enfance. L'avoir en face de moi me rappelle toutes ces journées et ces nuits de souffrance et de honte. J'étais arrivé à les enfouir au fond de moi. J'étais arrivé, par je ne sais quelle force mentale ou miracle, à les bannir de mes pensées. La perception du « et si... les choses avaient été différentes » fait remonter en moi cette envie de me terrer dans un trou et de ne plus jamais en ressortir.

Les bières en main, je les rejoins et fais passer celle du géniteur à Cara, puis me décale de deux ou trois pas des techniciens du son pour siroter tranquillement mon verre et regarder le groupe.

– Je vous laisse, dit Cara tout à coup. Je dois aller...

Je me retourne vivement. Quoi? Elle part? Où?

– Où vas-tu? demandé-je en lui attrapant le bras.

– Je viens d'apercevoir Meredith dans la foule et...

– Laisse-la tranquille, bon sang!

– Reed! Non. Laisse-moi partir. Parle avec ton père.

– Cara, je me casse d'ici si tu ne reviens pas dans deux minutes.

– Je n'en ai pas pour longtemps, je te promets.

J'aime cette fille comme un taré, son corps, son visage, sa petite bouche, ses yeux qui pétillent de compassion et d'amour, je me damnerais pour elle, je donnerais ma vie pour la savoir en sécurité et heureuse, mais là, j'ai juste envie de l'étrangler.

Je la lâche dans un soupir et elle m'embrasse furtivement avant de disparaître.

– Cara est une fille intelligente et magnifique. Tu as de la chance de l'avoir à tes côtés. Tu es amoureux d'elle? s'enquiert Miller.

Évidemment, il n'a pu s'empêcher de recourir à l'évidence comme tentative d'approche. Je lève spontanément les yeux au ciel.

– Non, non. En général, je décide d'épouser les premières venues. C'est un mode de vie plutôt intéressant, excitant et, ma foi, je ne m'en sors pas si mal.

Il abaisse la tête et sourit à mon sarcasme.

Et ouais, mon pote, à question idiote, réponse idiote.

– Tu ne m'aimes pas beaucoup, hein?

– Je préfère éviter la question. Suivante?

– Tu sais, mon grand, ce n'est pas non plus évident pour moi.

C'en est trop. Sans même daigner poser mes yeux sur lui, je débite le fond de ma pensée:

– Écoute. Je souhaite faire des efforts, c'est vrai. Cela dit, je le fais uniquement pour Cara, pour notre couple. Car j'ai une putain d'envie que ça fonctionne, et Cara a un trait de caractère agaçant: elle essaie constamment de soigner toutes les plaies du monde. Rien qu'en ce qui me concerne, elle a un boulot monstre. Alors, lorsqu'elle n'est pas là, comme maintenant, tout le tralala de la politesse et de la bienveillance... oublie! Ton petit fantasme du cliché père et fils réunis devant la finale du Super Bowl ne se produira jamais.

– Je n'aime pas le football, réplique-t-il. Je préfère le base-ball.

Aussitôt, je rétorque:

– Parfait! Moi aussi.

– Quelle équipe?

– Yankees.

– Évidemment! Les meilleurs!

Je bois une autre gorgée de ma bière et jette un rapide coup d'œil vers lui.

– Tu vois, on a au moins un point en commun, rajoute-t-il.

Cette fois-ci, c'est à mon tour de baisser la tête et de sourire. Non pas que sa remarque soit drôle ou me fasse plaisir, mais simplement parce que je n'en peux plus.

– OK ! J'abandonne, dis-je en posant mon gobelet sur une caisse. Tout ceci est ridicule.

Je n'ai pas fait un pas qu'il me rattrape vigoureusement par l'épaule. Je me retourne et reluque sa main posée sur moi.

La rage au ventre, je fulmine en agitant mon épaule pour qu'il ôte sa poigne:

– Ne me touche pas!

– Écoute, Reed! Je suis aussi têtu que toi, alors va falloir t'y faire, commence-t-il d'une voix que la sévérité fait claquer. Tu peux me coller toute la misère du monde sur le dos si cela te chante, mais je ne t'ai pas abandonné. J'ai été en taule pour un délit que je n'ai pas commis. À ma sortie, je suis revenu te chercher. Tu n'étais plus là. Tu peux me reprocher un tas de choses, mais pas ça! OK?

Il m'agrippe par le col de ma veste. Je le bouscule.

Il me lâche et poursuit:

– Et puis, regarde-moi dans les yeux quand je te parle! Tu ne l'as pas fait une seule fois depuis mon arrivée!

Mon cœur tambourinant à vive allure, les nerfs à vif, la mâchoire crispée et les poings serrés, je rive mon regard au sien. Il veut que je l'affronte, il veut un duel, il en aura un. Je retrousse les lèvres, hargneux, prêt à lui dévoiler le fond de ma pensée, puis je pense à Cara. *Cara. Bordel!* J'ai fait une promesse. Va chier! Non. Je ne peux pas la tenir, c'est plus fort que moi.

Je suis à la limite de lui en coller une lorsque le maire se pointe:

– Hamilton! Savez-vous où est partie Cara?

Qu'est-ce qu'il lui veut encore, celui-là? Ce n'est pas le moment.

– Pourquoi? En quoi ça vous regarde?

– Je l'ai vue suivre Meredith près de l'orchestre. Lucas a pris la même direction peu de temps après. Je ne trouve aucun des trois. Je me fais du souci, tout simplement.

J'aboie, furieux:

– Où? Où sont-ils partis? Dans quelle direction?

– Derrière l'estrade, mais…

Je m'y précipite.

– Cara? Cara!

90

Lucas

Encore une fois, Meredith vient de m'échapper. J'étais tranquillement en train de parler avec le vieux Mc Pherson au sujet de la dernière parcelle de culture qu'il me reste à vendre, et elle en a profité pour filer. Je me dirige vers sa voiture en espérant qu'il n'est pas trop tard et qu'elle ne m'a pas laissé en plan ici. Si c'est le cas, je risque de perdre patience et, vu la journée que je viens de passer, cette histoire pourrait vite déraper.

Je la retrouve sur le parking proche de la mairie. Bien évidemment, elle est en compagnie de cette fichue fouineuse de Cara.

Bon sang!

– Cara! crié-je. Va fourrer ton nez ailleurs!

– Tiens donc! s'exclame-t-elle sans se démonter. Tu n'es jamais bien loin, il me semble!

Je m'avance et sors de la pénombre.

– Cara, tu sais quoi? Il entre dans mes projets de faire des rénovations à la ferme. À commencer par la démolition de cette vieille ruine qui servait de grange, par exemple. Je suis absolument certain que cette bâtisse recèle des trésors enterrés depuis, va savoir, douze ans? À tout hasard, bien sûr!

Ma stratégie: lui faire peur. Je la sais follement éprise de mon frère. La menace d'exhumer le cadavre de mon père. Le tout, assorti du témoignage finement orienté de Meredith, pourrait inculper Reed. Cela la fera immanquablement reculer. Elle ferait tout pour le protéger. Elle est comme ça: un véritable ange gardien pour ceux qu'elle aime. Elle va même jusqu'à fouler ses propres principes aux pieds si c'est nécessaire. C'est une force pour elle et un stimulus supplémentaire pour mon intelligence, mais c'est irritant à force. Si elle ne devait pas encore jouer un rôle dans mon scénario, je l'aurais déjà rayée de la carte. Ce serait une énorme erreur: Cara morte, Reed ne le supporterait pas et il mettrait fin à ses jours. C'est une évidence, il est si faible.

– Ce sont des menaces? s'emporte Cara en m'affrontant dignement.

Mmm, tigresse!

Je me poste devant elle et la provoque du regard, mais elle ne semble pas intimidée pour un sou.

– Ça pourrait le devenir si tu ne t'occupes pas de ce qui te regarde.

– Pourquoi agis-tu comme ça ? Ton frère a vendu son âme au diable pour toi.

Qu'est-ce qu'elle sait de ce que mon frère a fait pour moi ? Il n'a rien fait ! Il a fui ! Je ne supporte pas cette putain de compassion que les gens ont envers lui. Il n'est qu'une belle gueule désespérément vide, un homme faible, un lâche et un bon à rien.

– Tais-toi ! Tu ne sais rien ! vociféré-je en lui attrapant le bras. Tu ne sais pas de quoi tu parles ! Tu n'es qu'une petite gourde naïve et sans intérêt.

Cara se débat.

– Lâche-moi !

– T'as entendu ce qu'elle vient de te dire ? s'écrie Reed.

Je soupire et me retourne vers lui, dépité par sa présence.

– Apparemment, mon fan-club s'agrandit, raillé-je, caustique, en voyant débarquer derrière lui le maire et Miller.

Le regard empli de fureur, Reed s'avance. Je desserre ma poigne autour du bras de Cara, puis lève les bras pour démontrer toute ma bienveillance.

– Hé ! Doucement. Doucement, le calmé-je. Je ne vais rien lui faire à ta douce Cara. On papotait, rien de plus, rien de bien méchant.

Méfiant, il s'enquiert aussitôt :

– C'est vrai, Cara ?

Elle hoche la tête sans mot dire et le rejoint.

Croisant le regard méprisant et méfiant de Matt Johnson, j'ajoute fermement :

– Meredith ! Monte dans la voiture, on rentre. (Je les passe tour à tour du regard.) Désolé de vous quitter si tôt, les amis, ce fut un réel plaisir.

Je prends le volant et démarre. Je vais devoir revenir dans la nuit pour faire le bilan de la soirée avec mon adjoint et le trésorier du comité. Ma priorité absolue, à cet instant, est de mettre Meredith à l'abri des curieux.

– De quoi avez-vous parlé ? sifflé-je, furieux.

– De rien.

Je ne me suis pas montré suffisamment convaincant, semble-t-il. Il me faut corriger cette erreur. Je tape violemment contre le tableau de bord.

– Ne me mens pas !

Elle sursaute et se colle contre sa portière.

– Rien. J'ai rien dit. Je ne te…

Mon geste brusque pour garer la voiture sur le bas-côté de la route lui cloue instantanément le bec, et c'est une bonne chose pour son intégrité physique parce que je perds radicalement mon sang-froid. Je vais devoir sévir.

Sans un mot de plus, je sors du véhicule, le contourne et ouvre sa portière, puis lui ordonne :

– Descends !

Elle me regarde avec ses grands yeux paniqués et humides. On dirait un cocker. L'air qu'elle affiche, loin de m'apitoyer, exacerbe les tensions en moi.

– Lucas, je… que…

– Descends, maintenant !

Tremblante, elle s'exécute. Je lui enserre la nuque et la pousse à avancer dans les rangées de maïs. Une fois à l'écart de potentiels témoins, je lui ordonne de s'agenouiller devant moi. Ce qu'elle hésite à faire et qui me met dans une rogne incommensurable, mais, paradoxalement, m'excite tout autant. J'aime ce sentiment de toute-puissance et cette incertitude teintée de fatalisme dans son regard de proie acculée. J'aime voir sa poitrine se soulever avec peine, sa respiration s'accélérer et entendre ses couinements et braillements de détresse. Je vibre intérieurement. C'est jouissif, un peu comme les signes avant-coureurs d'un orgasme. Oui, c'est exactement cela, ce moment où l'on sent monter en nous l'électricité, puis la fièvre, où nos corps se tendent, fin prêts à se libérer de cette tension qu'est le désir à son paroxysme.

– Que… Que vas-tu me faire ? pleurniche-t-elle.

Je m'accroupis face à elle et lui empoigne la mâchoire pour relever son visage vers la lueur de la lune. Ses larmes coulent, dévastant le peu de maquillage qu'elle s'était mis. À ce moment, c'est un visage de clown pathétique qui m'apparaît.

Caressant sa joue de mon pouce, je lui murmure plus calmement, presque tristement :

– Tu n'écoutes rien.

– Je… Je n'ai rien dit, je te promets. S'il te plaît, rentrons chez toi… Je… ferai ce que tu veux.

J'incline la tête, agréablement surpris par l'effet bénéfique que produisent ses suppliques sur moi. Je me demande ce que me feraient ses hurlements et ses plaintes si je la fouettais jusqu'au sang. Je me redresse et déboucle ma ceinture sous son œil alarmé. Je jubile déjà rien qu'à l'idée de pouvoir lui infliger une sévère correction. Elle n'avait qu'à s'abstenir d'échapper à ma surveillance. Je lui ai pourtant dit de ne jamais s'éloigner de moi.

– Chaque fois que tu me désobéiras, je te le ferai payer, compris ?

Je tire sur ma ceinture pour la retirer entièrement de mon jean et enroule l'une des extrémités autour de mon poing. Ceci engendre une seconde d'inattention de ma part, et elle la met à profit pour me filer entre les doigts.

Putain ! Si je la rattrape, je lui fais la peau, à cette garce !

Enragé et sans attendre, je la poursuis. Elle court droit devant elle, à travers champ. Heureusement pour moi et malheureusement pour elle, j'ai toujours été un excellent coureur. Ma vitesse et mon endurance m'ont fait remporter bien des trophées d'athlétisme, à l'époque du lycée.

Bientôt à sa hauteur, je me prépare à m'élancer, et, à quelques enjambées d'elle, je bondis et la happe au passage. Nous tombons et roulons, brisant sous nos poids les tiges de maïs, ce qui me blesse au bras droit. Elle se débat et hurle. Alors, d'une main sur son visage, je la réduis au silence et tente de la maîtriser en l'étouffant.

Allongée sur le dos contre moi, je la sens perdre peu à peu ses forces. J'écarte mes doigts de son nez pour la laisser respirer et lui chuchote à l'oreille :

– Tu viens de faire la plus grosse connerie de ta vie, Meredith. Je vais t'anéantir, te briser jusqu'à ce que tu me supplies pour que je mette moi-même fin à ta misérable vie. En attendant, je te maintiendrai entre la vie et la mort, à l'état de chose. Tu n'es désormais plus rien, Meredith. Rien.

Son corps jusque-là tendu se relâche et convulse. Je ressens sa terreur et son désespoir. Cette perception me fait goûter à une émotion que je n'avais jamais éprouvée : la domination absolue, le pouvoir d'avoir une vie entre ses mains et d'être l'unique à pouvoir décider si elle doit continuer à vivre ou non.

Passant mes doigts dans ses cheveux emmêlés, je dépose un baiser sur sa joue baignée de larmes et susurre :

– Tu es mienne.

91

Cara

Meredith m'inquiète, je n'ai pas pu beaucoup parler avec elle. Lucas nous a surprises avant que je puisse la faire craquer. J'étais même sur le point d'y arriver en parlant de l'inquiétude du maire à son égard. J'ai capté dans son regard une étincelle de tristesse. Quelque chose cloche. Cette fille qui était si soignée, si coquette, n'est plus que l'ombre d'elle-même. Ce qui me fait penser à la conversation que j'ai eue avec Matt au sujet de sa sœur.

Sur le parking de la mairie, Reed m'étreint. Il a eu peur, cela se perçoit. Mais peur de quoi? Je n'arrive pas à comprendre. Je sens son cœur cogner à vive allure contre sa poitrine. Son visage est tiré et l'angoisse se reflète dans ses yeux.

– Ça va, princesse? me demande-t-il.

– Oui. Je gérais la situation.

Il appose un autre baiser sur mon front et émet un léger rire face à ma détermination.

– Je n'en doute pas une seconde, Wonder Woman.

– Cara, alors? Vous avez pu parler à Meredith? s'enquiert Matt.

– Non. Lucas nous a interrompues lorsque j'étais sur le point de la faire parler.

– Qu'est-ce qu'il se passe, au juste? cherche à savoir Jackson.

Matt reporte son attention sur lui.

– Vous êtes…?

– Oh! Euh… Miller, Jackson Miller. Le père de Reed, se présente-t-il en lui tendant la main.

Les deux hommes se serrent la main.

Une fois de plus, Reed se tend contre moi puis reprend les mots de son père:

– Oui, d'ailleurs: qu'est-ce qu'il se passe, exactement? Pourquoi vous faites une fixette sur Meredith, tous les deux?

Je trouve son regard et, d'une voix que je pense assez douce, lui avoue:

– Nous pensons que Lucas exerce une sorte d'emprise néfaste sur Meredith.

– C'est ridicule, affirme-t-il, estomaqué. Vous êtes sérieux?

Il nous fixe tour à tour, ahuri, et s'éloigne de moi.

– Reed, commence Matt. Votre frère cache quelque chose de pas net, il est complètement cinglé.

Ce que je craignais arrive. Reed a toujours en lui ce besoin viscéral de protéger Lucas à tout prix et n'ouvre pas les yeux sur ce qu'il a pu devenir.

Il fonce sur Matt et le bouscule.

– Oh ! Vous parlez de mon petit frère, là !

Jackson intervient et se met entre les deux hommes, puis crache sévèrement :

– Reed ! Tu te calmes !

Le père et le fils échangent des regards hostiles. Je passe mes bras autour de sa taille pour le faire reculer. De toute évidence, venir à ce bal n'était pas une bonne idée.

– Mon cœur, allez, viens ! On rentre à la maison.

– Il vaut mieux, oui, crache-t-il. Avant que je m'énerve pour de bon.

Sur ces paroles, il s'arrache à mon étreinte et s'éloigne.

– Désolée, Jackson. Je vous ai fait venir pour rien, dis-je.

– Ce n'est pas grave, ma grande.

– On se prévoit autre chose un de ces quatre ?

– Pas de problème. Allez, file le rejoindre.

– Matt, bonne soirée, le salué-je. Je suis navrée pour Meredith.

Il hausse les épaules et me souhaite le bonsoir à son tour.

Durant le trajet du retour, Reed garde le silence. J'aimerais parfois pouvoir lire dans ses pensées et savoir exactement ce qu'il éprouve. Il ne se dévoile que très peu et a tendance à s'extérioriser en usant de la violence. C'est sa manière d'exprimer son mal-être.

Après une bonne douche, je regagne notre toute nouvelle chambre. Dans la semaine, nous avons démarré le nouvel aménagement et le résultat est concluant. Je commence à m'y sentir bien. Cela dit, Reed ne s'y trouve pas, alors je descends au salon.

Allongé sur le divan, un verre à la main, il regarde la télévision.

– Tu ne viens pas te coucher ?

En guise de réponse, il agite sa boisson.

– Tu es toujours en colère, dis-je en venant me blottir contre lui.

– Je ne suis pas en colère contre toi, Cara.

Il m'enlace.

– D'accord.

Posant ma tête contre son torse qui se soulève tranquillement, j'enfouis ma main sous son tee-shirt en écoutant les battements paisibles de son cœur. Je respire son odeur à pleins poumons et profite de sa chaleur. Du bout de mon doigt, je retrace les contours de ses abdos, puis, tout à coup, d'humeur taquine, je pince un repli de sa peau, probablement dû à sa position mi-assise, mi-allongée.

Je glousse :

– Serait-ce du gras ? Tu te laisses aller, mon cœur.

Bien évidemment, il riposte par une fessée :

– Et toi, tu n'aurais pas pris des fesses ?

– Bah ! me vexé-je en me redressant pour m'asseoir. Ce n'est pas gentil !

Il éclate de rire.

– Je plaisante. Ton cul est splendide et, qui plus est, bandant. Allez, reviens contre moi. J'étais à deux doigts d'avoir une érection.

– Mon Dieu ! Tu es d'une finesse !

Me ramenant contre lui, il m'annonce :

– J'irai courir demain matin.

– Je plaisantais aussi. Tu n'as pas grossi.

– N'empêche qu'un peu de sport me fera le plus grand bien.

Lovée dans ses bras, je me perds rapidement dans mes pensées. Je fixe mon regard sur le poste de télévision, sans vraiment prêter attention aux images. Je réfléchis au comportement de Meredith et de Lucas. Puis reviens sur les menaces de ce dernier concernant la grange, alors, naturellement, je me fais du souci.

– Tu n'aimes pas en parler, mais il y a douze ans, tu l'as enterré où, le corps de Robert ?

Il soupire vivement et se crispe encore une fois.

– Cara ! me gronde-t-il. Je t'ai déjà dit de ne pas te préoccuper de ça. D'accord ?

– Lucas a menacé de faire des recherches, et il pense que tu l'as mis dans la grange.

– Bah, nous ferons tout pour qu'il évite de fouiner au mauvais endroit, dit-il calmement.

Stupéfaite, j'en conclus :

– Tu l'as enterré dans la grange ? Ce n'est vraiment pas très malin !

– Avais-je le choix ? T'as déjà trimbalé un poids mort de cent kilos ?

Je me rassois et m'emporte en plantant des yeux scandalisés dans les siens :

– Non ! Reed ! Non. Moi, je n'ai jamais tué personne !

Mince ! Ce n'était pas non plus très fin comme remarque. Je me reprends en voyant son regard s'éteindre et fixer un point dans le vide. Je l'ai blessé.

– Désolée, je ne voulais pas dire ça.

Il s'assied correctement et reste silencieux, puis il quitte le canapé pour aller se resservir un verre.

Je le réprimande :

– Tu bois trop, Reed…

– Cara ! S'il te plaît, arrête ! s'emporte-t-il. Arrête d'être toujours sur mon dos à me dire quoi faire ou non ! Arrête de me materner.

Quoi ?

– Te materner ?

De quoi parle-t-il ?

– Oui. Me materner !

– Je ne te materne pas, je me soucie de toi.

– Bah, alors, arrête de te soucier !

Comment veut-il que j'y arrive ?

Je m'indigne :

– Mais je ne peux pas ! Je t'aime et c'est normal de s'inquiéter pour les gens qu'on aime, non ?

Il referme la bouteille sans se servir et secoue la tête.

– Écoute, Cara, tonne-t-il, le regard noir. Je n'ai pas l'habitude des relations de couple. Avant, je baisais les filles, je les payais et elles se cassaient. Il n'y avait pas de discussion. Je faisais ce que je voulais, où je voulais, quand je le voulais. J'étais seul ! Maintenant, tu es constamment en train d'épier mes moindres faits et gestes, me surveiller comme si j'étais un incapable, un gosse. Me demander de faire ceci, de faire cela. Parle à ton père, ne parle pas à ton frère. Bordel ! Mais fous-moi la paix deux secondes et…

Heurtée par ses propos, je lui coupe la parole en me levant et en lui indiquant la sortie.

– Si cela ne te convient pas, la porte est grande ouverte ! Sur ce, bonne nuit !

Je me dirige vers les escaliers, furieuse.

– Non ! Cara ! S'il te plaît, dit-il, hagard, en se ruant sur moi pour me rattraper. Ne pars pas au lit fâchée contre moi !

Il m'agrippe le bras et me contraint à me retourner.

– Cara ! Je t'en prie.

– Non ! Reed, tu es blessant ! Laisse-moi aller me coucher. On en reparlera demain.

Il prend mon visage entre ses mains. J'essaie d'esquiver ce geste, mais il m'en empêche.

– Regarde-moi !

– Non.

– Je m'excuse, d'accord ? Je m'excuse. Je me suis emporté.

– Ce n'est pas suffisant.

Il me pousse à reculer. Je heurte le mur de mon dos, puis, de tout son corps, il me bloque. En colère à cause de sa façon de s'énerver pour un rien et de dire des choses offensantes, je tente de l'écarter.

– Reed ! Bon sang ! Non.

Plongeant sa bouche au creux de mon cou, il susurre :

– Laisse-moi te faire l'amour.

– Reed ! Non ! Je suis en colère.

Se redressant, il plante des yeux agités sur moi.

– Moi aussi, je le suis, mais je te veux, là, maintenant. Je veux m'excuser.

– On ne règle pas tout par le sexe.

Perturbée par son regard, je le fuis, mais il me saisit la mâchoire et me force à relever la tête. Instinctivement, je ferme les paupières. Si je croise la panique dans ses yeux, je vais lui pardonner sa brusquerie. Il a le don de faire ressortir mon empathie et d'exercer en même temps un effet grisant sur moi et cela m'agace.

– Regarde-moi ! Bordel de merde !

– Non ! Si je te regarde, je vais craquer, et c'est trop facile.

Il interrompt tout contact et recule d'un pas. Je rouvre une à une les paupières, craignant de voir son visage dévasté.

Aussitôt, il ôte son tee-shirt et défait la braguette de son jean.

Je suis horrifiée.

– Qu'est-ce que tu fais, Reed ? Je t'ai dit non.

Il appose ses poings de chaque côté de ma tête et exige, d'une voix que la sensualité fait vaciller :

– Touche-moi !

– Non ! Qu'est-ce qui te prend ?

Il m'agrippe aussitôt les poignets et me plaque les mains sur son torse, puis, reprenant la même position, ses bras de chaque côté de ma tête, il insiste :

– Fais ce que je te demande.

– Pourquoi tu fais ça?

– Qu'est-ce que tu ressens?

– Quoi? Qu'est-ce que je ressens? dis-je, ahurie. Je suis en colère contre toi.

– Caresse-moi!

– Non! Tu es injuste.

– Pourquoi je suis injuste?

– Parce que je ne veux pas. Si je le fais, je vais te désirer et tu vas gagner.

– Ce n'est pas un jeu, Cara. Il n'y a ni perdant, ni gagnant.

– Je sais...

– Alors, pourquoi tu ne veux pas?

Rondement exaspérée, je me répète en hurlant et en le repoussant de toutes mes forces:

– Parce que je suis en colère contre toi et que j'aimerais aller me coucher!

Il revient contre moi.

– Touche-moi et caresse-moi!

Bon sang! Mais il est sourd! Lasse, je m'exécute en geignant:

– Je t'en prie, laisse-moi aller me coucher.

Il vient apposer son front contre le mien. Mes caresses le font frémir. Je le perçois à ses poils qui se hérissent sous mes doigts tremblants.

– Est-ce que tu me désires, Cara?

Évidemment! J'aime le toucher. J'aime cette proximité avec son corps robuste et magnifiquement sculpté. J'aime sa peau. Je l'aime simplement. Il me met dans un émoi indéfinissable.

– Oui.

– Est-ce que tu t'en veux de me désirer?

– Oui.

Effectivement, je m'en veux de le désirer autant, même quand il est si abrupt.

– Es-tu toujours fâchée contre moi?

– Oui.

– Pourquoi tu t'en veux?

– Parce que je te désire au lieu de te détester.

– Pourquoi voudrais-tu me détester?

– Parce que tu te sers de ma faiblesse, de mon attirance pour toi, et que tu me forces dans le but d'obtenir ce que tu souhaites, alors que j'ai besoin de temps pour apaiser ma colère.

Sur cet aveu, il fait deux pas en arrière et reboutonne son jean.

– Tu comprends, maintenant?

Interloquée, je lui demande:

– Comprendre quoi?

– Cara, tu viens de dire mot pour mot ce que moi je ressens et que tu ne sembles pas vouloir comprendre. Je suis éperdument amoureux de toi! OK? Je ferais n'importe quoi pour toi. Et tu le sais. Tu ne le fais peut-être pas exprès, mais tu en joues. Tu me forces à être le parfait petit homme de compagnie et tu sais que je ferai tous les efforts nécessaires pour y arriver, parce que ma faiblesse à moi, c'est mon amour pour toi. Alors, moi aussi, je suis fâché. Je suis même en rogne parce que tu ne me laisses pas le temps d'apaiser mes colères et d'aller à mon rythme.

Se baissant pour ramasser son tee-shirt, il continue:

– Cela ne fait pas une semaine que je t'ai dit vouloir me rabibocher avec mon père et, déjà, tu me le colles dans les pattes, alors que je ne t'ai rien demandé.

– Pardonne-moi, Reed.

Il hoche légèrement la tête et file en direction des escaliers, me laissant seule.

92

Reed

Depuis le repas organisé par Cara avec mon géniteur, je me pose de multiples questions. Suis-je capable d'être l'homme auquel Cara aspire. Seigneur! Je le souhaite... Mais qui suis-je? Qui étais-je avant? Je suis perdu.

***

Charlotte, Caroline du Nord, 2004

Je suis frigorifié. Recroquevillé sur moi-même, à l'abri du vent entre deux conteneurs à ordures dans cette ruelle, je tente de maintenir le peu de chaleur qu'il me reste. Cela fait plus d'une semaine que j'erre dans les rues de cette putain de ville. Je n'ai plus un sou. Rien. Je suis affamé, assoiffé, mais surtout terrorisé. Je viens de tuer un homme. Je viens d'abandonner mon frère.

Après m'être débarrassé du corps de mon beau-père dans la grange et après avoir fait disparaître ses affaires et sa voiture, j'ai fui vers le nord. Je souhaite rejoindre New York dans l'espoir d'y revoir Cara. Sauf que, sans argent ni véhicule, ma route s'est arrêtée ici. À dix-huit ans, je n'ai jamais mis les pieds en dehors de Cornfield. L'inconnu m'effraie, mais je n'ai plus le choix. Je dois faire face à la situation.

Et surtout, j'ai besoin d'un travail. L'affaire est loin d'être dans le sac. Je n'ai plus d'adresse, je n'ai que de petits boulots agricoles à inscrire sur mon C.V., je ne supporte pas les contacts humains, et mon état de crasse découragera le plus altruiste des bienfaiteurs.

La vapeur et la fumée qui sortent de ce restaurant me donnent des crampes au ventre tant j'ai faim, mais il me faut attendre. J'ai bien compris au cours de ces derniers jours que ma seule chance de manger est d'attendre qu'ils sortent les poubelles, alors j'attends. La nuit est tombée. J'ignore quelle heure il est et l'endroit où je vais la passer. Je dois impérativement me trouver un refuge pour sans-abri ou un truc du genre. Cela doit bien se trouver dans une ville comme Charlotte. J'ai vu ça à la télévision. Par contre, je n'ai aucune idée des conditions qui y donnent droit.

La porte en fer claque contre le mur. Je sursaute. Un cuisinier en sort et se dirige vers le conteneur se trouvant sur ma droite pour y jeter ce qui va me servir de repas. Pour éviter d'être vu, je me cache davantage, mais fais craquer une cagette dans mon dos, ce qui attire son attention sur moi.

– Hep! Qu'est-ce que tu fais là, toi? me demande-t-il en se penchant pour me scruter. Ça va?

Cet homme est grand et corpulent. Il sent la sueur et la friture, une puanteur pour mes narines affûtées. Je refuse de parler, alors je hausse les épaules sans bouger de place.

– Ne traîne pas ici. Le coin est dangereux, la nuit.

Je réitère mon mouvement d'épaules. Je n'ai qu'une envie: manger.

– Tu as perdu ta langue?

Je secoue la tête. Il me tend la main.

– Allez! Sors de là.

Je ne veux pas le toucher. Je me lève difficilement. Ma position prolongée et le froid ont paralysé le peu de muscles que j'ai. Ma carrure est loin d'être impressionnante. Je suis légèrement grassouillet.

– Eh ben, dis donc, commente-t-il après m'avoir passé en revue de la tête aux pieds. Tu as sale mine. T'es du coin?

– Non.

– Tu viens d'où?

– De loin.

Je ne peux me permettre d'en dire trop. Je ne sais pas ce qu'il se passe à Cornfield. Suis-je recherché? Lucas a-t-il survécu à ses blessures? Mon Dieu! Cette idée me retourne l'estomac.

– Tu as fugué?

– Non.

Il se met à rire, et son regard me laisse penser qu'il ne me croit pas.

– C'est quoi, la dernière chose que tu as mangée?

D'un geste du menton, je lui indique la poubelle.

– OK. Allez, suis-moi, m'annonce-t-il en passant son bras sur mes épaules.

Horrifié qu'il me touche, je m'écarte en me crispant jusqu'à la pointe des orteils. Doit-il obligatoirement poser ses mains sur moi?

– Relax. Viens, j'ai de quoi te nourrir.

Dans les cuisines, il me fait un sandwich que je dévore pendant qu'il finit de nettoyer les plans de travail.

– Tu comptes pieuter où cette nuit?

La bouche pleine, je lui réponds:

– J'sais pas.

– Tu n'es pas très causant.

Je hausse à nouveau les épaules.

– Écoute, ce n'est pas dans mes habitudes, mais, si tu le souhaites, j'ai un lit de libre à la maison.

Je rêve de pouvoir dormir dans un lit au chaud, mais je suis effrayé. Je ne le connais pas et il semble vouloir me toucher.

– Je t'accueille si tu le souhaites, mais attention, je n'aime pas les voleurs.

Il est en fait tout aussi méfiant que moi. Je le perçois dans ses yeux. Je ne réponds pas. Je ne suis pas certain de le vouloir. Je ne sais pas grand-chose, à vrai dire. Juste que je veux dormir au chaud.

– Vous allez dormir avec moi, dis-je.

Il écarquille les yeux et s'étouffe d'un rire.

– Non. Je vais dormir dans ma chambre, comme tous les soirs. (Il se passe une main dans les cheveux puis me la tend à nouveau.) Je m'appelle Eddy, et toi?

Je fixe sa main un bon moment et il laisse retomber son bras quand il comprend que je ne répondrai pas à son geste.

– Tu es un drôle de loustic, toi, dis donc.

Encore une fois, je hausse les épaules. Je ne sais pas ce que veut dire « loustic ». Et je ne me trouve pas drôle. Je suis, d'ailleurs, tout sauf drôle. Je suis moi, donc rien d'extraordinaire.

– Allez, allons-y, j'ai fini. Il est temps de rentrer à la maison.

Je ne suis rien d'extraordinaire, mais je suis obéissant, alors je le suis. Une fois chez lui, je me sens mal à l'aise. Planté au milieu de son salon, je ne bouge plus. Mon sac à dos en main, j'attends. Lui s'affaire à droite et à gauche, écoute son répondeur, range des vêtements posés sur des chaises, allume la télévision et rouspète en entendant les informations. Puis il part dans le couloir et revient quelques minutes plus tard avec des habits pliés en main.

– Tiens, va te doucher et mets ça. Ça doit être à ta taille. Je vais laver tes affaires. Tu les auras propres demain.

Ne pouvant m'empêcher de fixer les cadres photos posés sur la commode en face de moi, je m'enquiers:

– La fille avec vous sur la photo, c'est votre petite amie?

Il passe à nouveau une main dans ses cheveux et pose les vêtements sur la table derrière lui en soupirant.

– C'est mon ex-femme.

– Et le petit garçon?

– C'est mon fils.

– Il n'est pas ici?

– Il nous a quittés.

– Pour aller où?

– Au ciel, souffle-t-il. Au ciel, mon grand.

Mon grand? Je frémis à ces mots que j'ai si souvent entendus dans la bouche de Mc Garret. Je ne suis pas « son grand ».

Je recule et percute de mes mollets la table basse. D'un réflexe, il m'enserre le bras et me retient pour éviter que je bascule en arrière.

– Lâchez-moi, hurlé-je.

– Oh! Calme-toi! Calme-toi.

Je me débats et tombe sur le sofa derrière moi, apeuré que le cauchemar recommence, que mon enfer reprenne son cours.

– Ne me touchez pas, dis-je, le souffle coupé.

Il lève ses mains devant lui et s'empresse de dire:

– Je ne te toucherai pas, d'accord? Tu vois mes mains? Elles restent là. Allez! Va te doucher. La salle de bains, c'est la première porte à ta droite dans le couloir.

Je me lève et m'exécute. Après m'être douché, je reviens au salon. Il est maintenant assis sur le canapé en train de feuilleter un journal. Curieux, je fais le tour de la pièce. Je commence par détailler avec plus d'attention les photos pour ensuite m'arrêter devant la bibliothèque. Je n'ai jamais vu autant de livres chez quelqu'un.

– Vous les avez tous lus? demandé-je.

– Ouais. Tous. (Il pose son journal pour chercher mon regard.) Tu lis?

– J'ai lu beaucoup de bandes dessinées et quelques livres pour l'école.

– Et tu aimes ça, lire?

– Oui.

– Prends-en un, si tu veux.

– Je peux?

– Oui. Évidemment, je viens de te le proposer.

Je passe mon doigt sur les tranches de chaque livre et le stoppe sur *Les Grandes Espérances* de Charles Dickens. Je le saisis et lis le résumé.

– Je prends celui-là, dis-je en le lui montrant.

Basculant la tête en arrière, il se met à rire.

– J'étais persuadé que tu allais choisir celui-là.

– Pourquoi?

– Lis-le et on en reparle, d'accord?

Je hoche la tête.

Je le lus et le relus à la suite durant des années et je ne sus jamais ce qui avait déclenché son hilarité. Deux jours plus tard, Eddy se suicidait d'une balle dans la tête, me laissant de quoi survivre un temps et continuer ma route vers l'amour de ma vie.

***

Sur le chemin séparant la propriété Mc Pherson et celle de ma famille, les écouteurs de mon MP3 dans les oreilles, vêtu d'un short, d'un débardeur et chaussé de baskets, je cours. Cela fait une petite demi-heure maintenant. Le soleil se lève à peine sur notre petite bourgade agricole. Je bifurque vers les bois et emprunte le sentier qui amène à la ferme. Je suis déjà essoufflé mais je dois persister. Courir me fait un bien fou et évacue la tension de ces derniers jours. Hier soir, je me suis énervé contre Cara et lui ai déballé le fond de ma pensée. Je pense avoir bien agi. Ma remontrance lui a ouvert un peu les yeux sur le fait qu'elle doit me laisser du temps. Encore au réveil, elle s'est excusée. Je veux bien devenir l'homme auquel elle aspire, mais je ne peux pas devenir ce prince charmant en un claquement de doigts. C'est impossible. Même avec la meilleure volonté du monde, je dois d'abord panser mes plaies et je ne sais pas encore comment me comporter avec Miller. Il faut que je dépasse cette hargne à son égard, mais c'est plus facile à dire qu'à faire. Il y a aussi les histoires autour de Lucas. Tous semblent se liguer contre lui. Je pense qu'il souffre, simplement. Les temps ont été tout aussi difficiles pour lui. Mon brusque retour, sa rupture avec Cara et nos querelles. Il a agi comme un enfoiré, mais qui suis-je pour le juger, moi qui suis incapable de contrôler ma violence?

À cette réflexion, je souris. Bon sang! Cara déteint sur moi. Me voilà en train de compatir aux agissements de mon teigneux de petit frère. Je ris, ce qui me coupe le souffle. Incapable de poursuivre ma course, je m'arrête en plein milieu du bois. Je reprends ma respiration un instant, penché en avant, les mains sur mes genoux. Je relève le visage et m'aperçois avec effroi de

l'endroit où je me trouve. La vue de cette vieille carcasse de tracteur rouillée et ensevelie sous la végétation me tord l'estomac. Dès lors, je sais qu'il me suffit de tourner la tête vers la droite pour pouvoir apercevoir l'ancien cabanon de chasse. Je me redresse et prends mon courage à deux mains avant de me tourner vers cet abri qui a été si souvent le témoin des sévices pervers dont j'ai fait l'objet durant mon enfance. Rien n'a vraiment changé. Cette petite cabane d'à peine quelques mètres carrés est toujours la même, à quelques détails près, comme le bois terni par les années et les intempéries ou son unique fenêtre un peu plus opaque à cause de la saleté. Par contre, elle n'est pas pour autant laissée à l'abandon au vu de la chaîne cadenassée, qui bloque le loquet et qui semble neuve, et du toit réparé par endroits. Je ne sais pas si Lucas a vendu ce terrain-là, donc nous n'en sommes peut-être plus les propriétaires.

Cela dit, je m'avance en tentant de réprimer le tourment engendré par le tourbillon des souvenirs qui se bousculent dans ma tête. Je peine à aller jusqu'à la porte. Mes jambes me lâchent, ma respiration devient saccadée et mon rythme cardiaque s'affole. Pris d'un malaise, je me retiens d'une main sur le portant, me laisse aller contre le bois, me tourne et glisse lourdement jusqu'à atterrir, assis, sur le tapis de feuilles mortes. Des cauchemars du passé infestent mon esprit. Je tremble. J'ai mal au ventre, à la poitrine, partout. Je me tords de douleur. Je ressens tout. La brise, jusque-là légère, devient insupportable sur ma peau. Elle me picote, m'écorche. Les brindilles et les petites branches cassées au sol me transpercent l'arrière des cuisses.

Je veux que cela s'arrête. Je veux qu'*il* arrête. Je veux qu'*il* cesse de me toucher. Ma gorge se serre. J'étouffe et tourne de l'œil. Luttant toujours, je m'effondre sur le côté. Ma vue se trouble, mes paupières se ferment. Posée sur mon bras, ma tête est lourde. Elle chavire. Je pique du nez, une fois, deux fois. Je vais vomir, ce n'est plus qu'une question de temps. La bile me remonte déjà dans l'œsophage.

Je fais une crise de panique. Cela ne m'était plus arrivé depuis des années. À bout de force, je bataille pour pouvoir attraper mon téléphone dans la poche de mon short. Cara, il faut que je l'entende. J'ai besoin de sa voix.

D'une poussée, je bascule en arrière et parviens à m'allonger sur le dos. Le soleil, entre les cimes des arbres, m'éblouit. C'est atroce, ça me brûle les rétines. Je porte difficilement mon téléphone à l'oreille après avoir appuyé sur l'appel direct.

Elle décroche :

– Espèce de flemmard ! Allez, on court ! me réprimande-t-elle joyeusement.

Au son de sa voix, une gorgée d'air pénètre enfin dans mes poumons. J'arrive à respirer un peu mieux. J'imagine son visage souriant et son regard espiègle. Ça fait un bien fou. Je ferme les yeux et essaie de me calmer en concentrant mon esprit sur chacun de ses traits.

Comme je ne lui réponds pas, elle s'inquiète :

– Reed ? Ça va ?

Là encore, je pense à son visage soucieux, et je souris. Oui, enfin ! Je peux sourire. Mes muscles se détendent peu à peu. Ma tête tourne encore, mais cette sensation s'apaise.

– Mon amour. Parle-moi, bredouillé-je.

– Reed, tu me fais peur. Qu'est-ce qu'il t'arrive ?

Je mens.

– Rien. Que fais-tu ?

Elle hésite. Ma voix rocailleuse et ma respiration saccadée doivent l'alarmer, et je sais qu'elle n'abandonnera pas sans me savoir hors de danger.

J'insiste en la rassurant du mieux que je peux :

– Je fais une pause. Parle-moi, s'il te plaît.

Je me redresse à l'aide de mon coude et tente de me traîner sur le mètre qui me sépare du mur. Je me hisse et m'y adosse.

– Ta façon de parler est bizarre, mon cœur.

– Je sais, c'est rien. Je suis juste essoufflé. Alors, raconte-moi ce que tu es en train de faire.

Un court silence s'installe avant qu'elle ne dise :

– Bon, puisque tu y tiens… Je suis allée chercher le courrier. D'ailleurs, tu as reçu les premiers retours de lettres venant de ton studio, mais ce ne sont que des pubs. Ensuite, j'ai mis une machine de linge sale à tourner, et là, je me prépare à laver les sols. Voilà ! Rien de bien fantastique. Et toi ? Tu es où ?

– Dans les bois.

Je la sens sourire.

– Attention au grand méchant loup, glousse-t-elle.

– Le seul grand méchant loup dans les parages, c'est moi.

Elle ricane de plus belle. J'adore son rire. Il est un tantinet crispant, mais tellement rafraîchissant. L'entendre me fait frissonner. Je commence à reprendre le dessus, et c'est grâce à elle, comme toujours. Elle est ma souche, mon phare au milieu de la tempête. Si je la perdais, je ne serais plus rien.

– Mon amour, je peux te poser une question?

– Euh, oui, évidemment, mais ça ne peut pas attendre ton retour?

– Non. J'ai besoin de savoir. Maintenant.

– Vas-y, je t'écoute.

Il faut que je le lui demande. J'ai cette crainte en moi qui ne me lâche plus et je sens que les vieux démons de mon enfance refont peu à peu surface. Durant des années, je les ai laissés de côté pour me battre, mais, ces derniers temps, j'ai beau lutter, ils reviennent au galop et m'anéantissent. Je suis de plus en plus fragile. Je me souviens de mieux en mieux de ce que je ressentais à cette époque. J'avais enfoui ces émotions en moi et, maintenant qu'elles rejaillissent, j'ai peur. Peur de redevenir cet enfant paumé, sans but, brisé par la monstruosité de l'homme. Une loque impuissante. Un bon à rien affecté et obsédé par le fait qu'on ne le touche pas. Un garçon qui n'était pas capable de regarder quelqu'un en face ou de s'exprimer.

Qui voudrait d'un homme comme ça? Elle ne voudrait sûrement plus de moi. Comme elle ne voulait pas de moi autrefois.

– Si nos vies avaient été différentes, si tu n'étais jamais partie à New York et si je n'avais pas fui, est-ce que tu crois qu'un jour, tu serais arrivée à m'aimer comme aujourd'hui? Oui. Parce que j'aurais été différent, j'aurais été plus faible. Je veux dire. Aurais-tu pu, un jour, aimer l'ancien Reed, celui que j'étais, enfant?

– Oh! prononce-t-elle avant qu'un autre long silence s'installe. Reed, la question ne se pose pas…

Je lui coupe la parole. J'ai mal formulé ma demande.

– Je sais que c'est impossible et que ça ne changera rien au présent, mais tu aurais pu aimer un homme tel que j'étais? Si… si faible? Tu as toujours davantage aimé Lucas, parce que lui était plus intéressant que moi, moins brisé. Alors, tu penses que tu aurais pu porter un regard différent sur moi?

– Tu ne redeviendras pas ce petit garçon, mon cœur, dit-elle en devinant ma frayeur. Tu as mûri. Cette personne que tu tentes de quitter aujourd'hui, celle que tu t'es façonnée pour avancer, pour supporter ta souffrance et être moins faible, faite de violence, de rage, de force (je perçois son sourire au son de sa voix), égoïste, obscène et vulgaire par moments, a fait de toi quelqu'un de différent. Et si tu arrives à la laisser de côté, tu seras une personne douce, attentive, forte de caractère, intelligente et cultivée. Tu me l'as laissée entrevoir à plusieurs reprises, ces derniers temps. Il suffit que tu lui ouvres la porte et que tu te laisses aller.

– D'accord. Donc, tu veux que je devienne cette personne-là ?

– Non. Je ne veux pas que tu deviennes cette personne-là, parce que tu l'es déjà. Laisse-lui juste une place. Tombe le masque. Tu es un homme merveilleux, mon cœur. N'en doute jamais.

– Merci.

– Bon ! Et maintenant, tu rentres ?

– Oui. J'arrive.

Je raccroche.

Remonté à bloc, je me redresse. Mes jambes sont toujours fébriles, mais je vais mieux. Beaucoup mieux. Je n'ai qu'une seule chose en tête : la retrouver, la prendre dans mes bras, la sentir contre moi, l'embrasser et lui faire l'amour encore et encore. Je remets mes écouteurs et quitte cet endroit sans me retourner. Je cours. Je traverse le bois, contourne la ferme de mon enfance, cette demeure que je hais, et longe la route et les champs de maïs, puis emprunte le chemin de ma nouvelle maison. Celle qui a toujours représenté l'espoir d'une vie meilleure.

***

Boston, Massachusetts, 2005

Je viens de me battre pour reprendre mon sac à dos qu'on m'a arraché des mains. Il contient toute ma vie. Mon livre de Charles Dickens, la photo de mon ancienne vie, avec mon frère et Cara, puis un dessin. Ces trois objets sont essentiels pour moi, mais quand ce voleur les a découverts au cours de sa fuite, il s'est arrêté pour les jeter. Évidemment, pour lui, rien de tout cela n'a de valeur. J'en ai donc profité pour lui bondir dessus et me défouler. Après un an d'errance, c'est devenu mon lot quotidien. Je dois me battre pour survivre et garder le peu que je possède. La rue m'a endurci.

L'homme étant à terre, je le roue de coups. Il n'est plus que plaies, sang et contusions, mais je ne peux pas m'arrêter. Le frapper me vide la tête et j'aime cette sensation. Je n'éprouve qu'un vide émotionnel rassurant.

– Hé ! Hé ! C'est bon, il a son compte. Tu vas le tuer, intervient une voix derrière moi.

Tenant le col du sweat-shirt à capuche de ma victime, je me retourne abruptement, hargneux, les lèvres retroussées.

Un homme surgit de la pénombre. Habillé d'un costume blanc, cet Asiatique au visage impassible me détaille avec attention. Sa prestance transpire la richesse et l'arrogance.

Je lâche le type à terre, ramasse mes affaires, me redresse et recule. L'Asiatique s'avance pendant que le mec à terre se relève péniblement pour fuir sans demander son reste.

– Quel est ton nom? me demande l'Asiatique.

– Reed.

Il pose une main sur sa poitrine.

– Moi. C'est Kuan Ti.

Puis, il me fait un de ces saluts traditionnels en se penchant vers moi, les mains en prière.

Il poursuit:

– Tu manques de force, mais tes coups sont précis et hargneux. Tu es du coin?

Je n'ai pas le temps de répondre, il continue:

– Non. Tu ne sembles pas d'ici, n'est-ce pas?

– Je viens du sud.

– Que fais-tu à Boston?

– Je veux rejoindre New York.

Il part dans un rire contenu, puis se reprend.

– Tu n'es pas sur le bon chemin.

Effectivement, mais le camionneur qui m'a pris en stop à Washington ne pouvait pas bifurquer vers New York pour mon bon plaisir, et je me retrouve une nouvelle fois sans argent.

Je hausse les épaules et mon regard est attiré par deux silhouettes dans l'ombre de la ruelle face à moi. Ils attendent ce Kuan Ti. Ils ne bougent pas et se contentent de me fixer d'un regard impénétrable. Que me veulent-ils? Ai-je frappé un de leurs acolytes? Si c'est le cas, je me prépare déjà à essuyer leur vengeance.

– Que me voulez-vous?

– Mon patron cherche des jeunes dans ton genre.

– C'est-à-dire?

– Tu veux gagner de l'argent? Beaucoup d'argent? demande-t-il, de but en blanc.

Oui, je veux de l'argent. J'en ai besoin pour la suite de mon voyage. En un an, j'ai appris à me débrouiller, à passer de foyer en foyer et de cantine en cantine. Puis, je suis tout de même curieux de savoir où il veut en venir, et ce que je peux apporter à son patron.

Je hoche donc la tête.

Il me demande ensuite de le suivre, ce que je fais sans broncher. S'il s'agit de dealer ou autre infraction de ce genre, cela me convient. Je suis prêt à tout pour rejoindre Cara.

Nous montons dans une limousine stationnée au coin d'une rue. Je suis impressionné. En dix-neuf ans, c'est la première fois que j'en vois une de mes propres yeux et surtout que j'embarque dans un tel véhicule. C'est hallucinant, grandiose !

À l'intérieur, Kuan Ti me propose un verre de whisky. Je ne bois pas, mais j'accepte. Je sais d'ores et déjà que j'ai affaire à des hommes rudes et sans scrupule. Je ne veux simplement pas passer pour le petit paysan sorti de sa campagne, apeuré par le monde qui l'entoure. Ce que je suis de moins en moins, mais qui reste tout de même gravé au fond de moi comme une tache indélébile.

Nous arrivons devant un club. Le Crazy Boobs, si j'en crois le néon suspendu au-dessus de la porte d'entrée représentant des seins et le nom de l'établissement. Nous sommes devant un club de strip-tease. Je n'ai jamais mis les pieds dans ce genre d'endroit. Je sais qu'il y a des femmes dansant et aguichant des hommes en mal d'amour, mais ce que j'ignore, c'est ce que je vais y vivre.

Assis autour d'une table, devant une scène où se trémousse une femme nue contre une barre en fer, nos verres en main, Kuan Ti m'explique que son patron cherche des jeunes comme moi pour participer à des combats illégaux. En échange de quoi j'aurai de l'argent à volonté et… des filles à gogo. Je veux de l'argent, mais je me fiche des filles. Je n'en désire qu'une. J'accepte. Même si j'ignore ce que je vaux en free fight, le marché me convient.

Pour fêter notre arrangement, il m'emmène dans une pièce adjacente à la salle. Elle est petite et sombre, uniquement éclairée d'une lumière bleue. Après m'avoir donné une liasse de billets, Kuan Ti me laisse en me disant d'en profiter et qu'on se reverra le lendemain.

Je m'assois sur le canapé, l'unique meuble après la petite table dans cette pièce. J'ai bu. Peu habitué à l'alcool, la tête me tourne légèrement. Je me sens bien et léger. Je ne sais pas exactement combien j'ai entre les mains, mais les coupures sont toutes de cent dollars. J'en ai facilement pour plusieurs mois, voire des années. Je suis en possession de ce qui va enfin me permettre de revoir Cara, alors je souris largement.

Je mets le pactole dans mon sac à dos et relève la tête quand la porte s'ouvre sur une femme. Je reste un court instant hébété de voir qu'elle porte uniquement des sous-vêtements.

– Bonsoir, toi, dit-elle d'une voix voilée de fausseté en s'avançant d'une manière langoureuse vers moi.

Je suis dérouté par ce qu'il se passe en moi. Mes yeux se posent sur elle. Je frémis et mon pouls s'accélère. Elle est belle et jeune. Elle doit avoir à peu près mon âge, brune et les cheveux longs, pareille aux souvenirs que je garde de Cara. Les lignes de son corps sont divines, fines et douces. Elles invitent à la caresse.

Elle se place devant moi et commence à doucement se déhancher au rythme de la musique diffusée par les haut-parleurs. Je ne rate rien de ses mouvements. Je suis même hypnotisé. C'est une sensation étrange que de la regarder. J'ai chaud, je ne peux plus contrôler ma respiration et quelque chose de redoutablement déstabilisant se produit en moi, sans que je ne puisse rien y faire. Je la désire.

Elle se met de dos, et je ne peux détacher mon regard de ses fesses qui remuent sous mon nez. Puis elle se passe une main sur l'épaule pour ôter une bretelle de son soutien-gorge. Là, je comprends qu'elle va se déshabiller. Et ça, je ne le veux pas. Alors, je me lève.

– Non, dis-je. Ne fais pas ça.

Perplexe, elle me fait à nouveau face.

– Tu… Tu veux quoi? bredouille-t-elle.

– Rien.

Les yeux jusque-là baissés, elle les relève sur moi, surprise et déroutée.

Elle murmure :

– On m'a dit de te faire la totale.

– C'est-à-dire?

– De te donner du plaisir, ce que tu souhaites.

Je recule pour me rasseoir. À cause de l'alcool, ma tête est atrocement lourde et mon équilibre, précaire.

– Ce ne sera pas nécessaire. Je vais prendre deux minutes pour moi et je partirai.

Elle me regarde comme si j'étais un extraterrestre sorti de je ne sais où, puis, en se penchant à nouveau sur moi, elle vient me chuchoter à l'oreille :

– Ne regarde pas, mais au-dessus de la porte, il y a une caméra. Si je ne te fais rien, je vais perdre mon emploi. Si je perds mon emploi, je ne pourrai plus nourrir mon petit garçon. Il a deux ans.

Sa proximité me trouble. Elle sent merveilleusement bon, une odeur de fraise émane de sa chevelure. J'enfouis mon nez dans ses cheveux pour en humer davantage le parfum et frôle son visage du mien. Elle semble frissonner. A-t-elle froid? Moi, je suis bouillant. A-t-elle peur? Moi, je suis effrayé. Effrayé à l'idée d'être obligé de la toucher ou qu'elle ne le fasse, mais, paradoxalement, j'en ai envie. Je m'en veux de souhaiter ce contact.

Je n'ai jamais posé les mains sur une femme, et j'ignore comment me comporter. Je me répète ses mots : *me donner du plaisir, ce que je souhaite.* Suis-je capable d'éprouver ce plaisir? Je n'ai que de mauvais souvenirs en ce qui concerne ce genre de chose. Le sexe, pour moi, est synonyme de violence, de douleur, de honte, de dégoût et d'effroi.

– D'accord, soupiré-je, le souffle court.

Elle pose ses mains sur chacun de mes bras ; je me crispe. Puis, elle vient s'asseoir sur mes cuisses et se met à remuer légèrement le bassin contre moi. Mes doigts, qui se posent peu à peu sur sa peau au niveau de ses hanches, tremblent. Ce contact m'ébranle. Mon buste se soulève difficilement. Les battements de mon cœur se répercutent dans chacun de mes membres. Je suis en train de brûler de l'intérieur. Je retrouve le malaise de mes réveils nocturnes, cette sensation de pression presque douloureuse de mon pénis en érection, celle que je ne supporte pas.

– Que veux-tu? me souffle-t-elle.

– Qu'on en finisse rapidement.

Oui, je veux en finir. Je veux que toutes mes émotions contradictoires cessent. Ce qui se passe en moi m'est inconnu. Les vagues de chaleur, les tourbillons d'électricité et les frissons qui se diffusent sous ma peau n'ont jamais fait partie de ma vie.

Elle se soulève légèrement et entreprend d'ouvrir la braguette de mon jean. Je l'épie. Tous ses gestes sont minutieux et contrôlés. Elle le fait avec une agilité et un calme déconcertants. Je me surprends à aimer la regarder faire. Il n'y a rien d'alarmant dans son regard. Elle paraît détendue, et le fait qu'elle ne dise rien me permet de me concentrer sur ce que je ressens en faisant le vide dans mon esprit.

Elle fait glisser mon pantalon et mon boxer sur mes cuisses et, lorsqu'elle s'empare de mon sexe érigé, une onde glacée me traverse l'échine. Je tressaute légèrement et mes paupières clignent nerveusement. Elle commence de lents va-et-vient le long de mon membre. Sans me lâcher, elle se penche en arrière pour attraper un emballage argenté posé sur la table, qu'elle ouvre ensuite d'un coup de dents, puis déroule le préservatif autour de moi. L'appréhension de ne pas supporter ce qu'elle s'apprête à me faire est toujours là, ancrée dans mes tripes, mais je suis comme hors de mon corps, transporté par des vibrations agréables.

Elle se lève et ôte son string. Je ne manque rien de ce qu'elle fait. Sa façon de bouger est hypnotique, son corps aphrodisiaque. Elle est belle, très belle.

Une fois nue, elle s'empare d'un flacon et me le tend.

– Tu veux t'en occuper? me demande-t-elle.

– M'occuper de?

– De m'en passer. Tu es très mignon, mais tu es aussi très large et, comme tu veux qu'on en finisse rapidement, je ne suis pas certaine de pouvoir t'accueillir comme ça, sans qu'on ait mal tous les deux. (Elle me tend son autre bras.) Donne-moi ta main.

Je m'exécute. Elle verse une noisette de liquide froid et translucide sur le bout de mon index et de mon majeur. Elle m'enserre ensuite le poignet pour l'amener vers son entrejambe. Le doux contact de mes doigts contre son sexe m'anime. Mes joues chauffent, ma vue se trouble et mon pénis pulse tellement fort que j'ai l'impression qu'il va exploser.

– Mets-m'en à l'intérieur, insiste-t-elle.

Je recourbe mes doigts, l'explore et la pénètre sans quitter son regard du mien. L'intrusion dans son corps est particulièrement perturbante. C'est aussi plaisant que dérangeant, mais elle semble apprécier ce que je fais. Ses yeux brillent et elle me sourit. Quand elle décide que c'est assez, elle s'écarte, appose ses mains sur mes épaules et vient se mettre au-dessus de moi. Les genoux enfoncés dans les assises, de chaque côté de mes cuisses, elle se cale sur mon membre.

– Tu n'as jamais fait l'amour, n'est-ce pas? me demande-t-elle.

Je secoue la tête et me contente de lui répondre non.

– D'accord. Mets tes mains sous mes fesses. (J'obéis.) Je vais m'empaler, et toi, à l'aide de tes bras, tu vas donner le rythme que tu veux que j'adopte. OK?

Je hoche la tête.

– Détends-toi, me souffle-t-elle. Ce ne sera que du plaisir.

Elle commence à s'enfoncer sur moi. Je retiens un son de gorge. L'élan de dégoût et l'afflux de souvenirs me propulsent dans une angoisse aiguë. J'ai fermé les yeux; je n'aurais jamais dû. Je revois la prostituée de Robert me faire la même chose. Je stoppe son mouvement et tente de retrouver mon calme en inspirant et expirant vivement. Mon pénis est si dur et si sensible que cela en devient douloureux. Son sexe est chaud, étroit et glissant, telle une caresse. Le tout est affolant. Je relâche mes bras et la laisse continuer à sa guise. Quand elle imprime à ses hanches des oscillations plus intenses, ma queue vibre. Je me perds dans un flot de turbulences indéfinissables et, confus, je l'attire vers le bas pour la sentir avec davantage de force et d'impact. La douleur qui m'arrache me fait chavirer dans une jouissance jusque-là insoupçonnée. J'éjacule encore et encore par jets incessants, me tordant, me tendant et réprimant des cris sortis du fin fond de mon âme, tant cela me libère d'une profonde léthargie. Mes sens se réveillent, explosent et, contre toute attente, s'extasient.

Cela ne m'est pas arrivé depuis bien longtemps, mais mes lèvres se fendent d'un sourire idiot quand tout cesse. Notre petite affaire conclue, il est temps pour moi de partir. Comment dois-je me comporter avec cette fille? Dois-je lui demander son prénom?

– C'est quoi, ton prénom? finis-je par dire une fois rhabillé, mon sac à dos sur l'épaule et prêt à partir.

– Sam. Samantha.

Je lui tends la main.

– Moi, c'est Reed.

Elle la prend en ricanant.

– Enchantée, Reed. Tu sais? Tu ne devrais pas fréquenter ces gens-là. Tu n'es pas comme eux. Ça se voit.

Je souris et saisis la poignée de la porte, puis me ravise sous son œil interrogateur. Je ne peux pas partir comme ça, sans la remercier de ce qu'elle a fait pour moi. Alors, je prends mon sac, l'ouvre et en sors ma liasse de billets. J'en prends un que je mets dans la poche de mon pantalon et lui tends le reste.

– Tiens. Il y en a assez pour vivre tranquille des mois, voire des années. Prends-les. Et toi et ton fils, partez d'ici. Refais ta vie loin de ça.

– Je…

Vu son hésitation, j'insiste:

– Tiens, c'est à toi maintenant.

Elle me regarde à nouveau comme si j'étais une anomalie du genre humain.

– Merci, susurre-t-elle en s'en saisissant.

Je franchis la porte pour gagner le couloir, mais elle me rattrape par le bras.

– Reed? Ne négocie pas avec eux. Ils sont mauvais. Pourquoi ne viens-tu pas avec moi? Il y en a assez pour nous deux, nous trois.

– Ne t'en fais pas pour moi. Je sais ce que je fais. Quand j'aurai amassé assez d'argent, je partirai à New York rejoindre la femme que j'aime, et je lui offrirai la vie dont elle rêve.

J'apprends plus tard, ce soir-là, que j'ai été recruté pour mourir en me battant une semaine plus tard contre le favori invaincu. Sauf que le Destin veut que je gagne ma place auprès d'eux, en remportant le combat haut la main grâce à ma rage, aux blessures de mon âme et à mon amour pour Cara. Ce jour-là, le drame de mon enfance me sauve la vie et, pour la première fois, je peux m'en servir comme d'un tremplin.

93

Lucas

Je viens de faire un rêve étrange, mêlant réalité, souvenirs et fantasme. Je m'assieds sur mon lit, en sueur, le visage tendu et le cœur tambourinant à vive allure contre ma poitrine.

Quelque chose en moi tente de sortir. Je le sens de plus en plus présent. C'est là, tapi au fond de moi. Hier soir, dans le champ de maïs avec Meredith, cette partie de mon âme vibrait. Je dois la contrôler pour atteindre mes objectifs et, surtout, ne pas flancher avant le bouquet final. J'y ai mis tant d'espoir, tant d'ambition et tant de minutie.

***

Un an plus tôt... Cornfield, vendredi 1er août 2015

En attendant des nouvelles de Melinda, je tourne en rond dans la cuisine. Il est convenu qu'elle m'envoie une preuve de la mort des parents de Cara avant que j'effectue les virements sur un compte bancaire fictif créé par Vince Malarkey, son oncle. Avec son aide, nous avons mené le plan avec brio.

Je ne sais pas comment Melinda est arrivée à convaincre son oncle, hacker, de nous donner un coup de main, mais je n'ai plus aucun doute quant à son pouvoir de persuasion.

Après de longues recherches, il a retrouvé la trace de Cara et de ses parents. Il n'a toutefois pas réussi à retrouver ne fût-ce qu'un signe de vie de mon frère, mais là n'est pas le plus important pour l'instant. S'ensuivent traçage GPS et puce téléphonique, retrait bancaire et repérage de caméra de vidéosurveillance et j'en passe. Digne des plus grands espions, il a mené sa mission avec une aisance et une efficacité que je lui envie.

La donne est simple : tous les vendredis après-midi, les parents de Cara se rendent au Golf Club at Chelsea Piers avec leurs amis huppés new-yorkais et, ensuite, ils empruntent la 11th Avenue afin de se diriger vers la 7th Avenue de Manhattan, là où se trouve l'appartement de Cara pour lui rendre leur petite visite hebdomadaire.

En trois mois de surveillance intensive, nous avons pu remarquer qu'ils ne manquent jamais ces rendez-vous et qu'ils prennent toujours le même itinéraire. Leur prévisibilité est une perche qu'ils nous tendent. Il nous faut ensuite trouver un pigeon. Un type au bord de la rupture mentale et émotionnelle, suite à des problèmes financiers insolubles. Pedro Alvarez est cet homme. Melinda a réussi à le convaincre autour d'un verre dans un troquet et, encore une fois, je me demande comment elle s'est débrouillée. Camionneur depuis des années, criblé de dettes et père de famille, il représente le parfait pantin. Il nous suffit de l'appâter avec un bon pactole. Cela tombe bien : de ce côté-là, je ne suis pas dépourvu. Ayant reçu de l'argent tous les mois par un mystérieux facteur que je soupçonne être Reed, vendu nos terres agricoles en nombre et exercé un tas de petits boulots, j'ai ce qu'il faut. Le plan est ridiculement simple : les heurter de plein fouet avec le semi-remorque.

Je ne sais hélas pas comment il va s'y prendre et cette incertitude dans ma stratégie me poursuit. C'est pourquoi je fais les cent pas dans la cuisine. Je n'ai aucune nouvelle de Melinda. Il est déjà plus de vingt et une heure, et l'accident devait avoir lieu aux alentours de seize heures.

Je finis par m'asseoir devant mon ordinateur portable, mon téléphone en main, trépignant d'impatience. Je n'ai jamais été aussi nerveux de ma vie. Si mon plan foire, mes espoirs de revoir mon frère sont vains. Je suis obsédé par son absence. Il me manque. Oui, cette maîtrise que j'ai toujours eue sur lui cause en moi un sentiment de frustration insupportable. Il est le seul être à m'avoir témoigné autant d'intérêt. Je pouvais faire de lui ce que je voulais. Il était toujours là pour me protéger, me trouver des excuses ou me mettre sur un piédestal. J'aimais ce sentiment de puissance sur lui et je veux le retrouver à tout prix. Reed doit me revenir. Il est mien. C'est un besoin vital, et ma seule solution est d'utiliser le levier Cara, son amour de toujours. Je sais qu'il la suivra où qu'elle aille. Elle est son talon d'Achille et son fil conducteur. J'en suis jaloux et je veux récupérer ce qui m'appartient de plein droit.

Le « ping » sonore de la messagerie de ma boîte mail me sort de mes pensées. Aussitôt, je vérifie l'expéditeur et suis soulagé de voir qu'il provient de Melinda. Je l'ouvre et vois des photos apparaître.

Enfin ! Notre plan a été couronné de succès. Les décès du docteur Paul Avery et de son épouse Katherine ont été prononcés et déjà annoncés à la presse. Je frémis et jubile. Ce n'est plus qu'une question de temps avant que Cara décide de revenir dans les parages pour s'occuper de son ancienne demeure. En conséquence, mon frère ne va pas tarder à faire son grand retour.

Il nous faut maintenant nous en assurer. C'est là qu'entre en scène une amie new-yorkaise de Melinda qui, par le plus heureux des hasards, a également été une connaissance de Cara durant ses années d'université. Mandy Carter sera nos yeux en échange d'une contribution mensuelle sur son compte bancaire.

94

Cara

Les volets de notre chambre entrebâillés, la lumière matinale trace un halo lumineux sur nos corps nus et enlacés. Les cheveux en bataille et le visage marqué par les draps, Reed dépose une ligne de baisers le long de mon épaule. Ses hanches ondulent à un rythme lent et régulier. Il me possède, me comble, m'aime et me chérit. Dos à lui, j'accueille son corps en fermant les yeux. Son épaisseur et sa longueur se tracent lentement et sûrement un chemin en moi, telle une caresse enivrante et implacable. Je déguste chaque sensation. Sa main experte me prodigue de douces pressions et effleure ma chair sensible. Cette caresse me transporte aux portes du septième ciel. J'adore et j'en redemande.

J'aime entendre son souffle et ses petits grognements contre mon oreille. J'aime sentir sa peau contre la mienne. J'aime sa façon de bouger. J'aime sa chaleur, son odeur grisante. Je l'aime tout court.

– Bonjour princesse, me susurre-t-il à l'oreille, haletant et d'une voix rendue rauque par sa récente jouissance.

– Coucou, toi !

Je me tourne en esquissant un sourire radieux.

– Tu as encore abusé de ma faiblesse matinale pour me sauter dessus.

– J'aime abuser de toi, princesse.

Il dépose un lourd baiser sur mon front et je ne peux le quitter des yeux. Je suis emportée par une vague d'amour. Les jours passent, et je me sens assaillie par les émotions les plus diverses : je suis à la fois déstabilisée, euphorique, perdue, excitée et inquiète, avec ce sentiment d'urgence qui m'envahit, mêlant la peur de le perdre et le besoin de lui appartenir tout entière à jamais.

– Reed ?

– Hum ?...

– Épouse-moi !

Perplexe, il m'interroge du regard avant de s'exprimer :

– Euh... oui. C'est ce qui est prévu, non ? Tu ne portes pas cette bague pour rien, si ?

– Oui, je sais, mais je veux dire : marions-nous ce soir, demain, après-demain ou même le week-end prochain. Je n'en peux plus d'attendre. Je veux devenir madame Reed Hamilton.

Il a un réflexe de recul face à ce soudain engouement.

– Je peux savoir ce qu'il t'arrive ? Pourquoi ce soudain revirement ? Je pensais que tu voulais attendre l'an prochain.

– Il m'arrive que, jusqu'à présent, je subissais ma vie. Je veux en devenir l'actrice. Tu es l'homme de ma vie, je n'ai plus aucun doute là-dessus. Ces dernières semaines ont été dures, intenses, jonchées de troubles et de désillusions. Mais j'ai beau faire le tour de la question, je ne vois qu'une seule personne pour m'aider à dépasser les aléas de l'existence, et c'est toi. Tu es tellement merveilleux. Contrairement à ce que tu penses, tu n'es pas que noir ou blanc, tu es un nuancier, une palette de couleurs à toi tout seul. Chaque jour, j'aime en découvrir une nouvelle. Il y en a de plus sombres que d'autres, c'est vrai, et elles me touchent, mais il y a aussi des pastels. Ces couleurs-là sont si douces et si agréables que ma vie à tes côtés n'en sera que plus resplendissante.

– D'accord, dit-il simplement en me fixant d'un regard énamouré. On se mariera quand tu le voudras.

Après avoir déposé un baiser sur le bout de mon nez, il se tord pour attraper son téléphone et arrêter la énième sonnerie du réveil.

– Pourquoi as-tu mis le réveil, ce matin ?

– J'ai rendez-vous à neuf heures avec l'agent immobilier pour la visite de l'ancien bar-restaurant au coin de Pines Avenue.

– Tu veux que je t'accompagne ?

S'asseyant sur le rebord du matelas, prêt à bondir hors du lit, il me jette un coup d'œil incertain.

– Non, ça ira. Si jamais ça en vaut la peine, je t'appellerai et tu me rejoindras là-bas pour me donner ton avis. D'ici-là, rendors-toi. Profite de ta matinée.

Il se lève pour rejoindre la salle de bains. Je bondis sur l'opportunité de lorgner son corps robuste et me mords la lèvre inférieure sous l'effet envoûtant que me prodigue la vue de ses petites fesses et de son dos musclés.

– Reed ?

– Hum ?...

– Je suis heureuse que tu veuilles reprendre ce bar et je suis convaincue que tu feras un excellent patron.

– Je suis content que tu le sois, mais dors ! D'accord ? Tu es casse-pieds lorsque tu n'as pas toutes tes heures de sommeil…

– Bah !… Sal… rouspété-je en lui envoyant l'oreiller dessus.

Il s'esclaffe en évitant le projectile qui vole à travers la chambre et me nargue :

– Raté !

Je suis surexcitée. Comment pourrais-je me rendormir ? J'ai enfin pris la décision d'aller de l'avant. Oui, rien ne me fera reculer. Nous allons nous marier d'ici quelques jours.

Je vais devenir madame Hamilton !

Je n'en reviens pas.

Nous avançons, lui avec ses projets d'ouverture d'un bar, et moi… Ben, moi, en me contentant de vivre, de l'aimer, de me tenir à ses côtés, et en l'épaulant du mieux que je le puisse. C'est le rôle d'une épouse, non ? Ma mère était ce genre de femme, et je compte bien lui rendre hommage en m'occupant de mon mari aussi parfaitement qu'elle l'a fait avec mon père.

Pour l'instant, je ne suis financièrement pas dans le besoin. Mes projets professionnels, je les ai un peu relégués au second plan, mais après quelques années à leur accorder la priorité, j'ai bien droit à une pause.

Je saute du lit et le rejoins sous la douche. Lorsqu'il s'en va à son rendez-vous, je me précipite sur mon ordinateur. Je n'ai aucune idée de comment organiser notre mariage en si peu de temps. Qui allons-nous inviter et où le fêterons-nous ? Je veux quelque chose de simple, mais pas pour autant organisé à la va-vite.

Y a-t-il des *wedding planners* dans le coin ? Je regarde à Atlanta. Je prends note des numéros et me prépare à les appeler.

Mince ! Je n'ai même pas de date.

Je regarde le calendrier et attrape mon téléphone pour envoyer un texto à Reed :

[Le 25, ça te va ?]

Je trépigne d'impatience, mais il est en pleine visite. Je dois sûrement le déranger.

Au bout d'une petite minute, je reçois sa réponse :

[???]

[La date du mariage.]

[Juillet ?]

[Oui.]

[De quelle année : 2018, 2020 ?]

[Idiot !!!]

Je glousse. Il fallait bien qu'il me sorte une bêtise ou me fasse marcher.

[Quand tu veux, princesse.
L'idiot qui est fou de toi.]

Je souris niaisement, reprends la liste des numéros de téléphone et commence ma quête d'un *wedding planner* disponible pour cette période. Mais mon euphorie s'envole au rythme des refus qui me parviennent lorsque j'annonce la date.

« Trop tard !... », « Pas assez de temps !... », « Nos agendas sont remplis... », « Nous sommes surbookés... »

Je heurte mon front contre la table en réprimant mon envie de hurler de frustration et m'agrippe les cheveux en grognant. Je vais devoir me débrouiller toute seule.

Bon. Premièrement, la liste des invités... qui sera désespérément courte.

Après tout, tant pis ! On n'a pas besoin d'être nombreux pour officialiser notre amour. J'appelle Jenyfer, ma demoiselle d'honneur, pour lui annoncer la date en croisant les doigts pour qu'elle puisse se libérer, car, indéniablement, sans elle à mes côtés, rien ne sera pareil.

95

Reed

Après avoir fait le tour du local, je suis rassuré en constatant que peu de travaux seront nécessaires et qu'un petit rafraîchissement de peinture fera l'affaire. C'est un bon point. De plus, le prix de vente de cet établissement est loin d'être excessif. Ce qui fait pencher la balance dans mon choix, c'est la pièce adjacente qui servait jadis de salle de restaurant. Elle est aussi large que longue, voûtée et rehaussée d'une marche en son fond. Les vitrines, aujourd'hui troublées de peinture blanche, donnent sur l'avenue. Cet endroit serait parfait pour un commerce ou une galerie d'art.

– Alors, monsieur Hamilton, cela vous convient-il ? minaude la jeune employée de l'agence immobilière.

– J'aimerais le faire visiter à ma fiancée, si vous le permettez.

– Oh ! Évidemment, dit-elle en cessant de battre des cils. Je vous laisse les clefs. Venez me les rendre en fin de journée.

La séduction qu'elle mettait dans nos échanges passe instantanément à la trappe, ce qui me surprend. Mais ce qui me déconcerte davantage, c'est que je n'y ai pas prêté attention jusqu'à présent, alors que, quelques semaines auparavant, j'aurais sans hésiter accepté de participer à son petit jeu. Oui, je l'aurais déjà poussée dans un recoin de la pièce, lui aurais ôté sa jupe crayon, déboutonné son chemisier, et serais en train de la baiser.

Cependant, je n'en fais rien et m'empresse d'appeler Cara pour qu'elle vienne se rendre compte par elle-même combien le lieu est idéal.

Et, comme prévu, elle est subjuguée dès le premier pas à l'intérieur. Amoureuse des œuvres d'art, le superbe comptoir aux poutres de chêne massif et sculptées à la main semble l'éblouir.

– Il y a très peu de matériaux à acheter, expliqué-je, vivement enthousiaste tant l'idée d'être propriétaire de ce lieu me réjouit.

C'est un rêve que je nourris depuis tant d'années que je m'en régale d'avance. Passant derrière le bar, je lui fais l'inventaire de ce qu'il me faudra acheter. Après avoir passé au crible les moindres recoins, Cara s'assied sur un tabouret en face de moi, comme une potentielle cliente. Elle m'écoute, le sourire jusqu'aux oreilles.

Lancé dans mon discours retraçant tous les projets que fait jaillir le lieu, je m'interromps dans ma dernière phrase.

Son visage songeur me laisse perplexe.

Je lui demande, intrigué et quelque peu refréné dans mon élan :

– Quoi ? C'est quoi, cette tête ?

– Celle d'une femme totalement conquise par l'homme qu'elle aime et qui se régale de l'écouter parler.

– Êtes-vous en train de me draguer, mademoiselle ? Je dois vous avertir que je suis fiancé.

Basculant la tête en arrière, elle éclate de rire.

– C'est le discours que tu comptes sortir aux clientes qui te feront les yeux doux ?

Je me penche vers elle et, effleurant son visage de ma bouche, je lui indique dans un sourire charmeur :

– Exactement. Sauf qu'au moment où les travaux seront terminés et où j'aurai obtenu ma licence de débit de boissons alcoolisées, je pourrai leur montrer mon alliance, car je serai un homme marié.

– Je vous le souhaite, monsieur le patron du... Tu as une idée d'enseigne, au fait ?

Je me redresse. Il est temps de lui dévoiler mes réels projets.

– Non. Avant de trouver un nom, je dois te montrer quelque chose.

Je quitte ma place, restant volontairement énigmatique, et l'invite à se lever.

– Viens, on n'a pas fini la visite.

Devant la porte à double battant, je la prie de fermer les yeux. Amusée et vivement intriguée, elle s'exécute. Je lui attrape la main et l'amène dans la salle d'à côté.

– Tu peux ouvrir les yeux, maintenant.

Une nouvelle fois, elle obtempère sagement et reste sans voix face à cette immense pièce.

– Mon Dieu ! Mais que vas-tu faire d'une telle salle ?

Voyant son air hébété, je l'enlace.

– Tu te souviens du rêve que j'ai fait lorsque j'ai été hospitalisé à New York, celui que tu m'as gentiment soufflé ?

Elle hoche la tête.

– Tu avais une galerie d'art, alors voilà. Mon rêve, notre rêve pourrait se réaliser si tu veux bien prendre en charge cette partie du bâtiment.

– Tu… Tu as vraiment tout planifié. Bravo, me complimente-t-elle.

– Tu m'as dit vouloir rester à Cornfield plutôt que de repartir à New York. Alors pourquoi ne pas construire notre avenir professionnel ici, ensemble?

Je m'extirpe de notre étreinte et tourne sur moi-même en ajoutant:

– Bon, bien sûr, il faut détapisser, mettre de bons coups de peinture blanche, et le tour est joué. Derrière, tu as une autre grande pièce qui pourra te servir à stocker et qu'on pourra séparer en deux pour aménager nos bureaux. (Je lui fais à nouveau face.) Alors, qu'en penses-tu? On l'achète?

Cara reste muette. Elle semble abasourdie, heureuse et enthousiaste à la fois. Elle parcourt la pièce des yeux. Son regard change quand elle le pose à nouveau sur moi. Il étincelle d'une lueur que je connais bien à présent. Sans un mot, elle se rue sur moi, me fait reculer jusqu'à ce que je heurte le poteau de mon dos, puis colle ses lèvres aux miennes, dans un baiser acharné, presque désespéré. Sans me laisser le temps de réagir, elle passe ses doigts sous ma veste et me l'ôte en la faisant glisser de mes épaules, pince le premier bouton de ma braguette, puis tire violemment dessus.

Le désir ardent de Cara se répercute aussitôt sur moi. Le souffle court, je réponds à ses baisers voraces, puis souris contre sa bouche lorsqu'elle relâche la pression.

– Dois-je prendre cette *agression* pour un « oui »?

– Oui.

Je me baisse et la soulève. La déposant sur une table recouverte d'une bâche plastique, je plonge mes lèvres sur sa peau chaude et frémissante pendant qu'elle s'affaire à me débarrasser de mon jean et de mon boxer. Je marque un temps d'arrêt au moment où elle empoigne mon sexe érigé et déjà impatient. Je lâche un râle de plaisir lorsqu'elle commence à le caresser. Avec minutie, elle me prodigue de longs va-et-vient, me transportant dans une vague d'exaltation, puis, d'un geste autoritaire, elle accélère le mouvement. Mes jambes flageolent; ma respiration devient sifflante. Je reprends le dessus sur ma frénésie, recule, mettant un terme à ses caresses.

– Tu veux vraiment le faire ici? demandé-je.

– Oui.

Je lui retire sa robe d'un mouvement brusque. Elle sourit, se mord une lèvre et son regard fiévreux se rive au mien, m'encourageant à poursuivre son effeuillage.

Je me penche sur elle et lui enlève son soutien-gorge. Elle en profite pour me mordiller l'oreille. Je ris et la réprimande d'un regard faussement agressif, puis je viens délicatement lui ôter son string. J'accompagne mon geste d'un effleurage de lèvres le long de ses jambes. Elle s'allonge et gémit, s'arque et en redemande. Sur mon passage, je choie chaque parcelle de sa peau. Le sous-vêtement au sol, je retrace lentement mon chemin en amont. Les mains calées sous ses genoux, je les lui ramène contre sa poitrine, lui écartant les cuisses pour me donner libre accès à son intimité déjà bien luisante de désir. Elle ne peut réprimer un bruyant soupir quand je viens la laper, la suçoter avec une lenteur tortueuse. Elle tente de refermer les jambes autour de ma tête, mais je l'en empêche, déterminé à la faire jouir contre ma bouche.

Respirant par à-coups, elle se tord, bascule et se tortille, perdue, je suppose, entre le seuil de l'orgasme et le besoin de le sentir éclater en elle. Je poursuis mon assaut langoureux en la maintenant fermement en place, complètement à ma merci. Je m'en délecte, m'en amuse. J'aime la sentir au bord du gouffre et, tandis qu'elle explose, je l'épie en savourant ses réactions.

Je me redresse, la ramène sur le bord de la table et, sans plus attendre, je m'introduis en elle et l'emplis, forçant les spasmes de son orgasme. M'interrompant dans ma progression, je grogne. La sentir si chaude, si douce, est divin. Puis, je me retire pour revenir cette fois tout en force. La bouche formant un « o » d'extase, un son rauque s'échappe de ma gorge. À nouveau, je m'immobilise. Soudain, je suis pris d'une désagréable sueur froide.

Je pose lourdement une main sur la table et me reprends en secouant la tête.

Que m'arrive-t-il ?

Je reproduis mes mouvements, lentement, doucement, minutieusement, puis j'accélère plus fort, plus vite, rudement. Elle crie, accueille mes coups avec véhémence. Je frémis à nouveau et de la même manière désagréable, quelque chose d'anormal se passe.

Un flash, une image, une voix.

« Tu aimes ça, mon grand… »

Mon estomac se tord.

Non !

« Tu prends ton pied, hein ? »

Putain !

Je m'écarte. Je ne peux plus. Non ! Je ne peux plus. Bon sang ! Ce n'est pas possible. Je remonte mon boxer et mon pantalon. Je recule, trébuche et bascule en arrière. Je perçois les appels de Cara, mais mes oreilles sifflent et cette voix sortie d'outre-tombe refuse de se taire. C'est atroce. Assis à même le sol, je plaque mes mains sur ma tête. Je répète sans cesse les mêmes mots : que m'arrive-t-il ? Je deviens fou.

Cara se penche sur moi et pose ses doigts sur ma peau. Ce contact me brûle, me dérange. Je hurle aussitôt :

– Ne me touche pas !

Elle sursaute et me dévisage, éberluée, perdue. Elle ne comprend pas. Hélas, moi non plus. Pourquoi tout cela ressort-il maintenant ? Les souvenirs qui me restaient n'étaient-ils pas suffisants ?

Je veux oublier, tout oublier.

– Reed ? tente-t-elle doucement.

Elle s'accroupit en face de moi, et je m'empresse de l'avertir :

– Ne t'approche pas, s'il te plaît.

– Qu'est-ce qu'il se passe ?

Je ramène mes cuisses contre mon torse et noue mes bras autour de mes genoux, puis y enfouis mon visage. J'ai honte. Je ne veux pas qu'elle me voie dans cet état, faible, anéanti. Je ne ressemble plus à un homme ; je ne suis plus rien.

– Raconte-moi, mon cœur ! Tu m'inquiètes.

– Va-t'en, Cara. Reste pas ici, la supplié-je.

Elle garde le silence un instant, et je l'entends soupirer.

– Non ! Je ne m'en vais pas.

Je sens qu'elle s'assied à mes côtés.

– OK ! Tu ne veux pas parler, alors c'est moi qui vais le faire pour toi. Je suis amoureuse d'un homme au comportement plutôt étrange. Tantôt adorable, parfois casse-pieds, tantôt charmant, tantôt agressif, et j'en passe. Mais ça me va ! Oui, parce qu'il est comme ça, et je l'aime, point ! Personne n'est parfait. Regarde, moi, je suis une chieuse finie à vouloir changer le monde, à ne voir que le bien autour de moi. Cela me rend peut-être naïve, mais ça me va aussi ! Je suis comme ça. On a tous nos défauts et nos qualités et il faut faire avec. Cela dit, il y a une chose capitale dans la vie, une chose que m'ont inculquée mes parents : la communication. Oui, parce que, même si nous avons nos humeurs, nos comportements visibles à tout un chacun, nous restons fondamentalement un mystère pour les autres puisque, à ce que je sache, la transmission de pensée n'existe pas.

Me laissant le temps de digérer ses paroles, elle se tait, puis reprend :

– Bon, tu n'es toujours pas décidé? Je vais continuer. Mais il va falloir réagir parce que je vais tomber très rapidement à court de discours moralisateurs, et je n'ai pas l'intention de laisser passer ça sans comprendre ce qu'il t'arrive depuis quelques jours. Même si tu m'as fait divinement l'amour ce matin, hier, tu m'as mis un vent quand j'ai voulu t'embrasser. Ce matin sous la douche, je n'ai pas pu toucher ton dos, et tu m'as semblé écœuré par mes baisers. Là, nous faisons l'amour et tu t'interromps. Reed! Je m'inquiète vraiment. Et même si j'ai bien compris ton message, l'autre jour, sur le fait que tu as besoin d'espace et de temps pour calmer ta colère envers ton père et reprendre une vie normale, ne me néglige pas pour autant…

– Je ne te néglige pas, lui coupé-je la parole sans même relever la tête vers elle.

Elle commence à raconter n'importe quoi.

– Oh! Il parle!

Je souris. Puis, j'incline mon visage pour la regarder d'un œil.

– Et il sourit! Magnifique!

Elle reprend son sérieux et, arborant sa petite moue adorable, elle me tend les bras.

– Je peux?

Toujours replié sur moi-même, je m'ouvre à elle et la prends contre moi. Je colle mes lèvres contre son front et m'excuse. Oui, je demande pardon pour mon comportement de ces derniers jours. J'aimerais pouvoir lui dire ce que je ressens, mais j'ai peur de me lâcher. J'ai encore un semblant de contrôle qui me semble plus confortable que les aveux.

Dans mes bras, elle ne bouge plus et garde le silence. Elle attend, je le sais. Elle espère des explications qui éclairciront la raison de mes agissements et, connaissant parfaitement son entêtement, je sais très bien qu'elle pourrait attendre une éternité.

Je remonte ma main pour lui caresser le dos, la nuque, puis les cheveux, et prends mon courage à deux mains.

– Je t'aime, mon amour.

– Je le sais et je t'aime aussi plus que tout.

Je souris contre sa petite tête.

– Je t'ai déjà parlé de ce que j'ai enduré enfant. Ce n'est plus un secret pour toi.

Je penche la tête pour trouver son regard.

– Oui.

– Plus les jours passent et plus je me souviens, dis-je en soupirant. Je ne dis pas que j'avais oublié, mais j'en avais enfoui une partie au fond de moi. Je m'étais créé une carapace, comme tu dis si souvent, pour me protéger, mais pas seulement. La partie qui s'était noyée en moi et qui s'était transformée en hargne était tout simplement le seul moyen que j'ai trouvé pour me couper de mon ressenti. Depuis mon retour ici, tout revient, les souvenirs, mais aussi les détails, les sensations et les émotions.

Je la sens se tendre contre moi. Elle voulait savoir, alors je poursuis sans rien lui épargner :

– Je me souviens de chaque regard pervers, de chaque toucher, de chaque souffle, de chaque soupir répugnant, de chaque douleur atroce, de chaque odeur infecte, puis de la honte, de cette envie de disparaître, de mourir pour que tout cesse enfin. Ces derniers jours, tout repasse en boucle dans ma tête.

Je me tais en serrant la mâchoire et en comprimant Cara un peu plus contre moi. Me dévoiler à elle est plus facile que je ne le pensais, mais je vois ses yeux briller de larmes. Je suis en train de l'attrister, et ça, je ne le veux pour rien au monde.

– Je suis désolée, mon cœur, susurre-t-elle.

– Ne le sois pas. Tu n'y es pour rien.

Elle se redresse et appose délicatement ses mains sur mes joues pour fixer son regard au mien.

– Il ne te fera plus de mal. Ni lui, ni personne, d'accord ? Mais apprends à me parler quand tu ne te sens pas bien. Je suis ta femme. Je suis là pour ça aussi.

Je lui décoche un sourire en guise de réponse.

– Le 25, alors ? demandé-je pour changer de conversation. Tu as fixé la date ?

– Oui. Nous nous marierons le 25.

Balayant la pièce du regard, je m'enquiers :

– On fait une proposition à l'agence immobilière, alors ?

– Oui. Bien sûr. Je te laisse faire, mon cœur.

– Merci.

Tout est tellement facile avec elle.

***

New York, 23 mai 2007

Voilà deux ans que je suis au service de San Do. Ce nom revient tout le temps, mais je ne l'ai pas encore rencontré. Ce jour-là, je mets pour la première fois le pied à New York. Depuis Boston, une foule de choses me sont arrivées, et j'ai un peu dévié de mon objectif principal : retrouver Cara.

Je suis resté six mois dans le Massachusetts, puis je suis descendu en Louisiane toujours en compagnie de Kuan Ti, de ses deux sbires et de Raphael, mon coach sportif. Je travaillais dur en m'entraînant jour et nuit pour garder mon statut d'invaincu. Le free fight clandestin est devenu ma dope. Je suis bon dans ce domaine, et je nous rapporte pas mal d'argent. Le temps où j'errais dans les rues, affamé et perdu, est terminé. Je roule désormais dans une Mustang achetée cash et je m'offre ce que je veux, quand je le veux. Et ce que je désire par-dessus tout, en ce moment, est de me vider régulièrement les couilles. Kuan Ti et moi-même sommes très forts à ce petit jeu. Nous enchaînons, à tour de rôle, de belles prostituées, parfois de luxe, parfois de petites nouvelles sorties de la misère par leur mac. Bref, nous trouvons toujours de quoi combler notre besoin compulsif entre deux combats. Kuan Ti, lui, touche à la cocaïne ; moi, non. J'ai essayé, mais ce n'est pas mon trip. Les shoots font ressortir certains épisodes enfouis au plus profond de mon âme, et il n'est absolument pas question que je leur laisse une porte ouverte. Je me cantonne donc à mon bon vieux whisky ou tout autre alcool de ce genre.

Ce soir, est organisé mon tout premier combat à New York. Je suis impatient. Je vais entrer dans la cour des grands et enfin rencontrer mon patron, San Do.

Je suis en route vers le Bronx pour me rendre à l'adresse que j'ai reçue par SMS, là où se déroule le combat de ce soir. Je regarde défiler Manhattan de l'autre côté de la rive et ne peux m'empêcher de me dire que, peut-être, Cara est quelque part au milieu de ce tourbillon citadin. Elle doit avoir, quoi, seize ans, maintenant. Elle doit sûrement être merveilleuse et avoir tous les jeunes hommes à ses pieds. Tous à essayer de la baiser. Je hais cette pensée. Je suis incapable d'imaginer qu'on puisse toucher à ma princesse. Je suis bien conscient que c'est ce qu'il se passe : là, quelque part dans cette ville, elle vit ses premières expériences, ses premières amours, ses premières peines, mais ces pensées me torturent. Je les chasse tant bien que mal pour me concentrer sur autre chose.

Le combat est rapidement expédié. Je soupçonne même San Do de l'avoir truqué, simplement pour me faire connaître auprès de son public. Je le rencontre enfin et suis stupéfait de découvrir un homme, asiatique lui aussi, si peu impressionnant. Je m'en suis fait toute une montagne pour, au final, ne découvrir qu'un petit vieux rabougri.

Après avoir été soigné et m'être douché, on m'emmène dans une chambre. Je connais les traditions de ma nouvelle famille. Je vais recevoir ma récompense : une ou deux prostituées. Je suis simplement étonné de ne pas être convié dans un hôtel, comme nous avons l'habitude. Non, cette fois, je demeure dans ce hangar aménagé où, une demi-heure plus tôt, je me suis battu. La pièce est assez petite, sans fenêtre, décorée d'une horrible tapisserie verte. Cette chambre est en tout et pour tout meublée d'un lit sans draps ni couverture, uniquement muni d'une housse de matelas en plastique, d'une table et d'une télé. Détaillant davantage le lieu, je suis surpris de constater la présence de quatre caméras suspendues à chaque angle de la pièce.

Où suis-je?

Je m'assieds sur le matelas et entends le cri d'une femme dans le couloir. Je bondis lorsque la porte s'ouvre. Trois des hommes de San Do poussent sans aucune délicatesse une fille à moitié nue dans la pièce avant de nous laisser seuls. Ayant trébuché et s'étant étalée à mes pieds, je lui tends la main, mais, au lieu d'accepter mon aide, elle recule pour aller se terrer dans un angle, recroquevillée sur elle-même. Son visage est dévasté par les larmes et son maquillage dégouline sur ses joues.

– Qu'est-ce qu'il se passe? dis-je, intrigué. Qui es-tu?

Elle plante des yeux ravagés et haineux dans les miens.

– L'épouse de l'homme que vous venez d'envoyer dans… dans le coma. Connard!

– Quoi?

C'était quoi, ce plan?

Je me précipite vers la porte et, en essayant de l'ouvrir, je comprends qu'ils nous ont enfermés dans cette chambre. J'essaie de défoncer la porte, mais elle résiste. Alors, je frappe et hurle à San Do de me laisser sortir. En vain. Je n'obtiens aucune réponse. Je me retrouve bel et bien cloîtré, pris au piège avec cette femme.

C'est un cauchemar éveillé. Après avoir fait les cent pas en cherchant désespérément une solution, je m'allonge sur le lit. Je suis toujours en possession de mon téléphone portable, mais, évidemment, il n'y a aucun réseau.

– Vous allez me faire du mal? pleure-t-elle.

Je relève le visage vers elle. Son regard hanté me tord les tripes. Pourquoi me demande-t-elle cela?

– Que t'ont-ils dit? Que s'est-il passé pour que toi et ton mari en soyez arrivés là?

– Jared, mon mari, devait de l'argent à un type et... et, je ne sais pas. (Elle se passe les mains sur ses bras et se les frotte nerveusement.) J'étais à la maison. Deux hommes sont entrés et m'ont amenée ici, dans les gradins. À la fin du combat, on m'a mise à l'écart et on m'a dit que... que... je devais vous servir de trophée. Ils m'ont déshabillée dans le couloir et...

Je me lève. Elle se raidit aussitôt.

– Hey! Du calme. Je ne vais rien te faire, la rassuré-je du mieux que je le peux.

Je m'avance, ôte mon sweat-shirt à capuche et le lui tends. Elle a froid. Elle me fixe un long moment avant de se saisir de mon vêtement et de s'en vêtir à la hâte.

– Je ne suis pas comme ça, rajouté-je.

Elle murmure en baissant le regard sur ses mains:

– Vous avez tué mon mari.

Je l'observe un instant, puis pars me rasseoir sur le matelas sans relever sa remarque. Je n'ai encore jamais réfléchi aux conséquences de mes actes, jusqu'à présent. Du moins, je me fichais de qui étaient mes adversaires, ce qu'ils devenaient et s'ils avaient une famille. Je me bats et je finis la soirée dans les bras d'une ou deux prostituées, point.

Mais ce qui est certain, c'est que cette fille-là, je ne la toucherai pas, parce qu'elle n'est pas consentante. Alors, nous restons durant des heures chacun de notre côté sans plus parler. Ils finiront bien par nous faire sortir d'ici.

Je me suis vaguement endormi lorsque le fracas de la porte me fait sursauter. Cinq hommes pénètrent dans la chambre. Je reconnais trois des sbires de Kuan Ti, mais les deux autres, je ne les ai encore jamais vus.

Tout se passe très rapidement. Je n'ai pas le temps de réagir que les trois hommes me soulèvent et me bloquent dans un coin de la chambre pendant que les deux autres se chargent de la fille. Je comprends rapidement ce qui va se passer sous mes yeux. J'ai beau me débattre pour lui venir en aide, je n'y arrive pas. Les deux hommes la violent avec brutalité, chacun à leur tour. Ses cris, ses hurlements, ces images restent gravées dans ma tête. Quand ils ont fini, l'un d'eux sort un couteau de sa poche et la poignarde avec froideur, à plusieurs reprises, jusqu'à ce qu'elle ne bouge plus. Ils m'abandonnent là, seul avec la pauvre fille, la porte ouverte. Je suis libre, mais trop tétanisé pour pouvoir fuir ce cauchemar.

Au bout d'un moment, je me précipite vers la fille qui gît dans son sang. Elle pose une dernière fois son regard vide sur moi et rend son dernier souffle, là, dans mes bras.

Après cette nuit-là, je veux tout arrêter, mais une fois de plus, je fais preuve de naïveté. Lorsque Kuan Ti braque son arme sur moi, je comprends qu'il ne s'agit plus du tout d'un jeu. Je suis devenu un pion dans l'échiquier, manipulable et à leur merci. Mais je suis encore pourvu de mon humanité et de mon bon sens. Hélas, ceci ne dure pas longtemps.

Le samedi suivant, je suis confronté au même scénario. Vainqueur, je finis ma soirée dans cette chambre. Une femme m'est offerte. Je prends sur moi. Je tente une approche amicale, ce qui est ridicule et insensé, je viens d'achever son frère devant ses yeux. Je veux lui expliquer ce qui va arriver si elle se refuse à moi, mais sans succès. Les hommes de Kuan Ti la violent et la tuent.

Le week-end d'après, même scénario. Assis sur le matelas, j'attends bien sagement mon lot, décidé à agir. Ou je la viole et me méprise à jamais ou elle meurt. Je suis plus virulent cette fois-ci, mais ne peux arriver jusqu'au bout sans vomir. Ils finissent mon travail. Elle est tuée.

Semaine après semaine, j'en arrive à me couper de toute émotion. Tel un loup, j'attends ma proie, debout au milieu de la pièce. La respiration courte, le visage fermé et les yeux sombres, je me lance sur la nourriture qui m'est jetée en pâture. Je la frappe et la viole sans ressentir quoi que ce soit. C'est machinal, presque bestial. Elle est épargnée, et moi, vidé de toute empathie. Ironie du sort : je suis en train de devenir l'homme que j'ai toujours haï.

Ça a duré des mois, jusqu'à ce qu'on m'affecte à une autre tâche.

96

Lucas

Dans quelques jours, je fête mon anniversaire. Je n'en ai rien à faire. Disons que, jusqu'à présent, je m'en suis passé. Il est inutile de rabâcher combien le temps passe, mais quelle belle occasion ! Une soirée pour réunir tous les notables de la ville. Je m'en réjouis d'avance. Je vais pouvoir fanfaronner à ma guise. Et surtout, rappeler à certaines personnes les services rendus : au pasteur Shepherd, les rénovations du temple, par exemple. J'irai même jusqu'à avoir une petite conversation avec notre maire au sujet de l'école et de la fuite de l'hiver dernier. J'ai effectué tous ces travaux bénévolement et le leur remémorer subrepticement n'entachera pas ma réputation, bien au contraire.

Ma grandeur d'âme me perdra !

– Lucas ? se risque Meredith en pénétrant dans ma chambre.

Assis dans mon fauteuil en cuir devant mon bureau, je relève la tête dans sa direction.

– Quoi ?

Je déteste qu'elle me dérange quand je suis tranquillement en train de méditer, et elle le sait.

– Je viens de finir les invitations pour ta soirée, m'annonce-t-elle.

– Et ?

– Et je te le dis, tout simplement.

Je balaie l'air de ma main.

– Trouve une autre occupation et fous-moi la paix. T'as des lessives, du ménage, la bouffe à faire. Ne viens pas me voir à chaque fois que tu auras fait quelque chose. (Elle me regarde d'une drôle de façon.) Tu veux que je t'applaudisse, peut-être ?

Elle secoue la tête tout en rivant son regard à ses pieds.

– Bien ! Allez, dégage !

Elle tourne les talons et quitte la pièce.

Je reporte mon attention sur l'écran de mon ordinateur et vérifie mes mails. L'orchestre pour samedi me confirme sa venue et le traiteur me renvoie la liste détaillée des produits de qualité que mes invités pourront déguster, me confirmant la présence de plusieurs serveurs et d'un maître d'hôtel pour l'installation et le service du buffet.

Parfait!

Finalement, Meredith sait s'y prendre. Elle s'est occupée de toute l'organisation, je n'ai eu qu'à confirmer. Détendu, je me laisse aller sur le dossier de mon fauteuil et clique sur une publicité qui s'affiche dans un coin de mon écran. Le lien me dirige vers un de ces sites pornographiques où l'on nous promet le nirvana.

Les images sont excitantes, je ne peux pas le nier. Ce sont de jeunes filles, asiatiques, pour la plupart. Leur âge m'importe peu. Elles se touchent, m'excitent. Leur peau semble si douce, si fragile. L'innocence brillant dans leurs yeux me fait vibrer. Je connais ce regard. J'ai vu cette étincelle refléter dans celui de mon frère à de nombreuses reprises quand nous étions gosses.

Me libérer de la tension qui m'envahit tout à coup me fera du bien. J'enfouis ma main dans mon pantalon et me caresse lascivement devant ces vidéos.

– Lucas?

Putain!

– Bordel! Fait chier! fulminé-je, à bout de nerfs.

J'ôte ma main de mon boxer et rabats abruptement l'écran de mon ordinateur, dans un geste de pudeur que je ne m'explique d'ailleurs pas.

Écœurée et les yeux révulsés par l'horreur, Meredith me lance:

– Tu visionnes des images pédophiles? Oh! Mon Dieu. Tu as déjà...

– Ta gueule! Qu'est-ce que tu fous là, encore? hurlé-je, furieux.

Elle se statufie au son de ma voix brisée par la rage.

– Je... Je... essaie-t-elle d'articuler.

– Tu quoi?

Je ne supporte pas son hésitation.

– Si tu as quelque chose à dire, dis-le!

Je me lève.

Elle pose son regard sur mon entrejambe toujours excité.

– Je... Je... bégaye-t-elle encore, tout en reculant.

J'attrape le coupe-papier et me dirige vers elle. Je vais lui faire comprendre, une bonne fois pour toutes, qu'elle n'a pas à me déranger dans ma chambre.

Elle fait encore quelques pas en arrière. Elle veut s'enfuir. Son esprit semble tourner à plein régime. Elle sait qu'elle a commis une erreur en revenant. La terreur lui voile le visage, mais je suis bien décidé à lui donner une nouvelle correction. Elle fait demi-tour. Je lui agrippe un bras à temps.

– Tu as perdu ta langue?

– Non… Je… Lâche-moi, Lucas. Je m'en vais. Je… Je…

Je me moque d'elle en l'imitant:

– Je… Je… Bon sang! Je t'ai connue plus loquace.

– Tu me fais peur… Tu es horrible.

– À genoux! lui craché-je.

– Non!

Elle tente de se dérober de ma poigne. Aussitôt, je lui plante le coupe-papier contre la gorge et siffle:

– Fais ce que je te dis. Tu as pris la stupide initiative de me déranger durant mon moment de détente, tu feras le nécessaire pour remédier à ton manquement à mes règles, et ne m'oblige pas à crier.

Dodelinant de la tête, elle se met à pleurer.

Des pleurs! Encore des pleurs! Je méprise sa faiblesse.

Je la secoue et m'écrie :

– À genoux!

Comme elle ne s'exécute pas, je la renverse de force. Elle sanglote plus fort et finit par s'agenouiller. Je la lâche un instant, le temps de glisser mon jean sur mes hanches et d'en sortir mon sexe dressé.

– Suce-moi!

– Non, se plaint-elle à nouveau.

Je lui attrape les cheveux et, avec force, je lui colle le visage contre mon entrejambe.

– Suce-moi! Bordel!

J'ai envie de savoir. Oui, j'ai envie de sentir la puissance de l'emprise que j'ai sur elle. Je veux exploser dans sa bouche. Je veux qu'elle en vomisse, qu'elle se souvienne à jamais de cet instant. Je veux la rabaisser, l'humilier, la marquer.

97

Meredith

Son sexe dans ma bouche, j'ai la nausée. Cela me dégoûte. Je vais vomir. J'ai mal à la mâchoire mais, quand je la referme, il me plante le coupe-papier sous l'oreille, si fort que la douleur me fige. J'ai peur. Je veux qu'il finisse. Je pleure. Mes larmes coulent d'elles-mêmes, mais cela lui est égal. C'est humiliant. Il me maintient la tête par les cheveux et me force à faire les mouvements de va-et-vient. Mon ventre se tord. Je n'en peux plus. La sensation est horrible. Il bute contre le fond de ma gorge et quand je pense qu'il en a enfin fini, il poursuit.

Seigneur! J'aimerais être morte à cet instant.

Il grogne et me sort des mots salaces, puis, lorsque je sens le liquide chaud et visqueux m'emplir la bouche, je vomis. Il recule et me bouscule comme une vulgaire merde. Je tombe à terre et je vomis encore et encore. C'est insupportable. Je suis à bout. Qu'ai-je fait pour mériter un tel traitement? Il se plaît à me rabaisser. Il est fou, complètement fou. J'ai peur. Oui, j'ai peur pour ma vie et celle de mes proches. Je ne sais plus quoi faire. Je vis un cauchemar. Un véritable enfer.

Allongée sur le plancher de cette maudite pièce, le visage dans mon vomi, mon corps convulse de dégoût. Je ne rejette plus que de la bile acide.

Penché sur moi, il me regarde. Je vois son sourire. Son sourire qui me glace le corps tout entier. C'est le diable en personne. Il se délecte ouvertement de ce qu'il vient de me faire subir et m'analyse. Que cherche-t-il à faire? Que suis-je pour lui? Rien. Il me le répète sans cesse. Je ne suis absolument rien ni personne.

Seigneur! Que la douleur cesse une bonne fois pour toutes. De simples menaces, il passe à l'acte et sévit de plus en plus souvent. Comme un déséquilibré, il se cherche. Je suis incapable de l'arrêter. Je m'affaiblis de jour en jour et n'ai plus ni l'envie ni la force de lutter. C'en est trop, j'abandonne.

Il veut que j'obéisse? C'est ce que je fais depuis plusieurs semaines maintenant, mais ce n'est jamais suffisant. Il en veut toujours davantage.

Il bouge, je le sens. Je ferme les yeux. Je ne veux plus le voir. Le bruit de ses pas s'éloigne. Mon corps se détend un peu. Il ne parle pas. Un silence effroyable règne dans la maison. Je ne perçois que le tic-tac agaçant de l'horloge dans le couloir et le craquement de son poids sur les planches. Il revient. Je sens sa présence dans mon dos et me fige à nouveau. Il me touche, m'essuie le visage avec une serviette rêche, passe un bras sous mes genoux et l'autre sous mes épaules pour me soulever. Il me porte jusqu'à cette pièce lugubre qui me sert de chambre, celle où je suis enfermée chaque soir. Il s'assied sur le matelas sans pour autant me lâcher et commence à me bercer contre lui.

Je n'ai même plus de larmes pour pleurer. Je me sens vidée, épuisée. J'aimerais hurler, mais cela m'est impossible. Me débattre ? Mes forces m'ont quittée depuis longtemps.

Il me chuchote des choses à l'oreille en me caressant les cheveux. Je ne les écoute pas. Sa voix me répugne autant que son odeur et que sa soudaine douceur d'aliéné. Je me renferme, me crée une bulle.

Il sort quelque chose de sa poche. C'est un flacon de médicaments. Il ouvre le couvercle et en fait glisser deux dans sa main avant de reposer le tube sur le couvre-lit. Je fixe l'étiquette et m'aperçois qu'il s'agit d'anxiolytiques prescrits au nom de Viviana Hamilton. Il me contraint à les avaler, puis m'allonge sur le lit avant de quitter la pièce.

Je me mets en boule et rive mon regard à la fenêtre. J'ai déjà essayé de la déverrouiller, mais elle est bloquée. Casser la vitre ? J'en rêve chaque soir. Cela dit, le fracas l'alerterait. Il rappliquerait à la seconde où il réaliserait ma tentative d'évasion et sa colère se répercuterait aussitôt sur moi.

Observant cette ouverture vers la liberté, vers mon ancienne vie, les premiers effets des cachets se font ressentir et l'étourdissement ne se fait pas attendre.

Stop ! Je ne peux pas ! Non, ça ne me ressemble pas. Je suis une battante. Je suis Meredith Dayle ! Je ne suis pas rien. Je dois me relever. Je dois me reprendre et lutter.

Engourdie, je me redresse et me hisse difficilement hors du lit. Je n'ai pas entendu le verrou de la porte lorsqu'il est parti. Elle doit être ouverte. Je tiens laborieusement sur mes jambes flageolantes et m'aide des murs pour me soutenir. Ma tête tourne horriblement. J'ai de nouveau la nausée. Je sors dans le couloir et tends l'oreille. Aucun son ne me parvient. Je me dirige vers sa chambre. La porte est entrebâillée. J'essaie de faire le moins de bruit possible malgré les craquements du vieux revêtement en bois. Il ne semble plus à l'étage. Je fais un pas de plus et me raidis lorsque sa voix traverse le plancher. Il est en pleine conversation téléphonique au rez-de-chaussée. Sa voix est nette. Il doit se trouver dans la cuisine. Je n'ai pas intérêt à faire le moindre faux pas, car tout s'entend dans cette vieille baraque hideuse. Je ne sais pas où il a caché mon portable, mais celui sur son bureau fera l'affaire. Je dois crier à l'aide avant de devenir une loque humaine. Je peine à avancer. Les murs autour de moi tanguent de plus en plus. La pièce tourne et mon cœur pulse contre mes tempes. Je suis si faible. Alors, je puise dans mes dernières forces pour arriver à la hauteur du combiné fixe. Je décroche, puis compose le premier numéro qui me vient à l'esprit. J'ai envie de l'entendre. Il faut qu'il vienne me libérer de ce tortionnaire, de ce fou furieux, de ce malade ! Je sais qu'il le fera, il accourra dans la seconde et je serai enfin libre.

Les tonalités retentissent. C'est long, bien trop long.

– Johnson, me répond enfin Matt. Oui ?

Mon estomac se tord d'espoir. Je ferme les yeux et réprime l'envie de hurler.

– Qui est à l'appareil ? répète-t-il.

Je couvre ma bouche et le combiné de mes mains pour ne pas parler trop fort.

– Matt ? Matt.

– Meredith ?

Je perçois dans sa voix une vive inquiétude.

– Matt, aide-moi, je…

Ma tête est heurtée de plein fouet par un objet qui se brise contre mon crâne.

Je m'effondre.

98

Lucas

– Espèce de salope ! De sale garce, m'écrié-je après avoir raccroché le téléphone. Putain !

Meredith est à mes pieds, étalée sur le sol, sonnée. J'ai encore relâché ma vigilance et elle me fait un coup de pute. Merde !

Qui a-t-elle appelé ?

Je vérifie le journal d'appels et jure encore en voyant le numéro de Matt Johnson s'afficher. Ce n'est qu'une question de temps avant qu'il ne se pointe ici. Je laisse retomber le dernier morceau de vase qu'il me reste dans les doigts et relève Meredith, la porte et l'amène dans la salle de bains. J'examine sa tête. Elle n'a pas été blessée par l'impact. Je lui donne des claques pour qu'elle se réveille. Elle semble seulement assommée. Sa respiration effleure mon visage quand je l'approche du sien, son pouls est régulier et sa poitrine se soulève normalement. Je la hisse dans la douche, allume l'eau froide et lui mets la tête sous le jet. Elle a un réflexe nerveux, mais ne rouvre pas les yeux pour autant.

Et merde ! Et encore merde !

Tant pis, je la redresse, lui entoure les cheveux d'une serviette, la porte à nouveau à bout de bras et l'installe sur son lit.

Je fais les cent pas. Matt va débarquer ici, c'est une certitude. Paniquer si facilement n'est pas dans mon caractère. Cette garce m'a bien eu. Il faut que je m'en débarrasse et rapidement. Pas ce soir, évidemment, mais d'ici peu de temps. J'ai peut-être eu les yeux plus gros que le ventre sur ce coup-là.

Putain ! Je hais ce sentiment de défaite. Je ne supporte pas d'être pris au dépourvu. Je planifie tout et cela fonctionne toujours.

Je quitte la chambre, ferme à clé derrière moi et descends hâtivement au rez-de-chaussée. Je me prépare mentalement à accueillir l'inquiétude et la colère du maire comme il se doit. Cela pourrait se solder par un affrontement musclé. Je connais les lois de mon pays. Il n'a pas à rentrer chez moi, alors, tant que Meredith sera évanouie et ne bronchera pas, je suis en sécurité.

Que vais-je lui servir comme bobard ?

J'essaie de me calmer et m'assieds sur le divan. J'allume la télévision et attends. Je suis déjà en train de planifier une stratégie me permettant de faire disparaître Meredith sans que l'on me soupçonne.

Quelques minutes plus tard, et comme prévu, j'entends une voiture se garer devant la maison. Je me lève et me rends dans la cuisine. Je pousse discrètement le rideau pour observer et peste encore.

Cet enfoiré débarque avec le shérif.

Je souffle un bon coup et vais les accueillir sur le pas de la porte avec courtoisie et politesse en accrochant à mon visage mon sourire de circonstance.

Lorsque les deux hommes sortent du véhicule, je perçois la fureur dans le regard du maire. Ils échangent quelques mots, et le shérif pose une main sur le torse de Johnson, lui intimant de le laisser parler, je suppose.

– Lucas, me salue le shérif Snow en accompagnant sa parole d'un petit geste de main touchant son chapeau.

– Shérif! Monsieur le maire! Que puis-je pour vous, messieurs?

Resté en arrière, Matt ne bronche pas et se contente de me fusiller du regard.

– Nous souhaiterions voir mademoiselle Dayle.

Le shérif se penche et scrute le hall par-dessus mon épaule. Aussitôt, je referme la porte derrière moi et avance d'un pas sous le porche.

– Désolé, messieurs, elle ne se sentait pas bien, elle est au lit. Cela m'embêterait de devoir la réveiller.

– Espèce de salopard! Que lui as-tu fait? vocifère Matt en bondissant vers moi.

Le shérif l'arrête et lui lance un regard sombre.

– Monsieur Johnson semble avoir eu une conversation subitement interrompue avec votre fiancée et s'inquiète. Je vous demanderai donc de bien vouloir lui dire de passer me voir au poste dès qu'elle ira mieux.

Je joue moi aussi l'inquiétude.

– Ah bon? Évidemment. Elle viendra. Mais... (Je fais mine de réfléchir et me tourne vers Matt.) Pourquoi insistez-vous autant, monsieur le maire?

– C'est-à-dire? me répond le shérif en contraignant une nouvelle fois le maire au silence.

– Ma fiancée se plaint de l'insistance de monsieur Johnson à son égard.

Matt se raidit, visiblement prêt à se jeter sur moi.

Je ressens physiquement son envie de m'étriper. Je jubile. Cependant, il arrive à garder son calme. Pour un peu, cette maîtrise m'impressionnerait. J'ai affaire à un ennemi à ma mesure. Je le note dans un coin de ma tête.

– D'accord, lâche simplement Snow.

Puis il poursuit, après une courte hésitation :

– Vous lui ferez passer le message ?

– Évidemment, shérif. Elle se rendra au poste dès qu'elle sera remise sur pied.

Le shérif tourne les talons et invite Matt à faire de même, mais ce dernier crache :

– Comme ça, tu auras le temps de lui bourrer le crâne avec tes…

– Johnson ! le reprend Snow. Allons-y.

– Bonne soirée, messieurs, dis-je, tout sourire.

Je regagne l'intérieur après les avoir vus quitter ma propriété et souffle un bon coup.

99

Reed

Le processus d'achat du bar-restaurant avance. Cara a viré l'argent sur mon compte en banque et en a profité pour combler mon découvert dans l'espoir que je reparte sur de bonnes bases. Nous avons rempli la paperasse nécessaire pour la demande de licence de débit d'alcool. Je suis un tantinet angoissé à cause de mon casier judiciaire. Arrêté pour ivresse sur la voie publique quelques années auparavant, je crains que cela me coûte ce fameux sésame tant attendu.

Je m'active dans le salon, ramasse les vêtements de Cara, replace les livres sur les étagères, range les magazines près de la cheminée.

– On peut parler? s'exaspère Cara.

– Parle, je t'écoute!

Elle se plante au milieu de la pièce.

– Ton père pourrait t'aider pour les travaux...

– Non. Non. Et non!

– Pourquoi?

– Parce que je n'ai pas besoin de lui, m'agacé-je, à deux doigts de faire tomber un vase posé sur la table basse. Je me suis toujours très bien débrouillé sans lui.

Ma maladresse ne lui ayant pas échappé, elle s'emporte:

– Mais qu'est-ce que tu fais?

– Je range! Ça ne se voit pas?

– C'est rangé! constate-t-elle. Tu deviens maniaque ou quoi?

Penché pour remettre correctement le vase, je me redresse, les yeux exorbités par la colère et déblatère:

– Oui! Je suis maniaque! Oui, je suis chiant! Oui, je suis violent, alcoolique, un bon à rien, un paumé, un macho, un obsédé. Allô! Réveille-toi, Cara! Je suis l'homme que tu vas épouser.

Je me tais, dérouté par le visage tout à coup hilare de Cara. Elle porte sa main à sa bouche, essayant de réprimer un fou rire.

Qu'est-ce qu'il lui prend?

– Quoi?

– Tu es surtout perturbé par le fait que ton père va arriver d'une minute à l'autre, glousse-t-elle.

Et voilà, comme d'habitude, elle a mis le doigt sur la cause de mon irritation.

J'admets :

– Aussi, mais pas que.

Le sourire de Cara est communicatif. Je ne peux tenir mon sérieux plus longtemps.

Je la réprimande en avançant d'un pas vers elle.

– Tu te moques de moi. C'est ça ?

Secouant la tête, mutine, elle recule, anticipant ce que je m'apprête à faire. Elle a beau essayer de me devancer, il est trop tard. Je me précipite sur elle, l'entoure de mes bras et la bascule sur le divan pour lui asséner d'infâmes chatouilles. Elle crie, hurle, se tord et se débat. Ses hurlements se muent en rires stridents. Elle est à bout de souffle.

– Arrête, Reed !

M'interrompant, je la fixe d'un regard faussement mauvais.

– Qui a eu l'ingénieuse idée du camping sauvage avec eux ?

Elle rit davantage.

– Moi !

– Je vais te le faire payer, gloussé-je à mon tour en poursuivant mon attaque.

– Mais tu étais d'accord.

Le calme revenu et tous les deux allongés sur le canapé, Cara me passe les mains dans les cheveux.

– Si tu veux annuler, on peut toujours.

– Nope, on y va ! Je ne reviens jamais sur ma parole. Puis, regarde, dis-je en sortant mon téléphone de la poche de mon jean.

Elle s'en saisit et lit le SMS.

[Trop contente de faire du camping
avec toi et Cara. Vivement.
Bisous. Sarah]

– Désolée, grimace-t-elle, fautive.

– Tu es désolée pour quoi ? Pour avoir refilé mon numéro à ma demi-sœur sans me demander la permission ? Ou parce que maintenant, je me sens obligé de ne pas briser le cœur d'une gamine ?

– Les deux, avoue-t-elle dans une petite moue adorable.

Me relevant, je claque un baiser sur le front de ma petite effrontée.

– Allez ! On va finir de préparer nos affaires avant que l'envie de te faire payer tes cachotteries par une bonne baise m'empêche de raisonner.

La tente, la glacière, les duvets et les sacs prêts, nous attendons l'imminente arrivée de Miller, Maggie et Sarah. Avec mon accord, Cara a organisé une petite sortie familiale en pleine nature, comme celles qu'elle faisait autrefois avec ses parents.

Les Miller ont bien évidemment accepté et arrivent sur le coup des treize heures.

Rangeant nos affaires dans la malle de sa Chrysler, Miller s'enquiert :

– Vous voulez aller où exactement ?

En guise de réponse, je hausse les épaules et signale avec mon pouce de s'informer auprès de Cara.

– Pas bien loin. Derrière la propriété des Mc Pherson, après le Creek Bridge, il y a un endroit sympa dans le bois, au bord de la rivière, explique-t-elle en me lançant un regard noir vu que je n'ai pas daigné répondre à mon géniteur.

– D'accord ! Alors, en route !

– Mets-y du tien, me glisse Cara à l'oreille.

Je lui chuchote, sans décrocher mon sourire surfait de mes lèvres :

– J'en mets. Je suis là, c'est déjà beaucoup. Alors, profite.

Elle lève les yeux, exaspérée.

– Je peux me mettre à côté de toi dans la voiture, Reed ? me demande Sarah.

Je reporte mon attention sur la jeune adolescente aux cheveux si blonds qu'au soleil ils semblent blancs.

– Avec plaisir, poupée ! acquiescé-je en lui passant mon bras autour de ses frêles épaules.

Puis, d'humeur taquine, de mon autre main, je lui fauche son Smartphone.

– Mais lâche ça un peu, ça abrutit.

– Non ! Rends-le-moi ! couine-t-elle, horrifiée de ne plus pouvoir pianoter sur sa stupide machine.

Je le mets dans la poche de ma veste, tandis que Cara me fusille à nouveau du regard.

– Papa ? se plaint Sarah.

– Il a raison, Sarah. Pas de réseaux sociaux durant notre sortie en forêt. Allez, en voiture !

– Sérieux ? Vous êtes chiants !

– Sarah ! la réprimande sa mère.

J'éclate de rire. J'adore son tempérament.

Au bout d'une petite vingtaine de minutes, nous arrivons à destination. Miller engage la voiture sur le sentier exigu menant au bord de la rivière et se gare non loin de la berge. Les affaires sorties du véhicule, nous nous affairons à monter les tentes.

Une fois cette tâche fastidieuse terminée, je m'assieds tranquillement sur un tronc d'arbre couché au sol, une bière à la main, et observe ma princesse discuter avec Maggie et Sarah. Elles improvisent un barbecue sauvage avec les galets ramassés sur la berge.

Depuis ma dernière crise de panique, Cara essaie de me changer les idées. Elle a organisé cette sortie avec la louable intention de m'aérer l'esprit, en somme. Et j'espère que cela va marcher car, depuis, je ne l'ai pas touchée. Cela ne fait que deux jours, mais pour moi qui étais habitué à baiser une, voire deux femmes tous les jours, je suis un peu à cran à ce niveau-là, et je me connais : ça va mal se terminer. Je vais finir par ne plus penser qu'à ça. D'ailleurs, je ne pense déjà plus qu'à lui faire l'amour.

Je secoue la tête pour m'ôter toutes les images de baise perverses qui me viennent en tête et souffle un bon coup avant de porter ma bière à mes lèvres.

Deux cannes à pêche en main, Miller me rejoint.

– Tu as déjà pêché ? me demande-t-il en me tendant l'une des deux cannes.

Péché ? Oh oui ! J'ai déjà péché par luxure. Dans toutes les positions possibles, d'ailleurs, à deux ou même à plusieurs…

Portant une nouvelle fois ma boisson à la bouche, je me mets une claque mentale, puis, le regard méfiant, je reporte à nouveau mon attention sur Cara. Elle nous observe, un large sourire béat aux lèvres qui trahit ses espoirs.

Des efforts… Des efforts…

Bon sang ! Pourquoi ai-je promis cela ? Je ferais mieux de tourner sept fois ma langue dans ma bouche ou je pourrais peut-être bien la tourner autre part : sur ses tétons tendus par l'excitation ou sur sa chatte. Stop !

Me saisissant de la canne, je crache :

– Évidemment !

Je me lève et le suis.

Passant à côté de Cara, je lui lance un regard lui intimant de s'abstenir de tout commentaire. Elle répond en levant les mains, puis je l'entends glousser dans mon dos.

Au bord de l'eau, le matériel au sol, sans un mot, je m'occupe à équiper ma ligne sous l'œil attentif de Miller. Je sens son regard sur moi, mais n'y prête aucune attention.

Les pieds immergés, sans me soucier d'être trempé, j'avance dans l'eau et lance mon leurre. Avec habileté, je prends le fil de mon index pour le bloquer le long de la canne, puis, en un mouvement progressif, j'accélère et arrête ma canne, tel le pêcheur expérimenté que je suis. L'appât flottant à la surface, j'effectue de vifs coups de poignet pour l'animer et attirer une proie.

– Tu as du style, effectivement. Tu as appris comment ?

– J'ai un chalet dans les Green Mountains. J'ai appris là-bas.

– D'accord. Belle région !

– Effectivement.

Il insiste :

– Tu ne comptes toujours pas te montrer plus loquace avec moi ?

Je souris, puis je prends mon air de sale gosse et lui chuchote en me penchant vers lui :

– On pêche. Et quand on pêche, il faut garder le silence, je crois. Non ? Sinon, les petits poissons, bah, ils se font la malle.

Il secoue la tête, dépité par mon sarcasme.

– OK, bien vu ! Tu as gagné.

– Merci.

Me regardant du coin de l'œil et esquissant un sourire qui m'est familier parce que j'ai très souvent recours au même, il ajoute :

– Mais je n'abandonne pas pour autant.

– Évidemment. Ce serait trop simple.

Il rit.

Très vite, je remarque qu'il n'y a pas l'ombre d'un poisson dans cette rivière, et cela m'agace. Continuer à discuter avec lui ? Je n'en ai pas vraiment envie. J'ai beau chercher un sujet, le seul me venant à l'esprit est : pourquoi être parti sans moi à l'époque ? Tant que je n'aurai pas dépassé cela, je serai incapable d'avancer dans cette pseudo-relation.

M'impatientant, je jette un coup d'œil à Cara et Maggie qui bavardent gaiement, puis mon regard est attiré par Sarah. Le parfait tableau de famille en camping. Celui que j'aurais rêvé de vivre à l'âge de Sarah en compagnie de mon frère.

À cette pensée, je souris. Nous nous serions sûrement chamaillés à longueur de temps et Lucas aurait fini à l'eau tout habillé. J'aurais pris un malin plaisir à l'y jeter.

Perdu dans cette réflexion, une idée me vient lorsque je vois Sarah s'approcher de ma veste posée sur le tronc d'arbre pour reprendre son téléphone. Bien décidé à l'embêter un peu, je lâche subitement ma canne et me rue vers la berge.

– Non, Sarah ! N'y pense même pas !

Surprise, elle se retourne et n'a que le temps de prononcer « quoi? » que je la soulève et l'emporte sur mon épaule. Je la fais tourner et l'éloigne de ma veste.

– Pas de portable, voleuse !

– Reed ! crie Sarah, mi-amusée, mi-agacée. S'te plaît. C'est trop injuste, je m'ennuie !

– Tu avais un livre tout à l'heure. Lis, c'est bien plus instructif.

Je la chatouille en l'amenant au milieu de l'eau, sous les yeux rieurs et émus de tout le monde.

– Je viens de le finir, rit-elle. Je veux mon portable.

D'une main, je sors mon propre téléphone de la poche arrière de mon pantalon.

– Tiens ! Prends le mien.

Je lui mets sous le nez pour qu'elle puisse l'attraper.

– Il est pourri, proteste-t-elle en me repoussant le bras. On ne peut même pas aller sur Internet avec cette relique, grand-père !

La laissant légèrement glisser le long de mes jambes, je la menace de lui plonger la tête sous l'eau.

– Tu viens vraiment de me traiter de vieux clou, là ?

– Oui ! T'es un vieux clou, glousse-t-elle en essayant de se retenir à ma cuisse.

100

Cara

Comme Maggie et Jackson, je ris, émue de voir Reed et sa sœur se chamailler. C'est tellement attendrissant d'assister à ce semblant de complicité fraternelle. Le chemin risque d'être long, mais je suis persuadée qu'il arrivera à dépasser ses craintes.

Je me lève. Les préparatifs du barbecue étant terminés, je me propose pour aller chercher des brindilles pour allumer le feu.

Marchant seule entre les arbres à fouiner dans les feuilles qui jonchent le sol depuis plusieurs minutes, je profite du grand air. Cette atmosphère de camping sauvage me rappelle les week-ends de mon enfance avec mes parents et parfois en compagnie de mes grands-parents. Je me remémore les brochettes de marshmallows, les histoires le soir autour du feu et le pistage d'animaux grâce à leurs empreintes dans la terre humide.

Accroupie pour récupérer deux brins secs de châtaignier, des craquements de pas attirent mon attention. Aussitôt, je relève le nez et scrute l'horizon. La lumière du jour est encore vive, mais il y a des zones d'ombre sous le couvert des arbres, alors j'inspecte chaque buisson, chaque obstacle me barrant la vue, à la recherche d'une présence animale. Je pense à un cerf ou un chevreuil. Je tends l'oreille ; le bruit cesse. Un coup de vent forme un tourbillon de feuilles sèches, ce qui attire une nouvelle fois mon attention. Je me redresse à l'affût de tout autre mouvement. En rebroussant chemin vers le campement, je me sens épiée. À chaque enjambée, l'angoisse me submerge. Ce que je trouve ridicule. J'accélère le rythme, inquiète de me sentir suivie. Derrière moi, les pas martèlent à nouveau le sol et résonnent, me donnant l'impression que mon assaillant a adopté une cadence infernale. Je panique et me mets à courir. Me retournant à maintes reprises, affolée, j'aperçois enfin une silhouette non loin de moi, planquée derrière un tronc d'arbre, vêtue d'un sweat noir à capuche.

Les yeux larmoyants à cause de ma course, je peine à voir s'il s'agit réellement d'une personne ou du fruit de mon imagination. Mon traqueur s'étant arrêté, je ralentis, à bout de souffle. Je marche à reculons sans lâcher du regard cette forme statique. Clignant des paupières, je la fixe. La peur au ventre, je la vois disparaître derrière l'arbre.

Décidée à déguerpir au plus vite, je me retourne, puis heurte une masse imposante.

– Mon Dieu ! m'écrié-je, épouvantée, en laissant tomber les morceaux de bois.

– Hé, princesse, calme-toi ! Ce n'est que moi.

Reed appose ses deux mains sur mes épaules agitées et les descend le long de mes bras pour me les frictionner, puis il me ramène contre lui.

Le souffle saccadé, terrorisée, je tremble de tout mon être.

Que vient-il de se passer?

– Tu m'expliques?

Je m'efforce de m'apaiser contre lui, mais, la bouche ouverte, aucun son ne veut s'en échapper. Inquiet, Reed resserre son étreinte et examine les environs.

Il s'écarte et se baisse pour ramasser mon tas de branches éparpillées.

– Quelqu'un me suivait, finis-je par articuler.

S'arrêtant dans son mouvement, il lève des yeux écarquillés et perplexes vers moi.

– C'était sûrement un promeneur. Nous ne sommes probablement pas les seuls dans le coin.

– Il me suivait, moi, Reed. Il m'a couru après.

– Bah, écoute, je croise une fille aussi magnifique que toi dans les bois, je te cours aussi après.

Je sais qu'il essaie de me faire rire, mais cela ne fonctionne pas.

– C'est censé me rassurer?

– Non, te faire sourire. Mais, apparemment, ça ne marche pas. Allez, rentrons au campement, ajoute-t-il en m'invitant à avancer. Et dorénavant, évite de te promener seule par ici.

– Oui, papa, raillé-je.

De sa main libre, il me donne une fessée.

– Avance ! Et reste devant moi que je puisse garder un œil sur toi et ton adorable petit cul.

– Rhô ! Bon sang ! dis-je en levant les yeux au ciel. Tu es irrécupérable !

– Le grand air m'inspire, rit-il en m'emboîtant le pas.

Il a beau faire le pitre, il semble tout de même soucieux.

– Une simple feuille morte te donne des envies, répliqué-je, amusée.

– Tu n'as pas tort : une simple feuille morte sur ton corps nu, Mmmh !

– Reed !

– Quoi?

Il laisse tomber les bouts de bois, m'attrape par les hanches et m'arrête pour m'attirer à lui. Surprise, je pousse un petit couinement.

Contre mon dos, il se penche afin d'avoir un accès à mon cou et vient y déposer un ruisseau de baisers. Sans me lâcher, il me fait avancer jusqu'au tronc en face de nous et me contraint à pivoter et à m'y adosser.

Une fois face à lui, je remarque un petit sourire en coin se dessiner sur son visage. Il n'a pas besoin de me le dire, je sais ce qu'il a en tête, et déjà, mon corps s'embrase.

– Là et maintenant? susurré-je.

Un simple son de gorge vibrant de désir me répond par l'affirmative. Puis il colle ses lèvres sur ma peau frémissante. J'aimerais qu'il m'embrasse, mais, depuis sa dernière crise, il ne l'a plus fait. Il ne m'a pas touchée non plus, ce qui ne lui ressemble pas le moins du monde. Mais j'ai compris. Comme tout le reste, il a besoin de temps et, ma foi, sentant son érection se gonfler contre mon ventre à cet instant, je suppose qu'il est à nouveau prêt à faire l'amour. Et je m'en réjouis. L'endroit est peut-être mal choisi. D'autant que je suis persuadée d'avoir aperçu un rôdeur tout à l'heure.

Cette soudaine réflexion fait chuter toute ma libido. Je le repousse.

– Non. S'il te plaît, pas ici.

Il recule le buste, les sourcils froncés.

– Merde, Cara! Pourquoi?

– Quelqu'un rôde dans les parages. Il pourrait nous voir ou même pire, nous observer.

Agacé, il insiste sur un ton sarcastique:

– Rhô! Allez, princesse! On s'en fiche. Ça lui fera de l'animation.

Je le pousse à reculer et le réprimande du regard.

– Allez! Retournons au camp.

– Avec l'envie et l'érection que je me paie, dit-il en tirant sur son jean, je ne suis pas près de pouvoir m'y pointer.

Gloussant, je secoue ma main droite en l'air.

– Tu sais ce qu'il te reste à faire, répliqué-je en me tordant de rire.

Le visage faussement furieux, il s'élance sur moi et nous entamons une course-poursuite tels deux adolescents, criant et riant.

Ce moment de légèreté me fait vite oublier ma frayeur et les branches devant servir à allumer le barbecue.

La nuit tombe peu à peu. Assis autour du feu flamboyant et crépitant, nous grillons nos brochettes de marshmallows en discutant de sujets anodins. Après un échange de regards entendus, Maggie et moi avons stratégiquement engagé une conversation sur le base-ball, seul atome crochu, après la pêche et leur foutu caractère, paraît-il, entre Jackson et Reed. L'unique but est de leur faire partager leurs points de vue respectifs sans que des remarques acerbes fusent dans tous les sens. Du moins, cela a le mérite d'éviter les sujets délicats, car la tension entre les deux hommes est toujours aussi palpable.

Assise sur les genoux de Reed, lovée contre lui, je l'écoute lancer ses pronostics sur la fin de saison. Bercée par sa voix et ses balancements nerveux, je me concentre sur les mouvements de sa bouche, le battement de ses longs cils noirs et la profondeur de son regard aussi bleu qu'un lagon. Je me perds dans mes pensées. Je profite de cet instant de pur bonheur dans ses bras. Rien ne peut m'affecter. Rien ne peut plus m'atteindre.

Je me souviens…

***

Quelques semaines plus tôt… New York, juin 2016

Sur le trottoir en bas de chez moi, j'assiste, impuissante, à l'effroyable scène. Reed reçoit le premier coup de batte en plein ventre. Je hurle. L'horreur continue par une droite bien placée au niveau de son menton et d'une béquille qui lui fait perdre momentanément l'usage d'une jambe. Je m'époumone. Je les supplie d'arrêter. J'implore ses agresseurs au moment où, tel un pantin désarticulé, Reed s'effondre sur le trottoir.

Ses assaillants partis, je me rue et m'agenouille à ses côtés, complètement paniquée par l'état dans lequel ses agresseurs l'ont laissé. Je prends peu à peu conscience de la gravité de ses blessures. Après avoir appelé une ambulance, je lui pose la tête sur mes cuisses et, tout en caressant ses cheveux et son visage meurtri, je hurle à m'en briser la voix.

– Reed? Reed! S'il te plaît, ouvre les yeux, répété-je sans cesse. S'il te plaît. N'abandonne pas, ne m'abandonne pas.

– Mademoiselle? Que vous arrive-t-il? Qu'y a-t-il? s'inquiète un passant.

– Il… Ils l'ont… Ils…

– Vous avez prévenu les secours?

Perdue et ne trouvant plus mes mots, je hoche vivement la tête, puis reporte mon regard noyé de larmes sur Reed, inconscient.

Les lèvres tremblantes, j'articule :

– Il n'a pas le droit de m'abandonner, je... Je... Je n'ai plus qu'eux.

Les yeux maintenant fixés dans le vide, sous le choc, je poursuis :

– Je voulais l'embrasser...

– C'est votre petit ami?

La bouche ouverte, prête à donner des explications, je me ravise. Je n'en ai tout simplement plus le courage et finis par à nouveau hocher la tête.

– L'ambulance ne devrait plus tarder, maintenant. Parlez-lui. Votre voix l'aidera à tenir bon.

– Vous croyez? demandé-je, hébétée.

– Oui.

Les secours arrivent et le prennent rapidement en charge. Dans un état critique, il est transporté au Bellevue Hospital Center, aux urgences. Après toute une batterie d'examens: bilan sanguin, neurologique, suivi d'un scanner et d'une I.R.M. diagnostiquant de multiples fractures, un traumatisme crânien avec perte de conscience établissant un type de coma stade 2, Reed est admis au service de soins intensifs et de réanimation.

Le bip rythmé du monitoring m'accueille lorsque je suis enfin autorisée à lui rendre visite, plusieurs heures après. Branché à de multiples appareils médicaux, il est allongé sur ce matelas, le visage tuméfié. Il semble dormir profondément.

J'avance doucement en l'observant attentivement. Cet homme d'apparence robuste paraît si faible et si fragile à cet instant. Je ravale un hoquet nerveux. Les yeux gonflés par mes larmes et la fatigue, je renifle. Ce que j'ai vécu au cours de la soirée est si terrifiant que je peine encore à assimiler les raisons.

Je m'assieds sur le fauteuil non loin du lit et continue de l'épier. Vêtu d'une chemise blanche aux imprimés ronds et bleu pâle, celles dont on affuble les patients, Reed est toujours d'une beauté à couper le souffle. Je fixe les allées et venues de sa poitrine se soulevant paisiblement, à un rythme régulier.

Hésitante, je finis par rapprocher mon assise et enserre sa main posée le long de son corps meurtri.

Que puis-je pour lui?

D'après les médecins, son état reste critique. Il faut attendre de voir son évolution au cours des prochaines heures, m'ont-ils dit.

– Reed, commencé-je. Tu te souviens de notre cabane dans le grand chêne?

Je marque une pause, puis souris.

– Qu'est-ce que tu pouvais être casse-pieds à toujours nous interdire d'y monter lorsque tu voulais rester seul. Nous, on voulait simplement s'amuser. Alors, avec Lucas, on tournait autour du tronc en criant pour t'en faire sortir. (J'émets un faible et triste rire à cette évocation.) Avec du recul, je pense qu'on était bien plus casse-pieds que toi.

Posant lourdement mon front sur son avant-bras et resserrant ma poigne, je ravale un sanglot. J'ai peur, très peur que ce soit la dernière fois que je puisse lui parler. N'ayant pas pu dire au revoir à mes parents, je souhaite rester là, à lui tenir la main et à lui communiquer mon ressenti. S'il doit partir cette nuit, je serai présente. Il ne mourra pas seul.

– Reed! Ne nous abandonne pas. On a encore besoin de toi. Tu as toujours été notre pilier. Je te pardonne toutes tes paroles. Je les comprends mieux à présent. S'il te plaît. Reste avec nous.

Entrelaçant mes doigts aux siens, je poursuis:

– Je t'ai menti, Reed. Oui, je t'ai menti. Tu as raison, je ressens bien quelque chose pour toi, mais tu me fais peur. J'ai peur de t'aimer, alors que je me suis engagée avec Lucas. Je ne veux faire souffrir aucun de vous deux. Un jour, peut-être. J'ai besoin de stabilité. Tu représentes tout sauf ça, Reed. Laisse-moi le temps. Et je te promets qu'un jour, on tentera quelque chose. J'imagine déjà le tableau: on aura une belle petite maison. Tu auras le métier de tes rêves, et moi: une galerie d'art. On se mariera. Tu feras un sublime marié, j'en suis certaine. Puis, on aura un très beau petit garçon. Il aura tes yeux, oui, tes magnifiques yeux bleus. Il jouera dans une équipe de base-ball, comme toi lorsque tu étais petit. J'ai toujours rêvé d'appeler mon fils Noah. Je suis persuadée que ce prénom te plaira…

Je me tais en me sentant ridicule et reporte mon regard larmoyant sur son visage. Emportée par ma peine et une irrépressible envie, je me redresse lentement, puis viens déposer mes lèvres sur les siennes. Ce contact chaste m'anéantit un peu plus. J'aurais dû y céder bien avant.

Mon baiser provoque un gémissement profond de Reed, puis, un mouvement imperceptible de sa tête.

Surprise, je recule et me précipite à la porte.

– Il vient de bouger! crié-je aux infirmières assises derrière leur bureau.

Aussitôt, elles accourent dans la chambre. Après un examen de la motricité oculaire et de sa réactivité, l'infirmière se tourne, navrée, vers moi, puis secoue négativement la tête.

– Il arrive que certains patients réagissent à différents stimuli extérieurs, mais votre…

– Ami, précisé-je.

– Mais votre ami est toujours en sommeil. Vous l'avez touché?

– Oui. Il a gémi et bougé la tête.

– Où l'avez-vous touché?

– Je… Je l'ai embrassé, avoué-je, honteuse.

L'infirmière ne peut réprimer un sourire et, sortant de la pièce, elle ajoute:

– Continuez. Vous êtes peut-être son ancre…

***

Secouée par Maggie et toujours lovée contre Reed, je sors de ma bulle.

– Tu viens m'aider?

Maggie me désigne la bassine remplie de couverts et de casseroles.

– Avec plaisir!

– Sarah, viens aussi, s'il te plaît, poursuit Maggie.

– Oh non, maman! J'ai trop froid, je vais choper la mort!

– La belle excuse!

J'interviens. Sarah semble réellement frigorifiée.

– Laisse-la rester avec les hommes, Maggie, on est bien assez de deux.

– Ce n'est pas lui rendre service de céder, mais bon, passons pour une fois. D'accord, tu peux rester, mais surveille les hommes, alors, lui intime-t-elle sur le ton de la plaisanterie. Qu'ils ne se bagarrent pas!

Sarah hausse simplement les épaules et rajuste sa couverture autour d'elle.

Me délogeant des bras de Reed, discutant toujours de sport avec son père et intensément observé par sa demi-sœur qui semble vénérer chacun de ses mots, je dépose un baiser sur sa tempe, puis suis Maggie sur la berge.

Une assiette en main, je m'enquiers:

– Je peux vous poser une question assez intime?

– Oui. Bien sûr.

– Comment avez-vous su que Jackson était l'homme qu'il vous fallait? Je veux dire… Vous l'avez connu en prison, cela ne vous a-t-il pas effrayée?

– Tu as des doutes en ce qui concerne Reed?

– Non. Je n'ai pas de doute. Je l'aime, je veux l'épouser, mais il est… Il me…

– Il te fait peur?

Je hoche la tête, confuse. Il ne me fait pas réellement peur, mais je n'arrive pas à toujours bien le gérer.

– Il te fait peur? Ou tu as peur d'un avenir avec lui?

– Honnêtement, son passé me fait peur. Il a eu une vie hors norme, et moi, une vie bien rangée…

Maggie me coupe la parole.

– Vous vous complétez, Cara. Ne cherche pas plus loin. Tu as besoin de vivre, il a besoin de stabilité.

– C'est ce que vous avez vécu avec Jackson?

– Jackson a vécu des choses horribles en prison. Étant son infirmière, je pansais ses plaies. Il se battait tout le temps. Il ne se passait pas une journée sans qu'il ne vienne à l'infirmerie. C'est un bel homme; je n'étais pas insensible à son charme. Mais tu comprends bien que ma place de soignante était délicate. Jamais je n'aurais pensé tomber amoureuse d'un patient et encore moins d'un détenu, mais, au fil des jours, quand Jackson n'a plus eu d'excuses valables pour justifier ses bagarres, j'ai compris qu'il ne le faisait que dans un seul but: venir me voir. J'étais devenue son accroche à une vie saine. Un espoir.

– Et que représentait-il à vos yeux?

– L'interdit, le danger, la passion. Il me mettait sur un tel piédestal que je me sentais vivante, intéressante, aimée. Je ne voyais plus que par lui. Tout le reste m'importait peu.

– Et à sa sortie?

– À sa sortie, cela n'a pas été très facile. Incarcéré durant quinze ans, il devait se réadapter. Je l'ai épaulé du mieux que je le pouvais. Il me cachait beaucoup de choses. Il disparaissait des jours entiers. Lorsqu'il rentrait, je n'avais que le droit à quelques grognements, ricane-t-elle. Depuis peu, j'ai compris qu'il recherchait simplement son fils.

Rangeant le dernier couvert dans la bassine, Maggie se tourne vers moi et, m'enserrant le poignet, elle poursuit avec un regard bienveillant:

– Ma fille. Je ne suis pas ta mère et je ne sais pas ce qu'elle t'aurait conseillé, mais ne te pose pas toutes ces questions, vis! Si tu es heureuse avec lui, profite. Essaie de ne pas le voir comme une cause perdue qu'il faut à tout prix sauver, accepte-le tel qu'il est. Je ne te dis pas de tout lui passer et de ne pas l'aiguiller, mais n'essaie pas de le changer, tu finirais par te perdre toi-même.

Buvant chaque mot, je prends conscience qu'effectivement, je tente encore trop souvent de le changer plutôt que d'apprendre à le connaître en profondeur. Je lui mets un tel poids sur les épaules que je peine à savoir si je serais capable de le supporter moi-même.

– Merci, Maggie !

– De rien, ma belle. Tu peux me parler quand tu le souhaites, d'accord? Allez ! Allons rejoindre nos hommes et la petite lâcheuse, tu veux?

101

Reed

Je bois une autre gorgée de ma bière en écoutant Miller me ressasser les exploits d'Alex Rodriguez, joueur de troisième but de l'équipe des Yankees de New York. Je suis d'accord avec lui, Rodriguez est le joueur en activité comptant à son actif le plus de matchs joués, de passages au bâton, de circuits, de points produits et j'en passe. Et en plus il affiche le total de buts le plus élevé durant cette saison. En revanche, je trouve ridicule le fait que les médias le mettent sur un tel piédestal.

Au moment où je souhaite lui dire qu'il ferait mieux de faire quelque chose de plus utile pour la société avec tout le pognon qu'il gagne à chaque match, les filles reviennent de la vaisselle.

S'asseyant à cheval sur mes cuisses, Cara passe les mains dans ma chevelure ébouriffée par le vent.

– On vous laisse, les jeunes !

Jackson et Maggie prennent congé.

– Sarah, viens te coucher. Laisse les amoureux tranquilles !

– Rhô, sérieux ? Je n'ai pas envie de dormir, il est à peine onze heures.

– Allez, ne discute pas ! s'énerve Miller.

Grommelant, elle finit par nous faire la bise et rejoindre leur tente familiale.

Je m'enquiers aussitôt en voyant la petite bouille énamourée de Cara :

– De quoi avez-vous parlé ?

– De Jackson. De toi.

– Ne me dis pas que tu lui as vanté mes performances sexuelles, plaisanté-je. Parce que si ma belle-mère se met à fantasmer sur moi, cela va devenir un peu glauque.

Cara recule le buste, sidérée.

– Ta belle-mère ?

– Ce n'est pas comme cela qu'on appelle la femme qui fricote avec son géniteur ?

Elle acquiesce dans un large sourire attendri *made in Cara*, ravie de m'entendre sortir ce genre de débilités.

– Tu as les mains gelées ! remarqué-je lorsqu'elle met ses mains sur mon cou.

Elle glousse.

– Oui. L'eau de la rivière est glacée.

– Je vais aller te réchauffer sous la tente, dis-je en la soulevant pour l'emporter avec moi.

Elle ricane de plus belle en s'enroulant autour de moi.

Je ne l'ai pas embrassée sur la bouche depuis ma dernière crise. Cela dit, ses petites lèvres ourlées qu'elle se pince avec les dents pour ne pas rire trop fort me rendent fou. J'en ai envie, mais les souvenirs que ce contact fait remonter m'en empêchent. J'étais pourtant arrivé à dépasser ça et je pensais qu'embrasser Cara ne me dégoûterait jamais.

Je la dépose devant la tente en la faisant glisser le long de mon corps avide du sien sans relâcher mon étreinte, puis me penche vers son petit visage qui se tend d'hésitation. Je viens chercher sa bouche avec lenteur et douceur en faisant le vide dans mon esprit, mais c'est peine perdue.

***

Cornfield, 31 janvier 2004

Allongé nu et anéanti sur le divan, mes larmes ne veulent plus couler. J'attends, les mains attachées dans le dos et les chevilles, aux pieds du canapé, terrorisé par ce qu'ils vont encore pouvoir me faire. J'ai fermé les yeux, je ne veux plus les voir. Leurs cris, leurs gémissements et les bruits de peau moite claquant l'une contre l'autre m'écœurent déjà bien assez. Cette femme pue le tabac froid, le whisky à plein nez et un parfum de fleurs – ou de je ne sais quoi – répugnant. C'est une horreur.

Je les entends chuchoter et le crissement du cuir du fauteuil m'indique qu'ils se lèvent. Ils doivent avoir fini leur affaire, et je suis conscient que c'est mon tour.

– Attends, dit Mc Garret. Tiens-lui la tête.

Je me raidis en sentant les doigts aux ongles crochus de cette femme se planter dans mes joues. J'essaie en vain d'échapper à sa poigne, mais ma position m'empêche d'utiliser plus de force, alors j'abandonne. Moins je me débattrai, plus ce sera rapide. D'un œil ouvert, je vois Mc Garret s'approcher de moi son sexe en main au moment où sa partenaire me monte dessus et pose ses genoux de chaque côté de mes hanches. Je sens ses fesses dévêtues sur mes cuisses ainsi que son sexe mouillé se frotter contre mon pénis, pendant que lui se masturbe au-dessus de mon visage.

Un liquide chaud et visqueux s'épand sur ma bouche. La prostituée se penche sur mon buste, vient me lécher les lèvres et force la pénétration de ma bouche de sa langue mélangeant salive et sperme. Un haut-le-cœur s'empare de moi. Je ressens le besoin de vomir, mais j'en suis incapable. Elle continue, encore et encore. Je n'ai plus que le goût fétide de sa salive partout dans ma bouche.

***

– Mon cœur, me secoue Cara, tentant de me sortir de mon cauchemar éveillé. Si tu n'en as pas envie, ne le fais pas. D'accord?

Je ne m'étais pas aperçu que je n'avais fait que coller mes lèvres contre les siennes et que je ne bougeais plus.

– J'en ai envie.

Elle fronce les sourcils et s'écarte de moi.

Je vois à son expression qu'elle est déçue et ne comprend pas mon comportement. Mais qui peut la blâmer? Moi-même, je ne me comprends pas. Je ne suis plus dans cette ferme maudite, entouré de ces personnes infectes, alors pourquoi je réagis comme cela?

– Attends, dis-je en la retenant par le bras avant qu'elle ne se glisse sous la toile de tente.

Je la ramène contre moi et je l'embrasse. Mes mains sur ses petites joues froides, je lui donne, cette fois-ci, un baiser fougueux en faisant le vide dans mon esprit.

Le désir égoïste, voilà ce qui m'a animé durant des années, voilà ce que j'ai perdu ces derniers temps et que je dois retrouver. Mais puis-je trouver un juste milieu entre l'égoïsme et les besoins de Cara?

Sous la tente, nos langues s'entremêlent encore. Allongé sur son corps fragile, je bifurque sur son cou que je mordille, lèche. Je brûle, me consume. Elle agrippe mes cheveux, se frotte contre moi en m'excitant davantage. Je descends sur elle, lui soulève son pull qu'elle finit par ôter pendant que je parcours son ventre qui se creuse et se gonfle par saccades. Je remonte sur sa peau et lui ôte son soutien-gorge. Encore une fois, je ne réfléchis plus, je suis juste poussé par mon besoin primaire: la prendre jusqu'à l'extase. Je me saisis d'un de ses seins au téton vivement tendu et viens le sucer, puis le tirer du bout de mes lèvres en glissant une main sous sa culotte. Elle mouille déjà et je frémis en introduisant un doigt en elle. Ses légers gémissements étouffés me rendent dingue. La pression dans mon boxer s'intensifie. Je m'empresse de me dévêtir et finis par lui enlever son jean, son sous-vêtement, puis je me cale à nouveau sur elle, entre ses cuisses qu'elle écarte. Dans une poussée brute et sauvage, je la pénètre. Elle crie, je lui appose une main sur la bouche et la réprimande du regard. Elle ne doit pas faire de bruit. Ses yeux me sourient et brillent de désir. Je poursuis et imprime à mes hanches un mouvement sec et profond.

Je lutte pour garder le contrôle autant sur mon besoin d'éjaculer que sur mon esprit qui laisse une porte ouverte aux souvenirs. Je ferme les yeux, plisse même les paupières à chaque coup de reins. Je noie mes grognements dans ma gorge. Sa chaleur, son odeur, sa façon d'accueillir ma brusquerie m'ancrent dans la réalité ; il faut que je m'accroche à ça. À elle et à mon désir. J'essaie de penser à quel point il est bon d'être en elle, de sentir mon sexe glisser contre le velours du sien et être enveloppé dans sa tiédeur.

Elle se cramponne à moi et plante ses ongles dans ma peau, je la sens venir. Il lui est de plus en plus difficile de retenir ses cris, et son corps se contracte davantage autour de ma queue, ce qui me catapulte aux portes d'un orgasme euphorique et rocambolesque. Je jouis avec elle, ma bouche contre la sienne afin d'étouffer mutuellement nos râles d'extase.

Je peine à trouver le sommeil. Cara n'arrête pas de gigoter et de souffler.

– Bon sang, Cara. Dors !

– Tu ne dors pas ? s'enthousiasme-t-elle.

Je grogne.

– J'essaie.

– Il y a des bruits bizarres dehors, des bruits de pas.

Me redressant légèrement sur mes coudes, je lui lance :

– On est dans un bois. Il y a des animaux sauvages qui chassent, qui vivent la nuit, Cara ! Dors, parce que demain, nous serons réveillés tôt par le soleil. Et arrête de psychoter !

Elle soupire une nouvelle fois, puis se cale contre mon dos lorsque je me retourne pour adopter une meilleure position. Je finis par m'endormir jusqu'à ce qu'un cri strident me sorte du sommeil.

Le cœur cognant vivement contre ma poitrine, je bondis.

– Qu'est-ce qu'il y a ?

Je pivote vers Cara et répète ma question :

– Qu'est-ce qu'il se passe?

Elle ne me répond pas, je poursuis:

– Tu as fait un cauchemar?

Elle secoue la tête et me montre du doigt l'extérieur.

– Quelqu'un, peut-elle seulement prononcer.

Rondement agacé, je m'assieds, m'extirpe du duvet et enfile mon jean.

Cette petite entêtée n'arrivera pas à dormir tant que je ne lui aurai pas prouvé que personne ne rôde dehors.

– Où tu vas? s'inquiète Cara en me maintenant par le bras.

– Dehors!

– Non! Et s'il...

– Il n'y a personne dehors, Cara! C'est ton imagination débordante qui te joue des tours!

– Il y avait une main contre mon visage!

Ahuri, je répète:

– Une main?

Elle hoche la tête, le regard révulsé par la peur.

Soucieux, je me dégage de sa poigne, ouvre la fermeture et me faufile hors de la tente après avoir enfilé mes chaussures.

Prudent, je me lève et inspecte les alentours, une lampe torche à la main.

– Qu'est-ce qu'il vous arrive? retentit la voix de Jackson.

– Rien, grogné-je en ne voyant que l'obscurité de la nuit nous entourer.

Miller sort la tête dehors.

– Pourquoi hurlait-elle?

– Cara se refait sa propre version de *Blair Witch*, raillé-je en balayant les arbres de la lampe.

– *Blair Witch*?!?

– Un film d'épouvante où de *viiiiilaines* sorcières que l'on ne voit jamais terrorisent des adolescents stupides en mal de sensations fortes, m'emporté-je, trouvant tout ceci parfaitement ridicule.

– J'ai vu une main, Reed! Elle me touchait au travers de la toile, explique Cara en s'extirpant prudemment de la toile de tente.

Irrité, je reporte mon regard et la lampe sur elle.

– Toi! Tu fais demi-tour, tu te mets la tête sous le duvet et tu dors!

– Une main? reprend Jackson, étonné.

Je m'emporte encore.

– Évidemment que non ! Ce n'était pas une main. Il n'y a personne ici. Allez ! Rendormez-vous. S'il faut, je reste un peu là.

Esquissant un sourire forcé en direction de Cara, j'ajoute :

– Rassurée ?

– Attends ! Ramène la lampe par ici, c'est quoi, par terre ? se tracasse Jackson en me désignant une trace à ma droite.

Au bord de la crise de nerfs, je m'exécute en râlant.

– Vous êtes sérieusement en train de me les cass…

Je me tais et m'avance en pointant le faisceau lumineux sur ce qui ressemble à un cercle tracé au sol à l'aide d'un bout de bois sorti des braises. Le survolant avec davantage d'attention, je peste. Putain ! C'est quoi ce cirque ? Je ne mets pas deux secondes avant de voir rouge.

– C'est quoi ? demande Jackson.

– Un cœur.

Je secoue la tête, bouillonnant de l'intérieur, fulminant.

– Quoi ? répètent Cara et Jackson, à l'unisson.

– Un cœur entourant une putain de lettre C ! vociféré-je.

Jackson et Cara sortent à la hâte des tentes pour me rejoindre.

– Je veux partir, Reed, lance Cara. Je veux partir d'ici.

Maggie et Sarah arrivent et s'horrifient à leur tour. Un craquement de branches retentit. Je remonte aussitôt la lampe en direction du bruit et, porté par la rage, je laisse tomber la torche à mes pieds, puis pique un sprint droit devant moi.

J'ai vu une silhouette entre deux troncs se cacher juste avant que la lumière ne l'atteigne.

Fou furieux, hors de moi, je cours à travers les buissons, contourne les arbres, saute les obstacles. Je ne vois rien, je poursuis le néant.

M'immobilisant au milieu d'une petite clairière, je hurle :

– Montre-toi, connard ! Tu veux t'en prendre à Cara ? Passe-moi d'abord sur le corps ! Tu m'entends ?

Je prends une longue bouffée d'air et tourne sur moi-même les bras tendus devant, invitant ce connard à se montrer.

– Allez ! Viens ! Bâtard ! Ça te fait bander d'effrayer une fille ? Hein ? Tu prends ton pied ? Tu reposes tes putains de pattes sur elle, je te crève ! Tu entends ? Je. Te. Crève ! Je te pends par les couilles et je te saigne !

N'entendant que mes battements de cœur heurter violemment ma poitrine et le vent m'effleurer les oreilles, je fais demi-tour et regagne le campement sous les regards inquiets des Miller et de Cara.

À hauteur de ma tente, j'agrippe la première corde et fais sauter la fixation.

– On dégage d'ici! grogné-je.

Un cinglé s'amuse avec Cara. Ici, je n'ai aucun moyen de la protéger.

***

New York, janvier 2009

J'ai enfin retrouvé la trace de Cara, grâce à un article relatant les exploits de son père au cours d'une périlleuse opération couronnée de succès. L'article mentionne le nom de l'hôpital où bosse monsieur Avery. Je m'y suis donc rendu et je l'ai discrètement suivi à sa sortie du travail. Les parents de Cara habitent un joli quartier bourgeois dans le New Jersey. Leur maison est grandiose et reflète leur aisance. Je passe alors plusieurs jours sur le trottoir d'en face, planqué dans ma voiture, à observer les moindres mouvements, les moindres allées et venues en espérant, un jour, y voir arriver Cara.

Un dimanche neigeux. Mon attente est enfin récompensée.

Le coude appuyé sur la portière, au volant de ma Mustang, je patiente en écoutant la radio. Il est presque midi, et mon ventre commence à gronder. Je mets le contact, décidé à partir manger. Mais je l'éteins aussitôt quand je vois arriver une Ford grise conduite par une jeune fille. Elle se gare devant l'allée qui monte au garage des Avery. Les vitres de son véhicule étant semi-teintées, je ne suis pas encore certain qu'il s'agit de Cara. Cependant, au moment où une merveilleuse et magnifique jeune femme sort, emmitouflée dans un blouson, mon cœur éteint reprend vie.

Elle est si belle. Ses longs cheveux, à moitié cachés par un bonnet en laine, forment une cascade sur son manteau. Sa petite bouille, la même qu'autrefois, est rafraîchissante et respire la joie. Je peux percevoir l'étincelle de malice dans son regard. Cette même étincelle que j'ai eu le bonheur de voir durant mon enfance.

Ma respiration s'emballe instantanément. Je suis saisi d'un intense élan d'amour. Un sentiment que je n'ai plus ressenti depuis des années. Je veux courir vers elle et la prendre dans mes bras. Je souhaite tellement pouvoir la serrer contre moi, sentir son odeur et entendre sa voix. Elle est là, devant moi, bien vivante, et son sourire me signifie qu'elle est heureuse.

Agrippant la poignée de ma portière, prêt à aller la rejoindre, un éclair de lucidité me traverse l'esprit. Elle est heureuse et les choses doivent rester ainsi. Mon univers est devenu bien trop sombre pour elle. Même si la revoir a réactivé en moi une once d'humanité, je ne suis plus un homme, mais une brute assoiffée de sexe, enrôlée dans une spirale infernale de trafics, de crimes, d'abus et de corruption. Je ne peux décemment pas l'entraîner dans ce monde. Le sien transpire la sécurité, l'amour et la bienveillance. Je ne suis plus que l'ombre de moi-même, un type arrogant et violent. Elle est si pure, presque intouchable. Nous marchons sur deux chemins parallèles, dans le même espace-temps, mais si lointains l'un de l'autre.

Si je veux l'approcher, il me faut prendre une autre direction. C'est à moi de le faire, non à elle. En attendant d'y arriver, je dois m'assurer que rien ne change dans sa vie. Je dois la protéger de tout ce que j'ai pu vivre. Je dois l'aider à réaliser ses rêves, même si cela me coûte de rester dans l'ombre pour l'instant.

Je l'ai enfin retrouvée et ne la lâcherai plus.

… Plus jamais…

Nous sommes le 31 janvier 2009, jour de mon vingt-troisième anniversaire, et c'est l'un des plus beaux jours de ma vie, le plus merveilleux des cadeaux.

102

Lucas

Dans les bois proches du campement des Miller, de Cara et de Reed, le sourire incrusté aux lèvres, j'écoute mon frère déblatérer ses futiles menaces :

– Allez ! Viens ! Bâtard ! Ça te fait bander d'effrayer une fille ? Hein ? Tu prends ton pied ?... Tu reposes tes putains de pattes sur elle, je te crève ! Tu entends ? Je. Te. Crève ! Je te pends par les couilles et je te saigne !

Mon épaule calée sur l'écorce d'un arbre, je le regarde faire demi-tour.

Je ne savais pas qu'ils s'étaient organisé une petite virée camping en famille. Je me sens presque jaloux de ne pas avoir été invité...

Oh, quel con !...

Je me fais rire tout seul.

Jaloux de leur ridicule simulacre de famille, moi ? Jamais. Je vais même m'offrir un malin plaisir à tous les anéantir un par un.

Pourquoi ? Juste par plaisir, ou pour me faire bander, comme le dit si bien mon abruti d'aîné qui ne pense qu'à sa queue. Cela dit, on ne peut pas lui ôter que sa queue a toujours été fascinante. Je ne suis pas homosexuel ; je n'ai jamais été attiré par aucun autre homme que mon frère. En fait, je n'ai aucune orientation sexuelle. Je suis juste poussé par mes désirs. J'en ai peu, mais ils sont bien là.

Chaque chose en son temps. J'ai découvert leur petite escapade dans les bois cet après-midi en voyant Cara se balader. J'étais venu chercher des cordes au cabanon pour m'aider à fixer les tentes du comité des fêtes qui me serviront à accueillir mes invités demain lors de mon anniversaire. Ces idiots m'ont livré les toiles et l'armature sans le nécessaire pour les tendre. J'ai donc dû trouver une solution d'urgence.

Bref, mon chemin a croisé celui de Cara et j'ai, en conséquence, décidé de jouer un peu avec les nerfs de ce cher Reed. Et, ma foi : jackpot ! Pari amplement réussi !

Son impulsivité, son besoin incessant de protéger les personnes qu'il aime lui ont par le passé coûté bien des choses, mais il s'entête. Enfant, je ne comprenais pas pourquoi mon père le menaçait sans cesse de s'en prendre à moi. Je pensais qu'il ne m'aimait tout simplement pas. Mais aujourd'hui, je

comprends. Il utilisait seulement l'empathie de Reed comme levier pour arriver à ses fins qui n'étaient autres qu'assouvir ses désirs, ses pulsions, identiques à ceux que je ressens aujourd'hui.

***

Cornfield, 2 juillet 2003

La gorge enserrée par la main de mon assaillant, j'essaie de me dégager. Mais Robert est bien trop fort pour moi.

– Fais ce que je te dis! crie-t-il à mon frère.

Reed hésite, les yeux larmoyants et exorbités par la terreur. Il se tient à deux mètres à peine et passe son regard sur nous, tour à tour. L'horreur et la peur s'y reflètent quand il le pose sur Robert, et la pitié, l'empathie ou autre, quand il le pose sur moi.

J'attrape le poignet de celui que je pense être mon beau-père. J'ouvre la bouche pour respirer le peu d'air que peuvent encore engloutir mes poumons, et je supplie Reed afin qu'il obéisse.

Robert est encore rentré ivre du Joey et, comme à chaque fois, il a des envies et, comme à chaque fois aussi, mon frère doit s'y atteler. Je ne comprends pas trop pourquoi Robert a cette tendance à toujours vouloir que Reed lui donne du plaisir. Ce que je sais, en revanche, c'est que mon frère lui plaît physiquement. Il le répète sans cesse.

Je sens ma tête tourner. Je suis à deux doigts de tourner de l'œil quand Reed s'écrie:

– C'est bon, lâche-le, je vais le faire.

Robert finit par s'exécuter en me laissant filer, un grand sourire collé au visage, tandis qu'il déboutonne déjà son pantalon.

Et, comme chaque jour, j'assiste au viol de mon frère. Et, comme chaque jour, je finis par trouver ça de moins en moins dérangeant. Cela arrive même à m'exciter. Adolescent, mes hormones sont en ébullition et je commence à découvrir le plaisir de l'orgasme.

***

Après ma petite farce dans les bois, je rentre à la maison. Meredith enfermée dans sa chambre, je suis tranquille pour faire mes petites affaires.

Je passe la nuit sur le divan, devant la télé, et, le lendemain, je me réveille avec les premières lueurs du soleil.

Ce matin, nous devons passer au poste du shérif avec Meredith afin de calmer les esprits échauffés. Je lui ai bien fait comprendre que si elle ne se comportait pas comme je l'entendais, je la punirais. Je choisis minutieusement sa tenue pour qu'elle ressemble à une bonne petite femme sage et propre sur elle, puis nous nous y rendons.

Je gare la voiture devant le bâtiment et, coupant le contact, je m'enquiers :

– Tu te souviens de ce que tu dois dire ?

Elle baisse le regard et observe ses doigts qu'elle tripote nerveusement. Aussitôt, j'y appose ma main pour qu'elle cesse ce tic agaçant.

– Arrête de te montrer si nerveuse ! Réponds ! Que dois-tu dire ?

– J'étais malade et je me suis trompée de numéro en appelant.

Elle se tait en déglutissant.

J'insiste sévèrement. Elle n'est pas du tout convaincante.

– En appelant qui, Meredith ? Qui ?

– Le maire Johnson.

– Bien ! dis-je en ouvrant ma portière. On y va.

À l'intérieur, nous sommes amenés à attendre bien sagement devant la porte du bureau d'Edward Snow. Je suis impatient. Nous avons un tas de choses à faire pour la fête de ce soir. Après ce petit entretien, je dois impérativement passer à la supérette et finir mon escapade au Joey afin de récupérer les pompes à bière, et ensuite retourner à la ferme pour surveiller les installations.

– Meredith, Lucas, nous accueille poliment Snow. Suivez-moi, je vous prie.

Dans son bureau, nous nous asseyons en face de lui.

Je m'enquiers aussitôt :

– Shérif, vous souhaitiez nous voir ?

– Alors, dit-il en se raclant la gorge et en scrutant Meredith. Je souhaitais voir mademoiselle Dayle au sujet du mystérieux appel de l'autre soir. (Il reporte son attention sur moi.) Vous pouvez nous laisser seul à seule un instant ?

Je l'avais bien entendu anticipé, et normalement Meredith doit instantanément répliquer :

– Je n'ai rien à cacher à mon fiancé. Je souhaite qu'il reste, dit-elle d'une voix bien trop vacillante et haut perchée à mon goût.

Mais quelle piètre comédienne!

Il hésite, mais n'insiste pas.

– D'accord. Poursuivons, alors.

Il prend son stylo et appuie à plusieurs reprises sur le bouton-poussoir avant de continuer:

– Que s'est-il passé? Monsieur le maire affirme vous avoir eue au téléphone et, je cite ses dires: vous lui auriez demandé de l'aide.

La poitrine de Meredith se soulève rapidement. Je lui agrippe la main et serre ses doigts pour l'inciter à déballer ce qui est convenu. Sa nervosité est bien trop palpable. Je tente de rattraper son manque de crédibilité:

– Vas-y chérie, dis-lui! N'aie crainte.

Aussitôt, elle plante des yeux incertains dans les miens. Nous dévions du plan initial, mais ai-je le choix? Cette dinde n'est même pas foutue de jouer un rôle durant deux minutes.

– Vous avez quelque chose à me dire? insiste Snow.

De but en blanc, elle lui sort:

– J'étais malade, je me suis trompée de numéro.

Parfait! C'est encore moins crédible! Mais quelle idiote!

Je souffle, puis je souris poliment au shérif qui se gratte l'arcade sourcilière suspicieusement, sans quitter Meredith du regard.

– D'accord, et vous n'avez rien à rajouter?

Elle secoue négativement la tête en baissant les yeux.

J'essaie une nouvelle fois de rattraper le coup en changeant de conversation.

– Vous avez reçu mon invitation, shérif?

Il peine à reporter son attention sur moi et scrute les moindres faits et gestes de Meredith.

– Hum...

– J'espère que vous nous ferez l'honneur de venir?

Rivant enfin ses yeux aux miens, il pose un coude sur son bureau et porte son poing contre ses lèvres avant de marmonner:

– Je viendrai, oui.

– Parfait! (J'empoigne les accoudoirs de mon siège, prêt à partir.) Vous souhaitiez savoir autre chose, shérif?

– Si mademoiselle Dayle n'a plus rien à dire, c'est bon, vous pouvez disposer.

– Chérie ?

Elle secoue à nouveau la tête.

– Bon, nous partons.

Je me lève et tends une main vers lui.

– Shérif !

Il l'attrape.

– Lucas. Nous nous voyons ce soir.

Je souris.

– Avec grand plaisir.

103

Reed

Accoudé à la table de la cuisine, je sirote mon café en feuilletant le journal. J'essaie de me concentrer sur l'article que je lis, mais les événements de la veille me poursuivent.

Était-ce une blague d'adolescents campant dans les bois ou une véritable menace ? Pourquoi Cara ? Était-ce Lucas ? Nous en avons vaguement parlé en rentrant dans la nuit après le départ des Miller. Cara semble persuadée de l'implication de mon frère dans cette mauvaise farce. Mais pourquoi jouerait-il à ça ?

Je laisse ces questions de côté, repose le journal et passe une à une les enveloppes du courrier de la veille. Au milieu de factures, l'une d'entre elles attire mon attention. Non cachetée de la poste et manuscrite, aux noms de Cara et Reed Hamilton, je l'ouvre, curieux.

Un apéritif dînatoire suivi d'un bal animé par l'orchestre Évasion
sera organisé en ce samedi 11 juillet à 19 heures à la ferme Hamilton
en l'honneur du vingt-huitième anniversaire de Lucas.
Mesdames, veuillez vous parer de votre plus belle robe de cocktail,
et vous, messieurs, revêtir votre plus beau costume.
Lucas et Meredith

Je ris.

– Qu'est-ce qui te fait autant rire, mon cœur ? demande Cara en pénétrant dans la pièce.

Encore ensommeillée, elle vient se lover contre moi pour lire à son tour le carton d'invitation que je lui tends, puis elle soupire.

– Effectivement, c'est drôle.

Je repose le papier et enlace Cara.

– Tu es arrivée à bien dormir, finalement ?

– Oui.

Elle m'embrasse, puis me scrute de haut en bas d'une mine boudeuse.

– Tu es déjà habillé ?

– Oui, j'allais partir rendre visite à monsieur « Soirée mondaine ».

– Le rôdeur des bois, tu veux dire ?

– Cara !

Elle hausse les épaules.

– Dommage, dit-elle la bouche en cœur et se tortillant contre moi.

J'arque un sourcil et raille :

– Seigneur ! J'ai transformé ma petite amie en monstre insatiable de sexe.

– Tout à fait, professeur Frankenstsexe.

Glissant son index sous la ceinture de mon jean et l'élastique de mon boxer, elle recourbe son doigt et tire le tout vers elle pour y plonger un œil intéressé.

– Miam, magnifique ! Je suis affamée, ce matin.

Ôtant mon tee-shirt, je rétorque :

– La vie m'a appris à ne jamais abandonner une demoiselle en détresse. Grincheux attendra.

Basculant la tête en arrière, elle éclate de rire.

Avant de me rendre à la ferme, comme prévu, je fais une halte au Joey. Après une courte discussion avec la serveuse et buvant une lampée de mon bourbon au comptoir, mon regard est attiré par une jeune femme blonde aux cheveux légèrement bouclés en train de commander un thé.

– Melinda ! la salué-je d'une voix méprisante.

Elle me jette un rapide coup d'œil. Son visage, jusque-là souriant, se ferme et, contre toute attente, elle me rejoint, sa boisson à la main.

– Reed, minaude-t-elle. Tu n'es pas avec ta copine ?

– À moins qu'elle se cache dans ma poche, tu vois bien que non !

– Toujours aussi aimable, à ce que je vois.

– Effectivement !

– Comment fait-elle pour te supporter ?

Je bois une gorgée de ma boisson et ne relève pas sa remarque.

– Bon, et toi ? Tu as fini de crier au loup et de pleurnicher auprès de ton idiot de frère ? demandé-je.

– Tu n'as pas été tendre ce soir-là, je te rappelle.

– Je suis comme ça. Je t'avais prévenue, non ?

Sous mon œil perplexe, elle se hisse sur un tabouret à mes côtés.

Je crache :

– Qu'est-ce que tu veux ? Tu n'as pas un autre type à harceler ?

– Te parler de ton frère.

Déjà rondement agacé, je soupire.

– Qu'est-ce que tu lui veux?

– Je veux lui faire rompre ses fiançailles avec Meredith.

Aussi stupéfait qu'amusé, j'éclate d'un rire profond. C'est ridicule.

– Ah bon! Et pourquoi ça?

Ma voix trahit mon sentiment, alors, avec tout le dédain dont je suis capable, je la toise de haut en bas avant de porter une nouvelle fois mon verre à ma bouche.

– Parce que je suis amoureuse de lui.

Je recrache ma gorgée et m'étouffe, hilare.

– Non, mais tu es sérieuse, là? (Elle garde le silence.) Et que veux-tu que cela me foute? Mon frère a autre chose à faire que de s'enticher d'une gamine et d'une emmerdeuse dans ton genre. Meredith est peut-être pénible, mais elle, au moins, elle sait baiser, alors que toi... Un sac de pommes de terre serait plus réactif.

Je suis interrompu par une gifle, qui, je dois l'avouer, me prend au dépourvu. Vexée, Melinda descend du tabouret.

Je secoue la tête. La garce! Elle a de la force.

Je lui saisis le bras avant qu'elle ne s'en aille, puis la ramène brusquement vers moi.

Les yeux emplis de hargne, je fulmine:

– Laisse mon frère tranquille. Laisse-nous tous tranquilles, tu piges? Va jouer à la poupée avec tes petites pestes de copines et...

– Hamilton! Lâchez-la, intervient le shérif Snow.

Je me retourne, puis siffle:

– Shérif.

Je m'exécute en accompagnant mon geste d'un regard foudroyant. Edward Snow s'accoude aussitôt au comptoir.

Avec toute la politesse dont je suis capable à cet instant, je lui propose:

– Je vous offre un verre, shérif?

– Non merci. Pas pendant mon service.

– Comme vous voulez.

Attrapant le verre d'eau que lui tend la serveuse, Snow reporte à nouveau son attention sur moi.

– Dites-moi? Vous avez pour habitude de violenter les jeunes filles?

– Seulement celles qui me giflent.

– Et elles vous giflent souvent?

Affichant un sourire arrogant, je ne peux m'empêcher de railler:

– Boh, vous savez, lorsque vous êtes un spécimen aussi remarquable que moi, vous suscitez immanquablement la jalousie, la dépendance, les cris, l'hystérie. S'ensuivent le vol de petites culottes, les cris aigus, les évanouissements. C'est fatigant. Mais dès que vous ne leur accordez plus suffisamment d'attention, elles se mettent en colère, et là, c'est le drame! Rien de plus normal. (Je fixe mon regard brillant de sarcasme dans le sien.) Mais je ne pense pas que vous puissiez comprendre, shérif!

Je ponctue ma parole par un clin d'œil.

– Vous vous trouvez drôle? réplique-t-il.

– Boh, ma foi, je me débrouille assez bien. J'ai cru entrevoir l'ombre d'un sourire sur votre visage.

– Vous avez eu des nouvelles de votre beau-père?

Je me raidis, mais tente de rester impassible, et choisis une nouvelle fois la voie de l'humour.

– Nope! Mais, maintenant que vous le dites, j'aurais peut-être dû lui envoyer une carte postale pour lui souhaiter son anniversaire. Mince, mais quel distrait je suis!

Je me tourne en sentant une présence derrière moi.

– Snow! Hamilton! nous salue Matt Johnson en s'asseyant à ma gauche.

Je râle. Je voulais être tranquille: c'est loupé!

– Monsieur le maire, bonjour, répond Edward.

– Vous devriez aller faire un tour du côté de la vieille fonderie. Des plaintes ont encore été déposées à la mairie, ce matin. Au sujet de rôdeurs.

– Évidemment! J'y vais. (Il fait un léger signe de la main.) Messieurs, bonne journée.

Je pense qu'il en a fini, mais il se penche sur moi.

– Toi et ton frère, je vous ai à l'œil.

Snow prend rapidement congé, non sans me lancer un dernier regard suspicieux. Je finis le fond de mon verre, prêt à partir pour rejoindre la ferme.

– Comment va Cara? s'enquiert rapidement Matt.

Agacé qu'il se préoccupe tant d'elle, je rétorque sèchement:

– Écoutez! Si vous pouviez vous occuper de vos affaires et laisser ma fiancée tranquille, je vous en serais vraiment reconnaissant, sinon cela pourrait très vite dégénérer, maire ou pas.

Sur ma menace, je me lève. Matt me retient en posant une main bienveillante sur mon épaule.

– Cara est effectivement une très belle jeune femme, et vous avez énormément de chance d'être avec elle, mais vous n'avez aucun souci à vous faire quant à mes intentions. Elle ne m'intéresse pas le moins du monde.

– Alors, arrêtez de lui tourner autour !

Il change de sujet.

– J'ai entendu dire que vous souhaitiez reprendre le bar sur Pines Avenue ?

– Oui, et quel est le rapport ?

– Je peux vous aider à obtenir la licence, lance-t-il. J'ai vu passer votre dossier, et il semblerait qu'il contienne un détail assez gênant, mais qui pourrait être rapidement oublié.

– Et… ? Je perçois comme une sorte de chantage. Quel est votre intérêt dans l'histoire ?

– M'aider.

– Décidément, c'est la journée ! Allez-y, déballez votre sac !

Résigné et n'ayant pas réellement le choix, je me rassieds.

– Votre frère et Meredith.

Exaspéré, j'ironise aussitôt :

– Oh ! Comme c'est original. Vous ne pouvez pas leur lâcher les baskets ?

– Vous comme moi avons remarqué le changement de comportement de Meredith, non ?

– Oui, et alors ? Elle voulait être avec Lucas ; elle a eu ce qu'elle voulait ! Quand elle baisait avec moi, elle devait sûrement baiser avec vous et espérait se taper mon cadet. Conclusion : c'est une salope ! Passez à autre chose ! Vous vous êtes fait pigeonner comme un bleu.

Matt semble perdre patience, cependant il garde son sang-froid. Ce mec est fort ou complètement à côté de la plaque en ce qui concerne Meredith.

– Vous pouvez penser ce que vous voulez d'elle, mais elle n'est pas comme vous la décrivez. Je… je l'aime et la voir dans cet état me tue. Vous pouvez comprendre ? S'il arrivait la même chose à Cara ? Si quelqu'un de malfaisant s'en prenait à elle et lui infligeait une sorte de lavage de cerveau.

– Primo, je vous signale que vous parlez de mon petit frère ! Et ensuite, Cara n'est pas Meredith ! Elle est bien plus intelligente et sensée !

– Comme vous voulez, mais vous ne vous inquiéteriez pas, à ma place ?

– Si quelqu'un s'en prenait à Cara, il serait mort dans la seconde qui suit !

Et je vous répète que Meredith a eu ce qu'elle voulait, autrement dit mon frère ! Elle a été claire sur ses intentions à ce sujet il y a des mois. Donc, remballez vos sentiments et tout le paquetage qui va avec, elle vous a pris pour un abruti. Point ! Ça fait mal, mais c'est comme ça.

Je lui tapote l'épaule et rajoute :

– Ça passe avec le temps.

– Vous êtes toujours aussi con ? se défend Matt, légèrement offensé.

Je quitte à nouveau mon assise, bien décidé à partir cette fois-ci.

– C'est mon passe-temps favori, oui, répliqué-je avec un sourire narquois.

Je n'ai pas fait trois pas que Matt remet le couvert :

– Vous savez où est passé Robert Mc Garret ? Votre beau...

Putain !...

– Je sais qui est Mc Garret, merci, lui coupé-je sèchement la parole en pivotant sur moi-même pour à nouveau lui faire face.

Le regard désormais hostile, je poursuis :

– Il est loin d'ici. Pourquoi cet intérêt soudain pour un homme disparu depuis de nombreuses années ?

– Il était autrefois marié à ma grande sœur.

– Quoi ?

Je tombe des nues. C'est quoi encore, cette histoire ?

– Je suis originaire d'Athens, s'explique Matt. Je suis venu à Cornfield dans l'espoir de le retrouver, mais, il y a douze ans, il n'était déjà plus là.

– Pourquoi vouloir à tout prix le retrouver ?

– Il y a environ vingt-cinq ans, ma sœur aînée a disparu, six mois après son mariage avec Mc Garret. Il a été lavé de tout soupçon, mais je reste convaincu qu'il n'est pas tout blanc dans l'affaire. Elle était pleine de vie avant lui. Puis, tout à coup, son comportement a changé. Elle nous fuyait. Nous. Sa famille. Elle a commencé à se négliger, puis ne s'est plus rendue à son travail. Cela ne vous rappelle pas quelqu'un ?

Je souffle en rassemblant les pièces du puzzle.

– Meredith.

– Oui. Et d'après elle et votre frère, vous seriez directement impliqué dans la disparition de Robert.

Qu'est-ce qu'il raconte ? Je serre poings et mâchoire.

– C'est-à-dire ?

– Monsieur le maire ! s'écrie Lucas en pénétrant, tout guilleret, dans le bar. Frangin ! Quelle bonne surprise.

Et merde ! Il ne manquait plus que mon teigneux de petit frère.

De quoi parlait Matt? Le fait que j'aie été convoqué l'autre jour au poste serait-il de sa faute? Serait-il décidé à tout déballer?

Matt grogne et tourne les talons. La vue de Lucas paraît vraiment le dégoûter, mais ce dernier l'intercepte en affichant un sourire indubitablement surfait.

– Vous nous quittez déjà?

– J'ai des tonnes de dossiers à la mairie, et vu l'absence de Meredith depuis quelques jours, j'ai le double de travail, répond-il, la mâchoire serrée.

– Oh ! Meredith? Elle couvait une petite grippe.

N'en croyant pas un mot, Matt le reprend sur un ton dédaigneux.

– Elle couvait une petite grippe ! Évidemment, comme c'est pratique.

Lucas ignore volontairement la remarque acerbe et s'exclame :

– Tant que je vous tiens, tous les deux. Vous avez dû recevoir mon invitation. Ce soir, Meredith et moi organisons une fête à la ferme pour mon anniversaire. (Il se tourne vers moi.) Frangin, toi et Cara êtes conviés. Ainsi que vous, monsieur le maire.

D'une voix exagérément enjouée, il précise :

– Nous mettons les petits plats dans les grands. Alors, enfilez vos plus beaux atours, messieurs !

L'assurance et la suffisance de Lucas excèdent Matt au plus haut degré. Je le vois trépigner.

– Et pourquoi participerais-je à cette mascarade?

– J'ai invité toute la ville. Il serait éminemment regrettable que notre honorable maire ne se joigne pas à ses administrés.

Il sort un prospectus de sa poche et le lui tend.

Les nerfs à vif, Matt rive son regard hargneux au sien et s'en va sans une autre parole, nous laissant seuls. Je le suis du regard et vois au travers de la vitre que Meredith se trouve dans sa voiture, à patienter. Lorsque Matt sort, ils échangent de longs regards troublants, mais elle détourne les yeux, mal à l'aise.

Je reporte mon attention sur Lucas.

– J'allais venir te voir.

– Et que me veux-tu?

– Déjà, te féliciter pour tes fiançailles, dis-je, sarcastique.

– Je devrais en faire autant, paraît-il?

– Effectivement.

– Parfait ! Et ensuite ?

– Ensuite, ton petit plan de vengeance prend forme ?

Lucas ricane amèrement.

– Tout de suite les grands mots ! La vengeance est un plat qui se mange froid, dit-on, non ?

– Ce n'est pas faux. Ceci dit, fais attention à l'indigestion ou à l'intoxication. Ce serait dommage que tu te retrouves cloué au lit le jour de ta petite fiesta.

– Ah, ah ! Toujours le mot pour rire.

Lui claquant amicalement la joue, je rétorque :

– J'essaie, j'essaie. C'est tout un art, p'tit frère.

Il recule, agacé par mon geste.

Je poursuis :

– Et sinon, ta petite balade nocturne dans les bois t'a plu ?

– Hum ? Je peux savoir de quoi tu parles ?

Lucas s'accoude nonchalamment au comptoir. J'adopte la même position et oscille de la tête.

– Tu sais quoi ? Ton incapacité à jouer les innocents m'a toujours désespéré.

– Peut-être, mais je ne vois toujours pas de quoi tu parles. Désolé. (Il lève le bras vers la serveuse.) Sally, je viens chercher les pompes à fûts. J'ai appelé hier.

Cette dernière acquiesce et disparaît dans la réserve.

– Comment se porte ta belle Cara ? continue-t-il.

– Bah, ma foi, plutôt bien. Elle est heureuse, je le suis aussi. On vit d'amour et d'eau fraîche. C'est le bonheur, raillé-je avant de rajouter d'un ton plus sévère : entre deux menaces, on forme le parfait petit couple.

Lucas prend un faux air stupéfait.

– Oh, vraiment ? On vous menace ? Mais c'est horrible. Qui peut bien se prêter à une chose pareille ? De nos jours, les gens sont d'une telle cruauté.

Vivement irrité par sa façon d'agir, je m'emporte, me redresse et lui attrape le col de sa chemise pour le plaquer au comptoir.

Il commence vraiment à me mettre en rogne avec ses petits airs hautains. Je rêve de lui foutre une raclée depuis New York, après la gifle à Cara.

– T'as fini ton petit jeu minable ? Qu'est-ce que tu veux ? Vas-y, crache le morceau !

Sans bouger d'un pouce et pas même un brin effrayé, Lucas me répond calmement :

– Reprendre ce que tu m'as volé, et bien plus encore.

Refermant ma poigne plus fermement et, lui remontant le vêtement sous le menton, je fulmine :

– C'est Cara ? C'est ça ? Tu la veux, elle ? Tu…

Lucas part dans un profond éclat de rire.

– Bon sang ! Que tu es misérable ! Ce n'est pas parce que tu fais une fixette sur elle depuis toujours que le monde entier est à ses pieds. Ouvre les yeux, mon pauvre !

– Oh ! Les gars ! intervient Sally. Allez régler vos comptes dehors.

Elle lui tend ce qu'il était venu chercher.

– J'y allais, siffle Lucas. Si mon cher frangin me laisse partir, évidemment.

Je le lâche et recule d'un pas. Je bous et ne comprends pas la haine de Lucas. C'est totalement incohérent. Qu'ai-je fait pour subir sa rancœur ?

Tuer Robert ? C'est Lucas lui-même qui lui a porté le premier coup.

L'abandonner ? Oui, c'est la seule chose que je me reproche, mais ne me suis-je pas racheté en veillant à son confort toutes ces années ?

Remettant sa chemise en place, Lucas me lance, plein de dédain :

– Ravi d'avoir discuté avec toi.

Qu'il se barre ou je lui en colle une.

– Dégage !

Je lui fais signe de déguerpir sur-le-champ.

Dans un sourire narquois et adoptant une allure décontractée, Lucas tourne les talons.

Arrivant sur le seuil, prêt à partir, il se tourne et croise mon regard noir.

– Tu feras un bisou à Cara de ma part et tu lui diras de prendre garde au grand méchant loup dans les bois.

Il ponctue sa phrase en joignant ses deux pouces et ses deux index pour former un cœur et part dans un rire strident.

C'en est trop. Putain ! C'était bien lui !

Je vais l'étrangler. Bar ou pas, témoin ou non, je vais lui mettre une raclée, le remettre à sa place une bonne fois pour toutes. Dans mon élan, je le bouscule, lui fais perdre l'équilibre. Lucas tombe en arrière et roule sur le gravier pour venir percuter de la tête un pneu arrière de son pick-up. Il n'a pas le temps de se redresser que je suis déjà sur lui, prêt à frapper, le poing fermé et menaçant au-dessus de son visage.

Je cogne un coup rapide et précis. Lucas ne réagit pas.

– Qu'est-ce que tu lui veux à Cara ? grogné-je. À quoi tu joues ? Réponds !

Paniquée, Meredith sort du véhicule.

– Reed ! tente-t-elle de me calmer.

Je n'y fais pas attention et frappe encore.

– Reed, laisse tomber, continue-t-elle.

Toujours sans se défendre, Lucas encaisse en esquissant un léger sourire, puis un plus large révélant ses dents ensanglantées. Il se met à rire.

Je m'énerve davantage en le secouant.

– Qu'est-ce qui te fait rire ?

– Toi.

Je me redresse :

– Va te faire foutre, Lucas ! Je ne sais pas ce que tu cherches à prouver, mais fais attention à toi.

Lucas se lève péniblement et plonge un regard méprisant dans le mien.

– Je peux en dire autant et, je serais toi, je garderais un œil sur Cara.

– Tu la menaces, maintenant ?

Lucas s'emporte enfin :

– Oui ! Je vais réduire à néant tout ce qui te rend heureux jusqu'à ce qu'il ne te reste plus que tes yeux pour pleurer sur ta misérable et merdique existence.

Hargneux, je fulmine :

– Tu veux vraiment en arriver là ? Tu veux vraiment jouer à ce petit jeu avec moi ?

– Je m'en délecte d'avance…

– Lucas, rentrons, supplie Meredith en l'attrapant par le bras. S'il te plaît.

Je croise le regard de cette dernière et y perçois quelque chose de désespéré et d'inquiétant.

104

Cara

Je ne récupère pas mon homme, mais une véritable boule de nerfs. Il vient encore de se battre avec son frère. Que puis-je faire ? Rien. J'abandonne et me répète ce que m'a dit Maggie : cela ne sert à rien d'essayer de le changer. Un rien l'énerve, il s'emporte facilement. Il est comme ça. Point !

La radio calée sur ma station favorite, je prépare le déjeuner lorsqu'il redescend de la salle de bains après s'être une énième fois bandé la main. Il vient se loger dans mon dos. Je me tourne pour lui faire goûter la sauce bolognaise. Il penche la tête et avance le menton, mais évite la louche pour effleurer mon visage.

Je recule en protestant :

– Hé ! Goûte, s'il te plaît !

– Tu en as sur la bouche. Je préfère savourer la sauce sur tes lèvres.

– Oh !

Je frémis jusqu'à la racine des cheveux et le laisse finalement faire. Dès que sa langue vient méticuleusement lécher la commissure de mes lèvres, je m'enflamme. Il y met beaucoup de lenteur et de douceur, et accompagne son geste d'un regard brûlant.

– Mmh, délicieux.

Mon Dieu ! Cet homme est un brasier ambulant ! Il a suffi d'une fraction de seconde et d'un léger contact pour que mon corps monte en température. Je fonds, me liquéfie et cesse de respirer. Remuant son bassin contre moi, il me prend à pleine bouche, puis me fait reculer contre la gazinière. J'aime qu'il m'embrasse et qu'il ait retrouvé l'envie de le faire me rassure.

Une fois bloquée entre lui et le meuble, il me contraint à me tourner et se cale une nouvelle fois derrière moi. J'incline la tête sur le côté pour lui laisser libre accès à mon cou qu'il frôle et mordille après l'avoir dégagé de mes cheveux.

– Je dois finir de cuisiner.

– Finis, finis, susurre-t-il. Je reste discret.

– Je ne peux pas me concentrer avec tes baisers et tes caresses.

Je me tais lorsqu'il glisse une main baladeuse le long de mon ventre et l'enfouit dans ma culotte. Un gémissement étouffé s'échappe de ma gorge. Je bascule la tête en arrière et la pose sur son épaule.

– Tu n'écoutes jamais rien, dis-je d'une voix que le désir fait vaciller.

– Je sais.

Je lâche un « ah » de plaisir quand il introduit un doigt en moi et je frémis.

– Et tu aimes ça, relève-t-il en souriant entre chaque baiser.

Incapable de réfléchir une minute de plus et de prononcer un seul mot, je hoche la tête. Je me laisse aller à ses va-et-vient délicieux et à ses caresses, puis je commence à onduler des hanches afin d'exacerber son désir.

– Frotte-toi plus fort contre mon érection.

Je le fais. Sentant l'ivresse de la jouissance monter en moi, je suis prise d'un vertige puissant. Mes jambes fléchissent. Il le sent et me retient fermement dans ses bras. Il accentue autant la pression de son pouce sur mon clitoris que les pénétrations et les caresses de son index. Je tremble. Je me perds, m'abandonne et jouis. Il s'en montre ravi, en souriant plus largement, et me laisse reprendre mes esprits en me chuchotant à l'oreille :

– Tu es vraiment la plus belle femme du monde. Je suis vraiment le plus chanceux des hommes.

Surprise et encore toute pantelante, je pivote pour lui passer mes bras autour du cou.

– Le plus chanceux ? Que t'est-il arrivé entre le hall et la salle de bains pour que tu sois si... optimiste, tout à coup ? Tu es tombé sur la tête ?

Je passe mes mains dans ses cheveux pour m'assurer qu'il n'ait pas de bosse.

– On m'a fait la réflexion, ce matin.

– La réflexion ? Quelle réflexion ?

– Que je suis chanceux de t'avoir.

– Et qui t'a fait cette remarque, par ailleurs très judicieuse ? ricané-je fièrement.

– Le maire.

Il détourne le regard.

– Ton pote, ajoute-t-il amèrement, avant de jouer l'émerveillement en prononçant son prénom. Matt ! Pour les intimes.

– Reed ! Arrête de faire ton jaloux, cela ne sert à rien.

– Je n'aime pas qu'il te tourne autour. Point !

Je préfère changer de sujet. Je m'échappe de son étreinte pour remuer le plat mijotant à feu doux.

– Bon. Et vous avez parlé de quoi ?

Il recule et se hisse sur l'îlot afin de s'y asseoir.

– Tu avais raison, on va l'aider.

– L'aider ? dis-je, étonnée, en me retournant, un large sourire aux lèvres.

– Pour Meredith et Lucas.

– Explique ?

– Le maire, Matt, sourit-il, s'inquiète pour elle. Et, après mon altercation…

Ne pouvant m'en empêcher, je le réprimande :

– Après t'être bagarré, tu veux dire !

Il grimace.

– Si tu veux. Bref ! Vous aviez tous les deux raison. Il se trame quelque chose de louche avec mon frère.

– Que proposes-tu ?

– On va aller à leur super fiesta ce soir et on va la faire parler.

– Il ne va sûrement pas la lâcher de toute la soirée. Cela risque d'être difficile.

– C'est pour ça qu'on ne sera pas de trop tous les trois. Il faut lui faire relâcher sa garde en le distrayant.

– Tu as une idée ?

– On va lui jouer la plus grosse et intense dispute qu'il n'ait jamais vue, toi et moi. Il va jubiler, et, pendant ce temps, Matt s'occupera de sa belle.

– Tu penses que ça marchera ?

Il hausse les épaules, incertain.

– Je crois avoir compris qu'il ne supporte pas de nous voir heureux, alors je pense qu'on peut tenter le coup. Ça ne coûte rien.

– Mais, Reed, la ville entière va être témoin de notre dispute !

– On s'en fout, non ? Ce sera du bluff. Mais si tu as une meilleure idée, vas-y, je t'écoute.

Peu enthousiasmée à l'idée de me disputer avec mon fiancé devant tout le monde à deux semaines de notre mariage, je finis par abdiquer. Je ne trouve pas d'alternative pour aider Meredith.

– Et s'il s'avère que Lucas agit bel et bien comme l'a fait Robert avec la sœur de Matt ?

– On lui tendra un piège pour qu'il réponde de ses actes devant la justice.

Je viens me caler entre ses jambes et, rivant mes yeux aux siens, je me désole :

– Je suis navrée, mon cœur.

Il arque un sourcil, dérouté.

– Pour ?

– Pour ton frère.

– Ne t'en fais pas.

Il soupire, puis dépose un baiser sur mon front.

105

Reed

Je réajuste ma chemise et termine de la boutonner.

– Mon cœur, tu peux m'aider à fermer ma robe?

Jusque-là en train de se préparer dans la salle de bains, elle apparaît et interrompt sa course en pénétrant dans la chambre.

Perplexe quant à la mine décontenancée qu'elle affiche, je lui demande:

– Quoi? Quelque chose ne va pas?

Elle porte sa main à sa bouche.

– Tu es époustouflant, merveilleux, sublime, bafouille-t-elle avant de poursuivre. Sexy, atrocement sexy, indéniablement à couper le souffle! Waouh! Je reste sans voix.

– Tu viens pourtant de déballer tous les synonymes possibles et imaginables du dico.

Je ris et me baisse pour attraper ma veste. Je l'enfile. Cara s'approche de moi, puis remet correctement le col de ma chemise en affichant une petite moue attristée.

– Tu ne peux pas aller à cette fête habillé comme cela, lâche-t-elle.

– Et pourquoi ça?

– Elles vont toutes se jeter sur toi. De plus, on est censés se disputer, elles vont en profiter et se dire que nous sommes proches de la rupture. Donc, elles ne se gêneront pas pour te draguer.

Apposant mes mains sur ses épaules, je la fais se retourner pour lui fermer son vêtement. Elle décale ses cheveux sur une épaule pendant que je lui remonte avec délicatesse la fermeture de sa robe mauve.

– Et que devrais-je dire, moi? Cette robe te fait des fesses d'enfer et un décolleté bien trop plongeant à mon goût, dis-je en embrassant son épaule tout en la regardant dans le reflet du miroir devant nous. Je n'ai pas envie de me battre contre tous les hommes de la ville qui tenteront de te sauter dessus.

– Je n'ai que cette robe de cocktail, ici. Le reste de mes affaires est encore à New York.

Je souris contre sa peau.

– Et moi, je n'ai que ce costume.

Elle pivote dans mes bras, songeuse.

– Et d'ailleurs, comment cela se fait-il que tu aies un costume? (Elle se redresse sur la pointe des pieds et tire sur l'intérieur du col pour lire l'étiquette de ma veste.) De couturier, qui plus est?

– Cara, j'ai été gigolo. J'ai emmené des femmes pleines aux as dans des palaces new-yorkais durant des...

Elle me fait taire en apposant sa main sur ma bouche.

– C'est bon. Je me souviens. Tu m'en as déjà parlé.

Voulant éviter le sujet qui fâche, je change de conversation. Cara ne supporte pas cette partie de ma vie. Elle ne supporte aucune partie de ma vie, d'ailleurs, mais celle-là la dérange tout particulièrement parce qu'elle est consciente du fait que c'était pour moi une partie agréable, et que j'en garde de bons souvenirs d'ivresse et de plaisir charnel dans les bras de ces femmes.

– Bon, tu es prête?

– Oui.

– À mon signal, tu me balances une gifle ou ton verre au visage, comme tu veux. Tu te souviens du signal?

Elle hoche la tête.

– Tu vas me demander de me taire.

– De la fermer, princesse, rectifié-je avant de l'embrasser.

Haussant les épaules et boudant, elle relève:

– C'est la même chose.

– Allez! Allons-y, dis-je, accompagnant ma parole d'une claque sur son joli postérieur que mes yeux peinent à quitter.

Nous nous y rendons tranquillement à pied. Je sens Cara tendue. Notre querelle programmée l'inquiète. Mais je pense que c'est la meilleure option pour attirer l'attention de Lucas.

En arrivant sur le chemin de terre, nous sommes impressionnés par le nombre de voitures stationnées sur le bas-côté. Toute la ville semble avoir répondu à l'invitation de Lucas. Dans la plaine, le son de l'orchestre résonne. Le parking devant la grange a été redécoré de lampions formant une allée jusqu'à l'entrée d'un chapiteau. Une scène où jouent les musiciens s'élève près de la maison qui a, elle aussi, été décorée de guirlandes multicolores.

– Eh ben, il n'a pas fait les choses à moitié, ricane Cara. La ferme est méconnaissable.

Lâchant sa main, je l'étreins, puis scrute les alentours. Mon regard s'attarde sur un petit attroupement sous le porche de mon ancien domicile.

– Viens, dis-je en lui montrant Lucas. On va aller saluer Grincheux.

Cara acquiesce et sort de son sac à main le cadeau que nous lui avons acheté dans l'après-midi.

Lui aussi sur son trente-et-un, Lucas s'enthousiasme en nous voyant.

– Cara! Frangin! Merci d'être venus.

– Tu nous as invités, c'est la moindre des choses, lâche-t-elle sèchement en lui rendant sa bise.

Elle lui tend le présent.

– Tiens, nous t'avons pris un petit quelque chose.

Il attrape le paquet. Curieux, il s'empresse de l'ouvrir après nous avoir remerciés. Lisant la jaquette du DVD, Lucas se met à rire jaune en comprenant l'allusion et le message.

– *Revenge* de Tony Scott avec Kevin Costner, rit-il encore. Je ne sais pas pourquoi, mais je reconnais ton humour, Reed. Ai-je tort?

Lui tapotant l'épaule, je jubile:

– Que veux-tu? J'ai peur que tu sois à court d'idées. Je voulais t'offrir le bouquin *La Vengeance pour les nuls*, mais il n'existe pas.

– Très drôle.

Je poursuis dans mon élan de sarcasme en remarquant la plaie sur une de ses lèvres due à mes coups de ce matin.

En me comportant comme le dernier des imbéciles, j'espère le chauffer un peu. Son self-control m'horripile.

– Que t'est-il arrivé? Meredith t'a mordu? Vous vous adonnez au sadomasochisme, maintenant?

Hélas, Cara ne lui laisse pas le temps de répliquer et s'interpose physiquement entre nous pour saluer Meredith qui apparaît derrière Lucas.

– Meredith!

Cara ne peut empêcher un hoquet de surprise en remarquant sa tenue.

Oh, putain!...

Je tourne la tête pour cacher mon hilarité, puis jure à voix basse:

– Nom de Dieu!

Affublée d'une horrible robe de bonne sœur à fleurs et de collants ressemblant plus à des bas de contention, elle est ridicule. Même les grenouilles de bénitier de l'église de Cornfield ont un semblant de modernité dans leurs tenues et savent que la mode du XVIIᵉ siècle n'est plus en vogue.

Elle nous accueille poliment et discrètement, sans un mot de plus que « bonsoir ». Le peu d'assurance qu'elle dégage, la gêne qu'elle semble ressentir en se présentant ainsi vêtue et la distance qu'elle met dans ses échanges m'intriguent autant que le regard perçu ce matin. J'ai été habitué à plus de prestance de sa part. J'en éprouve presque de la peine, voire de la pitié. Elle n'a jamais représenté qu'une partenaire de baise pour moi. Cependant, je ne lui veux aucun mal.

Je remarque, espérant susciter une réaction chez Lucas :

– Tu as perdu du poids, on dirait.

Elle se contente d'esquisser un sourire forcé.

– Meredith, veux-tu aller ranger le cadeau de Reed et Cara avec les autres, s'il te plaît ?

Lucas lui tend le DVD et lui fait signe d'un léger mouvement de tête de rentrer dans la maison.

– Évidemment, Lucas, murmure-t-elle en tournant les talons après s'être saisie du présent.

Aussitôt, Cara lui emboîte le pas, mais mon frère l'arrête en posant une main sur son épaule.

– Où vas-tu ? lui demande ce dernier.

– Discuter avec Meredith.

– Depuis quand es-tu amie avec elle ?

Effrontée, elle lui rétorque du tac au tac.

– Et en quoi cela te regarde-t-il ? Je parle avec elle si j'en ai envie !

Percevant l'électricité entre elle et mon frère, j'agrippe Cara par les hanches et la tire contre moi pour lui souffler à l'oreille :

– Relax, princesse. Ce n'est pas le moment.

– Non ! se rebelle-t-elle. Je ne vois pas pourquoi je…

Je lui coupe la parole et la pousse à descendre les escaliers.

– Cara, Cara, Cara. Viens, on va… danser.

– Je n'ai pas envie de danser, rouspète-t-elle encore.

Je lui fais de gros yeux sévères.

– Si, tu en as envie. Allez !

De force, je l'entraîne vers la piste improvisée pour l'occasion. Arrivés à destination, je la fais tourner sur elle-même, m'éloigne et la ramène brusquement contre moi, ce qui lui rend immédiatement le sourire.

– Il m'énerve ! râle-t-elle dans un éclat de rire. Tu ne peux pas savoir à quel point ! J'ai envie de le gifler.

Elle appose sa main gauche sur mon épaule droite et entrelace ses doigts aux miens pour démarrer notre danse.

Je lui indique :

– Tu comprends enfin mon sentiment et mes débordements ?

– Oui, c'est vrai. Puis, tu as vu la tenue de Meredith ? On dirait une… une…

– Nonne ?

– Voilà.

– On attend patiemment l'arrivée de Matt, et après, on enclenche notre plan. D'accord, princesse ?

Elle hoche la tête avant de la poser contre la mienne. Le groupe rejoue la ballade de OneRepublic, « Secrets ». L'un contre l'autre, nous nous frôlons tendrement dans de lents mouvements sensuels. Chacun égaré dans nos pensées, nous profitons de ce moment, enlacés au milieu de parfaits inconnus. L'énervement ressenti par Cara semble déjà s'être envolé. Mon inquiétude s'est également volatilisée. Nous sommes dans notre bulle, celle que nous chérissons et dont nous nous nourrissons ces dernières semaines.

– Mon amour, tu te souviens de notre première danse ? dis-je en souriant contre sa tempe.

Relevant légèrement le visage, elle croise mon regard.

– À la soirée du printemps ?

Je grimace au souvenir de l'abruti que j'étais avec elle à cette période-là.

– Non. Pas celle-là.

Elle fronce les sourcils, perdue.

***

Cornfield, résidence Avery, mars 2002

Le salon des Avery est grandiose et magnifiquement décoré pour la petite fête. J'aime beaucoup venir ici. Mais plus les jours passent, moins j'en ai l'occasion. Monsieur Avery me regarde toujours d'un œil de travers. Je pense qu'il a compris mes sentiments pour sa fille. À ses yeux, je suis devenu un adolescent aux hormones en ébullition prêt à corrompre son bébé. Sauf que c'est tout le contraire. J'ai la maturité d'un gosse de cinq ans en ce qui concerne mes rapports avec les filles. Je suis amoureux de la sienne, oui, mais je ne sais pas exactement ce que cela veut dire. J'aime la regarder, j'aime sa présence, son sourire, sa voix, son rire. Je pense à elle tout le temps et cherche à être le plus souvent possible avec elle. C'est ça, pour moi, être amoureux, et je ne souhaite rien d'autre que sa compagnie.

C'était le jour de son anniversaire et elle nous a invités, Lucas et moi, à sa petite fête. Ce que j'aime aussi chez Cara, c'est que même si mon frère et moi ne sommes pas spécialement appréciés des autres enfants de Cornfield et même si elle a d'autres amis, elle nous fait toujours passer en priorité. Nous sommes ses meilleurs amis, comme elle se plaît à le dire si souvent.

Assis sur l'accoudoir du canapé, je regarde les autres s'amuser en piochant dans un sachet de bonbons. Je suis le plus âgé et ai été missionné par monsieur Avery pour les surveiller afin, je cite, « qu'ils ne fassent pas de bêtises le temps de son absence ».

Perdu dans le fil de mes réflexions, une main s'enroule autour de mon cou.

– Alors, rien à signaler, mon grand? me demande monsieur Avery.

Je me dégage aussitôt de sa poigne.

– Non, m'sieur. R.A.S.

– Parfait. Descends de l'accoudoir, tu vas l'abîmer.

– Oui, m'sieur.

Je m'exécute.

Debout à mes côtés, il se penche sur moi et attrape l'arrière du col de mon tee-shirt. Je m'extirpe une fois de plus.

Il se soucie :

– Tu t'es blessé ?

Je reporte ma main sur ma nuque pour cacher ma blessure et secoue la tête.

– Non, m'sieur.

– Reed ! Tu as une plaie.

– Je m'suis battu avec Lucas. Il m'a griffé.

Ce n'est bien évidemment pas une griffure faite par Lucas, mais je ne veux pas qu'on sache que je suis « la pute » de mon beau-père. J'en ai honte et je préfère mourir plutôt que les gens l'apprennent. Si je parle, Robert s'en prendra à mon petit frère et je vais devenir la risée de Cornfield. Déjà que je suis le pauvre Hamilton, le sale qui amenait les poux à l'école. J'en encaisse bien assez.

– C'est vrai de vrai ce que tu me dis, là ?

– Oui, m'sieur.

– Papa ! s'écrie Cara en arrivant comme une furie devant lui. C'est ma fête ! Va-t'en de là. Retourne dans ton bureau.

Monsieur Avery éclate d'un rire profond et, poussé par sa fille, il part.

– Reed ? m'appelle Lucas.

Je l'interroge du regard.

– Viens !

Il accompagne sa parole d'un geste. Je me lève et le rejoins.

– Quoi ?

– Arthur veut venir voir les doubles de tes cartes de base-ball, ce soir…

Je l'interromps.

– Non. Lucas. Personne ne met les pieds à la maison.

– Oh ! Sérieux ! Tu es vraiment chiant. Personne ne vient jamais.

Je tourne les talons. Cara change la musique et met des slows. Il est temps pour moi d'aller faire un tour au jardin.

– C'est à cause de toi ! me lance-t-il.

Je m'arrête et pivote pour à nouveau lui faire face.

– C'est à cause de toi si on n'a pas d'amis, poursuit-il.

– Ne dis pas n'importe quoi ! On a Cara.

– C'est une fille !

– Arrête de faire l'imbécile ! Tu connais parfaitement les raisons. Robert ne voudra pas.

– Je m'en fous, je lui ai dit de venir.

Mon ventre se tord. Il ne va pas me faire ça, quand même ?

– Si Arthur vient, je vais…

– Va te faire foutre, Reed !

Il me bouscule d'un coup d'épaule et se fait interrompre sur son chemin par Cara.

– Tu viens danser avec moi ? lui propose-t-elle timidement.

Il refuse sans aucune délicatesse et quitte le salon en la laissant seule et triste.

Comment peut-il lui faire ça le jour de son anniversaire ?

Elle trouve mon regard et rougit. Elle a honte. Je ne peux pas la laisser comme ça, mais je suis incapable de l'inviter à danser, pourtant j'en crève d'envie.

***

– C'était à ta fête d'anniversaire. (Je réfléchis un instant.) Tes onze ans, je crois. Juste avant que tu ne partes pour New York.

– Oh?

– Oui. J'avais osé t'inviter à danser. Ce qui représentait un exploit pour l'époque. J'ai dû me répéter mille fois la simple et ridicule question : « Cara, veux-tu danser avec moi? », avant de pouvoir te le demander et, bien évidemment, tu as mis longtemps, très loooongtemps avant d'accepter. J'étais pétrifié. Je devais avoir seize ans et j'étais déjà transi d'amour pour toi. Et toi, de Lucas. Tu n'avais d'yeux que pour lui et il avait refusé de danser avec toi.

– Seigneur que j'étais bête, lâche-t-elle, honteuse, en se cachant le visage dans le creux de mon cou. Je suis désolée.

– Désolée de?

– De ne pas t'avoir prêté plus d'attention avant.

Je la serre contre moi.

– Je n'étais pas très intéressant à cette époque, ne t'en fais pas. J'étais timide, réservé et trop...

– Brisé?

Haussant une épaule, je dépose un baiser sur ses cheveux.

– On va dire ça comme ça.

– Je m'en veux pour ça aussi. J'étais témoin de votre souffrance. J'aurais dû insister auprès de mes parents. Ils auraient fait quelque chose. Je leur ai bien dit pour la violence, mais si j'avais été au courant de ce que tu subissais, mon père aurait réagi, il...

– Il est venu, Cara.

– Qui?

– Ton père. Un soir, il est venu à la ferme parler à Robert.

Étonnée, elle recule le buste pour plonger des yeux dubitatifs dans les miens.

– C'est vrai? Et?

– Et l'autre enfoiré n'était pas si idiot que ça. Il a joué le veuf éploré sans un sou, dépassé par l'éducation de deux gamins à l'imagination débordante. Ils ont fini par boire une bière ensemble et, quand ton père est parti, Robert m'a fait subir une des pires humiliations de ma vie.

La main sur la bouche, elle est horrifiée.

– Mon Dieu, je suis désolée.

– Ce n'est pas ta faute, OK? C'est du passé.

La chanson terminée, je quitte ses bras et ajoute, en lui désignant le banquet :

– Tiens, regarde qui est là.

Elle reporte son regard sur Matt dégustant, du bout des lèvres, un verre de champagne.

– Viens.

– Non. Attends ! lâche-t-elle en me retenant par le bras. Je ne suis pas certaine de pouvoir me disputer avec toi. Je n'en ai pas envie. Je n'y arriverai pas.

Revenant contre elle, je lui applique mes paumes sur ses joues et, d'un regard profond, je l'encourage :

– On ne va pas vraiment se disputer, princesse. Tu vas être géniale, je n'ai aucun doute là-dessus. D'accord?

– Et si on s'emporte, comment vais-je savoir que ce que tu me dis n'est pas la vérité?

– Cara ! Hé? Je t'aime. Je t'aime plus que tout, tu le sais? Tout ceci ne sera que du cinéma pour distraire Lucas.

En guise de réponse, elle esquisse un pâle sourire plein de tristesse, puis nous nous faufilons entre les danseurs pour rejoindre Matt. Nous attendons que ses administrés finissent de l'accaparer.

Après une bise furtive à Cara, il nous offre deux coupes de champagne attrapées sur le plateau d'un serveur et nous lui exposons notre plan.

– D'accord, ça me va, acquiesce-t-il.

Je balaie les alentours du regard à la recherche de mon cadet. Quand je le trouve en pleine discussion avec le vieux Mc Pherson près de la fontaine à champagne, Meredith non loin d'eux, j'indique :

– Il suffit de trouver le bon moment, maintenant.

– Le mieux est d'attendre que Meredith soit un peu en retrait, pour que tu puisses lui parler sans que Lucas s'en aperçoive, explique Cara à Matt.

Il acquiesce une nouvelle fois et, la mâchoire crispée par la hargne, il relève :

– J'ai remarqué qu'elle allait lui chercher des petits fours de temps à autre.

– Parfait, donc on va attendre qu'elle y retourne, dis-je en levant mon verre. À la vôtre. Santé !

Formant une ligne devant les buffets couverts de monts et merveilles gastronomiques, nous trinquons pendant qu'autour de nous, la fête bat son plein. L'air de rien, nous observons discrètement les moindres faits et gestes de Meredith et de Lucas, ce dernier se pavanant devant les notables de la ville.

– Maintenant, signale Matt en posant son verre sur la table derrière lui avant de s'éclipser dans la foule.

– À nous d'entrer en scène, princesse, murmuré-je.

Je me déplace de quelques pas et tonne :

– Bon sang ! Ferme-la, Cara !

Comme prévu, elle me jette le reste de sa boisson au visage en hurlant bien plus fort qu'elle ne semblait vouloir le faire au vu de sa grimace, mais cela attire l'attention sur nous, donc c'est parfait.

Sauf qu'elle peine à garder son sérieux. Alors, j'enchaîne avec beaucoup plus de fermeté dans la voix pour rester crédible en m'essuyant le liquide qui coule sur mon visage.

– Quand je te dis de la boucler, tu la boucles, merde !

Nous aurions peut-être dû mettre au point un sujet de dispute, car, même avec la meilleure volonté du monde, je ne trouve rien à lui reprocher, faux ou non.

– Va te faire foutre, Reed !

106

Matt

Décidé, je me dirige vers Meredith près du buffet en m'assurant, du coin de l'œil, que Lucas a repéré la dispute de Cara et de Reed. En effet, ce dernier, un large sourire de jubilation aux lèvres, s'est avancé pour profiter du spectacle comme tous les autres curieux.

Ce mec me sort par les yeux avec ses airs de parfait gentleman. Je vais lui faire bouffer sa cravate et ses faux-semblants s'il continue à agir de cette manière. J'étais trop jeune pour me souvenir avec précision de Robert Mc Garret, mais j'en garde la même appréhension, Lucas irradie les mêmes vibrations malsaines.

À hauteur de Meredith, je lui agrippe le coude. Elle ne m'a pas vu arriver, alors elle sursaute.

– Meredith, viens avec moi.

– Matt ! Non, tente-t-elle de résister.

Je dois être rapide et concis. Pourquoi m'a-t-elle demandé de l'aide ? Il faut que je le sache. Tant pis, je la force à me suivre en essayant de me montrer le moins directif possible. Le shérif est dans les parages et j'ai remarqué qu'il nous tenait à l'œil. Le lavage de cerveau à la Lucas Hamilton paraît avoir opéré sur lui aussi. Il commence à me soupçonner d'actes aussi insensés que le harcèlement moral.

Une fois à l'écart et à l'abri des regards, dans l'ombre, je m'arrête et la coince de tout mon corps contre le mur de la demeure Hamilton.

– Meredith, il va falloir que tu me parles, et tout de suite !

Affolée, elle se débat.

– Non ! Je ne peux pas. Laisse-moi partir ! S'il ne me…

Elle se tait.

– S'il ne te quoi, Meredith ?

Je m'énerve. Nous n'avons pas une minute à perdre. Le temps nous est compté.

– Vite !

Elle craque et fond en larmes.

– Il va s'en prendre à ma famille, à toi, à Reed et à Cara. Matt ! Je ne peux pas te parler. Je dois faire ce qu'il me demande.

Meurtri de la voir dans cet état de détresse, je prends son visage en coupe et mon intonation se fait plus douce, presque suppliante :

– Qu'est-ce qu'il te fait, Meredith ?

Elle fuit mon regard. Je la contrains à relever la tête. Elle me manque tellement. Qui aurait pu prévoir qu'en plein divorce avec Valérie, je serais tombé amoureux de cette magnifique rousse. Mes sentiments se sont manifestés au fil des discussions, seul à seule et tard le soir, au gré des regards échangés discrètement et inconsciemment. Meredith est intelligente et responsable, même si quelque peu névrosée, mais cela a toujours eu le don de me faire sourire. Elle a toutes les qualités que je recherche chez une femme et elle ferait une excellente belle-mère pour Theo et Beth. J'ai pu voir à maintes reprises le magnétisme qu'elle exerce sur les enfants. J'espérais tant retrouver une vie équilibrée et heureuse auprès d'elle. Cette situation me rend fou, car, au final, je n'ai plus rien, et ce sale con a tous les atouts dans son jeu, et il en abuse. Il la menace. Pourquoi ? Dans quel but ? Comment peut-on faire ça à une fille aussi géniale qu'elle ?

– Il te frappe ?

Détournant une nouvelle fois les yeux, elle garde le silence.

– Il te force à…

L'idée qu'elle soit violée me tord l'estomac, je ne peux poursuivre.

– Parle-moi. Dis-moi. On peut t'aider, mais pour cela, il faut que tu me répondes et que tu dises la vérité au shérif. N'aie pas peur de lui. Ce n'est qu'un manipulateur.

– Je… Je… Il… Il a tué les parents de Cara !

… Quoi ?…

Elle s'effondre à mes pieds à bout de nerfs, secouée par des spasmes de tristesse et du dégoût.

Je recule, j'encaisse le choc. La rage bout dans mes veines. J'hésite, fais un pas de côté, prêt à céder à toutes les extrémités que la douleur et l'horreur me dictent. Je reporte un court instant mon attention sur elle, à terre et anéantie.

Puis, le visage tendu, rouge de fureur, je me rue vers le buffet.

Je hurle :

– Hamilton !

Mon hurlement couvre la musique et répand la stupeur dans l'assemblée. Dans un même mouvement, Reed et Cara se tournent vers moi comme la plupart des personnes dans mon sillage. Prêt à bondir sur Lucas, Reed m'intercepte avec une rapidité telle que je ne le vois pas venir. Il m'envoie une droite précise et maîtrisée en pleine mâchoire. Je bascule et tombe dos à une table qui se brise en deux sous mon poids.

Sonné par le coup et blessé au bras par un éclat de verre, je me redresse avec peine en me plaignant de douleur, puis fulmine, les yeux écarquillés par la stupéfaction :

– Non mais ça va pas ? Qu'est-ce qu'il te prend ? Idiot ! Je vais le... Il va me...

– Chut ! me souffle Reed.

Il s'avance et me tend la main afin de m'aider à me remettre sur pied, mais, furieux qu'il m'ait empêché de me ruer sur Lucas, j'esquive son geste.

– Qu'est-ce qu'il se passe ici ? intervient Lucas, fier comme un paon.

Debout, je vocifère :

– Je vais te...

– Rien ! Rien, tout va bien, me coupe Reed en m'agrippant par le bras et me poussant à quitter les lieux par de brèves bourrades.

Je me débats, lui fourre des coups de coude, prêt à lui en coller une à mon tour.

Reed me pousse loin des oreilles baladeuses et s'emporte :

– On se calme, mec !

– Je vais étriper cette merde et personne ne m'en empêchera.

Je le bouscule à mon tour mais, d'une main sur mon torse, Reed me bloque à chaque pas que je tente.

– Oh ! s'écrie-t-il pour me raisonner.

Je reprends mon souffle et reporte mon attention, jusque-là vissée sur Lucas, sur Reed.

Je peste, hargneux :

– Putain ! Pourquoi m'en avoir mis une ? C'est quoi ton problème ?

– Ça y est ? T'as fini ? s'agace Reed, le regard sombre. Tu ferais mieux de me remercier au lieu de t'énerver contre moi. Je viens de sauver tes putains de fesses d'abruti et ton putain de fauteuil confortable de maire. Bordel, réfléchis un peu ! La dernière chose à faire, continue-t-il en haussant la voix, est de se montrer plus con que con ! OK ? Que je passe pour le méchant de l'histoire ne pose aucun problème, mais toi ? Tu as une place à maintenir.

Une fois sa tirade terminée et furieux, je déblatère :

– Ton taré de frère la séquestre, la frappe et la viole probablement ! Et tu ne connais pas la meilleure ? Il serait impliqué dans le meurtre des parents de ta fiancée ! Oui, Reed ! De. Ta. Fian. Cée ! De Cara ! (J'essaie de me calmer en reprenant mon souffle.) Alors, mairie ou pas, je vais le tuer de mes propres mains, le torturer et le faire souffrir.

Reed a cessé toute résistance. Son visage jusque-là colérique vire au gris pâle et se ferme. Il fait un lourd pas en arrière et me fixe comme si j'étais une abomination.

Il lâche, stupéfait :

– Quoi ?

– Les garçons ? Où est Meredith ? demande Cara, alarmée, en arrivant à nos côtés.

– Je l'ai laissée derrière la maison. Pourquoi ?

– Lucas, articule-t-elle, essoufflée. Lucas a compris notre manège et je pense qu'il est parti à sa recherche.

107

Lucas

Ces enfoirés m'ont eu ! Putain ! Et cette garce, cette salope a encore fait des siennes. Je suis hors de moi. J'ai la rage. Mon sang bout, je le sens. Il brûle dans mes veines. Je vais lui faire payer sa désobéissance. Je vais lui faire déguster son manquement à mon autorité. Elle veut vraiment me mettre en rogne, c'est ça ? Elle va voir. Elle va comprendre. Elle n'est rien. Je suis tout. Je vibre de colère. Je suis en transe et ressens un indéfinissable mélange de haine et d'excitation. C'est fort, très fort. Une envie, un besoin vraiment puissant que je dois assouvir à tout prix.

Maintenant !

Je la retrouve, assise derrière la maison, en pleurs, comme toujours. Je la relève de force. Elle se plaint, comme toujours. Je la pousse à avancer vers la grange en passant derrière l'orchestre. Je croise du monde. Je l'étreins et cette idiote résiste, mais c'est bénéfique pour moi. Elle paraît ivre, et j'en joue.

– Lucas, ça va ? me demande… je ne sais plus son nom et à vrai dire je m'en tape.

– Oui, oui. Rien de grave, je ramène ma fiancée chez elle. Elle a un peu trop bu.

Je sens qu'elle va l'ouvrir, alors je m'empresse de lui planter un doigt entre deux côtes.

Elle se tord de douleur et râle :

– Lucas, arrête, tu…

– Tu vas vomir, chérie ? dis-je en mettant le plus de douceur possible dans ma voix.

Monsieur l'inutile s'enquiert à nouveau :

– OK, mais tu reviens après ?

Je souris poliment.

– Évidemment, je ne vais pas quitter ma fête.

Abruti !…

– Monte ! ordonné-je à Meredith en arrivant à hauteur du pick-up.

– Où va-t-on ?

– Je t'ai demandé de l'ouvrir ?

Elle baisse le regard.

– Bien ! dis-je. Monte !

Elle s'exécute et je fais de même.

J'emprunte le chemin de terre qui contourne ma propriété pour plus de discrétion et prends la direction des bois. Meredith n'apprécie pas mon silence et me bassine de questions que je n'écoute pas. Elle parle encore et encore, elle hausse la voix, mais ce n'est qu'un incessant brouhaha pénible qui résonne dans ma tête. Je ressens les ondes fascinantes de son angoisse, de sa panique, de sa peur. Je suis maître de ses réactions. C'est une sensation stimulante. Je suis conscient de toucher à mon but dans la vie. Pourquoi ai-je attendu ? Pourquoi aujourd'hui ? Je n'ai pas la réponse à ces questions. C'est quelque chose qui grandit en moi. Comme une mère couvant son enfant au creux de son ventre durant neuf mois et qui subit les premières contractions. Il veut sortir. Cette chose, cette force, cette facette de moi veut sortir, et je sais que je ne pourrai lutter plus longtemps.

Dans les bois, après avoir garé mon véhicule dans une clairière à l'abri des regards indiscrets, je la fais descendre alors qu'elle continue à me résister. Elle tombe, je la traîne par les cheveux, par les bras, par n'importe quelle partie de son corps me passant sous la main. Elle tombe à nouveau, je m'en fiche, je la tire. Elle hurle, je la frappe. Elle perd ses chaussures, je les ramasse avec la furieuse envie de les lui enfoncer au fond de la gorge pour qu'elle se taise. Ses jambes sont écorchées à vif par les ronces, les branches, elle crie. Je la gifle, encore et encore. Je grogne, jure et peste.

Cette pute a parlé. Je vais la punir.

Je vais lui donner une énième leçon identique à celles que mon père donnait à Reed quand il désobéissait ou qu'il était trop bavard, comme la fois où le docteur Avery était venu demander des comptes sur les rumeurs de maltraitance.

Arrivés au vieux cabanon de chasse où, autrefois, Robert distillait secrètement son whisky et s'amusait avec mon frère, je la pousse à l'intérieur. Elle s'entrave dans une vieille caisse en bois. Terrorisée, elle se réfugie, recroquevillée contre le mur, dans un coin sombre en bredouillant, en bégayant, suppliant que je l'épargne. Encore une fois, ses suppliques me font vibrer. J'aime l'impact que cela produit sur moi. Ses sanglots agissent sur moi comme une douce mélodie mélancolique et nostalgique. Celle d'autrefois, celle qui a bercé mon enfance. J'en redemande. Je vénère ce son. Je l'ai rêvé, fantasmé.

Il est temps pour moi d'accomplir le rituel, alors je prépare la mise en scène au détail près de ce que j'ai pu observer, enfant. Je prends un vieux chiffon, l'enroule et me penche sur elle pour la bâillonner. Elle hurle, mais le son est vite étouffé. Je n'ai hélas pas le temps de m'extasier devant cette œuvre d'art. Je la déshabille. Elle se débat. Je la frappe à nouveau jusqu'à l'étourdir, puis la soulève à bout de bras pour la poser sur les caisses que je viens d'aligner. Je lui attache les mains à l'aide d'une corde et les fixe à la poutre scellée au milieu de la petite pièce. Je m'arrête un instant pour contempler les marques de griffure, celles laissées par mon frère, puis je l'allonge ventre contre bois, les genoux écartés et repliés au sol en position de prière, les bras tendus devant elle.

J'attrape le tisonnier, celui qui entaillait la chair de Reed, enfant.

– Tu as désobéi, murmuré-je d'une voix très douce. Tu dois être punie.

Possédé par les souvenirs de mon enfance, je défais le bouton et la braguette de mon pantalon de costume. Je plonge ma main dans mon caleçon pour en sortir mon sexe peu apprêté à ce que je dois faire. Elle ne m'excite pas pour deux sous. Je frémis pourtant. J'ai tant de fois rêvé de reproduire cela, mais je fantasmais d'avoir mon frère pour partenaire de jeu, alors, je me concentre sur cette image, sur le visage et le corps de mon aîné en m'excitant d'une poigne ferme.

Le désir monte.

L'outil servant à attiser le feu dans mon autre main, je commence à tracer des lignes sur le dos de ma victime qui se tord et pousse des cris, des hurlements de souffrance noyés dans le chiffon.

L'appétit m'irradie.

Sa peau devient rapidement rouge. Je poursuis en espérant voir jaillir le sang.

Le plaisir explose.

Mes gestes sont précis, contrôlés et maîtrisés. Je m'en réjouis et comprends enfin pourquoi j'ai dû assister à cela, enfant. Tel un maître, Robert m'apprenait le plaisir, me montrait la manière de procéder pour atteindre l'extase.

Enfin prêt et assoiffé de pouvoir enfin goûter à ce bonheur, je me cale entre ses fesses, la maintiens de mes doigts enfoncés dans sa peau au niveau de sa hanche gauche et la sodomise brutalement. Elle est mienne, elle est ma propriété, ma chose. Je la contrôle. En transe, je suis au bord du précipice, j'alterne griffures et pénétration. Lorsque le sang coule de ses plaies, je le fixe, satisfait. Ce qui déclenche une profonde jouissance, une délivrance que je n'ai jamais atteinte auparavant. Grognant d'exaltation, je lâche le tisonnier et me penche sur elle pour accomplir le grand final. Comme mon père le faisait à l'époque, je lape méticuleusement chaque goutte de son sang.

Il serait fier de moi, j'en suis certain. Et ce sentiment décuple mon plaisir.

Elle ne bouge plus. Je l'ai dominée et possédée. Je croise son regard éteint, vide. Je me suis approprié son âme. Je vais lui montrer ma reconnaissance, la récompenser. Je me retire d'elle, m'essuie de ma main, me lèche les doigts pour goûter nos corps et me rhabille. Je lui attrape les jambes, les décale et pousse son buste pour que je puisse m'asseoir sur une caisse. Puis, je la prends dans mes bras et la positionne, assise sur mes genoux. Telle une poupée désarticulée, elle est molle et n'a plus aucune réaction. Je suis fasciné par l'effet que cela a eu sur elle. Je la berce et lui caresse les cheveux. La peur semble avoir quitté son corps.

Je la félicite en susurrant au creux de son oreille :

– Tu as été parfaite.

Elle ne réagit toujours pas, et j'aime cette soumission. Comme j'aime sa respiration calme.

– Tu ne dois pas parler, Meredith. Car, si tu parles, ils vont salir ma réputation, et s'ils le font, ils saliront la tienne aussi. Tu ne voudrais pas être la risée de tout le monde ?

Je lui empoigne la main gauche et fais tourner sa bague autour de son doigt.

– Tu es ma fiancée. Ce qui m'atteint t'atteint aussi. Tu comprends ? Bon, maintenant, je vais aller régler le problème. Tu vas rester bien sagement ici. Tu vois la trappe, là ? Je vais te mettre dedans le temps d'arranger les choses. (Elle a un mouvement nerveux et lâche un couinement.) Chut, reste calme, cela ne sera pas long.

Je la détache de la poutre, lui laisse les poignets liés, la soulève et la dépose sur le lit de camp le temps de lui attacher les chevilles. Probablement épuisée par ma correction, elle se laisse faire et j'apprécie ce calme, cette sérénité. Encore une fois, je revois mon père agir de la même manière avec mon frère. Je n'aimais pas ce moment, car je voyais tout l'amour qu'il lui portait. Mon père ne me regardait jamais de cette façon. Il ne me berçait pas. Il ne me caressait pas les cheveux. Il était strict et menaçant. Il ne me touchait pas.

Une fois Meredith posée au fond du trou, elle s'agite et me regarde avec de grands yeux emplis de détresse. L'angoisse et la peur semblent reprendre le dessus, son visage est à nouveau baigné de larmes.

Je referme la trappe après y avoir jeté ses vêtements, replace le vieux tapis et le lit de camp dessus et m'assure que l'on n'entende rien qui trahirait sa présence. Puis je m'empare de son téléphone portable que je ne quitte jamais et écris un message à sa mère.

[Lucas et moi, nous nous sommes
un peu disputés, mais rien de grave,
ne t'inquiète pas, ça passera.
Je vais dormir à mon appartement.
Je vous fais de gros bisous.
On se voit lundi.]

Mince ! Dois-je mettre « je t'aime » ? Je ne sais même pas si ces idiots se disent ce genre de mièvreries, alors je préfère ne pas l'alarmer au cas où ce ne serait pas une habitude.

Je sors, remets la chaîne au loquet de la porte et referme le cadenas avant de retourner à ma petite fête, l'air de rien, sifflotant.

Malgré ma satisfaction, je suis légèrement déconcerté. Ce que j'ai ressenti ce soir était fantasmagorique et euphorisant. J'y ai trouvé un pur plaisir, une sensation d'extase explosant tous les baromètres.

Cela dit, maintenant, j'éprouve comme une sorte d'accablement à revêtir mon costume de M. Tout-le-Monde.

108

Reed

Bien que je reste sceptique quant au fait que Lucas soit impliqué dans l'accident des parents de Cara, je suis malgré tout soucieux. Mon cœur me dit de ne pas y prêter attention ; en contrepartie, ma raison doute. Il n'est plus le Lucas d'autrefois. Il a toujours été plus ou moins nerveux, mais de là à commanditer un assassinat, c'est insensé !

Je fais le tour des pièces de mon ancienne demeure à la recherche de Lucas et Meredith pendant que Matt et Cara s'occupent de l'extérieur. Je ne trouve personne au rez-de-chaussée, donc je monte à l'étage. Personne. En arrivant devant la dernière porte au fond du couloir, la chambre que je m'étais aménagée il y a de ça quelques mois lors de mon retour à Cornfield, je suis étonné de la trouver verrouillée.

À plusieurs reprises, je force sur la poignée, mais rien n'y fait. Pourquoi Lucas l'aurait-il fermée ? D'autant que j'y ai encore quelques affaires.

Je recule, cherche une solution. Il ne m'en vient qu'une seule.

Je m'élance et, d'un pied en avant, je la défonce. Le verrou cède sous ma force et emporte avec lui un morceau du chambranle.

À première vue, rien ne paraît alarmant. La pièce est telle que je l'avais laissée. Je m'avance et inspecte les recoins. Je m'assieds sur le bord du lit et remarque la paire de lunettes de repos de Meredith. Lorsque je les attrape, mon pied heurte quelque chose sous le matelas. Je me penche et découvre une valise que je fais glisser devant moi. Je l'ouvre. Elle est remplie de vêtements féminins : ceux de Meredith, apparemment. Je trouve cela étrange. Pourquoi ses affaires seraient-elles dans cette chambre, et non dans celle de Lucas ?

Sur cette question, je me lève, fouine dans les tiroirs de la commode et y trouve le reste de mes pantalons et de mes pulls.

Avant de quitter les lieux, je balaie une dernière fois la pièce du regard, puis, rejoignant l'escalier, je ne peux m'empêcher de jeter un coup d'œil dans la chambre de Lucas.

Étant donné que c'est l'ancienne chambre de Robert, je prends sur moi en y pénétrant, tant je hais cet endroit. Le souffle court de voir cette tapisserie, certains meubles, j'essaie de ravaler la crise de panique qui menace.

Je marque un temps d'arrêt et inspire profondément.

– Bon ! Que caches-tu, Lucas ? dis-je.

Je me dirige vers le bureau jonché de plusieurs monticules de papiers, d'un ordinateur portable, d'un téléphone et autres objets en tout genre. Je m'assieds sur le fauteuil et, avec un pincement au cœur, je me saisis du cadre photo de ma mère portant Lucas, bébé, dans ses bras.

Notre mère était une très belle femme aux cheveux châtains et aux yeux verts, semblables à ceux de Lucas. J'ai peu de souvenirs d'elle. Je n'ai que des bribes et un ressentiment que je peine à expliquer. Je ne me souviens pas non plus si Robert m'avait déjà fait subir des sévices en sa présence. Mon premier souvenir est le jour de l'enterrement de ma mère où, pour une raison encore trouble, il m'a violemment giflé.

Emporté par une vague de haine, je repose le cadre, puis relève l'écran de l'ordinateur, secoue la souris pour animer l'écran et, évidemment, je bute sur un code de sécurité. Sans grande conviction, j'essaie de rentrer plusieurs combinaisons bateau comme sa date de naissance, puis celle-ci associée à son prénom et ensuite à ses initiales, mais sans grand succès.

Je me laisse aller contre le dossier du fauteuil en réfléchissant à une autre solution. J'ouvre le premier tiroir à ma gauche en espérant trouver des indices. Il aurait pu écrire son code quelque part sur un pense-bête. Je fouille, mais je n'y trouve que du papier, des stylos et autres objets de bureau. Je m'empare de la poignée du deuxième et dernier tiroir. Il bloque : lui aussi verrouillé. Instinctivement, je glisse ma main dessous et ris en sentant la clé sous mes doigts.

– Pas très malin, frangin !

J'ôte le scotch qui la retient au bois et m'empresse de découvrir ce qui nécessite la fermeture de ce tiroir. Je mets d'abord la main sur un pistolet automatique.

Beau bijou !

Je n'y accorde pas davantage d'attention. Qui n'en a pas de nos jours ? Le mien ? Il est dans la boîte à gant de ma Mustang. Je soulève ensuite un porte-dossiers qui ne contient qu'une feuille blanche et récupère un vieux cahier que je me dépêche de feuilleter. Cela ressemble à un journal intime. J'en lis quelques lignes au hasard sur les dernières pages.

Ils vont me rendre folle… folle… folle… Suis-je folle, FOLLE!?!?!?
Je t'aime, il m'aime. Il ment de temps en temps.
Je ne suis pas folle. FOLLE. Je hais ce mot.
Ce cafard s'en prend à mon petit Lucas. Tout est sa faute.

Ma mère était complètement folle. Je soupire et referme le journal.

– Reed?

Je relève le visage et vois apparaître Cara sur le seuil de la pièce. D'un pas hésitant, elle avance dans la chambre.

– Qu'est-ce que tu fais? Tu fouilles dans son bureau?

Je rabats l'écran de l'ordinateur, referme le tiroir, remets la clé à sa place et me lève pour la rejoindre.

Je lui tends le cahier.

– Tiens, mets ça dans ton sac, s'il te plaît.

– C'est quoi? demande-t-elle en s'exécutant.

– Les mémoires d'une tarée.

Elle arque un sourcil perplexe, je rectifie:

– Le journal intime de ma mère.

– Oh!

– Allez, bougeons d'ici.

– Il va s'apercevoir que tu le lui as pris.

– Et? dis-je en lui adressant un regard interrogateur.

Qu'est-ce que cela peut me faire?

– Et on ne fouille pas dans les affaires des autres, glousse-t-elle.

– C'est un prêté pour un rendu, non? C'est bien lui qui est venu piquer les dossiers de ton père.

Prête à tourner les talons, je vois qu'une idée lui traverse l'esprit.

– Les dossiers de mon père!

Sur ces paroles, elle se dirige vers le bureau et commence à fouiner sous les piles de papiers. Je secoue la tête et souris. Elle est aussi téméraire et audacieuse que moi.

Seigneur! Que j'aime cette fille!

Je raille en l'imitant d'une voix aiguë:

– « *On ne fouille pas dans les affaires des autres, Reed! Ce n'est pas bien!* »

Penchée, elle redresse le visage et me lance un regard houspilleur.

– Tu m'aides ou tu te fous de moi? Non, parce que ce sera plus rapide à deux!

Je ris et m'y mets.

– Je suppose que vous ne les avez pas retrouvés? dis-je en me rendant devant la bibliothèque.

– Qui?

– Lucas et Meredith.

Elle secoue la tête.

– Non et le pick-up a disparu avec eux.

Commençant à passer les étagères au peigne fin, je me demande si Matt lui a fait part de ses suppositions au sujet de ses parents. Mais vu qu'elle ne semble pas plus troublée que cela, j'en doute.

– Matt t'a expliqué?

– Pour Meredith?

– Oui.

– Il m'a expliqué ce qu'elle lui a dit, oui.

Elle fait tomber le téléphone par terre et jure.

– Et? Tu en conclus quoi? demandé-je ensuite.

– Que… hésite-t-elle. Que toi comme moi avons connu Lucas avant, et qu'il n'était pas capable de faire de mal à une mouche, alors je suis partagée entre l'inquiétude et le fait de refuser de croire qu'il puisse être aujourd'hui capable de faire ça. En d'autres termes, je suis perdue et je doute.

Soulevant quelques livres, je m'enquiers encore:

– Tu doutes de quoi?

Une liasse de papiers à la main, elle s'assied lourdement sur le fauteuil.

– Je ne sais pas comment t'expliquer. Disons que nous nous faisons peut-être mener en bateau par Matt. C'est une hypothèse à ne pas négliger. Mais, d'un autre côté, il y a les faits. Meredith ressemble de plus en plus à une poupée façonnée de toutes pièces et, quand j'étais avec Lucas, il avait des accès de colère assez perturbants que je mettais sur le compte de ses amnésies, mais là aussi, tout n'était que mensonge.

– D'accord.

Je soupire, passe ma main sur le haut du meuble, puis le balaie d'un geste rapide et, dans un nuage de poussière qui me fait éternuer, un porte-documents identique à celui qui se trouve dans le tiroir tombe à mes pieds.

Je m'accroupis pour le ramasser et rassembler ce qui s'en est échappé: des papiers et une petite clef.

Je lis la première feuille qui me passe sous la main.

Docteur Avery,

Suite à votre demande du 19/09/1985, je vous confirme par la présente que le rapport d'expertise génétique, réalisé par notre laboratoire Atlanta DNA Labcorp le 11/01/1986 dans le cadre de vos recherches, a conclu à la paternité de monsieur Jackson L. Miller à 99,997 % à l'égard de l'enfant Reed Samuel G. Hamilton et a conclu à la non-paternité de M. Jackson L. Miller à 99,997 % à l'égard de l'enfant Lucas Steven Hamilton.

– C'est bon, Cara. Je l'ai trouvé, dis-je en m'asseyant sur le plancher après avoir relu deux fois cette lettre.

Je le savais. Cara me l'avait dit et je la croyais, mais j'en ai maintenant la confirmation. Lucas est mon demi-frère.

Mais qu'importe? C'est la même chose.

Cara me rejoint et s'accroupit.

– Alors?

Je lui tends le papier et regarde la clef qui ressemble plus à celle d'une boîte aux lettres qu'à celle d'une porte. Puis je reporte mon attention sur un petit bout de papier déchiré et froissé où sont inscrites deux adresses new-yorkaises. Cara étant concentrée sur sa lecture, je l'enfouis discrètement dans ma poche. Je ne peux m'empêcher de faire le lien avec ce que m'a dit Matt. En rentrant à la maison, je vérifierai quels sont ces lieux.

Je me redresse, le porte-dossiers en main.

– Allez, Cara, partons d'ici avant qu'il ne revienne.

Elle me rend le papier et me demande:

– Ça va aller?

– Oui. Oui. Ce n'est pas une surprise, dis-je. Tu souhaites reprendre le dossier?

– Non. Remets-le à sa place. Cela vous concerne, je n'en ferai rien.

Nous rejoignons la fête et retrouvons Matt discutant avec le shérif. Je crains qu'il ne lui parle des parents de Cara. En fait, je suis obsédé par cette histoire. Je n'arrive pas à me l'enlever de la tête et me pose de nombreuses questions plus insensées les unes que les autres. Je dois absolument parler à Lucas, seul à seul, avant que tout ne dégénère. Il va bien finir par revenir. Il ne peut pas déserter sa propre soirée.

– Princesse, dis-je en l'étreignant, lorsque Lucas reviendra, j'aimerais pouvoir avoir une discussion avec lui, entre frères, d'accord?

Elle plonge un regard troublé dans le mien, mais acquiesce en hochant la tête.

– Ne vous battez pas, s'il te plaît.

Je ris.

– Je ne te promets rien.

– Reed!

– Je te promets d'essayer.

Je l'embrasse dans les cheveux, puis remarque les phares d'un véhicule arrivant sur le chemin de terre derrière la grange.

Je m'extirpe de ses bras.

– Il arrive.

Elle me retient par le coude avant que je n'aie le temps de faire deux pas.

– Reed, promets-moi de ne pas trop t'énerver.

Sa petite mine tracassée m'attendrit. Je dépose un bref baiser sur le bout de son nez et souris.

– J'essayerai.

Elle secoue la tête, dépitée, et me laisse partir.

Je contourne la grange et, lorsque j'arrive près du pick-up, Lucas éteint le moteur.

Les regards que nous échangeons n'ont rien de bienveillant. Il finit par sortir de sa voiture, fier et droit comme un « i ».

Nous nous fixons, nous défiant du regard sans bouger.

– Où est Meredith? lancé-je en premier.

– Cela ne te regarde pas.

– Où étais-tu?

– Encore une fois, cela ne te regarde pas.

Je m'avance d'un pas. Il recule et heurte de son dos la carrosserie.

– Réglons cette histoire d'homme à homme, Lucas, une bonne fois pour toutes.

Il rit.

– Tu veux qu'on se batte?

– S'il faut en arriver là...

– Je sais pertinemment que tu auras le dessus, alors pourquoi je m'y risquerais?

– Alors, parlons? proposé-je en haussant les épaules.

Il croise ses bras contre sa poitrine et s'adosse confortablement contre la portière.

– De quoi veux-tu parler?

– Commençons par ce que tu m'as dit ce matin.

– Et que t'ai-je dit?

– Oh, ça y est, tes amnésies te reprennent? raillé-je, irrité.

– Écoute, commence-t-il en se redressant.

Il avance d'un pas vers moi avant de poursuivre :

– J'ai des invités ce soir. Je me suis absenté suffisamment longtemps, ce qui manque à tous mes devoirs. Alors, si tu en as fini avec tes questions, laisse-moi retourner à ma fête, tu veux?

Il se poste devant moi, le regard sombre et le visage à quelques centimètres du mien.

– Je n'ai pas fini, Lucas.

Posant une main sur mon épaule, il lâche:

– Alors, reviens me voir demain.

Je me décale d'un pas chassé pour l'empêcher de fuir. Agacé, il baisse la tête et se tripote nerveusement le front en soupirant.

– Laisse-moi passer, Reed!

De mes deux mains contre sa poitrine, je le bouscule en arrière.

– Sinon quoi?

– Sinon rien...

Je réitère mon geste afin de l'énerver. Son impassibilité et sa désinvolture me font enrager. Il va bien finir par réagir.

Comme s'il était capable de lire dans mes pensées, il me sort:

– Je ne m'énerverai pas, Reed. Ne te fatigue pas.

D'accord, changement de tactique. Je plonge ma main dans la poche de ma veste et en extirpe le morceau de papier trouvé dans le dossier.

Je lui montre.

– C'est quoi ça?

– Tu fouilles dans mes affaires, maintenant?

Je m'emporte:

– *Arrête* de répondre à mes questions par d'autres questions! C'est quoi ces adresses?

– Tu es grand, non? Va chercher tes réponses sur Internet.

Dans un élan, il me percute l'épaule et tente de partir, je le retiens par le bras.

– Es-tu impliqué dans l'accident des parents de Cara?

Son visage se tord d'hilarité, puis, en une fraction de seconde, il se ferme. Il avance le menton pour venir à nouveau frôler mon visage.

Fixant ma bouche, il lance, en articulant distinctement chaque mot :

– Va. Te. Faire. Foutre.

109

Cara

Matt et le shérif Snow ont une discussion animée. Je me tiens à l'écart, mais les gestes et les paroles échangés me paraissent secs et peu cordiaux. Reed est parti depuis dix bonnes minutes. Je m'inquiète. Et toujours aucun signe de vie de Meredith. Ses parents, que j'aperçois dans la foule, ne semblent pas alarmés. Ils discutent tranquillement avec ce bon vieux Bill, le patron de la quincaillerie de Cornfield.

Curieuse, je me dirige vers eux. Je ne leur ai pas parlé depuis des années. Pourtant, ma mère s'entendait bien avec Madison Dayle ; elles se retrouvaient souvent ensemble au club de lecture.

– Madison, Conrad, les salué-je en me postant devant eux.

– Cara ! s'écrie joyeusement Madison. Ma toute belle, comment vas-tu ?

Elle m'étreint vivement. Je lui souris et me retourne vers M. Dayle.

Nous échangeons une bise courtoise.

– Toutes nos condoléances, ma grande, se désole Madison.

– Merci.

Elle poursuit sur le même ton exagérément empathique :

– Comment te portes-tu ?

– Bien, merci.

– Ça va, ce n'est pas trop dur ?

Je hoche la tête et change de conversation. Sa compassion est tellement surfaite qu'elle me hérisse les poils.

– Dites-moi, vous n'auriez pas vu Meredith ? Je la cherche.

– Je viens de recevoir un message sur mon portable. Elle s'est disputée avec…

Elle se tait, et je vois passer dans son regard quelque chose qui me perturbe, une sorte de pitié. Elle se méprend. Elle semble ne pas vouloir me faire de peine. Je pense qu'elle est au courant de mon flirt avec Lucas et doit sûrement penser que la relation entre Meredith et lui m'affecte.

Alors, je m'empresse de relever :

– Oh ! Elle s'est disputée avec Lucas ?

J'insiste sur son prénom pour lui signifier que je m'en fiche éperdument.

– Oui. Oh ! Rien de grave. Cela s'arrangera sûrement. Une simple querelle d'amoureux. Ils sont si bien ensemble.

– Ah ! Vous trouvez ? dis-je avec l'envie de rire.

– Oui. Lucas est un homme bon. Il fait tellement pour la paroisse et pour la ville. Meredith ne peut être qu'heureuse avec lui.

Je reste perplexe un instant. Elle semble tellement séduite que c'en est presque déroutant.

Ai-je été comme cela il y a quelques mois ? Mon Dieu, oui ! J'ai été aveuglée par Lucas.

– Et toi, ma grande, que deviens-tu ?

Joyeuse, je lève ma main gauche pour lui montrer ma bague de fiançailles.

– Je vais me marier avec Reed.

Elle m'interroge du regard.

Je précise :

– Reed Hamilton. (Elle affiche le même air ahuri.) Le frère aîné de Lucas.

– Oh ! Lui, prononce-t-elle comme si elle crachait sur de la vermine.

– Oui. Lui.

– Félicitations, dit-elle sans enthousiasme.

Balayant les environs du regard à la recherche d'une échappatoire, car, de toute évidence, cette conversation n'était pas une bonne idée, je vois Lucas sortir de derrière la grange, suivi de Reed. Je suis soulagée de les voir en un seul morceau.

Après un sourire poli, je prends congé des Dayle pour rejoindre mon futur époux qui semble troublé.

– Tu as pu lui parler ? m'empressé-je de lui demander.

Il hausse les épaules.

– Il s'entête. Je ne peux rien en tirer.

J'aimerais aussi lui demander le sujet de leur discussion, mais je vois dans son regard que ce n'est pas le moment.

Passant ma main dans son dos, je m'enquiers :

– Tu veux qu'on rentre à la maison ? Tu as l'air épuisé.

– Ouais. Rentrons.

Sur le chemin du retour, main dans la main, suivant la route, nous marchons en silence jusqu'à ce que j'essaie de le faire parler.

– Tu ne m'as pas dit ce que, toi, tu pensais de toute cette histoire. Alors, tu crois Matt et tu penses que Lucas la maltraite vraiment ?

Il soupire longuement, le front barré par l'angoisse et un autre sentiment qui m'échappe.

– Sincèrement, je n'en sais rien. Mais si c'est le cas : où est passé mon petit frère ? Qu'est-il devenu ? Pourquoi ce changement radical ? Je n'aurais jamais dû…

Il se tait.

– Pourquoi j'ai l'impression que tu t'en veux ?

– Parce qu'il y a douze ans, j'ai abandonné la personne qui avait le plus besoin de moi… Pourquoi ? Parce que j'ai eu la trouille, parce que j'étais une mauviette, voilà pourquoi, Cara ! Rien de bien héroïque, hein ? reprend-il en se moquant de lui-même.

Affectée par sa réponse et sa mine défaite, je relève :

– Tu as tué un homme pour lui, tout de même.

– Je ne l'ai pas tué pour lui, mais parce que c'était ou Robert ou moi, avoue-t-il. J'ai préféré rester en vie.

À la maison, je gagne directement la chambre pour me dévêtir de cette robe que je pensais encore à ma taille, mais elle m'a été insupportable à porter durant toute la soirée. Je me regarde dans la glace.

Aurais-je pris du poids ? Je devrais peut-être me mettre à courir avec Reed, le matin. Je souffle. Moi qui hais le sport. Je me regarde sous toutes les coutures, rentre le ventre et le gonfle. Mon Dieu ! Je suis énorme.

Une fois confortablement revêtue de ma nuisette, je descends rejoindre Reed qui ne semble pas décidé à venir se coucher. Je le trouve dans la cuisine assis à la table, devant mon ordinateur, débraillé, sa veste posée sur le dossier de la chaise, sa chemise sortie de son pantalon et ouverte.

Je m'étonne :

– Que fais-tu ?

Il est loin d'être adepte de l'informatique et accro au Web, alors le retrouver à surfer sur le Net m'intrigue.

Calée dans son dos, je l'entoure de mes bras sur ses épaules et reporte mon attention sur l'écran après avoir déposé un baiser sur ses cheveux.

– Pourquoi te renseignes-tu sur le Golf Club At Chelsea ?

– Tu connais ?

– Oui, mes parents en ont été membres pendant des années, pourquoi ?

Je le sens se raidir et m'en inquiète. Je viens m'asseoir à califourchon sur ses cuisses pour lui faire face et j'enfouis mes doigts dans sa chevelure.

– Pourquoi regardes-tu cette page Internet, Reed?

– Je ne regarde pas spécialement cette page, je suis tombé dessus au hasard. Je cherchais une agence de déménagement.

– De déménagement?

Tapotant nerveusement son doigt sur la table, il m'explique:

– Ouais, pour mes meubles du studio et ceux qu'il te reste au garde-meubles. Tu ne voulais pas les déménager?

– Si, dis-je, perplexe. Mais pourquoi tu t'en occupes à cette heure-ci?

Son visage se fend d'un large sourire, et je comprends rapidement que je l'agace avec toutes mes questions.

Je ris.

– Je suis chiante, c'est ça?

– Non, princesse, réplique-t-il en avançant le menton. Embrasse-moi.

Sa demande me fait instinctivement frémir jusqu'à la racine de mes cheveux. Je sais qu'il peine à me témoigner ce genre de geste d'affection en ce moment, et je suis plus que reconnaissante qu'il fasse autant d'efforts pour moi. Ses yeux mi-clos, son magnifique visage attendant patiemment que je m'exécute et ses lèvres, cette bouche si appétissante – mmh – me transportent et me font chavirer dans une vague de désir.

Je le prends à pleine bouche pour lui démontrer l'ampleur de mon amour. Dans un gémissement, sa langue trouve la mienne, me caresse et glisse sur mes lèvres. Je me délecte de son goût, de sa saveur. Je fonds et m'y perds. Il soulève ses hanches contre moi pour me montrer à quel point notre baiser l'excite, à quel point son sexe me veut, combien lui me veut. Le feu s'empare de mon être. Les muscles de mon entrejambe se serrent. Je le veux moi aussi, et tout de suite. Je gémis à mon tour et suis complètement sous son emprise, telle une droguée, j'en redemande encore et encore.

Son pouls s'accélère, je le sens sous mes doigts qui parcourent son cou et je sens son torse se soulever par saccades. Je romps le contact de nos bouches et heurte son front du mien. Il reste pendu à mes lèvres, les yeux fermés, les paupières crispées.

– Ça va, mon cœur?

Il rouvre les yeux et fixe un regard larmoyant dans le mien. En guise de réponse, il me décoche un sourire radieux, puis, d'un bond, il se lève en m'emportant avec lui. Aussitôt, j'enroule mes jambes autour de ses hanches et m'agrippe à ses épaules.

– Où m'emmènes-tu ? demandé-je.

– À l'étage. (Il claque un baiser sur une de mes joues.) Sous la douche.

Nous montons les marches. Je passe une main dans ses cheveux et le scrute avec attention. Mon homme est une pure merveille, si rude et si doux à la fois, puis si fort et si écorché. Je l'aime plus que tout et m'inquiète toujours pour lui. Je ne peux m'en empêcher.

– J'aimerais tellement pouvoir savoir ce que tu penses, mon cœur.

Il hausse un sourcil et émet un léger rire.

– Là ? À te faire l'amour.

– Non, pas spécialement maintenant.

Devant la porte de la salle de bains, il me laisse glisser le long de son corps.

– Tu finirais dans un asile, Car'. Alors, pour ta santé mentale, il ne vaut mieux pas, raille-t-il en gagnant la pièce.

Il se dirige dans la cabine de douche pour ouvrir l'arrivée d'eau et la caler sur une température agréable. Je n'insiste pas, bien trop fascinée par sa façon de bouger et, maintenant, de me regarder avec des yeux brûlants.

Lentement, il s'approche de moi, se penche, survole mon visage du sien et ses doigts viennent effleurer mes cuisses. Il m'a à peine touchée que, déjà, je m'enflamme. Il attrape l'ourlet de ma nuisette et me l'ôte. Je suis nue. Nue et bouillonnante.

Il recule d'un pas.

– Déshabille-moi, me demande-t-il d'une voix rauque.

Je m'exécute et enfouis mes mains sous sa chemise, tout contre sa peau, et la fais glisser de ses épaules. Il ne bouge pas. Il me dévisage de son regard intense, les pupilles tellement dilatées que le bleu de ses iris forme un léger trait à peine visible. Ébranlée, je défais minutieusement sa ceinture et, en douceur, il se tourne, dos à moi. Je reste perplexe un instant.

– Continue, souffle-t-il en apposant ses deux mains contre le mur.

Mon cœur marque un raté lorsque je reporte mon attention sur les multiples cicatrices qui lacèrent sa peau. Même si son dos est fascinant à regarder avec ses larges épaules et ses muscles distinctement dessinés, je ressens une pointe de dégoût, non pas pour lui, mais pour ce qu'il a subi. Pourrais-je m'y faire un jour à cette vision bien trop dure à supporter ?

Je rive mes yeux sur son tatouage et poursuis. Je descends son pantalon sur ses hanches et ce dernier tombe à ses chevilles, il l'enjambe et le pousse à l'aide de son pied, puis reprend la même position. Les paumes contre la faïence, les jambes légèrement écartées et la tête baissée, tel un… Oh ! Mon Dieu !

– Vas-y, Cara, continue. Colle-toi à moi, je veux te sentir dans mon dos.

– Reed, je…

– Continue, je t'en prie !

La boule au ventre d'avoir capté qu'il est dans un genre d'état de soumission, et que cela lui est insupportable, je viens malgré tout me caler contre lui.

De mes doigts tremblants, je me saisis de l'élastique de son boxer et, avec le plus de délicatesse dont je suis capable, je le glisse le long de ses cuisses. Le son de sa respiration devient horriblement saccadé. Ce qui devait être une partie de plaisir vire à la torture. Pourquoi me fait-il ça ? Pourquoi a-t-il besoin de ça ? Ça ne l'excite pas le moins du monde et moi non plus.

Débarrassé de son sous-vêtement, il inspire et expire profondément. Je reviens me caler contre lui sans trop savoir que faire, appose ma joue entre ses omoplates et l'enlace.

– Je ne veux pas te faire souffrir, susurré-je.

– J'en ai besoin.

– Pourquoi ?

– Pour dépasser ça.

– Ça, quoi ?

– J'ai combattu ma peur du sexe par le sexe. Je veux vaincre mes souvenirs par des souvenirs, et tu es la seule à pouvoir m'y aider.

Je ravale un hoquet nerveux et plisse les paupières.

– Tu… Tu ne veux tout de même pas que je te…

Je me tais. Je ne peux prononcer les mots fatidiques.

– Non, Cara. Je te désire, tu ne me violeras pas. Je veux juste que tu reproduises certains gestes.

Emportée par l'écœurement, je m'écarte de lui.

– Non, Reed ! Il est hors de question que je te fasse subir quoi que ce soit.

Il se tourne enfin et je suis aussitôt dévastée par les larmes qui coulent sur son visage. Je porte une main sur ma bouche et recule.

D'une voix abominablement douce, il rétorque :

– Tu vois la tête que tu fais, là, maintenant ? Je ne veux plus jamais la voir. Tu dois m'aider à surmonter ça. Je dois pouvoir être à nouveau capable de faire l'amour à ma femme et d'y éprouver du plaisir, d'y mettre des sentiments.

Te baiser? Oui, je peux le faire. Je m'y suis entraîné et suis formaté depuis des années. Tu comprends?

– Quelle est la différence?

– Quoi? Entre te faire l'amour et te baiser?

– Oui.

– Ce qu'il se passe dans ma tête.

– C'est-à-dire?

– Être une machine rodée à se vider les couilles ou un homme amoureux de sa femme, ouvert et désireux de lui donner son âme et bien plus encore.

– Mais tu me donnes déjà beaucoup, je ne comprends pas. Regarde ce matin, dans la cuisine? Tu as été parfait.

– Tout est calculé, millimétré. Je suis encore cette machine à sexe qui essaie de trouver un juste milieu.

– En gros, tu veux que je te reformate en… en quoi? Je ne comprends toujours pas. Car, jusqu'à présent, tout allait bien, enfin presque bien. Pourquoi maintenant?

Il hausse les épaules.

– Je ne sais pas. Peut-être le fait d'être ici. Mon frère… son comportement… les environs… toi.

– Moi? répété-je, estomaquée.

Il se reprend:

– Mon amour pour toi, le fait d'essayer de devenir quelqu'un de meilleur pour toi. Je bois moins, je suis moins violent, et tout ça, pour toi.

– Est-ce que tu te forces à faire tout ça? dis-je, paniquée de lui imposer d'être ce qu'il n'est pas.

– Je ne sais pas. Je veux juste être quelqu'un de normal. Pour toi.

Pour une raison qui m'échappe, je m'emporte:

– Arrête de faire les choses pour moi, merde! Fais-les pour toi!

– Je le fais pour nous, et tu dois m'aider.

Je me baisse et ramasse ma nuisette. Je ne peux pas. Non. Je ne peux vraiment pas faire ce qu'il me demande. C'est trop pour moi. Puis, à quoi bon le faire souffrir en reproduisant des actes qui l'ont profondément meurtri? Tout ceci est insensé.

– Désolée, Reed, je n'en ai pas la force. C'est… C'est au-dessus de mes moyens.

Alors que je suis prête à tourner les talons, il me rattrape par le bras.

– Mon amour, il le faut. Prends ça pour… pour un jeu…

– Un jeu? Non, mais ça ne va pas!

Il me contraint à venir contre lui et prend mon visage en coupe.

Le regard désespéré, il m'explique:

– Celui qui subira le plus, c'est moi. Tu n'auras rien de bien méchant à faire. Juste à me toucher à des endroits que je ne supporte pas, me… me soumettre à toi. Jouer à des jeux sexuels que beaucoup de couples pratiquent tous les jours. M'attacher, par exemple. Ce n'est qu'une question de domination. Et je suis prêt, Cara. Je veux que tu remplaces toutes ces horreurs dans ma tête par des souvenirs de toi… Jusqu'où es-tu prête à aller?

– Avec toi, n'importe où.

110

Reed

Je conçois que ce que je lui demande est au-dessus de ses capacités, mais il faut qu'elle comprenne que je suis comme un boulet de canon lancé à pleine vitesse, détruisant tout sur son passage. Et ce ne sont pas seulement mes propres remparts qui se brisent, mais bien ceux de mon entourage, donc, par conséquent, les siens.

– Je ne suis pas du tout convaincue de trouver du plaisir à te faire endurer ces épreuves.

L'embrassant sur le front, j'essaie de la convaincre :

– On peut y aller en douceur, ma puce, essayons. Si jamais tu ne le supportes pas, on trouvera un autre moyen, d'accord ?

Elle baisse le regard et soupire.

– D'accord.

– Merci.

– Bon. Que dois-je faire ? se résigne-t-elle.

Je lui décoche un sourire.

– Aller sous la douche.

– Et ?

– Te doucher avec moi.

Elle rive ses yeux voilés par le trouble sur les miens, puis, percevant sûrement mon changement d'humeur, elle m'envoie une bourrade dans les côtes.

– Idiot !

Elle me bouscule et fonce sous le jet d'eau.

Je ne sais pas comment cette fille incroyable arrive à voir quelque chose de valable en moi, mais ce qui est certain, c'est que, sans elle, je ne serais absolument rien.

Ma vie commence avec elle et finira avec elle.

– Cara ?

Se saisissant du shampoing, elle se tourne vers moi, l'œil interrogateur.

– Hum ?…

– Je t'aime.

– Je t'aime aussi, mon cœur. (Elle me tend les bras en accompagnant son geste d'une petite moue adorable.) Viens dans mes bras.

Je m'exécute sans plus attendre. Elle a le don de me rendre meilleur, et je suis persuadé qu'elle arrivera à m'arracher à mes démons. Après ça, je pourrai enfin toucher à ce bonheur auquel j'aspire tant et que j'espère depuis si longtemps.

Contre elle, et le menton calé sur le haut de son crâne, je me laisse aller aux balancements de notre étreinte, tout en fermant les yeux.

J'ai de nouveau envie d'elle. Enfin, à vrai dire, j'ai toujours envie d'elle, mais j'ai peur de ne plus être à la hauteur. J'éprouve la même honte qu'autrefois, mais à un degré différent. La sentir contre moi est comme toucher un objet précieux et infiniment délicat. Or, je me leurre, le plus fragile de nous deux, c'est moi. Toutefois, mes sens primaires prennent le contrôle de mon esprit et mon corps s'électrise. J'ai le sentiment qu'elle réagit un peu de la même manière. Oui, j'ai l'impression d'être désiré comme je ne l'ai jamais été auparavant. Pas de cette manière, j'en suis certain.

– Tourne-toi, je vais te laver le dos, m'annonce-t-elle en s'extirpant de mes bras.

J'appose un bref baiser sur son front, me décale sous l'eau pour me mouiller et adopte la position demandée. Elle s'empare du savon et commence par me laver méticuleusement les épaules. Je pense qu'elle a saisi la gêne que j'endure lorsque quelqu'un se trouve dans mon dos. Alors, comme je le lui ai demandé, elle se presse contre moi, son ventre contre mes fesses. Un réflexe nerveux me parcourt. Une main cajolant mon ventre à hauteur de mon nombril, l'autre me frottant les omoplates, elle s'applique dans un silence déstabilisant. Je tente de contrôler ma respiration qui s'affole quand elle descend au niveau de mes reins.

C'est Cara. Elle me lave, et j'ai envie d'elle.

Je dirige ses doigts, jusque-là posés sur mon ventre, vers mon sexe peu apprêté à quoi que ce soit. Je veux qu'elle me touche et qu'elle m'excite.

Parce que c'est Cara, que je l'aime et que j'en ai envie.

Elle prend mes testicules au creux de sa paume et commence à effectuer de douces palpations pendant que son autre main arrive à la frontière du supportable.

Je ravale mon besoin de tout stopper.

Simplement parce que c'est Cara, ma fiancée, et qu'elle fait ces gestes pour me donner du plaisir.

Je ferme les yeux et bascule la tête en arrière pour me concentrer sur mes sensations. Je dois les affronter. Je dois oublier. Je dois la laisser me contrôler, et surtout, je dois aimer cela. Mes bras tendus le long du corps, je serre les poings et lâche un son aigu lorsqu'elle me passe le savon là où je n'ai permis à personne de me toucher depuis plus de dix ans.

Mon corps tout entier est à elle. Je suis à elle. Je veux être à elle, et non à lui. Cela fait des années que je ne suis plus à lui. Je ne suis plus sa chose. Je n'ai jamais été sa chose. Je suis un homme, un être humain doté de sentiments, et non un jouet sexuel.

Elle me rince tout en poursuivant ses caresses sur mes testicules et mon pénis qui peine décidément à durcir. Elle remet le pommeau à sa place et revient se caler derrière moi pour poursuivre. J'expire tout l'air de mes poumons lorsque, délicatement, elle vient déposer une guirlande de baisers sur mon dos et retrace d'un ongle l'une des griffures gravées à jamais dans ma chair.

Puis je me cambre en avant, percuté de plein fouet par des bribes de souvenirs. Je veux rouvrir les paupières, mais je dois lutter. Il faut que je combatte mon passé comme si je m'attaquais à un adversaire sur un ring, yeux dans les yeux. Sauf que l'angoisse s'approprie mon être. Mon estomac tourne en vrille et mes membres se mettent à trembler. La colère, la rage se mélangent à ma peur et mon envie de fuir. Je ne sais plus quelle émotion domine.

Je panique.

C'est Cara, c'est Cara, c'est Cara, et je l'aime. Je dois suivre Cara. Aveuglément. Elle est mon salut.

– Cara, soufflé-je.

– Je suis là. C'est moi.

Je baisse la tête et me laisse aller contre la paroi, me soutiens de mes mains et inspire, puis bloque ma respiration, soupire, puis me répète mes dernières pensées comme un mantra, jusqu'à ce que celles-ci prennent le dessus. Mon sexe commence à réagir. Je sens mon sang pulser, s'y engouffrer, et mon pénis se tendre sous ses doigts. Toute mon attention se concentre sur cet effet délectable. Le plaisir grimpe, le désir augmente, je reprends peu à peu pied dans la réalité et le présent.

Parce que c'est Cara et qu'elle représente tout pour moi.

Je souris, emporté par un élan de joie. Je me consume, brûle si intensément que chacune de mes cellules crépite.

Je la veux. Je veux me noyer en elle et sentir la chaleur de son amour, de notre amour plus fort que tout sur cette putain de terre. Ce n'est même plus une évidence, c'est une certitude, un fait avéré. Je suis la nuit, elle est le jour. Je deviens vide, elle me comble aussitôt. Nous sommes deux astres opposés, gravitant sur deux orbites différentes autour de la même étoile, et lorsque nous entrons en collision, notre puissance est telle que rien ne peut plus nous atteindre.

Je me retourne, lui prends le visage et la fais reculer contre la paroi. Une fois bloquée entre le mur et moi, je lui suçote et mordille la mâchoire, lui lèche le contour de ses lèvres avant d'entremêler nos langues. Je la sens fondre sous l'effet de mon baiser aussi enragé que passionné. Elle gémit, je lui réponds par des grognements. Je plaque mon érection contre son ventre et m'excite en roulant légèrement des hanches. Au bord de l'égarement, je prends un de ses seins dans ma main et le porte à ma bouche. Je mouille son téton de ma salive et le titille soigneusement, délicatement. Je glisse mes doigts jusqu'à arriver sur son entrejambe, chaud et impatient de m'accueillir. Finalement, j'en oublie ma délicatesse et introduis sans ménagement mon majeur, puis mon index en elle. Elle lâche un petit cri et me fixe d'un regard brûlant, tout en se mordant la lèvre sous le supplice de mes caresses.

– Je… Je vais déjà jouir, murmure-t-elle en se tortillant.

Son corps se tend. J'aime la voir. J'aime l'entendre haleter, geindre. J'aime le fait qu'elle m'agrippe le cou comme si son équilibre ne dépendait que de moi, de mon unique présence. Elle est si belle, si parfaite. Elle finit par trembler en laissant échapper de petits cris et se laisse retomber contre mon torse quand elle explose. Ses jambes la lâchent, je la retiens. Je la sens sourire. Elle relève la tête, trouve mon regard, et je ne m'étais pas trompé, elle sourit.

Sa main vient à nouveau trouver mon pénis. Ma gorge se serre un court instant. Mon cœur bat plus vite.

– Attends, dis-je.

Je recule, me penche pour attraper son peignoir de bain, ôte la ceinture et la lui tends.

– Attache-moi.

Ses yeux s'écarquillent. Je lui désigne la barre d'appui. Lorsque je vois sur son visage qu'elle est prête à s'y résigner, je me baisse et m'assieds à même le sol, puis lève les bras en croisant mes poignets. Assis devant elle, soumis, la position est humiliante, mais je dois m'y tenir. Jamais je n'aurais cru me résoudre à cette extrémité, moi qui suis si dominant. Mon érection retombe, mais je ne m'en inquiète pas, je sais qu'elle saura y faire pour m'exciter.

Elle m'entoure les poignets du cordon en satin bleu, les lie entre eux et les fixe à la barre d'appui au-dessus de ma tête, puis tire sur le nœud sans aucune douceur. Elle serre tellement fort que je raille pour détendre l'atmosphère :

– Mmh, tigresse !

Elle se mord la lèvre, puis grimace.

– Oups, c'est trop serré ?

– Non. Continue, princesse.

Cela va être une torture de ne pouvoir la toucher, mais l'important n'est pas là. Je dois fermer les yeux et me replonger dans ce qui m'effraye le plus : l'absence de contrôle sur mes sens.

J'expire profondément lorsqu'elle s'assoit sur mes cuisses. Elle prend mon visage dans ses petites mains et vient déposer un doux baiser sur mes lèvres.

– Ça va aller, mon cœur ?

Je hoche la tête et avance le menton pour qu'elle recommence à m'embrasser. Aussitôt, nos bouches se scellent et sa langue vient jouer avec la mienne. J'aime son goût et m'y accroche. Ses mains toujours sur mes poignets descendent lentement le long de mes bras, mes aisselles, mes flancs et remontent sur mon torse qui se soulève difficilement. Jusque-là, je me sens bien, même très bien. Mon désir pour elle revient comme s'il n'était jamais parti. Les yeux mi-clos, je les ferme et lâche prise. Mon esprit fend des flots de souvenirs et de moments présents lorsque Cara se positionne de façon à frotter son entrejambe chaud et glissant contre mon pénis qui ne demande plus qu'à se noyer en elle, mais qui lutte entre deux mondes.

Ses doigts viennent délicatement m'entourer et me prodiguer de longs va-et-vient si doux et si soignés. J'aime la brusquerie. J'aime avoir mal parce que la douleur physique me fait oublier la douleur mentale. Je sombre un court instant, mais n'ouvre toujours pas les yeux. Si mes mains n'étaient pas liées, j'aurais pu trouver une échappatoire, j'aurais pu la soulever et la caler sur moi pour la pénétrer brutalement et ainsi reprendre le contrôle. Ceci dit, je suis forcé de subir comme je subissais autrefois, et je hais cette émotion qui m'envahit plus que tout.

Au moment où je suis à la limite de lui ordonner d'arrêter, elle se place de manière à s'empaler sur moi et elle le fait avec une lenteur insoutenable, mais paradoxalement très enivrante. Cette étrange sensation me pousse à me décoller du sol, à l'aide de mes jambes que je replie, afin de pouvoir m'enfoncer en elle.

Cependant, ma petite maligne a bien compris ce que je mijotais, alors elle me bloque le bassin et me susurre au creux de l'oreille de la laisser faire. Soupirant un bon coup, je souris et elle poursuit, lentement, doucement.

Putain, c'est atroce, mais si bon en même temps ! Je veux la serrer contre moi. Je veux la baiser. Je veux la faire hurler, mais non, à la place, c'est moi qui me fais baiser. Je grogne, tends tous mes muscles. Elle ne va pas jusqu'au bout de nos corps, je râle. Elle remonte et redescend sur ma queue sans jamais vraiment l'autoriser à atteindre le fond. Instinctivement, je tire sur mes liens. La frustration de ne pouvoir l'emplir, la posséder totalement me rend fou.

Je me plains.

– Plus fort, Cara. Plus fort !

Mais ce n'est pas pour autant qu'elle s'exécute. Elle continue en me chuchotant de me laisser aller. Je n'y arrive pas. Je ne sais pas exactement pourquoi, mais je commence à paniquer, à m'agiter. Je perds pied, autant d'affolement que d'envie de jouir. Je bande si fort, si intensément. Mais si je jouis de cette manière, en étant si vulnérable, et que j'y éprouve du plaisir, cela fera-t-il de moi à nouveau un esclave ? Non ! Je ne peux pas…

– Non ! Non. Arrête, je t'en prie, arrête, m'alarmé-je.

Les paupières toujours closes et crispées, la tête baissée, je sens qu'elle s'interrompt et me prend la mâchoire d'une main pour me relever le visage vers elle.

– Hey ! Reed, c'est moi. Ouvre les yeux, regarde-moi !

Je les rouvre doucement et rive mon regard trouble au sien.

– Mon cœur, commence-t-elle avec un tendre sourire. Un jour, une personne merveilleuse m'a demandé de ne jamais la quitter du regard, et tu sais pourquoi elle m'a dit cela ? Parce que j'avais peur, j'étais terrorisée. Cette personne avait entièrement raison. Il m'a suffi de plonger mes yeux dans les siens, si beaux, si magnifiques, si tendres et aimants, pour arriver à oublier l'enfer de la situation à laquelle j'étais confrontée.

Le souffle court, ébranlé, j'ironise en sachant très bien de qui elle parle :

– Et qui était ce petit génie ?

– Toi.

Je lui rends son sourire en tentant de calmer mon angoisse.

– Continue.

– Tu veux que je te détache ?

– Non, dis-je, à nouveau combatif.

Elle imprime de lents mouvements à son bassin, et moi, je ne la quitte plus du regard. Je ne vois plus que son regard. Je ne bouge plus. Je bouillonne intérieurement. Je transpire extérieurement. Je suis sien. Elle est mienne. Je lui donne le contrôle de mon corps et lui offre non seulement ma confiance, mais aussi mes pensées, mes souvenirs, mon âme.

Je jouis comme jamais auparavant. C'est une véritable thérapie. Une délivrance et un abandon total. Elle me détache. Je peux enfin la serrer contre moi. Je ne la lâche plus. Je ne pourrai plus jamais la lâcher.

111

Cara

Trois jours plus tard

– Tu es certain de vouloir y aller maintenant?

Debout au milieu du salon, j'étreins mon homme avec force et amour.

– Oui, ma puce. Comme ça, tout sera réglé et on n'en parlera plus.

– Cela ne peut pas attendre après le mariage? dis-je en faisant ma moue de petite fille capricieuse.

– Je dois de toute manière me rendre à New York pour voir Kurt, si je veux lui demander d'être mon témoin.

Je trouve son excuse un peu plate. Je sors mon portable de ma poche et le secoue devant son nez.

– Il existe des téléphones de nos jours.

– Cara! me réprimande-t-il d'une grosse voix. Laisse-moi y aller, je vais organiser le déménagement de nos meubles et voir Kurt, rien de plus. Ce n'est qu'une question de trois ou quatre jours.

– Je sais, mais j'aurais aimé t'accompagner.

Il m'indique, du menton, notre table basse jonchée de magazines dédiés au mariage. Ceux que j'étais en train de feuilleter avant qu'il ne descende de l'étage avec son sac à dos, prêt à partir.

– Tu as autre chose à faire, je crois, m'énonce-t-il.

– Oui, et d'ailleurs, à ce propos, vu ton peu d'implication, je me demande si tu es sûr de vouloir toujours te marier avec moi?

Je n'ai pas totalement tort. Depuis sa demande, on ne peut pas dire qu'il déborde d'enthousiasme. Il me pousse à tout organiser, et, quand je lui en parle, il ne fait rien pour m'aider alors que la date butoir se rapproche méchamment.

Il appose un lourd baiser sur mon front.

– Je suis absolument certain de le vouloir. Je veux que tu sois officiellement ma femme. Je veux que le monde entier sache que tu es à moi, rien qu'à moi, Cara. N'en doute jamais. Je t'aiderai à mon retour. On a encore deux semaines devant nous.

– Dix jours, dis-je en boudant.

Il me scrute d'un regard menaçant.

– Cara ! Arrête, tu deviens casse-pieds.

Je quitte ses bras et vais me rasseoir lourdement sur le divan, déçue. J'aurais tellement voulu faire ce voyage avec lui. Et puis, depuis que nous sommes ensemble, c'est notre première séparation. Je me suis habituée à sa présence, à dormir auprès de lui. Bref, à toutes ces choses qui font de nous un couple fusionnel.

Il vient s'asseoir près de moi et me ramène contre lui.

– Princesse, commence-t-il en posant un baiser sur ma tête, tu as Maggie et Sarah pour t'aider, non ?

Je hausse les épaules en ravalant mon envie de pleurer. Ce matin, je suis à fleur de peau, irritable, je ne sais pas ce que j'ai. Certes, Reed est sur le point de partir quelques jours, et je suis triste, mais ce n'est pas une raison suffisante pour me mettre dans un tel état.

Je viens poser ma tête au creux de son cou et en profite pour humer à pleines narines son parfum.

– Allez, je vais y aller, sinon je vais finir par rater mon vol, ajoute-t-il.

– Pourquoi tu ne veux pas que je t'accompagne à l'aéroport ? Je reprendrai ta voiture comme ça, et tu ne devras pas dépenser une somme astronomique en parking.

– Je ne suis pas vraiment fan des au revoir larmoyants, tu le sais bien.

– Tu n'es fan de rien, de toute manière !

Il me lâche et recule brusquement, le regard perplexe et le front barré.

– Outch ! Celle-là, je me la suis prise. Tu m'expliques ce que tu nous fais, là ?

Je soupire.

– Excuse-moi, je suis un peu fatiguée.

– Je vois ça, ouais.

Il se lève et ramasse son sac à dos posé sur le sol.

– Bon, j'y vais.

– Reed ? Tu n'oublieras pas de me téléphoner dès ton arrivée ?

Il se dirige vers la porte d'entrée.

– Je n'oublierai pas de t'appeler quand je débarquerai, quand je ferai un pas, quand je parlerai à quelqu'un, quand je croiserai la moindre personne, et même quand j'irai aux toilettes ! Ou quand je respirerai… Cara ! Relax ! Détends-toi !

Sans relever l'ironie de sa remarque, je le rejoins dans le hall, toujours envahie par cette même étrange envie de pleurer.

– Embrasse-moi, dis-je.

Il m'enlace, me soulève, puis me donne un baiser.

– Je t'aime, princesse.

– Je t'aime aussi.

Il me repose sur le plancher et, lorsqu'il file, je ne le lâche pas une seule seconde du regard. Je le fixe jusqu'à ce que sa voiture quitte mon champ de vision. Je referme la porte et m'y adosse un instant.

Je récupère mon téléphone et lui envoie un message :

[Tu me manques déjà,
mon cœur <3]

Il me répond presque instantanément.

[Toi aussi.]

[Ne me réponds pas
en conduisant !!!]

[Alors, ne m'envoie pas de SMS
en sachant que je conduis.]

Je secoue la tête et grogne. Quelle tête de mule !

Puis, d'un coup, je me mets à sangloter. Seigneur, que m'arrive-t-il ? Je suis ridicule. Il ne part que pour quatre jours, tout au plus. Je lève les yeux au ciel en tentant de retenir mes larmes, en vain. Elles coulent d'elles-mêmes. Bon sang, j'aime cet homme ! Est-ce cela, le grand amour ? Est-ce cette sensation de vide quand il n'est pas là ? Est-ce cette inquiétude tenace de ne plus jamais le voir rentrer à la maison ?

Si, autrefois, on m'avait dit que l'homme de ma vie serait Reed Hamilton, j'aurais ri aux éclats. Pourtant, aujourd'hui, sans lui, je serais la femme la plus malheureuse au monde.

112

Reed

New York, me revoilà!

Mon avion atterrit à seize heures à l'aéroport JFK. Je prends un taxi et file chez moi à Brooklyn.

À peine arrivé, j'appelle Cara qui m'a déjà laissé une dizaine de messages… Rien que ça!

– Ma puce, c'est bon, je suis au studio.

– Ton voyage s'est bien passé?

– Oui. Impeccable, soufflé-je, tout de même exténué.

– Super. Qu'as-tu prévu de faire ce soir?

Je raille en percevant l'inquiétude dans sa voix :

– Oh… Boh, aller voir quelques prostituées et…

– Reed! s'énerve-t-elle. Ce n'est pas drôle.

Je me laisse tomber sur le lit et place un bras derrière ma tête, décontracté.

– C'est donc ça. Tu ne me fais pas confiance?

– Si, mais…

Elle se tait.

– Mais non, dis-je à sa place.

Elle soupire.

– Mets-toi à ma place. Avec ton passé, tes besoins, tes…

– Car', princesse! Est-ce que, depuis notre relation, tu m'as vu draguer qui que ce soit ou constaté un faux pas de ma part?

– Tu n'as pas besoin de draguer. Un seul regard et elles se jettent toutes à tes pieds. Tu es si beau, si attirant. Tu ne te rends pas compte à quel point.

– Alors, est-ce que tu m'as déjà vu prêter attention à des regards d'autres filles?

– Non, pas en ma présence.

– Et ignores-tu que quand je ne suis pas à tes côtés, je ne fais que penser à toi?

– J'espère.

– Cesse d'espérer, imprime!

Je change de conversation.

– Bon, qu'as-tu fait après mon départ?

Elle me raconte les avancées de l'organisation du mariage. Elle me liste les invités et m'annonce que sa tante Rebecca de Los Angeles sera finalement présente. Cette nouvelle ne me fait pas bondir de joie, mais c'est la seule famille qu'il lui reste, alors je ravale mes commentaires. Elle finit par me dire qu'elle se sent un peu patraque et qu'elle pense couver quelque chose. Cela m'inquiète un peu. Je n'aime pas la savoir malade et loin de moi. Ceci dit, je suis là pour une bonne raison. Non pas pour le déménagement, qui me prendra tout au plus une journée, mais pour trouver qui est le propriétaire de la deuxième adresse, apparemment résidentielle, que Lucas a notée sur le morceau de papier.

Après avoir raccroché, je me douche, je me change et appelle un taxi pour me rendre au Bianquiz, le bar de mon pote Kurt.

Lorsque j'ai rencontré Kurt, San Do me laissait tranquille du moment que j'exécutais ses ordres et lui ramenais les infos nécessaires à ses magouilles, grâce à mon physique, lors des rendez-vous qu'il m'imposait avec de riches femmes et épouses d'hommes d'affaires. Je m'étais trouvé un travail afin d'avoir une couverture. Je bossais depuis peu au Bianquiz, un bar musical. Je l'avais découvert en suivant Cara chez elle. Il se trouvait à un pâté de maisons de son appartement. Kurt, le patron, et moi avions sympathisé. Il était fou, un mec bien, mais complètement à la masse. Il se foutait de tout. Il vivait à cent à l'heure sans aucune limite.

Sauter en parachute du haut de l'Empire State building en défiant sécurité et police ne l'aurait pas effrayé. Il l'aurait fait sans la moindre hésitation, et c'est ce qui me plaisait chez lui. J'étais un peu ainsi. Non. J'étais exactement comme lui. Fonceur et irréfléchi. Nous sommes rapidement devenus de bons potes, et il ne me posait aucune question sur mes autres activités lorsque je lui demandais de prendre certaines soirées.

J'arrive au Bianquiz. Il est plus de vingt heures. La salle est bondée. Je me faufile au milieu de la foule pour atteindre le comptoir. Je commande un bourbon à la charmante serveuse, blonde et pulpeuse à souhait. Je ris. Kurt a toujours choisi ses employés pour leur physique. *« C'est la vitrine, mec! »*, me disait-il. *« La vitrine doit être attirante. Elle doit donner envie et faire fantasmer. Quand tu portes ton verre à tes lèvres, tu dois t'imaginer les porter sur sa chatte. »*

– Bordel, Hamilton! Tu ne peux plus te passer de moi? me lance sa voix rauque.

Je me retourne, empoigne la main qu'il me tend et lui donne une accolade virile.

– Mec ! Comment vas-tu ? dis-je.

Je recule. Il me donne une claque amicale sur la joue.

– Bien ! Et toi ?

Il me scrute de haut en bas.

Je lui réponds :

– Bien ! Tout va bien, merci, vieux.

– Parfait ! Qu'est-ce que tu fous ici ?

– Je fais quelques recherches.

– Ici ? Au Bianquiz ?

– Non. À New York.

– Je peux t'être utile ?

Il ne me laisse pas le temps de lui répondre et poursuit.

– Prends ton verre et passons dans mon bureau. C'est moins bruyant.

Dans son bureau, je m'assieds en face de lui.

– Alors ? commence-t-il. Tu as besoin d'aide pour tes recherches ?

– Non, Kurt. Je dois juste trouver le propriétaire d'un appartement. Je m'en chargerai demain. Je suis au Bianquiz pour autre chose.

– D'accord, ça me fait plaisir que tu viennes. Tu l'as mise où la petite de l'autre fois ?

– Cara ?

– Oui. (Il hésite.) La copine de ton frère, c'est ça ?

– Oui, enfin non, plus maintenant. Je suis venu te voir pour ça, en fait.

Il m'interroge du regard.

– Je vais l'épouser, lui précisé-je.

Kurt s'étouffe et part dans un éclat de rire, vif et profond.

– Tu déconnes ? lâche-t-il ensuite lorsqu'il reprend un tant soit peu son sérieux.

Je ne peux pas lui en vouloir de réagir de cette manière. Moi-même en lui annonçant la nouvelle, je me trouve ridicule étant donné tout ce que nous avons fait, vécu et dit sur la gent féminine, lui et moi. Nous avons été les pires connards que la terre ait portés.

– Nope ! Je suis sérieux.

Il se laisse lourdement retomber sur le dossier de son siège et me détaille.

– Eh ben ! Qui l'aurait cru ! Toi ? Te marier ? J'ai dû louper une chiée d'épisodes.

– Ouais, je sais, c'est surprenant.

D'un bond, il se lève.

– Allons fêter ça, alors !

– Attends ! Je voulais savoir : tu accepterais d'être mon témoin ?

– Oh ! Euh... Ouais, évidemment ! C'est prévu quand ?

Je me passe une main dans les cheveux et grimace.

– Pas ce samedi, mais le suivant.

– Ah ouais ! C'est du rapide, dis donc !

– Quand on est sûr de soi, pourquoi attendre ?

– OK. Compte sur moi, acquiesce-t-il en se penchant sur son bureau pour entourer le 25 juillet sur son calendrier. Je n'en reviens pas. Hamilton maqué et bientôt marié.

Effectivement, il semble ne pas en revenir. Nous retournons au comptoir. Il me paie un autre verre, et nous discutons de ma récente acquisition et de mon futur job de patron de bar. Puis, nous nous remémorons nos souvenirs de baise et de bagarre. Entre-temps, je rappelle Cara et lui envoie des SMS.

Les heures passent, les conversations et les verres aussi. Nous trinquons, nous partons dans des éclats de rire entre potes, comme au bon vieux temps.

Je suis rapidement ivre, mais cet état me fait un bien fou. Les filles viennent se frotter contre moi, me frôler, m'aguicher, m'offrent des coups à boire. J'en accepte, j'en refuse. Je suis fier de pouvoir tenir une distance.

Je parle avec une certaine Jessica lorsque le groupe sur scène arrête brusquement de jouer. Le grésillement du micro retentit dans un son atroce. Je me retourne et aperçois Kurt sur l'estrade. Il me fixe.

L'enfoiré ! Il ne va pas faire ça ?

– Mesdames, mesdemoiselles. Ce soir est un soir spécial et l'heure est grave. Mon pote, ici présent (la lumière se pose sur moi et Kurt me désigne du doigt) est sur le point de sauter le pas d'une vie bien rangée et, croyez-moi, ça ne lui ressemble pas. Mesdames, mesdemoiselles, si vous aviez en tête de vous le faire, j'ai le pénible devoir de vous annoncer que ce temps est révolu. Je vous présente mes sincères condoléances à toutes. Mais passons. Nous allons fêter ça comme il se doit.

Je secoue la tête, dépité, et encaisse la remarque. Il me fait signe de venir le rejoindre.

– Allez, mec, viens ! Comme à l'époque.

Je sais très bien ce qu'il veut que je fasse. Je soupire, puis me décide. Après tout ! Pourquoi pas ?

Je le rejoins sous les sifflements des mecs et les cris des filles.

Kurt continue et, comme autrefois, chauffe la salle, le temps que je puisse m'installer au milieu de la scène.

– Les filles, ce soir au Bianquiz, ce beau spécimen fait de muscles et d'un sex-appeal indéniable vous est gracieusement offert. (Il baisse son micro pour m'inciter.) Donne-leur un petit avant-goût.

Je ris.

– Sérieux, tu abuses.

– Allez, Hamilton, une dernière fois.

J'obtempère. Je soulève partiellement mon tee-shirt et commence à onduler des hanches pour leur montrer la tension de mes abdos. Les hurlements envahissent la pièce. Un attroupement de femmes de tous âges se réunit dans la fosse, devant moi.

– Allez, les filles, poursuit Kurt. Vous ne trouvez pas que son tee-shirt est de trop ? (Elles hurlent.) Cinq dollars de mise pour venir le lui ôter. Cinq dollars ? Qui dit mieux ?

Très vite, les enchères montent.

– Dix !

– Vingt-cinq !

– Vingt-cinq pour la demoiselle au débardeur bleu, s'écrie-t-il. Rejoins-nous.

La petite brunette rondelette s'empresse de monter sur scène et je me prends au jeu. Sur une reprise de Royal Deluxe, « I'm gonna do my thing », je viens me déhancher contre elle, l'exciter, l'aguicher. Je l'attrape ensuite par la taille, la retourne et me frotte contre ses fesses. Sans délicatesse, je la tourne de nouveau face à moi. Elle hésite à poser ses mains sur moi, alors je les lui enserre et les lui plaque sur mon torse, les lui descends sur mes flancs. De ma bouche contre son oreille, je lui murmure sensuellement :

– Ôte-moi mon tee-shirt, poupée.

Je la sens vibrer. Je la sens fondre. Elle finit par s'exécuter et je poursuis mon show en venant survoler sa bouche de la mienne, puis m'écarte pour la raccompagner jusqu'aux marches. Tout émoustillée, elle retourne vers ses copines. Pendant ce temps, Kurt installe une chaise. La suivante enchérit à cinquante dollars pour une petite danse sexy avec moi. Elle s'assied et je m'assois sur elle. Plus audacieuse que la précédente, elle me touche, me caresse. Je prends le contrôle de ses mains et les place sur mes hanches, puis furtivement sur mon entrejambe. Elle bout. Ses joues prennent une teinte rouge et son corps monte en température. J'en finis avec elle, en lui prenant le visage en coupe et en lui calant la bouche contre ma braguette.

– Attention, attention, s'élève la voix de Kurt. Mesdames, mesdemoiselles. On ne plaisante plus ! Cinquante dollars pour venir lui ôter son jean et… plus si affinités.

Ayant chaud, je profite de cet intermède pour demander à l'un des musiciens si je peux lui prendre sa bouteille d'eau. Il me la tend et lorsque je m'en asperge au-dessus de la tête, une ovation de hurlements et d'applaudissements fait trembler la scène. Je ris et secoue la tête, amusé de voir à quel point je les excite. Bien décidé à aller jusqu'au bout de mon spectacle, j'étale les gouttelettes sur mon torse et me caresse, ce qui provoque d'autres cris bien plus stridents, cette fois-ci.

Les enchères continuent de monter. Pendant ce temps, j'entame une autre petite danse suggestive, augmentant la tension dans la salle.

– Soixante-quinze !

– Cent ! hurle une femme.

– Cent vingt ! crie une autre.

– Cent cinquante, surenchérit la première.

Kurt répète la somme, une fois, deux fois…

– Trois cents ! survient la voix d'une autre fille.

Sa surenchère crée la stupéfaction et un mouvement dans la foule. Le régisseur lumière balaie le public du faisceau pour y dénicher l'intrépide. La lumière s'arrête sur une jeune femme vêtue d'une veste en jean, le bras en l'air et le regard fixé sur moi. Le spot qui me fait face m'éblouit. J'étrécis les yeux pour davantage la détailler.

Je me statufie.

… Heather… ?! Nom de Dieu !

– Trois cents pour la beauté en jean, s'enthousiasme Kurt. Une fois…

Je reprends mes esprits et fais signe à Kurt de couper court au jeu.

– Deux fois…

Je bondis sur lui pour lui arracher le micro des mains, mais il est trop tard.

– Trois fois ! Il est à vous, beauté.

Kurt hausse les épaules en me regardant, puis me glisse à l'oreille :

– Profite, vieux ! C'est de la bombe, celle-là.

Il quitte la scène et récupère la liasse de billets que lui tend Heather avant que cette dernière ne monte me rejoindre.

– Heather, la salué-je.

– Reed.

D'une démarche féline et assurée, elle s'approche de moi. Je la dévisage, tendu. J'avais oublié à quel point cette fille était sublime. Concentré sur elle, j'entends à peine les applaudissements et sifflements qui fusent, puis le groupe, derrière nous, entame un nouveau morceau. Elle ôte sa veste et la laisse lascivement retomber sur les planches. Mes yeux se rivent à son décolleté mis en valeur par un top violet épousant ses formes généreuses comme une seconde peau. Son regard brille et reflète la malice. Je m'attends au pire. Va-t-elle en profiter pour se venger de ce que je lui ai fait quatre ans auparavant?

Sans un mot, elle vient poser ses mains sur mon torse et commence à remuer au rythme d'« American Woman » de Lenny Kravitz. Elle descend ses doigts jusqu'au bouton de mon jean.

Je lui attrape le poignet, me penche sur elle et lui siffle:

– À quoi joues-tu?

Elle se recule et, d'un large sourire mutin, lance:

– Je récupère mon dû, monsieur le tombeur de ces dames.

Je la ramène contre moi.

– Quel dû?

– Voyons, Reed, relax! À quoi penses-tu? Juste ce à quoi j'ai droit en ayant payé trois cents dollars.

Elle repousse mon bras qui la maintenait, puis revient agripper la braguette de mon jean qu'elle tire violemment. Sa brusquerie m'attire contre elle.

Doucement, elle relève ses yeux emplis de gourmandise sur moi et se mord la lèvre, puis elle se tourne lentement pour venir coller ses fesses rebondies contre moi. Ensuite, elle s'incline en avant, cambre le dos et joue à soulever son haut afin de me montrer sa délicieuse chute de reins. Sûrement satisfaite de l'effet qu'elle produit sur moi, elle se redresse et vient poser l'arrière de sa tête contre mon épaule. Je me fige et essaie de réprimer l'érection que me provoquent sa gestuelle, son corps et ses frottements.

Elle m'enserre les mains et les porte à son ventre. À son contact, mon sang bout, mon cœur fait des ratés. En transe, je baisse la tête et viens frôler de mes lèvres son épaule, son cou. J'ai envie d'y planter mes dents. J'ai envie de plonger ma bouche entre ses seins qu'elle remonte volontairement et ostensiblement sous mon nez. J'inspire profondément. Mes narines frétillent sous son parfum entêtant, parfum qui m'est inconnu et qui n'est pas… celui de Cara.

Je me secoue mentalement et la pousse, me baisse pour attraper mon tee-shirt et quitte la scène sous les huées du public.

Je me rue sur Kurt et aboie :

– Rends-lui son fric.

– Merde, mec ! Qu'est-ce que tu fous ?

– Je fous que je connais cette fille et que cela ne m'amuse pas du tout.

– Oh ! C'est bon. Ta copine n'est pas là, tu ne fais rien de mal.

– Ma femme ! Kurt, ma femme !

– Arrête, tu la connais depuis quoi ? Un mois ? Il est passé où le Reed que je connaissais ? Elle t'a vraiment retourné les couilles, cette gonzesse.

Furieux, je le fais taire en lui envoyant une droite en plein menton et file avant que cela ne dégénère. Dans la rue, je marche droit devant moi, en colère, hors de moi. Le son de la musique bourdonnant encore dans mes oreilles, la tête tournant, je m'arrête et m'adosse contre un mur. Je m'en veux. Qu'ai-je fait ? Qu'ai-je failli faire ? Je me passe les mains sur le visage et peste.

Des talons claquent contre le bitume et attirent mon attention.

– Reed, attends !

– Non, Heather. Laisse-moi.

– Non ! Pas cette fois.

***

Forest Lake, Green Mountains, juillet 2011

La journée a été un réel cauchemar. L'enterrement de Molly terminé, je suis parti sans dire au revoir à Mira et Heather. J'en étais tout bonnement incapable. J'ai grand besoin d'évacuer ma rage contre cette chienne de vie et ma peine. M'avouer que j'éprouve une grande tristesse quant à la perte de cette enfant dont j'ai fait la connaissance il y a seulement un mois me met dans un état secondaire.

Comment ai-je pu m'attacher à cette gamine ?

J'ai laissé la porte ouverte à l'émotion. J'ai passé ces dernières années à commettre des choses ignobles avec des personnes ignobles. Ce regain de vie paisible et de normalité m'a affecté. Je me hais, je me maudis. Je dois reprendre le dessus sur cette faiblesse passagère.

Après avoir marché et m'être arrêté au bord d'un magnifique lac perdu au milieu de nulle part où j'ai médité un moment, je reviens au motel où je loue une chambre.

Longeant le parking, j'aperçois Heather patientant, assise sur une chaise de la terrasse, toujours vêtue de la robe noire qu'elle portait durant la cérémonie funèbre. Je prends un instant pour l'épier. Elle est magnifique avec ses longs cheveux bruns, son visage rond, ses yeux couleur de feu et son teint hâlé. C'est une évidence, je ne peux le nier, même si elle n'est pas la femme que j'aime, je la trouve belle.

– Ça va? s'enquiert Heather d'une voix faible lorsque j'arrive à sa hauteur.

Elle poursuit alors que je passe devant elle sans lui adresser un regard:

– Pourquoi es-tu parti si vite?

À l'intérieur de ma chambre, je me jette sur le lit, croise mes bras sous ma tête pour fixer le plafond.

– Reed? s'inquiète-t-elle. Parle-moi…

– Je n'ai pas envie de parler.

– Je pars demain.

– Je sais, dis-je simplement.

– Et c'est tout? Tu t'en fiches?

Je prends une longue inspiration, me passe une main dans les cheveux et plante des yeux sombres dans les siens. Je dois être bref et concis, mais lorsque je pose les yeux sur elle, je ne parviens pas à être le parfait enfoiré que je suis en temps normal.

– Cela a l'air de t'étonner.

– Je… Ce soir, continue-t-elle en se voilant la face, il y a le bivouac sur la plage. On en a parlé pendant des jours.

– Écoute, Cara…

– Cara?

Et merde!… Je me reprends.

– Heather. Je suis resté pour ta cousine. Je t'avais promis de vous aider. C'est ce que j'ai fait. Maintenant, j'ai mes obligations envers ta tante au Loop's. Si tu dois partir, pars, je ne te retiendrai pas.

Troublée par mon erreur de prénom, elle me lance, scandalisée:

– Bien évidemment, tu penses encore à elle!

– À qui? grogné-je.

– À ta fichue Cara, bon sang!

Je soupire. Le temps des reproches est arrivé. Je souhaite pourtant éviter le mélodrame.

– Va-t'en, lâché-je sèchement, en ponctuant ma phrase d'un mouvement de tête lui indiquant la sortie.

– Tu ne…

– Fous le camp d'ici!

Surprise par ma hargne, elle recule.

– Qu'est-ce qu'il t'arrive?

– Casse-toi, je t'ai dit!

Abattue par la dureté de mes mots, elle gagne l'extérieur.

– Je te rembourserai, lance-t-elle avant de franchir la porte.

– Rembourser quoi?

– L'argent des soins de Molly.

– Je n'en veux pas de cet argent, m'écrié-je.

Un mois auparavant, j'ai accepté de l'accompagner ici, sur un coup de tête. Un coup de tête qui se résume encore et toujours à Cara. Elle est en train de poursuivre tranquillement sa vie paisible loin de moi. Je ne lui en veux pas, mais la voir fréquenter ce nouveau type m'a décidé à suivre Heather. Au départ, je n'ai pas tout à fait compris pourquoi elle voulait que je l'accompagne, et surtout pourquoi elle avait tant insisté. Elle ne me connaissait pas; je ne la connaissais pas. Je pensais qu'elle voulait vivre le grand frisson avec un inconnu. Mon look de bad boy attire de nombreuses filles en manque de sensations fortes, alors j'en ai tiré cette simple conclusion, sans plus. Sauf qu'en arrivant à Forest Lake, je me suis vite rendu compte qu'elle m'avait attiré dans un traquenard. Elle souhaitait simplement me présenter à sa famille pour y jouer le rôle du petit ami de seconde zone, dans le but de leur hérisser les poils. Heather est la rebelle de sa famille et veut s'y imposer en tant que telle. Bien que les débuts de cette petite comédie aient été difficiles, je suis très bon comédien, et que mon devoir était de jouer les moins que rien, donc ma vraie personnalité, j'ai retourné la chose à mon avantage et suis devenu le parfait faux petit ami. Ce qui nous a valu de bonnes prises de bec avec Heather. Cela dit, j'adore me disputer avec elle. Elle a un caractère de feu, une vraie lionne! Les remarques et les reparties bien pesées fusent, et nos disputes se finissent dans des éclats de rire.

Nous sommes un peu comme frère et sœur. Nous avons passé des journées, des soirées et des nuits ensemble sans qu'aucune ambiguïté ne croise notre chemin. Et cela me va à merveille, car je suis incapable d'aimer une autre personne que Cara. Et, malgré nos fous rires, nos promenades en bateau, les apéritifs, les barbecues sauvages à manger et à boire jusqu'à l'ivresse et les bains de minuit dans le lac, j'ai su garder mes distances avec elle. Certes, nous nous sommes adonnés à de petits jeux sexuels éducatifs, mais nous ne sommes jamais allés plus loin. Les limites étaient claires. Hélas, je perçois que son regard change de jour en jour. Peu à peu, elle ne me voit plus comme un ami, et je dois donc mettre un terme à cette relation avant qu'elle ne parte.

Quelque chose me pousse à la rejoindre dehors.

– Heather? dis-je en arrivant à sa hauteur. Ne pleure pas, s'il te plaît.

Je suis immédiatement heurté par son visage baigné de larmes lorsqu'elle se retourne.

Je lui tends les bras pour qu'elle vienne s'y réfugier. Ce qu'elle fait sans hésitation.

Passant une main affectueuse sur ses cheveux, je m'excuse:

– Pardonne-moi. Je ne voulais pas te parler comme ça.

– Pourquoi? demande-t-elle entre deux sanglots.

– Pourquoi, quoi?

– Pourquoi elle?

Reculant légèrement le buste pour croiser son regard larmoyant, je lui souris.

– Je suis impressionné. Tu as tenu cinq semaines avant de me poser la question fatidique, mademoiselle l'experte en homme amoureux.

Elle lâche un léger rire contenu à l'évocation du baratin qu'elle m'avait sorti lors de notre première rencontre.

– Réponds, s'il te plaît. Ça m'aidera peut-être à comprendre.

– Je veux bien te répondre, sauf que je ne suis pas un expert, moi. Je n'ai été amoureux que d'elle, alors, te donner des raisons, j'en suis incapable.

– Dis-moi ce que tu ressens. Qui est-elle pour toi? Que représente-t-elle?

Resserrant mon étreinte, je pose mon menton sur le haut de son crâne, puis réfléchis un instant.

– Pour moi, elle est comme un symbole, un espoir d'une vie meilleure. Je l'ai dans mon cœur, dans mes veines depuis toujours. Je pense à elle jour et nuit et je t'avoue qu'elle me manque. Un mois sans savoir ce qu'elle fait et où elle est, ça me rend dingue. De plus, j'ai promis à Mira de finir la saison au Loop's, alors je ne sais pas quand je pourrai la revoir.

– Qu'a-t-elle fait pour être si importante à tes yeux?

– Rien, elle est juste elle.

Je lui souris à nouveau, puis reprends:

– Enfant, j'ai vécu certaines choses qui m'ont… hum… Comment dire ça?… m'ont… détruit.

– Tes marques dans le dos?

– Oui, avoué-je avant de poursuivre. Cara a toujours été là pour me rappeler que le bonheur était possible. Un sourire d'elle, et j'en oubliais la misère de mon existence. (J'émets un léger rire.) Si tu veux tout savoir, elle m'a séduit avec une ridicule petite peluche.

– Ah? dit-elle, interloquée.

– Gosses, nous nous sommes connus parce qu'elle était la fille du médecin et que nos parents avaient un passé commun. Mais nous fréquentions aussi la même école primaire. J'avais cette fâcheuse habitude de me bagarrer contre un idiot du village qui essayait, tous les jours, de faucher le goûter de mon petit frère et...

– Tu as un frère? me coupe-t-elle la parole, ahurie de l'apprendre seulement maintenant.

– Oui. Il s'appelle Lucas. Bref, ce jour-là, on s'est battus, Jim et moi. On a été punis. Ce qui est normal quand on y pense. Et pendant que je ruminais dans mon coin, cette petite entêtée d'à peine cinq ans, coiffée de deux minuscules couettes sur la tête, est arrivée la bouche en cœur et m'a tendu sa peluche toute dégoulinante de chocolat qu'elle trimbalait partout en me disant que sa foutue boule de poils avait des pouvoirs magiques.

Prise dans mon récit, Heather fronce les sourcils.

– Des pouvoirs magiques?

– Elle était persuadée que tenir dans ses bras son doudou pouvait éradiquer tous les malheurs du monde.

– Et c'est cela qui t'a séduit?

– En partie, oui, mais aussi parce qu'elle m'a témoigné énormément d'attention et qu'elle m'a tenu tête. Elle n'a pas bougé d'un pouce durant toute ma punition, malgré le fait que je me sois montré exécrable avec elle et qu'elle aurait pu rejoindre ses camarades de classe. Mais elle s'était donné pour mission de me faire sourire. Pourquoi? Je ne sais pas. Simplement parce qu'elle est comme ça. Et elle y est arrivée avec brio.

– D'accord, dit-elle en reniflant.

– Je pense être amoureux d'elle depuis ce jour-là, et ce sentiment ne m'a plus jamais quitté. Je m'y suis toujours accroché.

– Je t'en prie, Reed. Rentre à New York avec moi.

– Je...

– S'il te plaît, je te le demande comme une faveur. Ma tante comprendra et tu pourras revoir ta Cara.

Elle relève la tête pour trouver mon regard.

– Non, refusé-je en expirant bruyamment. Je ne peux pas venir avec toi.

– Allons tout de même au bivouac? insiste-t-elle en proie à un vif espoir.

Je commets sûrement la plus grosse erreur de ma vie, mais j'en ai envie. Oui. Je veux passer cette dernière soirée avec elle.

Je recule pour mettre un terme à notre étreinte et la scrute de haut en bas.

– Va te changer. Prépare tes affaires. Je passe te prendre dans une heure. Ça marche?

Elle se redresse sur la pointe des pieds et vient coller un baiser sur ma joue.

– Merci.

– Allez, file!

– Encore merci, répète-t-elle.

Je lui fais de gros yeux.

– File!

Le sourire retrouvé, elle s'en va.

Même si la journée est particulière pour elle, je vois bien que sa tristesse est due au fait qu'elle nourrit des sentiments à mon égard. Elle espère plus. Néanmoins, cette situation est malsaine, j'en suis conscient. Je me suis servi d'elle sans vraiment le vouloir. Cette vie à Forest Lake a été un intermède dans mon existence régie par mes obligations envers San Do.

Une heure plus tard, je me gare devant le chalet de Mira, sa tante. Heather m'attend, assise sur une marche menant au jardin de la propriété.

En voyant le monticule de sacs et la glacière sur le trottoir, je raille:

– Bon sang! Tu comptes rester toute une semaine au bord du lac?

– Tu me connais, j'ai toujours froid, donc j'ai emporté deux autres couvertures avec mon duvet. J'ai aussi pris des vêtements plus chauds dont mon super et génialissime pyjama sexy dont tu raffoles.

– Non! Tu n'as pas pris ton vieux pyjama de grand-mère?

– Si, si, glousse-t-elle. Celui avec les éléphants. (Je lève les yeux au ciel, mi-amusé, mi-désespéré.) Mira nous a fait des tonnes de sandwichs pour ce soir et de quoi manger demain matin. Puis (elle ouvre fièrement la glacière), nous avons deux packs de bière!

Je jette un coup d'œil à l'intérieur et attrape les sacs en riant de plus belle, puis les range dans le coffre.

– Tu as pensé à tout, comme toujours. Par contre, tu aurais pu oublier ton pyjama!

– Tu n'as rien pris?

– Mon duvet et un coussin, précisé-je.

– Tu n'as même pas pris ton maillot de bain?

D'un sourire en coin et d'un sourcil arqué, je rétorque:

– En aurai-je vraiment besoin? Je me baignerai nu pour montrer à ces petits boutonneux qui est le chef, ici.

Dépitée, elle secoue la tête.

– Quoi? dis-je, innocent.

– Tu es prétentieux.

– Alors là, je t'arrête. Toi-même, tu m'as dit que j'étais muni de la plus grosse queue…

Elle s'empresse de me couper la parole en apposant sa main sur ma bouche et me réprimande du regard. Je hausse les épaules, puis, emporté dans un élan de folie, je me baisse pour lui attraper les jambes et la soulève à bras-le-corps. Mon geste la surprend autant que moi, et je vois à ses yeux brillants d'amour que je me suis laissé emporter. Pourtant, ce n'est pas la première fois que je la porte, mais je ressens comme une gêne. Je la repose immédiatement au sol.

Une fois toutes les affaires dans le coffre, nous partons sur l'autre rive en direction de la plage sauvage, là où est prévue la petite fiesta. Chaque année, les jeunes du village organisent des bivouacs. Tous s'y rejoignent, et la fête dure jusqu'au petit matin. Entre beuverie et baignades nocturnes, ils profitent de leurs derniers instants ensemble. Heather connaît ces manifestations pour y avoir participé à de nombreuses reprises autrefois en tant qu'organisatrice. C'est tout naturellement qu'elle m'a bassiné pendant des jours pour qu'on y assiste.

Aux abords de la berge, je gare la voiture sur un terre-plein de graviers en bord de route. Le chemin menant au rivage est jonché de 4X4, pick-up et autres véhicules. La nuit tombe à peine sur les montagnes. Diverses musiques sortent des enceintes. Les rires et les cris rugissent ici et là. Certains sont déjà en train de se baigner tandis que d'autres boivent ou jouent au volley-ball sur un terrain improvisé, et des cercles de discussion se forment autour de feux de camp crépitant dans leur foyer de galets.

Je reconnais plusieurs personnes croisées en servant au Loop's. Je les salue, puis m'installe avec Heather près d'une vieille carcasse de barque ensevelie dans la terre sablonneuse. Nous profitons du panorama de ce magnifique coucher de soleil, l'un contre l'autre. Suzy, une amie d'enfance de Heather, nous appelle pour qu'on se joigne à son petit groupe. Nous asseyant autour du feu, nous proposons de partager nos bières. Les conversations anodines s'enchaînent et nous faisons brûler nos brochettes de marshmallows entre deux fous rires.

Deux types face à moi roulent des joints et les deux gonzesses, Vera et Mary, m'observent avec des yeux gourmands. Elles m'aguichent du regard et par leurs positions suggestives. Je n'ai pas baisé depuis quelques jours et, ma foi, me taper l'une d'elles ne me dérangerait pas. Il me suffira de m'écarter un peu du groupe. Mais Heather a tendance à me suivre partout, alors j'attends le bon moment.

Je reporte mon regard sur Heather et Suzy. Après un clin d'œil, cette dernière lui tend sa canette de bière pour qu'elles trinquent, puis elles partent dans un éclat de rire avant de boire une longue gorgée.

L'un des fumeurs de joint fait tourner son pétard. Heather s'en saisit.

– Hep, jeune fille, lâché-je en lui ôtant le mégot de la bouche. Ce n'est pas beau, une femme qui fume ce genre de choses.

– Rabat-joie ! Amuse-toi un peu.

– Et c'est ce que je compte faire, dis-je en me levant. Mais moi, j'ai l'intention de garder les idées claires.

Sans y toucher, je tends le joint à l'un des types et reporte mon attention sur Heather.

– Tu viens te baigner?

Comme je l'ai anticipé, elle grimace et refuse.

– Non. Je suis gelée.

– Comme tu veux.

J'ôte mon tee-shirt, lui jette sur la tête, juste histoire de la taquiner et de faire baver Vera et Mary qui me dévorent toujours du regard, puis me dirige vers le ponton en inclinant imperceptiblement la tête pour signifier aux deux filles de me rejoindre.

– Attends, on vient avec toi, s'écrie Mary en se levant à son tour, suivie par sa copine.

Bon, pour la discrétion, c'est cuit...

Sur le ponton, je m'avance et finis de me débarrasser de mon jean que je laisse tomber sur les planches. En boxer, je m'élance, cours et, d'un bond, je fais un saut périlleux pour plonger dans l'eau.

Revenant à la surface, je repère notre petit groupe et reporte mon attention sur Mary et Vera qui arrivent à ma hauteur.

– Alors, tu viens d'où? commence Vera.

– D'ici et d'ailleurs...

D'un tempérament plus direct, Mary demande :

– Tu es en couple avec Heather ?

– Non. Je suis avec personne.

– Tu es donc totalement libre ?

– Libre comme l'air, m'enthousiasmé-je en basculant en arrière, les bras écartés.

Me redressant et rabattant mes cheveux collés à mon front, je souhaite aller droit au but, alors je m'enquiers :

– L'une de vous est intéressée, peut-être ?

– Nous le sommes toutes les deux.

– Oh ! Je vois.

– Tu as quelque chose contre la bisexualité ? tente Mary.

Je ris, puis scrute tour à tour les deux jeunes femmes. Au vu de leur expression formelle, cette question est on ne peut plus sérieuse.

– Pourquoi ? Toutes les deux, vous... ?

D'un même mouvement, elles hochent la tête.

– OK. Maintenant ?

Elles réitèrent leurs hochements de tête.

Vera s'approche de moi et, posant une main délicate sur mon torse, elle m'explique :

– Nous avons entendu parler de tes petites pauses sexe aux toilettes du Loop's.

– Je vois.

Je suis du regard ses doigts fins s'immerger sous l'eau. Bouillonnant, je déglutis bruyamment quand elle vient prendre en coupe mes parties intimes. Elle y va franco. Ça me plaît.

– Moi qui pensais avoir été discret, ajouté-je en entourant d'un bras la fine taille de Vera pour la ramener contre moi.

– Tu as ravi une de nos copines, alors on a été mises au courant qu'un spécimen hors du commun rôdait dans les parages.

Venant à son tour plus près de moi, Mary insiste.

– Alors, notre deal te convient ?

– Comment vous refuser ça, mesdemoiselles ! Puis, c'est si gentiment demandé, remarqué-je en faisant allusion aux caresses que me prodigue Vera.

Prise d'un élan de désir en sentant mon sexe se gonfler sous sa paume, cette dernière relève le menton afin d'accéder à mes lèvres, mais je tourne aussitôt la tête et mets les choses au clair en levant mon index.

– Pas si vite. Une règle importante à respecter : vous ne m'embrassez pas sur la bouche, d'accord?

Perplexes, les deux filles s'échangent de longs regards, puis haussent les épaules.

– C'est la seule règle?

– Oui. La seule.

– Ça nous va!

– Parfait, dis-je, tout sourire.

M'écartant, je fais un geste, leur indiquant le rivage.

– Après vous, mesdemoiselles.

– On l'emmène où? demande Mary à sa copine.

– Au muret, non?

– OK.

Les deux filles partent en brasse vers la berge. Rondement excité à la perspective de baiser avec ces deux jeunes femmes, je les suis. Puis, après les avoir averties, je bifurque pour aller récupérer des protections dans la poche de mon jean. Je me hisse légèrement sur l'embarcadère à l'aide de mes coudes, attrape mon vêtement et jette un coup d'œil à Heather. En pleine conversation avec son amie, elle ne paraît pas s'ennuyer. En possession des préservatifs, je rejoins les filles.

À l'écart, dans une petite crique reculée proche d'un mur soutenant la route, elles m'attendent. Nous sommes à peine à deux cents mètres de la fête, mais une avancée d'arbres et de buissons nous cache des regards indiscrets.

– Dis-nous? On n'a pas le droit de t'embrasser, mais nous, on peut, cela ne te dérange pas? minaude Vera.

Sortant de l'eau, je réponds avec un rictus en coin :

– Si vous aimez ça, allez-y! Je n'y vois aucun inconvénient, au contraire.

Je n'ai pas fini ma phrase qu'elles se prennent déjà à pleine bouche. Leurs postures et leur gestuelle sans équivoque m'aguichent au plus haut point. C'est un réel plaisir pour les yeux de voir ces deux femmes se chauffer. Je m'avance dans le sable sans rien rater du spectacle qu'elles m'offrent. Vera est un peu trop maigre à mon goût, mais sa poitrine généreuse et, à première vue, artificiellement gonflée, ajoute du piquant à sa silhouette. Quant à Mary, elle est sculptée comme une déesse. Pulpeuse, une taille fine, mais des hanches volumineuses et une paire de fesses rebondies à faire pâlir d'envie.

Je fais le tour pour les observer avec davantage d'attention. Puis, passant mes mains dans le dos de chacune, je défais les attaches de leur haut de maillot pour les leur ôter tour à tour. Je me place ensuite derrière Mary, plaque ma queue rondement excitée entre ses fesses et imprime à mes hanches de légères oscillations en lui mordillant l'épaule, puis le cou. Satisfait de l'effet provoqué, je reviens entre elles, me baisse afin de venir choyer du bout de mes lèvres et de ma langue un des tétons vivement tendu de Vera. Elles interrompent leur contact et se tournent pour me faire face. Je prends son autre sein en bouche, et Mary se serre contre moi. Elle m'effleure le torse en retraçant chacun de mes muscles. Pectoraux et abdos, elle n'omet aucune parcelle de ma peau et vient redessiner le contour de mon nombril. De son ongle, elle suit le trait fin de mes poils et enfouit difficilement sa main sous mon boxer trempé et collé à cause de l'eau. Elle commence par me palper, ensuite me caresser et finit par m'attraper avec poigne. Je suis déjà dans une transe rocambolesque et n'espère plus qu'une chose : les prendre, les baiser, les faire jouir à en hurler à tour de rôle. Mais pour cela, il me faut calmer leurs ardeurs, et la mienne au passage.

– Doucement, ma belle.

Je m'éloigne d'elles et les invite à ôter leur bas. Elles s'exécutent sagement. Je recule encore sur l'herbe et m'y allonge après m'être débarrassé de mon boxer.

– Caressez-vous, lancé-je en croisant mes bras derrière la tête.

Mary surenchérit :

– Toi aussi.

J'arque un sourcil.

– Tu veux que je me branle devant vous ?

– Exactement ! Je ne vois pas pourquoi tu serais le seul à profiter du spectacle.

Je n'aime pas tellement cela, mais je veux jouer le jeu.

– Ma foi ! Allons-y.

Je m'enserre et me prodigue de longs va-et-vient sans jamais quitter des yeux les deux femmes. Obéissantes, elles se touchent, se frôlent et se frottent. Se parcourant l'une après l'autre de leurs mains, elles finissent par à nouveau s'embrasser. Mon pénis n'est plus que fournaise, mon esprit un vide immense.

– Venez là, susurré-je sous l'effet du plaisir.

Je les fais s'agenouiller devant et dos à moi. Pendant qu'elles s'y affairent, je déroule le préservatif sur mon érection un tantinet trop large pour ce fichu morceau de latex. Je ne rêve que d'une chose : les prendre en levrette l'une après l'autre, l'une en même temps que l'autre si cela avait été possible. Je n'en peux plus. Je veux sentir et comparer leur petite chatte tiède, mouillée et prête à recevoir ma queue. Leurs fesses offertes à moi, je me mets derrière Mary et me cale entre ses lèvres chaudes. D'une main agrippée à sa hanche, je m'enfonce doucement en elle, tandis que je pose mon autre main sur l'entrejambe de Vera, désespérément avide de mes caresses et de l'intrusion de mon doigt en elle. Après quelques allées et venues, je me dégage de Mary pour pénétrer Vera. Leurs gémissements, leurs couinements sont intenses et se répercutent en moi comme un appel désespéré à la jouissance. Je suis en feu, prêt à exploser.

– Espèce d'enfoiré ! Tu... Tu...

Se tenant entre deux buissons, les yeux assassins posés sur nous trois, Heather tente de réprimer sa colère, sinon sa hargne. Elle reste figée un instant en nous passant tour à tour du regard.

Je stoppe tout, me redresse.

– Heather, je...

Elle secoue la tête.

– Non ! Tais-toi ! Tu n'es qu'un connard, un enfoiré... Je... Je... Je te hais !

Elle fait demi-tour.

– Bordel, Heather ! Qu'est-ce qu'il te prend ? Merde !...

Je happe mon boxer en me levant. Je retire le préservatif et enfile mon sous-vêtement à la hâte, puis pars à sa poursuite.

– Heather, s'il te plaît. Attends-moi !

Elle s'arrête brusquement et fait volte-face, puis fulmine :

– Je ne veux plus te voir ! Je veux que tu te barres d'ici, maintenant !

Je fais un pas de plus.

– Dégage ! hurle-t-elle ensuite.

– Oh ! Tu te calmes !

– Va te faire foutre !

– Hey ! Tu m'expliques ? Tu me fais quoi, là ? Une scène ?

– Tu veux que je t'explique ? dit-elle stupéfaite. Tu as vraiment de la merde dans les yeux ou quoi ?

Perplexe, je l'interroge du regard.

Pointant un doigt accusateur sur moi, elle avance.

– Tu veux savoir ce qu'il y a ? Il y a que je n'aurais jamais dû t'accoster à cette soirée ! Il y a que tu me dégoûtes. Il y a que... que je ne te comprends pas !

– Putain, mais qu'est-ce que tu ne comprends pas ?

– Je suis amoureuse de toi ! s'emporte-t-elle. C'est si dur à comprendre ?

Sa parole reste en suspens. Cet aveu n'a rien d'une révélation pour moi, je le sais déjà. Je l'ai perçu depuis un moment, et Molly me l'avait confirmé lors d'une petite discussion. J'avais pris pour habitude de la mettre au lit tous les soirs, et nous en profitions pour bavarder. Bien évidemment, Molly espérait que sa cousine trouve en moi son prince charmant, mais je suis à mille lieues de cet idéal typiquement féminin. Je suis un prince maudit, et tout ce que je touche, je le détruis.

Je me passe une main sur le front, perdu.

– Heather, je suis…

– Non ! Ne dis rien. Ce n'est pas la peine. Tu aimes ta Cara, et personne d'autre. Je me suis fait mes films. Je pensais bêtement que ce soir, on… et que demain, tu me suivrais. Enfin, voilà, j'ai été stupide !

J'incline la tête, puis soupire.

– Tu espérais quoi, Heather ?

– Laisse tomber, abandonne-t-elle en fuyant sur la plage.

Je m'élance, décidé à mettre un terme à cette ambiguïté. Lui empoignant le coude, je la force à se retourner.

– Non, Heather, la conversation n'est pas finie !

Ma brusquerie la surprend. Trop près des regards des fêtards pour ce que je compte faire, je la contrains à me suivre à l'orée du bois.

– Tu voulais quoi ? aboyé-je en la plaquant contre le tronc d'un arbre.

Elle me repousse de ses mains contre mon torse.

– Rien ! C'est ridicule.

– Tu voulais baiser avec moi ? C'est ça ?

– Reed ! S'il te plaît, laisse-moi rejoindre les autres.

– Non ! Tu voulais baiser avec moi ? On va baiser !

– Non, Reed ! Pas de cette manière. (Je tire sur la ficelle de son bas de maillot de bain et le lui ôte.) Qu'est-ce que tu fais ? Arrête ! Non !

De toutes ses forces, elle m'écarte. Je recule d'un pas en refrénant ma violence. Hors d'elle, elle me gifle. Je me calme et plante un regard empli d'un désir sauvage sur elle, puis je me colle à nouveau contre elle, lui appose mes mains sur les joues en heurtant son front du mien.

– Je suis comme ça, Heather. Je ne suis pas un mec pour toi. Je suis une ordure et je ne changerai que pour une seule et unique femme. Tu n'es pas elle. Mon cœur est pris, mais pas mon corps, alors si, ce soir, tu le veux, il est à toi. Ne me demande rien d'autre.

Doucement, elle pose ses doigts sur mon abdomen et soulève légèrement le menton pour venir frôler mes lèvres des siennes. Ma respiration s'accélère, puis je me crispe. Je hais que l'on m'embrasse. Ça me répugne et même si je suis à la limite de faire une exception cette fois-ci, je décale mon visage.

Elle insiste en m'agrippant la mâchoire.
– S'il te plaît, embrasse-moi. Tu me dois bien ça, susurre-t-elle.
– Je déteste ça.
– Je sais, tu me l'as déjà dit. Mais, s'il te plaît, juste une fois?
Elle se lève sur la pointe des pieds et vient délicatement sceller sa bouche à la mienne. Dérangé par ce geste d'affection, je gémis et plisse les paupières en ne lui rendant pas son baiser.
Elle recule et, passant ses bras autour de mon cou, me murmure:
– Que t'est-il arrivé, Reed, pour que tu sois comme ça?
Je ne réponds pas et plonge mes lèvres au creux de son cou, puis lui mords légèrement la peau. Heather s'enflamme en une fraction de seconde et, continuant à la parcourir de ma bouche, je lui relève une jambe, puis me cale entre ses cuisses en remuant lentement le bassin pour l'exciter davantage. Elle enfouit ses doigts dans mes cheveux et me les tire en arrière, puis glisse ses mains le long de mon dos. Nos corps se pressent et se frottent dans le même rythme langoureux. Passant ses deux pouces sous l'élastique de mon boxer, elle le fait glisser sur mes hanches pour libérer mon érection.
Pris dans la frénésie, je la soulève à bout de bras et, sans aucun préliminaire, je la pénètre d'un rude coup de reins. Emportés par le désir et l'ivresse, nous en oublions de nous protéger. Nous ne sommes plus que fusion, sens affolés et frissons. Mes grognements se mêlent à ses gémissements. Je la pilonne encore et encore, imprimant à mes hanches un puissant mouvement de va-et-vient ferme. Elle crie, je grogne. Je suis brusque. Je ne cherche que ma propre jouissance.
Dans un râle rauque, je la cloue d'un dernier coup de reins libérateur contre le tronc, puis je prends quelques secondes pour me reprendre.
– Merci, lâché-je en me retirant.
Perplexe et vivement déçue que j'en finisse de cette manière, elle s'étonne :
– Merci?
Elle se baisse pour récupérer son bas de maillot.
– Merci de m'avoir vidé les couilles, lancé-je en remettant mon boxer.
Mes paroles sont ignobles, mais je n'ai pas le choix. Je dois le faire. C'est mieux ainsi.
– Quoi?
Fuyant son regard, je me répète.
Ayant très bien entendu la première fois, elle me coupe la parole.
– Si c'est encore ton humour décalé, là, ce n'est pas drôle du tout.

– Ce n'est pas de l'humour, Heather. Tu m'as interrompu tout à l'heure. Fallait bien que j'achève ce que j'avais commencé et, sincèrement, je ne suis pas adepte de la branlette.

Elle me gifle. Je ris amèrement.

– Ne te fâche pas. C'est ce que tu voulais, non? (Je prends une voix suraiguë et moqueuse.) « Oh, Reed! Vas-y, baise-moi! Oh oui, Reed! Je suis folle de toi, blablabla. » Oh, bon sang! Tu étais ridicule, et le pire dans l'histoire est que je n'ai eu besoin que de te sortir un baratin mielleux pour que tu écartes les cuisses.

Bouillonnante de rage, elle s'élance sur moi, prête à me gifler une fois de plus. Mais, cette fois-ci, j'intercepte le geste et la bouscule en arrière, puis raille pour la pousser à bout:

– Mmm, hargneuse? J'adore ça!

– Casse-toi! Dégage! hurle-t-elle au bord des larmes.

– Qu'est-ce qu'il se passe, ici? intervient un type venu récupérer le ballon de volley ayant roulé jusqu'à nous.

– Rien, grogné-je. Si ça te dit, elle est à toi. Moi, j'en ai terminé.

Je pars en laissant Heather me crier dessus et m'insulter. Je récupère toutes mes affaires et rejoins la voiture. Devant la Mustang, loin des regards, je craque. Un mois d'amitié, de rires, de légèreté et de plénitude retrouvés pour finir sur cette note d'amertume, de souffrance, de désarroi et de brutalité. Tout ça pour finalement redevenir qui je suis vraiment: un vrai connard sans cœur et brutal.

M'énervant contre le pneu de mon véhicule, je peste. Pourquoi cela m'affecte-t-il autant? Pourquoi ai-je autant de mal à m'endurcir? En suis-je arrivé à ressentir une once de sentiment pour elle? Je dois ôter rapidement cette émotion de ma tête.

Je me persuade d'avoir agi comme il le fallait. Elle finira par m'oublier, me détester, me haïr. Je le suppose. C'est ce que je souhaite, ce que je recherche en agissant de la sorte. Détester quelqu'un est bien plus facile que d'éprouver des regrets, j'en suis plus que conscient.

Le lendemain, je reprends mes activités et n'ai plus aucune nouvelle de Heather Adams. J'achète le chalet de son grand-père, perdu dans les bois, que je retape durant le reste de l'été, jusqu'à ce que je finisse mon contrat saisonnier au Loop's.

***

Heather s'avance. À ma hauteur, elle se plante, droite comme un « i » devant moi, et croise ses bras contre sa poitrine.

– On peut avoir une discussion digne de ce nom? lance-t-elle.

– À quoi bon?

Jusqu'à présent adossé au mur, je me redresse et fais un pas. Elle me bloque d'une main posée sur mon torse.

– Ma tante m'a dit qu'elle t'avait vu au Loop's au mois de juin dernier avec ta... comment tu appelais ça à l'époque? « Copine »? Non. Ton « plan cul »?

– Ma future femme, annoncé-je. Cara.

Elle rit et secoue la tête.

– Tu y es finalement arrivé.

– Arrivé à quoi?

– À l'avoir, ta Cara.

Elle remonte sa main sur moi. Je ne lâche pas son geste du regard. Elle la met sur mon épaule et se rapproche de moi jusqu'à me frôler.

Je soupire.

– Heather. Recule!

– Non.

Je trouve à nouveau son regard et plante des yeux noirs dans les siens, toujours aussi brillants d'amour pour moi.

– Qu'est-ce que tu veux? sifflé-je.

– Savoir pourquoi.

– Savoir quoi?

– Pourquoi toutes ces filles et pas moi?

– Quoi? demandé-je, ahuri.

– Après mon départ, j'ai su tout ce que tu avais fait dans mon dos. Pourquoi le faire avec elles, et pas avec moi? Tu savais que je ne refuserais pas.

– Tu étais amoureuse de moi.

Elle me coupe vivement la parole.

– Arrête! Qu'est-ce que t'en avais à foutre que je sois folle de toi?

Je la bouscule. Je sais où elle veut en venir. Elle me retient par le coude. J'envoie valser son bras.

– Dis-moi pourquoi, Reed! hurle-t-elle alors que je traverse la ruelle.

J'entends ses talons claquer sur le bitume et me retourne abruptement. Elle se rue sur moi. Je l'attrape par les bras et la fais reculer contre la carrosserie d'une voiture stationnée le long du trottoir.

– Laisse-moi tranquille, Heather ! craché-je, furieux.

Sans bouger et sans éprouver la moindre crainte, elle insiste.

– Dis-moi, Reed ? Je veux juste l'entendre et je te laisserai tranquille.

Je fixe son cou. Sa respiration est courte, les pulsations de sa carotide sont visibles tant sa gorge est tendue. Je glisse ensuite mes yeux vers sa bouche à demi ouverte. Je me secoue mentalement pour réprimer l'envie de l'embrasser en me maudissant.

Elle susurre à nouveau :

– Dis-le-moi, je t'en prie. Pourquoi toutes ces filles et pas moi ?

– Heather, soupiré-je.

– Dis-le-moi.

Je la lâche. Je ne supporte plus de l'avoir en face de moi. Je fais demi-tour et poursuis mon chemin vers je ne sais où.

Elle me suit.

– Je vais le dire à ta place, m'avertit-elle.

Je garde le silence.

– Tu avais, toi aussi, des sentiments pour moi, Reed.

J'interromps ma route.

Dos à elle, je baisse la tête et me frotte le front, puis lui demande :

– Et qu'est-ce que ça change de te l'avouer maintenant ?

– Tout.

Elle appose à nouveau une main sur mon épaule et tente de me forcer à me retourner.

– Pourquoi ne pas me l'avoir dit ? s'enquiert-elle encore.

Excédé par toutes ses questions, je fulmine en lui faisant enfin face.

– Te dire quoi ? Que j'avais des sentiments pour toi ? Oui, j'en avais, et alors, qu'est-ce que ça change ? Rien. Donc, lâche-moi les baskets avec ça. Dans dix jours, je me marie avec la femme que j'aime et que j'ai toujours aimée. Point !

Elle riposte aussitôt et répète :

– Je veux savoir pourquoi tu ne me l'as pas dit.

À bout et à deux doigts de vraiment m'en prendre à elle tant elle m'énerve, je déblatère :

– Parce que ! Ça aurait été comme avouer que j'étais en train de tromper Cara, et l'admettre aurait été accepter que toute ma vie n'était qu'une mauvaise blague. Que tout ce que j'ai pu endurer ou fait endurer pour la retrouver n'avait aucun sens.

Sur ces derniers mots, je tourne les talons et poursuis ma route. Je suis soulagé de ne pas l'entendre me suivre.

– Reed? hurle-t-elle à nouveau. Ne l'épouse pas! Elle n'est qu'un fantasme pour toi. Tu fais la plus grosse connerie de ta vie.

113

Reed

Épouser Cara : une erreur ?...

De toute manière, ma vie n'est qu'une erreur. Je suis une erreur de la vie. Et ça, rien ni personne ne pourra le changer.

Je cogite un bon moment sur ce que vient de me dire Heather, puis j'appelle un taxi pour rentrer chez moi après avoir réprimé mille fois l'envie d'appeler Cara afin d'entendre sa voix et lui dire combien je l'aime. Il est déjà deux heures du matin, et ma soirée s'est révélée être un véritable fiasco. Entre doutes insensés et comportements à la limite du raisonnable, j'ai tout foiré.

Sur le chemin du retour, nous passons devant le club de golf noté sur le morceau de papier pris dans les affaires de Lucas. Autant finir ma soirée sur quelque chose d'utile. J'indique au chauffeur de changer de cap et lui annonce la deuxième adresse qui se trouve, à ma connaissance, dans l'Upper East Side. Le quartier le plus snob de Manhattan.

Pourquoi mon frère a-t-il inscrit cette adresse sur ce morceau de papier ? Le club de golf avait un lien avec les parents de Cara, mais cette adresse ?

Le taxi s'engage sur la 3th Avenue et m'annonce que nous sommes bientôt arrivés. Il se gare le long d'un trottoir et se retourne vers moi.

– Vous n'avez pas le style du coin, ricane-t-il en fixant mon tatouage.

Sans mot dire, je lui tends les billets. Non, je n'ai pas le style du quartier, et je me demande ce que mon frère a à voir avec, lui aussi. Je descends et me rends devant l'immeuble portant le numéro 1245. C'est un bâtiment résidentiel semblable à tous ceux qui se trouvent ici : un portier devant l'entrée et aucun moyen d'y pénétrer sans invitation.

Y aller au bluff ? Oui, pourquoi pas, sauf que je ne disposerai que d'une seule et unique chance. Le coup du « John Smith » est limite. Si seulement c'était une femme à la place du portier, j'aurais pu jouer de mes charmes. Je fais donc un rapide tour du pâté de maisons en essayant de trouver un moyen de pénétrer dans l'immeuble. L'entrée du parking souterrain est aussi surveillée par un gardien de nuit. Je me poste discrètement derrière un escalier et l'observe attentivement. Dix, vingt minutes, il ne bouge toujours pas. Puis une voiture arrive, une Bentley noire. Elle s'engage dans la descente et s'arrête devant le portique. Il m'est impossible de voir le conducteur à cause des vitres teintées. Le gardien de nuit le salue d'un geste de main et lui ouvre l'accès.

La voiture s'avance et disparaît rapidement. Cinq minutes plus tard, je remarque que le gardien de nuit s'active et prend quelque chose derrière lui. Je prie pour qu'il sorte de sa cabine, mais, à ma grande surprise, c'est une femme qui arrive à sa hauteur, une femme que je connais très bien, et que j'ai quittée il y a à peine une heure.

Putain, Heather ! Décidément ! Qu'est-ce qu'elle fout là ?

Je m'élance et m'écrie :

– Heather !

Elle se retourne, ainsi que le gardien. Ce dernier s'empresse de sortir de la cabine et pointe un pistolet taser dans ma direction.

– Reculez ! m'ordonne-t-il.

Je n'y prête pas attention et continue ma route vers elle.

– Reed? Qu'est-ce que tu fais ici?

– Monsieur, reculez ! insiste le gardien en avançant vers moi, menaçant.

Heather s'interpose entre nous.

– C'est bon, Pitt. Je le connais.

Je fulmine.

– Et toi, qu'est-ce que tu fiches ici?

– J'habite ici ! s'insurge-t-elle.

– Quel numéro?

– Quoi? Quel numéro? En quoi cela te regarde?

Je crie, hargneux :

– Donne-moi le putain de numéro de ta porte, Heather !

– M'selle Adams, vous êtes certaine que ce monsieur ne vous importune pas? s'enquiert Pitt.

– Non, Pitt. Vous pouvez retourner à votre poste.

Je m'obstine, furieux d'envisager un quelconque lien entre Heather et Lucas.

– Réponds !

– 45, déclare-t-elle, hébétée. Maintenant, tu m'expliques?

Je vois rouge. La colère m'ébranle. C'est bien son adresse. Je sors le morceau de papier de ma poche et le lui tends.

– Pourquoi mon frère a noté ton adresse, Heather? Et évite de me mentir, car je suis à deux doigts de vraiment péter une durite et de t'en coller une. Je hais qu'on se foute de ma gueule !

– Ton frère ? lâche-t-elle, ahurie.

Je hurle.

– Oui ! Mon frère ! Pourquoi ?

La hargne perceptible dans ma voix la fait sursauter et se reculer. Elle lève ses mains devant elle et me fait signe de me calmer.

– Je te promets que je n'en ai aucune idée, Reed. Je ne connais pas ton frère.

Je change de stratégie. Elle ne me dira rien.

– Pourquoi tu étais au Bianquiz ? Tu me suis ?

– Non ! C'était une coïncidence. Je fêtais l'anniversaire d'une amie qui a l'habitude d'aller dans ce bar. C'est la première fois que j'y mets les pieds, je t'assure. Quand je t'ai vu sur scène, je n'en ai pas cru mes yeux. Jamais je ne pensais te revoir. Comme je te l'ai dit, la dernière fois que j'ai eu de tes nouvelles, c'est quand ma tante m'a appelée il y a de ça quelques semaines, et m'a dit qu'elle t'avait vu au Loop's en compagnie d'une fille et que vous sembliez très amoureux l'un de l'autre.

– Comment s'appelle ton amie ?

– Maria. Pourquoi ?

Je me calme et essaie de faire le lien, mais rien ne coïncide. Ou elle me ment, ou Heather n'est qu'un pion ou, troisième option, Lucas n'a rien à voir dans l'accident des parents de Cara.

– Je te ferais bien monter chez moi pour régler ce malentendu, mais… mais mon mari ne sera pas enchanté de te voir.

– Ton mari ? Tu… Tu es mariée, en plus ?

– Oui. Depuis deux ans.

Surpris, je regarde sa main gauche.

– Tu ne portes pas d'alliance.

Elle grimace et fouille dans son sac à main.

– Je l'enlève quand je sors, avoue-t-elle, gênée, avant de la remettre à son doigt.

Je finis par secouer la tête et éclater de rire.

– Pourquoi cela ne m'étonne pas de toi ? dis-je.

En guise de réponse, elle hausse les épaules et me sourit.

– Tu veux qu'on aille marcher un peu ?

– Ton mari ne va pas s'inquiéter de ne pas te voir rentrer ?

– Eh bien, Reed ! s'étonne-t-elle. Sortant de ta bouche, cela fait bizarre d'entendre ça.

J'émets un autre petit rire.

– Ah bon, et pourquoi?

Une nouvelle fois, elle hausse les épaules.

– Je t'ai connu moins préoccupé par les sentiments des autres, simplement.

– C'est vrai, mais on change avec le temps, non?

– Il paraît.

Elle se dirige tranquillement vers la sortie du parking. Je la suis.

– Alors, comme ça, tu es mariée depuis deux ans? relevé-je pour engager la conversation.

– Oui. Désespérée de ne pouvoir avoir l'homme que je voulais, j'ai fini par en trouver un qui a bien voulu de moi.

– L'homme que tu voulais?

Elle me fait de gros yeux pleins de sous-entendus. Je comprends alors qu'elle parle de moi.

– Désespérée? Tu abuses un peu. C'était quoi? Une amourette de vacances, rien d'autre.

– Tout le monde n'a pas ta chance, monsieur « Cara par-ci, Cara par-là ».

– Ma chance?

– Tu as aimé cette fille inconditionnellement toute ta vie. Tu en as rêvé, tu l'as espérée et, finalement, tu l'as eue, puisque tu vas te marier avec elle. Alors, je pense que oui, tu as de la chance.

Marchant côte à côte le long du trottoir, un silence s'installe entre nous. J'essaie toujours de trouver la relation entre l'adresse de Heather et Lucas, mais je ne vois vraiment pas. Je tourne plusieurs possibilités dans ma tête, mais en vain.

– Je m'excuse pour tout à l'heure, me lance-t-elle tout à coup.

– T'excuser de quoi, au juste?

– De t'avoir dit que tu commettais une erreur en l'épousant. Ma jalousie a pris le dessus. Désolée.

Je souffle et me passe une main dans les cheveux.

– S'il y a quelqu'un qui doit s'excuser ici, ce n'est pas toi. Alors, excuses acceptées.

Elle relève le visage vers moi et me détaille un court instant.

– Ce sont des excuses?

Je raille.

– Ne rêve pas!

Aussitôt, elle me lance une bourrade dans l'épaule en gloussant.

– Bah ! En fin de compte, tu n'as pas changé. Tu es toujours aussi con !

Je fais semblant d'être offusqué.

– Merci pour le « tu es toujours aussi con ». Je retiens.

Je ris, puis murmure :

– Pardonne-moi.

Sautillant comme une gamine, elle s'avance de plusieurs pas devant moi et me fait face en marchant à reculons.

Un large sourire sur le visage, elle relève :

– C'est tout ?

– Tu ne veux pas que je me prosterne à tes pieds, quand même ?

Elle fait mine de réfléchir.

– Hum... pourquoi pas ?

– Jamais de la vie !

Elle s'arrête et je fais de même.

Croisant ses bras contre sa poitrine et tapotant son index sur la manche de sa veste, elle me fixe.

– J'attends.

D'humeur taquine, je fais demi-tour et me prépare à revenir sur nos pas, mais elle me rattrape par le coude.

– Reed ! Ne fuis pas.

Ricanant, je me retourne pour à nouveau lui faire face.

– Pardonne-moi de m'être comporté comme le dernier des imbéciles avec toi, Heather, finis-je par lui dire.

Elle me reprend.

– Le dernier des imbéciles et le plus gros enfoiré que la terre ait porté, assorti d'un ignoble connard...

– Oui, bon, là, ça suffit, lui coupé-je la parole.

Elle esquisse une petite moue.

– OK ! Excuses semi-acceptées.

– Semi ?

Tendant le bras dans une direction, elle m'indique :

– Oui. Deuxième épreuve : accepte de boire un café avec moi. Il y a un snack-bar ouvert toute la nuit, plus loin.

Je suis son geste des yeux et regarde les néons verts d'un établissement nommé The Little Cork, puis soupire, dépité. De toute manière, je n'ai pas le choix si je veux arriver à tirer cette histoire au clair. Je m'y résigne et nous filons nous installer autour d'une table, sur des banquettes, après avoir commandé deux cafés.

Si l'on fait abstraction d'un vieil homme dormant la tête enfouie dans ses bras posés sur le comptoir au fond de la pièce, l'établissement est désert.

– Bon, alors, raconte. Où est ta belle?

– À la maison, dis-je simplement.

– Vous habitez dans le coin?

J'entrelace mes mains et les pose sur la table.

– Non. En Géorgie.

– En Géorgie? Ce n'est pas là où vous avez grandi?

– Si.

– D'accord. Donc, tu es retourné vivre là-bas avec elle?

J'avais oublié à quel point Heather était une véritable pipelette ne supportant pas les blancs dans les conversations.

– C'est un interrogatoire? répliqué-je.

– Non. Je me renseigne. C'est tout. Cela fait cinq ans, Reed. Il s'en passe des choses en cinq ans. Je veux savoir ce que tu deviens.

– Je deviens l'homme que j'ai toujours voulu être: le mari de Cara et j'espère, un jour, le père de ses enfants.

Exaspérée par ma réponse, elle se laisse retomber contre son dossier et sourit amèrement en fixant ses doigts.

– Qu'est-ce que tu fais à New York? demande-t-elle encore, sans me regarder.

Je ressors le bout de papier de la poche de mon jean et le lui tends pour le secouer sous ses yeux.

– Ça! Découvrir pourquoi mon frère a inscrit ton adresse sur cette feuille.

– Je te répète que je ne connais pas ton frère et que j'ignore la raison pour laquelle il possède mon adresse.

– Tu connais la deuxième adresse? m'informé-je en posant le papier sur la table et le glissant sous son nez.

Elle s'en saisit et l'inspecte avec attention.

– C'est un club de golf huppé. J'y ai fait une soirée il y a deux ou trois ans, avec mon mari. Enfin, à cette époque, il était mon futur époux.

– Est-ce que quelqu'un t'avait abordée?

– Comment veux-tu que je m'en souvienne? Évidemment, j'ai dû parler avec plusieurs personnes, là-bas.

– Personne ne t'a demandé de renseignements sur moi? Sur Cara? Ou sur les Avery?

– Avery?

– Les parents de Cara.

– Non, Reed ! s'agace-t-elle. Personne ne m'a…

Elle se tait.

Je vois passer un voile de doute dans son regard. Aussitôt, elle fouille dans son sac et en sort son téléphone portable, puis pianote dessus, le front barré par la préoccupation.

Je m'en soucie.

– Qu'est-ce qu'il t'arrive?

– Je ne sais pas si cela a un rapport, mais il y a environ un an, je crois, quelqu'un m'a contactée en message privé sur mon compte Facebook au sujet d'une de mes photos de couverture.

J'écarquille les yeux sans comprendre où elle veut en venir. Elle poursuit tout en passant son doigt sur l'écran de son iPhone.

– J'avais mis une photo de nous deux avec Molly sur le bateau à Forest Lake.

– Qui t'a contactée et que voulait cette personne? demandé-je, plus sévèrement que je ne l'aurais voulu.

Elle relève de gros yeux assassins vers moi.

– Oui, bah, tu attends! Je cherche.

Je recule sur mon siège et patiente en buvant le café que vient de nous amener le type du snack-bar.

– Là! Ça y est, annonce-t-elle au bout de quelques minutes.

– Montre-moi!

Elle me le tend:

M. Carter : Bonsoir, une amie que nous avons en commun m'a montré ta photo de couverture, et l'homme à tes côtés est une de mes connaissances. Je cherche à le retrouver, aurais-tu une idée de l'endroit où il pourrait être? Merci.

– Tu ne lui as pas répondu? m'informé-je.

– Non. Tu vois bien.

– C'est qui, votre amie en commun?

– Je n'en sais rien. Regarde, cela doit être écrit.

– Je n'y capte que dalle à cette merde, râlé-je en lui retournant son téléphone. Fais-le, toi.

Elle rit et s'en saisit, puis se lève. Elle fait le tour de la table et me rejoint sur la banquette pour s'asseoir à mes côtés.

– Reed et la modernité ! Ça aussi, ça n'a pas changé, se moque-t-elle.

Je lui lance un sourire surfait lui signifiant : « Je me passerais bien de tes commentaires. »

– Bon, apparemment, je n'ai pas ou plus d'amie en commun avec cette fille. Si, toutefois, c'en est bien une.

– C'est-à-dire ?

– Il n'y a aucune photo d'elle sur ce compte.

– C'est un faux compte ?

Elle scrute avec attention son écran.

– Hum… Non, je ne crois pas. Les publications postées en public sont commentées par beaucoup de monde et le compte ne semble pas récent. Du moins, il n'a pas été créé il y a un an, mais bien avant. Je dirais : 2008.

Je soupire. Je suis dans une impasse et ne comprends toujours pas le lien entre les parents de Cara, Heather, Lucas et cette ou ce Carter.

– Il y a un moyen de voir qui commente ses photos ? demandé-je.

Elle écarquille les yeux, et je perçois qu'elle réprime un sourire.

– Quoi ?

– Rien, rien, lâche-t-elle avant de me montrer. Tu cliques sur la photo et les commentaires de ses amis s'affichent là.

Je fais donc ce qu'elle m'a indiqué et farfouille ce compte Facebook à la recherche de je ne sais quoi. Je regarde les noms inscrits et ne vois toujours aucune correspondance jusqu'à ce que je clique sur un cliché de la statue de la Liberté que cette personne avait mis en photo de profil.

Melinda Logan : Yeah !! Ma belle, tu te souviens du type au chapeau ?
J'aime – Répondre – 26 février 2015, 21 : 56
M. Carter : Ouiiii !!! Quel fou rire !
J'aime – Répondre – 26 février 2015, 21 : 58

– Qu'est-ce qu'il t'arrive ? C'est quoi, cette tête ? s'enquiert Heather.

Je n'en reviens pas. Melinda Logan ? Qu'est-ce que cette cruche a à voir avec tout ça ? Et qui est ce M. Carter qui prétend me connaître ? Le lien se resserre autour de moi et de mon frère, mais la dernière fois que j'ai vu Melinda et Lucas dans la même pièce, c'était en avril dernier quand cette dernière s'était plainte à son abruti de frère de ma façon, un peu brutale, je le reconnais, de baiser.

Je demande en lui montrant le commentaire:

– Est-ce que tu connais cette Melinda Logan?

Elle reprend son téléphone et observe le profil de Melinda.

– Non. Je ne la connais pas. Mais toi et Cara, oui.

Je fronce les sourcils et la détaille, ahuri.

– Comment tu sais ça?

– Regarde. Derrière ce type.

Elle retourne l'écran dans ma direction pour me montrer une photo. Je suis à nouveau stupéfait de voir, tout d'abord, mon frère en premier plan discutant avec le vieux Mc Pherson; et ensuite, en deuxième plan, Cara et moi, enlacés, non loin d'eux. Cette photo a, semble-t-il, été prise lors du 4 Juillet. Et si l'on observe attentivement le cadre, l'objectif était dirigé vers Lucas.

– Ce type, précisé-je, c'est mon petit frère, Lucas.

– Non! Sérieux? Vous ne vous ressemblez pas, mais il est plutôt pas mal. Le sex-appeal est génétique chez vous.

Je la regarde du coin de l'œil, arque un sourcil, puis raille:

– D'une, il est en fait mon demi-frère, et de deux, il est en couple. Alors, évite de baver sur ton téléphone.

– Tu me laisses rêver, oui? Je n'aurai pas l'un des frères Hamilton, je peux bien espérer avoir l'autre.

– Et ton mari?

Elle grimace.

– Oublie-le.

– Heather! la réprimandé-je.

Elle me dévisage comme si j'étais une bête curieuse.

– Où est passé l'ancien Reed? Celui qui se foutait de tout et de tout le monde?

Agacé par ce genre de remarque, je ne lui réponds pas.

De toute évidence, je ne trouverai aucune réponse, ici, à New York. Retour à la case départ: Cornfield.

– Finis ton café, je vais rentrer, lui déclaré-je, perdu dans mes pensées.

– Déjà?

– Déjà ? Il est presque trois heures du mat. J'ai un déménagement à organiser demain.

– D'accord, mais explique-moi quand même pourquoi mon adresse est sur ce papier. Explique-moi aussi pour ce compte Facebook. Quel est le rapport avec ton frère ? J'ai le droit de savoir, non ? Je suis apparemment, et sans le savoir, impliquée dans cette histoire.

– Heather ! Moins tu en sauras, mieux ça sera. (Je lui fais signe de se décaler.) Allez, pousse-toi ! Je rentre à Brooklyn.

Elle ne bouge pas d'un pouce. Je lui fais les yeux ronds mais mon regard ne semble pas l'effrayer.

– Non ! Tu me racontes d'abord ce qu'il se passe.

Me passant une main sur le visage, je soupire.

– Mon frère fait des siennes, en ce moment. Je ne comprends pas son comportement, et Cara s'en inquiète. Et quelqu'un accuse Lucas de meurtre. Voilà, tu sais tout, alors maintenant, laisse-moi passer.

– De meurtre ? répète-t-elle, estomaquée.

– Oui, de meurtre ! Tu as très bien entendu.

– Qui aurait-il tué ?

– Heather ! Tu me casses les couilles, alors dégage de là pour que je puisse sortir.

Elle finit par se lever.

– Dis-moi, Reed ! Je te signale qu'il a mon adresse.

– Il avait, dis-je en secouant le morceau de papier avant de le glisser dans la poche arrière de mon jean. Je l'ai maintenant.

– Il a pu la noter autre part.

Je l'interromps, énervé par son insistance et la panique perçue dans sa voix.

– Écoute, tout ceci n'est peut-être que des conneries, alors reste calme, d'accord ? Mon frère est en Géorgie, loin de New York, et je suis persuadé que tout ceci n'est qu'une mauvaise blague.

Je m'avance vers la sortie, mais elle me bloque aussitôt le chemin.

– Je veux en être !

– Non ! Tu n'en seras pas.

Je l'évite et sors.

Sur le trottoir, je me saisis de mon portable pour appeler un taxi.

– Reed ! Ne pars pas maintenant, s'il te plaît !

Je secoue la tête et lève les yeux au ciel. Elle me rattrape alors que je file droit devant moi. Dès qu'elle m'enserre le bras pour me retenir, je me retourne, lui agrippe les épaules et la fais reculer contre le mur de briques.

Menaçant, j'essaie de me montrer persuasif et de l'éloigner définitivement de moi. Je la sais têtue et si je ne suis pas convaincant, elle va persister.

– Tu me laisses, OK ? Toute la soirée, tu ne m'as pas lâché les baskets et là, tu me les brises. Vraiment. Je voulais simplement connaître le lien entre ton adresse et mon frère. Apparemment, c'était juste pour me retrouver. Je ne sais pas par quel moyen mon frère a su pour toi, et pourquoi Melinda est impliquée là-dedans, mais je compte bien le lui demander, et pour cela, je n'ai aucunement besoin de toi. Si je te revois me tourner autour ou autour de n'importe qui de mon entourage, je te ferai passer un très mauvais quart d'heure. Pigé ?

Elle tente de se dégager de ma poigne. Ma proximité la rend nerveuse. J'en joue en rapprochant mon visage du sien et la dévisage de haut.

– Pigé ? insisté-je en lui secouant les épaules.

Elle hoche sagement la tête.

Je souffle.

– Bien.

Je reporte mon regard sur ses lèvres qu'elle mordille.

– Embrasse-moi, Reed, murmure-t-elle.

Je la lâche et recule.

– Non !

– Une dernière fois.

– Au revoir, Heather, dis-je en m'éloignant d'elle.

Elle s'écrie :

– Si jamais ça ne marche pas avec ta Cara, tu sais où me trouver.

Dépité, je lui lance :

– Tu n'es qu'une garce, Heather.

– Qui se ressemble s'assemble…

114

Reed

Le lendemain matin, je trouve une entreprise de déménagement qui peut s'occuper de nos affaires. Je rejoins ensuite mon studio, emballe rapidement quelques affaires dans des cartons. Heureusement, je n'en ai jamais beaucoup laissé ici. Il est surtout question de vaisselle, livres, linge et vêtements. Une fois le tout empaqueté, il est déjà plus de treize heures, alors je file me chercher de quoi manger au stand de hot dogs du parc non loin de chez moi.

Assis sur un banc, j'en profite pour appeler Cara.

– Salut ma puce. Comment vas-tu, aujourd'hui ?

Elle souffle.

– Ça fait du bien de t'entendre.

Sa petite voix m'inquiète.

– Ça ne va pas mieux ? Va chez le médecin si tu ne te sens pas bien.

– Non. Ça va aller, je ne suis pas malade. Je suis juste fatiguée. Bon, raconte-moi ta soirée.

Je plisse les paupières et grimace. Que vais-je lui dire ?

– Tu ne veux pas savoir pour le déménagement ?

Je ne suis qu'un lâche.

– Si, n'importe ! Commence par ce que tu veux.

Évidemment, elle n'abandonnera pas.

– Bon, ben, pour le déménagement, j'ai pu trouver une agence disponible. Ils prennent d'abord tes affaires dans le garde-meubles, et ensuite les miennes. Ils partent pour Cornfield dans la soirée. Ils devraient être à la maison demain soir.

– Super ! Et toi, tu rentres quand ?

– Si je trouve un vol de dispo, je rentre ce soir.

– Génial ! Tu veux que je regarde sur Internet ?

– Non. Je vais aller directement à l'aéroport.

– Comme tu veux. Et donc, tu as fait quoi hier soir ? Tu es resté longtemps au Bianquiz ?

Je soupire à mon tour.

– Jusqu'à trois heures.

– Ah oui, quand même!

Elle se tait et reprend, craintivement:

– Tu n'as pas fait de bêtises?

Je grimace encore et, n'ayant pas tellement le choix, je me lance :

– Si.

– Quoi?

Je sens ses poils se hérisser d'ici, tant la frayeur fait vibrer sa voix. Je l'imagine même s'être levée et faire les cent pas en se triturant les cheveux.

– Rien de grave, Cara. N'aie crainte.

– Qu'as-tu fait? Je t'écoute.

– J'ai fait un strip-tease et j'ai frappé Kurt.

– Tu as quoi? s'écrie-t-elle, furieuse.

– Je…

Je me tais. J'entends des bruits étranges. Elle respire fort et bouge ou frotte son téléphone sur quelque chose.

– Cara? Mon amour?

Je tends à nouveau l'oreille et perçois comme une porte qui claque, puis un vacarme indéfinissable.

– Oh! Bon sang, Cara? Qu'est-ce qu'il se passe?

Je me lève du banc, paniqué, tourne sur moi-même et hurle dans ce putain de téléphone.

– Réponds!

Le silence s'ensuit. Mon cœur bat si vite dans ma poitrine et cogne si fort contre mes tempes que je ne suis pas certain d'entendre quelque chose d'autre.

– Cara, me lamenté-je dans le plus grand désarroi.

À nouveau, je perçois quelque chose qui frotte le micro.

– Cara? Cara? Réponds-moi, s'il te plaît!

Je distingue enfin son souffle. Soulagé, je soupire.

– Oui, je suis là, dit-elle d'une voix faible et d'un ton sec.

– Qu'est-ce qu'il se passe?

– Tu as raison, je vais aller voir un médecin. (Elle renifle.) Rentre, Reed. On reparle de tout ça à la maison.

Elle me raccroche au nez.

Je reste perplexe un instant. Puis la colère m'emporte. Je la rappelle.

– Oh! Tu ne me raccroches pas au nez comme ça sans me dire ce qu'il vient de t'arriver. Je m'inquiète, merde!

– Tu t'inquiétais quand tu faisais ton strip-tease ? Au revoir, Reed !

De nouveau, elle coupe la communication.

Je réprime mon envie d'envoyer valser mon portable contre le mur en face de moi.

Putain !...

Je bous. Je fais les cent pas et m'entête.

– Reed, arrête de m'appeler ! Je suis en colère contre toi. Je suis même carrément furieuse. Je ne peux pas te faire confiance une seule seconde. Tu te barres à l'autre bout du pays pour aller te frotter contre des salopes, si ce n'est pas plus, et te battre avec ton connard de pote !

Je profite qu'elle reprenne son souffle pour en placer une.

– Tu me laisses parler, oui ?

– Non, non et non ! Je ne veux plus t'entendre. Ne me rappelle pas. De toute manière, je ne décrocherai plus.

Une nouvelle fois, elle raccroche.

Et merde !

Hors de moi, j'envoie un coup de pied contre une poubelle et quitte le parc. J'appelle un taxi, retourne au local de l'entreprise de déménagement pour leur déposer les clefs de mon studio. Je leur explique que je ne peux pas rester plus longtemps, contrairement à ce qui était prévu, et leur indique la marche à suivre pour rendre les clefs à l'agence immobilière qui me le louait. Je file ensuite à l'aéroport me prendre un vol à destination d'Atlanta. J'arrive à en avoir un pour dix-sept heures trente.

Dans la salle d'embarquement, je m'assieds et décide d'écrire un message à Cara. Elle ne veut plus répondre à mes appels ; un texto, elle le lira peut-être.

Je n'ai jamais été expert pour exprimer mon ressenti ou m'excuser, mais vu que j'ai une bonne heure devant moi, j'y réfléchis sérieusement.

[Mon amour...]

Ma princesse ? Mon amour ? Elle préfère quoi ?

[Je ne voulais pas te blesser...]

Quel idiot ! Évidemment, j'allais la blesser en lui avouant mes frasques d'hier !

[Je te promets que je n'ai rien
fait de bien méchant…]

Non ! Là, je m'enfonce. Bon sang ! Qu'est-ce que je peux bien écrire ?

[Ma princesse, pardonne-moi
ma sincérité, mais tu dis ne pas
pouvoir me faire confiance.
J'essaie de te prouver le contraire.
J'ai effectivement fait quelque
chose de blessant pour toi,
et je m'en excuse.]

C'est bien ça, non ? Peut-être un peu court, puis, le « J'essaie de te prouver le contraire » est malvenu, vu qu'en fait, je lui ai prouvé que je ne savais pas me tenir. Et va chier !

J'efface tout et recommence pour finir par simplement écrire :

[Princesse, je t'aime.]

Voilà, ça, c'est parfait. Direct et concis.

J'appuie sur « envoyer » et j'attends en espérant qu'elle me réponde, mais je sous-estime la rancœur de Cara. Elle ne me répond pas. Je prends mon vol et, trois heures et demie plus tard, je suis à Atlanta. Je récupère ma Mustang, paie le parking et file en direction de Cornfield.

Il est tard quand j'arrive devant la maison. La lumière du salon est encore allumée. Elle ne doit pas être couchée, ce qui me soulage. J'ai tellement envie de la prendre dans mes bras et de la serrer contre moi.

Je pénètre dans le hall et la vois aussitôt.

Allongée sur le canapé, habillée de son jogging et d'un tee-shirt, un livre en main, elle sirote un verre de vin rouge. Comme je l'avais pressenti, elle ne lève pas les yeux vers moi. Elle est furieuse et je vais passer un sale quart d'heure. Je dépose mon sac sur le plancher contre le chambranle de la porte et m'avance dans le salon.

– Coucou, tenté-je.

Je dépose un baiser sur le haut de son crâne. Elle ne réagit pas.

Je fais le tour du canapé, me penche pour soulever ses jambes afin de me faire une place sur le divan, mais elle ne me laisse pas la toucher et plie ses genoux pour les ramener contre elle.

– Tu fais la tête? murmuré-je en m'asseyant.

Toujours sans me regarder, elle finit par me dire:

– Non. Évidemment que non! Je suis super contente de retrouver mon futur mari incapable de passer deux jours sans se frotter à une fille. Je respire la joie de vivre, ça ne se voit pas?

Elle boit une gorgée de sa boisson et repose le verre sur la table basse, puis replonge le nez dans son livre.

Je ne fais pas attention à sa remarque et me soucie plutôt de sa santé.

– Qu'est-ce qu'il t'est arrivé tout à l'heure? Tu as fait un malaise?

Elle pose enfin son livre et trouve mon regard. Le sien me fusille.

– Si tu veux tout savoir, j'ai vomi. Je suis barbouillée et très fatiguée, car je n'ai pas dormi de la nuit en te sachant en train de faire la fête. Et apparemment, j'ai eu raison de m'en soucier.

Sa respiration devient saccadée, sa gorge se serre et ses yeux deviennent brillants.

Elle poursuit:

– Tu… Tu as couché avec une fille? finit-elle en larmes.

Mon ventre se retourne, je m'estomaque:

– Non!

J'essaie de lui attraper le bras pour la faire venir contre moi. La voir en larmes par ma faute me tue.

Elle m'évite et se lève.

– Ne me touche pas!

– Cara! Écoute-moi, je…

– Non, Reed! Je ne veux rien savoir. Je vais aller me coucher. Je pensais vouloir entendre tes explications, mais, en fait, je n'en ai pas le courage.

Je me mets en rogne.

– Bordel, Cara! Je n'ai fait que danser sur une putain de scène! Rien d'autre! Ce n'est pas la fin du monde! Si?

– Tu as dansé avec des filles?

– Oui.

– Elles t'ont touché?

– Oui.

– Alors, oui ! C'est la fin de mon monde. (Elle se penche et ramasse un coussin qu'elle m'envoie dessus.) Dégage !

– Bon sang, mais...

– Dégage ! Va-t'en !

– Tu me fous à la porte, c'est ça ?

Elle ne me répond pas et se dirige déjà vers les escaliers. Je me rue sur elle. Je ne supporte pas qu'elle soit fâchée contre moi. Sa réaction est exagérée, excessive. Je l'enserre par la taille, la contrains à se retourner et la bloque contre le mur. Entre la cloison et moi, elle est prise au piège, mais elle se débat et râle. Je lui immobilise les bras. À bout de force et de souffle, elle se calme, puis fond à nouveau en larmes. Son corps, jusque-là tendu, se relâche. Je recule.

– Princesse, écoute-moi, s'il te plaît. Je m'excuse, d'accord ? (Je prends son visage et le soulève pour qu'elle me regarde.) Pardonne-moi. Je ne voulais pas te blesser. Je n'ai effectivement pas réfléchi aux conséquences de mes actes. J'avais bu. Ce n'est pas une excuse valable, mais je te promets que je n'ai rien fait d'autre. Je t'aime trop et te respecte trop pour ça, d'accord ?

De mes pouces, j'essuie les larmes qui coulent sur ses joues et lui embrasse le front. Je me baisse et la soulève pour la porter dans mes bras.

– Que fais-tu ? gémit-elle.

– Je t'emmène au lit.

J'entame l'ascension des escaliers.

Elle se plaint.

– Je sais marcher. Pose-moi.

– Je sais, et d'ailleurs, à ce sujet, je pense sérieusement à te couper les jambes pour que tu évites de m'échapper.

Elle cale son front au creux de mon cou et murmure :

– Ce n'est pas drôle.

Je décale ma tête pour essayer de jeter un coup d'œil à son expression.

– Alors, pourquoi tu souris ?

Elle se cache le visage de ses mains.

– C'est faux.

– Tu souris ! insisté-je.

– Non. Je suis énervée.

– Menteuse.

À l'étage, je nous dirige vers la chambre, ouvre la porte à l'aide de mon pied et la dépose délicatement sur le lit.

Elle me tourne aussitôt le dos.

– Cara ! Arrête de bouder. (Je me penche sur elle.) Et embrasse-moi !

– Non ! dit-elle en se mettant sous la couverture.

Bien décidé à gagner au jeu du plus têtu, je retire mes chaussures, je tire sur la couette pour la lui ôter et viens m'asseoir au-dessus d'elle.

Elle rouspète.

– Non ! Laisse-moi tranquille.

De ses mains, et en gigotant, elle tente désespérément de me repousser, mais en vain. Elle a autant de force qu'une petite fille.

Je ris et la charrie en la regardant batailler sans même me faire bouger d'un millimètre.

– Tu essaies de faire quoi, là ?

Je vois à ses traits davantage détendus qu'elle n'est plus vraiment fâchée contre moi.

– De te pousser.

– Et tu penses y arriver ?

De mon pouce et de mon index, je lui pince son biceps droit en ajoutant :

– Avec ces tout petits bras, sans rire ?

Elle râle en réprimant un sourire.

– Bon sang, Reed ! Tu m'énerves.

Je me penche sur elle et survolant son visage du mien, je réitère ma demande :

– Embrasse-moi !

– J'ai envie de te mettre une claque, me sort-elle en gloussant.

Je tends ma joue.

– Vas-y. Mais après, tu m'embrasses.

Elle ne me gifle pas, en revanche, elle vient déposer un rapide baiser sur ma joue.

– C'est tout ? protesté-je en redressant le buste. Je n'ai le droit qu'à ce simple et tout petit bisou de rien du tout ?

– Oui. C'est tout. D'une, parce que je suis fâchée, et de deux, parce que je suis malade et que je risque de te refiler mes microbes.

Je ricane en voyant sa bouille mi-amusée, mi-vengeresse, mais *je ne tiens plus.*

– Je m'en fiche de tes microbes. S'ils veulent venir, qu'ils viennent, je les attends, raillé-je en me penchant à nouveau sur elle.

Cette fois-ci, je ne lui laisse pas le choix et l'embrasse. J'en ai tellement envie. Sa petite bouche me manque et ce besoin, pour moi, est signe que je vais de mieux en mieux.

Elle se laisse faire et gémit lorsque ma langue vient caresser la sienne. Je la sens frémir sous moi et, malgré le fait qu'elle soit encore en colère, je perçois qu'elle a autant envie de moi que j'ai envie d'elle.

Quand je quitte ses lèvres pour reprendre mes esprits divaguant en d'autres lieux, elle me murmure :

– Déshabille-toi.

– Tu m'aides ? dis-je en me laissant retomber sur le côté du lit.

Elle se place sur son flanc droit, maintient sa tête d'une main, me scrute et, d'un sourire espiègle, elle me dit :

– Non ! Pourquoi n'aurais-je pas droit à un strip-tease, moi aussi ?

Je la réprimande du regard. Va-t-elle me resservir mon erreur encore longtemps ?

– Cara !

– Reed ? (Elle sourit plus largement.) Allez ! Hop, hop, hop, à poil ! Et j'exige une petite danse sensuelle.

Je finis par me lever, m'exécuter et lui faire l'amour. Et, bon sang ! Faire l'amour à la femme que l'on aime est la chose la plus merveilleuse et enivrante au monde. Je voudrais rester dans son corps des heures, des jours et davantage, si cela était possible.

Le lendemain matin, Cara se lève avant moi et, lorsque je descends à la cuisine, un véritable festin m'attend sur la table : pancakes, jus d'orange fraîchement pressée, tranches de bacon grillées et œufs brouillés. J'ai faim, mais pas que de nourriture.

Concentrée sur sa tâche, elle passe l'éponge sur le plan de travail. Je viens me caler derrière elle et dépose un baiser au creux de son cou, puis sur son épaule à laquelle le col bateau de son tee-shirt me laisse un libre accès.

– Coucou, princesse, susurré-je, sans quitter sa peau de ma bouche.

Elle rabat sa tête contre la mienne.

– Salut, toi.

– Tu vas mieux, ce matin ? m'inquiété-je pour sa santé délicate de ces derniers jours.

Elle sautille en pivotant dans mes bras.

– Oui.

– Tu devrais quand même aller consulter un docteur, non?

– Promis! Si je ressens d'autres symptômes, j'irai.

Son visage rayonnant de bonheur m'interpelle.

– Qu'est-ce qui te rend si joyeuse?

– Ne me dis pas que tu as oublié? boude-t-elle tout à coup.

– Oublier quoi?

– On va chercher Jenyfer à l'aéroport en fin d'après-midi.

– Arf... oui.

– Cache ta joie!

Je préfère ne pas poursuivre cette conversation qui tournera de toute évidence à la discorde, alors je prends place devant mon petit déjeuner.

Je regarde l'heure et la préviens:

– Vu qu'il est tôt, j'irai voir Grincheux, ce matin, à la ferme.

Elle s'accoude à l'îlot central et, soutenant son menton d'une main, elle s'enquiert:

– Ah bon? Pourquoi?

– Pour parler.

– De?

Je m'agace.

– Je ne sais pas, Cara. Je veux juste lui rendre une visite et parler.

– OK! Je n'en saurai pas plus.

Elle se redresse et finit de laver les poêles qu'elle pose ensuite sur l'égouttoir.

Qu'elle n'insiste pas me laisse perplexe.

– Tu as prévu quelque chose ce matin? demandé-je.

– Non.

– D'accord.

– Par contre, ce soir, j'avais en tête, peut-être, de sortir en discothèque.

– Quoi? m'estomaqué-je, surpris. On pourrait rester tranquillement ici, non? Ta copine ne vient pas pour sortir en boîte de nuit, tu ne crois pas?

– Oh, mais rassure-toi! Toi, tu resteras ici. Tranquille. Le « on » ne concernait que Jenyfer et moi. C'est-à-dire une soirée entre filles.

Je m'étouffe avec ma bouchée de bacon.

– Hors de question! dis-je en avalant difficilement le morceau de viande.

– Je ne te demande pas l'autorisation.

Sentant la colère me comprimer l'estomac, je lâche mes couverts dans l'assiette et réplique sèchement :

– Tu n'iras pas en boîte de nuit sans moi, Cara ! Tu oublies ça tout de suite !

– Et pourquoi ? s'indigne-t-elle.

– Parce que ! Tu n'iras pas. Point !

– Tu m'as demandé l'autorisation pour aller au Bianquiz ?

– Arrête ! Je t'avais prévenue.

– Ben, moi aussi, je te préviens ! s'emporte-t-elle. J'irai en discothèque avec ma copine, que tu le veuilles ou non !

– Ce n'est pas la même chose !

– Ah bon, et tu m'expliques la différence ?

– Tu n'y vas que pour te venger de ma petite virée.

– C'est faux. Je te fais confiance. Tu me fais confiance !

– Ce n'est pas la même chose, répété-je.

– Je t'écoute ? En quoi n'est-ce pas la même chose ?

– Tu es une fille !

– Et ?

– Et si je ne suis pas là, je ne peux pas te protéger !

– Me protéger ou me surveiller ? Ce n'est que de la jalousie, Reed ! Je n'ai pas besoin de ta protection. Je m'en suis bien passée jusque-là !

– Que tu dis ! J'ai toujours été derrière toi pour éloigner tous les connards qui ne voulaient que te baiser ! Et, crois-moi, il y en a eu un bon paquet !

Elle reste ahurie un instant, puis se reprend.

– Eh ben, tu feras autrement pour une fois ! Tu feras confiance à ma capacité à me défendre toute seule et au fait que je ne ferai rien d'autre que la fête avec ma copine. Tu feras comme moi quand je t'ai laissé aller seul à New York.

Sur ces mots, elle quitte la pièce.

– La discussion n'est pas finie, Cara ! m'écrié-je.

– Si !

Je peste en tapant du poing contre la table.

– Putain !

115

Lucas

Mon frère m'obsède de plus en plus. En admettant qu'il s'agisse bien d'un ressenti, je n'arrive pas à le décrire. C'est un combat intérieur, une lutte incessante entre les deux facettes de mon être. J'ignore comment agir. C'est une dépendance. Un instinct. Un besoin qui s'empare de mon esprit à longueur de journée. Certains appellent cela de l'amour, d'autres, de la fascination ou de l'idolâtrie. Moi, je pourrais le qualifier de fragilité…

Je dois m'en libérer au plus vite avant de perdre le contrôle. J'ai déjà frôlé la catastrophe. Je ne veux pas que cette regrettable erreur se reproduise.

***

La massue en main, je me défoule sur les poteaux de la clôture du jardin. J'ai besoin d'évacuer toute la tension tapie au fond de moi. Ce matin, j'ai reçu le faire-part de mariage de mon frère et de Cara. J'ai tout d'abord ri, ensuite je me suis posé la question de savoir si cette absurdité irait jusqu'au bout. Puis, je me suis dit qu'il fallait que j'accélère la cadence, et qu'il était grand temps pour moi de mettre un point final à cette histoire tout en changeant mes plans, comme lorsque mon frère est parti pour New York rejoindre Cara.

Je dois finir ce que ma mère a commencé, et je dois rendre mon père fier de moi. Je dois m'accomplir et tourner cette page occultant toutes mes pensées.

Le bruit d'une portière qui claque me sort de mes réflexions. D'un revers de main, j'essuie la sueur dégoulinant sur mon front, laisse tomber l'outil sur l'herbe et fais le tour de la maison pour intercepter l'intrus avant que Meredith ne fasse encore une bourde.

Habillé d'un tee-shirt blanc et d'un jean, Reed descend de sa voiture et s'avance vers moi. Il m'a déjà repéré et son regard sombre m'indique que sa virée à New York lui a apporté des réponses à ses interrogations.

– De retour? le salué-je.

– Comment es-tu au courant de mon départ?

Je réponds simplement:

– Cara.

– Cara ?

– Je l'ai croisée hier à la supérette. Elle ne te l'a pas dit ?

– Ne t'en déplaise, tu n'es pas notre sujet de conversation favori.

Je hausse les épaules.

– Comme c'est dommage. Vous devez vous ennuyer à mourir.

Il s'arrête à quelques centimètres de moi, le torse bombé et le regard menaçant.

– Nous devons parler, lâche-t-il, toutefois serein.

– Je t'écoute.

– Heather ?

Je recule et m'assieds nonchalamment sur le tas de planches derrière moi, puis je soupire.

– Tu l'as revue ?

– Là n'est pas la question. Pourquoi es-tu en possession de son adresse ? Que sais-tu d'elle ?

– Je souhaitais te retrouver et, une chose en amenant une autre, nous sommes tombés sur cette belle Heather, qui, devrais-je relever, ressemble étrangement à quelqu'un que je connais. (Je fais mine de réfléchir.) Oh ! Mais suis-je bête ! Cara. Encore et toujours ta Cara !

– Nous ? Melinda et toi ?

J'applaudis.

– Bravo, frangin ! Tu es en lice pour devenir le meilleur détective du pays. Ou pas ! Tu es tout de même bien moins doué que moi.

– Je te l'accorde, mais éclaire ma lanterne. Qui est Melinda pour toi ? Et qui est M. Carter ?

Je soupire à nouveau. Son étroitesse d'esprit me met en rogne. Comment ne peut-il pas tirer sa propre conclusion ? Comment ne peut-il pas voir clair ? Il a tous les éléments à sa disposition. Vais-je devoir me fatiguer à tout lui raconter ? Je pensais qu'il avait un peu plus de jugeote que cela.

Je croise mes bras contre ma poitrine et étends mes jambes devant moi avant de lui balancer de but en blanc :

– Melinda est ce que l'on appelle dans le jargon des gens lambda une « petite amie », depuis trois ans maintenant. Et Mandy Carter, une de ses amies.

– Quoi ?

– Tu as parfaitement entendu. Dois-je me répéter ?

Il lève une main pour me signifier de me taire, et je perçois toutes les questions qui lui passent par la tête. Il ouvre la bouche, prêt à parler, mais se ravise.

Je prends les devants.

– Bon, pas qu'elle revête grande importance à mes yeux, mais elle m'a beaucoup aidé ces dernières années. Je dois au moins lui reconnaître ça.

– Et Meredith, dans l'histoire ?

– Meredith est une garce, mais ça, tu es bien placé pour le savoir, non ?

– Mais qu'est-ce qui cloche chez toi ?

– Tu es venu pour faire ma psychanalyse ou pour obtenir des réponses ?

– Tu es prêt à répondre à toutes mes questions ? dit-il, suspicieux.

Je me déloge de mon siège improvisé et lève les bras.

– Oui. Vas-y, je suis tout à toi.

– As-tu un rapport de près ou de loin avec l'accident des parents de Cara ?

Je soupire et baisse la tête, atterré.

– Reed, mon cher et adoré grand frère, aie au moins l'ingéniosité de ne pas commencer par le plus intéressant. Tu gâches tout mon plaisir. Je ne me suis pas trituré la cervelle pendant toutes ces années pour que tu en arrives à cette simple et stupide conclusion. Approfondis, je…

Il m'interrompt en me bousculant, puis il hurle :

– Réponds ! Oui ou non ?

Prêt à essuyer sa colère, je lâche :

– Oui.

– Oui, quoi ? hurle-t-il à nouveau, les poings serrés.

– Oui, j'ai commandité la mort des parents de Cara.

Son visage se tord. Ses yeux se révulsent d'horreur. Je ne rate aucune de ses réactions, tant je suis fasciné par sa douleur et la stupeur que provoque mon aveu. C'était exactement ce que je recherchais et le voir enfin dans le regard de mon frère m'emporte dans une transe indescriptible.

– Pour… Pourquoi lui as-tu fait ça ? pleurniche-t-il presque. Qui… Qui es-tu ? Qu'es-tu devenu ?

– Oh allez ! Ne fais pas ton outré, tu as fait…

Il m'envoie une droite en plein menton. Sur le coup, je vacille et tourne sur moi-même. Je tangue et perds l'équilibre. À la force de mes bras, je me rattrape au monticule de planches, sonné. Il se positionne au-dessus de moi, agrippe l'arrière du col de mon tee-shirt afin de m'étrangler et, de sa main libre, m'écrase le visage contre le bois.

Criant à s'en briser la voix, il fulmine :

– Pourquoi lui as-tu fait ça ?

– Pour te faire revenir, dis-je, la respiration coupée. J'ai fait ça pour toi. Je savais qu'en faisant revenir Cara ici, tu la suivrais. Je n'avais que ce moyen...

Il me soulève, me contraint à me retourner et m'écrase à nouveau contre les planches.

Penché sur moi, il m'enserre le cou, puis, son visage à quelques centimètres du mien, il vocifère :

– Pourquoi tenais-tu tant à ce que je revienne ?

– Tu es à moi, Reed !

Pris d'une frénésie, je soulève légèrement le menton et viens sceller mes lèvres aux siennes, mais je n'ai pas le temps de savourer ce baiser qu'il bondit d'un pas en arrière.

– Qu'est-ce qui te prend ? crache-t-il, le front barré de dégoût, les yeux dévastés par l'incompréhension.

Quitte à faire tomber mes barrières et à tout lui dévoiler, je lui avoue en me redressant à l'aide de mes coudes :

– Je te veux de la même manière que mon père t'a eu. Je veux qu'il soit fier de moi. Tu ne m'as pas laissé le temps de le faire.

– Tu es complètement taré ! hurle-t-il. Et arrête de dire que c'est ton père. Tu n'en sais absolument rien.

Je m'énerve à mon tour. Comment peut-il fermer les yeux alors qu'il a toutes les réponses à ses questions ?

– Tu m'as volé le journal de maman, aie la décence de le lire, au moins !

– Elle était folle !

– Non ! Elle ne l'était pas ! Elle était malade et perdait la mémoire, alors elle notait tout ! Tout ce que tu dois savoir, Reed !

Reculant d'un pas, les yeux dans le vague, il répète :

– Elle était complètement folle, et c'était une salope, une pute, crie-t-il, le visage déformé par la fureur.

Emporté par la hargne d'entendre ces mots qualifier notre mère, je me lève et fonce sur lui tête la première, puis tonne :

– Ce n'est pas vrai !

Sous ma force et mon poids, il percute le portail de la grange, mais il riposte aussitôt et m'enserre par la taille, fauche mes mollets de sa jambe. Je tombe dos au sol. Ma respiration se coupe. La poussière vole autour de moi.

Mes oreilles sifflent, je tousse et me tourne sur mon flanc droit. Je n'ai pas le temps de me redresser qu'il se met une nouvelle fois au-dessus de moi et cogne. Il frappe fort, encore et encore. Je l'entends hurler, mais les sons sont disproportionnés tant ma tête s'est transformée en caisse de résonance.

Il arrête, recule, et ses jambes semblent le lâcher. Il s'assied lourdement sur le gravier, puis s'adosse contre la grange, et je perçois des larmes marquer son visage couvert de poussière.

– Pourquoi lui as-tu fait ça? répète-t-il encore, abattu.

Ces mots ne me sont pas destinés, il encaisse. Du moins, il essaie. Sa réaction est telle que je l'avais prévue. Il entrevoit enfin la profondeur de mon esprit, le gigantisme de mes aptitudes. Il voit le Lucas qu'il a façonné lui-même, en me protégeant de tout, même de l'amour de mon père qu'il jugeait hors norme, pour finalement m'abandonner dans un monde qui n'était pas le mien sans lui.

À bout de force, je me hisse et vais à mon tour m'adosser au bâtiment. Je me sers de mon tee-shirt pour essuyer le sang qui coule sur mon visage.

– Que fais-tu à Meredith? lance-t-il soudain.

– Ce ne sont pas tes affaires.

– Si tu es violent avec elle, ce sont mes affaires, Lucas!

– Occupe-toi plutôt de ta Cara et fous-moi la paix.

– Je vais aller voir les flics, Lucas. Je ne peux pas te laisser continuer, tu as besoin d'aide.

Je tourne la tête vers lui et jauge sa détermination, puis, pris d'une crise d'hilarité au vu du sérieux de son expression, je me fends d'un rire incontrôlable.

– Tu serais prêt à m'envoyer en taule, alors que moi, j'ai passé ces dernières années à couvrir le meurtre de mon père pour toi? Tu ne crois pas qu'il y a comme une injustice? Tu m'es redevable.

Péniblement, il se lève et, me fixant, affligé, il lâche:

– Tu dois répondre de tes actes, et s'il faut que je paie pour Robert, je paierai.

– Tu n'as aucune preuve, Reed! C'est ta parole contre la mienne, et j'ai bien plus d'éléments à ton encontre que tu n'en as contre moi.

– Tu oublies Meredith? Melinda? Tu penses être à l'abri d'aveux?

J'émets un rire crispé. Il me sous-estime.

– Meredith a déjà menti pour moi, et je m'assurerai qu'elle continue. Quant à Melinda, elle est prête à tout. Résultat des courses, mon très cher frère: tu peux tenter tout ce que tu veux, tu es seul !

Je me lève à mon tour. Ma tête tourne. Je m'aide du mur pour me soutenir. Il recule et se tourne pour rejoindre sa voiture.

Je n'en ai pas fini avec lui, alors je lui lance :

– J'ai reçu votre faire-part de mariage, ce matin. Cette mascarade va durer encore longtemps ?

Il ne relève pas ma remarque et poursuit sa route.

– Tu es conscient que tu vas tout gâcher comme tu l'as toujours fait ? Pourquoi lui fais-tu endurer ça, à ta belle Cara ? Tu sais que tu vas la détruire. Tu saccages tout sur ton passage, Reed ! Cara ne sera pas épargnée ; ce sera même la première à en souffrir. Tu vas lui promettre fidélité et sécurité. Quelle ironie !

Il ralentit et s'arrête.

J'en profite pour ajouter :

– Tu penses réellement en être capable avec tes pulsions et moi dans les parages ?

– Ce sont des menaces ? demande-t-il en me faisant à nouveau face.

– Oui. Je ne m'arrêterai que quand j'aurai obtenu ce qui m'est dû.

– Et qu'est-ce qui t'est dû, exactement, Lucas ? crie-t-il.

– Toi ! Tu vas arriver à te le rentrer dans la tête ?

– Mais, pourquoi ?!

– Parce que je t'aime !

Il reste ahuri un instant, me scrute comme si j'étais fou, puis continue son chemin en secouant la tête.

– Tu es en plein délire…

– Tu vas annuler ton mariage, Reed ! Tu vas la quitter, sinon Cara est morte, tu m'entends ? Je tuerai tous ceux qui se mettront entre nous ! Parce que tu es à moi !

116

Cara

Une fois Reed parti voir son frère, je me précipite aux toilettes. Je ne sais pas pourquoi, mais je suis certaine d'une chose : leur rencontre va mal finir, comme toujours. Ceci dit, c'est le moment ou jamais, je dois en avoir le cœur net. Je devais le faire ce matin en me levant, comme me l'a conseillé hier la pharmacienne, je n'en ai pas eu le courage. J'ai préféré m'occuper l'esprit en cuisinant un petit déjeuner digne des plus grands festins. J'ai comme un pressentiment. C'est d'ailleurs plus qu'un présage, vu tous les symptômes. Mais comment cela pourrait-il être possible ? J'ai pourtant pris mes précautions. Je prends la pilule.

Le bâtonnet en plastique entre mes mains et assise sur la petite chaise de la salle de bains, j'attends les cinq minutes prescrites en relisant la notice : un trait bleu, je ne suis pas enceinte ; deux traits bleus, je suis enceinte.

Un trait bleu : je serai soulagée ou peut-être déçue.

Deux traits bleus : je serai dans une situation délicate ou simplement heureuse.

Et Reed ? Mon Dieu, Reed ! Si je suis enceinte, comment va-t-il le prendre ? Sera-t-il heureux ou effrayé ? C'est trop tôt ! Autant pour lui que pour notre couple.

Et moi ? Qu'est-ce que je souhaite ? Évidemment, je veux un enfant, j'en ai toujours voulu. Fonder une famille a toujours été un but essentiel dans ma vie.

Je suppose que les cinq minutes sont passées, cependant, ma main collée sur mes yeux ne veut pas s'ôter de mon visage pour que je puisse vérifier le résultat de ce test de grossesse qui, s'il est positif, changera ma vie et celle de Reed à tout jamais.

Je finis par souffler un bon coup et m'armer de courage. J'ouvre les yeux, et les larmes me montent aussitôt en voyant les deux traits.

Je suis enceinte.

Malgré tout, un doute subsiste : et si le test était erroné ?

Je n'ai pas suivi à la lettre ce que m'a dit la pharmacienne. Je devais le faire en me levant ce matin. Je me fais peut-être une fausse joie.

Joie ? Suis-je heureuse ? Seigneur ! Oui, je le suis. Je pleure. Et ce sont indéniablement des larmes de joie. Je veux cet enfant. Je le veux plus que tout au monde. Alors, je me rue vers le rez-de-chaussée, ouvre mon ordinateur et cherche un cabinet de gynécologie. Seul un médecin pourra confirmer ma grossesse.

Après plusieurs appels, j'arrive à avoir un rendez-vous pour mardi et je prends l'ultime décision de n'en parler à Reed que lorsque je serai certaine de ma grossesse. Je ne veux pas l'alarmer pour rien. Mais vais-je arriver à tenir ma langue durant trois longs jours ? Devrais-je en parler à Maggie ? Je devrais, oui, elle pourrait m'aiguiller. Heureusement, Jenyfer arrive dans quelques heures. Je vais pouvoir me confier à elle. Seulement, je l'entends déjà me faire la morale : « Il est trop tôt ! Reed va flipper et peut-être te quitter. Fais attention à toi. Et si tu deviens mère célibataire ? Tu vas arriver à gérer un enfant toute seule ? Il faut que tu y penses, Cara ! »

Oh, et puis merde, je n'ai que faire de ses réflexions ! Je veux juste extérioriser mon bonheur.

Je tourne en rond, range et prépare à manger, puis je regarde l'heure sur mon portable. Il est midi passé, et Reed n'est pas rentré. Je m'inquiète, mais ce qui m'angoisse le plus, c'est que, lorsqu'il sera là, il verra que quelque chose cloche. Il me connaît par cœur et je ne sais pas mentir, je ne sais pas lui mentir…

117

Reed

Les champs de maïs défilent ; je dépasse l'intersection qui mène à la maison. Au volant de ma voiture, je peine à encaisser ce qu'il vient de se passer avec mon frère. Je devrais rentrer pour accompagner Cara à Atlanta chercher sa copine à l'aéroport, mais je ne tourne pas. Je n'ai pas le courage de l'affronter maintenant. Elle me connaît trop. Continuer à lui cacher ce que je sais fait que je ne peux même plus me regarder dans le rétroviseur de ma bagnole, alors je continue mon chemin, sans vraiment savoir où je vais.

Mon téléphone sonne. Évidemment, il s'agit de Cara. J'hésite, me gare sur le parking du Joey et finis par décrocher.

– Où es-tu ? Tu ne rentres pas manger ?

Je ne réponds pas et soupire.

– Tout va bien ? s'inquiète-t-elle.

L'altercation avec Lucas tourne en boucle dans ma tête. Ira-t-il jusqu'au bout de ses menaces ? Je suis perdu. Et s'il avait raison ? Si j'étais incapable de me montrer à la hauteur du mariage ? Suis-je simplement le larbin de tout le monde ? Ce que j'ai été, depuis toujours, en fait : l'esclave sexuel de Robert, le punching-ball de Kuan Ti, l'homme à tout faire de San Do, le jouet de Li-Ming, la cause perdue de Cara. Et, pour couronner le tout, l'obsession malsaine de mon frère…

– Oui. Oui, tout va bien. Écoute, ma puce, ne m'attends pas pour manger. Tu… Tu dois aller chercher Jenyfer. Ne te mets pas en retard pour moi, d'accord ?

– Tu ne m'accompagnes pas ?

– Non, tenté-je de faire de l'humour. Je passe mon tour pour cette fois, et, vu que je m'en faisais une immense joie, je regrette infiniment de rater ces si émouvantes retrouvailles entre copines.

Elle me réprimande, déçue :

– Reed ! Pourquoi ne viens-tu pas ? Tu fais quoi ?

– Je…

Je regarde par la vitre au moment où Matt se gare à deux voitures de la mienne.

– Je suis au Joey, avoué-je avant de mentir. Je parle avec Matt.

– Mais tu n'étais pas avec Lucas à la ferme ?

– Si ! Je te laisse, princesse. Je dois l'aider à soulever… une bonbonne de gaz, et j'ai besoin de mes deux mains.

– Une quoi ?!

– Bye, à plus, princesse.

Je raccroche, jette le téléphone sur le siège passager et sors de ma Mustang.

– Hamilton ! me lance Johnson avant de grimacer et de me scruter de haut en bas. Oh ! C'est quoi, cette dégaine, qui as-tu égorgé ?

Mon tee-shirt étant maculé de sang, mon allure ne passe effectivement pas inaperçue.

– Pour l'instant, personne, mais ça ne devrait pas tarder.

– Houla ! dit-il en me tendant la main. Je dois m'inquiéter ?

Je lui serre la main et lâche, dans un sourire crispé :

– Non.

– Ça tombe bien que je te croise, en fait. J'allais venir vous voir, m'explique-t-il.

– Pour quelle raison ?

– Ton dossier a été accepté.

– Mon dossier ?

– Ta licence de débit d'alcool pour ton bar.

– Oh ! prononcé-je, ravi d'entendre enfin une bonne nouvelle. Merci. Et moi, j'ai du nouveau.

– Du nouveau ?

– Sur Meredith et Lucas.

– Oh ! Et ?

– Et… suis-moi ! Je te paie un verre.

D'un mouvement de tête, je lui fais signe de pénétrer dans l'établissement.

118

Cara

Finalement, qu'il ne m'accompagne pas est une bonne chose. J'aurais été incapable de lui dissimuler ma probable grossesse tant je ne pense qu'à ça. Je dois me changer les idées avant de pouvoir l'affronter.

L'avion de Jenyfer a atterri. Je l'attends tranquillement dans le hall central. Je suis surexcitée par sa venue, car nous nous sommes quittées brutalement à New York. Je pense qu'il est temps pour moi de tout lui révéler. Elle est ma meilleure amie depuis des années. Nous n'avons jamais eu aucun secret l'une pour l'autre. Je m'en veux d'avoir eu à lui cacher les réelles raisons de la vente de mon appartement, l'arrêt de mon entreprise florissante et mon départ précipité pour Cornfield.

– Caraaaaaa ! s'élève une voix stridente au-dessus du brouhaha environnant.

Une folle furieuse blonde perchée sur de hauts talons aiguilles et vêtue d'un tailleur bleu se jette dans mes bras.

– Jen ! Comment vas-tu ? Ton vol s'est bien passé ?

– Oui, ma belle, sautille-t-elle. Je suis tellement heureuse de te voir. (Elle recule et procède à sa traditionnelle inspection sur ma personne.) Mon Dieu, ma belle, que l'air de la campagne te donne bonne mine. C'est quoi, ton secret ?

Tant pis, je voulais attendre encore un peu, mais c'est plus fort que moi, ça sort tout seul.

– Je suis enceinte !

Elle me lâche et recule encore d'un pas, puis porte sa main à sa bouche. Je vois défiler une ribambelle d'expressions sur son visage et, comme je m'en doutais, l'inquiétude prend le dessus.

– Tu en es certaine ?

– Pas exactement, mais le test est positif. J'ai pris rendez-vous pour avoir confirmation. J'y vais mardi. Tu m'accompagneras ?

– Évidemment. (Elle me prend à nouveau dans ses bras.) Félicitations, ma belle, murmure-t-elle.

Puis, elle s'enquiert en se penchant pour attraper la poignée de sa valise :

– Le père est au courant ?

Je grimace.

– Non, pas encore. Je veux en être certaine avant.

– Avant de le faire fuir, sort-elle machinalement.

Je la fusille du regard alors que je vois qu'elle regrette déjà ses paroles.

– Désolée.

– Jen ! Reed a changé.

– J'espère pour toi, ma belle. Bon ! Tu me montres ton nouvel univers de beaux cow-boys aux corps de rêve ?

Je jette un coup d'œil à ses talons aiguilles et ironise :

– Rassure-moi, tu as pris d'autres chaussures ?

– Pourquoi ? s'étonne-t-elle.

– Pour éviter de crotter tes élégants escarpins dans les bouses de vache.

Elle pâlit.

– Il y en a tant que ça ?

D'un sourire espiègle, j'apaise ses craintes.

– Non, Jen ! Je plaisantais.

– Et des cow-boys ? Dis-moi qu'il y en a !

– Je n'ai pas vraiment fait attention, je t'avoue.

– Évidemment ! Miss aveuglée par son Reed.

– Jen !

Elle lève les mains.

– OK. J'ai rien dit !

– Parfait.

Sur le chemin du retour, je lui raconte ma nouvelle vie, ici, en Géorgie. Je lui montre certains endroits de mon enfance importants à mes yeux. Bien sûr, Jenyfer ne peut s'empêcher de faire des remarques acerbes. En authentique citadine, elle ne comprend pas qu'on puisse vivre à plus d'une heure d'un centre commercial ou qu'il n'y ait pas de boutique Chanel à portée de main. Nous rions beaucoup et elle me donne des nouvelles de New York.

Lorsque nous passons devant le Joey, je scrute le parking pour apercevoir la voiture de Reed, mais elle n'y est pas, et je suis agréablement surprise de la voir garée devant la maison.

– Attends, laisse-moi faire, me dit Jenyfer au moment où je sors sa valise du coffre.

– Laissez ça, les filles, s'écrie Reed en dévalant les marches du porche.

Jen et moi nous tournons.

Fraîchement douché et changé, Reed vient à notre rencontre, dépose un rapide baiser sur ma joue et s'empare de la valise.

– Jenyfer ! lance-t-il pour toute bienvenue.

– Reed !

L'atmosphère entre eux est déjà électrique.

Légèrement irritée par mes hormones un tantinet instables, je m'emporte :

– Vous avez l'intention de passer la semaine à vous ignorer ?

– Non, princesse, me répond Reed, tout sourire.

Son comportement me laisse perplexe. Ce matin, nous nous sommes disputés au sujet de ma sortie avec Jenyfer prévue ce soir. Il est ensuite allé voir son frère, ce qui a d'habitude pour conséquence qu'il rentre enragé à la maison. Bizarrement, aujourd'hui, il est tellement serein que c'en est déroutant.

Je reporte mon attention sur Jenyfer qui se contente de hausser les épaules, innocemment.

Je n'insiste pas.

119

Reed

Cara et Jenyfer finissent de se préparer pour sortir. Elles ont finalement décidé d'aller au Joey, ce qui me convient à merveille finalement. Une soirée spécial musique country y est organisée ce soir, et, dès qu'elle l'a appris, Jenyfer a insisté pour que Cara l'amène à cette animation locale, bien décidée à découvrir les cow-boys du coin. J'ai abondé dans son sens et, après une conversation animée, Cara a accepté de s'y rendre. Les déménageurs sont ensuite arrivés et cela m'a occupé un bon moment.

Le journal de ma mère en main, je m'allonge sur le lit avant de me plonger dans ses écrits.

23 août 1987

Aujourd'hui est un jour particulier. J'ai rencontré un ange à la supérette. Il ne peut être qu'un ange, vu sa beauté. Puis, il est si fort. Il m'a aidée. Je ne pense qu'à lui. Je veux le revoir. Il m'a souri, mais il est marié, j'ai vu son alliance. Seigneur, faites que je le revoie.

30 août 1987

Je suis une pécheresse devant l'Éternel. Mon désir pour cet homme m'obsède. Je dois aller confesser mes mauvaises pensées. Mes envies de sexe emplissent mon esprit et polluent mon âme. Le Seigneur ne m'accueillera pas auprès de lui si je ne me repens pas de mes péchés.

6 septembre 1987

Le cafard ira à la garderie cette année. Je ne le supporte plus. Il pleure, pleure, pleure encore et toujours. Il pue. Il est l'enfant du diable. J'en suis certaine.

7 septembre 1987

Robert était là. Robert ♥ Quel magnifique prénom ! Il m'a parlé. J'aime quand il me parle. Je l'aime. Oui. Je l'aime bien plus que ce pauvre ivrogne et bon à rien.

On frappe à la porte.

– Mon cœur, retentit la voix douce de Cara.

Elle entrebâille la porte et son visage apparaît partiellement derrière.

– Nous partons au Joey.

Je referme le cahier et saute du lit pour la rejoindre.

– D'accord.

– Tu nous y retrouves plus tard, comme prévu?

– Oui. Je vais continuer de lire un peu et j'arrive, d'accord?

Elle pénètre entièrement dans la pièce, ferme la porte derrière elle et regarde sur le lit.

– Tu lis le journal de ta mère?

– Oui, dis-je en la scrutant de haut en bas. Tu es magnifique.

– Oh! rougit-elle. Ce n'est qu'un jean et une chemise de cow-boy. (Elle reporte à nouveau son regard sur le cahier.) Ça va aller? Ce n'est pas trop pénible de le lire?

Je l'enlace et hausse les épaules.

– Boh, elle était folle. Elle ne m'aimait pas. Elle n'aimait pas mon père. Rien de bien nouveau, en somme. Ne t'inquiète pas et file t'amuser un peu avec ta copine.

Elle se hisse sur la pointe des pieds et m'embrasse, puis recule pour quitter mes bras.

– Cara? l'interpellé-je avant qu'elle quitte la chambre.

– Hum?

– Je t'aime. Ne l'oublie jamais, d'accord, princesse?

Elle me jauge un court instant, puis me sourit en hochant la tête.

– Je t'aime aussi.

Elle finit par partir et, lorsque j'entends la voiture s'éloigner, je descends au salon, le cahier en main. Je me sers un verre de whisky en pensant que j'en aurai bien besoin pour ce que je m'apprête à faire et m'assieds sur le divan.

Avant de reprendre ma lecture, j'envoie un SMS à Lucas.

[Rendez-vous dans une heure
au Joey. Viens sans poser
de questions.]

20 septembre 1987

Il doit quitter son épouse. Il ne l'aime pas. Il n'aime que moi. Je ne veux plus le partager. Il m'a dit vouloir quitter sa salope, mais que ce n'était pas évident pour lui. Jackson a repris la ferme. Je ne le vois presque plus, et tant mieux. Il prend son fils avec lui aux champs et tant mieux, car ce cafard braille sans arrêt. Si je pouvais les rayer de ma vie, ce serait tellement plus simple.

25 septembre 1987

Le week-end, Robert doit retourner à Athens voir sa salope. Je hais les week-ends. Il me manque. Je voudrais qu'il emménage ici, à Cornfield, mais sa salope est encore et toujours un obstacle. Je la veux morte !

1er octobre 1987

Je hais Coraline. Je la déteste. Je veux qu'elle crève.

4 octobre 1987

Katherine nous a surpris. Elle sait pour moi et Robert. Elle ne le comprend pas, car elle et Paul sont si heureux. Mais c'est ma meilleure amie. Elle ne dira rien. J'aimerais tellement avoir un enfant avec Robert. Je sais qu'il veut un enfant. Avec un enfant, mon enfant, Robert serait à moi et rien qu'à moi.

J'interromps un instant ma lecture. J'encaisse. Elle était bien plus cinglée que je ne le pensais. Comment mon père pouvait-il rester avec une folle pareille ? Pour moi ?

Je me lève et me ressers un verre que je bois cul sec, prends la bouteille avec moi et me rassieds pour continuer ces conneries. Entre deux gorgées, je lis les délires d'une aliénée qui aurait largement mérité la camisole. Génétiquement, Lucas n'avait aucune chance de naître normal.

20 novembre 1987

Je viens d'annoncer ma grossesse à Robert. Je suis heureuse, car je sais que le Seigneur approuve désormais notre union. Par ce don du Ciel, il nous a pardonné nos offenses. Même si Robert est lui aussi heureux, il a tout d'abord pensé que cet enfant était de l'ivrogne. Mais moi, je sais qu'il n'est pas de lui. L'ivrogne ne me touche plus parce que je ne veux plus. Il me dégoûte. Robert s'en fiche, de toute manière. Il aime beaucoup le cafard.

Robert adore les enfants. Moi, le cafard, j'aimerais qu'il meure. J'ai tenté de le supprimer, mais Robert m'en a empêchée.

5 décembre 1987

Robert a enfin pris la décision de quitter Coraline. Je suis heureuse. Bientôt, elle ne sera plus un obstacle. Nous nous occuperons ensuite de l'ivrogne. Mais Robert dit qu'il y a un temps pour chaque chose, et qu'après, nous serons libres de nous aimer. Car nous nous aimons plus que tout.

Je me passe une main sur le visage et laisse tomber le cahier à mes côtés. Je bois une dernière gorgée pour me donner du courage, puis je saisis le journal et file au Joey.

La fête bat son plein. Un groupe de musique country installé près des billards enchaîne les tubes. Tout Cornfield semble avoir fait le déplacement. La salle est noire de monde. Des bottes de foin ont été éparpillées ici et là et des selles de chevaux ont été suspendues aux murs pour donner à l'ambiance une note plus champêtre et texane. En gagnant la salle, mon premier réflexe est bien entendu de chercher Cara du regard. Je l'aperçois rapidement. Assise à une table dans un coin de la pièce, elle rit avec sa copine en sirotant un soda. Nos regards se croisent. Elle me fait de grands gestes accompagnés d'un large sourire. Je lui réponds d'un clin d'œil, puis me faufile jusqu'au comptoir.

– Hey, mec ! dis-je en tapotant l'épaule de Matt.

Je m'assieds à ses côtés. Il s'empresse de me demander :

– Alors ?

– Tiens.

Je fais glisser le journal de ma mère sur le comptoir et le préviens.

– Planque-le avant qu'il n'arrive.

Il s'exécute et l'enfouit dans la poche intérieure de sa veste.

J'ajoute :

– Tu y trouveras des réponses au sujet de ta sœur.

– Tu l'as lu ?

– Je ne l'ai pas terminé, mais j'ai eu mon compte.

Il me tend un verre que j'attrape aussitôt.

– Ça va aller ? se soucie-t-il.

J'affiche mon sourire surfait.

– Ouaip ! J'ai vécu bien pire, ça ira.

Je me retourne lorsque je sens une main se faufiler sous ma veste.

– Salut, beau gosse, vous êtes seul, ce soir? ricane Cara.

Je passe mon bras autour de ses épaules et l'attire à moi.

– Salut, beauté.

Déposant un baiser sur son front, je m'enquiers :

– Elle est où, ta copine?

– Aux toilettes.

– Tu passes une bonne soirée?

– Oui.

– Parfait!

Elle me dévisage avec une petite bouille soucieuse.

– Tu as beaucoup bu?

– Quelques verres.

Je n'ai pas le temps de lui dire qu'il ne faut pas qu'elle s'inquiète pour cela que Jenyfer déboule comme une furie derrière nous et attire Cara vers elle.

– Cara! Allez, décolle-toi de lui, un peu. On a dit « soirée entre filles »! Et, aux dernières nouvelles, ton copain, ou devrais-je dire « futur mari », n'est pas une fille, si?

Cara éclate d'un rire franc, puis m'embrasse avant de se désoler.

– J'y retourne, mon cœur, sinon je vais me faire étriper.

– Vas-y, princesse.

Elles partent rejoindre leurs places en gloussant telles deux gamines. J'aime la voir de si bonne humeur, loin de tout problème. Cela me rappelle les années où je la suivais et me délectais de la voir faire la fête, insouciante.

Matt me secoue l'épaule.

– Ho! Tu es toujours avec moi, vieux?

– Quoi?

– Je te parlais...

– Désolé, j'étais ailleurs. Tu disais?

Il me sourit, puis se répète:

– Tu penses qu'il va venir?

– Oui.

Il lève son verre pour que je trinque avec lui.

– Merci, au fait.

Je plante mes yeux troublés dans les siens.

– Tu me remercieras quand tout sera fini. OK?

– Messieurs, bonsoir, retentit la voix assurée de mon frère.

Nous nous tournons. Sur ma gauche, Lucas s'accoude nonchalamment, dos au comptoir.

Voyant son visage tuméfié, Matt ironise en grimaçant.

– Hamilton, tu es passé sous un rouleau compresseur?

Sa lèvre inférieure est gonflée et entaillée, le contour de son œil droit est teinté de bleu, résultat de mes coups de ce matin. Il ne répond pas à la provocation de Matt et se contente de me fixer.

– Qu'est-ce que tu veux, Reed, maintenant que je suis là?

Matt se racle la gorge et se lève de son siège en jetant des billets près de son verre vide.

– Bon. Moi, je vous laisse. Reed, bonne soirée. Lucas. (Il hésite.) Va crever en enfer!

Je lui fais un imperceptible signe de tête pour le saluer et me concentre à nouveau sur mon frère.

Une fois Matt parti, je soupire et lui lance:

– Je marche!

Il fronce les sourcils, ne comprenant pas où je veux en venir.

Je précise, la gorge serrée:

– Je vais rompre avec Cara et tu feras ce que tu veux de moi, si c'est ce que tu souhaites.

Il rit.

– Vraiment?

– Oui.

Il se penche sur moi.

– Tu me prends pour le dernier des imbéciles? murmure-t-il. Quel est ton intérêt? C'est quoi, ce plan foireux, encore? Et ne me dis pas que tu le fais de gaieté de cœur. Ce serait vraiment te foutre de ma gueule.

– Je le fais pour Cara.

– Évidemment! lâche-t-il, sensiblement crispé. Et qui me dit que ce n'est pas encore un de vos plans tordus? Le coup de la dispute a marché une fois, ça ne fonctionnera pas deux fois. Ne me prends pas pour un con.

Je lui montre les deux filles.

– Regarde Cara! Tu la connais autant que moi.

– Oh! Jenyfer est là, relève-t-il.

Je poursuis :

– Regarde-la bien : elle s'amuse, elle rit, elle est heureuse. Crois-tu vraiment qu'elle sache qu'elle est sur le point de se faire larguer devant toute la ville ?

Il hausse les épaules.

– J'attends de voir.

Je bois ma dernière gorgée, repose le verre et me lève de mon tabouret puis je m'assure :

– Je romps avec elle, tu la laisses tranquille ?

– Un deal est un deal.

– Je veux te l'entendre dire, Lucas !

– Tu romps définitivement avec elle : je ne m'en préoccupe plus. Tu as ma parole.

Je ferme un instant les yeux, inspire profondément et me répète mentalement que je le fais pour nous, pour notre futur. Les tripes retournées, je m'avance sur l'espace aménagé en piste de danse et évite de poser mes yeux sur Cara. Si je le fais, je n'aurai pas le courage d'aller jusqu'au bout. Je croise cependant le regard de Matt, assis à l'autre bout du comptoir. Il m'encourage d'un geste. Nous avons mis au point cette stratégie afin de faire tomber Lucas, ensemble, ce matin, et je sais que, durant les jours qui vont suivre, il sera là pour Cara en cas de besoin. C'est ma seule consolation, et je m'y accroche comme à une bouée de secours.

Je repère une proie facile. Une jeune fille, la vingtaine, blonde, elle danse. Elle semble un tantinet ivre. Son état d'ébriété m'aidera à accélérer mon plan. Je me poste derrière elle et pose une main sur son ventre. Elle sursaute et fait volte-face. Son visage furieux se détend rapidement après m'avoir détaillé avec attention. J'esquisse mon petit sourire en coin, et de ma main sur sa chute de reins, je l'attire contre mon corps. Je m'attends à essuyer la fureur légitime de Cara d'un instant à l'autre, alors, autant que ce soit pour quelque chose d'horrible.

Je remonte ma main libre sur la joue de cette fille qui me laisse aussi froid qu'une tombe et la lui caresse. Elle se laisse faire et ne me quitte pas des yeux. Son regard est brillant d'ivresse et de désir, et est rivé sur mes lèvres.

– Je peux savoir ton prénom, bel inconnu ? finit-elle par me demander.

De mon index, je lui remonte le visage et le frôle du mien.

– On s'en tape de mon prénom ! Embrasse-moi.

– Tu es plutôt direct comme mec. Mais ça me plaît, affirme-t-elle avant de poser sa bouche contre la mienne.

Je prie pour que ce baiser finisse le plus rapidement possible tant il me dégoûte. J'y mets d'ailleurs un terme en sentant les regards posés sur moi. À nouveau, je croise celui de Matt, et son air désolé m'indique que, si je me retourne, je vais rencontrer celui de mon amour, de ma princesse. Je crève rien qu'à imaginer le mal que je lui fais en embrassant cette inconnue.

Je reporte mon attention sur celle qui vient de passer ses bras autour de mon cou.

Je les lui ôte et lance :

– Merci.

Elle recule et me dévisage bizarrement. Je prends mon courage à deux mains et me tourne lentement en direction de Cara. Son visage est tel que je le prévoyais. Ma princesse est dévastée. Elle s'est levée de son assise et ne bouge plus. Elle me fixe, les yeux larmoyants. Je crispe la mâchoire, et mon cœur se brise en même temps que le sien. Je vois passer sur son magnifique visage toute sa déception, sa colère, sa haine et son envie de s'effondrer. Je ressens la même chose. Je me hais plus que tout, mais je dois continuer. Je perçois qu'elle essaie d'encaisser sa peine. Je vois qu'elle retient ses larmes. Je m'attends à ce qu'elle vienne vers moi pour me gifler, mais elle porte sa main à sa bouche. Son expression de dégoût me transperce les entrailles. Ses jambes la lâchent. J'ai le réflexe de faire un pas pour accourir et la soutenir, mais je me fais violence pour rester en place. Jenyfer est là. Elle me fusille du regard en la maintenant droite. Elles se parlent. Je n'entends pas, mais Jenyfer la pousse vers la sortie, alors que les gens s'écartent sur leur passage, l'air compatissant, après avoir assisté à toute la scène. C'est le problème dans ces petites bourgades : rien ne passe jamais inaperçu.

Je ne peux pas les laisser filer sans que Lucas ait eu son compte. Je reporte d'ailleurs mon attention sur lui. Il lève ses deux mains, les paumes vers le ciel et croise les bras, me signifiant par ce geste qu'il attend.

N'en a-t-il pas eu assez ?

La rage que je ressens à son encontre est telle que le tuer, là, devant tout le monde ne me ferait pas ciller.

Je me dirige à l'extérieur, balaie le parking du regard et les vois enfin, proches du vieil entrepôt délabré. Cara est accroupie, en pleurs. Pliée de douleur, elle se maintient le ventre.

Lentement, je m'approche d'elles.

– Toi, tu dégages ! vocifère Jenyfer en me repérant. Tu en as assez fait, il me semble.

Je réplique :

– Occupe-toi de tes affaires, toi.

– Tu n'es qu'une ordure ! Un pauvre type, poursuit-elle. Va te faire foutre.

Je m'avance et lui agrippe le cou, puis crache en plantant mes yeux dans les siens :

– C'est toi qui vas dégager ! Je veux parler à Cara.

– Reed, lâche-la ! hurle cette dernière.

Cara se relève péniblement. Je m'exécute et ôte ma main du cou de son amie. Je suis prêt à l'affronter. Elle fait quelques pas vers moi, le visage délabré par les larmes, les traits tirés. Sans un mot, elle me gifle.

La tête tournée par la violence de son geste, j'encaisse le coup et soupire.

– C'est bon, ça va mieux ? dis-je, sarcastique.

– Pourquoi ? Pourquoi, Reed ? Pourquoi me fais-tu ça à une semaine du mariage ?

J'avale difficilement ma salive et inspire.

Levant les yeux au ciel, je lance en appuyant mes paroles par des mouvements nerveux de bras :

– Parce que j'en ai marre ! Ras le bol de jouer au petit toutou. Ce n'est pas une vie pour moi. Baiser la même fille tous les jours. Putain, mais c'est d'un chiant !

Elle me renvoie une baffe, plus forte, cette fois-ci.

– Regarde-moi au moins dans les yeux en disant ça ! hurle-t-elle.

Il me faut une force surhumaine pour poser mon regard sur le sien, mais, au prix d'un énorme effort, j'y arrive.

– Je te quitte, Cara. Je me suis trompé… Je… ne… Je ne t'aime pas. Je n'aime personne, en fait.

Les yeux révulsés par l'horreur, elle s'effondre à nouveau et répète sans cesse qu'elle n'aurait jamais dû me faire confiance. Jenyfer s'empresse de venir la soutenir comme j'aurais dû normalement le faire. Je pense qu'il est temps pour moi de partir. Le message étant très clair.

Anéanti, je tourne les talons.

– Tu n'es qu'une raclure, peste encore Jenyfer. Elle est enceinte ! Comment tu peux lui faire ça, maintenant, espèce de pourriture ?

Quoi ?

Mon genou gauche manque de fléchir. Mon cœur fait un raté. Je me fige, les yeux écarquillés par la surprise. Je fixe l'horizon et aperçois Lucas adossé à côté de la porte d'entrée. Il boit du petit-lait, triomphant.

– Jenyfer ! se plaint Cara.

– Ne t'inquiète pas, ma belle, on rentre.

– Wow, applaudit tout à coup Lucas. Délicieusement pathétique !

Il déloge de sa place et vient à notre rencontre. Le bruit du claquement de ses mains résonne dans ma tête autant que les derniers mots de Jenyfer.

Enceinte…

Je ne respire plus.

– J'y aurais presque cru, à votre cirque, continue Lucas.

– Va te faire foutre, lui hurle Cara.

Son cri attire mon regard, mais je ne peux pas. Non, je ne dois pas la regarder. Je sens pourtant le poids du sien sur moi. Je préfère fermer les yeux, serrer les poings et ravaler les larmes qui menacent de couler.

– Allez, partons, Cara, insiste Jenyfer. Laissons ces deux crétins à leur existence de merde.

– Toujours aussi aimable, lui rétorque Lucas.

Elle peste :

– Et toi, toujours aussi con !

Je les entends s'éloigner et lorsque j'ouvre à nouveau les yeux, je reporte mon attention sur celui qui fut autrefois mon frère. Il me scrute suspicieusement. Le vide qui m'anime m'empêche de faire ce que ma pensée me dicte : le tuer là, maintenant, de mes propres mains.

Enceinte… Ma princesse est enceinte…

– C'est tout ? me lance-t-il en gardant ses distances. Pas de cris, pas de larmes, pas de coups de poing ?

En proie à une hargne incommensurable et à un désespoir sans nom, je me contente de lâcher, abattu :

– Tu as eu ce que tu voulais, alors, maintenant, fous-moi la paix.

Il rit.

– Hum. Quelque chose me chiffonne dans ta scène de rupture, frangin. Je trouve ça trop facile. J'y crois qu'à moitié.

Le peu de calme qu'il me restait s'évapore en une fraction de seconde. Je hurle à m'en briser la voix.

– Putain ! Qu'est-ce qu'il te faut de plus ?

Puis la colère m'emporte. Je me rue sur lui, prêt à lui régler son compte une bonne fois pour toutes, mais des bras puissants me retiennent avant que je ne puisse l'atteindre.

Je me débats.

– Matt ! Lâche-moi ! Je vais le crever.

– Non, Reed, calme-toi !

– Si tu ne me lâches pas, c'est toi qui en prends une !

Il me bouscule et m'affronte, les poings en avant.

– Vas-y, frappe !

Je l'avertis :

– Ne me tente pas !

– Allez, vas-y ! Montre-moi à quel point tu es irréfléchi.

Les nerfs à vif, la respiration courte, je le fixe et vois passer dans ses yeux un sous-entendu. Je percute. Je suis en train de tout foutre en l'air à cause de ma satanée impulsivité.

– Calme-toi, murmure-t-il en baissant sa garde.

– Bon, ce n'est pas que votre démonstration de mâles dominants m'ennuie, mais je vais rentrer. Meredith m'attend, déclare Lucas en fixant Matt avec un large sourire narquois avant de se tourner vers moi. S'il s'avère que ta rupture est authentique, tu as une chambre de libre à la maison. Et s'il s'avère le contraire, je te conseille de garder un œil sur ta belle et – le scoop de la soirée ! – ton futur bâtard, bien évidemment. Sur ce, je vous souhaite une excellente soirée, messieurs.

Il s'éloigne en secouant ses clefs de voiture tout en sifflotant.

– Là, c'est moi qui vais me le faire, susurre Matt, la mâchoire crispée.

Lucas s'écrie aussitôt :

– J'ai entendu.

120

Reed

Après le départ de Lucas, Matt reporte son attention sur moi et me tapote amicalement l'épaule.

– Si tu veux venir dormir à la maison, tu peux. Ma future ex-femme est chez le blaireau qui la tringle, blague-t-il. Elle a pris les gosses, je suis seul, donc si tu veux prendre le canapé, il est libre.

Je ne réponds pas. Je suis bien trop perdu dans les méandres flous de mon esprit. Comment tout a-t-il pu foirer de cette manière ? Comment ai-je pu fermer les yeux sur les agissements de mon frère aussi longtemps ? J'aurais dû intervenir avant. Oui, bien avant. Tout est ma faute. J'ai été aveuglé par mon amour pour Cara. Mon aveuglement a coûté la vie à ses parents. Moi qui croyais la préserver de la perversité de San Do ou de Kuan Ti, les êtres de la pire espèce que je connaissais, je l'ai menée droit dans la gueule du loup.

– Ho ? insiste-t-il en me secouant.

– Je dois me cantonner au plan. Je vais à la ferme mettre un point final à cette histoire.

J'arrive enfin à commander mes yeux, jusque-là vissés sur un point dans le vague, à les river au regard inquiet de Matt, avant d'ajouter :

– Tu peux aller voir Cara ? Voir comment elle va ?

– Oui. Évidemment ! Avec plaisir, j'y vais de ce pas.

– Merci.

Porté par le peu d'énergie qu'il me reste, je me dirige vers ma voiture.

– Tu comptes faire quoi, exactement, maintenant ? s'écrie-t-il.

– Rentrer dans son jeu et l'anéantir.

– Tu en auras la force ?

– Pour Cara et… mon… enfant, j'aurai la force nécessaire.

Je monte dans ma Mustang et file à vive allure vers mon ancienne demeure. Cette bâtisse que je hais plus que tout au monde. Je me gare devant la grange et, avant de gagner la maison, je prends le temps de pénétrer dans le vieil entrepôt de bois. Je n'y ai pas remis un pied depuis toutes ces années. L'odeur de terre humide mêlée au fer rouillé des outils suspendus et de l'huile qui s'échappe de la vieille carcasse du tracteur envahit mes narines.

Je m'assieds à même le sol et m'adosse au mur de planches. Je fais face à la trappe. Cette foutue trappe qui m'a hanté durant des nuits. Je m'y suis vu enfermé, enterré vivant, séquestré, alors que résonnaient des rires effroyables. Ces cauchemars ont duré des années et ne se sont estompés que lorsque je me suis peu à peu déshumanisé…

***

Cornfield, août 2004

Les larmes coulent d'elles-mêmes sur mes joues. J'enveloppe le corps sans vie de Robert dans le plaid du canapé. Je dois m'en débarrasser, trouver un moyen de le faire disparaître. Une fois la première tâche accomplie et avant de réfléchir à la seconde, je retourne voir Lucas. Ce dernier s'étant assommé contre une marche de l'escalier par ma faute, je le porte à bout de bras jusqu'au divan et l'y allonge délicatement. D'une légère claque sur la joue, j'essaie de le réveiller.

– Lucas… Lucas… S'il te plaît, réveille-toi.

Je n'obtiens hélas aucune réaction. Comme je le secoue plus énergiquement, son bras bascule vers le sol. Je suis le geste du regard et, soudain vidé de toute énergie, je me laisse retomber en arrière pour me retrouver assis sur le plancher froid.

Je me suis mis dans de sales draps, et je dois me débrouiller seul. Je me lève, les jambes en coton, puis vérifie que mon petit frère respire encore.

– Je vais nous sortir de là, Lucas. Je te le jure, je vais nous sortir de là, répété-je sans cesse.

Je retourne dans la cuisine, ne peux ravaler le haut-le-cœur qui me soulève l'estomac devant le carnage régnant dans la pièce et commence à tirer de toutes mes forces le cadavre de mon beau-père, cet homme abject, mon bourreau. Je panique. Une traînée de sang suit son corps : si quelqu'un nous rend visite maintenant, je suis fichu.

Arrivé sur le porche, je prends garde à ce que personne ne soit témoin de ce macabre tableau. Je regarde le chemin et les champs, aucune âme à l'horizon.

Une foule de réflexions s'emparent de mon esprit. Enterrer le corps ? Oui, mais où ? Que vais-je faire de ses affaires ? De ses papiers ? De sa voiture ? Qu'allons-nous dire quant à la disparition du pire pilier de comptoir que Cornfield ait connu ?

Un coup de vent fait claquer la porte de la grange. Les nerfs à vif, je sursaute, puis prends la décision de poursuivre mon chemin vers le vieux bâtiment de stockage. Je passe le porche et les marches. Ma charge est lourde, je suis épuisé. Je tire encore mon fardeau sur cent mètres, puis m'entrave dans une planche posée en plein milieu de la cour et bascule en arrière.

Je peste. À bout de forces, continuant de pleurer, je me relève. Je dois me dépêcher. Si je me fais surprendre, ma vie est foutue. C'est la dernière ligne droite avant d'atteindre la grange. Je me ressaisis et tire encore et encore, si fort que mes doigts crispés me brûlent. Mes bras tendus à l'extrême et mon dos courbé me font souffrir le martyre.

Une fois à l'intérieur, je peux enfin souffler et reprendre un peu mes esprits, même si, mentalement, je ne suis plus que peur et trouble. Je dois trouver un moyen de l'enterrer ici. De mon pied, je trace le sol afin de m'assurer que la terre est assez souple. La bâtisse étant construite directement sur le terrain, je ne devrais pas buter contre une dalle. Je cherche une pelle dans le bric-à-brac environnant. Je trouve le nécessaire près de l'ancien silo. Revenant vers l'emplacement choisi, je trébuche sur une trappe. L'ouverture étant rouillée, je la force avec un pied-de-biche, pris sur l'établi. Enfin ouverte, je l'inspecte. Ce n'est qu'un espace rectangulaire d'une profondeur d'environ un mètre et totalement vide. Je me glisse à l'intérieur et prends la décision de creuser ici.

Au bout d'un temps qui me paraît durer des heures, je finis par jeter le corps dans le trou et le recouvrir de terre, puis ferme la trappe. Je me précipite ensuite dans la maison à la recherche de ses papiers d'identité, vérifie que Lucas respire toujours, et file enterrer ce que j'ai pu trouver au fond du jardin. Comme je l'ai vu faire à la télévision, je nettoie ensuite la scène macabre avec de la javel et monte dans la chambre de Robert préparer deux valises où j'empile ses vêtements.

L'abandon de famille serait la meilleure raison à invoquer pour une si subite disparition. Il ne me reste plus qu'à faire disparaître la voiture. Mais avant, je dois attendre le réveil de Lucas. Je tourne en rond dans le salon, réitère de petites gifles sur ses joues, mais rien n'y fait. J'ai beau me creuser la tête, je ne sais pas comment me dépêtrer de cet enfer. Lucas est inconscient depuis trop longtemps. Il me faut impérativement trouver quelqu'un qui pourra s'occuper de lui sans poser trop de questions.

Tournant la tête vers la fenêtre, mon regard est attiré par le calendrier suspendu au-dessus du buffet et j'y lis le verset biblique de ce dimanche 8 août 2004 :

« Ne te l'ai-je pas prescrit ? Sois fort et courageux.
Ne tremble pas, ne te laisse pas abattre,
car le seigneur, ton Dieu,
sera avec toi partout où tu iras. »

Dimanche ? Seigneur ?... Mes réflexions s'enchaînent. La pension du pasteur et de Rosie Shepherd. Ils ne vont pas tarder à rentrer du temple. J'ai le temps d'aller déposer mon frère devant leur porte pour qu'ils prennent soin de lui, et ensuite...

Ensuite, je dois moi aussi disparaître. Où ? Je ne le sais pas encore, même si, plus tard, le lieu m'apparaît comme une évidence.

Je prends la voiture de Robert, dépose mon frère devant la pension, lui fais un baiser d'adieu sur le front et file vers le nord. Je m'arrête, retire les plaques d'immatriculation que j'enterre par la suite dans un bois et plonge le véhicule dans un lac perdu dans le fin fond d'une contrée rurale à des centaines de miles de Cornfield, en direction de Charlotte.

***

Des bruits de pas me sortent de mes pensées.

– Tu es finalement venu ?

Je soupire en rivant mes yeux sur Lucas.

– Oui. Je n'ai plus nulle part où aller, je te signale, au cas où tu l'aurais déjà oublié.

– Alors, tu l'as vraiment fait ? s'enquiert-il en s'asseyant à mes côtés. Je suis impressionné.

– Ferme-la ! riposté-je.

Il émet un petit rire et, d'une poignée de main, ramasse de la terre et trie les cailloux, puis en jette un sur la trappe.

– Tu sais, lorsque je me suis réveillé ce jour-là, chez les Shepherd, je ne me souvenais vraiment de rien. La seule chose qui m'est revenue a été un vague sentiment d'inquiétude pour toi. J'avais peur qu'il te soit arrivé quelque chose et...

Dépité, je lui coupe la parole.

– Ah, parce que tu es capable d'éprouver des sentiments ? C'est nouveau !

– Effectivement, ce que j'éprouve est un tantinet différent de ce que tu appelles « sentiment ». Pour moi, ce genre d'émotion n'est que faiblesse. Regarde-toi ! Où t'ont mené tes foutus sentiments ? Tu viens de faire souffrir l'amour de ta vie parce que tu as tellement peur de la perdre pour de bon que tu te laisses manipuler. Tes sentiments ont nourri ta propre faiblesse. C'est pathétique !

– Appelle cela comme tu veux, je m'en fiche ! Mais je préfère avoir été aimé et avoir ressenti cet amour, plutôt que d'être aussi seul et désespéré que toi.

Il inspire bruyamment et se redresse en essuyant l'arrière de son jean.

– Un jour, tu me remercieras de t'avoir empêché de gâcher ta vie.

Gâcher ma vie ? Qui de nous deux a gâché ma vie ? Je relève mes yeux sur lui en serrant la mâchoire.

Il poursuit, hilare :

– Non, mais, sérieusement, Reed ? Tu te voyais avec un gosse dans les bras ? Tu te voyais lui changer ses couches ? Tu te voyais supporter ses pleurs toutes les nuits, alors que tu aurais essayé de baiser Cara qui n'aurait même plus voulu de toi tant elle aurait été obsédée par le mouflet ? Elle t'aurait mis de côté, tu n'aurais plus rien représenté pour elle. Elle ne t'aurait même plus regardé.

Je me lève à mon tour et, lui faisant face, j'acquiesce sans gober un traître mot tant l'idée d'avoir un enfant avec Cara me réjouit. C'est d'ailleurs dans cette image que je puise la force nécessaire pour poursuivre cette supercherie.

– Tu as raison. Cette vie n'était pas pour moi.

Je vois passer une brève étincelle de fierté dans son regard.

– Bien ! Rentrons maintenant, tu veux ?

Il appose une main sur mon épaule et me fait signe d'avancer.

Hésitant, je lui demande :

– Qu'as-tu de prévu pour la suite ?

Il lève les bras en signe de réjouissance.

– Allons fêter ton célibat retrouvé !

– C'est-à-dire ?

– Je suis navré. J'ai été un peu pris au dépourvu, donc je n'ai pas pu te louer les services de professionnelles, mais nous avons Meredith, lâche-t-il joyeusement. Tu verras, elle est devenue très docile. Je me suis appliqué à la rendre très accommodante.

Je réprime un hoquet de dégoût et me force à sourire. Des choses abjectes dans ma vie, j'en ai fait. Je l'admets. Mais son absence de conscience et de moralité dépasse toutes ces horreurs. Pour ma part, j'éprouvais au moins une once de regret, alors que Lucas semble dépourvu de tout remords et de toute compassion.

– Et ensuite ?

– Ensuite, nous quitterons Cornfield.

– Pour aller où ? Pourquoi ? demandé-je, interloqué.

À nouveau, il appose sa main sur mon épaule et vient me faire face en plongeant ses yeux dans les miens.

– Je ne sais pas encore, mais il est certain que tu ne peux pas rester trop proche de Cara. Vous finiriez par vous rabibocher, et ça, c'est hors de question !

Il baisse la tête et, avant de reporter son regard empli de perversité et de machiavélisme sur moi, il ajoute :

– Tu m'as choisi, Reed. Moi ! Et tu dois tirer un trait définitif sur elle. Elle te mène à ta perte. Tu as fait le bon choix.

121

Lucas

Le regard de mon frère m'a toujours fasciné. Ses yeux ont toujours reflété cette lueur de tristesse et d'abattement. Le bleu cristallin de ses iris a, même dans ses moments de colère, toujours dispensé une note de douceur qui, encore aujourd'hui, me laisse perplexe. Et, ce soir, je m'extasie de le retrouver enfin aussi dévasté que par le passé. Je veux absolument retrouver le frère qu'il était lorsque nous étions inséparables. Et pour enfin retrouver ma maîtrise sur lui, je n'ai pas d'autre choix que de l'affaiblir mentalement. Le voir, ici, de retour dans notre maison, prêt à redevenir le magnifique agneau que j'ai jadis connu, me rend presque heureux. Le terme est peut-être un peu excessif, mais je frémis à l'idée de ce que nous allons accomplir ensemble. Je reste tout de même sur mes gardes. Ce n'est plus l'ado du temps de mon père, et son vécu le rend certainement plus fin qu'il n'y paraît.

– Où est Meredith ? s'enquiert Reed en posant ses clefs de voiture sur la table de la cuisine.

– À l'étage, dans sa chambre, tu sais, celle dont tu as tout récemment défoncé la porte ?

Il ne prête pas attention à ma réponse, avance lentement jusqu'au téléphone fixe et attrape du bout des doigts les fils arrachés qui pendent le long du réfrigérateur pour les inspecter. Ensuite, et tranquillement, il se dirige vers le plan de travail, soulève les couteaux plantés dans leur support, puis les laisse glisser dans leur fente.

– Tu la séquestres ? demande-t-il en continuant de jouer avec un couteau.

– Lorsque je sors, oui.

Cela ne me dérange pas de répondre sincèrement à ses questions. Je veux qu'il apprenne à découvrir réellement qui je suis devenu, mais il ne soupçonne même pas le niveau de perfection que j'ai atteint. Car, s'il nourrit le secret espoir d'emmagasiner un maximum d'éléments sur moi, il s'enroule lui-même la corde autour du cou.

Je me penche sur la table et saisis ses clefs de voiture.

Du coin de l'œil, il observe mon geste. Néanmoins, il ne bronche pas.

– J'aurais également besoin que tu me remettes ton téléphone portable, dis-je calmement.

Je remarque sa mâchoire rouler sous sa peau. Son agacement est perceptible, pourtant il reste serein et ce comportement me prouve qu'il y a anguille sous roche.

Fouillant dans la poche de son jean, il s'appuie contre l'évier, puis il jette son téléphone portable sur la table, devant moi.

– Évite de te branler devant les photos de Cara nue, tu seras gentil, crache-t-il, sarcastique.

– N'aie crainte là-dessus, je...

– Ah oui ! C'est vrai, me coupe-t-il. J'oubliais. Tu es plutôt du style à te branler en pensant à moi, c'est ça ?

Je soupire, affligé par sa conclusion grossière.

– Tu cherches à faire quoi, là ?

Cherche-t-il à me déstabiliser ?

Il croise ses bras contre sa poitrine.

– Boh, rien de spécial, juste à comprendre. (Il hausse les épaules.) Non, parce que tu vois, ces derniers temps, j'en apprends des vertes et des pas mûres sur ma famille. J'avais une mère complètement tarée, un père ivrogne et pas foutu de voir ce qui se tramait sous son nez. Un beau-père pédophile qui, soit dit en passant, est ton père, et dont j'espère de tout cœur que la nature t'ait épargné le gène, sinon je te couperai moi-même les couilles. Ensuite, mon demi-frère – toi, en l'occurrence – est doté non seulement d'une tendance incestueuse, mais d'une orientation bisexuelle, assortie d'un penchant pervers puisqu'il se plaît à séquestrer une pauvre fille et à la violer, et, qui plus est, jubile en manipulant les gens, déblatère-t-il avant de venir me faire face en plantant des yeux hargneux dans les miens.

– Alors, tu vois, j'aimerais juste comprendre comment, et surtout pourquoi, malgré ma putain de vie de merde, je suis le seul dans cette famille à être un brin normal et sensé ?

Je souris et préfère éviter ce terrain glissant. Je change de conversation et, arborant mon sourire bienveillant, je lui propose poliment :

– Puis-je te proposer une bière ?

Atterré, il lève ses mains au ciel et vient ensuite les claquer sur ses cuisses avant de me répondre, au bord de la crise de nerfs :

– Oui ! Pourquoi pas ! Youpi ! Fêtons ça ! Et après, allons baiser ensemble, toute la nuit ! (Il se tourne et se dirige vers le salon.) Tu peux te la foutre où je pense ta bière, Lucas ! Je suis ici, tu as les clefs de ma voiture et mon téléphone, contente-toi de ça.

– Pourquoi es-tu venu ici si ce n'est pas pour moi ? m'emporté-je à mon tour en le suivant.

Il fait rapidement volte-face et agrippe le col de mon tee-shirt pour brusquement me faire reculer. Je percute le mur derrière moi.

Survolant mon visage, il siffle :

– Pour m'assurer que, toi aussi, tu ne puisses plus jamais approcher Cara.

– Alors, nous avons un sérieux problème, lancé-je pour reprendre l'avantage.

Il me lâche, fronce les sourcils et recule.

– Lequel ?

Je remets correctement mon tee-shirt et l'avertis.

– Si tu ne te plies pas à mes volontés, il se pourrait que la belle et teigneuse Jenyfer, ainsi que Cara et ton pote Matt ravalent prématurément leur certificat de naissance.

– Tu m'as donné ta parole, dit-il, horrifié. Je quittais Cara ; tu la laissais tranquille. De quel droit la menaces-tu encore ?

Je ris.

– Tu sais, le souci avec moi, c'est que je n'ai aucune parole. Je suis un électron libre. Je fais ce que je veux, et cela depuis que tu m'as abandonné ici.

Dépité, il secoue la tête.

– Tu vas me rabâcher encore longtemps cette histoire ?

Il semble ne pas me prendre au sérieux, et cela a le don de m'exaspérer autant que sa dernière réplique.

Je sors son portable de ma poche et compose un numéro sous son regard dérouté.

– Allô ? me répond-elle.

– Bébé, c'est Lucas. Tu pourrais venir me rejoindre à la ferme maintenant ? J'aimerais te voir.

– Lucas ? C'est quoi ce numéro ? s'enquiert Melinda.

– Laisse tomber et viens me retrouver, s'il te plaît.

– D'accord. Je suis là dans dix minutes.

– Parfait.

Je raccroche.

– « Bébé » ? Tu es sérieux, là ? se moque-t-il. C'était qui ?

– Melinda.

Il pivote sur lui-même en levant les yeux au ciel, consterné.

– Super! ironise-t-il. Je passe la soirée la plus folle de toute ma vie! Je supporte déjà monsieur Taré numéro un, voilà que Tarée numéro deux se pointe!

Je ne relève pas sa réplique acerbe et lui intime l'ordre de s'asseoir en lui montrant le divan. Il finit par s'exécuter, non sans me lancer un regard enragé et me vomir quelques remarques et insultes. Je pars dans la cuisine nous chercher deux bières et lui en tends une qu'il finit par accepter. Je m'assieds sur le fauteuil en face de lui et l'observe un instant en silence.

Le sentant tendu et remarquant sa position crispée, je lui suggère:

– Assieds-toi confortablement. Tu es ici chez toi.

Il me fusille à nouveau du regard, boit une gorgée de sa bière et finit par s'adosser au canapé. Étant donné qu'il n'est pas disposé à parler, je lance un sujet de discussion.

– Où êtes-vous allés avec Cara après le combat? Vous êtes restés à New York?

– Si tu souhaites que je l'oublie, évite de me parler d'elle!

Je souffle et raille.

– D'accord, je note: sujet sensible.

À part le tic-tac de l'horloge derrière moi, le silence s'installe à nouveau autour de nous. Je me plais à le contempler, ses mimiques nerveuses me fascinent: sa façon de remuer son pied qu'il a posé sur sa cuisse et la manière dont sa bouche engloutit le goulot de sa bouteille. Sa respiration est agitée, les mouvements de son torse passablement saccadés et ses yeux injectés de sang. Je donnerais cher pour entrer dans sa tête et approcher ce qu'est le sentiment de tristesse, d'abattement ou d'impuissance. Je ne sais pas trop ce qui se passe en lui en ce moment, et c'est pour cette raison que j'aimerais vraiment pouvoir l'autopsier.

Perdu dans le fil de mes pensées, je sursaute légèrement lorsque la sonnette retentit.

– Notre invitée est arrivée, commenté-je tout en bondissant sur mes pieds pour aller ouvrir.

– Génial! me répond-il sans réel enthousiasme.

Dans le hall, je salue Melinda d'un baiser sur la joue et l'invite à rejoindre le salon.

Perplexe, elle me demande:

– Qu'est-ce qu'il se passe? C'est la première fois que tu me demandes de venir, ici, chez toi.

– Mon frère est là.

– Ouais, j'ai vu sa voiture dehors. Et?

– Et, dis-je en vibrant de tout mon être, bientôt, tout sera fini.

– Alors, ça y est, enfin! s'enthousiasme-t-elle.

Elle se jette dans mes bras; je la repousse.

– Doucement! Va rejoindre mon frère, tu veux?

La perplexité se lit sur son visage, puis, habituée à se taire, elle obéit sagement. J'en profite pour aller dans la cuisine, puis, me calant discrètement au chambranle de la deuxième ouverture qui donne directement sur le séjour, je tends l'oreille.

– Reed, le salue-t-elle.

Il ne répond pas. Au bout de quelques secondes, il remarque:

– Tu es une sacrée garce, quand même!

– Il t'a tout raconté?

– Il me reste des zones d'ombre, mais je ne suis pas certain de vouloir tout connaître de vos plans. (Il laisse un temps.) Je suppose que notre première rencontre, si je peux me permettre de la qualifier ainsi, faisait, elle aussi, partie de vos petites magouilles?

– Effectivement, avoue-t-elle.

– Et je peux savoir pourquoi?

– Je ne sais pas. Lucas m'a demandé de t'aborder et de coucher avec toi. J'ai pas posé de questions et j'ai obéi.

– Il te demanderait de te jeter par-dessus un pont, tu le ferais?

Elle ne riposte pas. Il continue:

– Comment étiez-vous au courant du jour exact de mon retour?

Melinda se met à rire.

– Si je te dis: Lola. Ce prénom te dit quelque chose?

– Pas plus que ça, non.

– Alors, Mandy, peut-être?

Il semble réfléchir un instant, puis déclare:

– Ta copine sur Facebook qui a contacté Heather au sujet de sa photo?

– Bravo! ricane-t-elle encore. Et maintenant, souviens-toi de Lola. Une jeune femme assez rigolote que tu as dû croiser à maintes reprises avant ton départ pour Cornfield. Et, si ce qu'elle m'a rapporté est vrai, vous avez d'ailleurs couché ensemble juste avant ton retour ici. Cette Lola n'est autre que Mandy.

Je n'entends ni ne vois la réaction de Reed de mon poste d'observation, mais le blanc et la tension palpable qui surgit de la pièce me laissent penser qu'il percute. Il est temps pour moi d'agir. Je fais le tour de la table de la cuisine, attrape un torchon suspendu à l'anse de la gazinière et m'en sers pour envelopper le manche d'un couteau, puis je les rejoins.

Lorsque je pénètre dans la pièce, Melinda se retourne, tout sourire. Je lui rends son sourire et m'avance vers elle. Une fois à sa hauteur, je la contrains à se mettre dos à moi et, d'un coup vif, rapide et précis, je lui tranche la gorge.

Telle une poupée désarticulée, son corps inerte s'affaisse sur le sol.

Les yeux révulsés par l'horreur, Reed bondit de son assise et hurle en s'écorchant la voix :

– Nom de Dieu, Lucas ! Qu'est-ce que tu fous ?

Je laisse tomber le couteau et le torchon par terre, puis je recule. Il se rue sur elle, s'empare du torchon, vient s'agenouiller devant elle et se penche afin de compresser la plaie béante qui la vide peu à peu de son sang.

– Pourquoi ? hurle-t-il à nouveau, en rivant un regard tout à la fois haineux, confus et catastrophé sur moi.

Malgré sa réaction, je prends quelques secondes pour me délecter et me féliciter de la beauté et de la perfection du tableau. Melinda agonise à mes pieds. Ses paupières clignent encore et son regard, fixé sur mon frère, supplie et s'accroche encore un instant à la vie, puis se voile et s'éteint. Je n'avais jusque-là jamais pu prendre une vie de mes propres mains, et ce flot de sensations qui explose en moi, tel un éclatant feu d'artifice euphorisant, m'emplit d'une force si fantasmagorique que j'éclate nerveusement de rire.

Putain ! Le pied !

Une fois Melinda morte, Reed abandonne la lutte. Il se laisse aller en arrière et s'assied, anéanti, sur le plancher, les mains pleines de sang et les joues dévastées par les larmes.

– Pourquoi as-tu fait ça ? lâche-t-il, totalement abattu, en fixant le corps sans vie de Melinda.

Je m'accroupis et lui énonce les faits.

– Écoute, Reed ! Il y a tes empreintes partout. Elle t'a accusé de viol, et son frère s'en souvient très bien. On m'a rapporté une petite altercation entre vous, au Joey. Je me suis servi de ton portable pour la faire venir ici. Tu viens de rompre avec Cara devant toute la ville. Tu avais bu. Tu étais instable. Un bon nombre de personnes t'a déjà vu te montrer violent envers moi. Ai-je besoin de continuer? Alors, maintenant, tu vas m'écouter attentivement. Ce qui vient de se passer n'est que le début d'une longue série de meurtres si tu ne fais pas exactement ce que je te demande.

Je cherche son regard avant de poursuivre :

– Suis-je assez clair? Puis-je compter sur ton entière coopération?

Lentement, il lève les yeux sur moi. Sa mâchoire se crispe et, inspirant longuement, il obtempère.

– Oui.

122

Reed

Mon frère est un psychopathe, un pervers, un fou, un assassin.

Je n'ai jamais eu de chance dans la vie. Cette dernière observation n'est pas un scoop. Cependant, je me jette moi-même dans la gueule du loup avec une naïveté qui devient pesante.

Qu'ai-je fait pour mériter une telle fatalité? N'ai-je pas enduré assez de drames pour mériter la paix? Et qu'ai-je fait pour entraîner la mort dans mon sillage? Tant de personnes innocentes tombent autour de moi! Est-ce réellement moi, la cause de ce désastre? Suis-je à ce point maudit?

À cet instant, je regarde à grand-peine ce monstre qui me fait face et ne suis animé que d'une seule pulsion: prendre le couteau et le lui planter en plein cœur. Toutefois, une sonnette d'alarme retentit dans mon esprit et me souffle que tuer mon frère n'est désormais pas ou plus envisageable puisqu'un petit être fait de ma chair et de mon sang est en train de prendre racine dans le ventre de la plus belle et merveilleuse femme du monde. Ayant grandi sans père, je ferai tout ce qui est en mon pouvoir pour qu'il ne vive pas cette absence.

Le but qui a toujours régenté ma vie – vivre et fonder une famille avec Cara – est à ma portée. Mais, pour cela, je dois rayer Lucas de nos vies et le faire le plus intelligemment possible. Je patienterai le temps qu'il faudra et endurerai tout pour y parvenir.

Choqué, ma tête bourdonne, et, peu à peu, je reprends pied dans l'atroce réalité que représente le corps ensanglanté de Melinda étendu à mes pieds.

– Bon, s'exclame Lucas en se redressant. Il faut se débarrasser du cadavre, maintenant.

Sur ces paroles, il se baisse sur Melinda pour lui fouiller les poches.

– Tu es conscient qu'elle va être recherchée? dis-je, sans pour autant bouger de ma place.

Mes jambes et mes bras refusent de m'obéir. Je suis comme figé. Mes muscles ne répondent plus. Ce sentiment, je ne le connais que trop bien pour l'avoir déjà vécu des années auparavant, dans la chambre verte du hangar de San Do.

Il attrape le sac à main et le passe en revue.

– Ne t'en fais pas. On va faire le nécessaire pour qu'on ne retrouve jamais le corps. Sans corps, pas de crime. (Il sort quelque chose du sac et s'enthousiasme.) Voilà le portable et les clefs de sa voiture ! Parfait.

Il les pose sur le buffet derrière lui et reporte son regard sur moi.

– Tu vas rester assis là toute la nuit ou tu comptes m'aider ?

Non sans peine, je finis par me lever.

– Va chercher un drap dans le placard sous l'escalier, me lance-t-il. Et enroule-la dedans.

Je riposte.

– Démerde-toi tout seul, je touche plus à rien.

Je perçois son agacement lorsqu'il plante un regard sombre dans le mien. Il se tourne et ouvre un tiroir, enfouit sa main dedans, fait volte-face et pointe l'ancien revolver de Robert sur moi, puis hurle :

– Va chercher ce putain de drap !

– Wow, wow, wow, calme-toi ! dis-je en reculant et levant les mains devant moi. J'y vais.

– Bien.

J'obéis.

Le drap en main, je retourne au salon et exécute les ordres. Il me fait nettoyer la mare de sang pendant qu'il part cacher la voiture de Melinda dans la grange. Lorsqu'il revient, une pelle à la main, je lui demande :

– Tu comptes en faire quoi de sa voiture ?

– Bonne question, sourit-il niaisement. Je suppose que tu as une solution, non ? Tu en as fait quoi de la voiture de Robert ?

Je soupire, complètement dépité parce que non seulement il se fout éperdument de son acte abject, mais parce que, dans sa folie meurtrière, il semble n'avoir rien prévu pour masquer cette boucherie.

Je lui explique :

– Dans un lac. J'ai noyé la voiture dans un lac.

– Bon, ben, après avoir enseveli le corps de cette idiote, nous irons à Covington, au bord du lac.

– Et ensuite, on rentre comment ?

– Oh, c'est simple ! Tu prends sa voiture et moi, je te suis avec mon pick-up.

– Et si je croise les flics ?

Il vient me tapoter l'épaule.

– Prions pour que cela n'arrive pas, frangin. (Il se penche, soulève le corps de Melinda et la cale sur son épaule tel un vulgaire sac de pommes de terre.) Allez, on va faire un petit tour dans les bois. N'oublie pas la pelle !

Je le préviens :

– Tout ça va très mal finir, Lucas !

– Mais non ! Ne sois pas si pessimiste ! À nous deux, on devrait s'en sortir. Je suis le cerveau. Toi, les muscles, répond-il en me détaillant de la tête aux pieds.

Nous empruntons le chemin qui mène au bois derrière la maison, traversons le ruisseau et atteignons le cabanon. Il m'indique de creuser non loin de la carcasse du vieux tracteur, et je ne peux m'empêcher de lui faire remarquer :

– Ton plan est un peu limite. L'enterrer sur un terrain qui nous appartient encore, c'est dangereux, non ? Si jamais ils approfondissent leurs recherches, on tombe tous les deux ?

– Dit celui qui a enterré mon père dans notre grange, se moque-t-il.

– Je n'avais pas le choix !

– Peu importe, dit-il en posant le corps de Melinda au sol. Ce lieu me plaît. C'est à cet endroit même que je l'ai baisée pour la première fois. C'est symbolique. Tu vois ce que je veux dire ?

Je réplique, effaré :

– Non, pas tellement, à vrai dire.

– Ce n'est pas grave ! Je ne te demande pas de réfléchir, mais de creuser. Alors, creuse !

Une fois cette insupportable corvée achevée, nous prenons comme prévu la direction du lac de Covington pour jeter la voiture du haut d'une butte. Évidemment, je dois m'y coller. J'ouvre donc la vitre et, d'un morceau de ruban adhésif, je bloque la fermeture de la portière. Puis, sans m'attacher, je m'élance à cinquante miles à l'heure. Le choc est assez violent, mais je m'en sors sans mal. Je me faufile ensuite par l'ouverture de la vitre et nage jusqu'au rivage.

– Je dois me changer, dis-je en pénétrant dans la maison, trempé jusqu'aux os.

– Tu as encore des affaires dans ta chambre, me semble-t-il.

– Ma chambre ? lancé-je, perplexe. Celle où tu séquestres Meredith ?

Épuisé, il souffle.

– Oui. Celle-là. Viens.

Il me fait signe de le suivre. Nous montons à l'étage et, devant la porte qu'il a réparée et même renforcée, il sort son trousseau de clefs de sa poche pour l'ouvrir. J'appréhende de voir dans quel état se trouve Meredith. Je ne l'ai pas revue depuis l'anniversaire de Lucas, et j'ai été bien trop préoccupé pour m'en inquiéter.

Une fois la porte ouverte, Lucas passe sa main sur la cloison pour allumer la lumière. Meredith est dans le lit, sous les draps, et se réveille en sursaut.

Sa mine est effroyable. Elle n'est plus que l'ombre d'elle-même. Pour se protéger de la lumière qui lui brûle les yeux, elle porte sa main devant son visage et se recroqueville contre la tête de lit. Elle m'observe comme si c'était la première fois qu'elle me voyait, et plus j'avance dans la pièce, plus elle se replie sur elle-même, terrorisée.

– Mon Dieu, qu'as-tu fait d'elle ? m'épouvanté-je en me tournant vers Lucas.

– On en parle demain. Bonne nuit.

Il soupire, recule et sort dans le couloir, puis referme derrière lui.

Je tonne.

– Non, Lucas !

Je me rue sur la poignée, mais il est trop tard. Il la verrouille. Je frappe contre le portant de mon poing et du pied, mais en vain. Je me tourne vers Meredith qui, pétrifiée, ne bouge plus. Je m'appuie contre la porte et me laisse glisser jusqu'au sol, accablé, anéanti.

Un silence pesant s'installe jusqu'à ce que, d'une petite voix faible et écorchée, elle articule :

– Reed, que fais-tu là ?

Ce que je fais là, enfermé avec elle dans cette maison de malheur ? À vrai dire, même moi, je n'en ai plus aucune idée, alors je pars dans un rire nerveux, sans répondre.

Ne cherchant pas à en savoir davantage, elle allume la lampe de chevet et remonte lentement le drap sur elle.

– Tu peux éteindre la lumière, s'il te plaît ?

Je tends le bras jusqu'à l'interrupteur et m'exécute.

– Quelle heure est-il ? poursuit-elle.

Je regarde ma montre.

– Quatre heures du mat'.

– Qu'est-ce qu'il se passe, Reed ? Cara va bien ?

Levant les yeux au plafond, je bascule ma tête en arrière et la heurte contre la porte.

– Je l'espère, murmuré-je en expirant longuement.

Puis, je reporte à nouveau mon regard sur elle et m'inquiète.

– Et toi, ça va?

Elle se contente de secouer négativement la tête.

– Qu'est-ce qu'il te fait?

– Des choses horribles, répond-elle tout en avalant péniblement sa salive.

Je trouve enfin la force de me lever et me dirige vers la commode pour ôter mes vêtements mouillés. Je me déshabille entièrement et enfile un sous-vêtement sec. Je suis atterré de remarquer la fenêtre barrée de planches. Cet enfoiré a pensé à tout. Sa perversion me dépasse à un point tel que je ne sais plus que faire, ni penser.

– Reed?

Je la scrute par-dessus mon épaule.

– Hum?

– Tes… tes marques dans le dos, qui… qui te les a faites?

– Le monstre qui a engendré l'autre monstre qui fut autrefois mon frère, dis-je, sarcastique. Pourquoi?

Je pivote pour lui faire face et m'appuie contre la commode lorsque, lentement, elle se retourne pour me dévoiler son dos. Je réprime un hoquet de stupeur en voyant de longues et fraîches plaies strier sa peau.

– Bon sang! Je suis désolé, dis-je, choqué et sincèrement navré qu'elle ait eu à subir elle aussi ces sévices.

– Ce n'est pas ta faute.

Je m'avance vers le lit et, m'asseyant dessus, je souffle, autant pour elle que pour moi:

– J'ai fermé les yeux et nié l'évidence. J'ai agi égoïstement, sans me préoccuper des conséquences, parce que je voulais Cara. Le reste, je m'en foutais royalement. Je suis revenu ici pour Cara, j'ai couché avec toi pour Cara, je t'ai laissée pour Cara. Je suis désolé, je n'aurais pas dû te mêler à ça. Alors, si tu en es là, c'est ma faute.

– Ne sois jamais désolé d'avoir tout tenté pour vivre avec la personne que tu aimes, Reed.

Je m'allonge à ses côtés et éteins la lampe.

– Non. Laisse allumé, s'il te plaît, réclame-t-elle.

Je rallume et me positionne sur mon flanc gauche pour l'observer. Elle se couche à son tour et me fait elle aussi face. J'aimerais essayer de la convaincre de parler. Mais je connais aussi l'état dans lequel elle doit être : effrayée et dans le désarroi le plus total. Perdue entre la peur de commettre une erreur fatale et l'espérance que quelqu'un la sauve sans qu'elle n'ait à puiser dans le peu de force mentale qu'il lui reste.

J'ouvre la bouche, prêt à parler. Elle me devance.

– Reed, Cara te rend meilleur. Accroche-toi à ça. Tu es quelqu'un de bien.

Je lui caresse les cheveux, puis la joue.

– Ne t'en fais pas pour moi. Accroche-toi, toi aussi. On va trouver un moyen de se sortir de là, d'accord ?

Elle hoche imperceptiblement la tête et ses yeux se remplissent de larmes. Je l'attire contre moi et la serre dans mes bras.

Posant un baiser sur son front, je lui chuchote :

– Ne te retiens pas. Pleure, Meredith. Ça te fera du bien. Je suis là, maintenant. Je vais t'aider.

Elle fond en larmes.

– Comment ?

Je remonte son visage vers le mien.

– Il va falloir que tu expliques tout à quelqu'un, à commencer par moi.

À nouveau apeurée, elle secoue la tête.

– Non ! Je ne peux pas. Dès qu'il le saura, il s'en prendra à mes parents, à Matt… Je ne veux pas.

Elle s'affole et s'agite. Je lui coupe la parole.

– Tu n'es plus toute seule. Nous allons agir ensemble, OK ? Tu es sa faille, tu comprends ?

– Je ne veux plus qu'il me touche, pleure-t-elle encore.

– Je sais.

Je l'attire plus fermement contre moi et lui caresse le bras en posant mon menton sur le haut de son crâne. Je crispe les paupières en ravalant ma peine lorsque l'image de Cara me percute de plein fouet.

123

Lucas

Une autre et belle journée se lève sur Cornfield. La fenêtre ouverte de ma chambre laisse entrer librement les chants des oiseaux. Allongé dans mon lit, je profite de cette magnifique et paisible symphonie, puis m'étire avant de river mes yeux au plafond. Le bien-être qui m'envahit est vivifiant. Je me sens libéré d'un poids. Depuis mon réveil, le sourire ne me quitte plus. Nous sommes dimanche et, d'habitude, je vais au temple me délecter du sermon du pasteur Shepherd. J'en profite pour m'intégrer à cette communauté de curaillons à l'esprit anesthésié par des siècles de propagande. Cependant, aujourd'hui est un jour exceptionnel. Mon frère est là, et il est prêt à se plier au moindre de mes désirs. Je ferai l'impasse sur le sermon. D'autant que Meredith n'est pas encore suffisamment présentable pour retourner dans la civilisation.

Nous allons partir d'ici quelques jours, mais avant, j'ai plusieurs corvées de considération à effectuer. Demain soir, je dois me rendre à la réunion d'information organisée par Johnson au gymnase. Un consortium s'est formé afin d'implanter des forages et d'exploiter des gisements de gaz de schiste sur la commune de Cornfield, et il en est tout simplement hors de question. Personne ne touchera à nos terres. Jeudi, je dois assister au bilan mensuel du comité des fêtes. Nous partirons donc vendredi.

Je me lève, enfile des vêtements, puis me dirige vers leur chambre d'un pas léger. Je me réjouis déjà de les voir. Contre la porte, je tends l'oreille et n'entends aucun bruit. Sont-ils encore en train de dormir? Ont-ils pu dormir? Je flaire le complot. Ils ont eu le temps de parler, de planifier, de se soutenir, mais je m'en régale d'avance. Leur lutte donnera du piment à la suite. De plus, ce retournement de situation va les souder et les amener à se considérer différemment et, en conséquence, je serai l'unique et privilégié spectateur de ce délectable revirement. Je m'en frotte déjà les mains.

La porte déverrouillée, je l'ouvre doucement. Mon intrusion provoque leur réveil. J'allume la lumière et tape des mains.

– Allez, debout! Aujourd'hui est un grand jour, nous…

– Ferme-la, Lucas! grogne Reed.

Il s'assied au bord du lit et se passe une main sur le visage.

– D'humeur massacrante dès le matin. La journée promet d'être intéressante.

Se tournant vers moi, il me fusille du regard, mais se passe de commentaire.

– Meredith, descends préparer le petit déjeuner.

Reed se lève et vient se poster devant moi.

– Va te le faire tout seul ton petit déjeuner, siffle-t-il.

– Ne me suis-je pas montré suffisamment convaincant cette nuit? répliqué-je en l'affrontant, yeux dans les yeux. Elle doit, tout comme toi, se plier à mes volontés.

– Tu m'as. Laisse-la tranquille.

Sur ces paroles, il télescope son épaule contre la mienne et quitte la chambre.

Je m'écrie.

– Où vas-tu?

– Là où tu ne peux aller à ma place.

Je soupire et me tourne vers Meredith qui n'a pas bougé d'un pouce et qui me regarde de son air de chien battu.

Je peste:

– Qu'est-ce que tu attends, bouge-toi! Allez!

Craintive, elle se lève et se précipite au rez-de-chaussée pour exécuter sa tâche.

Quelque chose dans le comportement de mon frère me dérange. Il a rompu avec l'amour de sa vie hier et il ne semble pas si affecté que cela. Je trouve cette réaction un tantinet suspecte. Donc, avant de lui accorder mon entière confiance, je vais le tester. Si cela s'avère un coup monté, je veux vérifier jusqu'où il est prêt à aller, et je vais commencer pas plus tard que tout de suite.

La matinée se passe dans un calme serein. Après un petit déjeuner des plus silencieux, je m'occupe de finir de réparer la clôture et, lorsque je regagne la maison, Reed est en train de végéter sur le canapé devant la télévision. Quant à Meredith, elle finit les tâches ménagères que je lui ai attribuées plus tôt. Dans un coin du salon, elle repasse le linge sans mot dire.

Je me saisis d'une bouteille de bourbon, de deux verres dans le buffet et viens m'asseoir sur mon fauteuil. Je remplis les deux verres sous l'œil perplexe de mon frère et pose sa boisson sur la table basse, puis la pousse vers lui.

– Tiens. Bois!

Il jette un coup d'œil à l'horloge derrière moi.

– Il est quinze heures, Lucas.

– Et?

– Et je ne bois pas à cette heure-ci.

Je trempe les lèvres dans mon verre et m'adosse confortablement à mon assise.

– Je suis impressionné, commenté-je simplement.

Il m'interroge du regard sans pour autant toucher à son bourbon.

Je m'explique:

– Je suis impressionné par l'emprise qu'a eue Cara sur toi. Ceci dit, ce Reed-là, je ne l'aime pas. Il est trop sage. Alors, je ne te le répéterai pas trois fois: bois!

– Tu veux me saouler? C'est ton petit fantasme de la journée? ironise-t-il en s'asseyant correctement.

– Pour être honnête, je te teste.

Hésitant, il pose les yeux sur le verre, puis finit par obéir. Le portant à sa bouche, il plante un regard sombre dans le mien. Basculant la tête en arrière, il le boit d'une traite et, grimaçant à cause de la brûlure de l'alcool, il le repose sur la table.

– Bien! (Je me penche pour lui en resservir un.) Un autre.

– Donne-moi la bouteille, ce sera plus rapide, me défie-t-il.

Je la lui tends.

Une fois en main, il en boit deux longues et successives gorgées sans ciller.

– Meredith, viens ici, lui intimé-je l'ordre.

– Je n'ai pas fi…

J'aboie, agacé :

– Viens ici, tout de suite!

Traînant des pieds, elle arrive à ma hauteur. Je lui enserre le bras et la contrains à aller vers mon frère.

– Maintenant, baisez tous les deux.

À l'unisson, ils s'étouffent…

– Quoi?…

– Oh, allez! Faites pas cette tête! Ce n'est pas comme si c'était la première fois! m'exclamé-je en les regardant tour à tour.

Ils se lancent un regard lourd de sens que je peine à décrypter.

Je m'en soucie.

– Y aurait-il un problème?

– Effectivement, il y en a un: toi et ta perversité, grogne-t-il.

Je ne relève pas son affront et indique du pouce l'horloge en raillant :

– Tic, tac, l'heure tourne.

Non sans peine, Reed se lève et se dirige vers la cuisine.

– Il en est hors de question !

Il résiste, et cette rébellion me tape sur le système. Je vais encore devoir me montrer persuasif. Je quitte le fauteuil, agrippe vigoureusement Meredith qui se débat, et nous le rejoignons. Avec force, je la bouscule afin qu'elle percute la table et, hargneux, je siffle :

– Baise-la. Immédiatement !

– Va te faire foutre ! riposte-t-il.

Furieux, je me saisis du couteau qui a servi à tuer Melinda et le glisse sous la gorge de Meredith, apeurée et figée sous mes doigts.

– Tu veux que je recommence ?

Dorénavant sur ses gardes, le regard incertain, il me défie une nouvelle fois.

– Tu ne le feras pas.

– C'est mal me connaître.

Il fait un pas vers nous.

– Si tu la tues, tu es foutu.

Je pars dans un éclat de rire et me moque de lui.

– Bon sang, Reed, arrête de réfléchir, tu deviens ridicule.

Je contrains Meredith à agripper le manche du couteau. D'un geste vif, je lui fais se trancher les veines au niveau de son poignet gauche, puis la pousse en avant. Elle trébuche et s'étale sur le plancher. Comme hier, j'énonce à Reed les faits, alors qu'il se rue sur elle pour exercer un point de compression sur sa plaie.

– Tentative de suicide : la pauvre Meredith était dépressive ces derniers temps. Elle ne supportait plus le harcèlement moral de Johnson. En tant que fiancé aimant et protecteur, j'ai tenté de l'éloigner, lui ai fait quitter son travail et l'ai protégée, mais en vain. Je serai dévasté et éploré. Je me réjouis déjà d'endosser ce petit rôle qui me va comme un gant.

– Comment peux-tu être aussi… s'horrifie Reed sans finir sa phrase. La vie n'a vraiment aucune importance pour toi ?

Je ne prends pas la peine de répondre à cette question stupide, car, effectivement, je me contrefous de la vie, surtout de celle de Meredith.

Je lui réplique :

– Allez, va la soigner ! Je ne lui ai rien tranché de vital. Tu trouveras le nécessaire dans la boîte à pharmacie de la salle de bains.

– Comprime-toi le poignet, dit-il à Meredith.

Terrifiée et le visage dévasté par les larmes, elle s'exécute en tremblant comme une feuille.

– C'est bien. Voilà, comme ça, poursuit-il en la soulevant à bras-le-corps.

Lorsqu'il se dirige vers les escaliers, je lui lance, calmement :

– Reed ! La prochaine fois, tu m'écouteras. Je te demandais juste de la baiser. Je te demandais juste de prendre ton pied. Est-ce si horrible ? D'autant que cette salope en aurait redemandé. Elles en redemandent toutes avec toi. N'est-ce pas vrai ? N'est-ce pas là ta réputation ?

124

Reed

Lucas devient totalement incontrôlable. Il a toujours une longueur d'avance sur nous, et même si Meredith et moi avons pris la décision de nous unir pour le faire tomber, la route promet d'être encore longue et semée d'embûches. La solution d'aller voir ensemble les flics est présente dans nos esprits. Elle est même bien ancrée en nous. Nous nous y accrochons fermement. Je suis persuadé qu'avec nos deux dépositions, ils nous écouteront et nous obtiendrons gain de cause. Cependant, le temps d'ouvrir le dossier et de mener une enquête approfondie causera fatalement la mort de certaines personnes. En l'occurrence, Cara et sûrement Matt. Lucas a été clair sur ses intentions. Pris pour pris, il ne reculera devant rien, et je ne peux me permettre de prendre un tel risque. Nous marchons sur des œufs. Chacune de nos actions sera décisive quant à la suite des événements.

C'est mon deuxième jour sans Cara. Je pense à elle à longueur de journée. Inutile de préciser combien elle me manque et combien je serais prêt à payer pour la serrer dans mes bras, lui dire que je l'aime et l'émotion que je ressens à l'idée de devenir père. Je garde espoir qu'un jour tout redevienne normal et qu'on puisse enfin toucher au bonheur.

La journée d'hier a été bouleversée par l'entaille que Lucas a faite à Meredith. Je l'ai aidée du mieux que j'ai pu. Elle s'en remettra, du moins physiquement, mais son moral chute de jour en jour. Cette nuit, à nouveau enfermés dans notre cage, nous avons beaucoup parlé. Elle a fondu en larmes et je me suis empressé de la consoler. Il a fait d'elle un pantin, une coquille vide, uniquement animée par la peur et l'instinct de survie. Ma présence la ravive un peu. Or, si un jour, nous nous en sortons sains et saufs, elle ne sera plus jamais la jeune femme vive et combative que j'ai connue il y a quelques mois.

La nouvelle lubie de Lucas, aujourd'hui, en ce lundi de juillet, est d'aller fanfaronner au gymnase durant la réunion d'information à laquelle a été conviée toute la population de Cornfield. Je ne sais pas pourquoi il y tient tant, mais comme un gosse afficherait ses peluches favorites, Lucas nous a ordonné d'être présents. Alors, nous nous rendons tous les trois au gymnase pour jouer notre sordide comédie.

– Seigneur ! Cela me fait plaisir de vous voir réunis, mes grands, s'enthousiasme notre ancienne nourrice, Rosie Shepherd, lorsque nous la croisons dans le hall. Comment vas-tu, Reed ? Nous n'avons pas beaucoup eu l'occasion de te voir depuis ton retour.

Je l'embrasse poliment et dirige mon regard vers Lucas.

– Je suis très occupé à surveiller mon teigneux de petit frère. Vous savez, les jeunes, de nos jours, sont plutôt du genre fougueux et incontrôlables.

Elle rit sans comprendre mon allusion, mais peu importe.

– Où est ta fiancée, la petite Avery ? Elle ne vient pas ?

Ses questions me font aussitôt avaler ma salive de travers.

Je tousse.

– Ma fiancée ?

– Oui. Cara. Vous ne vous mariez pas ce samedi ? On a reçu le faire-part à la pension, et Samuel m'a dit qu'il allait célébrer votre union. (Elle réfléchit un instant.) Suis-je déjà en train de perdre la tête ? Je suis persuadée d'avoir lu le 25 juillet.

– Non, c'est bien.

– Tiens ! se réjouit vivement Lucas en me coupant la parole. Quand on parle du loup !

Je n'ai pas besoin de tourner la tête pour savoir qu'elle est derrière et capter son regard fixé sur moi. Je sens sa présence, son aura et même son parfum qui m'emplit narines et poumons.

– Madame Shepherd, Lucas, Meredith, retentit sa douce et petite voix.

Ils la saluent à leur tour. Moi, je ne bouge pas, figé au sol. Lucas m'observe attentivement. Il scrute ma réaction et attend sûrement qu'il se passe quelque chose. Peut-être un regard entre nous, un geste ou autre. Accompagnée de Jenyfer, elles finissent par nous contourner, et je peux enfin la voir. Elle est de dos et magnifique dans sa robe bleue à fleurs. Elle se dirige vers les portes à battants. Elles se tiennent et se parlent. Son amie lui frictionne l'épaule, certainement pour la soutenir.

Comment va-t-elle ? Tient-elle le coup ? Je dois tout tenter pour arriver à lui parler. Il faut qu'elle sache ce que je ressens pour le bébé, ce que je ressens tout court.

Lorsqu'elles passent la porte, je croise enfin son regard et, à cet instant, mon cœur éclate de la voir si belle, mais aussi de percevoir ses yeux brillants qui ne regardent que moi avec une telle profondeur. Sachant pertinemment que Lucas me surveille, je détourne difficilement mon attention sur Meredith et je suis le mouvement afin de rejoindre la salle.

Ce que l'on ne peut pas enlever à mon frère, c'est son élocution parfaite et sa prestance en public. Lors de la réunion houleuse entre le consortium et la communauté de Cornfield, il prend la parole à plusieurs reprises et c'est peu dire qu'il sait rassembler les foules ou les diviser à sa convenance.

Je rencontre fréquemment le regard de Matt. Nous n'avons pas besoin de nous parler pour nous comprendre et être d'accord sur un point : viserait-il les élections municipales ?

Après le débat, la salle se vide malgré les buffets jonchés de petits fours et de boissons offerts pour l'événement. Nous allons saluer les parents de Meredith et je suis estomaqué de voir à quel point ils ferment les yeux sur l'état de santé mentale de leur fille.

Comment peuvent-ils être si aveuglés et hypnotisés par les discours aberrants de Lucas ?

Pour eux, il est le gendre idéal, intelligent et protecteur. Ils boivent ses paroles comme du petit-lait et attribuent la fatigue de Meredith à un manque de vitamines !

Putain ! Ils sont sérieux ?

Évidemment, durant toute la conversation, Lucas veille à ce que le pansement au poignet de Meredith ne dépasse pas de sa manche en lui tenant la main. Et ces abrutis ne sont pas foutus de faire les liens entre le fait que nous soyons en été, qu'il fait une chaleur à crever et qu'elle porte un chemisier noir à manches longues. Pourtant, je m'applique à envoyer des signaux en me préoccupant d'elle devant eux : « Tu n'as pas trop chaud ? Tu devrais remonter tes manches ! »

Mais Lucas contre toutes mes tentatives : « Laisse-la, voyons ! Si elle a chaud, elle sait quoi faire. N'est-ce pas, mon sucre d'orge ? »

Ses parents finissent par partir, le sourire aux lèvres, heureux de constater l'étendue de l'amour et du respect que Lucas porte à leur fille.

– Vous m'attendez là, nous lance discrètement Lucas. Je vais parler au maire et à ses adjoints. Reed, tu surveilles Meredith ! Ne la quitte pas des yeux. Cette tarte pourrait commettre une gaffe.

J'acquiesce de mon sourire surfait et, lorsqu'il nous laisse, je cherche désespérément Cara du regard en priant pour qu'elle ne soit pas déjà partie. Soulagé, je la trouve non loin d'une table, à mon opposé, en train d'engloutir une part de brownie.

Cette vision me provoque un léger rire et quantité de pincements dans les tripes.

– Tu veux que j'essaie d'aller lui dire un mot? me propose Meredith.

Perdu dans mes pensées, je lâche, étourdi:

– Hein? Quoi?

– Tu dévores Cara des yeux autant qu'elle prend du plaisir à mordre dans son gâteau. Tu veux que je lui fasse prudemment passer un message?

Je réfléchis un instant et inspecte attentivement les alentours.

– Tu as un stylo et du papier dans ton sac? demandé-je.

– Attends. (Elle le fouille et en sort un crayon, puis une note de course froissée.) Tiens!

Je lui indique, en me penchant sur une chaise:

– Mets-toi devant moi et préviens-moi si Lucas tourne la tête vers nous.

Elle s'exécute et je me dépêche d'écrire un mot.

Besoin de te parler.
Allez dire à Matt que vous partez
et assurez-vous que Lucas vous entende.
Je vous rejoins aux toilettes des filles dans 15 minutes. R.

– Comment comptes-tu le lui donner? s'enquiert Meredith.

Je me redresse et esquisse un large sourire.

– J'ai une faim de loup, pas toi?

– Lucas va comprendre, si nous nous approchons trop d'elle, s'inquiète-t-elle.

– Alors, on va être plus fin que fin. (Je lui tends mon coude pour qu'elle s'en saisisse.) Mademoiselle?

Elle émet un léger rire, et cela fait du bien de la voir sourire un peu.

– Lorsque nous passerons aux côtés de Cara, observe Lucas. S'il nous regarde, dis-le-moi, d'accord?

Elle hoche la tête et nous nous dirigeons tranquillement vers les filles. Cara me remarque rapidement et je vois à sa gorge serrée et à ses yeux rivés sur la main de Meredith posée sur mon bras qu'elle peine à le supporter. Plus je m'avance, plus mon estomac se retourne et plus Cara semble déstabilisée. Nous ne nous quittons pas du regard un seul instant. Tant de choses y passent. Ce fil qui nous tient s'enroule autour de nos corps en manque l'un de l'autre et nous pousse l'un vers l'autre. À sa hauteur, je desserre le papier de mes doigts et m'apprête à le lui glisser dans la main qu'elle laisse retomber le long de son corps pour se préparer à mon contact.

– Vite ! me souffle Meredith en accélérant la cadence. Je crois qu'il nous cherche.

Au moment où je frôle Cara, mon corps s'électrise et je la sens se raidir, puis l'entends lâcher un long soupir. Lui donner le papier se fait non sans peine. J'ai tellement envie de garder ses doigts dans ma main.

Puis, Meredith et moi traçons tout droit afin d'atteindre le bout du buffet. Lucas nous scrute tout en continuant de discuter avec un groupe de personnes auquel Matt s'est joint. Je souhaiterais reporter mon regard sur Cara et guetter sa réaction, mais je me contente de sourire niaisement et innocemment à mon frère pendant que je mâche goulûment une part de tartelette infecte au citron.

Quelques secondes plus tard, je suis apaisé de voir Cara et Jenyfer se joindre à leur petit groupe. Elles appliquent à la lettre mes recommandations. Elles saluent Matt devant Lucas et, sans demander leur reste, elles filent en direction du hall.

– Comment vas-tu t'y prendre, maintenant ? m'interroge Meredith.

– Je…

– Hamilton ! s'écrie quelqu'un dans le brouhaha.

Je pense d'abord que la colère perceptible dans l'intonation de cette voix est dirigée contre mon frère, mais je constate rapidement que les regards se tournent vers moi.

Se faufilant dans la foule et partiellement retenu par un type qui m'est inconnu, Barry Logan se rue sur moi.

– Qu'as-tu fait de ma sœur, espèce d'enfoiré ? beugle-t-il en me bousculant en arrière.

Son intervention engendre un silence suivi de murmures dans l'enceinte.

Reculant d'un pas, je me défends :

– De quoi parles-tu, Logan ?

– Ne fais pas l'innocent, pourriture !

Il m'agrippe par le col de mon tee-shirt.

Aussitôt, je lève les mains.

– Wow, calme-toi ! Je ne vois pas de quoi tu parles.

Les yeux injectés de sang et fixés aux miens, il fulmine :

– Elle a disparu depuis samedi soir !

– Logan ! intervient Lucas. Lâche mon frère !

– Ton frère est un violeur ! Je suis persuadé qu'il sait ce qui est arrivé à ma sœur !

Je rive mes yeux sur Lucas. Que va-t-il dire ? Va-t-il m'enfoncer ou me venir en aide ?

– De quoi parles-tu ? s'enquiert Lucas.

– Elle a disparu !

– Quand ?

– Samedi, après la soirée au Joey.

Je riposte, médusé par sa conclusion :

– Je ne l'ai même pas vue. Je suis resté pas plus longtemps que dix minutes à cette foutue soirée !

Lucas vient apposer une main ferme sur l'épaule de Barry et le force à reculer.

Sur un ton enthousiaste, il explique :

– Bon. Alors, l'affaire est résolue ! Samedi soir, mon frère a rompu ses fiançailles et est venu passer la nuit à la maison ainsi que les jours suivants. (Il se tourne vers Meredith.) N'est-ce pas, chérie ?

– Oui, répond-elle simplement.

Hargneux, Logan passe son regard sur nous. Le type qui l'accompagne le pousse à battre en retraite.

– Allez, viens, Barry ! La police la retrouvera.

Il pointe un doigt accusateur sur moi et crache :

– Un jour, tu paieras pour ce que tu lui as fait.

Sur ces paroles, ils s'en vont.

Une fois les deux hommes partis, Lucas tourne sur lui-même et, s'adressant aux curieux formant un cercle autour de nous, il déclare :

– Le spectacle est fini ! Reprenez vos discussions, mesdames et messieurs. Ceci n'était qu'un regrettable malentendu.

Il me fait à nouveau face et, dans un sourire idiot, il ricane :

– Tu vois que je peux t'être utile, parfois.

Dépité, je secoue la tête et ne réponds pas, puis me dirige vers le hall.

– Où vas-tu ? s'écrie-t-il. Nous ne partons pas encore, Reed !

– Pisser ! (Je me tourne.) Tu veux venir me la tenir ? ajouté-je, sarcastique, en haussant plusieurs fois les sourcils.

Mon sarcasme ne le fait pas rire. Tant pis…

– Dépêche-toi !

Tout en continuant ma route, je lève le bras et balaie l'air de ma main.

– Fous-moi la paix deux secondes.

Dans le hall, je souffle un bon coup et me précipite aux toilettes, la boule au ventre, en espérant que Cara ait suivi mes instructions.

Lorsque j'ouvre la porte et scrute l'intérieur, mon cœur rate un battement. Dos à moi, elle regarde son reflet dans le miroir, et ses yeux viennent croiser les miens. Je pénètre dans la petite pièce et ferme derrière moi.

– Mon cœur ! lâche-t-elle tout en se jetant dans mes bras.

Je la rattrape, la soulève et la fais tourner en accueillant son baiser fougueux.

Bon sang ! La tenir, l'embrasser sont les choses les plus douces au monde.

Je la repose et m'enquiers :

– Où est Jenyfer ?

Cara ouvre la bouche, mais elle est interrompue.

– Dans la cabine de toilette. Je vous laisse un semblant d'intimité, soupire Jenyfer. Mais allez-y mollo, j'entends tout.

Je ricane et, apposant mes mains sur les joues de ma princesse, je demande :

– Tu lui as tout expliqué ?

Encore une fois, Cara n'a pas le temps de me répondre. La porte s'ouvre sur une Jenyfer navrée.

– Oui, je suis au courant de tout. Et je tenais à m'excuser de t'avoir mal jugé, dit-elle avant de regagner sa place.

J'accepte ses excuses d'un hochement de tête.

– Vous pouvez continuer, je me tais, poursuit-elle, à nouveau retranchée dans sa cachette.

Je reporte mon regard sur Cara qui ne cesse de m'observer, les yeux brillants d'amour.

– Alors, tu… Tu es enceinte ? dis-je, la voix enrouée par l'émotion.

– Ah oui ! s'exclame à nouveau Jenyfer. À ce sujet aussi, je suis désolée, mais je ne connaissais pas votre plan.

– Jen ! rouspète Cara.

– Je me tais ! Je ne suis plus là !

Passant ses bras autour de mon cou, Cara m'avoue :

– Oui, je suis enceinte. Enfin, disons que j'aurai la confirmation demain. (Elle me détaille avec davantage d'intensité et d'inquiétude.) Tu le prends comment ?

– Je suis heureux, mon amour. Follement heureux!

Elle peine à le croire.

– C'est vrai? Ce n'est pas trop tôt?

– Je veux cet enfant. Je le veux plus que tout.

Elle m'enlace avec plus de vigueur et pose sa tête contre mon épaule.

Je m'enquiers à mon tour:

– Et toi?

– Je l'aime déjà.

Après avoir profité quelques secondes de son odeur, de son corps, de notre étreinte, je recule et lui relève le visage.

– On n'a pas trop le temps.

– Je sais, dit-elle, en détournant les yeux, attristée.

– Tu as été merveilleuse samedi. Tu mérites l'Oscar de la meilleure actrice, tu sais ça?

Elle esquisse un large sourire.

– Je confirme! surenchérit Jenyfer.

– Cela n'a pas été trop difficile. Je l'ai fait pour nous, mon cœur, m'explique Cara. Par contre, je ne te décernerai pas le prix du premier rôle masculin. Tu aurais dû voir ta tête en embrassant la fille !

– Je suis désolé pour ça, mais…

Elle pose un doigt sur ma bouche pour me faire taire.

– Je sais, ne t'excuse pas. Tu m'avais prévenue que tu allais devoir faire des choses blessantes.

Je soupire.

– Il y a une dernière chose dont je dois te parler et après je file. Il doit déjà être en train de flipper à mort de ne pas me voir revenir.

– Oui, je t'écoute.

– Jeudi soir, demande à Matt de venir à la maison avec la paperasse nécessaire pour nous marier. (Elle a un réflexe de recul et tente de prendre la parole.) Non, princesse, chut, s'il te plaît, écoute-moi! Je sais, tu voulais un beau petit mariage avec robe, amis, famille et tout le bordel qui va avec, mais Lucas a décidé de nous organiser un petit voyage je ne sais où, alors…

Horrifiée, elle me coupe la parole.

– Quoi? Vous partez? Combien de temps? Où?

– Je ne connais pas les détails. C'est pour ça que j'aimerais t'épouser avant.

– Mais… Pourquoi? On le fera à ton retour, quand on sera arrivé à prouver que Lucas viole, bat et séquestre Meredith.

Plantant des yeux dévastés dans les siens, j'appose à nouveau mes mains sur ses joues.

– Mon amour, la vie est courte.

– Reed, gémit-elle. Quand est-ce qu'on va pouvoir vivre comme un couple normal ?

– Bientôt. Je te le promets, soufflé-je avant de l'embrasser une dernière fois et de quitter les lieux.

125

Cara

Trois jours plus tôt…

Je viens de récupérer Jenyfer à l'aéroport. C'est un réel plaisir de pouvoir lui parler, de rire et de partager ce que j'ai sur le cœur. Je dois encore lui expliquer toutes mes récentes mésaventures et mes joies. Mais rien ne presse, nous avons notre soirée entre filles et toute la semaine à venir.

De retour à la maison, Reed est là. Il a passé une partie de la journée à errer je ne sais où. Je m'inquiète pour lui, car son entrevue du matin avec son frère a dû le chambouler comme à chaque fois et les brèves et évasives discussions téléphoniques ont nourri mon inquiétude. Il était là, à se forcer à sourire et à être poli avec Jenyfer qu'il n'apprécie décidément pas.

Ce ressenti, une partie de moi peut le comprendre même si l'autre s'y refuse. Simplement parce que, quelques années auparavant, ils ont partagé une nuit. Une nuit qui m'a été volée. Oui, parce que si Reed Hamilton était revenu dans ma vie plus tôt, j'aurais été instantanément séduite. Non par son côté bad boy qui lui collait indéniablement à la peau à l'époque, mais bien par la tendresse que j'ai toujours pu déceler chez lui, même dans ses pires moments.

Après la découverte d'un prospectus dans le courrier et une conversation animée avec Reed, nous prenons, Jen et moi, la décision de nous rendre au Joey pour une soirée country. Évidemment, Jenyfer, citadine coquette jusqu'au bout des ongles, investit la salle de bains afin de se doucher, de se préparer et de se maquiller. Je lui montre où se trouve le nécessaire de toilette et la laisse vaquer à ses occupations.

Au rez-de-chaussée, je trouve Reed appuyé à l'îlot central de la cuisine, les bras croisés, pensif et soucieux.

– Mon cœur? Que fais-tu?

Il lève des yeux incertains sur moi, puis déloge de sa place pour me tendre la main.

– Je dois te parler, viens.

Intriguée par son comportement étrange, je le suis, une vive angoisse me nouant l'estomac. Que va-t-il m'annoncer qui sème un tel trouble sur son visage? Il m'emmène jusqu'au sofa et me dit de m'asseoir. Il s'installe à mes côtés en serrant mes doigts dans sa main.

– Je suis allé voir Lucas ce matin.

– Oui et vous vous êtes encore battus, vu tes doigts écorchés, le réprimandé-je.

Il soupire et incurve partiellement les lèvres.

– Oui, mais tu vas comprendre pourquoi, si tu me laisses finir, d'accord?

– Motus et bouche cousue, gloussé-je.

– Merci!

Après s'être raclé la gorge, il poursuit:

– Mon frère est fou.

Je ne peux m'empêcher de commenter.

– Ça, on le savait déjà.

– Cara! Je suis sérieux! me gronde-t-il. Il m'a avoué des choses qu'il fait, qu'il a faites et qu'il souhaite faire. Et je dois impérativement l'arrêter. Il doit cesser de faire du mal autour de lui. Quand je dis « fou », le terme est faible. Tu te souviens de Robert? Ben, Lucas est une version de lui plus intelligente, plus vicieuse, plus perverse, et j'en passe. Les sévices qu'il fait endurer à Meredith sont bien réels. Il a un but à atteindre, et ce but, c'est moi.

À ses paroles, mon sang se gèle.

– Mais pourquoi n'allons-nous pas voir le shérif? dis-je, horrifiée.

– Parce que nous n'avons aucun fait susceptible de l'inculper.

– Nous avons Meredith, c'est déjà beaucoup. Il suffit de la faire parler.

Il émet un léger rire.

– Oui, effectivement c'est une possibilité, mais tu la vois beaucoup en ce moment en ville ou autre? Elle est sous son emprise et je suis en mesure de comprendre dans quel état de frayeur elle doit être.

– Tu ne crois pas que le shérif prêterait attention à nos deux dépositions?

– Trois.

– Trois?

– Matt, me précise-t-il. Il est avec nous. Je lui en ai parlé ce midi, au Joey.

– Bah voilà! Matt est le maire. Il peut contraindre le shérif à agir, non?

– Il a déjà essayé, mais cela ne marche pas comme ça, princesse. Il leur faut un mandat de perquisition pour pouvoir pénétrer dans la ferme et y dénicher Meredith. Nos lois protègent les citoyens américains contre les opérations de police arbitraires. Et là encore, il n'est pas certain que Meredith puisse parler et qu'ils trouvent quoi que ce soit.

Il baisse ensuite le regard. Je sens qu'il me cache quelque chose de plus grave encore.

– Mais aller faire nos dépositions ferait peut-être avancer les choses, non?

– Le temps de démarrer l'enquête, Lucas mettra ses menaces à exécution, souffle-t-il.

– Ses menaces? Quelles menaces, Reed?

– De s'en prendre à toi.

– À moi? répété-je, estomaquée. Ce ne sont que des menaces! Il ne me fera rien, n'est-ce pas? Il tente de te faire peur et de prendre le dessus, simplement. Il n'est pas si horrible que ça, si?

Plantant un regard dévasté dans le mien, il lance:

– Il a déjà tué deux personnes.

Je porte une main sur ma bouche, écœurée, et, instinctivement, j'appose l'autre sur mon ventre.

Le choc passé, je demande:

– Mon Dieu? Tu en es certain?

– Je n'ai pas tous les détails, mais oui, il me l'a avoué, dit-il en détournant le regard.

– Vous avez un plan, je suppose? finis-je par me reprendre, rassurée que Matt soit avec nous.

Il hoche la tête.

– Oui.

– Et?

Ses traits sont tirés et ses yeux voilés de tristesse. Leur plan va me déplaire.

Il me lance de but en blanc:

– Nous allons rompre et annuler notre mariage.

Mes poils se hérissent et la bile me remonte dans la gorge.

Je me lève d'un bond.

– Non, non! C'est hors de question…

– Écoute-moi, tu veux? me supplie-t-il aussitôt. Nous n'avons pas le choix. Je vais devoir me plier à ses exigences un temps. Tu connais l'histoire du cheval de Troie? Je vais faire pareil. Il n'y a pas mieux que de s'allier à sa folie pour pouvoir la faire éclater de l'intérieur. Tu comprends ce que je veux dire?

Je proteste, atterrée.

– C'est une mission suicide, Reed! Tu vas te rendre complice de ses actes.

– Je préfère prendre ce risque que de risquer ta vie. Si nous en sommes là, c'est ma faute. Alors, c'est à moi de régler tout ça.

– Arrête de dire que c'est ta faute! Il n'en est rien!

– C'est mon frère, et si ta vie est aujourd'hui menacée, j'en suis responsable.

Je vis un véritable cauchemar. Allons-nous un jour être tranquilles? L'annonce de ma grossesse me trotte dans la tête. Je veux la lui apprendre, mais ses derniers aveux m'en empêchent, car, si je le mets au courant, cette nouvelle le confortera à agir. J'ai encore l'espoir de trouver une autre solution.

– Cara, continue-t-il en me serrant contre lui. Il me voue une incontestable obsession. Je suis le seul à pouvoir l'affaiblir et le pousser à l'erreur qui permettra son arrestation. Tu es un obstacle pour lui. Notre séparation te mettra hors de danger.

Bercée dans ses bras, les larmes me montent. Il a raison, mais ai-je la force de m'y résoudre? L'idée que je m'étais faite de cette semaine pré-mariage n'incluait pas une rupture.

– Comment va-t-on s'y prendre? finis-je par abdiquer après un temps de réflexion pénible.

Après un baiser lourd et passionné, il m'explique que nous allons devoir rompre devant Lucas au cours de la soirée. Qu'il va devoir faire des choses blessantes et qu'il vaut mieux que j'ignore lesquelles afin de garder ma spontanéité. Nous devons simplement nous montrer convaincants dans nos rôles respectifs.

– Une dernière chose, ajoute-t-il lorsque Jenyfer m'appelle de l'étage, ne mets pas ta copine au courant, d'accord? Moins on sera dans le secret, mieux ce sera.

– Elle va t'étriper de me larguer à une semaine du mariage.

Souriant, il me fait un clin d'œil.

– Elle aura enfin une bonne raison de me haïr.

– Elle ne te hait pas, disons que... (Je me tais dans le but de réfléchir au terme adéquat qui ne sort jamais.) Et puis, tu n'y mets pas du tien non plus, riposté-je.

Il rit et m'embrasse à nouveau.

– Tu lui expliqueras en rentrant à la maison.

Savoir que nous allons devoir nous séparer un temps fait que son corps, sa bouche, sa chaleur et son odeur me manquent déjà. J'ai du mal à rejoindre Jenyfer. Chaque pas qui m'éloigne de lui est atroce. Je n'ai qu'une envie: profiter de chaque instant puisque le temps nous est compté.

La comédie ne sera pas si difficile à jouer, vu que je suis déjà dévastée à l'idée de ne plus l'avoir auprès de moi pendant quelques semaines. Je vais devoir puiser dans ce manque pour être crédible, et mon état actuel à fleur de peau fera le reste. Simuler la tristesse sera un jeu d'enfant.

***

Je me réveille lentement, m'étire et soupire. Déjà trois matins sans Reed à mes côtés. Je ne sais pas comment je trouve la force de me lever alors que je n'ai qu'une envie: rester au lit, me recroqueviller sur moi-même et pleurer.

– Debout là-dedans! s'écrie Jenyfer en cognant contre la porte. Tu dois te doucher et petit-déjeuner! Ton rendez-vous chez le gynécologue est dans une heure et demie!

Ah oui! Réflexion faite, la voici ma force: la tornade Jenyfer.

– J'arrive!

Elle ouvre la porte.

– Le beau gosse qui vous sert de maire est dans le salon, m'indique-t-elle en papillonnant des cils.

Étonnée, je me redresse à l'aide de mes coudes et m'interroge quant à sa venue, puis m'enquiers:

– Il t'a donné les raisons de sa présence?

– Aucune idée, il veut te voir. Mais, prends ton temps, je m'en occupe en attendant.

Elle ponctue sa phrase d'un clin d'œil lourd de sous-entendus.

– Jen!

– Quoi? rouspète-t-elle innocemment. Je prépare du café, rien d'autre.

– Dis-lui que j'en ai pour une minute.

– Non! Tu files te doucher et te préparer d'abord! Pendant ce temps, moi, je lui fais la conversation. Tu me connais, je suis une experte à ce jeu-là.

Je ricane en sortant du lit.

– C'est bien ce qui m'inquiète, tu vas le faire fuir.

– Bah! se vexe-t-elle.

– Je plaisante, Jen! Évite juste de lui sortir ton petit numéro de charme. Il est dans une période sentimentale assez compliquée. Il n'a pas besoin d'une couche supplémentaire.

– Promis!

Après m'être douchée et fin prête, je descends au rez-de-chaussée, impatiente de savoir si Matt a des nouvelles de Reed.

– Cara, me salue-t-il en se levant du fauteuil.

Je finis d'attacher ma queue-de-cheval et l'embrasse.

– Que fais-tu là? dis-je, vaguement inquiète.

Il jette un coup d'œil incertain sur Jenyfer.

– Boh, simple visite de courtoisie. Rien de grave.

– Tu peux parler librement, Matt. Elle est au courant de tout, lui annoncé-je en pensant qu'il ne veut pas étaler nos préoccupations devant elle.

– Bon, ben, dans ce cas. Ton fiancé m'a demandé, ou devrais-je plutôt dire, m'a gentiment ordonné de venir te voir au moins une fois par jour afin de m'assurer que tu vas bien. Comme, de son côté, il veille sur Meredith, je peux bien lui rendre ce service.

– Ne vous inquiétez pas, tous les deux, je suis une grande fille, je tiens le coup. S'il faut passer par là pour enfin être tranquille et ben, on fera avec, me résigné-je.

– Oh! prononce-t-il. Et mes félicitations pour le bébé.

– Merci.

Il s'avance dans le hall et, hésitant, il se tourne à nouveau vers moi, sort quelque chose de la poche intérieure de sa veste et me le tend.

– Tiens, le journal de la mère de Reed. Je n'en ai plus besoin.

Je me saisis du petit cahier et l'interroge:

– Tu as pu y trouver des réponses au sujet de ta sœur?

– Oui et non. Disons que je sais maintenant que Mc Garret et Viviana sont à l'origine de sa disparition. J'ai fait des photocopies, on verra ce que ça donne.

– Je suis navrée.

– Peu importe! Allez, je file. Une longue journée m'attend.

Je lui souris poliment et l'accompagne sous le porche où nous évoquons jeudi soir. Il accepte volontiers de venir nous unir à la maison.

C'est donc avec l'esprit plus léger que je me rends au cabinet médical. Nous pénétrons dans le hall où une secrétaire nous accueille avec un chaleureux sourire.

Jenyfer me suit et nous patientons dans une petite salle décorée de lithographies de femmes enceintes. Elles sont magnifiques, mais les voir me rappelle la raison de mon rendez-vous, et je commence à avoir une trouille bleue. Et si le test était vraiment positif? Et si j'étais réellement enceinte? Suis-je prête à élever un enfant?

Je ne peux pas rester en place. Je me lève, me rassois, prends une revue qui ne parle, bien entendu, que de contraception ou de grossesse… La bonne blague! J'essaie de penser à autre chose, mais les minutes passent et mon angoisse augmente.

Une voix appelant mon nom me sort de mes pensées. Je me lève et m'approche du médecin en rougissant. Je prends la main qu'elle me tend. Elle me demande si je veux que mon amie m'accompagne. Je lui indique que je préfère être seule, et nous nous dirigeons vers son cabinet.

– Je vais tout d'abord vous poser quelques questions pour compléter votre dossier, m'explique-t-elle en passant derrière son bureau.

Je réponds tant bien que mal sur mes antécédents personnels et familiaux, lui annonce le type de pilule que je prends et depuis quand. Elle me demande si je suis célibataire, et je suis fière de lui dire que non.

– Vous êtes venue me voir pour un examen systématique ? Le renouvellement de votre contraception ?

– Non…

J'ai un trou, je ne sais pas comment lui expliquer. Mes mains sont moites, je tremble et la nausée menace.

Je me lance.

– Je pense être enceinte. J'ai fait un test et il est positif.

– Vous prenez toujours votre pilule ?

– Oui.

– Vous avez du retard dans vos règles ?

– Non. Enfin, je ne sais pas trop. Je n'ai presque jamais de règles sous cette pilule.

– Ce qui est tout à fait normal puisqu'elle est microdosée, m'explique-t-elle encore. Vous l'avez oubliée ou prise en retard ?

– Peut-être en retard, une ou deux fois en deux mois.

– Vous présentez des douleurs dans le bas du ventre ? Des saignements ?

– Non, rien de tout ça.

– Bien. Je vais vous examiner, maintenant. Vous pouvez passer dans la salle d'à côté, vous dévêtir et vous installer sur la table d'examen.

Ce genre de consultation m'a toujours dérangée, mais je dois prendre sur moi. Après tout, je suis ici pour avoir une réponse claire et nette.

Allongée sur sa foutue table d'examen, les pieds dans les étriers, nue comme un ver en attendant qu'elle arrive, je me sens honteuse, vulnérable, écartelée et offerte à ses yeux.

– Détendez-vous un peu ! Je vais commencer par la question qui nous intéresse.

Détends-toi, détends-toi et respire…

J'ai beau me le répéter, je n'y arrive pas.

Elle me fait une batterie d'examens peu confortables et en tire une première conclusion :

– Votre col est bien fermé et l'utérus me paraît en effet avoir augmenté de volume, entre une mandarine et une orange. Le terme ne me semble pas assez avancé pour que nous puissions détecter les bruits du cœur. Je vais donc procéder à une échographie endovaginale.

Elle allume l'échographe et m'insère une sonde vaginale.

– Cette grossesse est-elle désirée ? s'enquiert-elle.

– Oui, enfin... Elle est inattendue, mais... Oui.

Tournée vers l'écran, elle m'indique en le pointant du doigt :

– Voilà votre utérus, et ici, l'embryon avec le cœur qui bat.

Les yeux exorbités, je cherche ce fameux « embryon », mais impossible de le voir. Le son des battements de cœur envahit la pièce et confirme ses dires. Je suis abasourdie par cette magnifique mélodie.

Elle reprend :

– Il mesure presque dix millimètres, vous devez être à sept semaines d'aménorrhée.

– D'aménorrhée ?

– Pour être plus claire, vous devez être enceinte depuis cinq semaines et tout a l'air de bien se passer.

Je tilte sur la confirmation de ma grossesse. Un petit Reed grandit au fond de moi, et cela depuis cinq semaines ! Donc, en somme, depuis que nous sommes ensemble... Depuis notre escapade au chalet.

Je ne perçois qu'à moitié le reste de l'examen, puis me rhabille comme un automate pour la rejoindre dans son bureau. Elle me remet une photo de l'échographie, en prenant soin d'entourer au stylo ce qu'elle me précise être mon embryon.

Elle me tend des papiers qu'elle a dû rédiger pendant mon absence momentanée de ce monde.

– Voici la prescription d'un bilan, de vitamines et d'un traitement pour soulager vos nausées. N'oubliez pas d'arrêter la prise de votre pilule. On se revoit dans cinq semaines. Sylvia, ma secrétaire, va vous donner votre rendez-vous.

Je ne trouve rien d'autre que « merci » à lui dire et, une fois le prochain rendez-vous en poche, je me retrouve à l'extérieur, suivie par Jenyfer, sans avoir été capable de prononcer un mot.

Cette dernière finit par me sortir de mon mutisme :

– Alors ?

– Je suis enceinte.

– Ce n'est pas franchement une nouvelle.

La main posée sur mon ventre, je lâche :

– Oui, mais là, j'en suis certaine et j'ai la preuve en image. Je l'ai vu et j'ai entendu son cœur battre.

– Génial ! Il en a un ! Au moins, il tient de sa mère.

Je la réprimande :

– Jen !

– Je plaisante, dit-elle en me prenant dans ses bras. Félicitations, ma belle !

126

Reed

Lucas me fait boire et rares sont les moments où je suis sobre. Je me couche chaque soir enfermé avec Meredith, mais nous ne parlons plus. Elle, recluse dans sa torpeur ; moi, paralysé par l'ivresse. Il me pousse à bout et me teste sans cesse.

Les jours passent, mon moral est en chute libre.

Notre plan est-il à la hauteur ?

J'ai souvent envie d'abandonner et de rejoindre Cara pour ensemble fuir mon frère. En dépit de cela, il nous a déjà retrouvés à New York, il aurait vraisemblablement les moyens de nous pister n'importe où.

J'essaie de gagner peu à peu sa confiance, mais il est encore plus buté que moi. J'ai pourtant enfin marqué un point ! Il m'a appris en jubilant que Cara avait annulé notre mariage qui était normalement prévu dans deux jours. Cette nouvelle lui a mis du baume au cœur. Pour ma part, elle le fissure un peu davantage. Même si tout ceci n'est qu'une supercherie, il n'en est pas moins désagréable de penser qu'on aurait pu vivre au grand jour notre instant de bonheur.

Demain, il souhaite que nous partions loin de Cornfield. Je dois impérativement trouver un moyen de m'échapper pour me marier ce soir, secrètement, avec ma princesse.

Lucas m'a aussi mis au courant du début des recherches pour retrouver Melinda. Apparemment, ils n'ont aucune piste importante en dehors, bien sûr, des appels téléphoniques qui m'inculpent directement. Mais, une fois encore, mon frère a tout prévu pour m'éviter les ennuis. Même si je trouve son idée limitée, je n'ai pas d'autre choix que de m'y résoudre : affirmer qu'on m'a volé mon téléphone. Il s'est d'ailleurs chargé de le faire disparaître et de m'en attribuer un autre qu'il me laissera le temps de l'interrogatoire. Parce que, oui ! Après les accusations de Barry Logan devant toute la ville, je suis forcément suspecté, et donc, convoqué au poste du shérif cet après-midi.

Et j'y entrevois une porte de sortie.

– Monsieur Hamilton, asseyez-vous, je vous prie, m'invite le shérif lorsque je pénètre dans son bureau.

Poliment, je lui tends la main.

– Snow!

Il se saisit de ma poigne. Je m'assieds et il commence notre entrevue.

– Je suppose que vous savez pourquoi vous êtes là?

Décontracté, je hausse les épaules.

– Non, aucune idée. Qu'ai-je fait ou que n'ai-je pas fait? Dites-moi tout!

Il se penche et jette un coup d'œil en direction de Lucas qui patiente derrière la vitre, assis sur un banc.

– Votre frère ne vous l'a pas dit?

– Non. Mon frère est un homme très secret et mystérieux.

Souriant de manière dédaigneuse, il se munit d'un dossier et l'ouvre pour en sortir une feuille qu'il glisse devant moi.

– Connaissez-vous ce numéro de téléphone?

M'inclinant sur la table, je scrute le papier, puis, me redressant, je déclare honnêtement:

– Oui, c'est mon ancien numéro de téléphone.

– Ancien? relève-t-il aussitôt.

– Oui.

– Précisez.

– Ce n'est plus mon numéro.

– Puis-je savoir pourquoi?

Avec mon sourire le plus niais, je lui lance:

– Parce qu'on m'a volé mon téléphone samedi soir, au Joey, durant la soirée country.

Sur ces propos, je dirige discrètement et rapidement mon regard vers Lucas.

– Et vous n'avez pas cru nécessaire de signaler le vol ou de venir déposer plainte?

– À quoi bon? Ce téléphone était une vieille relique. La personne qui me l'a pris n'a rien gagné au change. À part peut-être les photos de ma copine nue, précisé-je en réitérant mon furtif coup d'œil vers mon frère.

– Votre copine?

Je me reprends:

– Mon ex-copine.

Soupirant longuement, il reprend la feuille et la range dans le dossier.

– Vous savez, monsieur Hamilton, je suis embêté, car l'individu qui a volé votre portable est la dernière personne à avoir contacté Melinda Logan.

À ces mots, je prends mon air le plus navré.

– Oui, j'ai appris sa disparition. J'espère que vous serez en mesure de la retrouver rapidement.

– Où étiez-vous samedi soir aux alentours de vingt-trois heures?

– Je venais de rompre avec ma copine, donc je suis allé passer la nuit chez mon frère. Vous pouvez lui demander et même lui faire avouer ce que nous avons pu faire.

Pianotant sur le clavier de son ordinateur, il marmonne sans prêter attention à mon sous-entendu :

– C'est ce que je vais faire. (Il reporte son regard sur moi.) Mademoiselle Dayle pourra-t-elle le confirmer?

– Évidemment. Elle était presque là.

– Et où est-elle, d'ailleurs?

– Cloîtrée à la maison.

– D'accord.

Mais quel imbécile!

M'observant avec insistance, il continue :

– Bon, nous en avons terminé. Veuillez demander à votre frère de venir me voir lorsque vous sortirez du bureau.

Furieux qu'il n'ait rien capté, je crache sans bouger de ma place, me retenant pour ne pas élever la voix :

– Vous êtes certain de bien m'avoir écouté?

– C'est-à-dire?

Je râle en secouant la tête, dépité.

– Mais bon sang! Il faut vous mâcher le boulot ou quoi?

– Pourquoi dites-vous cela? demande-t-il en esquissant un sourire suffisant. Vous avez des informations complémentaires. Un aveu, peut-être?

– Écoutez, je sais que nous ne sommes pas les meilleurs amis du monde et, même si les raisons de cette mésentente me dépassent parce que je ne vous ai rien fait, je peux le comprendre vu que je ne vous aime pas non plus. Vous voulez savoir pourquoi? C'est simple! Vous n'êtes pas foutu de voir ce qu'il se passe sous votre nez! Une jeune fille est portée disparue. Le maire vous a fait part de son inquiétude quant à Meredith Dayle et les abus qu'elle aurait subis. Et vous? Qu'est-ce que vous faites? Rien! Absolument rien! Vous me suspectez parce qu'un débile, lobotomisé par ses années de football, m'accuse! Mais bordel! Réveillez-vous! Ouvrez les yeux!

– Reprenez votre calme, monsieur Hamilton, et mesurez vos paroles ! Sans quoi, un petit séjour en cellule vous pend au nez.

J'essaie de garder mon calme et, après avoir émis un léger rire contenu, je déblatère :

– Cette fois, c'est vous qui allez m'écouter. Et tant que je parlerai, vous allez rester le plus impassible possible. Vous m'entendez : im-pas-si-ble ! Ce que je vais vous dire doit rester entre nous. (Il tente de prendre la parole, mais je l'en empêche en levant une main autoritaire.) Mon frère que vous voyez... Ne tournez pas la tête ! vociféré-je avant qu'il ne le fasse. Mon frère est à l'origine de tout ce qu'il se passe à Cornfield. Il est, en ce moment même, tranquillement assis dans votre putain de poste de police à parader, comme à son habitude, pendant qu'une pauvre fille souffre, séquestrée dans une pièce, à attendre avec terreur les prochains sévices qu'il lui infligera et pendant qu'une autre pauvre fille est en train de croupir six pieds sous terre, morte !

– Ce sont de lourdes accusations que vous portez, là.

– Effectivement, ce sont de lourdes accusations. Et je vais tenter de vous en apporter la preuve. Vous voulez des aveux ? Je vais faire mon possible pour vous en fournir, mais il me faut votre parole que tout ce que je viens de vous dire restera entre nous, que vous ne tenterez rien contre moi simplement parce que vous ne pouvez pas me piffer. La vie de plusieurs personnes est en jeu, dont celle de ma fiancée !

– Votre fiancée ? Je croyais que...

– Oui, ma fiancée, dis-je, sans lui expliquer le reste.

– Ayant reçu votre déposition, il est de mon devoir d'agir. N'est-ce pas précisément ce que vous me reprochiez ? De rester les bras croisés ?

J'esquisse un sourire surfait.

– Si vous agissez maintenant, sans preuve et sans aveux, ma fiancée est morte. Je suis donc le seul à pouvoir vous fournir le nécessaire pour boucler votre dossier rapidement, mais, pour cela, il me faut encore un peu de temps.

Il se laisse lourdement retomber sur le dossier de son siège et me détaille un court instant tout en mâchouillant son stylo.

– Et comment comptez-vous vous y prendre ?

– En me montrant plus futé et vicieux que lui, commencé-je par lui expliquer. Je finis par lui raconter en détail mon plan et lui exposer tous les faits.

– C'est plutôt risqué, en conclut-il. Avez-vous le matériel, au moins ?

– Oui, c'est risqué. Mais, pour éviter les dommages collatéraux, nous n'avons pas le choix.

– Vous êtes conscient que je n'ai pas le droit de vous laisser agir seul?

– Je sais, affirmé-je.

– Toutefois, suite à votre déposition, ajoutée à celle de monsieur le maire que j'irai prendre tout à l'heure, nous allons mettre une équipe sur le coup qui sera prête à intervenir dès qu'on aura des aveux.

Je hoche la tête et m'explique:

– Et pour le matériel, je me servirai d'un dictaphone. Ce sera recevable?

Il rit.

– Vous voyez Johnson, ce soir?

– Oui.

– Donc, rangez votre dictaphone. Je lui fournirai des micros, un que vous placerez sur vous et deux que vous planquerez dans la pièce. Ne vous occupez pas de les activer, une équipe s'en chargera à distance.

– D'accord, merci.

– Vous pouvez disposer et dites à votre frère de venir me voir.

Même s'il semble me suivre, je m'inquiète tout de même.

– J'ai votre parole que vous n'agirez pas plus tôt?

– Vous avez ma parole, me lance-t-il. Il me faut juste la confirmation de votre alibi pour samedi soir et du vol de votre téléphone.

Sur ces dires, je me lève et me dirige vers la sortie.

– Monsieur Hamilton? m'interrompt-il. Inutile de vous dire que je joue mon poste en vous aidant de cette manière! Si vous tentez de me mener en bateau, vous serez dans de sales draps, et comme vous l'avez si bien souligné, nous ne sommes pas les meilleurs amis du monde. Et, enfin, pour votre gouverne, je ne vous apprécie guère, car Cornfield a toujours été une petite ville tranquille, mais, depuis votre retour, il se passe des choses plutôt inhabituelles, si vous voyez ce que je veux dire... Et je déteste tout ce qui perturbe ma routine!

Je souris poliment et hoche à nouveau la tête avant de rejoindre Lucas. Ce dernier quitte son siège et vient à ma rencontre, le front barré par la colère.

– Pourquoi cela a pris autant de temps? aboie-t-il.

– Il m'a posé un tas de questions, et maintenant, c'est à ton tour, lui annoncé-je en lui indiquant la porte du pouce.

Lucas prend ma place et, assis sur le banc en face de la vitre, je les observe attentivement. Comme à son habitude, mon frère adopte la politesse, la prestance et l'attitude qui font de lui le psychopathe de génie qu'il est. Cependant, j'espère que le shérif le voit sous un œil nouveau et qu'il ne se laissera pas manipuler, pour une fois.

Après son entrevue qui ne dure que quelques minutes, nous rentrons à la ferme dans un silence pesant. Je dois maintenant le convaincre d'accepter de me laisser aller chez Cara ce soir pendant qu'il sera à la réunion, et ce n'est pas gagné. Alors, je ne vois qu'une seule excuse recevable : aller chercher mes affaires qui se trouvent encore chez elle pour notre départ.

– Non ! refuse-t-il immédiatement. Tu me prends pour un abruti ?

– Je vais chercher mes affaires. J'en ai pour dix minutes tout au plus. Le temps de traverser le champ, remplir mon sac et revenir.

Planté au milieu du salon, Lucas se passe une main sur le visage.

– Je vais aller te les chercher, tes affaires, rétorque-t-il en faisant un pas.

Je me mets en travers de son chemin et l'arrête.

– Non ! Tu ne t'approches pas de la maison de Cara.

Il pointe un doigt contre mon torse.

– Et toi non plus !

Lui envoyant valser sa main, je fulmine :

– Bon sang, Lucas ! Arrête d'être plus con que con ! Jusqu'à présent, je me suis plié à tes petits jeux absurdes, à jouer au petit toutou docile, mais il va falloir me faire un peu confiance, si tu veux qu'on passe les prochaines semaines ensemble.

– Lorsqu'il s'agit de Cara, je n'ai pas confiance.

Je tourne les talons et me dirige vers la porte d'entrée.

– Va immédiatement rejoindre Meredith dans la chambre ! m'ordonne-t-il en beuglant.

– Va te faire foutre, Lucas !

À hauteur des escaliers, il me rattrape et m'agrippe par le bras. Aussitôt, je me retourne et abats mon poing sur son visage. Mon coup le fait reculer d'un pas en arrière et la surprise se lit dans son regard.

Je m'explique une fois encore en articulant démesurément :

– Je vais aller chercher mes affaires et je rentre ! OK ? Alors, va à ta fichue réunion l'esprit tranquille. Sur le chemin du retour, pense à t'arrêter au Giant nous chercher deux prostituées, et on finira cette putain de journée en baisant, d'accord ? Ce n'est pas ce que tu voulais ? Qu'on fasse mumuse ensemble ? En tout cas, moi, j'ai un besoin urgent de me vider les couilles !

Il me scrute, incertain. Lui proposer des prostituées est un choix tactique susceptible de lui indiquer que je suis prêt à tirer un trait définitif sur Cara, alors je tente le tout pour le tout.

– Je prends Meredith avec moi, me signifie-t-il en enserrant la rampe, prêt à monter à l'étage.

Perplexe, je lâche :

– Pourquoi ? Laisse-la tranquille, cette pauvre fille ! Tu ne vas pas la trimbaler à ta réunion, quand même ?

– Je ne l'amène pas à la réunion, mais ailleurs.

J'insiste :

– Mais pourquoi ? Où ?

– Pour éviter que vous me fassiez un coup de pute durant mon absence, crache-t-il en montant les marches.

Atterré, je secoue la tête.

Il ajoute :

– Allez, dégage ! Va chez Cara, mais je t'avertis : si, à mon retour, soit approximativement dans deux heures, tu n'es pas là, tu le regretteras amèrement. Et jusqu'à la fin de ta putain de vie.

La nuit commence à tomber sur la plaine de Cornfield. Impatient de retrouver Cara, je me faufile à vive allure à travers les rangées de maïs qui séparent la ferme de sa maison et, soucieux, je prie pour que mon nouveau plan fonctionne.

Arrivé sur l'allée devant le garage, je m'inquiète de ne pas voir la voiture de Matt. Si cela se trouve, il a dû, lui aussi, se rendre à la réunion du comité des fêtes, ce qui poserait un problème de taille dans le déroulement du plan.

Je monte les marches du porche et m'empresse de gagner le hall. Instantanément, l'agréable odeur de cette demeure fait frémir mes narines. J'y sens Cara. Tout, ici, est un peu d'elle-même, et ces cinq jours sans avoir pu mettre un pied entre ces murs m'ont littéralement étouffé. C'est comme si mes poumons s'ouvraient à nouveau. Cette sensation de soulagement est exquise.

Mon premier réflexe est de la chercher du regard, mais je ne trouve que Jenyfer et Matt assis dans les fauteuils du salon.

– Matt ? dis-je, étonné de le voir. Tu es venu comment ?

Il se lève pour répondre à ma main tendue.

– Cara est venue me chercher. On a préféré être prudents. D'autant plus que je devais me rendre à la réunion. J'ai prétexté la garde imprévue de mes enfants. Alors, laisser ma voiture devant chez moi était plus sage.

– Super ! Bien joué, mec !

Je me penche pour faire la bise à Jenyfer.

– Où est Cara ? lui demandé-je.

– À l'étage, elle se prépare. (Elle passe une main dans mes cheveux et les ébouriffe davantage.) Et toi, tu aurais pu faire un petit effort de tenue !

Je me redresse et raille :

– Je n'en ai pas besoin, je suis naturellement parfait.

Elle lève les yeux au ciel, dépitée. Puis, elle me détaille de haut en bas :

– Pas coiffé, pas rasé, en tee-shirt, en jean, et cerise sur le gâteau, en baskets ! Non, mais sérieux, tu abuses ! Même si ce mariage est tout sauf ordinaire, tu aurais pu au moins te raser !

Spontanément, je passe une main sur ma mâchoire rendue rugueuse par une barbe de quelques jours et lance un regard en direction de Matt qui grimace.

Tant pis ! Il est trop tard.

– Je peux te parler cinq minutes avant que Cara ne descende ? me demande ce dernier.

– Oui. Viens.

Je me dirige vers l'ancien bureau du docteur Avery. Une fois à l'intérieur, je referme derrière moi, puis m'enquiers :

– Qu'est-ce qu'il se passe ? Tu as vu le shérif ?

– Oui. Tu as changé tes plans ? me demande-t-il en fouillant dans une de ses poches. Le shérif est venu prendre ma déposition en fin d'après-midi au sujet de Meredith et m'a donné ça pour toi.

Il me tend un sachet.

M'asseyant partiellement sur le bureau, je l'ouvre et en sors deux petits micros fixables sur une surface lisse et un autre muni d'une pince pour attacher à un vêtement, puis je lui avoue :

– Oui. Je vais agir ce soir.

– Ce soir ?

Je hoche la tête.

– Pourquoi ce soir ?

– Il commence à devenir vraiment instable et ingérable.

– Melinda ? demande-t-il craintivement.

– Oui. Morte. À cause de moi.

L'horreur lui voile tout à coup le regard.

– OK, finit-il par articuler. Je me doutais que sa disparition avait un lien avec Lucas. Et Meredith?

– Elle survit, mais il s'en est pris à elle à plusieurs reprises.

Son front se barrant de colère, il me demande encore:

– Qu'est-ce que ce connard lui a fait?

J'ai à peine le temps d'ouvrir la bouche qu'il lève une main pour me faire taire.

– Non, c'est bon! Ne me dis rien. Sinon, c'est moi qui vais commettre un meurtre.

Se passant une main sur le visage, il poursuit:

– Bon. Concrètement, comment puis-je t'être utile pour ce nouveau plan?

– Assurer la protection de Cara. Lorsque je partirai tout à l'heure, prends les filles avec toi et partez à Atlanta chez mon père.

– D'accord. Et toi? Tu comptes faire quoi?

Je me déloge de ma place et brandis le sachet de micros devant moi.

– Le faire boire et le faire parler pour que le shérif se pointe avec toute la cavalerie et le boucle enfin.

– D'accord, acquiesce-t-il encore. Bon, ben, il va falloir la jouer très futé, Bond!

Surpris, j'écarquille les yeux.

– Bond?

– James? James Bond? Non? Ça ne te dit rien? L'agent 007? Désolé, mon fils est fan, et il se les passe en boucle, en ce moment.

– Oh, bon sang! Arrête de traîner avec moi, vieux. Ton humour devient aussi pourri que le mien, ricané-je en lui tapotant amicalement l'épaule.

Riant, nous quittons la pièce et, au moment où mon regard se pose sur les escaliers, mon cœur menace de bondir hors de ma poitrine. Je cesse instantanément de rire et fixe la déesse qui descend prudemment les marches. Vêtue d'une robe couleur ocre et d'une texture satinée, ma princesse est somptueuse. Effectivement, à côté d'elle, je ressemble à un épouvantail et je regrette de ne pas avoir fait d'effort vestimentaire.

Tel un automate, je m'avance vers elle pour aller l'accueillir au bas des escaliers. Sans lâcher mon regard, elle esquisse un sublime sourire qui, je pense, restera l'un de mes préférés.

– Princesse, prononcé-je en lui tendant une main.

Elle évite mon geste et jette ses bras autour de mon cou.

Avec force et amour, elle m'enlace.

– Mon cœur ! Tu as pu venir.

– Évidemment, je n'allais pas rater mon mariage avec la plus merveilleuse des femmes.

J'embrasse son front et lui murmure ensuite :

– Tu es magnifique.

Elle recule légèrement et me scrute :

– Et toi, tu es… Tu es toi !

– Oui, désolé, je n'ai pas pu…

Elle m'interrompt en apposant sa main sur ma bouche.

– Je comprends, mon cœur, ne t'en fais pas. Tu es, de toute façon, le plus bel homme que porte cette terre. Bien habillé ou non, tu es le plus beau, et tu es à moi.

Matt choisit ce moment pour se racler la gorge.

– Euh… Officiellement, il ne l'est pas encore, raille-t-il.

– Allez, viens. Je n'ai hélas pas beaucoup de temps, dis-je à Cara en lui tendant la main.

Je l'aide à descendre les deux dernières marches, et nous nous dirigeons vers la table de la salle à manger où Matt installe des papiers.

– Je fais l'impasse sur les différents articles de loi du Code civil concernant vos devoirs l'un envers l'autre, je suppose ? demande-t-il lorsqu'on le rejoint.

Ridiculement nerveux, je laisse Cara prendre la parole.

– Oui, tu peux faire l'impasse.

– Parfait, un contrat de mariage a-t-il été établi ?

– Non, répond-elle encore.

– Avant de procéder aux actes administratifs nécessaires pour légaliser votre mariage, nous allons passer aux échanges des consentements et des alliances. Jenyfer, tu as les alliances, s'il te plaît ? ajoute-t-il.

Cette dernière, légèrement en retrait, se joint à nous et dépose une petite boîte en velours devant Cara et moi sur la table, puis l'ouvre pour dévoiler deux anneaux argentés tout simples et similaires.

– Tu as acheté des alliances ? glissé-je à Cara.

– Oui, cet après-midi. J'espère qu'elle te plaît et t'ira.

Je dépose un baiser sur sa joue.

– Elle est parfaite, merci.

Elle se saisit de mon alliance et se tourne vers moi.

Matt l'interrompt dans son élan.

– C'est d'abord à Reed, Miss.

Moi? Et que suis-je censé faire, au juste?

– Oh! prononce-t-elle, distraite, en reposant l'anneau.

Patientant, ils se tournent tous vers moi qui, perdu, les interroge du regard.

– Rhô! Prends l'alliance de Cara, mets-la-lui au doigt en lui disant que tu la veux pour femme, que tu l'aimes, etc., me souffle Jenyfer en râlant. Tu n'as jamais assisté à un mariage ou quoi?

– Si, mais je me suis toujours endormi avant la fin.

– Cela ne m'étonne même pas! réplique-t-elle, acerbe.

– Vous avez l'intention de vous balancer des piques tout le long de la cérémonie ou on peut poursuivre? s'agace Cara.

Je m'empare de la bague et, m'éclaircissant la voix, je commence par la lui passer au bout du doigt en réfléchissant rapidement à ce que je pourrais dire.

– Cara Avery, je… je te prends pour épouse, lâché-je en haussant les sourcils à plusieurs reprises pour accentuer mon sous-entendu graveleux. Et, bon sang! J'aimerais tellement pouvoir, à cet instant, te prendre autrement, mais… mais, je vais attendre encore un peu parce que je sais que, désormais, je vais pouvoir user et abuser de ton corps à ma guise et jusqu'à la fin de ma vie… Bref, maintenant que mon cerveau du bas vient de parler, c'est à mon cœur. Cara Avery, je te veux pour épouse. Tu es mon tout, ma vie, ma raison de me lever le matin, et tu l'es depuis toujours. Sans toi, ma vie est inconcevable. Sans toi, ma vie n'est que noirceur et tristesse. Sans toi, je ne suis rien. L'enfant, notre enfant que tu es en train de créer, est la preuve de notre amour. Alors, il est de notre devoir de lui donner amour, stabilité et sécurité. Par cet acte, nous scellons cette promesse. Donc, en conclusion, je suis désolé si je suis un peu gauche et si je tarde un peu, mais, Cara Avery, veux-tu de moi pour époux? Acceptes-tu de passer toute ta vie avec deux enfants à tes côtés? Moi et notre bébé?

J'achève mon monologue en poussant l'anneau jusqu'au bout.

– Évidemment, je le veux, lance-t-elle en m'embrassant.

Savourant ce baiser, j'entends Matt se racler une nouvelle fois la gorge.

– Cara? hésite-t-il. C'est à toi.

Elle prend mon alliance. Je lève ma main et, à son tour, elle me la passe à l'annulaire. La taille est parfaite. Je souris et, une fois l'anneau à mon doigt, je m'élance, impatient, sur elle, pour l'embrasser.

– Oui, susurré-je en déposant mes lèvres sur les siennes.

Riant, elle me repousse.

– Attends ! J'ai moi aussi quelque chose à dire ! Je sais que tu es impatient de me prendre pour épouse, ricane-t-elle à son tour avec un regard coquin, Mais j'aimerais simplement te dire que, malgré ce que nous traversons en ce moment, je suis la femme la plus heureuse et la plus chanceuse du monde. Oui, parce que tu es un homme merveilleux. Avec toi, je me sens vivre, je me sens vibrer. Avec toi, la vie est intense. Avec toi, l'avenir me semble si beau ! Je ne regretterai jamais de t'avoir ouvert mon cœur. J'ai mis du temps, c'est vrai. Mais, maintenant que tu es à moi, tu le resteras à jamais. Reed Samuel Geoffrey Hamilton, veux-tu être mon époux ?

– Oui, et encore oui, et toujours oui, dis-je en l'enlaçant par la taille pour la soulever dans mes bras.

– Inutile que je prononce le traditionnel « vous pouvez embrasser la mariée », raille Matt lorsque je scelle ma bouche à celle de ma femme.

– Bon, ben… continue-t-il. Par le blabla qui m'est conféré, je vous déclare mari et femme.

– Hum, hum, prononcé-je en savourant les lèvres de ma princesse.

Elles m'ont tellement manqué, et savoir que je vais devoir à nouveau les quitter ce soir me tord l'estomac.

Emporté par le désir que me procurent notre baiser et les caresses que Cara me prodigue avec ses petits doigts enfouis dans mes cheveux, je fais quelques pas en direction du canapé.

Matt prend une nouvelle fois la parole :

– Euh… J'ai bien compris que vous étiez pressés de consommer votre mariage, mais il reste les papiers à signer. Après, Jenyfer et moi, nous vous laissons tranquilles.

– Et par pitié, faites ça dans votre chambre ! grommelle cette dernière.

Cara se met à rire et, quittant ma bouche, elle déclare :

– Allons signer les papiers, mon cœur.

Je la laisse glisser le long de mon corps et nous nous dirigeons à nouveau vers la table pour les signatures. Matt et Jenyfer nous servant de témoins, ils signent après nous. La copine de Cara nous prend en photo pour immortaliser cet instant qui, je pense, restera à jamais gravé dans nos mémoires, même s'il reste peu conventionnel.

– Jenyfer, tu viens ? demande Matt. On va aller noyer notre solitude au champagne dans la cuisine.

Cara ricane :

– Vous nous en laissez un peu, quand même !

– Toi, occupe-toi de ton mari et laisse-nous profiter du seul plaisir que nous ayons ce soir.

Les deux filles éclatent de rire, puis s'étreignent.

– Félicitations, ma belle, poursuit Jenyfer.

– Merci.

Jen se tourne vers moi et, les yeux sévères, me lance :

– Et quant à toi, félicitations aussi. Mais je te préviens, tu as intérêt à être parfait dans ton rôle de mari. Tu arranges les problèmes avec ton taré de frère et, après cette histoire, je ne veux plus voir une seule larme couler sur le magnifique visage de Cara, sauf si celles-ci sont de joie ! Tu m'entends ? Sinon, je te botte les fesses !

– Entendu, dis-je en hochant la tête.

– Bien ! Allez, ouste ! Filez vous peloter à l'étage, rit-elle ensuite. Et en silence, merci !

Sur ces paroles, je me baisse et, dans un élan qui surprend Cara, je l'emporte dans mes bras. Elle pousse un petit cri et glousse en m'entourant le cou de ses bras. Je l'embrasse et entame l'ascension des escaliers.

Devant la porte de notre chambre, je lui demande de l'ouvrir et je l'allonge sur le lit. J'ôte mes chaussures et me place au-dessus d'elle.

– Attends ! dit-elle en me repoussant légèrement. Je veux d'abord te montrer quelque chose.

Intrigué par son enthousiasme et la joie qui se reflète sur son visage, je me décale pour qu'elle puisse atteindre la table de nuit.

Elle ouvre le tiroir et en sort un porte-documents qu'elle ouvre et me tend.

– Je te présente notre bébé, lance-t-elle, émue.

M'adossant contre la tête de lit, je m'empare du dossier et scrute attentivement l'échographie en la tournant dans tous les sens. Elle m'explique qu'il se trouve entre les deux croix et qu'il mesure dix millimètres, puis qu'elle a pu, durant l'examen, entendre son cœur battre.

L'écoutant parler, je percute. C'est donc bel et bien vrai, mon enfant, qui ne ressemble pour l'instant qu'à une minuscule petite boule aplatie, est en train de grandir dans son ventre. Je reste sans voix et fixe l'image alors que je sens l'insistance du regard de Cara sur moi.

– Ça va, mon cœur? s'inquiète-t-elle, sûrement à cause du teint livide qu'a dû adopter mon visage.

J'articule difficilement.

– Oui, je… Oui.

Elle se moque de mon soudain mutisme.

– Tu ne vas pas pleurer, tout de même?

Je cligne des paupières. Il est vrai que mes yeux me piquent et que ma gorge s'est nouée.

– Reed? continue-t-elle en m'ôtant le papier des mains et en venant s'asseoir à califourchon sur moi. Dis-moi ce que tu ressens.

Je lui remonte sa robe jusqu'au-dessus des hanches et appose ma main sur le bas de son ventre.

– Je vais être père.

– Oui, glousse-t-elle encore en m'agrippant le visage. Et qu'est-ce que cela te fait?

– Cela me rend heureux et cela me fait peur.

– Peur?

– Oui. Est-ce que je vais être à la hauteur? Vais-je être capable de lui apporter quelque chose de bon?

– Hé, mon cœur! me coupe-t-elle la parole. Évidemment que tu seras à la hauteur et évidemment que tu lui apporteras énormément de bonnes choses. Tu seras le meilleur père du monde.

Elle ponctue sa phrase par un lourd baiser. Spontanément, je frémis de bonheur.

Inquiet, je lui demande lorsqu'elle quitte ma bouche:

– On peut quand même faire l'amour?

Basculant la tête en arrière, elle éclate de rire.

– Bien sûr!

D'un seul mouvement, elle se passe la robe par-dessus la tête, me dévoilant sa belle poitrine nue, puis revient m'embrasser avant d'ajouter:

– Et je te prie de bien vouloir te dépêcher, sinon je vais devenir folle. Je suis en manque!

Ses paroles me font sourire. Si elle savait à quel point je le suis aussi!

Je porte ma main dans le creux de sa nuque et attire à nouveau son visage vers le mien. Mes lèvres pendues aux siennes, je susurre :

– Madame Hamilton, je vous aime.

L'appeler ainsi me procure un étrange sentiment de fierté et de plénitude, et sa façon d'y répondre me ravit. Elle frémit et ses yeux se ferment, alors que sa bouche s'incurve en un radieux sourire.

– Je t'aime aussi, murmure-t-elle dans une longue expiration.

Toujours assise sur mes cuisses, elle se tord pour atteindre l'ourlet de mon tee-shirt et le soulève. Je finis son geste et ôte mon vêtement, puis reviens caresser sa nuque et son dos. Je la fais s'incliner en arrière et, tour à tour, je suçote ses délicieux tétons dressés.

– Attention, m'avertit-elle. Ils sont un peu douloureux.

Je ne veux pas lui faire mal, alors j'y mets davantage de délicatesse en les excitant du bout de la langue. Elle semble aimer cela, comme j'aime la sentir se tortiller sur moi. Pendant une seconde, je ferme les yeux, puis, emporté par le désir de savourer tout son corps, je remonte ma bouche sur son cou et le lèche jusqu'au lobe de son oreille que je pince avec mes lèvres et ensuite avec les dents. Ce qui lui fait lâcher de petits bruits de gorge cruellement érotiques.

– Enlève ton jean, souffle-t-elle en passant ses mains entre nous pour tirer sur les boutons de ma braguette.

Elle se soulève partiellement, le temps de me laisser ôter mon pantalon et mon boxer. Mon érection aussitôt libérée, je perçois à sa façon de me regarder et de se mordre la lèvre que la vue lui plaît. Elle recule sur mes jambes, puis s'empare de mon pénis et l'engloutit goulûment avec une douceur grisante.

Je pousse un râle de pur plaisir lorsque sa langue s'enroule autour de mon gland et le lèche avec gourmandise. Ma puce a toujours été une experte en fellation. Ceci est un fait avéré, et je ne sais pas si la frustration de ces derniers jours est à l'origine de cela, mais, si elle continue, je vais exploser d'une seconde à l'autre. Je me fais donc violence pour la faire cesser et lui relever le visage.

Je ris en voyant sa petite moue boudeuse.

– Tu es si bon, se plaint-elle.

Souriant malicieusement, j'enfouis ma main sous sa petite culotte de dentelle et vibre de la sentir si mouillée. J'introduis alors un doigt en elle, tandis qu'elle se tend de plaisir, pour ensuite le porter à ma bouche et la goûter.

– Mmm… Pas aussi délicieux que toi!…

Elle rit d'un rire exquis.

Je me redresse et la fais basculer pour l'allonger. Elle rouspète à nouveau. Je sais qu'elle veut encore me sucer, mais je ne la laisse pas faire. Je glisse son sous-vêtement le long de ses jambes, le jette au sol, ramène ma petite ingénue vers moi et viens immédiatement caler ma bouche contre son appétissante et jolie chatte. Je la suçote, la lèche en plantant mes yeux dans les siens, qui, par-dessus sa poitrine, m'observent avidement. Ses yeux sont brûlants et suppliants. Elle remue et geint, quitte mon regard pour se cambrer sous mes coups de langue savamment prodigués sur son clitoris gonflé, et ses lèvres suintent de salive et de désir pour moi.

– Je te veux en moi, gémit-elle en m'agrippant les cheveux.

Je souris contre sa peau, et j'ai si chaud que je suis sur le point de m'enflammer comme une torche humaine. Je lui écarte les jambes, alors qu'elle les resserre autour de ma tête. Je veux d'abord la faire jouir de cette manière, et c'est effectivement ce qu'il se passe lorsque j'accélère mon mouvement de langue. Ma puce se tord de plaisir et jouit contre ma bouche, en soupirant sensuellement mon nom. Il n'en faut pas davantage à ma queue pour devenir aussi dure qu'un roc.

Son visage, jusque-là tendu par la jouissance, s'éclaircit dans un sourire éloquent. Elle est heureuse. Ma femme est aux anges et apaisée. Cependant, je n'ai pas dit mon dernier mot et me prépare déjà au second round. J'escalade son corps de baisers jusqu'à atteindre sa bouche que je prends immédiatement en otage. Je l'assaille et force l'ouverture de ses lèvres. Nos langues se mêlent, se frottent et se dégustent. Le souffle court, je bloque mon pénis entre les replis de son sexe et, d'une légère poussée, je m'enfonce lentement en elle. Si lentement que chaque millimètre parcouru dans la douceur et la moiteur de son intimité se propage en une lente et progressive vague de frissons.

– Reed ! gémit-elle, impatiente. Prends-moi fort, mon cœur…

Je ris et lui souffle d'une voix rauque et profonde :

– Patience… Petite coquine…

Entièrement dans son corps, je ne bouge plus, lui rends son sourire et viens lui mordre sa lèvre inférieure. Puis, je donne à mes hanches un mouvement circulaire tandis qu'elle vient planter ses ongles dans mes biceps. Chaudes et accueillantes, ses jambes s'écartent davantage. Elle me veut et veut sentir ma force. Alors, allongé sur elle et toujours en elle, je redresse le buste et viens agripper fermement de mes deux mains le barreau latéral de la tête de lit. Je me retire partiellement et, m'aidant de la barre, je reviens d'un coup sec.

Elle reçoit ma première charge en poussant un couinement étranglé.

– Comme ça? lui dis-je, taquin.

Hochant la tête, elle déglutit longuement.

Je raille:

– Tu as perdu ta langue?

Elle secoue négativement la tête et je ne lui laisse pas le temps de se préparer à ma deuxième charge, plus rude et plus profonde cette fois-ci.

– Encore? demandé-je.

Haletante et les yeux brillants de désir, elle réitère son hochement de tête.

Une nouvelle fois, je la cloue violemment au matelas et, comme pris à mon propre jeu, cet autre brusque coup de reins me propulse dans un état de transe. Je lâche la tête de lit pour m'accouder, puis je recommence à bouger à l'intérieur d'elle avec davantage de rapidité. Mes va-et-vient sont plus courts, plus mesurés. Nos corps montent en température et sont collants de transpiration. Nous ondulons sur un même rythme, et je sens déjà qu'elle se contracte autour de ma queue, ce qui rend la pénétration de plus en plus difficile, mais tellement plus intense. Alors que je ne suis plus que volcan en fusion et bombe à retardement, elle s'accroche à moi, se tend et jouit, ce qui me provoque un orgasme fulgurant.

Épuisé, je me laisse lourdement retomber sur son corps, puis j'enfouis mon visage dans le creux de son cou en murmurant la première pensée qui me traverse l'esprit:

– Désormais, tu es ma femme.

– Désormais, tu es mon époux, réplique-t-elle.

J'essaie tant bien que mal de me soulever, mais elle me retient contre elle.

– Reed, je ne veux pas que tu partes loin de moi.

Je ne l'ai pas avertie du changement de plan. Je ne lui ai pas dit non plus qu'ensuite je ne serai plus dans l'obligation de quitter Cornfield avec mon frère. Mais il me reste tant à faire encore que je ne veux pas lui donner de faux espoirs. D'autant plus que si mon nouveau plan se déroule comme je le prévois, je vais être contraint de physiquement la tromper. Cette option-là ne m'enchante guère, mais ai-je vraiment le choix?

Il me faut être convaincant. Je ne me donne aucune excuse, mais si je pouvais l'éviter, je m'en abstiendrais volontiers.

– Je n'ai pas non plus envie de partir.

– Alors reste avec moi et, s'il le faut, on s'enfuit tous les deux.

Je ris à cette réflexion qui m'a obsédé à de nombreuses reprises ces derniers jours et, trouvant enfin la force de me redresser, je viens survoler sa bouche.

– Non, princesse. On ne peut pas s'enfuir et laisser Lucas tuer quelqu'un d'autre.

Je l'embrasse et quitte ses bras afin de venir m'asseoir sur le bord du lit.

– Et comment je vais savoir si tu vas bien? s'attriste-t-elle.

– Mon amour, dis-je en attrapant sa main pour la lui caresser de mon pouce. J'ai un GPS spécial Cara intégré en moi, donc, quoi qu'il puisse m'arriver, je te reviendrai toujours. Ne t'inquiète pas, d'accord?

Elle soupire.

– Hum…

Je me plie pour attraper mes vêtements encore étalés au sol et me lève pour les enfiler.

– Mon sac de sport est dans l'armoire? dis-je en me déplaçant vers cette dernière.

– Hum…

Son soudain côté taciturne me chagrine. Je me tourne vers elle et l'observe. Ma puce est triste, et je peux le comprendre. Cela dit, je suis aussi anéanti qu'elle. J'ai pourtant l'espoir de la retrouver plus tard dans la soirée, mais la voir ainsi, si accablée, me tue. Je dois lui cacher mon plan, sinon elle ne me laissera jamais agir sans que je lui explique tout en détail et, là maintenant, je n'ai plus le temps.

Je me saisis du sac et prends quelques affaires, tandis qu'elle se change et se recoiffe, assise sur le lit.

Ôtant mon alliance, je la rejoins.

De ses grands yeux larmoyants, elle ne rate aucun de mes gestes et déplacements.

– Tu me la gardes? demandé-je en lui tendant la bague. Je ne peux pas la porter.

Elle s'en empare et hausse les épaules, faussement indifférente.

Je m'accroupis devant elle et cherche son regard fuyant.

– Hé? Je te promets de revenir rapidement.

– Ne fais pas de promesse que tu ne tiendras pas!

– Tu me connais bien, maintenant. Tu sais que quand j'en fais une, je la tiens, n'est-ce pas? dis-je en lui tournant le visage vers moi.

– Hum…

– Allez, arrête de faire la tête et souris-moi… Tu ne veux pas que je quitte cette maison avec en mémoire ta petite bouille tristounette. Si?

Elle réitère son haussement d'épaules et renifle lorsqu'une larme perle sur sa joue. Je viens la lui retirer du bout des lèvres et me redresse en ajustant la bandoulière de mon sac autour du cou, puis je lui tends la main.

– Je dois filer. Tu m'accompagnes jusqu'à la porte?

Elle ne réagit pas à mon geste et secoue la tête.

– Non. Je ne veux pas te voir quitter cette maison.

– D'accord, je comprends.

Abattu de la voir si mal, je soupire et me penche sur elle pour lui donner un dernier baiser.

Je prends quelques secondes pour l'admirer et, le ventre noué, je me force à tourner les talons, mais avant de refermer la porte derrière moi, je lui lance:

– Hé, Cara?

Elle relève son regard sur moi.

– Hum?

– C'est nous contre le reste du monde, tu te souviens?

Sur cette phrase qui représente tant de choses pour nous, son visage se fend enfin d'un triste sourire, alors que de grosses larmes s'écoulent librement sur ses pommettes.

Elle hoche très légèrement la tête.

Accablé, mais plein d'espoir de la revoir très vite, je me rue au rez-de-chaussée où je trouve dans la cuisine Matt et Jenyfer en train de rire autour d'une coupe de champagne.

– Jenyfer, tu peux aller voir Cara, s'il te plaît? elle ne se sent pas bien.

– Qu'est-ce que tu lui as fait encore? me rétorque-t-elle.

J'insiste.

– Rien. Tu peux y aller?

Elle se déloge de sa chaise et, dans un salut militaire, elle lance:

– S.O.S. cœurs brisés par Reed Hamilton, me voilà!

Perplexe, je la regarde s'en aller, puis m'enquiers:

– Elle est bourrée?

– Je ne sais pas. Mais si elle ne l'est pas, cela ne va pas tarder, ricane Matt.

Puis, il me demande:

– Alors? Ça y est, tu es prêt?

– Ouaip, ça y est! Et d'ailleurs, si jamais cela tourne mal pour moi, est-ce que tu peux me promettre de veiller sur Cara et sur mon gosse?

Étonné ou n'ayant toujours pas mesuré le danger, il écarquille les yeux, puis me donne une accolade virile.

– Ne dis pas ce genre de chose, tout va bien se passer.

Je recule et appuie ma requête.

– Tu peux me promettre ça?

– Évidemment! Tu as ma parole.

– Merci.

Je me dirige vers le hall et poursuis:

– Je n'ai pas mis Cara au courant de ce que j'allais faire, alors, après mon départ, explique-lui pour que vous puissiez déguerpir d'ici au plus vite, d'accord?

– Oui. Je le ferai.

– Merci pour tout.

– Oh, tu sais, si je pouvais faire davantage pour vous aider, toi et Meredith, je le ferais.

– Je sais, mais assure-toi de mettre Cara et Jenyfer à l'abri, et ce sera déjà beaucoup. Je m'occupe du reste.

Je quitte la maison et retourne à la demeure de mon enfance, l'angoisse au ventre, et avec la ferme intention de tirer un trait définitif sur cette histoire. Une fois Lucas bouclé ou interné, je foutrai le feu à cette maudite baraque.

Presque en bordure du champ de maïs, mon attention est attirée par ce que je suppose être des voix. Je m'arrête et tends l'oreille. Puis, guidé par ces sons et emporté par le dépit, je me faufile à travers les hauts épis pour y découvrir trois hommes, dont le shérif, en planque avec leur matériel de surveillance.

Lorsque j'arrive à leur hauteur, l'un d'eux colle sa main sur son revolver.

– C'est bon, Jeff! intervient Snow. C'est le bon frère.

Tout en mesurant ma voix et en gesticulant nerveusement des bras, je m'emporte.

– Non mais vous êtes sérieux? Vous ne pouvez pas être plus discrets? On vous entend à dix bornes! Non mais c'est quoi cette équipe de bras cassés? Vous les avez eus où, vos insignes? À Disney World?!?

– Hamilton, calmez-vous, me siffle le shérif.

– Je me calme si je veux! Vous êtes ridicules!

– Nous venons d'arriver, et je vous signale que votre frère est déjà chez vous, m'indique-t-il d'un ton sévère.

Je me fige.

Et merde !

Je lève mes yeux en direction de la ferme et y perçois effectivement de la lumière. Je ne perds pas plus de temps et me dépêche de regagner la maison sans écouter ce que me lance le shérif.

Putain !

Je gagne le hall et suis instantanément glacé par le silence qui règne entre ces murs. Je trace droit vers le salon et, lorsque j'ouvre la porte, mon estomac se retourne. Recroquevillée sur elle-même, totalement nue, les bras et les jambes attachés, Meredith gît sur le sol. Je laisse tomber mon sac de sport à terre et me précipite vers elle. Je ne prête pas trop d'attention à Lucas qui m'observe tranquillement, assis dans son fauteuil, son revolver en main et posé sur sa cuisse.

Au moment où je me penche sur elle, je suis rassuré de la voir vivante. Je lui caresse les cheveux et croise son regard terrifié et dévasté par les larmes. Je rive ensuite mes yeux sur ceux de son bourreau.

– Qu'est-ce que tu lui as fait ?

Il sourit.

– *« Je n'en ai que pour dix minutes, Lucas, tout au plus »*, singe-t-il mes paroles de début de soirée.

– Ça a mis plus de temps que prévu.

– Tu me prends vraiment pour un con ? dit-il sereinement, avant de regarder sa montre. Qu'avez-vous fait pendant plus d'une heure et demie ?

Je me penche à nouveau sur Meredith et glisse mes bras sous son corps fébrile afin de la soulever et de l'emporter sur le divan.

– Laisse-la où elle est, crache-t-il. Et réponds !

Ne l'écoutant pas, je me redresse avec Meredith dans mes bras.

Il bondit de son assise et pointe son arme sur moi.

– Laisse-la, par terre ! Et réponds à ma question ! Qu'avez-vous fait pendant presque deux heures ?

Je ne sais pas si les micros fonctionnent et s'ils entendent quelque chose, mais mon frère a pris la précaution de fermer tous les rideaux de la maison.

Se doute-t-il de quelque chose ? A-t-il encore une longueur d'avance sur moi ?

– Désolé, ma belle, dis-je en reposant doucement Meredith sur le plancher froid et austère.

Je me lève à nouveau et fais face au canon.

– Baisse ton arme et calme-toi, tu veux? On peut parler sans s'énerver, non?

– Je veux que tu répondes à ma question.

– Nous nous sommes disputés et…

Il part dans un vif éclat de rire, ce qui me fait taire.

Puis, soudain, le visage déformé par la hargne, il vocifère:

– Arrête de me mentir!

– Je ne te mens pas, je…

– Tu te disputes en te mariant, toi? me sort-il en secouant le revolver sous mon nez.

Mon sang ne fait qu'un tour.

Comment sait-il cela?

– De quoi parles-tu? tenté-je en jouant l'ignorance.

Il se recule et se rassoit dans son fauteuil.

– Quand vous faites quelque chose dans mon dos, toi, Johnson, Jenyfer et ta pute de Cara, fermez au moins les rideaux!

– Tu m'as suivi?

– Évidemment! Tu pensais vraiment que j'allais te faire confiance comme ça? Quand il s'agit de Cara, je n'ai aucune confiance. Je t'ai toujours dit qu'elle était ta faiblesse. Donc, j'ai annulé la réunion et je suis venu vous épier. À vrai dire, je n'ai pas été déçu du spectacle. Alors, voilà, frangin! (Il lève les bras.) On fait quoi, maintenant? Tu te résignes enfin à la rayer de ta vie ou je m'en charge moi-même?

Le cœur battant à une cadence infernale, je me retiens pour ne pas me jeter sur lui et l'étriper de mes propres mains.

La mâchoire serrée, je lâche:

– J'ai pris des affaires. Je suis prêt à te suivre et à faire ce que tu voudras. N'est-ce pas notre accord? Oublier Cara? J'en suis pour l'instant incapable. Elle fait partie de moi depuis toujours, et tu le sais, non?

– Je le sais, oui. Vu que tu m'as laissé pour mort devant une putain de porte, il y a douze ans, simplement parce que tu voulais la retrouver.

Je m'indigne, hagard:

– Je ne t'ai pas laissé pour la retrouver.

– Arrête de te voiler la face! Tu as sauté sur l'occasion. Quand elle a déménagé, tu n'étais plus que l'ombre de toi-même. Tu ne faisais que parler d'elle à longueur de journée. Tu pleurais dans ton lit en cajolant une putain de photo d'elle! Tu me prends encore pour un abruti? Tu crois que je ne sais pas que tu as préféré partir la rejoindre, plutôt que de rester avec moi?

– Et alors? Même si c'était le cas, qu'est-ce que ça peut te foutre? Tu t'en es très bien sorti, non?

Il se passe une main sur le visage et soupire.

– On ne va pas revenir sur ce sujet.

– Effectivement, alors pourquoi tu le remets sur le tapis?

Plantant des yeux emplis de rage dans les miens, il peste:

– Parce que tu n'es pas foutu de comprendre ce que je veux.

– Qu'est-ce que tu veux, bordel!?

– Toi...

Horrifié, perdu, et j'en passe, tant tout ça est inconcevable, je lui annonce:

– Mais tu ne pourras jamais m'avoir, je ne suis pas ce que tu attends de moi.

Je me déplace pour m'asseoir sur le divan.

J'ai déjà mentionné l'arme, et les flics ne sont pas intervenus. Les micros que j'ai dans la poche ne doivent pas fonctionner, ou alors ils n'entendent rien. Il faut que je trouve un moyen de pouvoir les sortir de leur sachet.

Un sinistre silence s'installe dans la pièce. Mon cerveau tourne à plein régime. Meredith est toujours étendue sur le sol, immobile, les yeux fermés. Elle a même cessé de renifler. Je dois vraiment trouver une solution pour pouvoir détendre l'atmosphère et le faire quitter sa place afin de mettre librement les micros quelque part, puis le faire avouer ses crimes.

Je suis furieux. Rien ne se passe comme prévu. Lucas a encore et toujours l'avantage.

Dois-je prendre sur moi et lui donner ce qu'il souhaite? C'est-à-dire lui offrir mon corps... Son réel but est-il mon corps? Ou bien mon esprit? Il dit me vouloir, mais comment me veut-il? Si je lui donne ce qu'il veut, en voudra-t-il davantage?

Seigneur! Tout ceci est absurde, insensé, écœurant! Il est mon frère.

– D'accord, abdiqué-je dans un murmure.

– D'accord, quoi?

Je me lève du canapé et retire mon tee-shirt.

– Tu me veux, je suis à toi. Maintenant!

Il pose aussitôt un regard lubrique sur mon torse dénudé et me détaille avec une lueur de plaisir dans les yeux. Cette même étincelle de désir qu'un homme a sur une femme. Mais je suis un homme, et je suis surtout son frère. Ce qui fait de lui quelqu'un d'horrible, de pervers. Quelqu'un souffrant d'une déviance sexuelle. Il est un monstre comme son père l'était.

C'est donc bien cela ! Il me veut de cette manière-là.

Comment pourrais-je lui donner ce qu'il veut ?

– Tu tentes encore de me berner, déclare-t-il. C'est ça ?

Je prends mon air le plus assuré et déboutonne ma braguette.

– Non. Je suis sérieux.

D'un geste exagéré, je fais glisser mon jean sur mes hanches et le laisse finir sa chute sur mes chevilles, puis l'enjambe pour ensuite le pousser sur le côté.

Il connaît peut-être ma faiblesse, mais maintenant, j'ai trouvé la sienne : moi.

Sa réaction ne me trompe pas, il perd ses moyens et frémit de me voir offert à lui. Il en a même perdu la parole et paraît tomber des nues comme Meredith qui me regarde étrangement.

– Alors ? Ça te convient ? insisté-je.

– Que veux-tu en échange ?

– Ce que je te demande depuis le début : laisser Cara tranquille et arrêter de t'en prendre à Meredith.

Son regard reste incertain, alors je m'avance vers lui sans le quitter des yeux. Il déglutit et je vois sa gorge se creuser anormalement. Je le déstabilise.

À sa hauteur, je viens doucement lui prendre la main et la lui pose sur mon torse. Ses pupilles se dilatent.

– Tu…Tu cherches encore à me berner, répète-t-il.

Mais cette fois-ci, il est moins convaincu par ce qu'il avance.

– Non, Lucas ! Je cherche à protéger la femme que j'aime et mon enfant. Donc, si je dois passer par là pour assurer leur sécurité, je le ferai. Alors, vas-y, touche-moi, caresse-moi. Fais ce que tu veux de mon corps.

Je ressens sa surprise et ses derniers doutes, mais j'appuie mes dires en venant me serrer contre lui.

Ce que je fais me dégoûte au plus haut point. Sentir sa main sur moi est un enfer. Je n'ai qu'une envie : partir en courant loin d'ici. Cependant, j'ai pris le dessus sur lui. Il n'est plus que trouble et incertitude, alors qu'il n'a qu'une envie : succomber à mes avances. J'agis exactement comme quand je séduis une femme, je parle d'une voix affirmée et suave, ma gestuelle est sensuelle et mon regard reste profond.

Survolant son visage du mien, je le provoque :

– Allez, vas-y, Lucas, baise-moi, sodomise-moi comme une petite salope, si c'est ce qui te fait bander !

Sur cette réplique, je lui enserre fermement son entrejambe.

Il fait un pas de recul, j'ôte ma main et m'écrie :

– Vas-y, bordel !

Tendant son bras, il exige en bégayant :

– P… Penche-toi sur la table.

La bile me remonte et mon sang se glace. Il est réellement déterminé à me faire subir les mêmes sévices que son père me faisait endurer.

– Je peux te demander une faveur, d'abord ?

– Quoi ?

– Boire. Je veux boire.

Il hoche la tête.

– Oui, vas-y, va te chercher des bières.

– Non, j'aimerais quelque chose de plus fort. On avait une bonne bouteille de Ransom Spirits, non ? Tu sais où elle est ?

Il soupire et se passe une main sur le visage avant de m'indiquer :

– Elle est dans ma chambre. Je vais te la chercher, bouge pas.

– Merci, dis-je en l'observant quitter la pièce.

Une fois certain qu'il est à l'étage, je me précipite vers mon jean et en sors les deux micros. J'en colle un sous la table et le second sous une étagère de la bibliothèque.

– Qu'est-ce que tu fais ? me murmure Meredith.

Je la rejoins au milieu de la pièce et, me penchant sur elle pour lui caresser la joue, je lui explique :

– Les flics sont dehors. Ils attendent des aveux. Je vais devoir le faire parler. (Je me redresse.) Ça va, toi ?

Elle secoue la tête.

Je me dirige vers le divan et me saisis du plaid, puis retourne la couvrir avec.

– C'est bientôt fini, ma belle.

Esquissant un faible sourire, elle repose sa tête contre le sol.

– Reed ?…

– Hum ?

– Il y croit vraiment.

– À quoi ?

– Que tu vas t'offrir à lui, me répond-elle.

Je m'assieds sur une chaise.

– J'espère.

– Tu vas le laisser faire?

– Espérons que je ne sois pas obligé d'aller jusque-là.

– Voilà, c'est celle-là? me demande Lucas en brandissant la bouteille.

J'acquiesce, alors qu'il s'avance vers le buffet pour récupérer deux verres.

– Tu n'as pas pu t'empêcher de te soucier d'elle, poursuit-il en jetant un coup d'œil à Meredith. Ton cœur te perdra.

Tapotant nerveusement mes doigts contre la table, je lâche:

– Que veux-tu, on ne se refait pas.

Il est temps pour moi d'engager la conversation sur le sujet qui m'intéresse et qui pourra nous sortir, Meredith et moi, de cet enfer, alors je poursuis en attrapant le verre qu'il me tend :

– En parlant de cœur. Qu'est-ce qu'elle représentait exactement Melinda pour toi?

Il s'assied à mes côtés, boit une gorgée et grimace.

– Rien.

– Et Meredith? Pourquoi faire croire à vos fiançailles?

– Bois, au lieu de poser des questions, grogne-t-il.

Mon verre en main, je le porte à mes lèvres et le vide d'une traite, puis le glisse vers lui pour qu'il me resserve.

– On peut parler un peu, non?

– Non. Ce que je souhaite, c'est que tu boives et, quand tu seras prêt, je veux que tu te penches sur cette foutue table.

Il me sert. Je me saisis du verre tandis qu'il rapproche de lui son revolver, posé sur la table.

– Pourquoi ne veux-tu pas…

Je suis interrompu par les soudains hurlements de Meredith.

– Au secours! Aidez-moi! Je vous en supplie! crie-t-elle en se brisant la voix.

Aussi surpris que moi, Lucas bondit de sa chaise, s'empare de son arme et se rue sur elle.

Il lui envoie un coup de pied dans l'estomac.

– Ta gueule! vocifère-t-il. Qu'est-ce qu'il te prend?

Elle se tord de douleur. Je saute aussitôt de mon assise et m'interpose.

– Oh! pesté-je en le bousculant en arrière. Ne la frappe pas!

Je suis prêt à lui envoyer une droite, mais à partir de là, tout bascule et se passe très vite.

Un fracas retentit à l'avant de la maison et trois hommes pénètrent dans le salon en pointant leurs armes sur nous.

– Police ! À terre ! hurle l'un d'eux.

D'un réflexe étonnant, Lucas se faufile dans mon dos et, se servant de moi comme d'un bouclier, il me braque son arme sur la tempe. Je ne résiste pas. J'aimerais que tout se déroule sans faire couler de sang. Je me contente de lever les mains et d'analyser la scène.

Il me maintient fermement de son bras autour de ma gorge.

– N'avancez pas ou je le bute ! s'écrie-t-il.

– Hamilton, lâchez votre arme, déclare le shérif.

Lucas nous fait reculer vers la fenêtre en répétant ses menaces. Il panique. Je le sens à sa respiration, à ses tremblements. Il se sait fini, alors j'essaie de le raisonner.

– Arrête tes bêtises et rends-toi.

– Ferme-la, toi, me siffle-t-il à l'oreille.

– Tu ne me tueras pas.

– Ne me tente pas !

– Hamilton, baissez votre arme, répète le shérif.

La tension dans la pièce augmente. Prêts à faire feu, les deux hommes et le shérif observent les moindres gestes, examinent les moindres occasions.

– Cara est morte, me susurre-t-il.

Je n'ai pas le temps de réagir qu'un coup de feu part. Je me fige. Un homme s'effondre devant moi. Mes oreilles bourdonnent. Un son sec de bris de verre éclate et un second tir tonne. Des cris sourds s'élèvent et une vive douleur s'étend dans mon épaule. Hagard et vidé de mes forces, je tombe en arrière.

Le calme revient, mais l'affolement gagne l'atmosphère. Je peine à comprendre ce qu'il vient de se passer. La scène qui se joue sous mes yeux se déroule très lentement, mais je perçois tout. La radio de Snow grésille ; des voix s'en échappent. Mon cœur cogne fort contre ma poitrine et mes tempes. L'un des officiers s'est penché sur son partenaire, à terre. Il répète sans cesse : « Il est mort », puis vient ôter les liens de Meredith. Elle pleure.

Que s'est-il passé ? Où est Lucas ? L'ont-ils abattu ?

J'ai chaud, très chaud. Je ne ressens plus la douleur. Mi-allongé, mi-assis contre le mur, je porte ma main sur mon épaule. Je saigne. Je suis blessé et totalement perdu.

« Cara est morte » résonne dans ma tête.

– Cara, prononcé-je.

Edward Snow s'avance et s'accroupit devant moi.

– Une ambulance arrive.

– Lucas?

– Il s'est défenestré et a fui.

J'essaie de me redresser, mais la douleur revient. Je me tords et râle.

– Cara, murmuré-je, souffrant. Il faut que j'aille voir…

Il m'empêche de bouger.

– Non, vous restez là. Vous êtes blessé.

– Je dois…

– Non! objecte-t-il catégoriquement face à mon obstination. Vous ne devez rien faire du tout. Toutes nos unités sont à sa recherche. Une équipe est devant la maison de votre fiancée.

– Ma femme, rectifié-je. Et elle n'est pas chez elle.

– Elle est où?

– Chez mon père à Atlanta.

Je me sens mal, très mal. Ma tête tourne et le shérif devient trouble. Il se dédouble.

Je…

Je me sens mieux. Je suis léger. Mais où suis-je?

Dans une petite pièce éclairée seulement d'une petite lampe fixée au lit, au-dessus de ma tête. Mon épaule est soignée et bandée, mon bras perfusé.

Dans quel hôpital suis-je? Comment suis-je arrivé ici?

Lucas?… Cara?…

Bon sang, Cara!

Je m'arrache la perfusion, tire sur les électrodes collées sur ma poitrine et essaie vainement de me lever. Mais je suis patraque, vidé de mes forces.

– Monsieur Hamilton! Que faites-vous? s'affole une infirmière en gagnant la chambre.

– Je dois rejoindre ma femme.

– Non! Vous restez ici.

Elle fait le tour du lit et, posant une main sur moi, elle tente de me recoucher. Il est hors de question que je reste ici alors que ma femme est menacée. Je la bouscule violemment. Elle s'entrave dans le fauteuil au coin de la pièce, outrée.

– Désolé, mais je dois retrouver ma femme et…

– Reed? Mon cœur?

Au son de sa voix, je fais volte-face vers la porte.

De la voir, là, si belle, si elle, diffuse dans mon être un vif soulagement. Elle est avec moi. Elle ne risque plus rien. Souriante, elle se jette dans mes bras et, lorsque nos corps se percutent, je lâche un grognement de douleur, mais sentir Cara contre moi apaise toutes les souffrances du monde.

– Tu vas bien? m'inquiété-je.

Après un lourd et ardent baiser, elle me répond, les larmes aux yeux :

– Oui. Moi, je vais bien, mais j'ai eu peur pour toi. Pourquoi ne rien m'avoir dit?

– Je n'avais pas le temps et je voulais profiter de notre petit moment loin de tout ça.

Fébrile, je me rassieds sur le bord du lit et l'entraîne avec moi. Je ne veux plus la quitter. Je ne veux plus qu'elle quitte mes bras, plus jamais.

– Tu es au courant pour Lucas? m'informé-je.

– Oui. Il est en cavale.

– Ils ne l'ont pas retrouvé?

– Non.

Je soupire.

Ce n'est pas fini. Il va falloir être encore très vigilant.

Je m'allonge, entraînant une fois encore Cara contre moi. L'infirmière me rebranche à leurs satanées machines et n'y met aucune douceur, mais je me tais. Je l'ai mérité.

– Ton père, Maggie et Sarah sont là, me murmure Cara. Tu acceptes qu'ils viennent te voir?

– Évidemment.

Cara se tourne vers l'infirmière prête à quitter la chambre et lui demande de les faire entrer. Je m'enquiers :

– Et Matt, il est où?

– Avec Meredith dans la chambre d'à côté.

– Ils l'ont amenée ici aussi?

– Oui, pour des examens.

– Et d'ailleurs, me demandé-je, on est où, là?

– À Cornfield.

J'embrasse son front.

– Dis-moi, mon amour, une fois que tu auras accouché, ça ne te dirait pas de quitter ce trou maudit? Parce qu'en y réfléchissant bien, je n'ai pas envie d'élever ma colonie d'enfants ici.

– Tu as ton bar, mon cœur…

– Tant pis ! J'en trouverai un autre. Pourquoi ne pas aller au Texas ? On pourrait monter un ranch avec possibilité de promenade équine et restauration ?

– Tu t'y connais en chevaux ?

– Non, mais quand il s'agit de monter une belle jument, je suis un expert.

– Reed ! rouspète-t-elle en m'envoyant un coup de coude.

J'éclate d'un rire profond.

127

Lucas

Trois mois plus tard…

Je n'aurais jamais cru devoir fuir et me planquer comme un rat porteur de la peste. Trois mois après les événements qui m'ont éloigné de mon but premier, je me sens plus fort, plus puissant. Tout n'est plus que parties de cartes, et j'ai les pièces maîtresses en main. Paradoxalement, même si je suis en cavale, je ne me cache plus derrière de faux-semblants. Je suis enfin le vrai Lucas Hamilton, fils de Robert Mc Garret. Cet homme à qui je dois tout et qui, à l'heure qu'il est, serait sûrement très fier de moi.

Aujourd'hui dans le Wyoming, je me délecte de pouvoir étrangler de ma ceinture cette petite pute, ce type que je suis en train de baiser et qui se débat alors que je le pénètre violemment, en bordure d'un sous-bois. Il panique, se tord et se tend. Il m'excite à remuer de la sorte, perdu. Je bande plus intensément. Sa vie est entre mes mains et cette toute-puissance m'enivre. Je le dépouille de tout. Il suffoque, tremble et s'ensuivent ses derniers spasmes nerveux. Il est prêt à rendre l'âme tandis que je suis sur le point de jouir tant ce spectacle et les sensations qu'il fait naître en moi me transportent au-delà de l'extase.

Il m'a aguiché pour de l'argent. Ce bar à prostitution était une réelle aubaine pour moi. Je l'ai attiré dans cette forêt et lui ai donné ce qu'il attendait de moi avec, en option, un vol en aller simple pour le paradis ou, à en juger par son style de vie, vers l'enfer.

Le mois dernier, dans l'Utah, j'ai tenté ma première expérience. J'ai agi de la même manière : un troquet, un jeune homme et un bois. Je l'ai baisé, je l'ai tué, ou peut-être même le contraire, je l'ai tué puis je l'ai baisé. Je ne sais plus, mais peu importe. J'ai pris un pied de tous les diables, et là encore, les mots sont faibles.

Je sème des cadavres dans mon sillage, et je m'en régale, car je me joue des autorités et de leurs failles. J'en ai fait mes pantins.

Trois mois, déjà trois victimes à mon actif, et ils ne sont pas foutus de me mettre la main dessus.

Qui ai-je aux trousses ? La police ? Le F.B.I. ? La C.I.A. ? Je n'en ai aucune idée, l'enquête piétine.

Je laisse des indices. Je laisse des messages, et je lis avec délectation les journaux où j'apparais en gros titre, mais « le petit frère de Géorgie », « Le tueur en série qui se souvient » reste introuvable.

« Le tueur en série qui se souvient ». Quel est le petit malin qui a pondu ce titre ?

Tel est devenu mon rituel. Je dépose minutieusement le journal du jour sur le postérieur de ce gamin sans vie et observe le mot que j'ai soigneusement gravé à l'aide de mon couteau sur sa peau :

Remember

Oui, car je veux me souvenir. Je veux aussi que mon frère se souvienne. Je veux qu'il se souvienne de ce qu'il était, de moi, de mon père, de ce qu'était notre vie ensemble, cette vie qu'il a gâchée, alors que nous avions tout pour être heureux. Il l'a peut-être oubliée. Moi, non. Jamais je ne pourrai.

***

Ferme Hamilton, 10 septembre 1997

– Tiens, attrape ça, morveux ! me lance Robert en me tendant le marteau.

Il fait encore beau et chaud. L'été indien s'installe peu à peu dans la région. Les jours rétrécissent et j'adore cette saison, car la nature qui a été flamboyante durant tout l'été retourne progressivement à l'état de pourriture, puis de poussière pour enfin revenir tout aussi resplendissante l'année suivante. Ce cycle me fascine.

– Vas-y ! Tape plus fort sur le poteau.

J'essaie de reproduire ses gestes, mais en vain.

– Non, plus fort que ça, m'indique-t-il encore.

La clôture est entièrement à refaire et, depuis plus d'une heure, nous nous y attelons tous les trois.

– Regarde comment fait ton frère.

Je reporte mes yeux sur Reed qui abat durement son outil sur le piquet en bois.

Du haut de ses onze ans, il n'est pas bien fort. Cependant, il a pris le coup de main, et j'ai beau tenter de refaire le même mouvement, âgé de neuf ans, je suis bien plus chétif que lui. Du coup, le marteau m'emporte sous son poids. Robert se moque de moi en me voyant lutter férocement. Par contre, l'étincelle de fierté dans ses yeux en observant Reed ne m'a pas échappé. Il est toujours son préféré parce que mon frère est beau et habile dans tout ce qu'il fait.

– Allez, morveux! Lâche ça et laisse faire les hommes, finit-il par me dire.

J'ai encore échoué, mais ce n'est pas grave. Un jour, je prendrai le dessus, serai aussi beau et habile que lui, et bien plus intelligent.

Je finis par jouer au ballon en attendant qu'ils terminent.

Le soir venu, Robert nous fait des hamburgers. Ses sandwichs sont les meilleurs au monde. C'est une de ces journées où Robert et Reed peuvent se parler sans en venir à se toucher devant moi pour me montrer à quel point ils s'aiment. Et j'aime aussi cela, les écouter parler ensemble. Car les deux personnes les plus importantes de ma vie rient et communiquent, même si leurs discussions portent sur des sujets de sport dont je me fiche royalement. Taper dans une balle avec un morceau de bois et courir en rond pour gagner des points me paraît tellement futile et ennuyeux.

Mais nous sommes une famille, une vraie famille et, encore une fois, j'aime cette famille, vu que c'est la mienne.

***

Je pourrais écrire le livre du parfait tueur en série en cavale. L'important est de passer inaperçu et de bouger, de ne jamais rester à la même place et, ma foi, cette vie me va très bien, puisque tout n'y est que comédie, subterfuge, stratégie.

Comment je vis ou plutôt de quoi je vis?

De la solidarité des gens ou, dans mon jargon, de la bassesse de l'être humain. Je leur offre la gentillesse qu'ils désirent, ils me servent le reste. Vous avez besoin d'un service ou d'attention? Je suis là, si aimable, si accommodant. C'est ridiculement simple. Je me fais un pognon fou avec la crédulité de ces sous-fifres, de ces merdes asservies par leur compassion.

En Louisiane, dans un patelin paumé entre deux bayous, après avoir réparé la fuite d'un évier et remplacé quelques ampoules pour des personnes âgées, je regagne ma chambre de motel.

Une fois à l'intérieur, je retire mon masque de survie et me regarde dans le reflet du miroir. J'ai changé. Mon visage est toujours le même, quoiqu'un peu plus tiré par la fatigue, mais ma barbe a poussé ainsi que mes cheveux que j'ai teints en une nuance plus sombre. Ils m'arrivent maintenant jusqu'aux épaules.

Je pose mes clefs sous le miroir et me déplace pour allumer le poste de télévision et mettre les informations. Rituel que je n'omets jamais.

« Monsieur Hamilton? S'il vous plaît, répondez à nos questions! Pensez-vous que votre frère est à l'origine de tous ces meurtres? « Remember », ce mot gravé sur ses victimes évoque-t-il quelque chose pour vous? »

Je me laisse lourdement tomber sur le lit en voyant les images.

Mon frère. Devant son bar. Il évite les journalistes qui se précipitent sur lui pour avoir des réponses que lui-même n'a pas. Puisque je suis le seul à les détenir.

Je me rapproche, frangin. Désormais, je suis rodé et prêt pour le grand saut.

Bientôt, tu seras mien.

Pour l'éternité…

128

Reed

Après avoir échappé aux journalistes postés sur le trottoir, je pénètre dans mon bar qui a ouvert ses portes la semaine dernière. Suite à la médiatisation du décès de Melinda et de la fuite de Lucas, les reporters sont devenus une routine à chacun de nos déplacements.

Je suis furieux. Cara est partie sans moi, ce matin, alors que je lui avais demandé de m'attendre.

– Bordel, Car'! Tu m'as foutu une de ces trouilles! Je t'avais dit de rester à la maison le temps que je revienne, pesté-je en venant à sa rencontre. Et bon sang! Réponds quand je t'appelle!

Assise sur un tabouret derrière le comptoir, ma petite entêtée me sourit.

– Calme-toi, Jeff est là.

Je suis du regard son bras qui se tend pour me signaler la présence de Jeff Harmon.

Assis à une table en feuilletant le journal, l'officier chargé de la protection de ma femme me salue d'un geste de main.

– Il fallait bien que quelqu'un ouvre les portes à l'heure, continue-t-elle.

Je rouspète et tremble encore de n'avoir trouvé personne à la maison en revenant d'Atlanta après mon rendez-vous avec un fournisseur.

– Les SMS, tu connais? Puis, j'avais mis un mot sur la porte indiquant que l'ouverture aurait une demi-heure de retard par rapport aux autres jours.

– Je sais, mon cœur, mais…

– … mais, tu en as marre de ne pouvoir être libre de tes faits et gestes, je sais, oui! la coupé-je en venant la prendre dans mes bras. Mais, ma puce, tant que…

– … Tant que Lucas ne sera pas bouclé, on doit faire attention et rester ensemble, je sais, m'interrompt-elle aussi en boudant et en répétant mot pour mot ce que je lui rabâche depuis trois mois.

Elle se passe une main sur son ventre qui s'arrondit de jour en jour.

Je viens le lui embrasser et m'enquiers:

– Bon, comment va mon fils?

– Ton fils semble tranquille, mais ta femme ressemble de plus en plus à une baleine.

Je passe derrière elle afin de déposer des papiers sur le percolateur et viens lui mordre son épaule semi-dénudée par la chute de son pull bien trop large.

– Une magnifique baleine, murmuré-je contre sa peau.

Sans riposter à ma raillerie, elle déclare, résignée :

– En même temps, l'avantage est que je n'ai pas besoin de déguisement pour la soirée d'Halloween. Je suis déjà déguisée en Moby Dick.

En me redressant, j'éclate de rire.

– Et d'ailleurs, poursuit-elle en me pinçant le ventre, les hommes ne sont pas censés faire une grossesse nerveuse et prendre du poids, eux aussi ? Juste histoire de soutenir un peu leur femme, hein ? Pourquoi tu ressembles encore à un apollon, et moi à une grosse vache ! La vie est injuste.

– Parce que moi, madame la gourmande, je ne me lève pas en plein milieu de la nuit pour aller dévorer tous les brownies qui traînent dans la cuisine…

Elle s'offusque.

– Ce n'est pas de la gourmandise, mais je… je nourris ton fils pour qu'il devienne aussi fort que toi ! lâche-t-elle avec toute la mauvaise foi du monde.

– Il n'a pas besoin de ça. C'est mon fils, il sera beau et fort de nature, c'est génétique.

Elle secoue la tête et émet un léger rire, puis quitte le tabouret lorsque Maggie, Jackson et Sarah arrivent.

– Maggie, s'écrie-t-elle. Dites-moi que le gène « manque de modestie » n'est pas héréditaire.

– Hélas, ma pauvre fille, je crois que si tu le subis toi aussi, c'est que ce gène l'est bel et bien !

– Ne vous plaignez pas, les filles, commence Jackson, sans nos gènes parfaits, vous vous ennuieriez. (Je tape dans la main qu'il me tend et réponds à son clin d'œil.) Salut mon grand !

– Miller !

Cara contourne le comptoir en ricanant et étreint Maggie après avoir fait une bise à ma sœur.

– Mon Dieu ! Dans quelle galère je me suis embarquée ! Je vais bientôt en avoir deux à la maison.

Maggie glousse et s'enthousiasme :

– Alors ? C'est un garçon ?

– Oui ! Nous en avons eu la confirmation hier.

– Alors oui, je confirme tu es dans de sales draps, ma pauvre petite !

Cara se tourne à nouveau vers moi et me demande :

– Tu me donnes les clefs de la salle ? On va commencer la décoration pour la fête de ce soir.

Je fouille dans ma poche et les lui tends. Elle s'en saisit, et les trois filles partent vers l'ancienne salle de restaurant qui nous servira pour la soirée d'Halloween.

– Les journalistes sont encore là ? grogne Matt en passant la porte, le front barré.

– Eh ouais, mon pote ! Ce sont de vraies sangsues !

Nous échangeons une bonne poigne.

– Tu veux que je les fasse partir ? dit-il après avoir salué Jackson. J'appelle le shérif, si tu veux ?

– Non, c'est bon. Même s'ils me font fuir la clientèle, je suis rassuré de les avoir devant la porte.

Il acquiesce.

– Comment va Meredith ? s'enquiert Jackson.

– Elle est à la maison avec sa mère. Elles passeront dans la matinée pour donner un coup de main. Mais ce n'est pas encore la grande forme. Elle panique vite lorsqu'il y a du monde autour d'elle, alors je ne suis pas certain qu'elle sera présente ce soir.

Je me penche sur le frigo, sous le comptoir, et en sors trois bières que je dépose devant nous.

– Elle continue ses séances chez le psy ? questionné-je.

– Oui. (Il porte sa boisson à la bouche et change de sujet.) Bon, quelles sont les nouvelles ?

Depuis ces trois derniers mois, nous avons pris cette habitude, Jackson, Matt et moi. Nous nous retrouvons pour parler de la fuite de Lucas et, grâce aux médias, nous le traçons. Je m'assure que Cara est bien occupée et sort le porte-documents de dessous le tiroir-caisse. Le dossier comporte tout ce que j'ai pu y réunir ces dernières semaines, comme des articles.

– Les derniers faits datent de dix jours dans le Wyoming, annoncé-je. Même mode opératoire : homme, viol, étranglement, « Remember » gravé sur le dos de la victime et le cadavre recouvert d'un journal ouvert à la page relatant ses exploits.

– Wyoming ? lance Jackson. Il semble prendre la direction du nord.

– On dirait bien.

Matt paraît tout à coup inquiet.

Suite à son changement de comportement, je l'interroge du regard et, après s'être passé une main sur le visage et un profond soupir, il m'informe :

– Hier, j'ai discuté avec le shérif au sujet de l'affaire et, apparemment, il y a trois jours, à Marksville en Louisiane, une tentative de viol sur un jeune garçon a été signalée. Le profil de l'agresseur correspondrait à Lucas.

– Louisiane ? répété-je, interloqué. Ça voudrait dire qu'il se rapproche ? Et qu'est-ce qui l'a interrompu, cette fois-ci ?

– Un braconnier. Mais la tentative de viol n'est pas le plus effrayant, si je puis dire.

Je m'impatiente.

– Vas-y, déballe !

– Dans l'Utah, c'était un prostitué de vingt-huit ans. Dans le Wyoming, c'était encore un prostitué de vingt-trois ans. En Louisiane, la victime de la tentative de viol est un lycéen âgé de tout juste quinze ans, et...

Jackson et moi, nous nous horrifions dans un même élan de stupeur.

– Et ?

– J'ai vu sa photo.

– Et ?

Il plante des yeux troublés dans les miens.

– Et il pourrait être ton frère jumeau à cet âge-là...

129

Cara

– Qui pourrait être ton jumeau, mon cœur? demandé-je en rejoignant les garçons.

Je salue Matt alors qu'il s'empare d'un porte-documents jusque-là posé sur le comptoir et je fais le tour de ce dernier pour atteindre les étagères.

– Oh, un type que j'ai rencontré ce week-end à Atlanta, me répond Matt.

Je ricane.

– Mmm, deux mêmes apollons sur cette terre!

Reed m'enlace par la taille et m'attire contre lui.

– Personne n'est aussi beau que moi. Je suis unique, me siffle-t-il à l'oreille avant de me mordre la mâchoire en grognant. (Je glousse et me tortille dans ses bras.) Qu'est-ce que tu cherches?

– Le gros scotch pour faire tenir les pancartes aux murs.

– Il est sur les étagères. Attends, je te l'attrape.

Il se déloge de sa place et rompt notre étreinte.

– Je ne suis pas handicapée, Reed! Je suis juste enceinte.

Mon mari est un angoissé compulsif. Il a passé ces trois derniers mois à surveiller mes moindres faits et gestes, et c'est à peine si je peux aller aux toilettes toute seule.

– Tu pourrais te blesser, alors tu me laisses faire. Et que je ne te voie pas perchée sur quelque chose ou je te ligote avec ce même scotch dans un coin, vient-il m'affronter nez à nez, les yeux sévères, en me tendant le rouleau.

Je lui fais front de la même manière.

– Essaie de m'en empêcher pour voir!

D'un sourire machiavélique, il claque un rapide baiser sur mes lèvres et, pointant un doigt vers l'horizon, il crache:

– File de là avant que je m'énerve.

Lui tirant la langue, je fais demi-tour et hausse les épaules.

– Quelle peste! râle-t-il lorsque je quitte la pièce.

Je les entends tous éclater de rire.

– Qu'est-ce qui leur prend? s'enquiert Maggie.

– Ils font leur traditionnelle petite réunion secrète de machos, je suppose.

– Arf! Laissons-les faire alors.

Une fois leur réunion achevée, les hommes finissent par venir nous donner un coup de main, et la pièce se transforme rapidement en véritable salle des horreurs avec toutes ces toiles d'araignées, ces squelettes en plastique pendus ici et là et ces citrouilles aux sourires diaboliques.

Meredith et sa mère se joignent à nous aux alentours des onze heures. Je suis agréablement surprise de revoir Meredith avec le sourire aux lèvres et un tantinet plus coquette. Elle revient de loin. La remontée sera encore longue, mais elle est forte. Elle s'en sortira haut la main. Et Matt, qui est depuis deux mois officiellement célibataire, est aux petits soins pour elle. Ils sont beaux à voir, très attentionnés l'un envers l'autre. J'espère pour eux qu'ils trouveront le bonheur.

Malgré la menace qui pèse sur nous, Reed et moi avons enfin pu toucher à ce bonheur tant convoité. Il est surprotecteur, certes. Cependant, je n'ai pas à me plaindre. Il est tout ce que je souhaitais, attentif, aimant, et vivre avec lui devient de plus en plus facile. Il a toujours certains accès de colère et de jalousie, mais il se maîtrise de mieux en mieux.

Il mûrit. Il y a deux semaines, il m'a fait une belle surprise en prenant l'initiative de redécorer ma chambre de petite fille pour accueillir notre bébé. Il s'investit énormément dans ma grossesse. Il m'accompagne aux rendez-vous et va même jusqu'à poser des questions auxquelles je n'aurais jamais pensé. Concernant son père et sa nouvelle famille, il garde encore une certaine distance. Cela dit, je remarque là aussi le changement. Il a refusé d'aller à un match de base-ball avec son père, car il ne voulait pas me laisser seule. Mais il l'a invité à la maison pour regarder la diffusion télévisée de manière à garder en même temps un œil sur moi. Et même si leurs conversations restent encore limitées, je vois bien que ce n'est qu'une question de mois, voire de semaines avant une entente fusionnelle. Ce sont les mêmes hommes avec un passé quelque peu similaire. Leurs caractères sont identiques et, de l'extérieur, cette ressemblance est par moments rigolote, car, lorsqu'ils s'en aperçoivent, ils se regardent, et ni l'un ni l'autre n'est capable de dire un mot. Cela peut durer des minutes entières. Ces instants-là sont très émouvants. Nous les avons remarqués avec Maggie, mais nous nous taisons, sinon s'ensuivent des grognements et une insupportable mauvaise humeur qui peut durer des heures. J'aime à me rappeler qu'il y a encore sept mois de cela, si quelqu'un m'avait dit : tu vas te marier avec Reed Hamilton et attendre son enfant, je serais partie en courant, puisque, à mon retour à Cornfield, il était tellement différent, tellement violent, tellement imbu de sa personne, tellement…

Tout ce qu'il n'est pas, en fin de compte.

Tout cela pour dire qu'aujourd'hui, pour rien au monde, je ne voudrais changer la vie que j'ai à ses côtés. Je suis fière d'être sa femme et je suis heureuse de devenir la mère de son futur et premier enfant.

Dans la réserve qui sert de bureau à Reed, nous nous déguisons pour la soirée qui ne tardera pas à démarrer. J'ai choisi mon éternel habit d'Indienne avec robe à franges qui sera ajusté d'une large cicatrice d'égorgement afin de donner la touche pour Halloween. Je finis de tresser mes nattes et me retourne vers mon homme. Il s'est décidé à enfiler un costume de cow-boy, et je le trouve sublime avec son chapeau, sa chemise rouge à carreaux et son vieux jean crasseux.

– Tu me passes la corde au cou, princesse sioux, raille-t-il en me tendant sa corde de pendu.

Je ricane et précise, en lui entourant le cou de la corde :

– Pour la corde, c'est déjà fait ! Et, pour ta gouverne, pas « sioux », mais « apache »…

– Sérieux ? Tu as des origines apaches ?

– Il paraît. Du côté de mon père.

– D'accord, on a donc bien choisi nos costumes : un cow-boy pendu pour avoir mis une Apache en cloque.

– Une Apache égorgée en étant enceinte, c'est horrible ! rétorqué-je, épouvantée, avant de me reprendre. Bon, tu m'égorges, mon cœur ?

– Avec plaisir.

Il s'empare du maquillage et me dessine une belle cicatrice sanglante, puis, une fois son travail fini, il me regarde de haut en bas.

– Tu sais que tu es super sexy comme ça ?

Je lui agrippe de mon index sa ceinture à Colt et l'attire contre mon corps.

– Et, toi, le plus excitant des « tireurs » de l'Ouest.

– Tant que je ne suis pas le « tireur le plus rapide de l'Ouest », ça me va, ricane-t-il avant de m'embrasser.

Sa bouche contre la mienne, il passe ses mains sous ma robe et les remonte sur mes fesses en murmurant :

– J'ai envie de toi, mon amour.

Ses baisers, ses caresses et ses mots m'enflamment. La grossesse n'a rien changé à ses désirs jamais assouvis.

– Ici? dis-je, dans un soupir.

– Oui.

Je tire sur sa braguette et enfouis directement ma main sous son boxer pour le sentir déjà très dur sous mes doigts.

– Reed! Le DJ demande si... s'exclame Matt en ouvrant brusquement la porte... Oh, Bordel! Désolé.

Nous sursautons, nous séparons et partons dans un éclat de rire franc.

– Bon sang! Apprenez à fermer les portes, rouspète-t-il encore. En quelques semaines, c'est la quatrième fois que je vous surprends en train de vous tripoter.

– Elle était fermée, glousse Reed en reboutonnant son jean.

– Non, mais à clef!

– Sinon, tu peux frapper, répliqué-je tout sourire et un tantinet frustrée.

– C'est vrai, rit Matt. Bon, allez, Pocahontas et Lucky Luke, on vous attend.

Je scrute ses habits qui ne sont autres qu'un costard cravate bleu-gris avec lequel on a l'habitude de le voir et m'enquiers, curieuse:

– Tu es déguisé en quoi?

– En maire, me répond-il niaisement.

Nous quittons la pièce exiguë et silencieuse pour nous rendre au bar où l'ambiance est déjà à son comble. La musique électro, l'obscurité, les stroboscopes, ainsi que la fumée qui forme un macabre tapis au sol donnent aux deux salles une atmosphère lugubre.

Je suis frappée de voir autant de monde et, à en juger par l'air ahuri de Reed, il l'est aussi.

– Tu vois, mon cœur, tu te faisais du souci pour rien.

Il se penche sur moi et me fait répéter tant la musique est forte.

– Oui, c'est hallucinant, je n'en reviens pas, me répond-il.

Je balaie du regard les personnes présentes et ris de certains déguisements tel que Mercredi Addams qui est bien plus effrayante que l'originale. Un homme se promène avec une hache plantée dans le crâne. Batman parle avec une version gringalet de Superman, et trois *cheerleaders* transformées en zombies ont décidé de prendre leur rôle à cœur en dansant d'une manière désarticulée.

– Viens, s'écrie Reed en entrelaçant ses doigts aux miens.

Je le suis et nous nous faufilons dans la masse pour atteindre le bar, où Maggie la sorcière et Jackson le Joker ont pris le relais du service.

– Tu restes avec eux, m'indique-t-il d'un ton ferme. Je vais voir ce que me veut le DJ.

Je hoche la tête et, avant qu'il ne parte, je le retiens.

– Reed! Arrête de t'inquiéter pour moi et lâche-toi un peu. Ce soir, c'est la fête!

– Une fête avec des centaines de personnes aux visages masqués...

J'ai un réflexe de recul et percute. Alors, c'est ça? Il a peur que Lucas puisse se dissimuler sous l'un d'eux.

– Aux infos, ils disent qu'il est dans le Wyoming, à des milliers de kilomètres d'ici.

Ses traits se durcissent et son regard fuit le mien.

– On pense qu'il s'est rapproché.

– On? dis-je abasourdie. Qui, « on »?

– Jackson, Matt et moi, avoue-t-il.

– Comment? Où? Explique-moi, Reed!

Je suis furieuse qu'il me cache ce genre d'information.

– Attends-moi là, je reviens, tente-t-il de se défiler.

Agacée, je le maintiens fermement par le bras et lui enfonce mes ongles dans la peau.

– Non! Tu m'expliques et immédiatement!

– Matt a eu des infos par le shérif. Lucas aurait été vu en Louisiane il y a trois jours.

– Il y a trois jours? En Louisiane? Mais c'est à peine à huit heures de route d'ici! m'horrifié-je. Pourquoi tu ne me l'as pas dit?

– Je ne voulais pas t'inquiéter. Tu tenais tellement à cette fête, alors je souhaitais que tu passes une bonne soirée, loin de cette histoire sordide qui nous poursuit.

– Tu n'as pas à prendre ce genre de décision! Lorsqu'il s'agit de ma sécurité, tu dois tout me dire, bon sang!

– Et après? Pour que tu flippes et angoisses toute la nuit! Tu es enceinte, Cara!

Je m'offusque.

– Merci de me le rappeler! Mais je ne suis pas en sucre, Reed! Et borné comme doit être ton fils, ne t'en fais pas pour lui.

– Je m'excuse, lâche-t-il, embarrassé.

– Tu t'excuses?

– Oui. Allez, s'il te plaît, mon amour, reste ici. Je reviens vite, d'accord?

Il tend ses lèvres pour que je les embrasse. J'hésite et finis par y claquer un furtif baiser, puis il s'éloigne. Inquiète, je reporte une nouvelle fois mon attention sur la salle bondée d'individus camouflés sous leurs déguisements effrayants. Le masque de Scream semble me regarder avec insistance et le clown… Oh mon Dieu ! Ce clown est horrible avec ses dents affûtées. Je préfère m'attarder sur Harry Potter ou même sur Spiderman. Eux, au moins, ce sont des gentils. Puis je pose mes yeux sur Jeff, l'officier réquisitionné pour ma protection.

Nos regards se croisent. Il me sourit, mais je perçois sa profonde préoccupation.

Il est donc, lui aussi, sur le qui-vive ?

Je remarque sa main qui ne quitte pas le holster de son revolver.

– Qu'est-ce qu'il se passe ? me glisse Maggie en attrapant un verre devant moi.

– Lucas serait de retour.

– Il paraîtrait, oui.

– Génial ! m'enthousiasmé-je ironiquement. J'étais donc la seule cloche à l'ignorer.

Je me laisse retomber en arrière et m'appuie sur le meuble en croisant les bras jusqu'à ce que Meredith arrive, costumée en ce qui ressemble à Nellie Oleson de *La Petite Maison dans la prairie*.

– Tu es finalement venue, dis-je en l'enlaçant, dans un sourire chaleureux.

– Il semblerait que vous ayez besoin d'un coup de main.

– Oui. Merci, il y a un monde fou. Ça va aller, toi ?

– Écoute ! Je refuse de m'arrêter de vivre à cause de lui. C'est ce qu'il voulait. Je ne lui laisserai pas ce plaisir.

Je m'enquiers :

– Tu es au courant qu'il pourrait…

– … être ici ? Oui. Je suis là pour ça.

Stupéfaite, je l'interroge du regard.

– Il a voulu me briser, alors je veux qu'il s'étouffe et qu'il crève en respirant le bonheur que j'éprouve dans les bras de Matt, lance-t-elle fièrement. En parlant de Matt, tu l'aurais vu ?

Je ris, contente qu'elle reprenne le dessus et lui signale :

– Je l'ai vu passer avec un plateau il y a deux minutes.

Elle part le retrouver et je me décide enfin à mettre la main à la pâte en m'emparant du bac rempli de verres sales pour l'insérer dans le lave-verres.

Le début de soirée se passe dans la bonne humeur. Les Miller, Meredith, Matt, Reed et moi nous activons pour que nos clients soient tous satisfaits et qu'ils s'amusent. Un nombre incalculable de personnes viennent féliciter Reed, et je suis heureuse de le voir si épanoui dans son nouveau travail. Il le prend à cœur et a vraiment ce métier dans le sang. Il est avenant, commerçant et sa touche indéniable de sex-appeal met du piment dans ses échanges avec la clientèle féminine. D'un regard, il pourrait faire consommer les alcools les plus chers à n'importe quelle femme. Tel un vampire, il les hypnotise. C'est agaçant, mais cela reste dans le domaine professionnel, et je ne peux nier que c'est un honneur de pouvoir dire qu'il est mon époux. Je me fais même une joie orgueilleuse de le répéter à qui me le demande.

Matt nous a donné l'autorisation de fermer à trois heures, et il est bientôt plus d'une heure. J'ai les chevilles en compote, sans parler de mon dos. Comme tout se déroule à merveille, mon surprotecteur de mari me lâche un peu la bride et accepte que je franchisse la ligne interdite qui se trouve devant le comptoir.

Penchée sur une table que je m'applique à essuyer, je me redresse brusquement et percute quelqu'un. Je sursaute et fais volte-face pour me retrouver nez à nez avec Spiderman. Je soupire, soulagée, et m'excuse de l'avoir bousculé. Ce dernier m'empoigne fermement les deux bras et, survolant mon visage de son masque, il lance :

– C'est moi qui m'excuse. Cara.

Je me fige. Mon sang ne fait qu'un tour et mes veines s'assèchent.

Cette voix… Je… Seigneur !…

Il me lâche et s'en va pour disparaître dans la foule.

Affolée, je cherche Reed du regard. Je n'arrive plus à bouger.

Il est… Il est bien là… C'était… C'était bien lui. C'était sa voix…

– Tout va bien ? s'inquiète Jeff qui a dû remarquer ma soudaine posture pétrifiée.

– Je…

Rien ne veut sortir de ma bouche.

Les traits davantage tirés, Jeff insiste :

– Madame Hamilton, tout va bien ?

La gorge nouée, je secoue la tête.

Non, rien ne va.

J'aperçois Reed derrière le comptoir qui me scrute le front barré, inquiet.

Il ne lui faut pas une minute pour venir à ma hauteur.

– Qu'est-ce qu'il se passe?

– Il... Il est là, articulé-je, tétanisée.

Alarmé, il crache:

– Qui? De qui tu parles?

– Lucas.

Aussitôt, la fureur tord son visage et voile ses yeux.

Il fait un tour sur lui-même pour inspecter ce qui nous entoure et plante un regard agité sur moi.

– Où?

– Le costume de Spiderman.

– Le bâtard! fulmine-t-il. On a fait attention aux déguisements macabres, pas aux autres.

Portant les mains sur sa tête, il ajoute, furieux.

– Mais qu'on est con!

Jeff annonce :

– Je vais prévenir le shérif.

– Attends-moi là, m'indique Reed.

Je n'ai pas le temps de prononcer quoi que ce soit qu'il se rue dehors.

Accompagnée de Jeff, je le suis. Nous sortons et, une fois sur le trottoir, Jeff porte sa CiBi à la bouche pour signaler la probable présence de Lucas dans les alentours.

Reed a couru jusqu'à l'embranchement de la rue principale et remonte désormais l'avenue.

De son bras tendu vers le bar, il peste:

– Cara, rentre dans ce putain de bâtiment!

– Reed, je...

– Dégage de là! hurle-t-il, hors de lui.

– On se calme, s'interpose Jeff.

Changeant de trajectoire pour venir à notre rencontre, Reed tonne en l'affrontant:

– Qu'est-ce que tu as, toi? Tu as un problème? Tu ferais mieux de te bouger le cul à rameuter tes collègues pour qu'ils retrouvent mon psychopathe de frère au lieu de la ramener.

Reed le bouscule.

– Reed! Arrête de t'énerver sur lui, il...

Je me tais lorsqu'il pose sur moi un regard terrifiant et qui ne m'est malheureusement pas inconnu. Je recule. Il a vu rouge et n'est plus que rage et hargne. Je sais que c'est la peur qui le met dans cet état et que, tant qu'il ne sera pas rassuré, il n'aura plus rien du mari doux et aimant que je côtoie la plupart du temps.

– Rentre avec moi, mon cœur, tenté-je malgré tout, en faisant un pas de plus vers la porte. Je veux que tu rentres avec moi.

Je lui tends une main hésitante.

Sans bouger de place, il cligne nerveusement des paupières, ses narines se gonflent sous sa respiration irrégulière, et je suis apaisée de voir que, peu à peu, il reprend le dessus sur sa frayeur. Ses yeux redeviennent éclatants de douceur et il se saisit de mes doigts pour m'attirer contre lui. Il finit par m'enlacer avec force et amour.

130

Reed

Dans ses bras, je respire son délicieux parfum à pleins poumons, et j'essaie d'atténuer ma rage.

– Désolé. Je ne voulais pas te parler si rudement, susurré-je contre ses cheveux. J'ai eu peur.

– Je sais. Allez ! Rentrons, ils vont s'en occuper.

Elle se détache de mon étreinte, mais je la retiens.

J'ai encore besoin de la serrer contre moi.

– Si quelque chose devait vous arriver au bébé et à toi, je n'y survivrai pas, avoué-je avant de l'embrasser.

– De même pour moi. Alors, s'il te plaît, rentre avec moi et laisse la police faire son travail.

La détaillant avec davantage d'insistance, je me rends une fois de plus compte de la chance que j'ai.

– Je t'aime plus que tout, mon amour.

– Moi aussi, mon cœur, plus que tout, dit-elle dans un sourire radieux.

Elle quitte mes bras sans me lâcher la main, et je reporte mon attention sur Jeff, puis m'excuse d'un hochement de menton.

Mon geste est mis en suspens. Une détonation éclate avant de résonner, tel un écho, entre les murs de l'avenue. Un liquide chaud gicle sur mon visage. Je me statufie. Les doigts de ma princesse se crispent autour des miens et se relâchent pour ensuite glisser. Je referme ma main pour les retenir et, inquiet, je tourne la tête vers elle.

Un élan d'horreur broie mes entrailles lorsque je vois son regard tétanisé et son visage ensanglanté. Lentement, elle bascule, s'effondre au sol. Comme accroché à ma propre vie, je ralentis sa chute et me couche sur elle.

Violemment choqué par la scène qui se déroule, mon cœur s'arrête. Je suis frappé par la réalité, mais mon esprit affolé peine à tout assimiler.

Une deuxième détonation explose, tandis que des cris lointains s'élèvent. Je ne bouge plus, perdu, recouvrant le corps inerte de ma femme. J'entends un bruit sourd, quelque chose qui percute lourdement le trottoir et, dans mon champ de vision réduit par la panique et la terreur, je vois la main de l'officier Jeff Harmon rebondir mollement sur le sol.

S'ensuit un silence glacial. J'ai coupé ma respiration, à l'affût de tout.

Mes tympans perçoivent des pas.

– Reed ! s'élève cette voix si familière, mais si répugnante.

Je me soulève légèrement, jette un rapide coup d'œil sur ma princesse et, déjà, mes yeux se noient de larmes.

Oui, parce que je sais. Je le sens. Je l'ai vu.

La peine, cette vive et insupportable douleur qui s'empare de mon être est atroce, inhumaine. Je veux que mon cœur lâche. Je veux que mon cœur s'arrête. Maintenant ! Je veux mourir.

Au lieu de ça, je suis toujours en vie et elle… elle… l'est-elle encore ?

Péniblement, je baisse à nouveau mon regard sur ma princesse, mon amour, ma…

– Oh nom de Dieu, Cara, non ! Ce n'est pas vrai. Non. Pas toi.

C'est un cauchemar ! Ce n'est pas réel ! Dites-moi que tout ceci n'est pas vrai !

Une de mes larmes tombe sur son front et se mélange à son sang. Tremblant, je passe ma main sur sa peau. Je veux la nettoyer. Je ne veux pas de ce sang sur son magnifique visage, mais il s'écoule à nouveau.

– Reed ? hurle-t-il encore.

À bout de forces, j'arrive à basculer en arrière. Assis par terre et dépouillé de toute vie, de toute réaction, je l'observe s'avancer vers moi débarrassé de son masque.

– Tue-moi, articulé-je.

Son arme à la main et debout devant moi, celui qui était mon frère se met à rire.

Simplement, il rit.

Alors, je ris aussi.

Ouais, c'est aussi simple que ça : je ris. La folie a fait main basse sur ce qui reste de moi. Puis, je hurle à m'en crever les poumons.

– Tue-moi !

– Non, frangin, lance-t-il sereinement en s'agenouillant à mes côtés pour adopter la même posture que moi. Je ne te tuerai pas. Il me reste plus qu'une balle, et je la réserve pour le clou du spectacle. (Il secoue son revolver en esquissant un large sourire.) Et tu sais quoi ? Cela m'arrange parce que, finalement, je veux que tu vives et je veux que, durant le reste de ta pitoyable existence, tu te poses cette unique et stupide question : était-ce toi qui étais visé ou Cara ?

Emporté par une haine viscérale, presque animale, je me jette sur lui, mais il m'évite et me donne un coup de crosse sur la tempe. Je m'étale de tout mon long sur le bitume, sonné.

– Tue-moi, répété-je en me redressant.

– Non, Reed, dit-il lorsque les sirènes de la police retentissent. Une dernière chose. Je veux que tu saches que je n'ai pas obtenu ce que je voulais, mais qu'on est maintenant à égalité. Toi non plus, tu n'auras jamais ce que tu souhaites le plus au monde. J'ai gagné.

Sur cette dernière parole, il rive son regard déjà éteint sur moi, retourne l'arme contre sa tempe et tire.

Son corps s'écroule, et je hurle une fois de plus.

Vidé, je tombe aussi sur le côté avant de me retrouver sur le dos, face au ciel.

Je pleure. Oui, je pense que je suis en train de pleurer. En fait, je n'en sais rien. Je ne ressens plus rien. Je discerne juste les sirènes, des voix et j'entrevois vaguement quelqu'un au-dessus de moi qui me parle et essaie de me relever, mais je ne veux pas. Je veux rester là, étendu, à attendre que la mort me prenne avec elle.

On me secoue, on me gifle. Je ne réagis toujours pas, car je me dis que peut-être en restant immobile, la mort aura pitié de moi et m'emportera. Ils s'y mettent à deux pour me traîner jusqu'à pouvoir m'adosser au mur.

Je ne veux pas rester assis contre ce foutu mur, je veux Cara.

– Où est Cara ? demandé-je à qui veut bien m'écouter.

Une personne me répond, mais je n'entends pas. Je répète, avant de fondre en larmes parce que je sais où elle est. Elle est étendue sur le sol, morte.

La même personne insiste, m'attrape le visage et me secoue encore.

Mes yeux me piquent. Instinctivement, je ferme les paupières et, lorsque je les ouvre à nouveau, mon regard se dirige de lui-même sur le corps sans vie de Jeff qu'on est en train de recouvrir d'un drap blanc.

Son arme de service ! Je veux son arme.

Un nouvel élan d'espoir s'empare de moi. Je m'élance à terre, puis rampe sur le trottoir puisque mes jambes ne répondent plus. Je dois l'atteindre. Je tends le bras. Le revolver est à quelques centimètres du bout de mes doigts. Je m'étire encore.

– Miller ! Attention, s'écrie quelqu'un. Arrête-le, il va prendre l'arme de Harmon.

Une chaussure vient aussitôt s'écraser sur mon bras. Je relève les yeux sur celui qui m'empêche de rejoindre ma princesse. Je croise le regard de mon père et le supplie en chialant comme un gosse.

Je me brise une nouvelle fois la voix en hurlant toute la douleur du monde, toute la souffrance qui s'accumule si violemment au fond de moi, puis je me tords en me lamentant.

– Ça fait mal ! J'ai mal ! Je veux que ça s'arrête ! C'est trop dur. Tuez-moi.

Mon père me redresse et me fait une nouvelle fois asseoir.

Accroupi, devant moi, il me gifle et tente tant bien que mal de me maintenir droit.

– Écoute-moi, Reed ! Tu es sous le choc, d'accord ? Reed, regarde-moi !

Brisé à jamais, je plante mes yeux dans les siens et murmure :

– Je veux Cara. Je veux mon bébé.

– Je sais, mon grand. Mais il va falloir te ressaisir.

– Je veux mourir. Je ne suis rien sans elle. Elle est ma vie.

– Écoute-moi, fils, hausse-t-il le ton. Ils ont un pouls, d'accord ? Ils ont un pouls ! Le cœur de Cara bat encore.

– Quoi ? prononcé-je, ahuri.

– Cara et ton fils ne sont pas morts ! Les ambulanciers sont en train de la brancarder pour partir aux urgences.

Agité et transporté d'un bond dans la réalité, je perçois de nouveau tout ce qui m'entoure. Il y a beaucoup de monde autour de moi, des gens qui s'affairent à droite à gauche et un vacarme infernal. Les lumières clignotantes de l'ambulance me brûlent les rétines.

Je cligne à nouveau des paupières et reprends peu à peu pied, puis me passe en revue.

– Pourquoi suis-je trempé ?

D'un geste, il me demande de lever les yeux au ciel. Ce que je fais immédiatement.

– Il pleut, ajoute-t-il pour accompagner son geste.

Quand je reporte mon regard sur lui, il me sourit tristement et vient poser une poigne ferme sur mon épaule.

– Allez, fils ! Va rejoindre ta femme et ton fils dans l'ambulance avant qu'ils ne referment les portes.

N'étant pas certain de pouvoir tenir sur mes jambes, je lui tends la main.

– Tu m'aides ?

Je me lève avec son appui. Mon corps est d'une raideur épouvantable. Ma tête tourne et mes oreilles bourdonnent. Ma vue se cale sur la dépouille de Lucas. Une montée de hargne vibre dans mes veines. Je fais un pas vers lui.

Mon père me retient.

– Non, Reed. Ne fais pas quelque chose que tu regretterais plus tard.

***

Les jours, les semaines passent. Les médecins ont plongé Cara dans un coma artificiel pour éloigner toute souffrance et empêcher le moindre mouvement en attendant de trouver une solution adéquate. La balle s'est logée dans une zone de son cerveau et n'a altéré aucune partie vitale. Mais, étant enceinte, la délicatesse de l'intervention les inquiète. Ils m'ont maladroitement demandé de choisir entre mon fils et ma femme. Moi, je veux ma femme et mon fils, mais « c'est prendre trop de risques », m'ont-ils répété. Ils m'ont annoncé la donne de cette manière : ou je perds les deux ou j'ai une chance qu'ils mettent mon fils au monde par césarienne et, ensuite, qu'un miracle se produise pour Cara.

Comme si j'allais croire à leur foutu miracle ! Ma vie est un enchaînement de drames.

Les semaines, les mois s'enchaînent. Je suis seul. J'attends. J'attends toujours que la mort m'emporte. Je ne suis plus qu'une coquille vide qui se traîne et respire. Entre deux allers-retours à l'hôpital, je bois, assis sous le porche de cette maison aussi déserte que mon âme à regarder l'horizon en méditant sur la tragédie de mon existence. Parfois, trop assommé par l'alcool pour pouvoir bouger ne serait-ce qu'un muscle, j'y passe mes nuits et m'y réveille encore plus anéanti que la veille, en faisant le triste constat que je suis toujours là, à traîner et à respirer. Cara et moi n'avions aucune chance, aucun espoir de bonheur. Mais je m'accroche encore à ces quelques mois que nous avons eus, ces quelques instants que nous avons pu partager et dont nous avons profité ensemble.

Je me souviens de ses sourires, de son rire et de ses regards doux ou brûlants posés sur moi, ainsi que de la douceur de sa peau, son odeur enivrante et sa voix qui prononçait mon nom parfois tendrement, parfois sévèrement. Mais, bon sang ! J'aimais la voir bouder. J'aimais la voir en colère contre moi. De toute manière, j'aimais tout d'elle puisqu'elle était mon tout.

Je me souviens d'elle quand nous étions enfants et qu'elle courait comme une forcenée pour nous prouver qu'elle était aussi forte que Lucas et moi à la course.

Je me souviens aussi de la fois où elle m'a tendu sa peluche dégoulinante de chocolat afin de me consoler après une punition. Elle y est arrivée, et je n'ai pas eu le temps de le lui dire. Non, je n'ai jamais eu le temps de lui dire que c'est précisément ce jour-là que je suis tombé amoureux d'elle.

Je me rappelle quand elle a décidé que nous devions placer les objets les plus importants de nos vies dans une boîte pour ensuite l'enterrer sous le grand chêne de la propriété du vieux Mc Pherson, et les déterrer ensemble lorsque nous aurions atteint notre majorité pour nous souvenir. Je ne lui ai jamais dit que si j'avais pu la mettre dans cette boîte, je l'aurais fait, puisqu'elle était plus importante que tout, dans ma vie.

Je me rappelle aussi la fois où je lui ai dit pour la première fois que je l'aimais. Je m'étais faufilé comme un voleur chez elle pour déposer la fameuse photo prise pour être ensevelie avec la boîte. Cette même photo que j'avais volée, quelques années plus tôt, avant de fuir de Cornfield. Je ne lui ai jamais dit pourquoi je l'avais déterrée avant le terme de notre pacte.

Oui! Je me souviens de tout et putain! J'aimerais lâchement tout oublier. Parce que je souffre de son absence et ces souvenirs sont autant de plaies béantes dans mon cœur.

Certains jours, la voir ainsi intubée dans sa chambre d'hôpital, le corps maintenu en vie uniquement en tant qu'incubateur, me donne envie de tout arracher et de la laisser partir en paix... Mais je sais qu'elle aurait catégoriquement refusé, qu'elle aurait voulu que je fasse tout pour que son enfant, notre enfant, mon fils, ait une chance de vivre. C'est à sa volonté que je me cramponne, puisqu'il ne me reste plus que ça.

Tout le monde me hait dans cet hôpital. Je suis agressif, violent. Je m'en prends au personnel. Ils me fuient comme la peste, mais cela me convient. Je souhaite juste être seul avec mon amour et lui prendre la main pour lui parler pendant des heures, pour m'excuser de l'avoir entraînée dans mon malheur, lui raconter que tous mes proches s'inquiètent, que j'entends leurs murmures qui disent qu'il ne faut pas me laisser seul près d'un couteau, d'une arme ou d'une corde. Mais ce qu'ils n'ont pas compris, c'est que, tant que mon amour sera là, je ne partirai pas. Il paraît qu'elle peut m'entendre. Je le pense aussi, puisqu'elle a réagi à maintes reprises en resserrant sa main autour de la mienne. Ce n'est d'ailleurs plus que le seul et unique contact que nous puissions avoir désormais.

Les mois sont passés. Trois mois, exactement. Il est l'heure. Nous sommes le jour J, celui planifié depuis déjà un moment.

Suis-je prêt?

Absolument pas. Je ne le serai jamais.

Je suis tombé dans un mutisme total depuis bientôt trois semaines. J'ai ce mauvais pressentiment incrusté dans mes tripes. Je sais ce que manigance ma petite maligne, ma petite effrontée. Je le sais parce qu'elle est venue me le souffler dans un rêve. Je m'y prépare.

Dans la salle d'attente, je suis assis et je ne bouge plus. Mon père, Maggie, la petite Sarah, Matt et Meredith sont là, autour de moi, à parler, à rire, à vivre pendant que je survis en attendant que l'on m'achève.

– Monsieur Hamilton? m'appelle une infirmière.

Elle sort d'une pièce les bras chargés d'une couverture bleue roulée en boule, un sourire attendri collé aux lèvres.

S'avançant droit vers moi, alors que tous la suivent en couinant comme des abrutis, elle ajoute:

– Votre fils, monsieur Hamilton.

À ma hauteur, elle le pose délicatement dans mes bras en s'assurant que je le maintiens correctement.

Je l'agrippe et me lève, puis sors de mon silence.

– Et ma femme?

– Le docteur va venir vous voir.

Je passe mon fils que je n'ai pas encore regardé à Maggie qui s'est collée contre moi pour l'observer en piaillant.

– Dites-moi comment va ma femme, dis-je plus sèchement.

– Le docteur va…

– Monsieur Hamilton, intervient un médecin, malgré une petite frayeur durant la césarienne, votre femme est dans un état stable.

– Et maintenant? Qu'est-ce que vous allez faire?

– Maintenant, nous allons la ramener dans sa chambre.

– Non! Je veux dire… Est-ce que vous allez pouvoir me rendre ma femme?

Il hésite et son visage pâlit.

– Vous rendre votre femme? C'est-à-dire?

– Est-ce que vous allez pouvoir la sortir de son coma? Et… Est-ce que je vais pouvoir rentrer à la maison avec ma femme? commencé-je à m'énerver.

– Reed, calme-toi, me lance mon père.

Le médecin bafouille, le regard fuyant.

– Euh… Je… Nous… (Il se reprend.) Monsieur Hamilton, nous allons faire l'impossible pour…

– Répondez-moi par oui ou par non? hurlé-je en avançant d'un pas vers lui.

Je me fous de ses discours incertains. Cela fait trois mois qu'on me rabâche les mêmes salades! « Il faut attendre de voir. Il faut patienter. Nous avons encore un espoir. Nous faisons notre possible. Son état est stable. »

Mon père m'agrippe fermement par les épaules et, brusquement, il me plaque contre la cloison du couloir, puis fulmine:

– Reed, tu te calmes! Arrête d'agir comme un gosse. Agis comme un homme! Nous savons tous, ici, que ce que tu vis est atroce, horrible! Cara nous manque, à nous aussi, mais bon sang, reprends-toi! Tu n'es plus seul maintenant! Tu as un fils! Et tu vas me faire le plaisir d'aller au moins poser tes yeux sur lui. Parce que tu ne l'as même pas regardé! Et, de grâce, donne un prénom à cet enfant!

Il me secoue une fois encore et me lâche.

Abattu, je me laisse glisser contre le mur et m'assieds à même le sol.

– Noah, articulé-je avant de fondre en larmes. Il s'appelle Noah, Jackson, Paul Hamilton.

Je pose mes mains contre mon front et me recroqueville sur moi-même en sanglotant.

– Je veux Cara. Je n'y arriverai pas sans elle.

– Mais si, tu y arriveras, mon grand, me souffle Maggie en s'approchant de moi. Puis, tu ne seras pas seul, nous allons tous t'aider. (Elle s'accroupit et me tend mon fils.) Allez, prends-le contre toi.

Je relève la tête et plonge mon regard dans la couverture.

Mon fils est minuscule et semble si fragile. J'ai peur de le prendre, mais je suis poussé par une étrange et irrésistible envie de le faire.

Doucement, je m'en empare sans quitter des yeux sa petite bouille renfrognée.

Ce que je ressens à ce moment-là?

De la peine, une vive frayeur, un vide ou même un gouffre, mais mon visage se fend d'un large sourire.

Je tiens contre moi une partie de Cara, je tiens notre fils.

***

Des jours sont passés depuis la naissance de Noah, je ne les compte même plus. Je suis un pitoyable père. Je ne supporte pas ses pleurs incessants. Je perds vite patience malgré toute l'aide de Maggie. Je n'ai qu'une idée en tête : retrouver la femme de ma vie. Elle seule pourra m'aider à devenir le père que j'espérais être à ses côtés. Son état s'est stabilisé. Son corps a tenu le choc de la césarienne. Les médecins envisagent l'opération.

Je m'apprête d'ailleurs à aller signer les papiers. Il y a des risques. J'en suis conscient, mais je ferai tout ce qui est en mon pouvoir pour qu'elle aille mieux. Son absence est un enfer. Une partie de moi est vide.

L'opération est prévue pour cet après-midi. J'attends.

Dans les couloirs de l'hôpital, ce lieu qui est devenu bien trop familier à mon goût, je tourne en rond en attendant le verdict. Une heure, deux heures, trois heures et je n'ai toujours aucune nouvelle. Mon père et Matt se relaient pour me tenir compagnie tandis que Maggie garde Noah.

– Monsieur Hamilton ? m'appelle le chirurgien en apparaissant.

Je me lève d'un bond et le rejoins, le cœur battant à une allure folle.

Pourquoi son visage ne reflète aucune expression ? Ont-ils réussi ? Comment va Cara ? Est-ce de la crainte dans ses yeux ? A-t-il peur de m'annoncer une mauvaise nouvelle ? Je n'en peux plus. Je veux savoir.

– Comment va ma femme ? m'empressé-je de demander avant même d'être arrivé à sa hauteur.

– Il y a eu quelques complications…

– Dites-moi si elle va bien !

– Monsieur Hamilton, l'opération a été un succès. La balle a été retirée. Son état est tout de même inquiétant. Elle a fait un arrêt cardiaque et…

– Mais elle va s'en sortir ?

– On l'espère. Nous allons la sortir du coma. Les heures qui vont suivre vont être déterminantes.

– Puis-je la voir ?

– Je vais vous demander de patienter. Nous l'installons dans une chambre en réanimation. Une infirmière viendra vous chercher.

– Merci, murmuré-je.

Le chirurgien s'en va. Je suis pris d'une vague d'espoir. La sensation est tellement intense que mes jambes et mes mains tremblent. Mon ventre se noue. Je marche en direction des sièges, léger, entre euphorie et inquiétude. J'ai envie de croire qu'elle va se réveiller, qu'elle va me sourire à nouveau. Ça devient insupportable d'attendre sans pouvoir faire quoi que ce soit. Je ne compte même plus les heures. Je suis comme en veille. J'attends juste qu'on me rallume.

– Monsieur Hamilton?

Je sursaute. Lorsque je lève les yeux, je me rends compte que la nuit est tombée. J'accours vers cette dame en blouse.

– Suivez-moi, se contente-t-elle de dire.

– Comment va ma femme?

– Je ne peux pas vous dire, le médecin va passer d'une minute à l'autre.

Nous empruntons un long couloir, puis montons des escaliers pour nous retrouver dans une vaste pièce compartimentée par des chambres aux parois vitrées. L'atmosphère est calme. Une porte coulissante s'ouvre sur un des box éclairé d'une faible lumière. J'emboîte le pas à l'infirmière.

Devant moi, allongée sur le matelas de ce lit d'hôpital, mon amour paraît si faible. Tous ces derniers mois, immobile, l'ont amaigrie. Son teint est pâle. Elle n'est plus intubée. Est-ce bon signe? Je me rapproche. Sa respiration n'est pas perceptible. Ma gorge se serre.

– Est-elle…

Le mot ne veut pas sortir. Elle semble si paisible. Les larmes montent. Mes yeux se noient. Non. Ce n'est pas possible, pas maintenant. Elle ne peut pas me quitter maintenant. Je détourne le regard vers les multiples appareils qui l'entourent. Les courbes sont pourtant régulières et en mouvement.

– Elle est juste endormie, me rassure l'infirmière. Nous avons arrêté les sédatifs. Elle respire par elle-même, ce qui est un très bon présage.

– Quand va-t-elle se réveiller?

– Hélas, nous ne le savons pas. Dans quelques heures, le temps pour son système d'éliminer les sédatifs. Quelques jours, voire quelques semaines. Il est impossible de le dire. Mais avec votre présence, votre voix, vos caresses, cela va peut-être la stimuler.

Sur ces mots, un doux sourire aux lèvres, l'infirmière me laisse.

Je prends place sur le fauteuil à côté de son lit et lui enserre la main tout en la lui caressant du pouce.

– Cara, mon amour, commencé-je.

Je lui ai tellement tout dit ces derniers mois que je ne sais plus quoi lui raconter. Lui parler de notre fils ? Oui. Cela me semble une bonne idée. Mais à cet instant, je m'en veux. Je le néglige tellement. Je ne fais que penser à elle. Que pourrais-je lui dire ?

– Noah, continué-je avec une hésitation dans la voix. Il t'attend à la maison. Il ouvre les yeux depuis peu. Ils sont bleus comme les miens. Il a ta bouille et d'affreux cheveux noirs et hirsutes. Il est malgré tout très beau. Oui, il est magnifique. Il ne fait que pleurer. Maggie me dit que c'est à cause de ses coliques. Mais je suis persuadé que c'est à cause de ton absence. Tu lui manques. Tu nous manques, mon amour, je…

– Monsieur Hamilton, désolé de vous déranger, je dois procéder aux examens, m'interrompt le médecin.

– Allez-y, dis-je en m'écartant.

– Vous devriez rentrer chez vous.

– Je veux être là quand elle se réveillera.

Prenant place au-dessus de ma femme, le médecin commence par lui ouvrir les paupières et lui passer une petite lampe sur les yeux.

– Ses réflexes oculaires sont encourageants, mais, croyez-moi, son réveil ne se fera pas cette nuit. Rentrez, dormez et revenez demain matin, d'accord ? S'il se passe quoi que ce soit, vous en serez informé.

La peur au ventre de devoir laisser Cara, je finis par écouter les conseils du docteur. Je rentre dans cette maison devenue si froide en son absence. Noah est chez Maggie. Je vais essayer de dormir.

Hélas ! Je ne trouve pas le sommeil. À huit heures, je retourne auprès de Cara, vivement inquiet de connaître son état, ce matin. Les infirmières m'accueillent avec de larges sourires.

– Vous ne répondez pas quand on vous appelle, monsieur Hamilton ? me réprimande gentiment une petite brune.

J'enfouis ma main dans la poche de ma veste et en sors mon portable. Je jette un coup d'œil sur l'écran. La batterie m'a lâché. Je l'avais pourtant mis à charger toute la nuit.

– Qu'est-ce qu'il se passe ?

– Je vous laisse le découvrir.

Elle me fait signe de me retourner vers le box.

Le sol s'ouvre sous mes pieds lorsque je percute. Mon cœur menace de sortir de ma poitrine. Des larmes de joie roulent sur mes joues. Je suis comme paralysé par la déferlante de sensations qui me submerge.

Elle est là, assise, un demi-sourire sur les lèvres, si belle, si elle. Ma princesse. Je voudrais courir la rejoindre, mais j'en suis toujours incapable tant l'émotion est extrême. J'ai du mal à y croire. Est-ce une mauvaise farce? Suis-je en train de rêver?

– Allez-y, elle vous réclame.

– Je...

J'en perds mes mots. Je fais un pas lourd.

– Une dernière chose, me retient l'infirmière. Elle est assez agitée et confuse par moments. Ne vous inquiétez pas, tout redeviendra normal d'ici quelques jours. Votre femme est une guerrière.

Ma guerrière!

Enfin capable de bouger et porté par un flot d'amour et de bonheur, je m'empresse de la rejoindre. Le sourire qu'elle me donne lorsqu'elle me voit me tord les tripes. Je m'effondre en larmes tant le soulagement est brusque.

– Coucou, toi, murmure-t-elle d'une voix rocailleuse.

Avec toute la délicatesse du monde et une hâte que j'essaie de maîtriser, je la prends dans mes bras et enfouis mon visage dans son cou frêle et chaud. Je hume son odeur à pleins poumons et éclate une nouvelle fois en sanglots.

Je suis au paradis. Ma princesse m'a été rendue.

– Comment va notre fils? demande-t-elle.

– Bien, mon amour. Il va très bien.

Je me redresse et la regarde sans pouvoir décrocher mes yeux d'elle.

– Comment l'as-tu appelé? hésite-t-elle.

Je souris. C'est pourtant une évidence.

– Noah.

Je pose mes mains sur ses joues et l'embrasse tendrement.

– Je t'aime tant, susurré-je contre ses lèvres.

– Moi aussi, je t'aime, mon cœur.

ÉPILOGUE

Reed

Trois ans plus tard…

Cara, Maggie, Jenyfer et Meredith s'affairent en cuisine. C'est la deuxième année consécutive que nous fêtons Noël à la maison, en invitant toute la famille et les amis. Les filles y tiennent beaucoup, et Cara énormément. Ma princesse guerrière s'est totalement remise du drame. Ça n'a pas été facile au départ mais notre amour a surmonté toutes nos difficultés. Aujourd'hui, ce ne sont plus qu'un lointain souvenir. Notre fils Noah grandit à vue d'œil. Il est malin, mon petit bonhomme. Il nous en fait voir de toutes les couleurs du haut de ses trois ans. Je suis désormais un père et un homme heureux. Très heureux.

Il s'en est passé des événements durant ces trois années. Cara et moi nous sommes remariés devant le pasteur. La cérémonie a été telle que ma femme la rêvait, avec amis et famille. L'immense cadre photo de nous deux, suspendu au-dessus de la cheminée, témoigne de ce jour fabuleux.

Nous avons aussi vécu des instants plus difficiles, comme lorsque j'ai été obligé d'avouer à Cara l'assassinat de ses parents par Lucas. Elle m'en a voulu de lui avoir caché aussi longtemps. Mais cet aveu a permis d'arrêter et de juger les autres personnes impliquées, comme l'oncle de Melinda Logan, toujours dans la nature, et que l'on revoie le jugement du camionneur. D'une certaine façon, je pense que cela lui a fait du bien, Cara a obtenu justice pour ses parents.

Quant au corps de Melinda Logan, il a été déterré suite à mon témoignage et rendu à sa famille. Je n'ai pas été inculpé grâce à l'appui de Meredith. Même si elle n'était pas présente lors de son meurtre, elle a menti pour amoindrir les faits : les agissements de Lucas nous ont poussés à faire des choses contre notre gré.

Meredith s'est bien reconstruite. Elle est forte et est l'heureuse mère d'une petite Ashley depuis déjà un an. Matt, le père, mon meilleur pote, est comblé. Theo et Beth, les enfants de son premier mariage, sont d'ailleurs avec nous cette année pour Noël. Il est ravi. Il a aussi laissé sa place de maire aux dernières élections. Aujourd'hui, il vit d'une passion que je ne lui connaissais pas : la photographie. Il est doué. Cara et lui ont même organisé une exposition dans la galerie qu'elle possède désormais, dans la salle à côté de mon bar. Il a un franc succès.

Mon pote a changé, il est, tout comme moi, beaucoup plus serein. Récemment, il a obtenu les réponses à ses questions. Il est en paix. L'affaire de la disparition de sa sœur a été rouverte et classée grâce à de nouveaux éléments, comme le journal de ma folle de mère. Les ossements de Coraline Johnson ont été retrouvés dans le jardin de l'ancienne demeure de Mc Garret à Athens. L'analyse des restes de Coraline a conclu qu'elle avait été égorgée. Une fin tragique et violente que mon frère a, lui aussi, répétée sur Melinda.

Quant à mon crime et aux ossements de Mc Garret, j'ai tout avoué. Je me suis rendu. Cela n'a pas été chose aisée. J'y suis allé à l'aveuglette, sans savoir ce qu'il allait m'arriver. Mais je ne pouvais plus garder cela pour moi. Mettre carte sur table avec les autorités m'a soulagé et m'a, en quelque sorte, enlevé un poids et une culpabilité. Je haïssais cet homme, certes ! Mais la brutalité avec laquelle tout ceci s'était passé n'a jamais été facile à digérer pour moi. C'était comme tuer son propre passé, ses racines, aussi horribles soient-ils. J'ai été bien entouré et cette affaire a été jugée en légitime défense.

Durant des années, je n'ai plus eu de repère : j'étais ce jeune homme sans âme, seul. Je cherchais ma lumière en Cara avec la certitude que ce passé devait rester derrière moi, que ces mêmes racines ne donneraient plus rien. Sauf que j'avais oublié la ténacité de Cara qui veut que les personnes autour d'elle aient le bonheur qu'elles méritent. J'ai dû me faire une raison et accepter ce père et cette nouvelle famille, qui m'étaient rendus grâce à elle. J'ai pu retrouver des bases solides.

Aujourd'hui, Jackson, Maggie et Sarah sont ma famille : mon père, ma mère et ma sœur. Il paraît même que je prends mon rôle de grand frère bien trop au sérieux aux dires de Cara. Mais n'oublions pas que j'ai toujours été comme ça. Ce n'est pas maintenant que je changerai. Sarah est devenue une magnifique adolescente. Je ne supporte pas tous ces petits malins qui lui tournent autour. Jackson et moi sommes du même avis. En ce qui concerne ce dernier, il a lui aussi eu des réponses sur son emprisonnement, grâce au journal de ma génitrice. Comme tout le monde pouvait s'en douter, il avait été piégé et écarté par Mc Garret. Mais mon père, avec sa force de caractère dont j'ai hérité, a choisi de laisser cette histoire derrière lui. Rappelons-nous qu'elle lui a permis de rencontrer l'amour de sa vie : Maggie.

Je pense que nous pouvons tous dire que désormais nos fantômes du passé sont loin derrière nous. Quand je regarde autour de moi, dans cette pièce décorée d'un immense sapin et de guirlandes en tous genres, où se mêlent cris d'enfants et rires, les portes de l'enfer se sont bel et bien refermées.

– Mon cœur? Tu vas ouvrir? s'élève la voix de Cara dans tout ce brouhaha. J'ai les mains dans la farce.

On vient de sonner à la porte. Je me lève, évite un jouet de Noah et me dirige vers l'entrée.

– Shérif?

– Hamilton, allumez la télévision sur la NBC. Ça y est! On a gagné.

– Vraiment?

Il hoche la tête, fier. Je reste bouche bée un court instant pendant qu'il pénètre dans le hall. Je referme derrière lui et me précipite sur la télécommande.

Les infos passent en boucle. Je n'en reviens pas.

– Car', viens! On a gagné, m'écrié-je alors que tout le monde se rassemble devant la télévision.

Cara se joint à nous. M'entourant par la taille, son visage s'illumine, victorieux, tandis que nous écoutons et regardons la nouvelle:

« La police de New York a mis un terme au plus gros réseau de trafic de drogue, de prostitution et de crime new-yorkais. La triade chinoise perd ses dirigeants. Le démantèlement aura pris du temps. Les nombreux témoignages anonymes et les preuves ont eu raison des horreurs commises durant des années (…) »

Je ne peux réprimer un sourire lorsque devant moi, sur ces images, je vois l'arrestation en direct de Kuan Ti, Li-Ming et bien d'autres. J'apprends aussi que le vieux San Do n'est plus de ce monde depuis deux ans.

– Que va-t-il advenir de toi? s'inquiète Cara. Ils vont sûrement te rechercher, tu as été impliqué à de nombreuses reprises.

– Ne vous inquiétez pas, madame Hamilton, intervient le shérif Snow. Son témoignage l'a écarté de toute accusation. Votre époux est définitivement un homme libre aux yeux de la justice.

– On a vraiment gagné, alors?

Cara ne semble pas y croire.

– Oui, princesse, dis-je tout en me tournant vers elle avant de l'embrasser tendrement, ce que j'ai vécu et ce que nous avons vécu ne se reproduira plus.

Je me tourne ensuite vers Snow et m'enquiers:

– Et vous, alors?

– Je suis muté à Atlanta.

– C'est ce que vous vouliez?

– Plus que tout au monde!

– Alors fêtons ça! m'enthousiasmé-je.

Cela nous a pris plus de deux ans. Faire tomber San Do et Kuan Ti était l'un de mes objectifs. J'étais encouragé par ma femme. Comment aurais-je pu vivre en sachant que ce que j'ai subi et fait subir arriverait à d'autres ? Ça n'a pas été facile, mais avec l'aide de Snow et de ses contacts au NYPD, on a pu y arriver.

Noël se passe à merveille. Les enfants sont couverts de cadeaux. Mon amour est à mes côtés, en bonne santé. Je suis l'homme le plus heureux au monde. Deux jours après, pour éliminer les repas de fête, je fais mon jogging. Je cours, me défoule. Je ne vois pas les minutes défiler. Je trace sans savoir où je vais. Au bout d'un certain temps, je ralentis et me rends compte de l'endroit où je suis.

Je m'arrête et balaie du regard la pelouse et les stèles. Je pousse le portillon en fer et emprunte l'allée 13. Je parcours cent mètres et me positionne devant la pierre de marbre blanc taillée. Je ne suis pas revenu ici depuis son enterrement.

Je lis l'inscription:

Lucas Hamilton
1988-2016

Je m'accroupis et retrace de mon index les lettres et les chiffres, seuls vestiges de son existence. Ma gorge se serre. Mes yeux se voilent de larmes de colère. Je suis partagé entre tristesse et hargne.

– Pourquoi? murmuré-je, les poings serrés. On aurait pu redevenir si…

Le croassement d'un corbeau me coupe dans mon élan. Je regarde le volatile s'envoler. J'y vois comme un signe. Les choses sont telles qu'elles sont. C'est fini. Je n'aurais rien pu faire contre la maladie furieuse de mon frère. Malgré tout, les souvenirs heureux en sa compagnie resteront à jamais gravés dans mes entrailles. Son rire, ses taches de rousseur et ses grands yeux verts emplis de malice, quand il n'était qu'un gamin, sont ce que je veux garder de lui et rien d'autre.

FIN

REMERCIEMENTS

Shades of You, anciennement *Remember*, a été une belle et longue aventure. Tout d'abord parce que l'écriture m'a fait rencontrer beaucoup de belles personnes comme certaines lectrices, mais aussi, vous, les filles : Sylvie, Caroline, Anne, Laetitia, Isa, Peggy, Peggy (Ella), Nicole, Florence, Emelyne, Sabrina, Carolyne, Jennifer LM (Bisounours), Jennifer DP (Nymphounette), Julie le tisonnier, Séverine (vote 2), Valérie, Christine (Miss Reed), Élodie, Corinne, Céline L, Céline G, Sabine, Elisabeth, Christelle, Vanessa, Virginie, Deborah, Marjorie, Audrey… La liste est longue, mais en gros : le bêta bus.

Je voulais ensuite remercier ma famille et tout d'abord mon homme. Sans lui, je n'aurais jamais pu « vivre » de ma passion. Je t'aime.

Ma sœur qui me soutient toujours et dans tous mes délires. Nous ne sommes pas sœurs jumelles, mais c'est à se demander parfois.

Ensuite, merci à mes parents, à mes amis et à ma famille de cœur.

Merci aux Éditions Addictives pour m'avoir donné ma chance, merci aussi pour leur professionnalisme et leurs conseils. Merci Maud.

Et pour finir, un grand merci aux lectrices qui font vivre l'histoire de Cara, Reed et Lucas.

addictives

Romans déjà parus et à paraître

Lucy Allen
Secret Love

Rose M. Becker
Le Bébé, mon milliardaire et moi
Désirs & Désastres
Sex Friends, et plus si affinités
Noël, mon milliardaire et moi
Protège-moi… de toi
Agaçant, sexy & dangereux
Cède-moi
Torride, sexy & dangereux
Le père Noël était (presque) parfait
Forever You – saisons 1 et 2

Anna Bel
Spicy Games
Bad & Perfect

Eva M. Bennett
Sex Friends, Chloé et Alistair
Sex Friends, Lucy et Arthur

Phoebe P. Campbell
Tes ordres sont mes désirs – volumes 1 à 3
Promets-moi ! Au mariage du milliardaire
Oui, je le veux ! Au mariage du milliardaire
Lui résister… ou pas – volumes 1 et 2
Fast
Lui résister… ou pas. L'intégrale
You Again

Mia Carre
Bad for You
Teach Me… Everything (à paraître en juillet 2018)

Olivia Dean
À lui, corps et âme – volumes 1 et 2
Tous ses désirs – volumes 1 et 2
Beautiful Mistake
Dangerous Rider

Lola Dumas
Lui, moi et le bébé

Juliette Duval
Ma rock star, son chat et moi
Bad Games
Secret Games

Stuart Evans
Roméo & Jules
Sea, Sex & You

Ann Fox
Spring Break – L'intégrale

Emma M. Green
Cent facettes de Mr Diamonds – volumes 1 et 2
Toi + Moi – volumes 1 à 3
Call me Baby – volumes 1 et 2
Call me Bitch
Bliss. Le faux journal d'une vraie romantique – volumes 1 et 2
Jeux interdits
Jeux insolents
Fallait pas me chercher ! – volumes 1 et 2
Corps impatients
Cœurs insoumis
Bliss – Le faux journal d'une vraie romantique. L'intégrale
Âmes indociles
Cent facettes de Mr Diamonds – L'intégrale
Jeux imprudents
(Im)parfait (à paraître en juin 2018)

Emma M. Green et Felicity Stuart
Love Me if You Can
Kiss Me if You Can

Kim Grey
Ma vie, mes rêves et lui
Sexy comédie – Recherche (fausse) fiancée
Apprends-moi – My Stepbrother
Insolent Bastard

Megan Harold
Tout pour lui – volumes 1 et 2
Sublime-moi !
Juste toi et moi – volumes 1 et 2
Insupportable… mais à tomber !
Arrogant Player
Breaking the Rules (à paraître en juillet 2018)

Kate B. Jacobson
Révèle-moi – volumes 1 et 2
Famous Bastard – volumes 1 et 2

Amber James
Contrôle-moi
Moonlight. Bloody Lily – volumes 1 et 2
Addictive Player
Fight for Us
Secret Match

Lucy K. Jones
Mr Fire et moi – volumes 1 et 2
Envoûte-moi !
Encore !
Bad Secrets

Alice H. Kinney
Dark Light. À lui pour toujours

Sienna Lloyd
Mords-moi !
Mords-moi ! Captive du vampire – édition augmentée avec textes inédits

Nina Marx
Soumets-moi ! – volumes 1 à 3
Diamonds Private Club
Prétentieux, insolent, mais irrésistible – volumes 1 et 2
Rock You. L'intégrale de la trilogie *Soumets-moi !*
Night Fires

June Moore
Déshabillez-moi ! – volumes 1 et 2
Étreinte – volumes 1 à 3
Étreinte. L'intégrale

Clara Oz
Resist or Not?
Arrogant

Heather L. Powell
Je te veux – volumes 1 et 2

Lisa Rey
Love Challenge

Lise Robin
Infiltrée – Sex, Drugs & Danger

Alex Roussel
Ch't'aime. Moi non plus !
The Casting (à paraître en juin 2018)

Mina Shepard
Mon milliardaire, mon mariage et moi

Gabriel Simon
Sex Friends – Mon boss et moi

Ève Souliac
Le milliardaire était (presque) parfait
Perfect Mistake
Sexy Mistake

Lisa Swann
Adore-moi ! – volumes 1 et 2
Dark Fever. Sublime mais dangereux
Résiste-moi !
Attractive Bastard
Adore-moi ! – L'intégrale

Louise Valmont
Play with Me
Toi & moi, c'est compliqué !

Chloe Wilkox
Ordonne-moi ! – volumes 1 à 3
Soul Light – volumes 1 et 2
Prête à tout ?
Ordonne-moi ! – L'intégrale
Lune de sang – La meute de Riverside Creek
Wild Love – Bad Boy & Secret Girl – saisons 1 et 2

Luv

Romans déjà parus et à paraître

Fanny André
À jamais. Une vie pour l'Autre

L.S. Ange
Cash Girl. Combien tu m'aimes ?

Sophie Auger
Be with Me

Anne Cantore
On the Road with You

Sarina Cassint
Avec toi… peut-être

Cléa Dorian & Ninon Vars
Dark Love

Audrey Dumont
The Pink Panthers

Ena Fitzbel
Sexy Disaster

Chrys Galia
TOI (mon ex, ton ex) & MOI
Dark Revenge

Alexandra Gonzalez
Shades of You

Joh Harper
Crazy Love

Iris Julliard
Prends-moi contre toi

Jessica Lumbroso
Emma X. Secrète… mais insoumise

Mag Maury
Fast Games

Jeanne Périlhac
Only You… & Me

Avril Rose
Challenge Me
Coffee, Sex & Law

Jana Rouze
Effet de vague – saisons 1, 2 et 3

Sophie S. Pierucci
L'Inconnu de l'ascenseur et moi

Gabriel Simon
Toi & Moi, à cet instant précis

À paraître en juin 2018

Coffee, Sex & Law
Avril Rose

Il s'était promis de ne jamais s'attacher à quelqu'un...
Liam, jeune avocat prometteur, est allergique à l'amour. Toujours entre deux avions, et dévasté par un sombre secret, il a définitivement fait une croix sur les sentiments, et ça lui va très bien ! Mais quand il croise le chemin de Zoé, toutes ses certitudes volent en éclats. Zoé est à l'opposé de ses conquêtes habituelles : naturelle, drôle, impétueuse... Du côté de la jeune femme, l'arrivée d'un homme dans sa vie n'était pas au programme !
Une comédie romantique drôle, touchante et pleine d'espoir !

Pour des news exclusives, des bonus
et plein d'autres surprises, retrouvez-nous sur :
Facebook : **facebook.com/editionsaddictives**
Twitter et Instagram : **@ed_addictives**
et sur notre site **www.editions-addictives.com**

Auteure : Alexandra Gonzalez

Edisource – Éditions Addictives
100, rue Petit, 75019 Paris
Imprimé par FINIDR – Lipova cp. 1965 – 73701 Cesky Tesin,
République tchèque
Dépôt légal : mai 2018 – Achevé d'imprimer : mars 2018
ISBN : 978-2-37126-234-8
Réf. contrats : ZREE_001 et ZREE_002.